BASTEI
LÜBBE

Über die Autorin:

Patricia Potter lebt und arbeitet in Memphis, Tennessee. Bevor sie sich mit großem Erfolg dem Verfassen von historischen Liebesromanen widmete, war sie als Journalistin tätig. Inzwischen hat sie 28 Romane geschrieben, und ihre Bücher haben eine Auflage von über zwei Millionen weltweit erreicht. Weitere Übersetzungen ihrer Romane ins Deutsche sind geplant. Mehr Informationen zu Patricia Potter finden Sie unter http://www.patriciapotter.com.

PATRICIA POTTER

Besiegt vom Sturm der Leidenschaft

ROMAN

Ins Deutsche übertragen von

Rolf Armin

BASTEI LÜBBE

BASTEI LÜBBE TASCHENBUCH
Band 18 292

1. Auflage: Februar 2002

Vollständige Taschenbuchausgabe

Bastei Lübbe Taschenbücher
ist ein Imprint der
Verlagsgruppe Lübbe

Titel der amerikanischen Originalausgabe: Starcatcher

Titelillustration: Sharon Spiak/Agentur Schlück
Umschlaggestaltung: Beate Stefer
Satz: Heinrich Fanslau, EDV & Kommunikation, Düsseldorf
Druck und Verarbeitung: AIT Trondheim, Norwegen
Printed in Norway
ISBN 3-404-18292-8

Prolog

Die schottischen Highlands, 1648

Sie war acht Jahre alt, und in zehn Jahren würde er sie heiraten.

Patrick Sutherland entdeckte die zerbrechliche Gestalt von Marsali Gunn, die sich in einen Winkel der Burgzinnen gedrückt hatte, als er zum letzten Mal den Festungswall von Abernie entlangging. Morgen würde er die Gunns verlassen, die Familie, bei der er aufgewachsen und erzogen worden war, um nach Irland in den Krieg zu ziehen.

Er würde sie alle vermissen, besonders Gavin, seinen besten Freund. Aber zugleich war er auch erfüllt von Vorfreude. Er war sechzehn und galt damit als Mann, der nun alt genug war, die Pflichten eines Mannes zu erfüllen. Er war entschlossen, diese Aufgabe bravourös zu erfüllen, damit sein Vater stolz auf ihn sein würde – der Vater, dem er es in seinem ganzen Leben noch nie hatte recht machen können.

Dann, in etwa zehn Jahren, würde er zurückkommen, um seine Braut zu heiraten.

Das Eheversprechen war am heutigen Tag von Donald Gunn, Marsalis Vater, und Gregor Sutherland, Patricks leiblichem Vater, unterzeichnet worden. Und ebenfalls am heutigen Tag hatte Donalds Schwester, Margaret, Gregor geheiratet, der seit vielen Jahren verwitwet war. Die Familien würden also zweifach miteinander verbunden sein.

Patrick hatte keine Einwände gegen die geplante Verbindung mit Lady Marsali. Von Kind an hatte er gelernt, dass die Interessen des Clans über jedweden persönlichen Wünschen standen. Eine Heirat war fast immer eine Frage des Nutzens: Es ging um Schutz, um Geld oder Stärkung der Blutsbande. Aber selbst mit acht hatte Marsali eine gewinnende Art, und irgendwie fand er es liebenswert, dass sie ihm manchmal überallhin folgte.

Es war mehr als ungewöhnlich, sie jetzt so niedergeschlagen zu sehen. Während Patrick ihre zusammengekauerte Gestalt betrachtete, fragte er sich, ob ihr das formelle Eheversprechen, die Hochzeit von Gregor und Margaret oder die laute trunkene Feier Angst machten. Selbst hier oben konnte man noch den lärmenden Trubel aus dem Burghof hören. Er selbst hatte sich von dem Fest zurückgezogen, weil er einen Augenblick lang Ruhe suchte, um sich von dem Leben zu verabschieden, das er in dieser Form nie wieder führen würde.

Um sie nicht zu erschrecken, ging Patrick langsam auf sie zu. Im hellen Mondlicht erkannte er, dass sie eines ihrer beiden Frettchen liebkoste.

»Marsali«, sagte er leise. »Solltest du nicht längst im Bett sein?«

Sie fuhr herum, und er sah die Tränen, die über ihre Wangen kullerten. Das Frettchen, das sie in den Händen hielt, machte sich los und sprang auf ihre Schulter, während das andere, das zu ihren Füßen saß, seine kleine Schnauze unter dem Rand des Nachtgewandes hervorstreckte. Die beiden Tierchen beäugten ihn misstrauisch.

»Bist du denn so unglücklich über das, was heute beschlossen wurde?«, fragte er sanft.

Ihre Augen weiteten sich. »Aber nein, Lord Patrick.«

»Und weshalb weinst du dann?«, fragte er, legte einen Finger unter ihr Kinn, und zwang sie, ihn anzusehen.

Sie biss sich auf die Lippen. »Ich ... ich werde dich vermissen.«

Tiefe Besorgnis schwang in ihrer Stimme mit, und er kam sich etwas verlegen vor. Er war sechzehn, ein Mann, und er hatte sich kaum Gedanken über die Gefühle der kleinen Schwester seines besten Freundes gemacht, die später einmal seine Ehefrau sein würde.

Er betrachtete eingehend ihr Gesicht. Schon jetzt war zu erkennen, dass Marsali einmal eine wahre Schönheit sein würde.

»Ich werde zurück sein, bevor du überhaupt die Gelegenheit hattest, erwachsen zu werden«, sagte er.

»Versprich mir, dass du dich nicht töten lassen wirst«, sagte sie.

»Aye«, erwiderte er. »Ich schwöre es.« Und das meinte er ganz ehrlich, denn er hielt sich für unbesiegbar. Hatte er schließlich nicht schon viele ältere und kräftigere Männer beim Übungskampf besiegt? Er würde seine Feinde hinwegfegen und ewig leben.

Sie beobachtete ihn ernst, zu ernst für ein Kind. Es war fast, als wollte sie es durch die Kraft ihrer Gedanken erzwingen, dass seine Worte wahr würden.

Das Frettchen huschte ihren Arm herunter, und sie hielt es mit der rechten Hand fest, während sie das Köpfchen des Tieres mit der linken streichelte.

»Antonius und Cleopatra werden dich auch vermissen«, seufzte sie. »Sie werden für dich beten, wie ich es tun werde.«

Er unterdrückte ein Lächeln und sagte ernst: »Ich weiß, dass du keine Angst um mich haben musst.« Er verneigte sich leicht. »Du musst jetzt wieder ins Bett zurück. Aber zuerst hätte ich gerne noch ein Pfand, das ich mitnehmen kann.«

Sie lächelte schwach. »Ich habe nichts.«

»Wie wäre es damit?«, fragte er, und hob das Ende des Bändchens an, mit dem ihr Nachtgewand am Kragen zusammengebunden war.

Als sie das gekräuselte Band löste, indem sie es durch die schmalen Schlitze im Stoff zog, konnte er erkennen, wie viel

Freude es ihr machte, wie eine erwachsene Lady behandelt zu werden. Scheu übergab sie ihm das Band.

»Ich danke dir, Lady Marsali.«

»Was ist mit mir?«, fragte sie. »Bekomme ich auch ein Pfand?«

Er blickte an sich herunter. Er trug nur ein schlichtes Leinenhemd und das Plaid aus bunt kariertem Wollstoff in den Farben und Mustern seines Clans. Seinen Dolch und den Sporran, die Felltasche, die ebenfalls zur Tracht eines schottischen Kriegers gehörten, hatte er in seinem Zimmer gelassen. Als er Hilfe suchend nach oben blickte, sah er den Sternenhimmel, der heute besonders hell zu strahlen schien. Der Mond war eine riesige leuchtende Kugel. Überall funkelten Sterne, und er hatte das Gefühl, er brauchte nur die Hand auszustrecken, um sie zu berühren. In diesem Moment kam ihm ein verrückter Gedanke.

»Wie wäre es mit einem Stern, Marsali?«, fragte er. »Ich könnte dir einen vom Himmel pflücken!«

»Aber dann wäre ja dort ein dunkler Fleck, wo strahlende Helligkeit sein sollte«, erwiderte sie. »Sag mir doch einfach, welchen du mir schenken möchtest. Dann werde ich ihn mir jede Nacht ansehen und daran denken, dass er mir gehört, und dass du mein Sternenjäger bist.«

Er starrte sie an. Sie schien wesentlich älter als acht Jahre zu sein.

Patrick hob den Kopf und suchte den Himmel nach genau dem richtigen Stern ab, den sie immer wieder finden würde. Er entdeckte ihn am unteren Ende einer Gestirnformation, die sich nie änderte. Sein Lehrer hatte ihm vor langer Zeit schon beigebracht, dass man sich mit Hilfe dieser Fixsterne immer und überall orientieren konnte, um auch bei Nacht nicht den Weg zu verlieren. Er ging in die Hocke und balancierte auf den Absätzen, während er Marsali erklärte, woran sie den Stern, den er ihr ausgesucht hatte, immer leicht erkennen würde.

Sie hörte aufmerksam zu. »Ich werde jede Nacht nach ihm sehen«, versprach sie.

»Das werde ich auch«, sagte er, obwohl er wusste, dass er das bestimmt nicht tun würde. Aber die Freude, die er in ihren Augen sah, war die kleine Lüge wert.

»Du machst jetzt besser, dass du ins Bett kommst, bevor Jeanie dein Verschwinden bemerkt«, meinte er warnend.

Marsali beugte sich plötzlich vor und gab ihm einen flüchtigen Kuss auf die Wange, bevor sie davonlief, wobei ihre kleinen Füße zu fliegen schienen, als sie über die steile Treppe nach unten verschwand.

1

Die Highlands, 1660

Es war ein herrlicher Tag für eine Hochzeit. Das sagten alle.

Die Sonne leuchtete strahlend auf die sattgrünen Felder und auf das nahe gelegene Loch – einen abgrundtiefen stillen See –, und der stürmische Wind der vergangenen Tage war zu einer milden Brise abgeflaut.

Das sei ein gutes Omen für eine glückliche Zukunft, hatte Marsalis Vater gemeint. Ein wunderbarer Tag. Eine fabelhafte Verbindung.

Dass er – und mit ihm viele andere – das immer wieder mit allem Ernst betonte, machte allerdings nur wenig Eindruck auf die Braut. Ihr Clan war von einer Art Größenwahn befallen, dachte sie, während sie es zuließ, dass Jeanie ihre Haare, die ihr bis zur Taille reichten, ausbürstete und sie dann zu einem breiten Zopf flocht, in den sie frische Blumen einband. »Edward Sinclair ist doch keine üble Partie«, meinte Jeanie aufmunternd.

»Aye«, antwortete Marsali nur. Jeanie war ihre Zofe und zugleich ihre beste Freundin. Sie konnte nicht mit ihr über deren Eindruck streiten, den sie von dem Mann hatte, mit dem ihr Vater sie verheiraten wollte. Aber sie konnte es einfach nicht glauben, dass niemand außer ihr die Kälte in Edwards Augen sah, die Skrupellosigkeit in seinem Lächeln, das ihr persönlich so steif und unecht wie eine Maske erschien.

Noch vier Stunden. Noch vier Stunden Freiheit. Noch vier Stunden voller Träume von einem jungen Mann, der ihr einmal – vor langer Zeit – versprochen hatte, die Sterne vom Himmel zu holen.

Sie hatte so lange Zeit nichts mehr von Patrick gehört. Zwölf Jahre waren inzwischen vergangen, seit er sich auf dem Festungswall von Abernie von ihr verabschiedet hatte, aber sie hatte diesen Abend nie vergessen. Und sie hatte auch seinen letzten Besuch nicht vergessen. Damals war sie vierzehn gewesen. Sie hatte ihm angesehen, dass er genau bemerkt hatte, wie sie sich mit den Jahren verändert hatte. Sein Gesichtsausdruck hatte sich schlagartig verwandelt: von höflicher Freundlichkeit zu etwas ganz anderem, etwas, das sie innerlich vor freudiger Erwartung und Entzücken erzittern ließ. Diesen Blick hatte sie in den vergangenen sechs Jahren wie einen Schatz gehütet.

Manchmal hatte sie das Gefühl, als hätte sie ihr ganzes Leben nur damit zugebracht, auf Patrick zu warten. Sie hatte gewartet, als er gegen Cromwell ins Feld gezogen und in der Folge davon zum Vogelfreien erklärt worden war. Ihre Hochzeit war zuerst um ein Jahr verschoben worden, dann um ein weiteres. Während all dieser Zeit hatte sie nur zwei Nachrichten von ihm erhalten, beide steif und gespreizt, in denen er ihr mitgeteilt hatte, dass er noch am Leben sei. Sie hätte ewig auf ihn gewartet.

Doch heute würde sie die Frau eines anderen Mannes werden.

Marsalis Herz zog sich zusammen, aber sie wusste, dass ihr keine andere Wahl blieb. Wenn sie sich weigern würde, die Zeremonie zu vollziehen, würde man ihre vierzehnjährige Schwester zwingen, ihren Platz einzunehmen. Den Gedanken, ihre Schwester Cecilia Edward Sinclair zu opfern, konnte sie nicht ertragen.

Ein herrlicher Tag für eine Heirat, hatten alle nimmermüde behauptet. Ihr Vater. Ihr Bruder. Und sogar Jeanie.

Warum hatte sie dann das Gefühl, sich auf ein Begräbnis vorzubereiten?

Eines ihrer Frettchen sprang in ihren Schoß. Tristan und Isolde waren inzwischen an Stelle von Antonius und Cleopatra getreten – aber Marsali stellte sich vor, dass die beiden in einer Art Frettchen-Himmel immer noch beieinander waren. Allerdings wusste sie selbst nicht genau, weshalb sie ihren Schoßtieren stets die Namen von legendären – und tragischen – Liebespaaren gab. Vielleicht war das ja als Omen zu verstehen.

Eine einzelne Träne lief ihr über die Wange und tropfte auf das weiche Fell des Tierchens.

»Ach, Kind«, seufzte Jeanie, »ist es denn wirklich so schlimm für dich?«

Marsali presste die Lippen zusammen. Es gab nichts, was sie tun konnte. Selbst wenn Patrick noch am Leben wäre, würde ihr Vater ihr niemals erlauben, ihn zu heiraten. Jetzt nicht mehr. Nicht nachdem er, als Anführer des Clan Gunn, eine Blutfehde gegen Patricks Familie ausgerufen hatte. Die Verlobung, das Heiratsversprechen, war sowohl von ihrem Vater als auch von Gregor Sutherland widerrufen worden – und obwohl zwischen den beiden Clans viele Blutbande bestanden, würde man sich jetzt gegenseitig wohl eher totschlagen, als miteinander zu feiern.

Und das alles wegen Marsalis Tante, Margaret, die an dem Tag Patricks Vater geheiratet hatte, als die Verlobung der jungen Leute offiziell verkündet worden war. An diesem Tag hatten beide Familien und die Angehörigen ihrer Clans freudig gefeiert, und anschließend hatten Margaret und Gregor allem Anschein nach jahrelang glücklich auf Schloss Brinaire in Sutherland gelebt.

Dann – das war vor zwei Jahren gewesen – hatte Gregor, Patricks Vater, Margaret öffentlich des Ehebruchs bezichtigt und sie eine Metze genannt. Er hatte beim Parlament in London die Scheidung beantragt, aber die beiden angeblichen Zeugen des Vergehens waren plötzlich nicht mehr auffindbar. Die Scheidung wurde aus Mangel an Beweisen abgelehnt.

Eine Woche später war Margaret verschwunden. Ermordet, wie Donald Gunn behauptete. Ermordet von dem Mann, den er einst als seinen besten Freund bezeichnet hatte: Patricks Vater, Gregor Sutherland, der Marquis von Brinaire.

Marsali kannte die Wahrheit nicht. Niemand kannte sie. Sie wusste nur, dass Margaret die einzige Schwester ihres Vaters war und der tieftraurig war, dass er sie verloren hatte. Tieftraurig – und wütend, weil Margarets Ehre verletzt worden war ... und die ihres Familienclans.

Donald Gunn hatte vor dem Parlament eine Gegenklage gegen Brinaire eingereicht, aber auch die wurde aus Mangel an Beweisen abgewiesen. Danach hatte Marsali mitansehen müssen, wie ihr Vater immer verbitterter geworden war und er schließlich nur noch an Rache gedacht hatte. Da war ihr dann klar geworden, dass sie Patrick nie zum Mann bekommen würde – selbst wenn er noch lebte.

Sie drehte sich zu Jeanie um und wischte sich eine Träne von der Wange. »Ich kann Edward Sinclair nicht ausstehen, und ich traue ihm nicht.«

»Und warum nicht, Kind?«

Marsali konnte als Antwort nur mit den Schultern zucken. Wie hätte sie auch die Grausamkeit in Edwards Augen beschreiben sollen? Sie hatte ja versucht, ihrem Vater zu erklären, dass sie Edward misstraute, aber er hatte ihre Gefühle als weiblichen Wahn abgetan. »Sieh dir doch Margaret an«, hatte er argumentiert, »die hat aus Liebe geheiratet und wurde dennoch betrogen.« So viel sie auch auf ihn eingeredet hatte, seine Ansicht hatte er nicht geändert.

Aber Marsali wusste natürlich, worauf es ihrem Vater bei der Verbindung mit Sinclair in Wirklichkeit ankam: auf die zusätzliche Stärke dessen Clans. Gemeinsam wären die beiden Clans stark genug, um Brinaire anzugreifen und Rache zu nehmen. Jeden anderen Gedanken hatte Donald Gunn aus seinem Gedächtnis verbannt, und er beschäftigte sich deshalb auch nicht mit Fragen nach Edwards Charakter oder den

Gerüchten über die seltsamen Umstände beim Tod seiner zweiten Ehefrau. Soweit es Donald Gunn betraf, hatten verlogene Sutherlander dieses Gerede in Umlauf gebracht. Oder hatte Edward Sinclair etwa keine Tränen am Grab seiner Ehefrau vergossen?

Da auch Edward persönlich Groll gegen Patricks Clan hegte, war er in den Augen von Marsalis Vater der ideale Verbündete. Donald Gunn hatte zwar eingeräumt, dass Edward von niederer Geburt war, aber zugleich darauf hingewiesen, dass er dennoch ein hervorragender Anführer eines feinen Clans sei, der für seine Tapferkeit bekannt war. Noch besser bekannt, hatte Marsali gedacht, für seine Brutalität und Hinterlist. Aber auch davon hatte ihr Vater nichts hören wollen. Für ihn war der Marquis von Brinaire der größere Schurke.

Marsali spürte Jeanies Hand auf ihrer Schulter. Zitterte die Hand der Freundin etwa ein bisschen?

Sie drehte sich um und schaute die andere Frau an. Im Alter von zwanzig hatte Jeanie ihren Ehemann und ihr Baby verloren, und war als Marsalis Amme auf Abernie beschäftigt worden. Von diesem Tag an waren die beiden immer zusammen gewesen. Jetzt war Jeanie vierzig, aber in ihrem kastanienbraunen Haar gab es nur ein paar graue Strähnchen. Marsali war schockiert, als sie in den Augen der Freundin Tränen glitzern sah.

»Vater ist überzeugt, dass Edward mir ein guter Ehemann sein wird«, wisperte sie.

»Aber mein kleines Mädchen glaubt das nicht«, erwiderte Jeanie leise. »Träumst du immer noch von Patrick?«

Marsali seufzte. »Wie könnte ich das nicht? Schließlich habe ich jahrelang geglaubt, ich würde ihn eines Tages meinen Ehemann nennen dürfen.«

»Du hast ihn sehr lange Zeit nicht mehr gesehen. Vielleicht hat er sich verändert.«

»Patrick?« Ihre Stimme wurde weich. »Nay. Seine Güte

und seine Redlichkeit werden sich nie ändern.« Dann fügte sie mit einem leichten Kopfschütteln hinzu: »In Edward sehe ich keine Güte.«

Jeanie schwieg einen Moment. »Wenn es nicht wegen deiner Schwester wäre ...«

»... würde ich davonlaufen und Patrick suchen«, erklärte Marsali ohne zu zögern. »Ich weiß genau, dass er noch lebt. Wäre es anders, würde ich das spüren.«

»Sein Vater würde dich aber nicht in seinem Haus aufnehmen«, erinnerte Jeanie sie.

»Wir könnten woanders hingehen. Nach Süden, in die Nähe der Grenze«, erwiderte Marsali versonnen. Sie wusste allerdings nicht, ob Patrick sie überhaupt noch haben wollte und schon gar nicht, ob er bereit wäre, ihretwegen alles aufzugeben.

»Wirklich?«, fragte Jeanie.

»Aye. Aber ich kann Cecilia nicht für mich opfern.«

Marsali schwieg einen Moment. Schließlich blickte sie auf und schaute in Jeanies Gesicht, in dem sich widersprüchliche Gefühle zeigten. Sie streckte die Hand aus und legte sie auf die Hand der Freundin. »Ich habe Edward erklärt, dass ich möchte, dass du mit mir kommst.«

»Und war er damit einverstanden?«

»Es blieb ihm nichts anderes übrig«, erwiderte Marsali, die sich gut an den heftigen Streit mit Edward erinnerte. Er war strikt dagegen gewesen, dass sie ihre eigene Dienerschaft mitbrachte. Er hatte gesagt, dass es auf Haiford genügend Leute gab, die ihr zur Hand gehen würden. Aber obwohl er schließlich eingelenkt hatte, fürchtete Marsali, dass er sich nicht mehr an sein Wort halten würde, sobald sie erst einmal verheiratet waren.

Sie schloss die Augen und betete um genügend Kraft, um diesen Tag zu überstehen. Als sie an ihre Hochzeitsnacht dachte, zog sie unwillkürlich den Stoff ihres Kleides enger um sich und begann zu zittern.

Jeanies Hand berührte Marsalis Wange. »So kalt«, wisperte die ältere Frau.

Dann seufzte Jeanie tief, legte die Haarbürste zur Seite und trat einen Schritt zurück, um ihre Schutzbefohlene lange und gründlich anzusehen. Sie machte ein gequältes Gesicht und sagte schließlich: »Du warst für mich immer wie ein eigenes Kind.«

Marsali spürte, wie ihr die Tränen in die Augen stiegen, und sie wollte darauf etwas erwidern.

Jeanie brachte sie jedoch zum Schweigen und wandte sich ab, als sie weitersprach. »Nimm deine Schwester, und geh mit ihr in die Kapelle«, befahl sie. »Und bitte Gott um seinen Beistand.«

Verwundert stand Marsali auf und machte einen Schritt auf ihre Freundin zu. Jeanie war eine Katholikin, eine der ganz wenigen, die sich standhaft geweigert hatte, sich von ihrer Kirche loszusagen – obwohl das eine Gefahr für Leib und Leben bedeutete. Jeanie gab sich auch kaum Mühe zu verbergen, was sie für Menschen empfand, die ihren Glauben aus Eigennutz verleugnet hatten und die während Cromwells Herrschaft zum Protestantismus übergetreten waren. Sie hatte sich stets geweigert, auch nur einen Fuß in die reformierte Schlosskapelle zu setzen, und schlich sich stattdessen nachts davon, um an katholischen Messen teilzunehmen, die an geheimen Orten abgehalten wurden. Weshalb, so fragte Marsali sich, schickte Jeanie sie dann jetzt in die Kapelle und befahl ihr, zum Gott der Protestanten zu beten, eine Glaubensrichtung, die sie doch zutiefst verachtete?

Als Marsali noch einen Schritt näher trat, wich Jeanie zurück. »Verlier jetzt keine Zeit, sondern hol deine Schwester. Und vergiss nicht zu beten – vielleicht wird es ja helfen.« Sie deutete mit der Hand auf Tristan und Isolde, die zu Boden gesprungen waren, als Marsali aufgestanden war. »Und nimm auch deine kleinen Monster mit.«

Vielleicht würden ja ein paar stille Momente mit Gott etwas von der schweren Bürde nehmen, die auf ihrer Seele lastete. Und vielleicht glaubte Jeanie einfach, dass es unter solch widrigen Umständen keine Rolle spielte, ob man in einem Gotteshaus betete, das von Protestanten eingerichtet war und nicht von Katholiken. Zu dieser frühen Stunde würde die Kapelle verlassen sein und das – dachte Marsali – würde ihr zumindest die Gelegenheit geben, sich ungestört von Cecilia verabschieden zu können.

Marsali fand ihre jüngere Schwester in deren Zimmer. Cecilias Augen leuchteten auf, als sie eintrat, aber der Glanz wurde sofort wieder von Trauer überschattet.

»Ach, Marsali, ich werde dich schrecklich vermissen«, sagte Cecilia. »Du bist der einzige Mensch, mit dem ich reden kann.«

»Gavin wird sich um dich kümmern«, antwortete Marsali.

»Ach, der interessiert sich doch nur für die Jagd und den Besitz«, sagte Cecilia und fügte mit einem verbitterten Unterton hinzu: »Und dafür, mit Vater zu konspirieren, um eine Heirat für mich zu arrangieren, die für Abernie möglichst Gewinn bringend ist.«

»Du bist noch viel zu jung zum Heiraten«, widersprach Marsali, obwohl sie genau wusste, dass das nicht ganz richtig war. Sicher, ihrer Ansicht nach war Cecilia noch zu jung, aber das Alter einer Frau spielte meist nur eine Nebenrolle für Männer, die die Ehe als Mittel zum Zweck benutzten, um sich oder ihrem Clan einen Vorteil zu verschaffen. Früher hatte sie geglaubt, dass ihr Vater anders wäre, dass er seinen Töchtern die Wahl überlassen würde, aber die Fehde mit den Sutherlands hatte diese Hoffnung zunichte gemacht.

»Ich wünschte …«, begann Cecilia zögernd. »Ich würde gerne …«

»Was würdest du gerne …?«, ermutigte Marsali sie liebevoll.

»Ich wäre gerne eine Nonne geworden«, erwiderte ihre Schwester ganz ruhig.

»So etwas darfst du nie laut aussprechen«, wisperte Marsali alarmiert. Es war immer noch gefährlich, so etwas überhaupt nur zu denken.

»Ich weiß«, sagte Cecilia. »Aber ich glaube nicht, dass ich jemals heiraten möchte.«

Marsali wusste nicht, wie sie ihre Schwester hätte trösten können. Sie selbst hatte ja auch einmal an Liebe, Ehre und Glück geglaubt. Doch heute – in wenigen Stunden – würde sie einen Mann heiraten, den sie verachtete. Und wenn sie sich weigern würde, ihm das Jawort zu geben ... Cecilia würde niemals die Kraft aufbringen, sich ebenfalls zu weigern.

»Komm mit in die Kapelle«, sagte sie. »Ich glaube nicht, dass es für Gott wichtig ist, ob wir in einem katholischen oder in einem protestantischen Haus zu ihm beten.«

»Wirklich? Aber Jeanie sagt ...«

»Wirklich!«, unterbrach Marsali sie bestimmt. »Niemand wird jetzt dort sein.«

Sie nahm Cecilias Hand und führte ihre Schwester die steinerne Treppe des Hauptturms herunter, wobei sie sich im Schatten hielt. Die beiden Frettchen sprangen hinter ihr her. Was würde wohl aus ihren kleinen Lieblingen werden, wenn sie mit Edward nach Haiford ging? Er hatte kein großes Geheimnis daraus gemacht, dass er die possierlichen Tierchen widerlich fand, und Tristan und Isolde waren klug genug, diesem Mann nicht zu nahe zu kommen ...

Aus der Großhalle, wo ihr Vater seine Gäste bewirtete, waren Lachen und laute Stimmen zu hören. Unbemerkt erreichten sie die Außentür und traten in den Burghof, in dem rege Betriebsamkeit herrschte. Seit zwei Tagen trafen von überall her Besucher ein, und die Plaids in den Mustern und Farben der verschiedenen Clans boten ein buntes Bild. Viele Plaids waren Marsali bekannt, aber es gab auch welche, die ihr fremd waren. Alle schottischen Clans – mit Ausnahme von Clan Sutherland – waren zur Hochzeit eingeladen worden und wurden nun auf Abernie begrüßt. Sie vermutete allerdings, dass nicht einmal ihr Vater alle Gäste kannte.

Marsali holte tief Luft. Ihr war zum Heulen zumute, aber sie wollte nicht, dass Cecilia ihre Angst sah. Ihre Einsamkeit. Ihre Verzweiflung.

Ihre Sehnsucht nach Patrick.

Sie ging über den belebten Schlosshof zur Kapelle, öffnete die schwere Tür und warf einen Blick ins Innere. Leer und still. Eine Erleichterung.

Sie gab Cecilia ein Zeichen und betrat das dunkle Gebäude mit der hohen gewölbten Decke. Ihre flachen Schuhe verursachten kaum ein Geräusch, als sie nach vorne zum Altar gingen. Die Einrichtung der Kapelle war nur noch schlicht und spartanisch, denn die herrlichen Schnitzereien hatte man entfernt und die bunten, bleiverglasten Fenster durch einfache Fensterläden aus Holz ersetzt, um Cromwells Forderung nach Puritanismus zu erfüllen.

Natürlich, jetzt, nachdem Cromwell tot war und König Karl den Thron bestiegen hatte, würde das Aussehen der Kapelle zweifellos wieder verändert werden. Ihr Vater hatte schon immer sorgfältig darauf geachtet, aus welcher Richtung der politische und religiöse Wind wehte.

Sie und Cecilia gingen zu einer Gebetsbank in der vorderen Reihe. Die Frettchen hüpften auf die Bank und begannen die Umgebung zu erkunden. Marsali warf ihrer Schwester einen Blick zu und nickte, bevor sie sich niederkniete und den Kopf senkte. Cecilia tat das Gleiche.

Marsali versuchte sich auf das Gebet zu Gott zu konzentrieren, aber sie konnte nur an Patrick denken. Sie konnte sich noch genau an den Tag erinnern, an dem sie ihr Herz an ihn verloren hatte. Sie war damals erst fünf gewesen, und einer der Jagdfalken ihres Vaters hatte sich auf eines ihrer Frettchen gestürzt.

Patrick hatte ihren Schreckensschrei gehört und die scharfen Krallen des Raubvogels gepackt, bevor der damit das Wieseltier töten konnte. Bei dem Kampf war Patricks Hand ziemlich in Mitleidenschaft gezogen worden. Aber von diesem Tag an war er ihr Held gewesen. Ihr weißer Ritter. Ihr Sternenjäger.

Ihr zukünftiger Ehemann.

An diesem Gedanken hatte sie dann Gefallen gefunden – wie es einer Achtjährigen eben entsprach –, als er zum ersten Mal davongegangen war. Als er vom Krieg auf dem Kontinent als Vogelfreier zurückgekommen war, war sie vierzehn und er zweiundzwanzig gewesen. Er war größer gewesen, als sie ihn in Erinnerung gehabt hatte, und sein Lächeln war zögernder geworden. Im Gesicht hatte er eine breite Narbe, aber seine Augen waren immer noch warm und seine Berührung zärtlich, als er ihre Hand an seine Lippen geführt, und ihr erklärt hatte, was für eine Schönheit sie geworden war …

Marsali schüttelte den Kopf. Sie musste sich frei machen von solchen Gedanken.

Erneut versuchte sie zu beten. Dann – ganz plötzlich – spürte sie, dass sie nicht mehr alleine mit ihrer Schwester in der Kapelle war. Sie wollte sich umdrehen.

Hände, kräftig und kampferprobt, packten sie. Im gleichen Moment hörte sie, wie Cecilia nach Atem rang. Aber es war zu spät, um zu reagieren. Ein Stofflappen wurde ihr in den Mund geschoben und die Hände auf dem Rücken zusammengebunden.

Eine tiefe Stimme flüsterte ihr ins Ohr: »Ich bitte vielmals um Vergebung, Mylady.« Dann spürte Marsali einen kurzen scharfen Schmerz im Hinterkopf, und im nächsten Augenblick wurde es schwarz um sie herum.

☆ ☆ ☆

Patrick Sutherland, Earl von Treydan und Sohn des Marquis von Brinaire, stapfte ungeduldig auf dem grasbewachsenen Hügel in der Nähe des Wasserfalls auf und ab.

Marsali hatte ihn bei seinem letzten Besuch in Abernie zu diesem Ort geführt. Im Alter von vierzehn war sie hübscher gewesen, als er es sich je hätte vorstellen können. Er erinnerte sich lebhaft, welchen Eindruck sie damals hier auf ihn gemacht hatte, als sie ihm scheu erzählt hatte, dass niemand sonst von ihrem geheimen Zufluchtsort wusste. Sie hatte sein Herz angerührt wie kein Mensch zuvor. Während der schrecklichen letzten Jahre hatte er sich oft an diesen klaren sonnigen Morgen erinnert, an Marsalis liebreizendes Gesicht, an ihre natürliche Art. Instinktiv hatte er gespürt, dass sie ihm den Frieden bringen könnte, den er so verzweifelt brauchte.

Er hatte genug vom Krieg. Genug von dem Abschlachten, das im Namen Gottes und der Religion durchgeführt wurde. Da Cromwell ihn zum Vogelfreien erklärt hatte, hatte er nicht nach Hause zurückkehren können, bevor König Karl der Zweite inthronisiert worden und die Monarchie wiederhergestellt war. Um zu überleben, hatte er sich bis dahin auf dem Kontinent als Söldner verdingt, oftmals unter Karls Banner. Aber nach der letzten Schlacht hatte er sich geschworen, nie wieder sein Schwert gegen einen schottischen Landsmann zu erheben.

Er hatte Frankreich verlassen, nachdem man dem jungen Prinz Karl in der Heimat wieder die Türen geöffnet hatte. Zusammen mit Rufus und Hiram war Patrick durch ganz England geritten, um schnellstens nach Brinaire zu gelangen – nur um hier zu erfahren, dass seine Verlobung mit Marsali gelöst worden war, und die Frau, die ihm versprochen war, Edward Sinclair heiraten würde, den Anführer von Clan Sinclair.

Bei dieser Nachricht war es Patrick eiskalt über den Rücken gelaufen. Er kannte Sinclair. Er hatte einmal an seiner Seite gekämpft, hatte aber nur noch den Rücken des Feiglings gesehen, als die Schlacht hin und her wogte und auf Messers Schneide gestanden hatte.

Edward würde Marsali nicht bekommen. Nicht dieses liebevolle zärtliche Mädchen, das wilde Tiere dazu bringen konnte, ihr aus der Hand zu fressen, und dessen Glaube an ihn ihm oft über Tod und Verderben hinweg geholfen hatte. Nein, das konnte einfach nicht sein.

Er hatte die Warnung seines Vaters in den Wind geschlagen, die Sache auf sich beruhen zu lassen, und war vor dem Bankett geflohen, das ihm zu Ehren auf Brinaire geplant war. Eine andere Ehre verlangte, dass er die Frau beschützte, von der er zwölf Jahre lang geglaubt hatte, sie sei seine Braut.

Er hatte Rufus Chrisholm und Hiram Burnett mitgenommen. Die drei Freunde hatten einander so oft das Leben gerettet, dass Patrick zu zählen aufgehört hatte. Gemeinsam waren sie zu diesem Wasserfall geritten, einer versteckten Grotte an der Grenze zwischen Brinaire und Abernie.

An den Ritt konnte er sich kaum noch erinnern. Seine Gedanken waren unentwegt um Marsali gekreist. Sternenjäger hatte sie ihn früher genannt. Sie hatte ihm das Gefühl gegeben, als ob er alles erreichen könnte – selbst die Sterne vom Himmel holen. Ob sie noch immer so für ihn empfand? Oder ob sie die Heirat mit Edward Sinclair wirklich wollte? Das musste er einfach herausfinden.

Patrick wusste, dass es ihm nie gelingen würde, unbemerkt durch die Tore von Abernie zu schlüpfen. Die Wachen würden ihn sofort erkennen – und nach Ansicht seines Vaters –, nur als Feind. Aber das Letzte, was er jetzt wollte, wäre es, gezwungen zu sein, gegen Marsalis Clansverwandte kämpfen zu müssen.

So hatte er, als er mit seinen Freunden hier angekommen war und sie gemeinsam einen Plan entwickelt hatten, etwas getan, was ihm zutiefst zuwider war: Er hatte andere Männer losgeschickt, um das zu erledigen, was er selbst nicht erledigen konnte. Aber Rufus und Hiram waren Marsalis Vater fremd, und die Gastfreundschaft der Highlands verlangte es, dass sie in Abernie aufgenommen würden.

Seine beiden Kampfgefährten sollten Jeanie MacDougal aufsuchen und sie nach Marsalis wahren Gefühlen befragen. Wenn Marsali mit der bevorstehenden Hochzeit einverstanden wäre, dann sollte es so sein. In diesem Fall würden Rufus und Hiram alleine zu ihm zurückkehren. Wenn Marsali allerdings gegen die geplante Verbindung mit Edward war, sollten sie die junge Frau mitbringen.

Patrick wusste zwar, dass Geduld nicht gerade seine stärkste Seite war, aber jetzt, nach zwei Tagen, schien die Grenze des Erträglichen erreicht.

Er hatte durch den schmalen Spalt zwischen den Felsen gestarrt, als ob er dadurch Rufus und Hiram herbeizwingen könnte. Jetzt wandte er den Blick ab und betrachtete den Wasserfall. Das Wasser stürzte sprudelnd über Felsvorsprünge, gluckerte in Nischen und fiel dann etwa dreißig Fuß in die Tiefe, wo es in einem stillen Becken kreiselnd zur Ruhe kam, bevor es einen unbekannten Weg nahm und verschwand.

Patrick erinnerte sich an das letzte Mal, als er hier gewesen war.

»Du musst mir versprechen, niemandem von diesem Ort zu erzählen«, hatte Marsali ihn gebeten. »Er soll nur uns allein gehören.«

Ein wenig belustigt war er ihr durch einen schmalen Spalt zwischen zwei mächtigen Felsblöcken gefolgt. Einerseits hatte Marsali wie eine erwachsene Frau gewirkt, die ihren Geliebten verführen wollte, andererseits wie ein aufgeregtes Kind, das seinen Freund in sein größtes Geheimnis einweihte. Sie hatte den Ausflug sorgfältig geplant, und es war ihr sogar gelungen, Jeanies wachsamem Blick zu entwischen.

»Nicht einmal Jeanie weiß etwas von diesem Ort«, hatte sie verschwörerisch gewispert und ihm dabei fragende Blicke zugeworfen, weil sie offenbar ganz gespannt auf seine Reaktion gewesen war.

Es war ihm schwer gefallen, sein Erstaunen nicht allzu überschwänglich auszudrücken. Die Felsen stiegen an allen Seiten steil in die Höhe und schufen so eine kleine Oase mit Bäumen und Büschen, die in der Mitte durch den Wasserfall geteilt wurde. Dieser wunderbare Ort lag nicht weit von der Straße entfernt, die Sutherland mit Gunn-Land verband und auf der immer reger Betrieb herrschte. Er selbst hätte es nicht für möglich gehalten, dass zwischen den schroffen Felsen so ein friedliches Paradies verborgen sein könnte.

»Eines Tages habe ich einen Ausritt gemacht«, hatte sie ihm erklärt, »und dabei einen Pfau gesehen, der zwischen den Felsen hindurchgeschlüpft ist.«

Damals hatte er gedacht, dass er nie mehr einen Menschen kennen lernen würde, der so liebenswert wie Marsali sein würde. Er war sicher, dass sie einmal eine wunderbare Mutter sein würde. Selbst mit vierzehn Jahren hatte sie schon die Ausstrahlung einer reifen Frau, obwohl sie natürlich noch den hoffnungsvollen Eifer der Jugend besaß. Durch ihre Augen betrachtet, war auch ihm das Leben wieder hell und schön und wunderbar vorgekommen.

»Ich verspreche es dir«, hatte er zu ihr gesagt. »Ich werde nie irgendjemandem von diesem Ort erzählen.«

Aber vor zwei Tagen hatte er seinen Schwur gebrochen, als er Rufus und Hiram zu Marsalis geheimem Versteck geführt hatte. Er hatte nicht gewusst, wohin er sie hätte bringen lassen können, wo sie auch sicher gewesen wäre.

Patrick begann wieder auf und ab zu gehen. Diese Warterei brachte ihn nahezu um den Verstand. Er hatte geglaubt, er hätte schon vor langer Zeit gelernt, seine Emotionen unter Kontrolle zu halten, aber jetzt musste er die Entdeckung machen, dass er – sobald Marsali ins Spiel kam – dabei nicht sehr erfolgreich war.

2

Hiram fing die junge Frau auf, als ihr schlanker Körper in seinen Armen zusammenbrach. Rufus war mit dem Mädchen ebenso verfahren.

»Patrick wird uns dafür umbringen, dass wir Gewalt angewendet haben«, grummelte Hiram.

»Aye, das wird er vielleicht«, erwiderte Rufus freundlich. »Aber andererseits wird er sicher froh sein, dass wir uns unseren Weg aus Abernie heraus nicht haben freikämpfen müssen, was nötig gewesen wäre, wenn diese Frau, diese Jeanie, sich geirrt hätte. Wenn eines der beiden Mädels geschrien hätte, wäre Blut geflossen. Und Patrick hat uns eingeschärft, das auf alle Fälle zu vermeiden.«

Hiram warf Rufus einen zweifelnden Blick zu, während er beobachtete, wie sein Freund das Mädchen in seinen Armen balancierte. »Und er wird bestimmt auch nicht gerade entzückt sein, dass du sie halb ausgezogen hast.«

Rufus grinste. »Tja, manchmal ist es wirklich nicht leicht, Patricks Freund zu sein. Er kann nie etwas auf die einfache Art erledigen.«

Hiram nickte. »Wenn es nach mir gegangen wäre, wären wir reingestürmt und hätten sie beherzt hier rausgeholt.«

»Und hätten dabei den Boden mit dem Blut ihrer Clansleute getränkt«, meinte Rufus trocken. »Das wäre ja nun kein schöner Anfang für eine Ehe gewesen.«

»Glaubst du wirklich, er hat die Absicht, diese Frau zu heiraten? Sein Vater sagte doch, dass er Patrick dann verstoßen würde.«

»Aye, ich denke, dass er sie wirklich heiraten will. Wenn Patrick sich etwas in den Kopf gesetzt hat ...«

»Wenn ich sie mir jetzt so ansehe, kann ich Patrick sogar verstehen.« Hiram beugte sich vor, um das üppige dunkle Haar zu berühren, aber als er die Hand ausstreckte, stürzte sich plötzlich ein kleines Tier auf ihn und biss ihm kräftig in die Hand.

»Blutrünstiger Teufel«, fluchte er, bevor er sich an sein Versprechen erinnerte, das er der Dienerin gegeben hatte. Er würde Jeanies Schutzbefohlene – und alles, was ihnen gehörte – respektvoll behandeln. Er hatte auch versprochen, dass er, zum Dank für Jeanies Hilfe, Marsalis Schwester mitnehmen würde und das, was sie liebevoll die kleinen Monster genannt hatte.

Monster, in der Tat.

Er packte das Tierchen vorsichtig, aber fest im Nacken und wurde im gleichen Moment von dem zweiten Frettchen attackiert. Aus dem Augenwinkel sah Hiram, dass Rufus feixte, und er wusste, dass er eine komische Figur abgab. Obwohl er so groß und kräftig war, fühlte er sich doch oft unbehaglich in seiner Haut – außer in einer Schlacht. Es war ja gut und schön zu wissen, dass er mit einem Schlag einen Feind niederstrecken konnte, aber was nützte ihm seine ganze Kraft angesichts einer bewusstlosen Frau und zwei kleiner Tiere? Wütend fauchende kleine Monster, die doch nur ihre Mistress zu beschützen versuchten.

Er fühlte sich miserabel und der Situation nicht gewachsen. »Verdammt, Mann, hilf mir doch mal«, grummelte er.

»Ah, schön zu hören, dass du meine Hilfe brauchst«, spottete Rufus, während er vorsichtig näher kam.

Blitzschnell packte er das Frettchen, das auf der Brust der Frau saß, und steckte es in Hirams geräumige Felltasche. Hiram setzte das Tier, das er in der Hand hielt, zu seinem Artgenossen in die Tasche. Der Sporran wippte am Gürtel heftig auf und ab, nachdem Hiram die Lasche durch die Schlaufe gezogen hatte.

Mit einem Kopfnicken dankte er Rufus. »Wie du richtig bemerkt hast, ist es nicht leicht, Patricks Freund zu sein. Aber der Mann hat sich nun mal danach gesehnt, zu seiner Braut zurückzukehren. Das konnte ja sogar ich sehen.« Er dachte einen Moment nach und sagte dann: »Es ist schon seltsam, sich vorzustellen, dass er verliebt ist. Ich hätte nicht gedacht, dass ich den Tag noch erleben würde.«

»Du wirst wahrscheinlich auch keinen weiteren mehr erleben, wenn wir nicht zusehen, dass wir von hier verschwinden.«

»Ich habe den Torwachen so viel Wein gegeben, dass man damit ein ganzes Regiment hätte außer Gefecht setzen können. Aber die meisten waren ohnehin noch von dem Gelage des gestrigen Abends betrunken.«

»Tja, nichts macht einen Mann eben so durstig wie eine Hochzeit«, meinte Rufus philosophisch. »Aber ihnen die Braut zu stehlen, könnte sie vielleicht doch ein kleines bisschen reizbar machen.«

Er zog Marsali das Oberkleid aus und streifte ihr eine Männerhose und ein Hemd über die Unterwäsche. »Du solltest lieber die Tür im Auge behalten.«

»Diese Frau, Jeanie, sagte, dass bei all der Feierei um diese Zeit bestimmt niemand in die Kapelle kommen würde. Sie ist eine Hübsche. Ich hätte nichts dagegen, sie zu meinem Eheweib zu machen.«

Rufus lachte leise in sich hinein. »Ich wusste gar nicht, dass du romantische Gefühle im Blut hast.«

Hiram errötete, antwortete aber nicht.

Rufus beendete sein Werk, indem er Marsalis Haare unter eine Männerkappe stopfte, die er ihr tief ins Gesicht zog. »Sie ist ja fast noch ein Kind«, murmelte er. »Was muss der Herr von Abernie nur für ein Mensch sein, dass er bereit ist, sie an einen Mann wie Sinclair zu verschachern?«

»Aye«, nickte Hiram zustimmend. »Ich denke mir, dass man dazu ziemlich skrupellos sein muss.«

»Ach, du und dein ewiges Denken. Dauernd denkst du dir etwas«, erwiderte Rufus. »Pass lieber auf die beiden Mädels auf, während ich die Pferde bereitstelle und einen Teppich besorge, in den wir die ganz Kleine wickeln können.«

Hiram stellte sich neben den beiden ohnmächtigen jungen Frauen in Positur und beobachtete, wie Rufus zum hinteren Ende der Kapelle ging. Vor der Tür drehte sich Rufus noch einmal kurz um, öffnete das schwere Portal und verschwand ins Freie.

Hiram seufzte tief und hoffte, dass niemand kommen möge.

Die Minuten strichen vorbei. Als sich schließlich – nach einer Ewigkeit, wie es schien – das Portal langsam knarrend öffnete, begann sein Herz schneller zu schlagen, und alle Muskeln in seinem großen kräftigen Körper spannten sich. Im nächsten Moment tauchte Rufus auf, und augenblicklich entspannte sich Hiram wieder.

Schnell durchquerte Rufus den Hauptgang der Kapelle. »Du nimmst Patricks Mädchen«, befahl er. »Ich werde die ganz Kleine in den Teppich wickeln und sie über die Schulter geworfen tragen. Zierlich wie sie ist, wird es aussehen, als würden wir ein Bündel Teppiche zum Auslüften bringen.«

Hiram legte einen Arm um Lady Marsalis Taille, stellte sie auf die Füße und hielt sie gerade aufrecht, als ihr die Beine wegknicken wollten, da sie ja noch immer ohnmächtig war.

Er beobachtete, wie Rufus Cecilia behutsam in den Teppich rollte, den er mitgebracht hatte, und sie sich fast zärtlich über die Schulter legte. Als sie in der offenen Tür standen, pfiff Rufus nach den Pferden, die gehorsam zum Portal des Gotteshauses trotteten.

Hiram zögerte einen Moment. Wein und Essen wurde den Dörflern in einem anderen Teil des Schlosshofes angeboten, sodass dieser Teil der Burg unbeobachtet war. Niemand schien Notiz von ihnen zu nehmen. Mit etwas Glück würden sie wie zwei gewöhnliche Hochzeitsgäste wirken, von denen der eine einem Jungen half, der offensichtlich zu viel getrunken hatte, und der andere einen ausrangierten Teppich wegbrachte.

Beide Männer schwankten absichtlich in ihren Sätteln hin und her – als ob auch sie betrunken wären – und näherten sich auf ihren Pferden langsam dem Burgtor. Rufus murmelte den Wachposten, die inzwischen nahezu volltrunken waren, etwas Unverständliches zu, und die Wachen unternahmen denn auch nichts, um die beiden Freunde am Verlassen der Burg zu hindern. Hiram erwartete zwar, dass jede Sekunde hinter ihnen ein Alarmschrei erscholl, aber er zügelte seine Ungeduld wie auch sein Pferd und folgte langsam dem gewundenen Pfad zu dem kleinen Dorf, dessen Bewohner im Dienst von Abernie standen.

Sobald sie außer Sichtweite der Torwachen waren, schaute Hiram Rufus an und lachte. Dann gaben sie beide ihren Pferden die Sporen und sprengten davon.

Sie hatten sich tatsächlich mit der Braut davongemacht.

☆ ☆ ☆

Patrick hörte die Pferde und eilte zu der schmalen Öffnung der Grotte. Endlich.

Aber war Marsali auch bei ihnen?

Hirams Hengst tauchte zwischen den Felsen auf. Patricks Herz setzte einen Schlag aus, als er den leblosen Körper eines Jungens sah, der vor dem Sattel seines Freundes über dem Rücken des Pferdes lag.

Dahinter folgte Rufus, der ein Mädchen in den Armen hielt, das an seiner Brust zusammengesunken war. Aber sie hatte bräunliche Haare, während Marsalis Haar fast schwarz war und fein wie Seide.

Hiram hielt sein Pferd an, schwang sich aus dem Sattel und nahm die leblose Gestalt auf.

Er legte sie auf die Erde und verneigte sich vor Patrick. »Eure Braut, Lady Marsali, Mylord«, sagte er übertrieben förmlich.

»Was zum Teufel hast du ihr angetan?« Patrick sank zu Boden, nahm sie in seine Arme und zog ihr die Kappe vom Kopf. Schwarzes Haar, in das Blüten geflochten waren, fiel ihm entgegen. Ihre dunklen Wimpern ruhten friedlich auf ihrer cremig weißen Haut.

Er kniete neben ihr, hielt sie fest und hörte sein eigenes Herz so laut schlagen, wie schon seit Jahren nicht mehr. Er bedeckte ihre Hand mit seiner Hand. Als er Marsalis kräftigen gleichmäßigen Pulsschlag spürte, atmete er erleichtert auf.

»Nur ein kleiner Schlag auf den Hinterkopf«, sagte Hiram entschuldigend. »Wir durften keine Zeit verlieren, Patrick. Die Frau, zu der du uns geschickt hast, diese Jeanie, war bis zum heutigen Morgen nicht sicher, was sie tun sollte. Sie sagte uns, dass wir in der Kapelle warten sollten und dass sie uns die Frauen schicken würde, wenn sie sicher wäre, dass es das Richtige sei. Wir hatten keine Zeit, mit den Mädels zu sprechen – nicht wenn wir noch vor der Hochzeitszeremonie entfliehen wollten.«

Wieder spürte Patrick, wie sein Herz einen Schlag aussetzte. »Du meinst, Marsali hat der Entführung gar nicht zugestimmt?«

»Jeanie sagte, dass sie deine Braut nur zu uns schicken würde, wenn sie sich sicher wäre, wie Marsali mit dem Herzen empfand«, verteidigte sich Hiram. »Als sie in die Kapelle kam, dachten wir natürlich ...«

Patricks Magen drehte sich um. Er hatte Marsalis Einverständnis vorausgesetzt. Aber er war nicht böse auf Hiram. Er hätte eben doch selbst gehen sollen. Irgendwie hätte er einen Weg finden müssen.

Als er jetzt Marsalis Gesicht betrachtete, fluchte er stumm. Dann fiel sein Blick auf das junge Mädchen, das Rufus ein paar Schritte entfernt auf die Erde gelegt hatte. »Und wer ist das?«, fragte er.

»Die Schwester deiner Lady«, erwiderte Rufus.

Patricks Augen weiteten sich überrascht, und er betrachtete die leblose Gestalt genauer. Als er Cecilia zuletzt gesehen hatte, war sie noch so klein gewesen, dass er sie wirklich nicht wiedererkannt hatte.

»Jeanie sagte, dass deine Braut nicht ohne ihre Schwester gehen würde«, erklärte Hiram. »Sie sagte, dass der Earl gedroht hat, das Kind mit Sinclair zu verheiraten, falls deine Lady das Jawort verweigern würde. Das ist der Grund, weshalb deine Braut in die Heirat eingewilligt hat.«

Wieder fluchte Patrick stumm. So etwas hätte er dem Mann, der ihn aufgezogen hatte, den er bewundert und geachtet hatte, nun wirklich nicht zugetraut.

Aber was um Himmels willen sollte er jetzt mit Cecilia anfangen?

Inzwischen versuchte Rufus Cecilia etwas Wasser aus einem Wassersack einzuflößen, um sie wieder zu Bewusstsein zu bringen.

Marsali bewegte sich in Patricks Armen, sie stöhnte leise, und ihre dichten Wimpern begannen zu flattern. Dann öffnete sie ihre Augen, und er sah das tiefe, dunkle Blau. Als sie ihren Blick zu fokussieren versuchte, war er von verwirrtem Erstaunen überschattet.

»Marsali«, flüsterte er zärtlich.

Ihre Augen weiteten sich, und ein Ausdruck von Schock trat an die Stelle des Erstaunens.

Wie wirkte sein Aussehen wohl auf sie? Er hatte sich ja an die Narbe gewöhnt, die seine Lippe auf der linken Seite ein wenig nach oben zog und die bis zu seinem Auge reichte. Aber er wusste, dass er zehn Jahre älter aussah, als es seinem Alter entsprach, und dass sein Gesicht nicht gerade dem Traumbild einer jungen Frau entsprach.

»Patrick?« Sie sprach seinen Namen leise und voller Verwunderung aus.

»Aye«, antwortete er und legte seine Hand auf ihre Wange.

In diesem Moment wurde das Erstaunen in ihrem Blick von etwas Wundervollem ersetzt, und sie lächelte so bezaubernd, dass sein Herz wild zu pochen begann. In den Jahren, in denen er sie nicht mehr gesehen hatte, war sie noch schöner geworden.

»Ich hatte solche Angst um dich«, sagte sie. »So lange Zeit hat niemand etwas von dir gehört.«

Die Worte waren Balsam für seine Seele, sie linderten die Schmerzen der vergangenen Jahre, die Wunden, die sein Herz bei dem endlosen Töten erlitten hatte.

»Und ich hatte Angst um dich«, sagte er leise, »als ich von der bevorstehenden Hochzeit zwischen dir und Sinclair erfahren habe.«

Als er diesen Namen aussprach, änderte sich ihr Blick schlagartig. Mühsam setzte sie sich auf. Über der Nasenwurzel bildete sich eine tiefe Falte, und ihre Augen schimmerten feucht. »Ich kann nicht bei dir bleiben«, sagte sie verzweifelt.

»Wir haben auch deine Schwester«, sagte Patrick. »Ich garantiere für ihre Sicherheit.«

Marsalis Stirnfalte vertiefte sich noch mehr, und ihr Blick fiel auf Cecilias reglosen Körper. Sie schaute Patrick kurz an, bevor sie Hiram und Rufus anstarrte. »Warum? Wieso ...?«

Diese Männer sind meine Freunde«, erklärte Patrick. »Sie heißen Hiram Burnett und Rufus Chisholm. Sie hatten den Auftrag, euch nicht zu verletzen, aber ...« Seine Stimme versagte, als Marsali aufstand und sich neben ihre Schwester kniete.

»Cecilia«, wisperte sie, während sie die Hand ihrer Schwester hielt.

Patrick beobachtete sie, aber er war unfähig, etwas zu tun, außer sie anzusehen. Sie war so anmutig. Die schlichte Jungenkleidung tat ihren Reizen keinen Abbruch – im Gegenteil, sie unterstrich nur ihre schlanken Körperformen.

Ihre Hände berührten Cecilia mit einer Zärtlichkeit, die er für sich gewünscht hätte, und er hörte, wie sie leise den Namen des immer noch bewusstlosen Mädchens rief.

Patrick trat an Marsalis Seite. Er erinnerte sich wieder an Cecilia, als sie noch ein Kind gewesen war, still und gehorsam, so ganz ohne die Neugier und das Draufgängertum ihrer Schwester. Sie musste jetzt etwa in dem Alter sein, in dem Marsali gewesen war, als er sie zuletzt gesehen hatte, aber sie wirkte wesentlich jünger, entschieden unschuldiger.

Schließlich hatten Marsalis Bemühungen Erfolg, und Cecilia begann sich zu bewegen.

»Wir haben sie wirklich nicht verletzt«, sagte Rufus mit einer Stimme, die so verlegen klang, dass Patrick sie kaum erkannte. Es klang entschuldigend und ohne eine Spur seines sonst üblichen spöttischen Humors.

Marsali starrte Rufus anklagend an.

Als Rufus Patrick einen Hilfe suchenden Blick zuwarf, dachte der, dass er unter anderen Umständen jetzt wohl gelacht hätte.

»Sie sagten mir, dass man deine Schwester wahrscheinlich zur Ehe mit Sinclair gezwungen hätte«, erklärte Patrick. »Jeanie hat Rufus und Hiram gesagt, dass du Abernie deshalb niemals ohne sie verlassen würdest.«

»Jeanie?«, wiederholte Marsali und starrte ihn ungläubig an. »Dann wusste sie Bescheid?«

Patrick kniete sich neben sie und nickte. »Aye. Ich hätte mich nicht eingemischt, wenn ich gewusst hätte, dass du die

Heirat willst. Deshalb hatte ich Rufus und Hiram die Anweisung gegeben ...« Er schwieg, als er sah, dass Marsali die Tränen in die Augen stiegen.

In diesem Moment stöhnte Cecilia leise, und beide schauten das Mädchen an.

»Cecilia.« Marsali schüttelte ihre Schwester sanft an der Schulter.

Die Augen des Kindes öffneten sich. Sie waren blau, aber nicht so tiefblau wie die ihrer Schwester. Marsalis Augen erinnerten ihn an die Farbe des Nachthimmels, während Cecilias Augenfarbe eher an den Mittagshimmel erinnerte. Auch ihre Haare waren heller, ein sattes Kastanienbraun.

»Marsali?«

»Du brauchst keine Angst zu haben, Cecilia«, sagte Marsali leise. »Patrick ist hier, und er will uns helfen.« Sie blickte ihn scharf an. »Oder bist du gekommen, um uns als Geiseln zu nehmen?«

Bei dieser Frage zuckte er zusammen. Dass sie überhaupt diese Möglichkeit in Betracht zog, empfand er wie einen Dolchstoß ins Herz.

»Nein«, erwiderte er. »Du kannst jederzeit gehen. Ich wollte dich nur vor einer Ehe retten, die du vielleicht nicht gewollt hast.«

»Mein Vater wird nach mir suchen«, sagte sie leise. »Und ich kann nicht glauben, dass dein Vater mich bei sich aufnehmen wird. Was schlägst du also vor, wohin meine Schwester und ich gehen sollen?«

Cecilia hatte sich inzwischen aufgesetzt. Still. Beobachtend.

»Für mich ist unsere Verlobung immer noch gültig«, sagte Patrick.

Marsali starrte ihn an. »Und was ist mit mir? Habe ich dazu auch noch etwas zu sagen? Oder bist du wie mein Vater und benutzt mich nur für deine Zwecke?«

Er hörte den Schmerz in ihrer Stimme und spürte den Verrat, den sie empfunden hatte, als sie zum Spielball zwischen ihren Familien geworden war.

Patrick warf seinen beiden Freunden einen kurzen Blick zu, bevor er Marsali wieder anschaute. »Willst du ein Stück mit mir laufen?«

Als sie zögerte, sagte er: »Deine Schwester ist hier in Sicherheit. Hiram und Rufus waren die letzten zehn Jahre immer mit mir zusammen, und es gibt keine Männer, die vertrauenswürdiger wären.«

»Abgesehen davon, dass sie junge Frauen entführen«, meinte Marsali. Aber obwohl ihre Stimme neutral klang, hatte er den Eindruck, eine Spur von Humor darin zu hören.

»Aye«, sagte er und lächelte kurz. »Abgesehen davon.«

Sie sah Cecilia an, die Rufus einen Blick zuwarf und dann zum Einverständnis nickte.

Hiram räusperte sich, und Patrick folgte dem Blick des Mannes. Der Sporran zuckte hin und her, als ob Hirams Männlichkeit wild geworden wäre.

Patrick wäre beinahe in lautes Lachen ausgebrochen, das er jedoch in einem Hustenanfall erstickte. Sein bulliger Freund, ein Krieger von Kopf bis Fuß, wirkte peinlich berührt, als er die Felltasche öffnete. Zwei Tierchen sprangen heraus, die fauchten und aufgeregt girrten. Sogar Hiram trat schnell zurück.

»Tristan! Isolde!« Bei dem Klang von Marsalis Stimme ließen die beiden Frettchen sofort von Hiram ab und rannten zu ihr, wobei sie übereinander stolperten und sich gegenseitig behinderten, weil jedes Tier zuerst bei seiner Herrin sein wollte. Marsali streichelte sie und beruhigte sie damit sofort.

»Mistress Jeanie meinte, dass Ihr sie haben wollt«, bemerkte Hiram.

Marsali lächelte, und Patricks Herz schmolz dahin. Seit Jahren hatte er sich danach gesehnt, dieses glückselige Lächeln wieder zu sehen.

Er stand auf und streckte ihr seine Hand entgegen. Nach einem Moment des Zögerns ergriff sie sie und erlaubte ihm, ihr auf die Füße zu helfen. Ihre Finger schlossen sich fest um seine Finger, als sich ihre Blicke trafen. Patrick sehnte sich danach, endlich alleine mit Marsali zu sein, aber als er sie von den anderen wegführte, fragte er sich, wie in Gottes Namen er sich beherrschen sollte, wenn er endlich alleine mit ihr war …

☆ ☆ ☆

Er hielt ihre Hand ganz fest, und Marsali erlaubte es Patrick, dass er sie hinter den Wasserfall zur anderen Seite der Grotte führte, wo Felsentrümmer und ein dichter Dornenbusch etwas Abgeschiedenheit boten.

Sie konnte nicht glauben, dass das alles Wirklichkeit war. Vor wenigen Stunden hatte sie sich noch vor einer Zeremonie gefürchtet, die sie an einen Mann binden würde, dem sie misstraute. Krank vor Entsetzen hatte sie verzweifelt gebetet, dass Patrick kommen würde. Und nun war er wirklich da. Der Mann, den sie ihr ganzes Leben lang geliebt hatte.

Ja, er hatte sich verändert. Ihr hübscher Märchenprinz war zu einem Mann geworden, in dessen Gesicht die Narben des Lebens sichtbar waren – und dessen Seele, wie sie vermutete, nicht minder vernarbt war. Aber seine funkelnden grünen Augen – schön wie Smaragde – blickten jedes Mal weich, wenn er sie anschaute, und vorsichtig und wachsam, sobald er den Blick von ihr abwandte.

Er hielt ihre Hand so fest, als fürchtete er, sie könnte davonlaufen, und einen Moment lang war Marsali tatsächlich unsicher. Mehr als zwölf Jahre trennten den Jungen von dem Mann. Er war hart geworden, und ihn umgab eine Aura von Gefahr – an die sie sich nicht erinnern konnte.

Sie wollte ihre Arme um ihn schlingen und seine Arme um

sich fühlen. Sie wünschte sich, die Berührung seines Mundes zu spüren, die Wärme seiner Nähe zu genießen. Aber ihre Clans führten gegeneinander Krieg. Zwar versuchte sie sich zu sagen, dass er immer noch Patrick sei, ihr Patrick, aber die bittere Erfahrung, die sie gerade hatte machen müssen, riet ihr, vorsichtig zu sein. Ihr Vater war bereit gewesen, sie einzutauschen, um seine persönlichen Ziele zu erreichen. Ihr Bruder Gavin hatte ihn dabei unterstützt. Würde also nicht auch Patrick versuchen, sie zu benutzen? Sahen nicht alle Männer Frauen nur als Waffen an, die sie in ihren blutigen Kriegen einsetzen konnten, um sich einen Vorteil zu verschaffen?

Sie wäre als Trophäe doch sicher ein hübscher Anblick für Gregor Sutherland. Der Marquis wäre hocherfreut, wenn sein Erbe ihm eine Geisel aus dem Clan Gunn nach Hause bringen würde. Und sie wusste, dass ihr Vater sie niemals kampflos einem Sutherland überlassen würde.

Während sie immer noch seine Hand ganz fest hielt, klammerte sie sich an ihre verblassenden Träume. Ihre große Liebe. Ihr Sternenjäger. Sie hatte jede Nacht nach »ihrem« Stern gesehen und dabei für Patricks Wohlergehen gebetet. Solange der Stern am Nachthimmel hell gestrahlt hatte, hatte sie gewusst, dass er in Sicherheit war.

Aber das genügte jetzt nicht mehr.

Patrick blieb mit ihr unter einer alten knorrigen Eiche stehen. Er zog sie fest in seine Arme, als ob er sie ebenso brauchte, wie sie ihn. Noch kein Mann hatte sie so in seinen Armen gehalten, so fest, dass sie jeden Millimeter seines muskulösen Körpers spüren konnte. Er war so groß und stark. Einen Moment lang hatte sie wirklich Angst.

Aber der Blick aus seine grünen Augen, mit denen er sie so intensiv betrachtete, war ihr vertraut – und er war voller Verlangen. Sie hatte nie gehofft, dass er sie einmal lieben würde. Es war ihr immer ausreichend erschienen, dass sie ihn liebte und er zu ihrer Verlobung stand. Aber als sie jetzt in seiner Umarmung schmolz, wurde ihr bewusst, dass sie alles wollte. Alles, einschließlich der Liebe, die nur Patrick ihr geben konnte.

Als er langsam seinen Kopf senkte, begann ihr Herz zu rasen. Sie spürte seine Hand, die über ihren Rücken glitt und leicht zitterte, und es erstaunte sie, eine Spur von Unsicherheit in seinen Augen aufblitzen zu sehen. So ein selbstbewusster Mann, der sie so verwegen in seinen Armen hielt, wartete doch wohl kaum auf ihre Erlaubnis.

Trotzdem gab sie sie ihm, indem sie seinen Namen flüsterte: »Patrick ...«

Im nächsten Moment berührten seine Lippen die ihren.

Es war nicht zum ersten Mal, dass er sie küsste. Vor sechs Jahren, als er sich von ihr verabschiedet hatte, hatte er ihre Hände in seinen Händen gehalten und hatte mit seinen Lippen kurz ihre Lippen berührt, um freundlich Lebewohl zu sagen. Es war ein harmloser Kuss gewesen. Ein leidenschaftsloser Kuss. Ein Kuss, der nicht mit diesem Kuss zu vergleichen war.

Und bevor sie wusste, was überhaupt geschah, entbrannte ein Feuer zwischen ihnen. Die Verschmelzung ihrer Lippen schien so viel geballte Energie zu enthalten, dass sie glaubte, davon verzehrt zu werden. So viel Sehnsucht. Und Verzweiflung – ja, das auch.

Als das Feuer zwischen ihnen noch stärker zu lodern begann, setzte ihr Verstand aus, ihre Zweifel verschwanden in irgendwelchen geheimen Winkeln, und ein wildes Verlangen, wie sie es zuvor noch nicht gekannt hatte, brach sich Bahn. Das war Patrick. Und endlich war er wieder da. Bis zu diesem Augenblick war ihr gar nicht klar gewesen, wie sehr sie um ihn gebangt hatte, wie sehr sie ihn brauchte, wie sehr sie sich nach ihm verzehrt hatte.

Sie wusste, dass es Wahnsinn war, hier mit Patrick zu stehen, da das mit seinem Tod enden konnte. Aber sie konnte sich nicht aus dem Schutz seiner Arme lösen. Sie konnte sich nicht dazu zwingen, das Band des leidenschaftlichen Verlangens zu durchtrennen.

Sie spürte tief im Innern seiner Brust ein tiefes Grollen. »Was für ein lieblicher Duft«, wisperte er in ihr Haar. »Davon habe ich so oft geträumt.«

Er hatte von ihr geträumt. Das war so viel mehr, als sie je erwartet hatte. Ihre Knie begannen zu zittern, als er sie wieder küsste. Eine neue Welle unbekannter Empfindungen durchflutete ihren ganzen Körper. Doch sie tat nichts, um Patrick zu entmutigen, um das intime Spiel zu beenden. Im Gegenteil, sie merkte, dass sie auf jede Geste von ihm reagierte.

Irgendwie wurde ihr bewusst – mit dem Rest von Verstand, der ihr noch geblieben war –, dass sie sich an ihn klammerte, als ob ihr Leben davon abhängen würde. Sie hörte die kleinen Laute, die sie ausstieß. Sie spürte das Beben seines Körpers, sie fühlte den harten Beweis seiner Männlichkeit, die sich gegen ihren Leib presste. Sie hatte die Dienerschaft über solche Dinge reden hören; sie wusste, wozu das führen würde. Und sie wollte es, sie wollte sich noch enger an ihn schmiegen, sie wollte ihren Körper mit dem seinen vereinigen.

Aber sie konnte nicht ihre eigene Glückseligkeit auf dem Blut von anderen aufbauen, nicht auf dem Blut ihres Clans – nicht auf dem Blut dieses Mannes, den sie liebte.

Sie musste nach Abernie zurück. Sie musste Sinclair heiraten ...

Marsali schluchzte gequält und befreite sich aus Patricks Umarmung. Er ließ sie überrascht los, wobei er seine Arme sinken ließ. Sein Atem jagte, als er sie fragend anschaute.

»Ich kann nicht«, wisperte sie verzweifelt.

»Wir sind einander versprochen«, antwortete er mit rauer Stimme. »Du gehörst mir, Marsali.«

Trotz der zärtlichen Gefühle, die er eben noch in ihr erregt hatte, war sie schockiert von dem Besitzanspruch, den er erhob. Der entschiedene Tonfall seiner Stimme klang so autoritär ... so bestimmend. Er war wieder zu einem Fremden geworden, der seine Entscheidungen fällte, ohne sie um ihre Meinung zu fragen.

»Unsere Verlobung wurde gelöst«, erwiderte sie ruhig, »von unseren beiden Familien.«

»Nicht von mir«, sagte er.

Sie musterte ihn mit schrägem Blick. »Mein Vater und Edward werden … deinen Clan angreifen«, fuhr sie fort.

»Sie werden es versuchen.« Seine Stimme klang kalt wie Stahl. Sie hatte vorher nie Angst vor Patrick gehabt, aber nun fragte sie sich, ob sie ihn überhaupt kannte.

»Aber dein Vater hat meine Tante getötet«, sagte sie verzweifelt.

»Nay. Mein Vater war von ihrem Verschwinden ebenso überrascht wie alle anderen und – er hat zwar viele Fehler –, aber ich glaube nicht, dass er lügt.«

»Nicht einmal, wenn er mit einer Lüge seinen Kopf retten könnte?«

»Nicht einmal dann.«

Marsali streckte ihr Kinn etwas vor und fuhr fort. »Er hat meine Tante des Ehebruchs bezichtigt.«

»Er behauptet, dass es dafür Zeugen gab«, erwiderte Patrick.

»Nay«, antwortete sie.

Seine Augen glitzerten hart, und sie begann zu erahnen, wie die Feinde von Patrick Sutherland ihn zu sehen bekamen. Der Gedanke, dass er gegen ihren Vater und ihren Bruder Krieg führen könnte, jagte ihr einen kalten Schauer über den Rücken.

Gütige Mutter im Himmel. Inzwischen sollte die Hochzeitszeremonie längst begonnen haben. Alle würden nach der Braut suchen. Wann würde man zu ahnen beginnen, dass Clan Sutherland sie entführt hatte?

»Ich muss nach Abernie zurück«, wisperte sie.

»Jeanie sagte, dass sie uns nicht helfen würde, wenn sie nicht sicher wäre, dass du diese Ehe nicht willst«, meinte Patrick kategorisch. »Hat sie sich geirrt, Marsali? Willst du Sinclair wirklich heiraten?«

»Aye«, erwiderte sie trotzig, obwohl sie ziemlich sicher war, dass man ihrem Gesicht die Lüge ansehen konnte.

»Wegen deiner Schwester?«

»Weil du und ich niemals zusammenkommen können.«

Er betrachtete sie eine Weile, und dann wich die Anspannung aus seinem Gesicht. Er hob die Hand und strich ihr mit dem Finger zärtlich über die Wange. »Du bist eine wunderschöne Frau geworden«, sagte er leise. »Aber das habe ich ja schon immer gewusst.«

Ihr Widerstand schmolz bei seinen Worten, bei der Eindringlichkeit seines Blickes. Sie schmiegte sich gegen seine Hand, sehnte sich nach seiner Berührung.

Seine Hände waren stark, dachte sie, gestählt von den Jahren, in denen er ein Schwert geführt hatte. Aber wenn sie nicht zurückkehrte, könnte sie ihn dadurch ebenso zerstören wie ihrer beider Familien.

»Ich habe in die Ehe mit Edward eingewilligt«, sagte sie so fest sie konnte. »Ich habe ihm mein Treuegelöbnis gegeben.«

Seine Hand glitt über ihre Schulter, ihren Arm und berührte schließlich ihre Hand. Er drückte ihre Finger und sagte: »Ein Treuegelöbnis hast du mir schon mit Worten gegeben, und vor einer Minute hast du es mir mit deinem Körper noch einmal gegeben. Dein Herz gehört mir, Marsali.«

»Und dein Herz?«, fragte sie.

Ein Muskel zuckte in seinem Gesicht, aber er antwortete nicht, und einen Moment fragte sie sich, ob er aus Zuneigung zu ihr gekommen war – oder einfach, weil er glaubte, dass sie ihm gehörte, und dass er sie deshalb nicht so ohne weiteres aufgeben wollte.

Sie löste sich von ihm, schaute die Felsen an, die Hügel, alles – nur nicht sein Gesicht, das für sie noch so viel attraktiver geworden war, weil es mit den Jahren so eine ausgeprägte Persönlichkeit bekommen hatte. »Und wohin würden wir gehen?«

»Nach Brinaire«, antwortete er bestimmt.

»Und Cecilia?«

»Sie wird mit uns kommen. Ihr werdet dort beide in Sicherheit sein.«

»Und dein Vater? Wird er damit einverstanden sein?«

Er zögerte gerade lange genug, dass sie die Antwort kannte.

»Er wird es müssen«, antwortete Patrick. »Und wenn nicht, werden wir drei nach Frankreich gehen. Ich habe dort Freunde.«

Marsali drehte sich um und blickte ihn wieder an. »Und dann werden unsere Clans gegeneinander kämpfen. Das ist dir doch klar. Viele werden sterben oder unseretwegen leiden. Kannst du damit leben?«

Er verzog den Mund. »Sie scheinen doch sowieso wild entschlossen zum Kampf.«

»Aber bis jetzt hat es nur ein paar kleinere Zwischenfälle gegeben«, erwiderte sie. »Wenn ich aber mit dir gehe, wird mein Vater nicht zufrieden sein, bevor Blut fließt. Sein Stolz ...«

»Ja, sein verfluchter Stolz«, brach es aus Patrick heraus. »Aber ich kann doch nicht zusehen, wie du Sinclair heiratest. Der Mann ist ein Feigling, und der Tod seiner zweiten Frau war mehr als seltsam.«

Als sie ihn nur stumm anschaute, seufzte er schwer und fuhr sich mit den Fingern durch die dichten dunklen Haare. Ihr Blick folgte der Bewegung und fiel auf die Narbe an seinem Handgelenk, die von der Verletzung stammte, die er sich vor so vielen Jahren zugezogen hatte, als er das Leben eines ihrer Frettchen gerettet hatte. Sie streckte die Hand aus und berührte mit ihren Fingern die weiße unschöne Narbe, die die Klaue des Falken hinterlassen hatte.

»Bist du bereit, mir einen Schwur zu leisten, Patrick Sutherland?«, fragte sie, wobei sie den Blick hob und ihm in die Augen schaute.

»Aye«, erwiderte er und nickte langsam. »Du kannst alles verlangen, nur nicht, dass ich dich Sinclair überlasse.«

»Bring meine Schwester in Sicherheit. Irgendwohin, wo meine Familie sie nicht findet. Ich kenne ja nur Freunde meines Vaters.«

»Ich weiß, wohin ich sie schicken werde. Zu Rufus' Familie. Einmal, als ich verwundet war, wurde ich dort gepflegt. Zur Familie gehören die fünf Schwestern von Rufus, sein älterer Bruder und dessen Frau. Es sind feine, anständige Menschen. Sie leben in einem alten Keep drunten in den Lowlands, haben aber nur wenig Kontakt zu den anderen Familien, obwohl sie einen guten Namen haben und ihr Clan loyal zu ihnen steht.«

»Wirst du Cecilia sicher dorthin bringen? Schwörst du mir das? Gleichgültig, was zwischen dir und mir passiert?« Sie hörte die Verzweiflung in ihrer Stimme, und am Glitzern seiner Augen erkannte sie, dass er es auch gehört hatte.

»Ich schwöre es, Liebes«, sagte er.

»Ich danke dir.« Marsali schloss für einen Moment die Augen.

Sie wehrte sich nicht, als er sie wieder in seine Arme zog. Sie lehnte sich an seine Brust und lauschte seinem Herzschlag, dem gleichmäßigen festen Rhythmus, und sie genoss die Wärme seines Körpers.

Für eine lange Minute gab sie sich ganz dieser Umarmung hin, versuchte nicht daran zu denken, was sich gerade jetzt auf Schloss Abernie abspielen mochte, versuchte sich nicht vorzustellen, wie besorgt dort alle waren – abgesehen von Jeanie. In Kürze würde Panik einsetzen, wenn ein Suchtrupp zurückkehrte und weder sie noch ihre Schwester nach Hause brachte. Die beiden Töchter des Schlosses würden spurlos verschwunden sein.

Sie musste schleunigst nach Abernie zurück. Aber sie würde nicht mehr der gleiche Mensch sein, der sie einmal gewesen war. Angst hatte sich in Hoffnung gewandelt – wenn nicht sogar in Glückseligkeit. Patrick hatte ihr Mut gemacht und ihr die Kraft gegeben, die Heirat mit Edward Sinclair abzulehnen. Solange sie wusste, dass Cecilia in Sicherheit war, würde niemand sie zwingen können, das Jawort zu sprechen. Und indem sie die Hochzeit mit Sinclair verweigerte, würde sie die Allianz brechen, die Patricks Familie vernichtet hätte. Alleine konnte ihr Vater Sutherland nicht angreifen. Vielleicht konnte letztlich doch noch ein Krieg verhindert werden.

Sie würde ihren Vater davon überzeugen, dass niemand von Clan Sutherland mit dem Verschwinden ihrer Schwester zu tun hatte. Nur sie selbst. Er würde natürlich wütend werden. Aber er konnte nur wenig dagegen ausrichten.

Ihr Herz würde niemals mehr heil sein. Schon jetzt konnte sie spüren, wie es in tausende schmerzhafte Splitter zerbrach. Aber ihr Trost würde sein, dass sie ein Blutbad verhindert hatte.

Sie wünschte nur, dass ihr Vater – und ihr Bruder – eines Tages begreifen würden, was sie dafür geopfert hatte.

3

Patrick fragte sich, ob er sein Versprechen nicht zu voreilig gegeben hatte. Er wusste, wie stur Marsali sein konnte. Ihre selbständige Denkweise hatte ihn schon immer beeindruckt. Aber was hatte sie vor, dass ihre schönen Augen plötzlich vor Entschlossenheit blitzten?

Gleichgültig, was zwischen dir und mir passiert. Ihre Worte hallten wie ein Echo in seinem Kopf. Was hatte sie damit gemeint? Doch sicher nicht, dass sie immer noch die Absicht hatte, Sinclair zu heiraten?

»Marsali?«

Sie sah ihn nicht an, sondern starrte auf das Dornengestrüpp, das ihnen Schutz vor den Blicken der anderen bot, die sich auf der gegenüberliegenden Seite der Grotte aufhielten. »Cecilia wird große Angst haben«, sagte sie.

»Die wird Rufus ihr schon nehmen.«

»Das bezweifele ich nicht«, meinte sie. »Er muss eine ganz besondere Art im Umgang mit Frauen haben, wenn er sogar Jeanie davon überzeugen konnte, dass Cecilia in seiner Begleitung sicher sein würde.«

»Sieh mich mal an«, sagte er.

Offensichtlich widerstrebend drehte sie sich um, und ebenso widerstrebend hob sie den Blick, um ihn anzusehen.

»Ich weiß ja, dass ich mich verändert habe. Meine Narben…«

Mit einem leisen Entsetzensschrei unterbrach sie ihn. »Nay«, rief sie, legte ihre Hand auf sein Gesicht und strich mit den Fingern über die weiße Narbe, wo eine Schwertspitze seine Wange aufgeschlitzt hatte. »Ich habe immer gedacht, dass du schön bist – und jetzt bist du schöner denn je.«

Als er hörte, wie ernst es ihr damit war, merkte er erst, wie sehr er sich vor ihrer Reaktion gefürchtet hatte. Vor ihrer Zurückweisung.

Ihre Augen füllten sich mit Tränen, und sie wandte sich wieder von ihm ab. »Es tut mir so Leid«, wisperte sie, »wenn ich an all deine Schmerzen denke. Du bist so oft verwundet worden, und du ... hättest getötet werden können ...«

»Hast du deshalb der Heirat mit Sinclair zugestimmt? Weil du dachtest, dass ich tot sei?«

Sie schüttelte den Kopf. »Ich habe nur wegen Cecilia eingewilligt. Mein Vater würde alles tun, um Edwards Clan auf seine Seite zu ziehen, damit sie gemeinsam gegen Brinaire losschlagen können.«

»Und wie steht der Rest deines Clans dazu?«

»Ein Viertel von ihnen hat ja Sutherland-Blut«, antwortete sie, »und fast alle haben Freunde dort. Aber sie sind auf meinen Vater eingeschworen, und sie werden ihm folgen.«

»Und was ist mit Gavin?«, fragte er, obwohl er sich vor der Antwort fürchtete. Er wollte nicht hören, dass sein bester Freund jetzt bereit war, ihn und seine Familie umzubringen.

»Er hat dich immer vermisst«, antwortete Marsali vorsichtig. »Er hat oft von dir gesprochen, bis ...«

Patrick hätte fluchen mögen. »Eine Frau«, murmelte er stattdessen. »Alles wegen einer Frau.«

»Und es würde alles nur noch schlimmer werden, wenn ich mit dir mitkommen würde«, sagte sie. »Das würde den Hass nur vertiefen.«

Patrick konnte ihr zwar nicht widersprechen, aber er war nicht bereit nachzugeben.

»Du sagtest, dass du mich gehen lassen würdest, wenn ich möchte«, fuhr Marsali fort

»Aye«, erwiderte er, wobei er seine vorschnellen Worte bedauerte. »Aber du hast gesagt, dass du diese Ehe nicht willst.«

Sie nickte kurz. »Aber ich will nicht für noch mehr Hass verantwortlich sein. Das kann ich nicht.«

»Ich möchte dich zur Frau haben«, sagte Patrick und versuchte die Verzweiflung zu unterdrücken.

»Unsere Heirat sollte unsere Familien vereinen – nicht vernichten«, sagte sie leise. »Ich kann dich nicht heiraten, aber du hast mir die Kraft gegeben, mich der Heirat mit Edward zu widersetzen. Wenn Cecilia nicht mehr in Abernie ist, kann mein Vater mich nicht mehr zur Ehe mit Sinclair zwingen.«

»Bist du dessen sicher?«

»Aye. Mein Vater wird sehr wütend sein, aber ich werde ihm erklären, dass ich Cecilia an den Wachen vorbei durchs Tor geschmuggelt habe. Das wird er mir glauben, und er wird mir nicht körperlich wehtun. Er hat immer gesagt, dass nur Feiglinge Frauen schlagen.«

Patrick wünschte, er könnte das glauben, aber Abernie hatte sich zweifelsohne verändert, wenn er jetzt seine Tochter zu einer Ehe zwingen wollte, gegen die sie sich sträubte.

»Nay«, sagte er, »das werde ich nicht zulassen.«

»Du hast mir dein Wort gegeben«, erwiderte sie vorwurfsvoll.

»Aber ich will dir nicht die Verantwortung für etwas übergeben, was ich verschuldet habe.

Sie schaute ihm ins Gesicht. »Wenn es bekannt wird, dass du mich entführt hast, werde ich meinen Ruf verlieren.«

»Wir müssten natürlich heiraten«, sagte er. »Dann wäre es keine Schande.«

»Aber es gäbe auch keinen Frieden«, erwiderte sie, wobei ihre Stimme zitterte.

»Frieden kann es ohnehin nicht geben«, antwortete Patrick verbittert. »Das haben unsere Väter klar zum Ausdruck gebracht.« Er seufzte tief und murmelte: »Wenn wir doch nur wüssten, was mit deiner Tante passiert ist.«

»Sie hätte sich nie das Leben genommen«, erregte sich Marsali. »Sie glaubte fest ...«

»Woran glaubte sie fest?«

Marsali zögerte.

»Was glaubte sie?«, fragte er noch einmal.

»Sie glaubte, dass es eine Todsünde sei«, antwortete sie schließlich, wobei sie Patrick fest in die Augen sah.

Patrick spürte, wie ihm ein Schauer über den Rücken lief. Eine böse Vorahnung befiel ihn, denn er verstand sofort, was Marsali damit ausdrücken wollte. Aber wenn Margaret eine Katholikin war, war Marsali dann etwa auch eine? Persönlich war es ihm gleichgültig, zu welchem Gott sie betete, aber zu dieser Zeit war es in Schottland immer noch lebensgefährlich, sich zum katholischen Glauben zu bekennen.

Marsali schüttelte den Kopf und beantwortete seine unausgesprochene Frage. »Ich bin nicht katholisch erzogen worden. Meine Tante sprach auch nie über ihren Glauben mit mir, aber Jeanie ließ einmal ein paar Worte darüber fallen, dass sie zusammen mit Tante Margaret an einer Messe teilgenommen hat. Ich bin sicher, dass mein Vater das nicht weiß.«

»Meiner bestimmt auch nicht«, erwiderte Patrick, in dessen Kopf sich alles drehte, als er an die Schlussfolgerung daraus dachte. Wenn Marsalis Annahme richtig war, hätte Margaret einen Selbstmord nie in Betracht gezogen. Andererseits galt eine Scheidung bei Katholiken auch als Todsünde, und sein Vater, der überzeugt war, dass sie ihn betrogen hatte, hatte geschworen, sich von Margaret scheiden zu lassen. Was würde sie also als die größere Sünde ansehen: Selbstmord oder Scheidung?

Patrick konnte sich noch gut an Margaret erinnern. Sie war eine schöne Frau gewesen, zurückhaltend und liebevoll. Ihre Ehe mit seinem Vater war eine strategische Verbindung gewesen, eine Form der Politik, soweit es seinen Vater betraf. Gregor Sutherland hätte niemals so ein sentimentales Wort wie Liebe in den Mund genommen. Aber Margaret? Hatte sie seinen Vater geliebt?

Vielleicht, dachte Patrick, obwohl er nicht ganz sicher war.

Sie war ihm nie als eine Frau erschienen, die ihren Ehemann betrügen würde – auch nicht, wenn sie den nicht liebte. Trotzdem hatte er der Version seines Vaters geglaubt, denn – so kalt und lieblos er auch sein mochte – der Marquis von Brinaire log nicht. Und aus welchem Grund sollte er die Geschichte von der Untreue seiner Frau erfunden haben? Das machte doch keinen Sinn. Und weshalb sollte er behaupten, dass Margaret tot war?

Marsalis Bemerkung machte die Sache allerdings nur noch mysteriöser.

Sie beobachtete ihn, wobei ihr Blick jedoch von Schwermut getrübt war, und alles, was er wollte, war, sie in seine Arme zu schließen, wieder ihr Sternenjäger zu sein, ihr Held, der – kraft seines Willens – alle ihre Probleme lösen konnte.

»Patrick.« Als sie seinen Namen flüsterte, klang es wie ein Gebet.

Er schaute sie an und holte tief Luft. Er wusste, dass es ihm nicht gefallen würde, was sie ihm sagen wollte. Um ihre Worte hinauszuzögern, griff er in seinen Sporran und zog etwas daraus hervor.

Sie starrte auf das ausgeblichene Stückchen Stoff, das voll Schmutz, Schweiß und Blut war. Ihre Augen weiteten sich vor Erstaunen. »Mein Band ...«

Er nickte. »Ich sagte dir damals, als du mir dieses Pfand gabst, dass du nichts zu fürchten hättest. Es ist immer mein Talisman gewesen.«

»So ein winziges Ding«, meinte sie und fügte hinzu: »Aber da waren ja auch noch meine Gebete. Und die waren riesig.«

Er lächelte vorsichtig und nahm ihre Hände in seine. »Ich habe darauf gewartet, dass du erwachsen wirst, Marsali.«

Sie senkte den Blick, aber zuvor konnte er noch in ihren Augen den überraschten Ausdruck sehen – und die Freude. Ja, die auch. Mit einem Finger hob er ihr Kinn und zwang sie, ihn wieder anzusehen.

»Du bist noch schöner, als ich mir im Traum vorgestellt

habe«, sagte er. »Und ich habe geträumt. Manchmal glaube ich, dass nur meine Träume mich am Leben gehalten haben.«

»Das freut mich«, sagte sie, aber ihre Worte klangen gequält. »Ich werde stets daran denken. Aber jetzt musst du mich nach Abernie zurückkehren lassen.«

»Wie könnte ich das?«, erwiderte er. »Wie kannst du mich nur danach ...«

»Was ist mit deiner Familie?«, unterbrach sie ihn. »Was ist mit deinem Clan? Deinem Bruder? Deiner Schwester? Du weißt doch genau, dass du sie ebenso wenig in einem Krieg opfern kannst wie ich meine Geschwister.«

Patrick starrte sie schweigend an, wobei seine Gesichtsmuskeln verhärtet waren. Schließlich murmelte er: »Unsere Väter sind zum Krieg entschlossen – egal, wie wir uns verhalten. Und ich habe zu lange auf dich gewartet.«

Sie schüttelte den Kopf. »Nein. Wenn ich mit dir gehe, werden mein Vater und Edward sich verbünden, und der Stolz meines Vaters wird erst befriedigt sein, wenn dein Clan vernichtet ist. Aber wenn ich nach Abernie zurückkehre und mich weigere, Edward zu heiraten, wird der niemals mit meinem Vater gegen Sutherland reiten.« Sie drückte fest seine Hand. »Wir können den Wahnsinn aufhalten, Patrick. Das müssen wir!«

»Bist du so tapfer?«, fragte er leise.

»Nay«, antwortete sie. »Ich bin überhaupt nicht tapfer. Ich bin eher ein Feigling, der den Gedanken nicht ertragen kann, dass du oder Gavin oder mein Vater durch die Hand des anderen umkommen.«

Auf dem Schlachtfeld hatte Patrick oft Tapferkeit gesehen, Mut, der ihn erstaunt und verwundert hatte. Aber noch nie hatte er Tapferkeit in so reiner Form erlebt. Sie war bereit, ihr eigenes Glück zu opfern für das der Menschen, die sie liebte.

Einen Moment lang war er von Stolz erfüllt, aber dann übermannte ihn Verzweiflung. Während all der Jahre, in denen er auf dem Festland gekämpft und anderer Menschen Kriege geführt hatte, in denen er Kälte und Hunger ertragen hatte, weil man ihn dafür bezahlte, hatte er sich an zwei Träume geklammert: Marsali und Frieden. Jetzt schien es ihm, dass er nur das eine oder das andere haben konnte, aber nicht beides. Er hatte das Gefühl, als würde der Teufel letztlich seine Bezahlung einfordern – und das war der Weg in die Hölle.

Natürlich hatte sie die Wahrheit ausgesprochen; er konnte nicht das Verderben über seine Familie bringen. Aber als er Marsali anschaute, wusste er nicht, wie er es ertragen sollte, sie zu verlieren.

Patrick senkte den Kopf. Er verspürte plötzlich etwas Seltsames, etwas, das er seit Jahren nicht mehr gespürt hatte, einen Druck hinter den Augen, einen Schleier, der seine Sicht trübte. Dann fühlte er ihr Hand, weich und zart, auf seiner Wange.

Augenblicklich bedeckte er ihre Hand mit seiner Hand und drückte sie an sein Gesicht. »Ich werde einen Weg finden«, schwor er. »Warte auf mich, Marsali. Ich verspreche dir, eine Möglichkeit zu finden, dass wir beide zusammen sein können. Und bis dahin ... wenn du irgendetwas brauchst ...«

Sie schluchzte leise. Sie biss sich auf die Unterlippe und nickte.

»Falls dein Vater dich zwingen wird, Sinclair zu heiraten, werde ich dich wieder entführen und dann ...«

Sie legte ihren Finger auf seine Lippen. »Sag es nicht. Mach keine Versprechungen, die du nicht halten kannst.«

Er spürte plötzlich einen Kloß in der Kehle, der ihn am Sprechen hinderte. Krank vor Verzweiflung, zog Patrick sie eng an sich und versuchte, einen Teil von ihr festzuhalten, etwas, an das er sich klammern konnte, wenn sie gegangen war.

»Jeanies Schwester ist mit einem Mann aus Sutherland verheiratet«, sagte Marsali, die ebenso verzweifelt war. »Vielleicht kann ich dir durch sie eine Nachricht ...«

Seine Lippen bedeckten ihren Mund und brachten sie zum Schweigen. Ein bittersüßes Verlangen erfüllte ihn, als er ihren Duft schmeckte, nach dem er sich so lange gesehnt hatte. Gott im Himmel, er begehrte sie mehr, als er sich jemals hatte vorstellen können, eine Frau zu begehren. Ebenso leidenschaftlich reagierte sie, und er genoss die Art und Weise, wie sie seinen Kuss erwiderte. Ja, sie gehörte ihm. Sie würde immer die Seine sein.

Er brauchte seine ganze Willenskraft, um den Kuss zu beenden – so lange er dazu noch in der Lage war.

Er atmete schwer, während er sie anschaute und ihr Gesicht zwischen seine Hände nahm, den Anblick in sich aufnahm, um sich später daran erinnern zu können, wie sie in diesem Moment ausgesehen hatte: betörend, zärtlich, mit einem leidenschaftlichen Glanz in den Augen.

»Ich werde dich haben«, sagte er. Die Entschlossenheit, mit der er das sagte, überraschte ihn selbst. »Ich werde einen Weg finden.«

Ihr Lächeln war ein bisschen zittrig. »Ich habe nie gewusst ... ich habe mir nie träumen lassen, dass es so ... so sein würde ...«

Er erwiderte ihr Lächeln. »Ich mir auch nicht, Mylady.«

»Ich werde auf dich warten«, flüsterte sie.

Er strich ihr mit dem Handrücken über die Wange. »Bist du sicher, dass du gehen willst?«

Sie nickte.

Er wollte sie jedoch nicht gehen lassen. Schon gar nicht an diesem Tag, dem Hochzeitstag, der doch ihr Hochzeitstag hätte sein sollen.

Er zwang sich, einen Schritt zurückzutreten, weg von ihr, und als er sprach, klang seine Stimme unpersönlicher, als er beabsichtigt hatte. »Ich werde Rufus und Hiram mit deiner Schwester schicken. Je eher sie von hier weg sind, desto besser. Die Leute deines Vaters suchen wahrscheinlich inzwischen längst nach euch beiden.«

Wieder nickte sie, aber in ihrem Gesicht stand Zweifel. »Wird Cecilia wirklich in Sicherheit sein?«

»Das schwöre ich«, erwiderte er. »Hiram und Rufus sind absolut zuverlässig, aber ich werde ihnen befehlen, bei einem Bauernhof an der Grenze eures Landes anzuhalten. Dort lebt eine Witwe, die Cecilia unter ihre Fittiche nehmen wird.« Er zögerte einen Moment. »Es wäre vielleicht besser, wenn ihr die Kleidung tauschen würdet.«

Marsali betrachtete die Jungenkleidung, die sie trug, und lächelte spitzbübisch. »Mir gefällt es.«

»Aye, und du siehst bezaubernd darin aus«, sagte er, während er ihr schlanke Figur mit den Augen liebkoste. »Aber deine Schwester braucht die Sachen dringender.«

Wieder nickte Marsali.

»Wird sie denn überhaupt gehen wollen?«

»Das glaube ich schon. Sie will Edward ebenso wenig heiraten wie ich.«

Er beugte sich vor, küsste ihre Wange, zog sich aber wieder zurück, bevor sein Verlangen ihn erneut übermannte. »Geh und sprich mit ihr.«

In ihren Augen war zu lesen, wie schwer es ihr fiel, ihn zu verlassen. »Danke«, sagte sie leise. »Danke, dass du mich davor bewahrt hast, Edward heiraten zu müssen.«

»Ich werde ihn töten, wenn er dir auch nur einen Finger krümmt«, versprach er ihr. Und das würde er – obwohl er damit seinen Schwur brechen würde, nie wieder sein Schwert gegen einen anderen Schotten zu erheben. Aber Sinclair war es ja kaum wert, Schotte genannt zu werden.

Sie blickte ihn noch einen Moment länger an, drehte sich dann um und ging davon.

Er ließ sie gehen, weil er Angst hatte, sie noch einmal zu berühren.

Als sie hinter dem Dornenstrauch verschwand, verfluchte er das Schicksal, das ihn nach Hause gebracht hatte, nur um zu entdecken, dass er das Einzige, was er wirklich wollte, nicht haben konnte. Er schwor zu Gott, dass er einen Weg finden würde, damit Marsali ohne Blutvergießen mit ihm zusammenkommen konnte – oder dass er bei diesem Versuch sterben würde.

☆ ☆ ☆

Marsali versuchte verzweifelt, ihren Mut aufrecht zu halten. Während sie die Hände im Schoß rang, betete sie stumm, dass ihr Vater nicht sehen möge, wie sehr ihre Hände zitterten.

Sie hatte ihn noch nie so wütend erlebt. Er war immer ein guter Vater gewesen, der sie nie geschlagen hatte. Aber nun konnte sie ihm ansehen, dass er das jetzt gerne getan hätte. Seine Hände ballten sich zu Fäusten, öffneten sich wieder und ballten sich erneut, während sein Gesicht dunkelrot anlief.

Als sie sprach, klang ihre Stimme nicht gerade fest. »Ich werde ihn nicht heiraten. Dazu kannst du mich nicht zwingen. Zuvor nehme ich mir das Leben.«

Ihr Vater erbleichte und starrte sie an. Dann fluchte er und begann, im Raum auf und ab zu stapfen. »Du wagst es, dich mir zu widersetzen? Mir diese Schande zu machen?«

Sie warf einen kurzen Blick zu Gavin, ihrem Bruder, der sich während des Verhörs ständig in der Nähe ihres Vaters aufgehalten hatte. Er hatte ihr gegenüber stets eine raue Zuneigung gezeigt, und er hatte bei kleineren Auseinandersetzungen oft ihre Seite ergriffen. Aber dieses Mal verhielt er sich still, blickte nur finster drein und hatte die Stirn gerunzelt.

Marsali schaute ihn offen an, um ihn zu einer Reaktion zu bewegen.

»Wir können verdammt froh sein, wenn Sinclair uns nicht den Krieg erklärt«, sagte er steif. »Die Beleidigung war schon ungeheuerlich.«

Dagegen konnte Marsali kaum etwas einwenden. Als sie nach Abernie zurückgekehrt war – am Morgen nach dem Tag, an dem die Hochzeit hätte stattfinden sollen – hatte sie alles genau so vorgefunden, wie sie es sich gedacht hatte. Das Schloss war in Panik gewesen. Die Dorfbewohner hatten die ganze Burg nach ihr und ihrer Schwester abgesucht, und man hatte Reiter losgeschickt, um überall im Gunn-Land Erkundigungen einzuziehen. Zuerst war ihre Ankunft mit Freude und Erleichterung begrüßt worden. Aber als sie in dem verschmutzten Kleid ihrer Schwester dagestanden und erklärt hatte, dass sie selbst ihre Schwester zur Flucht überredet hatte, war die Freude Verwunderung gewichen. Und als sie dann auch noch hinzugefügt hatte, dass sie Edward Sinclair nicht heiraten würde, war die Verwunderung in Verärgerung umgeschlagen.

Niemals würde sie Edwards Blick vergessen. Sein hübsches Gesicht war vor Wut verzerrt, und er hatte ausgesehen, als ob er sie auf der Stelle umbringen wollte. Als ihr Vater versucht hatte, sie zu Vernunft zu bringen, hatte Edward wutschnaubend daneben gestanden und geschwiegen. Aber niemand konnte sie dazu bringen, das Jawort zu sagen. Der Pfarrer, der ihr Verhalten offensichtlich missbilligte, weigerte sich, die Zeremonie zu vollziehen, solange sie sich nicht ausdrücklich dazu bekannte.

Letztendlich wurden die Dorfbewohner nach Hause geschickt. Einige Hochzeitsgäste, die befürchteten, dass nun Kämpfe ausbrechen könnten, hatten sich schleunigst aus dem Staub gemacht. Andere waren aus Neugier geblieben, und die Gastfreundschaft der Highlands verbot es, sie wegzuschicken. Marsali vermutete, dass die Mehrheit von ihnen den eigentlichen Grund längst vergessen hatte und nur noch da war, weil der Wein immer noch in Strömen floss.

Mitten in dem ganzen Chaos war Edward mit seinen Clansmännern davongestürmt, nachdem er ihren Vater aufgefordert hatte, die Sache in Ordnung zu bringen. Anderenfalls, hatte er gewarnt, habe er sich einen weiteren Feind geschaffen.

Ihr Vater hatte wirklich alles versucht, sie umzustimmen. Er hatte ihr gedroht, sie in das feuchte Verlies im Burgkeller zu sperren oder sie für den Rest ihres Lebens bei Wasser und Brot schmachten zu lassen. Aber all das schien sie einer Ehe mit Edward Sinclair vorzuziehen.

»Nun, Kind, was sagst du?«, fragte er grimmig.

»Ich habe dir gesagt, dass ich ihn nicht heiraten werde«, erklärte sie noch einmal. »Und vor drei Jahren hättest du das auch nie von mir verlangt.«

»Vor drei Jahren brauchte ich Sinclair auch nicht!«, brüllte Donald Gunn. »Du hast aber mir und deinem Clan gegenüber eine Verpflichtung.«

»Niemand außer dir will gegen Sutherland kämpfen«, erwiderte sie mutig. »Ein gutes Viertel unseres Clans ist mit denen verwandt.«

»Aber sie haben deine Tante getötet!«, tobte er. »Dein eigenes Fleisch und Blut! Sie haben Schande über unseren Namen gebracht, und jetzt macht du die Schande noch schlimmer.«

Marsali ließ den Kopf hängen. Ihr Vater hatte seine Schwester, verehrt. Er hatte sich gefreut, als Margaret Patricks Vater geheiratet hatte; dadurch waren die Bande zwischen den beiden Clans, die seit hundert Jahren Verbündete waren, noch stärker geworden. Aber Margaret war verschwunden – und geblieben war Hass.

»Marsali.« Als Gavin sie schließlich ansprach, war seine Stimme leise und beherrscht. »Wo ist Cecilia?«

»In Sicherheit.«

»Woher willst du das wissen?«

Sie presste ihre Lippen zusammen. Sie wusste, dass ein Großteil der Wut ihres Vaters und ihres Bruders aus der Sorge um ihre Schwester herrührte.

»Marsali?«

Mit Gavins Verärgerung konnte sie gut umgehen, schwieriger war es mit seiner Fürsorge.

»Cecilia ist doch noch ein Kind«, sagte sie verzweifelt. »Ich konnte nicht zulassen, dass ihr sie an einen Mann wie Edward verheiratet. Und ich werde das auch nicht tun. Ich kann gar nicht verstehen, wie ihr überhaupt daran denken konntet, dass ...«

»Edward ist ein Gutsbesitzer mit einem schönen Land«, unterbrach ihr Vater sie.

»Mit einer schlagkräftigen kleinen Armee, wolltest du wohl sagen«, erwiderte sie verbittert. »Aber er hatte auch zwei Ehefrauen, die sehr jung gestorben sind.«

»Die eine im Kindbett«, antwortete ihr Vater.

»Und die andere?«, fragte sie anklagend. »Es gibt Gerüchte ...«

»Lügen von Sutherland. Sie haben ja auch gelogen, was Margaret betrifft.«

»Du hast den Marquis von Brinaire auch schon anderer Dinge beschuldigt.«

Das Blut stieg ihm in den Kopf, so dass sein Gesicht rot vor Wut war. »Du wirst diesen Namen nie wieder aussprechen«, befahl er.

Gavin, der in der Nähe der Tür stand, mischte sich wieder in das Gespräch. »Weit könnt ihr nicht gekommen sein. Wir werden Cecilia finden. Unsere Männer durchkämmen schon das ganze Land.«

Marsali schwieg. Inzwischen müsste Cecilia schon längst außer Reichweite sein. Sie war zwar ein bisschen nervös gewesen, hatte aber keine Einwände dagegen, mit Hiram und Rufus nach Süden zu reiten. Zu Marsalis Überraschung war ihre Schwester geradezu darauf versessen gewesen, die Männerkleidung anzuziehen. Hofiert von Patricks Freunden, hatte sie keinen Moment gezögert, mit den beiden davonzureiten. Als sie das gesehen hatte, war Marsali klar geworden, dass ihre ruhige, gewissenhafte Schwester offensichtlich einen Hang zu Abenteuern hatte.

Marsalis Vater blieb ein paar Schritte vor ihrem Stuhl stehen und schaute sie an. »Du wirst bei Wasser und Brot in deinem Zimmer bleiben, bis du bereit bist, Sinclair zu heiraten«, donnerte er. »Und du wirst uns sagen, wo sich deine Schwester versteckt hält. Gavin, kümmere dich darum.«

Die Falten auf Gavins Stirn vertieften sich, aber er unternahm nichts, um der Anordnung zu widersprechen. Einen Moment lang traf sich sein Blick mit Marsalis Blick, und sie sah eine Spur von Mitgefühl in seinen Augen. Aber sie bemerkte auch stahlharte Entschlossenheit.

Sie erhob sich von ihrem Stuhl und ging in Richtung der Tür. Jedes weitere Wort wäre überflüssig. Aber sie fühlte doch eine Spur von Triumph. Sie war der Ehe mit Edward Sinclair entronnen.

Gavin hielt ihr die Tür auf, und sie folgte ihm die Treppe hinauf. Jetzt, nachdem das Schlimmste vorbei war, sehnte sie sich nach etwas Zeit, um sich an die wenigen Augenblicke zu erinnern, die sie mit Patrick geteilt hatte. Sie wollte sich an die Leidenschaft in seinen Augen erinnern. An seine Küsse. Sie wollte daran glauben, dass er eine Möglichkeit finden würde, dass sie ein Paar werden könnten. Sie fand, dass er sich gar nicht so sehr verändert hatte. Er war immer noch der Junge, der ihr Frettchen gerettet hatte. Und er war immer noch der junge Mann, der die Hand ausgestreckt hatte, um ihr einen Stern vom Himmel zu holen.

Vor ihrer Tür blieb sie stehen und zögerte einen Moment, bevor sie sich zu Gavin umdrehte. »Cecilia ist in Sicherheit«, sagte sie.

»Und was ist mit Patrick?«, fragte er ruhig.

4

Marsali starrte Gavin an, wobei ihr das Herz im Hals schlug. Natürlich musste er von Patricks Heimkehr gehört haben. In den Highlands gab es kaum Geheimnisse.

»Marsali?« Gavins Stimme klang rau. »Was ist mit Patrick?«

»Ich weiß nicht, was du damit meinst«, antwortete sie.

»Ich denke, dass du mich sehr gut verstanden hast. Hast du ihn getroffen?«

Sie zögerte und fühlte sich plötzlich schrecklich allein. Ihre Familie hatte immer eng zusammengehalten. Vielleicht, weil sie so viele Verluste hatte ertragen müssen. Drei von Marsalis Geschwistern waren schon als Kleinkinder gestorben, und ihre Mutter war von einem Fieber dahingerafft worden, kurz nachdem sie eine Totgeburt erlitten hatte. Als ihre Stiefmutter wenige Wochen nach Cecilias Geburt gestorben war, hatte sich eine enge Beziehung zwischen ihr und ihrer kleinen Schwester entwickelt.

Ihr Vater und ihre Tante Margaret hatten eine ähnlich enge Bindung zueinander; aber Marsali konnte sich seiner Version vom Verschwinden Margarets nicht anschließen, und sie konnte ihm nicht verzeihen, dass er den Wunsch hatte, Sutherland-Blut zu vergießen. Auch wenn das zur Folge hatte, dass sich ihr einziger Bruder von ihr abwandte.

Sie schwieg, während Gavin sie intensiv anstarrte und seine Frage zwischen ihnen in der Luft hing. »Dann ist Patrick also zurück!«, brach es aus ihm heraus.

Sie wandte sich zur Treppe, die zu ihrem Schlafgemach führte, aber ihr Bruder legte eine Hand auf ihren Arm und hielt sie fest.

»Das führt doch zu nichts, Marsali«, sagte er. »Vater wird niemals einer Heirat zwischen unseren Familien zustimmen.«

Er wusste, was sie für Patrick empfand. Im Laufe der Jahre hatte sie Gavin immer wieder mit Fragen nach dem Mann überschüttet, der an seiner Seite erzogen worden war, und umgekehrt hatte er sie endlos damit aufgezogen, dass sie dieses ständig bleibende Interesse an ihrem künftigen Ehemann zeigte.

»Er war einmal dein Freund«, meinte sie anklagend. »Du sagtest, er sei wie ein Bruder für dich.«

»Aye«, erwiderte Gavin. »Aber in diesem Fall kann ich mich nicht gegen Vater stellen. Patricks Clan hat unser Blut vergossen.«

»Das kannst du nicht wissen.«

»Ich weiß, dass Tante Margaret niemals verschwunden wäre, ohne uns ein Wort zu sagen.«

»Und ich glaube nicht, dass Patricks Vater lügen würde«, entgegnete sie. »Der Marquis von Brinaire ist vielleicht nicht gerade für seine Freundlichkeit bekannt, aber ich habe noch nie gehört, dass jemand ihn einen Lügner genannt hätte.«

Gavin atmete tief ein und wieder aus. »Wo ist Patrick?«, fragte er streng. »Und wo ist unsere Schwester?«

»Das weiß ich nicht«, erwiderte sie – und sie wusste es ja wirklich nicht. Jedenfalls nicht genau. Aber sie wusste, dass Cecilia, wo immer sie jetzt war, sicherer sein würde als hier, zwischen zwei Clans, die kurz vor einem Krieg standen.

»Ich werde sie suchen und finden«, sagte Gavin. »Und Gott helfe jedem, der ihr auch nur ein Haar gekrümmt hat.«

Marsali legte ihre Hand auf Gavins Arm. »Ihr geht es gut, und sie ist in Sicherheit. Das schwöre ich dir.«

Gavin runzelte die Stirn. »Vater ist überzeugt, dass die Sutherlands für ihr Verschwinden verantwortlich sind. Er möchte, dass ich ein Stoßtruppunternehmen gegen ihre Südgrenze führe. Und er will auch, dass ich Patricks Bruder als

Geisel nehme – oder besser noch Patrick selbst, falls er wieder im Lande ist –, um ihn gegen Cecilia auszutauschen.«

Marsalis Herz pochte heftig. »Patrick hat mit dem Ganzen nichts zu tun. Ich habe die Sache geplant, damit Vater mich nicht zwingen konnte, Edward zu heiraten. Gavin, du kannst doch nicht …« Ihre Stimme versagte. »Du kannst Sinclair nicht vertrauen.«

Ihr Bruder wandte den Blick ab. »Es wäre eine hervorragende Allianz gewesen.«

»Du magst ja vielleicht solchen zweifelhaften Allianzen zustimmen«, sagte sie und merkte, dass ihr die Tränen in die Augen traten. »Ich aber nicht.«

»Das wirst du, wenn Vater es befiehlt.«

»Meinem Herzen kann er nichts befehlen.«

Gavin seufzte. »Marsali, du hast Patrick nicht mehr gesehen, seit du noch ein Kind warst. Du weißt doch gar nicht, wie er heute ist.«

Sie richtete sich zu ihrer vollen Größe auf, was allerdings wenig nützte, da sie einen Fuß kleiner als ihr Bruder war. »Ich war damals immerhin vierzehn.«

Sie sah ein Flackern in seinen Augen und wusste, dass er versucht hatte, ihr eine Falle zu stellen, dass er sie dazu hatte bringen wollen, zuzugeben, Patrick erst kürzlich wiedergesehen zu haben.«

»Du hast dich sehr verändert, Gavin.«

»Du dich auch, kleine Schwester. Früher warst du immer so …«

»Gefügig?«

Er hatte immerhin den Anstand, peinlich berührt zu sein. »Das meinte ich nicht. Du …«

»Du meinst, ich habe stets versucht, lieb und nett zu sein?«

»Aye«, antwortete er, wobei er sich ein kleines Lächeln erlaubte.

Sie schaute in seine blauen Augen, die den ihren so ähnlich

waren. »Du hast immer gewusst, was ich für Patrick empfinde«, sagte sie. »Du hast mich dazu ja auch noch ermuntert, durch deine Erzählungen über seinen Mut und seine Ehrhaftigkeit und seine Heldentaten auf dem Schlachtfeld. Ich bin nicht so wankelmütig wie du, was meine Freundschaft und meine Loyalität betrifft.«

Seine Lippen wurden bei dieser Zurechtweisung schmal. »Unsere Loyalität gehört unserem Vater.«

»Aber nur, wenn er im Recht ist.«

»Nein! Er ist unser Vater – und nur das zählt.« Gavin schlug mit der Faust gegen die steinerne Mauer. »Und er ist im Recht! Margaret muss gerächt werden.«

»Niemand kennt die Wahrheit«, erwiderte sie heftig. »Ich glaube, dass du und Vater nicht damit fertig werdet, was man ihr vorgeworfen hat. Das könnt ihr nicht ertragen – und nicht die Tatsache, dass sie verschwunden ist.« In dem Moment, als sie die Worte ausgesprochen hatte, wünschte sie, sie könnte sie zurücknehmen. Sie wollte Gavin nicht verletzen. Sie wollte nur, dass er sie verstand.

»Darüber werde ich nicht mit dir diskutieren«, erwiderte er kalt. »Ich habe Margaret geliebt, und ich weiß, dass sie nie verschwunden wäre, ohne ein Wort zu sagen. Sie ist tot. Und dafür ist Sutherland verantwortlich.« Ein Muskel zuckte in seiner Wange. »Himmel, weißt du denn nicht, wie viel Patrick mir bedeutet hat? Wie sehr ich mir gewünscht hatte, dass du ihn heiraten würdest, damit wir wirklich Brüder wären? Aber Pflicht und Ehre sind wichtiger als meine persönlichen Wünsche. Das solltest du nicht vergessen.«

»Deine Vorstellung, was Ehre betrifft, und meine sind ziemlich unterschiedlich«, erwiderte sie, wobei ihre Stimme bebte. Ihr Leben, Cecilias Leben – und das von Patrick – würde von ihrer Willenskraft abhängen. Sie würde nicht nachgeben. Niemals.

Aber der finstere Blick in Gavins Augen tat ihr in der Seele weh. Sie drehte sich um und betrat ihre Kammer. Diesmal hielt er sie nicht zurück.

☆ ☆ ☆

Gregor Sutherland, der Marquis von Brinaire, starrte seinen Sohn wütend an. »Wo in Teufels Namen bist du gewesen?«

Patrick hielt dem Blick seines Vaters stand. »Ich habe mich umgeschaut. Viel Zeit ist vergangen, seit ich diese Hügel zum letzten Mal gesehen habe.«

»Du hast das Bankett verpasst, dass ich zu Ehren deiner Heimkehr geplant hatte.« Die buschigen Augenbrauen, die einst schwarz gewesen waren und nun silbergrau, zogen sich zusammen. »Ich wollte meinen heldenhaften tapferen Sohn meinen Freunden vorstellen. Sie alle haben von deinen Ruhmestaten auf den Schlachtfeldern gehört.« In seiner Stimme schwang der Stolz mit, den Patrick sich immer ersehnt hatte. Aber nun bedeutete es ihm nur noch wenig.

»Ich hatte den Empfang, den ich mir gewünscht hatte.«

»Wie soll ich das verstehen?«

Patrick betrachtete seinen Vater genauer. Er war erstaunt. Der Marquis von Brinaire hatte sich zuvor noch nie darum gekümmert, was sein Sohn machte oder was er wollte. Vor Jahren war Gregor einmal ein gut aussehender Mann gewesen, aber jetzt schien er älter zu sein, als es seinen Jahren entsprach. Sein Körper, früher muskulös, war nun ausgezehrt, sein Gesicht hager und eingefallen. Was war aus dem kraftvollen, kompromisslosen Mann geworden, der sein Vater einmal gewesen war?, fragte sich Patrick.

Er gehörte der Vergangenheit an. Genau wie das Zuhause, das er früher einmal gekannt hatte.

Die Großhalle von Brinaire bot ein Bild der Verwüstung. Schmutzige, abgetretene Binsen bedeckten zum Teil einen noch schmutzigeren Fußboden, das Frühstücksgeschirr stand noch auf dem Tisch, und im Laufe der Jahre hatten sich die einst schönen Wandbehänge durch Ruß und Schmutz in graue Drecklappen verwandelt. Nur in einem der Kamine brannte ein Feuer, aber angesichts des Gestankes und des Rauches, der davon ausging, fragte Patrick sich, wann die Feuerstelle wohl zum letzten Mal gesäubert worden war.

Er sehnte sich nach seinem alten Zuhause zurück, nach dem Brinaire, das er vor zwölf Jahren verlassen hatte. Er wollte sehen, dass die Binsen täglich gewechselt und der Fußboden feucht gewischt wurde. Er wünschte sich, die Schritte seiner Clansleute zu hören, ihr fröhliches Lachen, wenn sie zu Dutzenden durch die Tür in die Großhalle traten. Er hätte gerne Margarets warmes Lächeln gesehen, das diesen Raum über alle Maßen hinweg erhellt hatte.

Aber Margaret gab es ja auch nicht mehr.

Sein Vater – so hatte man ihm berichtet – hatte die gesamte Dienerschaft entlassen, weil er sie beschuldigte, Margarets angeblichen Ehebruch gedeckt zu haben. Jetzt versorgten nur ein paar unerfahrene Clansleute Haus und Hof. Seine Schwester Elisabeth hatte die Rolle der Schlossherrin übernommen und versuchte, den Haushalt zu führen, aber ihr fehlte die Erfahrung – und die Unterstützung ihres Vaters.

Die liebenswürdige Elisabeth, die durch das Keep – das Schloss – schlich wie eine verhuschte Maus. Seine Schwester war drei Jahre alt gewesen, als Patrick Brinaire verlassen hatte. Als er zurückgekommen war, hatte er eine junge Frau vorgefunden, die schrecklich scheu war und sich vor den Wutausbrüchen des Vaters ängstigte. Sein Bruder, Alex, war ähnlich zurückhaltend. Er versuchte ständig, sich vor den Ausbrüchen seines Vaters in Sicherheit zu bringen.

Patrick hatte den Eindruck, dass nicht nur das Schloss, sondern auch seine Bewohner sich in einem traurigen Zustand befanden.

Die Stimme seines Vaters unterbrach seine düsteren Gedanken. »Ich fragte, wo du gewesen bist!«

»Das habe ich dir doch gesagt. Ich wollte wieder einmal die schottischen Hügel sehen«, antwortete Patrick. »Ich wollte den Duft von Heidekraut riechen, eine Luft atmen, die nicht nach Tod riecht. Ich bin fertig mit dem Kämpfen.«

»Nay, so ein Gerede will ich nicht hören. Du wirst tun, was zu tun ist. Die Gunn haben unser Vieh gestohlen, und sie haben gedroht, Häuser von unseren Clansleuten zu verbrennen. Wenn Gunn sich mit Sinclair verbündet, wird Blut fließen. Da kannst du sicher sein. Und es ist deine Pflicht, deinen Clan zu beschützen.« Seine Lippen wurden schmal. »Gunn!«, fluchte er.

»Ich bin bei Gunn aufgewachsen und erzogen worden«, sagte Patrick. »Ich war mit einer von ihnen verlobt. Und, bei Gott, ein Viertel von uns ist mit denen verwandt. Ich kann nicht gegen sie kämpfen.«

»Du wirst tun, was ich dir befehle, Junge.« Und damit wandte der Marquis sich ab.

»Nay«, antwortete Patrick. Es würde kein weiteres Missverständnis zwischen ihm und seinem Vater geben. »Ich werde nicht für dich töten.«

Sein Vater drehte sich zu ihm um, wobei seine grauen Augen schwarz wurden. Als Kind hatte Patrick diesen Blick immer gefürchtet, und auch jetzt verspürte er kurzfristig das Gefühl, nachgeben zu müssen.

»Dieses Mädchen wird einen Sinclair heiraten«, zischte sein Vater. »Und du weißt, was das bedeutet. Clan Sinclair war unser Todfeind seit Jahrhunderten.«

»Nay«, antwortete Patrick. »Marsali wird Edward Sinclair nicht heiraten.«

Sein Vater blickte ihn verwirrt an. »Woher willst du das wissen?«

»Ich habe Ohren.«

»Hast du sie etwa gesehen?«

Patrick zögerte. Er mochte zwar nicht der gleichen Meinung wie sein Vater sein, aber ihn anzulügen wäre unehrenhaft. »Das habe ich«, erwiderte er schlicht.

Gregor Sutherlands Gesicht wurde rot vor Wut. »Du hast dich auf Gunn-Land gewagt?«

»An der Grenze zwischen unserem und ihrem Land.«

»Dann war also die Dirne auf Sutherland?«

»Wir sind verlobt. Keiner von uns beiden hat dieses Verlöbnis gelöst.«

Ohne Vorwarnung riss der Marquis die Hand hoch und schlug sie, so fest er konnte, ins Gesicht seines Sohnes. Patrick flog durch die Wucht des Schlages zurück – blieb aber ganz ruhig.

»Du wirst nicht eine Gunn-Hure heiraten!«, schrie sein Vater. »Ich will nicht noch eine von dieser Sorte in meinem Haus haben.«

Patrick starrte seinen Vater an, der ihm nie auch nur ein Zeichen von Zuneigung gezeigt hatte, der immer unzufrieden mit ihm gewesen war. Selbst als er vom Festland zurückgekehrt war, war der Empfang kühl gewesen. Kein Wunder also, dass seine Schwester sich in so ein verhuschtes Wesen verwandelt hatte und sein Bruder sich hinter seinen Büchern versteckte und – wie er ihm vor drei Tagen gestanden hatte – Priester werden wollte. Sein Vater hatte sich in einen Dämon verwandelt.

»Wenn du gegen die Gunn Krieg führen willst, dann ohne mich«, sagte Patrick. »Ich kann nicht Jahre der Freundschaft vergessen, weil …«

»Dann kannst du auf der Stelle mein Haus verlassen!«, tobte Gregor. »Ich werde dich enterben, und Alex wird …«

»Alex hat mir erzählt, dass er nach Edinburgh gehen will, um dort zu studieren.«

»Alex wird tun, was ich ihm befehle.«

Das würde er allerdings, dachte Patrick, der das Gefühl hatte, als würde sich die Schlinge immer enger um seinen

Hals ziehen. Natürlich würde Alex versuchen, den Krieg seines Vaters zu führen. Und dabei würde Alex sterben. Was sollte dann aus Elisabeth werden, alleine mit einem verbitterten, rasenden alten Mann? Er konnte seine Geschwister doch nicht im Stich lassen, allein auf sich gestellt auf Brinaire. Und wenn er jetzt das Haus seines Vaters verließ – dessen war sich Patrick bewusst –, würde er ohne einen Penny dastehen. Und er beherrschte ja nur eine Sache: die, der er feierlich abgeschworen hatte.

Er saß in der Falle. Wie Marsali in der Falle gesessen hatte, als ihr bewusst geworden war, dass man Cecilia zwingen würde, Sinclair zu heiraten, wenn sie es nicht tun würde.

»Nun?«, fragte sein Vater, dessen Augen triumphierend glänzten,

Patrick dachte an Marsalis Bereitschaft, ihr Glück – sich selbst – zu opfern. Was müsste er tun, um seinen Bruder und seine Schwester zu retten? Seinen Schwur brechen? Er fragte sich, ob Gavin seinerseits vor ähnlich unlösbaren Fragen stand. Sie hatten sich schließlich einmal geschworen, Freunde für immer und ewig zu sein. Gott im Himmel, wie hatte es so weit kommen können?

Margaret. Die liebenswerte kluge Margaret war seit fast zwei Jahren verschwunden – und vermutlich tot.

»Patrick?«

Sein Vater wartete immer noch – wartete auf seine Kapitulation.

Er musste Zeit gewinnen. »Unsere Leute müssen erst lernen zu kämpfen«, sagte er.

»Sie können Gunn jederzeit überrennen«, fauchte sein Vater.

»Ich werde nicht neben jemandem kämpfen – und ich werde es auch nicht verlangen –, solange wir nicht unsere Fähigkeiten kennen. Ich war zu lange weg. Ich kann nicht erwarten, dass die Männer Vertrauen zu mir haben.«

»Du wirst der Anführer von Clan Sutherland sein«, erwiderte Gregor. »Sie schulden dir Loyalität.«

»Ich will mir ihre Loyalität erst verdienen«, antwortete Patrick.

Sein Vater versuchte erneut, Patrick mit seinem starren Blick zum Nachgeben zu zwingen, aber dieser Versuch misslang. Schließlich zuckte er die Schultern.

Das war – wie Patrick dachte – aufschlussreicher als alles, was sein Vater bisher gesagt hatte. Er konnte sich nicht daran erinnern, dass Gregor Sutherland auch nur ein Mal in seinem Leben klein beigegeben hätte. Die letzten zwei Jahre hatten ihren Tribut gefordert, an seinem Körper wie an seinem Geist.

»Ein paar Tage spielen jetzt auch keine Rolle mehr«, murmelte sein Vater.

»Ich werde morgen mit dem Training beginnen«, sagte Patrick und wandte sich zum Gehen.

Die Stimme seines Vaters hielt ihn zurück. »Alex wird mit dir trainieren. Ich hätte ihn – wie dich – zur Erziehung außer Haus geben sollen. Dann wäre er über solche verrückten Gedanken, wie zur Universität von Edinburgh zu gehen, hinweggekommen. Margaret hat ihm gesagt…« Seine Stimme brach plötzlich ab.

Patrick wusste, dass er auf diesem Punkt jetzt besser nicht beharren sollte. Aber er nahm sich vor, sich anderenorts danach zu erkundigen. Hatte Margaret bei Alex die Liebe zu den Büchern erweckt? Es gab so viel, was er nicht wusste, so viele Strömungen in seiner Familie, die ihm fremd waren. Eine Familie, die er eigentlich gar nicht mehr kannte.

»Wo sind die beiden Männer, die mit dir gekommen sind?« Die Frage des Marquis traf ihn überraschend.

Patrick blieb abrupt an der Tür der Großhalle stehen. »Sie mussten sich um ihre eigenen Angelegenheiten kümmern.«

»Werden sie zurückkommen?«

»Aye.«

»Sie sehen wie tapfere Männer aus.«

»Das sind sie auch. Sie haben mir beide mehrfach das Leben gerettet.«

»Und du das ihre vermutlich«, erwiderte sein Vater, wobei seine Augen abwägend glitzerten. »Dann sind sie dir also beide etwas schuldig.«

»Sie schulden mir gar nichts«, antwortete Patrick. »Eher schulde ich ihnen was.«

»Aber sie werden an deiner Seite kämpfen?«

Patrick lächelte. Vielleicht konnte er Hiram und Rufus als weitere Verzögerungstaktik benutzen. Es konnte schließlich Wochen dauern, bevor sie zurückkamen – besonders, wenn ein Bote ihnen auftrug, sich viel Zeit zu lassen.

Er nickte. »Natürlich werden sie an meiner Seite kämpfen, und du würdest keine besseren Krieger finden.«

Gregor Sutherland presste seine Lippen zu einem blutlosen Lächeln zusammen. Patrick konnte seine Gedanken geradezu lesen. Gavin würde Clan Gunn anführen. Zwar war er zum Kämpfen ausgebildet worden – aber er war nicht kampferprobt. In den Highlands war es in den letzten Jahren ziemlich friedlich zugegangen. Abgesehen von ein paar kleineren Grenzzwischenfällen, bei denen man sich gegenseitig Vieh gestohlen hatte, hatte es kaum eine Gelegenheit für einen Krieger gegeben, sich auf dem Schlachtfeld zu beweisen.

»Du wirst sicher viele deiner Clansleute wiedererkennen«, sagte Gregor. »Sie haben alle von deiner Tapferkeit gehört, und sie werden begierig sein, dir zu folgen.«

In eine Schlacht zu ziehen, gegen Männer, die sie persönlich kannten? Das bezweifelte Patrick nun doch. Aber niemand würde dem Anführer des Clans die Gefolgschaft verweigern.

Dazu war er also nach Hause gekommen! Um weiter zu töten! Nicht nur, um andere Schotten zu töten, sondern jetzt auch noch Freunde und Nachbarn.

Immerhin hatte er ein wenig Zeit gewonnen. Wenn er doch nur herausfinden könnte, was mit Margaret Gunn-Sutherland passiert war.

5

Marsali saß auf dem Thronsitz beim Fenster ihrer Kammer und blickte nach draußen. In den Burghof ritten Krieger: Gavin, gefolgt von seinen Clansleuten, die von ihrer letzten Suche nach Cecilia zurückkehrten. Seit Tagen suchten sie nach ihr.

Seufzend wandte sich Marsali ab und blickte sich im Raum um. Seit zwei Wochen hatte sie nichts gesehen als diese vier Wände – abgesehen von dem Stück Hof, auf das sie durch das Fenster blicken konnte – und ihr Vater machte keine Anstalten nachzugeben. Wenn er sie früher bestraft hatte, dann hatte er gewöhnlich nach spätestens zwei Tagen eingelenkt. Aber diesmal nicht. Zum Glück hatte er nicht an ihre Frettchen gedacht. Sonst hätte er die ihr wahrscheinlich auch noch weggenommen.

Sie streichelte Tristan und Isolde, die schlafend in ihrem Schoß zusammengerollt lagen. Sie wünschte, ihr Vater hätte auch Jeanie vergessen. Aber leider hatte er den strikten Befehl gegeben, dass ihre Freundin nicht ihre Schlafkammer betreten durfte, und so hatte sie Jeanie seit vierzehn Tagen nicht gesehen. Aber davon abgesehen, war es Jeanie mit Hilfe von Flora, der Küchenmagd, gelungen, Marsali zusätzliches Essen zukommen zu lassen, das über das Wasser und das Brot, welches ihr Vater angeordnet hatte, weit hinaus ging.

Marsali war zwar dankbar für diese Geste, aber sie rührte das Essen kaum an. Sie aß überhaupt nur, weil sie wusste, dass sie essen musste. Es wäre nicht gut, körperlich schwach zu werden, denn Willenschwäche wäre die unweigerliche Folge davon. Aber sie brauchte ja nur in ihren kleinen Spiegel zu schauen, um zu sehen, wie schmal ihr Gesicht geworden war und wie abgemagert ihr Körper schon wirkte.

Wie lange würde sie das noch durchhalten?

Solange es nötig ist, antwortete ihr Herz. Sie klammerte sich an Patricks Versprechen und an die Erinnerung an die kurze Zeit, in der sie zusammen gewesen waren. Das war alles, was sie hatte.

Von der Tür war ein Klopfen zu hören, dem das Kreischen des Schlüssels im Schloss folgte. An dieses Geräusch würde sie sich wohl nie gewöhnen, bedeutete es doch, dass sie von ihrem eigenen Vater eingesperrt worden war.

Da Marsali Flora erwartete, war sie erstaunt, als Jeanie die Tür öffnete. Mit einem Freudenschrei setzte sie Tristan und Isolde auf die Fensterbank und rannte durch den Raum, um ihre ehemalige Kinderfrau zu umarmen.

»Lass mich doch wenigstens das Tablett absetzen«, lachte Jeanie, »bevor du dein ganzes Essen über den Fußboden verteilst.«

»Ach, das Essen ist mir doch egal! Aber es ist so schön, dich endlich wieder zu sehen.«

Als ihr Blick über Jeanies Gesicht glitt, bemerkte Marsali, dass die blauen Augen ihrer Freundin rot umrändert waren und ihren Glanz verloren hatten.

»Du hast geweint«, sagte sie.

»Was hast du denn gedacht, was ich tun würde, wenn du hier eingesperrt bist und ich nicht zu dir darf?«

»Ach, Jeanie, das tut mir Leid.« Marsali runzelte die Stirn, weil ihr plötzlich ein Gedanke kam. »Aber wieso bist du hier? Du hast dich doch nicht etwa ohne Wissen meines Vaters bei mir eingeschlichen? Ich möchte nämlich nicht, dass . . .«

»Nay, natürlich weiß er, dass ich hier bin.« Jeanie warf Marsali einen verschwörerischen Blick zu. »Flora hat große Zahnschmerzen, verstehst du? Sie hat in der Küche schrecklich geheult. Da meinte dein Vater, ich könnte dir das Tablett mit dem Essen bringen.« Während sie redete, hielt Jeanie Marsali an den Schultern fest und betrachtete sie von unten bis oben. »Ach, Liebchen, ich ertrage es fast nicht, dich so zu sehen.«

»Mir geht es ganz gut«, erwiderte Marsali. »Ich habe Tristan und Isolde, die mir Gesellschaft leisten, und meine Schlafkammer ist ja immerhin nicht so schlimm wie das Burgverlies.«

»Hmm.« Offensichtlich war Jeanie nicht gerade von Marsalis Worten überzeugt. »Komm, setz dich und iss etwas.«

Marsali warf einen uninteressierten Blick auf das Tablett mit dem Wasserkrug und dem halben Laib Brot.

Sie setzte sich wieder auf ihren Sitz am Fenster und beobachtete Jeanie, die das Zimmer aufzuräumen begann und Marsalis herumliegende Kleidungsstücke ordnete.

»Gavin ist wieder zurück«, sagte Jeanie.

»Ich weiß, ich habe ihn in den Hof reiten sehen.«

»Er behauptet, dass es keine Spur von Cecilia gibt.«

Marsali schwieg.

»Kannst du ihm nicht sagen, dass …«

»Nein«, unterbrach Marsali Jeanie.

»Man munkelt, dass Patrick Sutherland seine Clansleute trainiert«, fuhr Jeanie fort. »Man sagt, dass er in den nächsten Tagen ein Dorf von Gunn überfallen wird.«

Marsali schüttelte den Kopf. »Das würde er nie tun.«

»Bist du da so sicher, Liebchen?«

»Aye«, erwiderte sie und nahm das kleinere Frettchen, Isolde, in die eine Hand und streichelte es. Aber irgendwo in einem Winkel ihres Gehirns nagte ein Zweifel. Nach zwei Wochen war es einfach nicht mehr möglich, alle Dämonen zurückzuhalten.

Wie gut kannte sie Patrick eigentlich wirklich? So viele Jahre waren vergangen, in denen er von Schlacht zu Schlacht gezogen war, vom Töten in dem einen Krieg zum anderen. Obwohl er ihr gegenüber sehr liebevoll war, musste er doch zu einem harten Mann geworden sein. Anderenfalls hätte er wohl kaum überlebt – und sicher hatte er mehr Narben als die sichtbaren. Und würde nicht seine Loyalität seinem Vater gehören, wie Gavins Loyalität Donald Gunn gehörte?

Marsali versuchte diese Gedanken zu verdrängen, sie wollte nicht, dass Jeanie ihre Zweifel spürte. Tristan, der zu ihren Füßen saß, unterbrach ihre Gedanken, weil er laut zu kreischen begann, da er sich ignoriert fühlte. Schwach lächelnd, streckte Marsali die Hand aus, und Tristan sprang in ihren Schoß neben Isolde, wobei er sich gleich auf den Rücken wälzte, damit Marsali ihm das Bäuchlein kraulte.

»Ich habe dir etwas Fleischpastete gebracht«, sagte Jeanie.

»Du solltest das nicht machen«, schimpfte Marsali. »Wenn du erwischt wirst, wird mein Vater fuchsteufelswild werden. Er könnte dich von Abernie verjagen, und dann hätte ich niemanden mehr hier.«

Jeanie wischte Marsalis Besorgnis mit einer Handbewegung zur Seite. »Glaubst du eigentlich, dass dieser riesige Krieger immer noch bei deinem jungen Earl ist?«

»Wen meinst du?«, fragte Marsali verwirrt und schaute Jeanie überrascht an. »Hiram?«

»Ist das sein Name? Der passt gut zu einem so tapferen Mann.«

Marsali starrte die ältere Frau an. So lange sie Jeanie kannte, hatte die sich nie für einen Mann interessiert. Sie hatte auch nur selten über ihren Ehemann gesprochen, den sie so jung verloren hatte, obwohl Marsali vermutete, dass sie lange um ihn getrauert hatte – aber Jeanie hatte nie einen anderen Mann erwähnt. Als Jeanie nun Marsalis Bett glatt strich, sagte sie: »Er scheint mir ein ehrenwerter Mann zu sein. Sonst hätte ich ihm nie erlaubt, dich zu entführen.«

»Das ist er sicher. Und sein Freund Rufus auch. Es hat ihnen beiden sehr Leid getan, uns geschlagen zu haben.«

»Sie haben euch geschlagen?« Jeanie wirbelte herum, um Marsali anzusehen.

»Na ja, sie haben uns in der Kapelle niedergeschlagen«,

sagte Marsali lächelnd. »Sie hatten Angst, dass wir schreien könnten. Aber sie waren so behutsam wie möglich, und sie haben sich dafür höflich bei uns entschuldigt, Jeanie.«

Langsam verschwanden die Falten auf Jeanies Stirn, und sie wechselte das Thema, wobei ihre Stimme ganz leise wurde. »Und hast du auch den jungen Earl gesehen?«

»Aye«, antwortete Marsali ebenso leise.

»Ist er immer noch so hübsch wie früher?«

»Hübsch ist nicht das richtige Wort«, erwiderte Marsali. »Er ist durch und durch ein Mann. Ja, er sieht auch sehr gut aus. Er hat allerdings ein paar Narben im Gesicht, die ihn für mich – und das kann ich nicht erklären – noch attraktiver machen.«

Marsali entging nicht Jeanies verständnisvoller Blick.

»Und er hat dir erlaubt, hierher zurückzukommen?«, wunderte sich die ältere Frau.

»Er wollte es nicht. Er wollte mich sofort heiraten. Aber das würde Krieg bedeuten. In diesem Fall würde sich Edward höchstwahrscheinlich mit meinem Vater verbünden.« Sie konnte die Tränen nicht aufhalten, die ihr über die Wangen liefen.

»Ach, Liebchen …« Jeanie durchquerte den Raum, um Marsali in ihre Arme zu schließen. Zärtlich fuhr sie mit der Hand über das dunkle Haar ihrer Schutzbefohlenen.«

»Patricks Vater wird die Heirat niemals gutheißen«, sagte sie mit gebrochener Stimme. »Nicht nachdem … nachdem Margaret …«

Jeanie murmelte beruhigende Worte.

»Aber ganz sicher« – Marsali löste sich von Jeanie, um sie anzuschauen – »wird Patrick nicht die Waffen gegen unsere Familien erheben. Das weiß ich genau.«

Jeanie nickte. Sie zog ein Tuch aus der Tasche, wischte damit Marsali übers Gesicht und sagte: »Na bitte. Es ist gar nicht gut, wenn du dich so aufregst. Trockne deine Augen und iss die Fleischpastete, die ich für dich gebacken habe.« Damit zog sie ein Paket aus der Tasche, packte den Leckerbissen aus und legte die Pastete auf den Teller. »Iss das, Liebchen. Du musst deine Kräfte bewahren. Sonst ist niemandem geholfen.«

Marsali schniefte leise und nickte.

»Ich muss jetzt gehen«, sagte Jeanie. »Ich vermute, dass Gavin bald wieder hier auftauchen wird, um dir mit seinen Fragen zuzusetzen, wo du deine Schwester versteckt hast. Du isst also besser schnell.«

Marsali beobachtete, wie Jeanie davonging, und sie wusste, dass ihre Freundin Recht hatte: Gavin würde wieder und wieder versuchen, die Information von ihr zu bekommen. Als sie sich fragte, welche Drohungen er diesmal anwenden würde, spürte sie, wie sich die Traurigkeit in ihr noch vertiefte.

☆ ☆ ☆

Patrick begrüßte Hiram im Schlosshof von Brinaire, wo die Exerzierübungen abgehalten wurden. Zwei Wochen waren inzwischen vergangen, seit er seine beiden Kampfgefährten mit Cecilia Gunn losgeschickt hatte.

»Das junge Mädchen ist in Sicherheit«, sagte Hiram, als er von seinem erschöpften Pferd stieg.

Während Patrick sein Schwert in die Scheide schob, zog er eine Augenbraue hoch. »Und wo steckt Rufus?«

Hiram übergab die Zügel einem Stallburschen und zuckte die Schultern. »Er wollte sich noch ein paar Tage in der Nähe aufhalten, um sich davon zu überzeugen, dass sich die junge Frau auch wohl fühlt.«

Patrick warf seinem Freund einen spöttischen Blick zu. Rufus' Umgang mit Frauen war legendär. Es war allgemein bekannt, dass er sich stark zu Frauen hingezogen fühlte – und dass er eine ungemeine Anziehungskraft auf das schwache Geschlecht ausübte.

Hiram grinste. »Sie ist bei Rufus' Schwestern so gut behütet, wie sie es bei mir und deiner Kusine Anna war. Diese Anna Sutherland hat über Cecilia gewacht wie eine Katzenmutter über ihre Jungen, und sie bleibt weiter bei ihr.« Hirams Grinsen wurde schadenfroh. »Rufus muss sich einfach so anständig wie noch nie benehmen.«

»Und ich vermute, dass ihm das gar nicht passt«, murmelte Patrick, dessen Blick wieder über die Männer schweifte, die auf der anderen Seite des Hofes trainierten.

»Aye, aber er geht damit erstaunlich gut um«, erwiderte Hiram. »Er meinte, dass er Mitte nächster Woche zurück sein wird.«

»Bist du imstande, gleich weiterzureiten?«

Hiram war erstaunt. »Nach Abernie?«

»Aye«, antwortete Patrick. »Aber nur, wenn du sicher bist, dass du dich noch einmal sehen lassen kannst.«

»Natürlich«, sagte Hiram. »Die einzigen Leute von Clan Gunn, die uns gesehen haben, waren so betrunken, dass sie ihre eigenen Frauen nicht erkannt hätten.«

»Dann reite los und berichte Marsali, dass ihre Schwester in Sicherheit ist«, fuhr Patrick fort. »Und finde heraus, ob es ihr gut geht.«

Hiram nickte zustimmend. »Das werde ich.« Dann warf er einen Blick zu den Männern, die auf der anderen Seite des Burghofes Schwertkampf übten, und fragte: »Hast du etwas Bestimmtes vor?«

»Verzögerung«, antwortete Patrick knapp. »So lange, bis ich mir einen Reim auf das Ganze machen kann.«

»Allzu lange wirst du ihn nicht in Schach halten können«, bemerkte Hiram ruhig.

»Ich weiß.« Patrick war keineswegs überrascht, dass Hiram den Marquis von Brinaire so schnell so richtig eingeschätzt hatte. Er schwieg einen Moment und beobachtete, wie seine Clansleute Scheinkämpfe führten. Sie wurden von Tag zu Tag besser, was ihn eigentlich hätte zufrieden stellen müssen. Er schüttelte den Kopf. »Während du in Abernie bist, versuche so viel wie möglich über Margaret in Erfahrung zu bringen.«

»Das könnte aber ein paar Tage dauern.«

Patrick bemerkte das Leuchten in den Augen seines Freundes. »Das scheint dir nicht gerade zu missfallen ...«

Hiram zuckte die Schultern. »Es gibt dort eine Frau ...«

»Hiram!« Patrick konnte nicht verbergen, dass er geschockt war. »Du doch nicht!«

Der schwere Mann machte ein verlegenes Gesicht, und Patrick lachte leise in sich hinein. Hirams Scheu im Umgang mit Frauen war ebenso legendär wie Rufus' Charme. »Wer ist es denn?«, fragte Patrick, wobei er zugleich die Antwort fürchtete. Ein falsches Wort innerhalb des Territoriums von Gunn konnte Hiram nämlich sehr wohl das Leben kosten.

»Mistress Jeanie«, murmelte Hiram.

»Ist das dein Ernst?«

Hiram wurde noch ein paar Rottöne dunkler, aber er blieb ganz ernst. »Sie ist eine feine Frau.«

»Das ist sie«, erwiderte Patrick. »Aber sei trotzdem vorsichtig, denn ich möchte dich nicht verlieren, und ich will auch nicht, das Marsali Jeanie verliert. Die beiden stehen sich sehr nahe.«

Hiram trat von einem Fuß auf den anderen. »Ich würde dich doch nicht im Stich lassen und es Rufus alleine überlassen, deinen Rücken zu decken.«

Patrick musste über diese wohlgemeinte spöttische Bemerkung lächeln. Rufus und Hiram waren schon immer sowohl Konkurrenten als auch Freunde gewesen.

»Bleib über Nacht bei uns und nimm die Mahlzeit mit uns ein. Mein Vater hat sich nämlich schon nach euch erkundigt. Ich habe ihm erklärt, dass du und Rufus Freunde im Süden besucht.«

»Aye, das haben wir ja auch getan«, erwiderte Hiram. »Was

ist mit deiner Schwester und deinem Bruder, wie geht es denen?«

Patrick seufzte. In den vergangenen zwei Wochen hatte er sich um die Freundschaft von Alex bemüht, und er hatte die Versuche seiner Schwester unterstützt, Brinaire wieder in einen gepflegten Zustand zu bringen. Aber Alex ging ihm aus dem Weg, und Elisabeth stand vor einer unlösbaren Aufgabe, da ihr Vater sich weigerte, die frühere Dienerschaft wieder zu beschäftigen, und er sich nicht darum scherte, die jetzigen Bediensteten zur Räson zu bringen.

»Alex vergräbt sich weiter in seinen Büchern, und Elisabeth ist vollkommen gehemmt«, erklärte er Hiram. »Ich denke, sie würde viel mehr erreichen, wenn sie mehr Macht hätte, die mein Vater ihr jedoch verweigert. Er kritisiert alles, was sie macht, und er nörgelt ständig an ihr herum. Ich glaube, sie ist schon so verängstigt, dass sie lieber überhaupt nichts mehr tut, weil sie sich fürchtet, Vaters Missfallen zu erregen.«

»Und wie stehen die anderen Sutherlands zu der Fehde mit den Gunns?«

»Sie werden tun, was mein Vater ihnen befiehlt – bis ich ihr Vertrauen gewonnen habe. Vielleicht gelingt es mir dann, sie zu überzeugen, das zu tun, was ich ihnen auftrage.«

Hiram blickte erneut zu den kämpfenden Männern hinüber. »Und wie sollen sie Achtung vor dir bekommen, wenn du die Feinde deines Vaters nicht angreifst?«

Patrick gab ihm einen leichten Schlag auf die Schulter. »Das, mein Freund, ist ja gerade das Rätsel. Aber ich habe da ein paar Ideen.«

Hirams dunkle Augenbrauen zogen sich zusammen. »Versuche nicht, überschlau zu sein.«

»Ich habe ja dich und Rufus, um mir den Rücken freizuhalten«, meinte Patrick grinsend.

Aber Hiram hatte keinen Sinn für diesen Scherz. »Du

spielst ein gefährliches Spiel, Patrick. Eine Fehleinschätzung kann euch beide vernichten: dich und Marsali.«

»Ich weiß«, sagte Patrick leise.

☆ ☆ ☆

Selbst Wochen nach der demütigenden Szene in Abernie konnte Edward Sinclair seine Wut kaum zügeln. Während er in der Waffenkammer seiner Burg auf und ab lief, dachte er brütend über die Erniedrigung nach, die er erlitten hatte. Er war in Anwesenheit der Vertreter von praktisch allen schottischen Clans aus den nördlichen Highlands gekränkt worden. Die Jahre, in denen er zwischen den Gunns und den Sutherlands Zwietracht gesät hatte, waren damit praktisch umsonst gewesen.

Er wollte Marsali haben, und er wollte eine Allianz gegen die Sutherlands, die die Erbfeinde seines Clans waren. Gemeinsam würden die Sinclairs und die Gunns das Gebiet von Sutherland umzingeln, um so jede mögliche Hilfe von anderen Clans zu unterbinden, und schließlich würden sie Brinaires saftige Weiden zu ihrem Land erklären.

Vor allem wollte er jedoch die Frau haben. Sie war eine wahre Schönheit, und dass sie sich ihm gegenüber so abweisend verhielt, steigerte nur seine Begierde. Er würde sie brechen, wie er seine widerspenstigsten Pferde brach. Sie würde dafür bezahlen, dass sie ihn so beleidigt hatte.

Er wollte auch Söhne haben, aber keine seiner beiden Ehefrauen war in der Lage gewesen, diesen einfachen Zweck zu erfüllen. Die eine war zusammen mit einer kränkelnden Tochter an einem Fieber gestorben, und die andere war unfruchtbar gewesen. Es hatte Jahre gedauert, bis er eine geeignete Frau gefunden hatte, die den Platz seiner zweiten Ehefrau einnehmen konnte. Alles, was er gesucht hatte, hatte er in Marsali Gunn gefunden.

Die Zeit war gekommen, dachte Edward, mehr Druck auf Donald Gunn auszuüben. Edward zweifelte nicht daran, dass der alte Earl seine Tochter dazu zwingen konnte, den Mann zu heiraten, den er für sie bestimmt hatte – notfalls musste man ihm eben die richtige Motivation dafür liefern; und wenn Marsali sich wirklich nicht zwingen ließ, konnte Gunn zumindest einen Pfarrer auftreiben, der nicht so starrköpfig war, was die Antworten einer Frau bei der Eheschließung betraf.

Edward hatte den Earl von Abernie bereits erfolgreich manipuliert. Er hatte richtig vermutet, dass der ältere Mann sehr an seiner Schwester hing, und diese Tatsache hatte er sich zunutze gemacht. Und er wusste genau, wo er als Nächstes zuschlagen würde. Es war allgemein bekannt, wie sehr der Earl um das Wohlergehen der Menschen in den Dörfern besorgt war, die unter dem Schutz von Abernie standen.

»Gordie«, brüllte Edward. »Komm mal rein.«

Zwei Männer betraten die Waffenkammer. Den einen begrüßte er nur mit einem kurzen Nicken, bevor er sich Gordie zuwandte, einem Söldner, der bei seinen eigenen Kriegern unbeliebt war, der aber ihm – Edward Sinclair – gegenüber loyal, und der absolut gewissenlos war. Gordie wartete, wobei sein seelenloser Blick Edwards Herz erfreute.

»Führe einen Stoßtrupp nach Abernie«, befahl Edward. »Die Männer müssen Plaids der Sutherlands tragen. Brennt die Wohnhäuser nieder und raubt so viel Vieh wie möglich. Aber geht vorsichtig vor. Ich will nicht, dass einer deiner Krieger gefangen genommen wird. Das Ganze muss wie ein Überfall der Sutherlands aussehen.«

»Ich verstehe«, sagte Gordie.

Edward nickt zufrieden. Es würde nicht das erste Mal sein, dass Gordie und seine Truppe Sutherland-Plaids trugen. Schließlich hatte er zwei Frauen damit beschäftigt, die ständig Stoffe mit dem richtigen Muster einfärbten.

»Und schicke auch jemand nach Brinaire«, fuhr Edward fort. »Jemanden, den die Sutherlands nicht kennen. Ich will

Cecilia Gunn finden, und ich vermute, dass die Sutherlands etwas über ihr Verschwinden wissen.« Wenn er Cecilia in seiner Gewalt hätte, das wusste er, würde Marsali sofort ihre Meinung über die Heirat mit ihm ändern. »So oder so, ich will diese Allianz.«

»Ich kenne den richtigen Mann«, sagte Gordie. »Er ist gerade erst aus den Lowlands zu uns gestoßen, wo er für Cromwell gekämpft hat.«

»Kann man ihm vertrauen?«

»Wenn man ihm genug bezahlt.«

»Gut, dann kümmere dich darum. Sag ihm, dass er eine noch größere Belohnung zu erwarten hat, wenn es ihm gelingt, den Hinweis zu besorgen, den wir brauchen.«

Gordie nickte. »Wird alles erledigt.«

»Ihr reitet noch heute Nacht los. Und macht es gründlich.«

»Weiber?«

Edward zögerte. »Nein. Ich will, dass ihr nach Abernie reitet und so schnell wie möglich wieder zurück. Und ich will nicht, dass sich irgendjemand später an eines eurer Gesichter erinnert. Schmiert sie schwarz an.«

Enttäuschung blitzte in Gordies Augen auf. Edward ging darüber hinweg, obwohl er wusste, dass Gordie – wie viele Soldaten – glaubte, das Vergewaltigung ein genussvoller Nebeneffekt des Krieges war.

»Du wirst andere Gelegenheiten haben«, sagte Edward mit einem hinterhältigen Lächeln und fügte hinzu: »Sutherlands Tochter ist ein hübsches junges Ding. Wenn alles wie geplant verläuft, wird es nicht mehr lange dauern, bis wir Brinaire besetzt haben, und dann werden wir alles genießen, was das Schloss uns zu bieten hat.«

Der Mann, der während des ganzen Gesprächs schweigend neben Gordie gestanden hatte, trat einen Schritt vor. »Patrick Sutherland gehört mir«, sagte er mit einer Stimme, die hohl und gequält schnarrte. Eine Narbe an seinem Hals reichte von seinem linken Ohr bis zu seinem rechten Jochbein.

»Aye«, erwiderte Edward. »Er gehört dir. Das habe ich geschworen.«

Der Mann nickte. Seine gelben Augen wirkten wie zwei kalte Steine. »Solange das klar ist, ist es gut. Aber ich werde jeden Mann töten, der sich mir in den Weg stellt.«

»Du wirst ihn bekommen«, versprach Edward noch einmal. »Aber jetzt lasst uns den Angriff der heutigen Nacht planen.«

6

Marsali träumte, sie hörte Männerstimmen, die laute Rufe ausstießen. Waffengeklirr und das Rasseln der Rüstungen folgten. Gestiefelte Füße, die über Pflastersteine hasteten, ließen sie dann jedoch aus ihrem Nachmittagsschlaf hochschrecken. Sie sprang mit einem Satz aus dem Bett, wobei das kostbare Buch mit den Abbildungen – Jeanie hatte es ihr heimlich zukommen lassen – zu Boden fiel, und stürzte zum Fenster.

Im Burghof hatten sich die Männer des Clans versammelt, und obwohl Marsali sich im Turm so hoch über ihnen befand, konnte sie die Dringlichkeit und die Wut in ihren Stimmen hören. Große Angst erfüllte sie, als sie sah, wie Gavin, schwer bewaffnet, sich auf sein Streitross schwang und durch das Tor sprengte. Im folgten etwa dreißig bewaffnete Männer.

Selbst nach dem Auszug der Krieger drängten sich noch viele Menschen im Hof, und Marsali wünschte, sie könnte unter ihnen sein. Sie beobachtete die Frauen und Kinder, die durch das Tor von Abernie strömten. Marsali war zu weit entfernt, um einzelne Gesichter erkennen zu können, aber ihr Magen zog sich zusammen, als sie mehrere Männer sah, die eindeutig verwundet waren und die über die Unebenheiten im Pflaster stolperten.

Gütiger Gott, dachte sie, der Krieg hat begonnen. Laut flehte sie: »Bitte, bitte lass es nicht die Sutherlands sein, die damit angefangen haben.«

Sie eilte zur Tür ihrer Kammer und hämmerte mit den Fäusten gegen das dicke Eichenpaneel, bis ihre Hände schmerzten, aber niemand antwortete ihr.

Mit einem Schrei der Enttäuschung lief Marsali zum Fenster zurück und suchte die Menge nach ihrem Cousin Duncan ab, der, als Gavins Stellvertreter, einen Bund mit den Schlüsseln zu allen Türen des Schlosses bei sich trug. Immer mehr Bewohner aus den Dörfern sanken im Burghof zu Boden, aber sie konnte nicht erkennen, ob diese Menschen nur erschöpft oder ob sie verwundet waren. Sie hörte das Weinen der Kinder und die Stimmen der Mütter, die die Kleinen zu beruhigen versuchten. Aber Duncan sah sie nicht.

Marsali ballte ihre Hände, die auf dem Fenstersims lagen, zu Fäusten zusammen. Sie müsste jetzt bei ihren Clansleuten sein, die Wunden versorgen und den Menschen Trost spenden, soweit ihr das möglich war. Das war ihre Pflicht! Und keine Strafe, die ihr Vater über sie verhängt hatte, sollte dieser Pflicht gegenüber Vorrang haben.

Marsali pochte wieder gegen die Tür, und schließlich hörte sie den Schlüssel im Schloss.

Atemlos vor Erleichterung, trat sie einen Schritt zurück, als die Tür aufgestoßen wurde. Sie war völlig überrascht, ihrem Vater gegenüberzustehen.

»Die Sutherlands haben unsere Siedlungen überfallen, die in der Nähe der Südgrenze von Sutherland liegen«, sagte er grimmig. »Vier Menschen wurde getötet, zwölf Männer und Frauen verwundet. Und ein Kind.«

»Bist du sicher, dass es die Sutherlands waren?«, fragte sie und bedauerte die Frage augenblicklich, als sie die Zornesröte in seinem Gesicht aufsteigen sah.

»Aye, unsere Leute sind sicher.« Seine großen Hände bebten, als ob er auf irgendetwas einschlagen wollte. »Die Angreifer trugen Sutherland-Plaids, und eine Frau hörte, wie ein Mann einen anderen Patrick nannte. Diese Teufelsbrut! Wenn ich daran denke, dass ich diesen Bastard in meinem Haus beherbergt habe, dass ich sogar bereit war . . .« Er unterbrach sich selbst, aber sein Unterkiefer mahlte. »Du hättest Sinclair heiraten müssen«, fuhr er fort. »Das wäre nicht passiert, wenn er unser Verbündeter gewesen wäre. Dann hätten die Sutherlands das nie gewagt.«

Marsali zitterte unter seinem hasserfüllten Blick. Aber schließlich zwang sie sich, eine Frage zu stellen: »Was hat Gavin vor?«

»Er verfolgt den Bastard«, erwiderte der Earl, dessen Stimme sich vor Wut überschlug. »Er verfolgt die Sutherland-Bestien, die unsere Leute getötet haben.«

Das glaube ich nicht. Marsali hätte die Worte am liebsten laut ausgesprochen, aber sie wusste, dass ihr Vater von der Schuld der Sutherlands überzeugt war und dass er seine Meinung ohne handfeste Beweise nicht ändern würde.

Aber Zweifel plagten sie. Sie wollte nicht, konnte nicht glauben, dass Patrick dahinter steckte. Aber was war mit seinem Vater, dem Marquis? Bei ihm war sie sich nicht so sicher.

»Du wirst unten gebraucht«, sagte ihr Vater steif.

Sie nickte. »Ich hole die Kräuter aus der Küche. Was ist mit den Kindern ...?«

»Wie ich sagte, eins ist verletzt, und mehrere andere werden vermisst. Quick Harrys Sohn wurde von einem Huf getroffen«, erklärte der Earl. »Nur weil Gott es wollte, lebt der Junge noch. Ich bete darum, dass seine Beine nicht ihre Fähigkeit verlieren.« Donald Gunn drehte sich um und ging, ohne ein weiteres Wort zu sagen, auf die Treppe zu.

Es fiel Marsali schwer, ihre eigene Wut im Zaum zu halten. Der Junge war erst sieben, der Sohn des Mannes, dem man den Beinamen »Quick« gegeben hatte, als er selbst noch ein Junge gewesen war. Der große Harry hatte jeden Lauf gewonnen, an dem er je teilgenommen hatte, und so war er der Läufer, der Kurier, des Clans Gunn geworden. Jeder dachte, dass der kleine Harry einmal ebenso schnell sein und in die Fußstapfen seines Vater treten würde.

»Vater«, rief Marsali hinter dem Earl her.

Er blieb am obersten Treppenabsatz stehen, drehte sich aber nicht um.

»Was ist mit Quick Harry?«, fragte sie. »Geht es ihm gut?«

»Er wird vermisst«, antwortete ihr Vater und warf ihr einen anklagenden Blick über die Schulter zu. Dann wandte er sich erneut von ihr ab.

Die Last der Schuld, die ihr Vater ihr aufgeladen hatte, war fast mehr, als sie tragen konnte. Patrick hat nichts mit dem Überfall zu tun, sagte sie sich wieder und immer wieder und wiederholte den Gedanken wie eine Litanei, während sie zur Küche rannte.

⋆ ⋆ ⋆

Die Verwundeten und ihre Angehörigen waren im Innenraum des Wachturms zusammengepfercht, vor dem kalten Wind geschützt, der über die Highlands hinwegfegte. Ein Feuer loderte in der Feuerstelle hoch auf, die sich an der rückseitigen Wand befand.

Als Marsali sich zwischen den Verwundeten hindurchzwängte, herrschte eine geradezu unheimliche Stille. Highlander – auch deren Frauen und Kinder – waren stolz auf ihre Leidensfähigkeit und ihre Tapferkeit. Aber blasse Gesichter starrten sie verwirrt an, die Blicke von Schmerzen verschleiert, und die frischen Binsen auf dem Fußboden waren blutbefleckt.

Marsali nahm den Anblick in sich auf, presste ihren Korb mit den Kräutern und den sauberen Tüchern an sich und warf Jeanie einen dankbaren Blick zu, als die an ihrer Seite mit zwei Eimern frischen Wassers auftauchte. Nachdem sie sich einen ersten Überblick verschafft hatte, wusste Marsali, dass die Angreifer auf Pferden gesessen hatten, während sich ihre Clansleute zu Fuß verteidigt hatten, denn die meisten waren an Armen und Schultern verletzt, und diese Wunden stammten von Schwertschlägen, die von oben geführt worden waren.

»Kümmere dich zuerst um Quick Harrys Sohn«, sagte einer der verletzten Männer.

Marsali schaute den Mann an – und zögerte. Sie konnte nicht anders, sie musste ihm einfach die Frage stellen, die in ihrem Kopf hämmerte. »Bist du sicher, dass es die Sutherlands waren? Kanntest du vielleicht einen von ihnen?«

Der Mann verzog das Gesicht vor Schmerzen und hielt seinen verwundeten Arm mit dem gesunden fest, während er sich aufrichtete, um sich gegen die Mauer zu lehnen. »Sie kamen zu schnell, Miss Marsali«, sagte er. »Gesichter konnte ich nicht erkennen, aber das Muster ihrer Plaids.«

»Kennst du Patrick Sutherland?«

»Aye«, antwortete eine Frau, die neben dem Verwundeten saß. »Ich erinnere mich noch sehr gut an ihn. Ich habe ihn bei dem Überfall nicht gesehen, aber jemand sagte, ein anderer habe seinen Namen gerufen.« Sie blickte zu Marsali hoch. »Warum? Warum tun sie uns so etwas an? Das Vieh stehlen, na ja, vielleicht. Aber unsere Häuser niederbrennen? Eine Kusine von mir ist doch mit einem Sutherland verheiratet.«

Marsali hätte am liebsten geschrien, dass Patrick das niemals getan hätte und dass er so eine schändliche Tat auch niemals entschuldigen würde. Aber wusste sie das so genau?

Verzweifelt durchquerte sie den überfüllten Raum und blieb neben Klein-Harry stehen.

»Was für ein tapferer Junge«, sagte Marsali mitfühlend, als sie das blutverkrustete linke Bein des Kindes untersuchte. Der Huf hatte eine lange, tiefe und gezackte Wunde in die Wade gerissen, aber jemand hatte das Bein abgebunden, um die Blutung zu stillen. Allerdings war der Knochen gebrochen. Sie ging so behutsam wie möglich vor, aber sie sah, wie Klein-Harry zusammenzuckte, und sie spürte seinen Schmerz, als ob es ihr eigener wäre. Was musste das für eine Sorte Mann sein, der es fertig brachte, ein Kind wie dieses einfach niederzureiten?

Der Junge biss sich auf die Unterlippe, bis sie zu bluten begann, aber er gab keinen Laut von sich, als Marsali die Wunde auswusch und zusammennähte. Er hatte den Kopf in den Schoß seiner Mutter geschmiegt, und blinkte tapfer die Tränen zurück, als Marsali ein langes Stück Holz fest an sein Bein band, um den Knochen zu richten.

Marsali hob den Blick, und sie sah die Besorgnis in den Augen der Mutter.

»Wird er wieder laufen können?«, fragte die Frau.

»Aye«, erwiderte Marsali. »Ich denke, Klein-Harry wird bald wieder so gut wie neu sein. Was ist mit deinem anderen Sohn?«

»Um den kümmert sich meine Schwester. Ihr Mann hat sich auf die Suche nach Quick Harry gemacht.«

Zuletzt überprüfte Marsali, ob der Stock auch fest saß und sich nicht bewegte, und nahm dann die Hand der anderen Frau in ihre eigene Hand. »Erzähl mir, was geschehen ist.«

Benommen schüttelte die Frau den Kopf. »Sie kamen aus dem Nichts. Mindestens zwanzig Reiter. Sie haben das Vieh davongetrieben und unsere Hütten angezündet. Harry war auf dem Feld, aber als er angerannt kam, waren die Angreifer schon wieder verschwunden. Er verfolgte sie zu Fuß und kehrte nicht zurück.«

»Vater sagte, es wären Sutherlands gewesen.«

»Aye, natürlich waren es Sutherlands«, erwiderte die Frau verbittert. »Ich habe doch ihre Plaids erkannt, obwohl ich die Gesichter der Männer nicht sehen konnte, weil sie die geschwärzt hatten. Aber vielleicht, wenn Quick Harry zurückkommt . . .« Ihre Stimme versiegte, und in ihren Augen schimmerten Tränen.

Sie wussten beide, dass die Chancen für eine Rückkehr des Läufers gering waren.

Die Verzweiflung, die Marsali erfasst hatte, wurde immer größer. Ihr Herz weinte für das Kind, das vielleicht seinen

Vater verloren hatte, für die Frau, die vielleicht ihren Ehemann verloren hatte, für Quick Harry, dem das Lachen ebenso schnell über die Lippen kam, wie ihn seine Füße vorwärts trugen. Sie wollte mit dem Morgenstern auf den einschlagen, der diesen Überfall geplant hatte. In diesem Moment verstand sie die Wut ihres Vaters auf die, die unschuldige Menschen verletzten. Seine Bauern, Viehhüter und Handwerker, die alle auf seinen Schutz angewiesen waren.

War es falsch gewesen, Edward zurückzuweisen? War es ein Fehler gewesen – ein schrecklicher Fehler –, Patrick zu vertrauen?

Während sie von einem verletzten Dorfbewohner zum nächsten ging, waren ihre Gedanken in Aufruhr. Trotz ihrer Bemühung hatte eine blutige Fehde begonnen. Das verbitterte Gemurmel um sie herum klang wie das erste Donnergrollen vor dem Ausbruch des Sturms. Und es gab nichts, was sie tun konnte, um das zu verhindern.

⋆ ⋆ ⋆

Himmel und Hölle, was war denn hier los? Hiram ritt durch das Tor in den Hof von Abernie, wie einer von vielen, die derzeit in den Mauern des Schlosses Schutz suchten. Etwas war hier faul. Als er vor Wochen zum ersten Mal hierher gekommen war, war der Empfang ganz anders gewesen. Heute sah er kein Lächeln, hörte kein Lachen, und niemand winkte ihm freudetrunken zu. Das Bild, das sich ihm stattdessen bot, war ihm jedoch nur allzu bekannt. Er hörte die Racheschwüre, er sah den Hass.

Vor dem Stall brachte er sein Pferd zum Stehen und saß ab. Er erwartete, dass sich jemand an ihn erinnern würde. Er trug das Plaid seines eigenen Clans – ein Plaid, das man nicht in Verbindung mit Sutherland bringen konnte, aber er wusste, dass er aufgrund seiner ungewöhnlichen Körpergröße leicht wiederzuerkennen war. Allerdings befürchtete er nicht, dass irgendjemand annehmen würde, er hätte etwas mit dem Verschwinden der jüngeren Tochter des Earls zu tun, zumal ja Marsali alle Schuld auf sich genommen hatte.

Da die Stallburschen alle Hände voll zu tun hatten – sie mussten zu viele Pferde der Neuankömmlinge auf einmal versorgen –, kümmerte sich Hiram persönlich um sein Pferd. Er rieb es trocken, versorgte es mit Wasser und gab ihm Hafer zu fressen. Dabei lauschte er den Gesprächsfetzen, die er um sich herum aufschnappte.

Das, was er hörte, ließ Patricks Braut in seiner Achtung noch höher steigen. Seit vierzehn Tagen eingesperrt in ihrer Kammer. – Ungebrochen ihr Schwur, Edward Sinclair nicht zu heiraten. – Nicht bereit, zu verraten, wo sich ihre Schwester versteckt hielt. – Freigelassen, um sich um ihre verwundeten Clansleute zu kümmern. – Wunderbar, wie sie diese Aufgabe gerade jetzt erfüllte. – Eine bemerkenswerte Frau.

Aber Hiram hörte auch andere Dinge. Dinge, bei denen sein Blut in Wallung geriet. Die Sutherlands hatten Vieh der Gunns gestohlen, hatten deren Behausungen niedergebrannt. Sie hatten einige getötet und viele verwundet – darunter einen Jungen namens Klein-Harry. Jetzt wurden die Pferde gesattelt, um den »feigen Abschaum« zu jagen.

Hiram gab seinem Pferd einen gedankenverlorenen Klaps und machte sich dann auf die Suche nach Jeanie, wobei er hoffte, dass sie nicht von dem Hass angesteckt war, den er im Stall und im Burghof gespürt hatte. Vorsichtig bewegte er sich vorwärts und blieb bei einem Jungen stehen, um ihn nach Jeanie MacDougal zu fragen.

»Sie ist drin bei den Verwundeten«, erklärte der Knabe. »Zusammen mit der Tochter des Herrn.«

»Kannst du ihr ausrichten, dass hier jemand ist, der sie sprechen möchte?«

»Und wer soll das sein?«

»Ein Mann, der sie bewundert«, erwiderte Hiram.

Der Junge schnaubte. »Dann kannst du mir nur Leid tun. Miss Jeanie schert sich nicht um Verehrer.«

Hiram zuckte mit den Schultern. »Vielleicht. Aber kannst du ihr trotzdem die Nachricht überbringen?«

»Aye, aber sie wird noch eine Weile beschäftigt sein. Diese verfluchten Sutherlands ...«

»Ich sehe, dass man Pferde für den Kampf sattelt.«

»Aye. Lord Gavin ist schon vor Stunden losgeritten, und es werden ihm noch mehr Krieger folgen.«

»Wenn ich nicht die letzten vier Tage auf dem Rücken eines Pferdes zugebracht hätte, würde ich selbst mit ihm reiten«, erwiderte Hiram.

»Und wenn ich älter wäre ...« begann der Junge, biss sich aber sofort auf die Lippe, als ihm sein Fauxpas bewusst wurde, und eilte ins Schloss.

Hiram wartete etwa eine Stunde, wobei er sich gegen die Mauer in der Nähe der Tür lehnte, durch die der Junge verschwunden war. Überall im Burghof brannten Feuer, und die Wachen auf den Zinnen waren verdoppelt worden. Hiram beobachtete aufmerksam die rege Betriebsamkeit, und er fragte sich, was Patrick tun würde, wenn er diese Neuigkeit erführ, als Jeanie schließlich aus der Tür trat.

Sie hatte die Hände in die Hüften gestemmt und blickte sich im Schlosshof um. Als sie ihn entdeckte, eilte sie auf ihn zu, und er zog galant seinen Bonnet, die landesübliche Schottenmütze. Marsali war zwar der offizielle Grund für seine Rückkehr nach Abernie, aber tatsächlich wäre er auf jeden Fall wieder hergekommen, denn er wollte Jeanie wiedersehen.

Aber weder der Blick, den sie ihm zuwarf, noch die Worte, die sie sprach, waren einladend. »Verschwinde wieder«, sagte sie. »Deine Anwesenheit hier wird nur noch mehr Unheil anrichten.«

»Die Leute behaupten, die Sutherlands hätten ihre Häuser niedergebrannt. Aber das ist nicht wahr«, erwiderte er.

»Die Angreifer trugen Sutherland-Plaids«, entgegnete sie stur. »Und es ist der Name des jungen Lords gefallen.«

»Es war nicht Patrick. Das schwöre ich. Er tut alles, was er kann, um seinen Vater zurückzuhalten – was nicht gerade einfach ist, wenn dein Gutsherr Verleumdungen über den Marquis verbreitet.«

Jeanie betrachtete ihn argwöhnisch, bis sie schließlich grummelte: »Gunn hat Gregor Sutherland öffentlich als Mörder bezeichnet. Das ist allerdings wahr.«

Hiram trat von einem Fuß auf den anderen. »Patrick hat mich geschickt, um zu hören, wie es seiner Lady geht.«

»Hm.« Jeanie runzelte die Stirn. »Sie isst nicht genug, und sie ist ganz krank vor Kummer und Sorgen. Ich fürchte, jetzt wird man noch mehr Druck auf sie ausüben, Sinclair zu heiraten. Denn alleine können die Gunns nicht gegen die Sutherlands kämpfen.«

»Gibt es denn keine Möglichkeit für sie, zu entfliehen?«

»Das will sie ja nicht«, erwiderte Jeanie, »selbst wenn sie es könnte. Sie hat Angst, dass dann ein offener Krieg ausbrechen würde.«

Er schüttelte den Kopf. »Ich denke, dass das kaum noch zu verhindern ist.«

»Ich werde mit Marsali reden«, sagte Jeanie. »Ich werde ihr sagen, dass du hier gewesen bist, aber du kannst nicht bleiben. Das wäre zu gefährlich.«

»Man sagt, dass sie in ihrer Kammer eingesperrt ist.«

»Aye.«

»Und wer hat den Schlüssel?«

»Duncan Gunn. Er ist einer der Clanführer und Gavins Stellvertreter.«

»Kannst du den Schlüssel besorgen?«

Sie blickte ihn von der Seite an. »Bist du verrückt? Natürlich kann ich das nicht. Er trägt den Schlüssel immer am Körper bei sich. Jeder, der Marsali das Tablett mit dem Essen bringt, muss Duncan um Erlaubnis bitten, ihr Zimmer zu betreten.«

Hiram drängte nicht weiter. Er hatte herausgefunden, was er wissen wollte – was Patrick wissen wollte.

»Du musst jetzt gehen«, sagte sie. »Es ist gefährlich für Marsali. Und für dich. Reite los, bevor die Tore für die Nacht geschlossen werden.«

Er war so erfreut, dass ihre Sorge nicht nur Marsali galt, dass er, ohne nachzudenken, »Ja, Liebste« erwiderte.

Jeanies Augen weiteten sich, aber sie konnte kaum erstaunter sein als er selbst, dass er verwegen genug war, so etwas laut auszusprechen. Er war nie ein Frauenheld gewesen, und es fiel ihm schwer, schöne Worte zu machen, aber er hatte das Gefühl, als ob er diese Frau schon seit Ewigkeiten kannte.

Jeanies Augen wurden einen Moment lang von Verwirrung überschattet, dann trat sie hastig zurück.

»Patrick möchte, dass du deiner Herrin ausrichtest, dass ihre Schwester in den Lowlands in Sicherheit ist«, sagte Hiram, als Jeanie sich zurückzog. »Es geht ihr gut, und sie ist glücklich. Davon habe ich mich selbst überzeugt.«

»Ich werde es Marsali ausrichten. Aber nun geh.«

Sie drehte sich um und rannte geradezu ins Haus zurück. Er beobachtete, wie sie hinter der schweren Tür verschwand, wobei ihr Rock wohlgerundete Hüften umspielte.

Hiram holte sein Pferd aus dem Stall und ritt gemächlich durch das Tor von Abernie. Nachdem er außer Sichtweite der Wachen auf den Burgmauern war, gab er seinem Hengst die Sporen. Patrick wartete sicher schon ungeduldig auf Nachricht. Aber Hiram gefiel es gar nicht, dass er es war, der ihm die Neuigkeiten überbringen musste.

☆ ☆ ☆

Zwei Tage nach dem Überfall strömten immer noch Clansleute von Gunn in die Mauern von Abernie.

Patrick zog seinen Bonnet tiefer in die Stirn. Er hoffte, dass seine Verkleidung ausreichend war, während er in einer Gruppe von Männern, Frauen und Kindern, die in der Burg Schutz suchten, durch das Tor schritt. Sein Gesicht war fast völlig unter einem neuen Bart verborgen – und was nicht davon verdeckt wurde, hatte er mit schmutziger Erde beschmiert. Er hatte sich Farbe ins Haar gerieben, damit es grau aussah, und er hinkte, als ob er Schwierigkeiten beim Gehen hätte, wobei er einen Krückstock benutzte. Sein Plaid hatte die Farben von Clan MacDougal. Er bezweifelte ohnehin, dass jemand den Wunsch verspürte, ihn lange und gründlich anzuschauen, denn er roch nicht gerade angenehm.

Mit einem schnellen Blick nahm er das Bild, das sich ihm bot, in sich auf. Er konnte Hirams Bericht nur bestätigen: diszipliniertes Chaos, das von Wut geleitet wurde. Während er die Szene beobachtete, konnte er seine eigene Besorgnis kaum unterdrücken. Hiram hatte ihn begleiten wollen, aber Patrick hatte befürchtet, dass durch die Anwesenheit seines Freundes die Gefahr für sie alle nur noch größer geworden wäre. Abgesehen davon kannte er Abernie wie sein eigenes Zuhause – vielleicht sogar noch besser. Er kannte jeden Winkel und alle Ecken, jedes Versteck und alle Schlupflöcher – und er besaß eine Flinkheit, die Hiram fehlte. Widerwillig hatte Hiram sich schließlich bereit erklärt, mit den drei Pferden, die sie dabeihatten, in einem Waldstück zu warten, das etwa eine Meile vom Schloss entfernt war.

Patrick wechselte sein Bündel von einer Schulter auf die andere, während er durch den Hof hinkte. Sein Rücken war gebeugt, und er bewegte sich, als ob ihm jeder Schritt Mühe bereitete, obwohl sein Ranzen nicht schwer war: Er enthielt nur zwei Deckelkrüge mit Wein, ein langes Seil und ein zusätzliches Plaid. Nichts Ungewöhnliches also – jedenfalls äußerlich betrachtet. Denn niemand konnte ja wissen, dass der Wein in dem einen Krug mit einem Betäubungsmittel versetzt war.

Er musste Marsali einfach hier herausschaffen. Hiram hatte ihm berichtet, dass sie bei Wasser und Brot gefangen gehalten wurde, und er befürchtete, dass es nur eine Frage der Zeit sein würde, bis man sie zur Heirat mit Edward Sinclair zwingen würde. In Brinaire könnte er sie beschützen – und zugleich würde ihre Anwesenheit dort seinen Clan vor Vergeltungsschlägen der Gunns bewahren. Marsalis Vater würde seine Tochter bestimmt nicht bewusst in Gefahr bringen. Patrick hatte nicht das Gefühl, dass diese beiden Ziele einander widersprachen. Er hoffte nur, dass Marsali ebenso empfinden und seiner Logik folgen würde.

Er fragte sich, ob sie die Gerüchte glaubte, er hätte an dem Überfall teilgenommen. Das konnte sie einfach nicht. Sie hatte ihm doch ihr Herz geschenkt. Er kannte ihre Seele, und er wusste, dass seine Träume nicht auf Illusionen aufgebaut waren. In dem Augenblick, als er sie wiedergesehen hatte, hatte er gewusst, dass sein Leben untrennbar mit dem ihren verwoben war.

Und deshalb konnte er es ebenso wenig zulassen, dass sie weiterhin gefangen gehalten wurde, wie er aufhören konnte zu atmen. Deshalb würde er sie aus Abernie herausholen – ob sie es wollte oder nicht.

Natürlich wäre es ihm lieber gewesen, wenn sie ihm freiwillig gefolgt wäre.

Aber Patrick wusste genau, dass Marsali sich um ihren Clan sorgte. Sie wäre vielleicht nicht imstande, ihre Leute in Zeiten der Not zu verlassen. Ihm war klar, dass sie ihren Vater und ihren Bruder nicht im Stich lassen wollte, wenn die sie brauchten. Er hatte zwar Hochachtung vor ihrer Loyalität, aber er konnte es nicht zulassen, dass dieses Gefühl stärker war als das, was er für richtig hielt.

Darüber, wie er sich dafür entschuldigen würde, müsste er sich später Gedanken machen – wenn Marsali erst einmal in Sicherheit war.

Auch den Gedanken daran, wie sein Vater reagieren würde, wenn er ihm eine Gunn-Braut ins Haus brachte, verschob er auf später. Zumindest, dachte er, würde ihn sein Vater nicht gleich aus dem Schloss jagen. Schließlich litt der Marquis an Gicht, und er war unfähig, sich länger als ein paar Stunden im Sattel zu halten – der Clanführer von Sutherland war also auf seinen ältesten Sohn angewiesen.

Patrick schlich zu einer dunklen Ecke der Burg, verbarg sich im Schatten und zog seine Mütze noch tiefer ins Gesicht. Gavin war wahrscheinlich der einzige Mensch, der ihn trotz seiner Verkleidung erkannt hätte: Sie hatten acht Jahre lang miteinander gelebt, miteinander gespielt, sich miteinander auf den Kampf vorbereitet. Gavin war sein bester Freund gewesen – der Mann, der ihn nun für seinen ärgsten Feind hielt.

Als die Dunkelheit hereinbrach, wurden die Tore geschlossen. Jetzt war er gefangen, solange es ihm nicht gelang, die Schlüssel zu besorgen, die er brauchte: den zu Marsalis Kammer und den zu dem Wasserkanal, der unter dem Schloss entlang floss. Dazu musste er allerdings erst einmal Duncan Gunn ausfindig machen.

Patrick erinnerte sich noch gut an Marsalis Cousin. Abernies zweiter Befehlshaber hatte die Statur eines mächtigen Baumstammes und war etwa zwei Dekaden älter als Patrick selbst, aber Patrick zweifelte keine Sekunde daran, dass Duncan immer noch bestens mit dem Schwert umgehen konnte. Er war zwar ein herzensguter Mensch, aber kampferprobt, vorsichtig und schnell. Duncans Schlafraum, erinnerte sich Patrick, lag neben der Waffenkammer.

Pferdegetrappel schreckte ihn aus seinen Gedanken hoch. Unter dem Schirm seiner Kappe sah Patrick Gavin und mehrere andere Männer, die durch das Seitentor in den Burghof ritten. Während er sich tiefer in den Schatten drückte, beobachtete er die Reiter, die absaßen und ihre Pferde den Stallburschen übergaben, und er lauschte ihren Gesprächen.

Die Männer berichteten, dass sie weder eine Spur von den Leuten gefunden hatten, die ihre Dörfer überfallen hatten, noch von Quick Harry, der offensichtlich vermisst wurde. Patrick fluchte stumm, als er hörte, dass Gavin und seine Krieger Rinder von den Sutherland-Weiden getrieben hatten, als Vergeltung für das Vieh, das man den Gunns gestohlen hatte. Dieser Diebstahl würde seinen Vater zu einer Reaktion veranlassen. Wohin in Teufelsnamen sollte das alles noch führen?

Der letzte Reiter saß ab und begab sich in die Großhalle, um dort zu essen und zu trinken. Patrick konnte nur hoffen, dass diese Männer anschließend tief und fest schlafen würden. Er hielt den Kopf gesenkt, als mehrere Bedienstete aus dem Haus kamen, um den Zuflucht suchenden Menschen im Hof Essen und Trinken zu bringen. Einer der Diener stieß Patrick mit dem Fuß in die Rippen, und der musste an sich halten, um darauf nicht zu reagieren. Die Stimme eines anderen Mannes hielt den unfreundlichen Kerl zurück.

»Lass ihn doch schlafen. Ich habe gesehen, wie er hier reingekommen ist. Der konnte kaum noch laufen.«

Patrick hörte, wie sich die Füße auf dem gestampften Boden entfernten.

Stunden vergingen. Die Nacht sank tiefer. Schließlich verstummten die Stimmen, machten einem Schnarchen Platz. Er blickte zum Himmel. Der Mond war zwar nur halb voll, aber hell. Er schätzte, dass es bereits nach Mitternacht war. Die meisten Feuer waren verloschen, nur noch ein paar Scheite glühten im düsteren Burghof.

Patrick erhob sich scheinbar mühsam, wobei er sich auf seinen Wanderstab stützte. Zwei Männer, gekleidet in Gunn-Plaids, standen vor der Eingangstür des Schlosses Wache. Patrick stöhnte, als er sich ihnen näherte, dabei den Krug mit dem Wein aus seinem Beutel zog, der nicht mit dem Betäubungsmittel versetzt war, und einen tiefen Schluck nahm.

Die beiden Wächter blickten ihn durstig an.

»Was willst du im Haus?«, fragte der eine.

Patrick reichte ihm den Weinkrug, blickte aber weiter die Tür an. »Vielleicht könnte ich drin etwas zu essen kriegen«, sagte er und ließ seine Stimme hoffnungsvoll klingen.

»Das Essen wurde schon früher ausgegeben«, erwiderte einer der Wächter, trank einen Schluck Wein und reichte den Krug an seinen Partner weiter.

Patrick strich sich mit der Hand über die Stirn. »Da muss ich geschlafen haben. Ich habe einen weiten Weg hinter mir, aber man hat mir gesagt, dass ich willkommen sei, hier die Nacht zu verbringen.«

»Aye«, sagte der eine Mann. »Abernie war schon immer für seine Gastfreundschaft bekannt. Aber zur Zeit haben wir Probleme.«

Der andere Wächter blickte Patrick misstrauisch an und betrachtete dann den Krug, den er wieder an sich genommen hatte. »Das ist ein guter Wein.«

»Den könnt ihr haben«, erwiderte Patrick. »Ich habe nur Hunger.«

»Lass ihn reingehen«, meinte der erste Wärter. »Du kennst doch Jeanies mitfühlendes Herz, und für mich sieht er wie ein MacDougal aus.«

»Gehörst du zu diesem Clan?«, fragte der andere.

»Aye«, sagte Patrick und gab dem Mann den Weinkrug.

»Kennst du Jeanie MacDougal?«

»Nay«, erwiderte Patrick. »Aber ich habe schon viel von ihr gehört.«

Die beiden Wachmänner schauten einander an, und dann meinte der eine: »In der Küche wird es sicher noch ein Stück Brot geben. Geh durch die Halle und dann durch den Korridor ganz nach hinten. Die Küche befindet sich auf der linken Seite. Dort wird schon noch jemand sein.«

Patrick verneigte sich leicht. »Ooch, mein Magen dankt euch dafür.« Er schlurfte vorwärts, wobei er seinen Stab fest auf den unebenen Boden stieß.

Im Korridor war es still, und die schweren Flügeltüren zur Großhalle waren geschlossen. Dieses Haus barg so viele Erinnerungen. Hier war er einmal sehr glücklich gewesen. Glücklicher als jemals anderswo in seinem Leben.

Aber jetzt war nicht die Zeit, um Erinnerungen nachzuhängen. Patrick schlich zur Treppe, wobei er sich sorgsam im Schatten hielt. Als er den ersten Treppenabsatz erreichte, hörte er über sich Schritte und Stimmen. Schnell huschte er in den dunklen Flur und presste sich dicht an die Wand, wobei er wünschte, er könnte mit den Steinen verschmelzen.

»Wirklich, Vater, du kannst sie nicht weiter einsperren.« Das war Gavins Stimme. »Sie hat den ganzen Nachmittag und Abend die Verwundeten gepflegt. Sie wird dort auch weiter gebraucht.«

»Jeanie und die anderen Frauen können ihre Aufgabe sehr gut übernehmen.« Die Stimme des Landlords klang harsch und unnachgiebig. »Wir brauchen diese Heirat jetzt mehr denn je. Sie muss einfach ihre romantischen Gefühle überwinden und zur Vernunft kommen.«

»Aber sie misstraut Edward Sinclair – und ich kann sagen, dass es mir ebenso geht«, erwiderte Gavin. »Die Sinclairs waren nie unsere Verbündeten. Sie waren noch nie jemandes Freund.«

»Sie hat sich ja auch nicht über die erste Heirat beklagt, die ich für sie arrangiert hatte«, antwortete der Lord wehmütig.

»Sie dachte ja auch, dass Patrick ihr ein guter Ehemann sein würde«, entgegnete Gavin. »Sie hat Sinclair nie gemocht, und daraus hat sie auch nie ein Geheimnis gemacht. Und du weißt, dass Marsali schrecklich stur sein kann.«

»Bei Christis Blut! Will sie mich denn vernichten? Junge, glaubst du etwa, dass sie immer noch von diesem Höllenhund träumt? Bei Gott, sie wird tun, was ich von ihr verlange – auch wenn ich ihr alles wegnehmen muss, einschließlich dieser verfluchten Frettchen.«

In dem kurzen Schweigen, das darauf folgte, hörte Patrick, wie der Docht einer Kerze direkt neben ihm zu zischen begann. Er presste sich noch dichter an die Mauer.

Schließlich sprach der Earl weiter, der ja nur ein paar Schritte entfernt auf dem Treppenabsatz stand. »Ich hatte geglaubt, dass du mit der Allianz einverstanden wärest.«

»Mir war aber nicht bewusst, wie stark ihre Gefühle für Patrick sind«, antwortete Gavin. »Und ich wusste auch nicht, dass du ihr gedroht hast, Cecilia mit Sinclair zu verheiraten, falls sie es nicht tun würde.« Zorn ließ seine Stimme tiefer klingen. »Cecilia ist doch noch ein Kind!«

»Viele Mädchen ihres Alters werden verheiratet«, sagte der alte Lord. »Aber Marsali hat sich offen gegen mich gestellt, indem sie ihre Schwester versteckt hat. Ich kann immer noch nicht glauben, dass sie so etwas tun würde!«

»Aye, aber genau das hat sie getan«, erwiderte Gavin. »Und sie glaubte, alles Recht dazu zu haben.«

»Willst du sie etwa den Sutherland heiraten lassen?«, knurrte der alte Mann. »Einen Kerl, der unschuldige Bauern überfällt?«

Patrick konnte Gavins Antwort nicht verstehen, weil Vater und Sohn die Treppe hinunterstiegen und ihre Stimmen undeutlich wurden. Wie viel Zeit hatte er wohl noch, bevor beide in ihre Zimmer zurückkehrten? Er konnte nur hoffen, dass Duncan sich inzwischen in seine Kammer zurückgezogen hatte.

Lautlos bewegte er sich durch den Korridor, bis er die Tür gefunden hatte, die er gesucht hatte. Er blieb davor stehen und lauschte, ob er von drinnen ein Geräusch hören würde. Da er nichts hörte, stieß er die Tür leise auf, schlüpfte ins Zimmer und schloss die Tür schnell wieder hinter sich, damit kein Lichtschein aus dem Flur hineinfallen konnte. Nachdem sich seine Augen an die Dunkelheit gewöhnt hatten, zog er seinen

Dolch aus dem Gürtel. Er war entschlossen, alles zu tun, um Marsali zu finden.

Patricks Blick ruhte auf einer großen Gestalt auf dem Bett. Duncan. Mit etwas Glück hatte der Mann heute Nacht genug Wein getrunken. Patrick wünschte, es fiele etwas mehr von dem silbernen Mondlicht durch den Spalt im Vorhang, während er den Raum mit den Augen absuchte. Auf einem Tisch bemerkte er einen Gegenstand von seltsamer Form. Blitzschnell bewegte er sich darauf zu, griff danach und erkannte, dass es ein Schlüsselbund war. Seine Finger schlossen sich darum, um jedes Klirren zu vermeiden, und er zog sich zur Tür zurück.

Vom Bett war ein Schnaufen zu hören. Patrick blieb regungslos stehen, atmete nicht, bis der schlafende Mann sich umdrehte und tief weiterschnarchte. Patrick dankte Gott mit einem stummen Gebet dafür, dass er ihm den Diebstahl wohl verzieh, öffnete die Tür und blickte sich im Flur nach beiden Seiten um. Niemand war zu sehen. Patrick verließ die Kammer und schloss hinter sich die Tür so leise, wie er sie zuvor geöffnet hatte. Dann stand er im Korridor.

Er dachte kurz daran, dass er mit Marsali in einer Stunde – oder spätestens in zwei – von hier verschwunden sein würde, atmete tief durch und ging mit festem Schritt zur Treppe, um zum nächsten Stockwerk hochzusteigen. Er konnte nur hoffen, dass Marsali immer noch in dem gleichen Raum untergebracht war wie damals, als sie noch ein Kind gewesen war.

Kerzen, die in Wandhaltern flackerten, erhellten den Flur. Er betrachtete unschlüssig den Schlüsselbund. Zwei davon waren besonders schwer. Der eine davon würde wahrscheinlich die Tür zur Waffenkammer öffnen, der andere den Eingang zum Schloss. Also würde einer der kleineren Schlüssel wohl die inneren Türen öffnen. Er probierte den ersten, der laut knirschte, aber sich nicht drehen ließ. Der zweite jedoch öffnete das Schloss.

Sie stand am Fenster, ihre schlanke Figur vom schwachen Mondlicht erhellt. Es schien, dass sie sein Kommen nicht bemerkt hatte. Doch dann, als sie sich umdrehte, wusste er, dass sie ihn erkannt hatte. Sie flog geradezu auf ihn zu, aber bevor sie einen Laut von sich geben konnte, legte er einen Finger auf ihre Lippen.

»Sssssht«, wisperte er. Dann beugte er sich über sie und brachte sie mit einem Kuss zum Schweigen.

7

Marsali wusste augenblicklich, wessen Lippen die ihren bedeckten. Nie hätte sie deren Geschmack verkannt, nie das Gefühl, seinen Mund auf dem ihren zu spüren. Selbst der unbekannte Bart, der seltsam aufregend auf ihrer Haut kratzte, ließ sie nicht daran zweifeln, denn ihr Herz kannte doch die Wahrheit.

Ihr erster Impuls war es, sich in seine Arme zu schmiegen, den Tag zu vergessen, die Toten und Verwundeten, die Tränen von Klein-Harry – aber dieser Impuls war nur von kurzer Dauer.

»Patrick!« Ihre Lippen lösten sich von ihm, und sie flüsterte ihre Worte in seine Halsbeuge. »Oh, Patrick, was machst du hier? Wie bist du überhaupt hier hereingekommen?«

Sie stieß ihn zurück, um ihn anzusehen. Ihre Augen, die an die Dunkelheit gewöhnt waren, nahmen seinen Anblick in sich auf. Bei Gott, es war gut, dass er sie geküsst hatte, denn sonst hätte sie ihn wohl kaum erkannt.

Beruhigend legte er seinen Finger auf ihre Lippen und hielt etwas hoch. Einen Schlüssel.

Ihre Augen weiteten sich.

»Ich habe ihn mir aus Duncans Raum besorgt«, wisperte er.

Sie erstarrte. »Duncan?«

»Er schlief. Und er schläft immer noch.«

»Du hast ihn doch nicht verletzt?«

»Nay, Liebes. Ich habe ihn nicht einmal angerührt«, sagte er, wobei seine Finger ihr Gesicht ehrfürchtig liebkosten.

»Und wenn er dich bemerkt hätte?«

»Auch dann hätte ich ihn nicht verletzt«, versicherte er ihr. »Du weißt doch, dass ich niemals jemandem wehtun würde, der dir nahe steht.«

Sie wollte ihm ja so gerne glauben – aus der Tiefe ihrer Seele, aber die Bauern der Gunn waren so absolut sicher gewesen, und sie hatte den ganzen Abend damit verbracht, deren Wunden zu verbinden, die man ihnen im Dunkel der Nacht zugefügt hatte. Und der Mann, der da so unverschämt in ihrem Zimmer stand – im Keep seines Feindes – sah so fremd aus, so wenig wie er selbst.

Du kennst ihn ja nicht wirklich, mahnte eine innere zweifelnde Stimme Marsali. Der Mann, der vor ihr stand, war ein Krieger, gestählt auf den Schlachtfeldern dieser Welt. In den vergangenen zwölf Jahren hatte er doch immer nur gekämpft, hatte nur Gewalt geatmet. War es möglich, dass diese Gewalt so sehr Teil seiner selbst geworden war, dass er sie gar nicht mehr empfand? Und würde sie wissen, ob er sie nicht anlog? Oder würde sie – weil sie ihn so lange geliebt hatte – so einfältig sein, zu hören, was ihr Herz glauben wollte?

Als er ihr Zögern bemerkte, sagte er: »Ich habe von dem Überfall erfahren. Du musst doch wissen, dass ich daran nicht beteiligt war.«

»Und dein Vater?«

»Nay«, erwiderte er. »Ohne mein Wissen hätte er nie den Befehl dazu geben können. Da bin ich ganz sicher.«

Sie biss sich auf ihre Unterlippe und löste sich aus seinen Armen – Arme, von denen sie sich so sehr wünschte, umschlungen zu werden. »Du musst jetzt gehen«, sagte sie. »Es ist zu gefährlich.«

Er trat einen Schritt auf sie zu, aber sie wich weiter zurück.

»Hiram berichtete mir, dass du hier als Gefangene gehalten wirst«, sagte er. »Jeanie erzählte ihm, dass du kaum noch etwas isst.«

»Jeanie denkt immer, dass ich zu wenig esse«, antwortete

Marsali. »Aber da du dich ja jetzt persönlich davon überzeugt hast, dass es mir gut geht, musst du wieder gehen.«

Er ignorierte ihre Aufforderung. »Hat Jeanie dir berichtet, dass deine Schwester in Sicherheit ist? Und dass sie sich wohl fühlt?«

»Aye«, antwortete Marsali. »Und dafür bin ich dir dankbar. Aber nun …«

Ihre Stimme versagte, als er nur wenige Zentimeter vor ihr stehen blieb. Sie spürte seinen Blick, der sich in den ihren bohrte. Sie spürte die Hitze, die ihre Worte zum Versiegen brachte, die ihr förmlich den Atem nahm. Seine Hände umfassten ihr Gesicht, und seine Finger strichen leicht wie eine Feder über ihre Wangen.

»Marsali«, murmelte er schließlich. »Du musst gehört haben, dass mein Name während des Überfalls gerufen wurde.«

Sie nickte, unfähig zu sprechen.

Mit dem Finger steckte er ein Löckchen, das sich gelöst hatte, hinter ihr Ohr. Die Berührung war so zart wie ein Windhauch.

»Marsali …«, wisperte er.

Das war alles, was er sagte, aber wie er ihren Namen aussprach … Seine tiefe Stimme – mit der er mit diesem einzelnen Wort Hoffnung und Verlangen zum Ausdruck brachte – fand den direkten Weg zu ihrem Herz. Sie konnte nicht anders, konnte nicht verhindern, dass sie die Hand ausstreckte und sein Gesicht mit ihren Fingern berührte, wie er zuvor sie berührt hatte.

»Oh, Gott«, seufzte er.

Dann lag sie in seinen Armen, und seine Lippen bedeckten erneut ihren Mund. Diesmal stieß sie Patrick nicht zurück. Im Gegenteil, sie ließ sich einen Moment lang, der so unglaublich wunderbar war, hinwegtragen, wobei es ihr gleichgültig war, ob dieser Augenblick Traum oder Wirklichkeit war. Sie wollte nur, dass es immer und ewig so weiterginge.

Ein vollkommen neues Gefühl breitete sich tief in ihrem Bauch aus, ein süßes Verlangen, das sie innerlich erzittern ließ. Er vertiefte seinen Kuss, und als er seinen Mund öffnete, sie einlud und sie leitete, folgte sie ihm.

Ganz von alleine schmiegte sich ihr Körper enger an ihn, wobei sie die Kraft seiner Muskeln genoss, seine Hitze spürte, und als sie fühlte, wie perfekt und natürlich ihre Körper miteinander harmonierten, konnte sie die Wahrheit nicht länger verleugnen. Hier gehörte sie hin, in seine Arme. Das war die Wirklichkeit. Das war ihr Patrick – und sie liebte ihn. Sie hatte ihn schon immer geliebt. Als ihre Münder miteinander verschmolzen und ihre Körper eins zu werden schienen, wurde der Frau, zu der sie inzwischen herangewachsen war, bewusst, dass die Wirklichkeit dieser Liebe viel größer, viel unwiderstehlicher war, als sie es sich je erträumt hatte. Diese Erkenntnis brachte ihr Herz zum Schwingen und ihre Sinne zum Wirbeln. Es ließ sie jede Vorsicht vergessen, alle Angst verlieren … es brachte sie dazu, noch mehr zu wollen …

Er umfasste sie mit seinen Armen, und sie umklammerte seinen Nacken. Sie hatte plötzlich gar keine Kraft mehr in den Beinen, und ihr Herz pochte. Sie wollte jeden Körperteil von ihm berühren. Sie wollte glauben, dass es nichts und niemanden gab – außer ihnen beiden.

Sie atmete heftig, als er seinen Mund von ihr löste, mit seinen Lippen über ihre Wange strich und sein Gesicht in ihren Haaren vergrub.

»Sag mir, dass du mir glaubst, dass ich nichts mit dem Überfall zu tun hatte«, forderte er, wobei seine Stimme rau vor Sehnsucht und Verzweiflung war. »Ich muss hören, dass du es sagst, Liebes.«

»Nay«, keuchte sie. »Ich weiß, dass du nichts damit zu tun hattest.«

Sie konnte spüren, wie ein Teil der Spannung aus seinem Körper wich, hörte es an dem tiefen Seufzer, den er ausstieß. Er hielt sein Gesicht noch einen Moment länger in ihren Haaren begraben, dann hob er den Kopf und blickte zu ihr herunter.

»Ich weiß, dass du nicht zu den Männern gehörst, die unsere Bauern überfallen haben«, versicherte sie ihm noch einmal. »Aber die meisten unserer Clansleute denken anders darüber.«

»Auch Gavin?«

»Aye«, erwiderte sie.

Im Mondlicht erkannte sie, wie seine Lippen schmal wurden. »Ich schwöre es dir, Marsali, ich habe nichts davon gewusst, und ich bezweifle, dass irgendein Sutherland es wusste.«

Sie schwieg einen Moment. »Die Männer trugen eure Plaids.«

Er nickte. »Es ist klar, dass – wer auch immer dahinter steckt – deinen Vater glauben machen will, dass es Sutherlands waren. Wenn sie unsere Plaids trugen, muss sich jemand verdammt viel Mühe gegeben haben, den Betrug einzufädeln. Unsere Farbmuster sind nicht ganz einfach nachzumachen.«

»Das weiß ich«, sagte sie. »Aber unmöglich wäre es nicht. Die Sutherland-Frauen weben diese Muster ja schließlich auch.« Sie schwieg, bevor sie nachdenklich fortfuhr: »Die Sinclairs?«

»Hmmm. Eine sehr vernünftige Annahme«, erwiderte er.

»Leider ist mein Vater gar nicht vernünftig, was deinen Clan betrifft.«

Mit seinen kräftigen Händen umfasste er ihre Schultern. »Das ist ja der Grund, weshalb ich hier bin. Marsali, ich möchte, dass du mit mir kommst.«

Sie starrte ihn verwundert an. »Mit dir mitkommen?« Sie stieß ein kurzes verschrecktes Lachen aus. »Ich frage mich immer noch, wie du überhaupt ins Schloss gelangen konntest.«

Er trat einen kleinen Schritt zurück, und in seiner Stimme schwang gespielte Entrüstung mit. »Hast du denn mein Aussehen nicht bemerkt? Kannst du denn nicht sehen, dass ich ein Meister der Verkleidung bin?«

»Ach, Patrick« – ihre Stimme bebte ein wenig – »ich habe dich so vermisst.«

»Ach, Marsali ...«

Er beugte den Kopf, seine Lippen strichen über ihre Wangen, ihre Augenlider, und seine Stimme flüsterte ihr zärtliche Worte ins Ohr, die ihr Innerstes in flüssiges Feuer verwandelten. Dann bedeckte er wieder ihren Mund mit seinem Mund. Die Glut des Verlangens, die immer noch zwischen ihnen schwelte, loderte augenblicklich wieder hoch auf.

Sie schmiegten sich eng aneinander, voller verzweifelter Leidenschaft, und Marsali fühlte sich in seinen Armen wohl und geborgen, aber auch hilflos und stark zugleich. Irgendwie gelang es ihm, sie glauben zu lassen – wenn auch nur für einen kurzen Moment, dass doch noch alles gut enden würde.

»Marsali«, flüsterte er mit einer Stimme voll von Verlangen, das so tief in ihm brannte wie die Sehnsucht in ihr.

Vergessen war jede Zurückhaltung. Ihre Herzen schlugen schneller, pochten gegen das des anderen. Sie spürte, wie sich seine Muskeln zusammenzogen und wieder entspannten, wenn sie ihn zärtlich liebkoste. Oh, wie sehr sie ihn begehrte, wie sehr sie sich wünschte, seine Frau zu sein, mit ihm zu leben, morgens mit ihm aufzuwachen, abends mit ihm zusammen ins Bett zu gehen, mit ihm zu lachen und auch mit ihm zu weinen. Sie wollte ihm alles schenken, was sie zu geben hatte.

Auf all das war sie nicht vorbereitet gewesen – nicht auf die liebliche Erregung, nicht auf das alles verzehrende Verlangen, nicht auf das qualvolle Prickeln, das ihr bis in die Zehenspitzen fuhr.

Als er sich schließlich von ihr löste, war ihr von dem Kuss ganz schwindelig. Sie zitterte am ganzen Körper.

»Das ist Wahnsinn«, sagte er mit rauer Stimme. »Wird irgendjemand vorbeikommen, um noch einmal nach dir zu sehen?«

Sie schüttelte den Kopf. »Das ... das glaube ich nicht. Man hat vorhin schon nach mir geschaut.«

»Will man dich immer noch mit Sinclair verheiraten?«

»Mein Vater schon, aber ich werde es nicht tun. Nicht jetzt, wo Cecilia in Sicherheit ...« Sie unterbrach sich selbst. Der Gedanke an ihre Schwester war wie ein kräftiger Wind, der alle anderen Gedanken davonblies. Sie packte seine Hand. »Sag mir die Wahrheit, Patrick, weißt du genau, dass sie in Sicherheit ist?«

»Aye«, antwortete er zärtlich, griff in seinen Sporran, aus dem er etwas herauszog, was er ihr entgegenhielt. »Sie schickt dir das. Sie sagte, du würdest wissen, was es zu bedeuten hat.«

Eine weiße Rose. Marsali nahm sie in ihre Hände. Cecilia liebte weiße Rosen, und bevor sie mit Rufus davongeritten war, hatte sie Marsali zugeflüstert, dass sie ihr eine schicken würde, zum Zeichen dafür, dass sie in Sicherheit war. Eine rote Rose dagegen hätte bedeutet, dass Cecilia sich in Gefahr befand.

Marsali lächelte und spürte, wie die Besorgnis um ihre Schwester von ihr abfiel. »Ich danke dir«, sagte sie.

Patrick erwiderte ihr Lächeln. »Hiram hat mir berichtet, dass deine Schwester auf Anhieb ein Mitglied der Familie geworden ist. Ich fürchte allerdings, dass Rufus in Cecilia vernarrt ist. Er hat sich entschlossen, noch ein paar Tage länger dort zu bleiben, um sich davon zu überzeugen, dass es ihr auch wirklich gut geht.«

»Sie ist doch noch so jung«, meinte Marsali.

»Aye, das ist sie. Aber Rufus wird das nicht ausnutzen – und das würde seine Familie auch nie dulden. Andernfalls hätte ich deine Schwester niemals dorthin geschickt.«

»Ich werde dir nie sagen können, wie dankbar ich dir dafür bin.«

»Ach, Liebes, das war doch wenig genug, was ich für dich tun konnte.« Er strich mit seinen Lippen sanft über ihre Stirn. »Ich wünschte, ich könnte für dich einen Drachen erschlagen, aber stattdessen kann ich dich nur von hier wegbringen.«

»Nein«, widersprach sie leise. »Ich kann nicht mit dir kommen. Das würde die ganze Sache nur noch verschlimmern.«

»Schlimmer kann es kaum noch werden«, sagte er. »Aber wenn ich dich als Geisel nehme, wird dein Vater uns nicht angreifen. Und das wird mir die Zeit geben, die Männer zu finden, die den Überfall tatsächlich verübt haben – und den, der dahinter steckt.«

»Ich, deine Geisel?« Marsali spürte, wie ihr plötzlich kalt wurde. Sie merkte kaum, dass sie sich steif aus seiner Umarmung löste.

Er hielt sie am Arm fest. »Ich würde dich doch nie gegen deinen Vater benutzen, Marsali. Aber ich kann auch nicht mitansehen, dass er dich hier gefangen hält. Ich werde dich nicht hier zurücklassen.«

»Und wenn ich nicht freiwillig mitkomme?«, fragte sie, wobei ihre Stimme kämpferisch klang. So sehr sie ihn auch liebte, sie würde es nicht zulassen, dass er über sie bestimmte – oder irgendein anderer Mann. Nicht wieder. Nie mehr.

»Marsali . . .«, begann er.

»Sag es mir, Patrick«, unterbrach sie ihn schroff, »was wirst du tun, wenn ich nicht mitgehe?« Sie war sich nicht bewusst, dass die plötzliche Veränderung ihrer Stimmlage die beiden Frettchen aufschreckte, die bisher auf dem Fenstersitz hinter ihr gedöst hatten. Mit einem leisen Knurren sprang eins der Tierchen auf Patricks Bein und biss mit seinen scharfen Zähnen kräftig hinein.

Völlig überrascht stieß er einen Schrei aus, der lauter war, als es die Vorsicht gebot. »Ahh!« Behutsam nahm er das Tier von seinem nackten Bein, über das ein bisschen Blut lief. »Du Teufelsbraten!«

»Isolde!«, sagte Marsali mild tadelnd, während sie Patrick das Tier abnahm und gleichzeitig das andere Frettchen, das hinter ihr auf der Bank aufgeregt schnatterte, zu beruhigen versuchte, damit es nicht auch noch Patrick angriff.

»Das Weibchen?«, fragte Patrick sarkastisch, während er sich das Blut vom Bein wischte.

Marsali nickte, schmiegte das weiche Fell gegen ihre Wange und machte beruhigende Geräusche. Wie hätte sie mit dem Tier schimpfen können, das doch nur versucht hatte, sie zu beschützen?

»Das hätte ich mir ja denken können«, lächelte Patrick.

Marsali war erfreut, dass er die Sache mit trockenen Humor nahm, aber sie war nicht bereit, ihm die angedeutete Frechheit durchgehen zu lassen. »Und wieso hättest du dir das denken können?«

»Och, man hört so allerlei«, erwiderte er, immer noch lächelnd.

Die Vernunft sagte ihr, dass es unwahrscheinlich war, dass er in den vergangenen Jahren keusch wie ein Mönch gelebt hatte. Aber trotzdem ...

»Ich sperre sie am besten in ihr Körbchen«, sagte sie steif.

Er verhielt sich klugerweise still, als sie die angriffslustigen Frettchen in den runden Korb verfrachtete, der ihr Zuhause war, wenn Marsali ihre Kammer verließ.

Nachdem Marsali damit fertig war, zog Patrick sie wieder in die Arme. »Wo waren wir stehen geblieben?«, murmelte er.

»Du wolltest mir gerade erzählen, was du von Frauen weißt, die beißen.«

Er lachte leise in sich hinein. »Das war eigentlich nicht meine Absicht. Und ehrlich gesagt weiß ich auch kaum etwas von Frauen ... die beißen.«

»Und warum tröstet mich das nicht?«, fragte sie.

Sein Lachen erstarb, und seine Hand berührte erneut ihr Gesicht. »Warum willst du nicht mit mir kommen? Vertraust du mir nicht?«

»Das hat nichts damit zu tun, dass ich dir nicht vertraue«, erwiderte sie, wobei sie sich innerlich zwingen musste, nicht dem verführerischen Klang seiner sanften Stimme nachzugeben. »Zunächst mal würde es uns nie gelingen, aus diesem Burgturm zu fliehen.«

»Ich kenne einen Weg.«

Wahrscheinlich, dachte sie, denn als Junge hatte man ihm und Gavin erlaubt, in den Kellern und Verliesen des Schlosses zu spielen. Ihre bitteren Beschwerden, dass die Jungs sich überall frei bewegen durften, sie dagegen nicht, waren damals auf taube Ohren gestoßen.

»Marsali?«

»Ach, Patrick, kannst du dir denn nicht vorstellen, was es für meinen Vater und meinen Bruder bedeuten würde, wenn ich mit dir käme?«

»Doch«, erwiderte er. »Deshalb sollen sie ja glauben – für eine Weile zumindest –, dass ich dich entführt habe. Sie werden dir nicht böse sein, wenn sie denken, dass du gewaltsam verschleppt wurdest. Aye, ihre Wut auf meinen Clan wird noch größer werden, aber sie werden keine Rache nehmen, solange sie befürchten müssen, dass dein Leben dadurch in Gefahr gerät. In der Zwischenzeit werden wir Zeit gewinnen – Zeit, um eine Lösung zu finden, die von Dauer ist.«

Das schien unmöglich zu sein. Aber seine Worte machten erstaunlicherweise Sinn. Alles machte Sinn, wenn er sie so fest an sich gedrückt hielt.

»Und was ist mit deinem Vater?«, fragte sie und hörte, wie ihre Stimme zitterte.

Patricks Gesicht wurde hart, so hart, wie sie es noch nie gesehen hatte. Das weiche Mondlicht, das durchs Fenster fiel, umgab ihn wie ein Glorienschein, aber damit endete auch schon jede Ähnlichkeit mit einem Engel. Seine grünen Augen funkelten wie geschliffene Smaragde, kalt und unnahbar. Ein Schauer lief ihr über den Rücken. In diesem Augenblick sah er mehr als fähig aus, zu töten, mehr als fähig, den Befehl zum

Angriff in der Schlacht zu geben ... oder den Befehl zu einem Überfall.

»Mein Vater braucht mich«, antwortete er tonlos. »Er wird meine Entscheidung akzeptieren.«

Vielleicht, dachte Marsali, aber als sie sich dann an den kalten Mann erinnerte, der ihre Tante geheiratet hatte und der später ihrem Vater eröffnet hatte, dass er sich von Margaret würde scheiden lassen, konnte sie sich nicht mehr vorstellen, dass dieser Mann von irgendjemandem eine Anordnung annehmen würde.

Patrick schloss seine Arme fester um sie. »Vertrau mir, Marsali. Komm mit mir, bevor es zu spät ist. In den Augen der Welt muss es so aussehen, als ob du meine Gefangene wärst, aber wir können heiraten. Komm, lebe mit mir, Liebes, werde meine angetraute Ehefrau, so wie du schon meine Frau in meinem Herzen bist.«

Seine Frau. Ach, wie lieblich diese Worte klangen. Und ach, wie sehr sie sich danach sehnte, ja zu sagen. Aber um welchen Preis?

Da sie dringend ihre Gedanken ordnen musste, löste sie sich aus Patricks Umarmung und ging zum Fenster. Aus lebenslanger Gewohnheit richtete sie ihren Blick unfehlbar auf ihren Stern. Den Stern, den er ihr geschenkt hatte.

Wie viel Schaden würde sie anrichten, wenn sie Abernie verließ? Sie war einfach anderer Meinung als Patrick. Ihr Vater würde toben vor Wut, und er würde zurückschlagen, weil er überzeugt sein würde, das seiner Ehre schuldig zu sein. Und wenn Patrick sie als seine Braut nach Hause führen würde, würde Gregor Sutherland ihn enterben. Könnte Patrick sie immer noch lieben, wenn sie der Grund dafür wäre, dass er sein Geburtsrecht verlor?

Und Gavin. Wenn er ihr folgen würde, würde sich Patrick dann immer noch an sein Wort gebunden fühlen, niemanden zu verletzen, der ihr nahe stand? Oder würde er vielleicht gezwungen sein – in Selbstverteidigung – gegen ihren Bruder zu kämpfen … gegen seinen Freund? Sie musste schluchzen, und der Atem blieb ihr im Hals stecken.

»Marsali …«, flehte er, wobei er hinter sie trat.

Sie drehte sich zu ihm um und betrachtete sein Gesicht. Die Kälte war aus seinen Augen gewichen. Er blickte sie voller Mitgefühl an.

Er war wirklich zwei Männer, dachte sie. Vertraut der eine, der andere fremd. Dem einen vertraute sie, dem anderen nicht.

»Ich könnte mich freiwillig stellen«, sagte er leise. »Vielleicht hat dein Vater dann die Waffe, die er haben will, und lässt dich dafür wieder frei.«

»Nay!«, schrie sie entsetzt. »Vater wird dich auf der Stelle töten.«

»Ich kann mir nicht vorstellen, dass er das tun würde.«

»Du hast ja keine Ahnung, wie sehr er sich verändert hat. Er ist davon überzeugt, dass dein Vater ihn betrogen hat. Er fühlt sich persönlich für das … Verschwinden von Tante Margaret verantwortlich, weil die Heirat seine Idee war. Er ist nicht mehr der gleiche Mann, den du einmal gekannt hast.«

Patrick blickte Marsali eine lange Weile schweigend an.

Schließlich seufzte er tief. »Also kann ich nicht bleiben, und du hast Bedenken zu gehen.«

Sie dachte, eigentlich könnte sie auf der Stelle sterben, denn ihr Herz war gebrochen, ihre Träume und Hoffnungen entzwei, und sie konnte sich nicht vorstellen, dass diese Wunden jemals wieder verheilen würden. »Patrick«, sagte sie, »ich fürchte, dass wir beide nie zusammmenkommen werden. Nicht solange es bedeutet, dass unsere Verbindung mit Blut besiegelt wurde.«

»Das werde ich nicht zulassen.«

»Du kannst die Sache nicht mehr aufhalten. Es ist doch schon in vollem Gang.« Sie atmete tief durch und flüsterte: »Du musst gehen. Alleine.«

Er starrte sie an. Im Mondlicht war sein Gesichtsausdruck unergründlich.

»Zumindest«, meinte er schließlich, »könntest du einen Becher Wein mit mir trinken, bevor ich gehe.«

Sie blinzelte, überrascht, dass er nachgab, obwohl er sie zuvor so heftig bedrängt hatte. »Aye«, sagte sie. »das würde ich gerne, aber hier in der Kammer gibt es keinen Wein.«

»Oh, doch«, erwiderte er und lächelte sie kurz an. Er nahm den Beutel, den er mitgebracht hatte, und holte die bauchige Weinflasche heraus.

Marsali seufzte. Sie hätte alles getan, um diese letzten paar Minuten, die ihnen noch blieben, zu verlängern.

»Lass mich eine Kerze anzünden«, schlug sie vor.

»Nay, das ist nicht nötig.«

Zerrissene Wolkenbänder schoben sich immer wieder vor den Mond, sodass der Raum fast vollkommen im Dunkeln lag, aber sie erahnte seine Bewegungen, als er den Becher auf dem Tisch neben ihrem Bett fand und einen kräftigen Schluck Wein eingoss. Dann kam er zu ihr zurück und reichte ihr den Becher. Sie nahm ihn dankbar an, denn der warme Wein würde ihr neue Kraft und Mut verleihen. Sie trank einen Schluck, gab ihm den Becher zurück und drehte sich wieder zum Fenster um. Er hob das Gefäß kurz an seine Lippen und reichte es ihr erneut.

Der Wein war erstaunlich gut, dachte sie, aber vielleicht kam ihr das auch nur wegen der außergewöhnlichen Umstände so vor, unter denen sie ihn miteinander teilten. Das Ritual hatte jedenfalls etwas berauschend Intimes an sich.

Als sie ihm den Becher zurückgeben wollte, lehnte er ab. »Ich habe heute Nacht noch einen langen Weg vor mir, Liebes«, erklärte er. »Aber du brauchst Schlaf.«

Die Gedanken, dass er sie bald verlassen würde, dass er sich ihretwegen in Gefahr begeben hatte, ließen sie erschaudern. Sie wollte diese Gedanken verdrängen. Solange er hier war, war er in Sicherheit. Und sie ebenfalls. Dieses Gefühl gab er ihr jedenfalls.

Sie war müde. Ganz schrecklich müde.

Sie legte den Handrücken gegen die Stirn, als sich in ihrem Kopf plötzlich alles zu drehen begann. Sie schaute ihn verwirrt an. »Patrick...«, murmelte sie.

Mehr brachte sie nicht mehr heraus. Sie merkte, wie sie fiel, spürte, wie er sie in seinen Armen auffing. Im letzten Moment ihres schon benebelten Bewusstseins glaubte sie ihn sagen zu hören: »Liebes, es tut mir Leid.«

8

Patrick legte Marsali vorsichtig aufs Bett, wobei er betete, dass er nicht jede Hoffnung auf Liebe zwischen ihnen verspielt hatte.

»Patrick?« Ihre Stimme klang undeutlich.

»Es ist alles gut, Liebes.« Er setzte sich neben sie auf die Bettkante und hielt ihre Hand. »Ich bin hier bei dir.«

»Ich … fühle mich …« Sie seufzte. »Patrick …«

Er beugte sich über sie und küsste ihre Wange. »Verzeih mir«, bat er. Aber sie hörte ihn nicht mehr. Sie war bereits eingeschlafen.

Er beobachtete sie einen Moment, lauschte auf ihren leisen gleichmäßigen Atem. Dann ging er zum Fenster. Die Wolken hatten den Mond inzwischen völlig verdeckt. Gut. So ein Wetter brauchte er in den nächsten Stunden. Und Regen. Oder einen schönen schottischen Nebel.

Ein Kratzgeräusch aus dem Korb der Frettchen lenkte seine Aufmerksamkeit auf die beiden Tiere. Er tröpfelte etwas Wein auf ein Stückchen Brot, und schob den Köder in den Korb, wobei er darauf achtete, nicht mit den scharfen Zähnen der Tiere in Berührung zu kommen. Er hielt den Atem an, während er die Frettchen beobachtete, und atmete erleichtert auf, als er sah, dass die putzigen Tierchen an dem mit Wein getränkten Brot zu knabbern begannen. Er hätte es nicht riskieren können, sie in wachem Zustand – und somit laut – mitzunehmen, aber er wollte sie auch nicht zurücklassen, wenn er Marsali schon alles andere nahm, was ihr lieb und teuer war.

Das wird sie dir nie verzeihen. Sein Gewissen quälte ihn,

während er darauf wartete, dass Marsali und ihre Frettchen auch wirklich tief und fest schliefen.

Als er sicher war, dass genügend Zeit vergangen war, damit das Schlafmittel wirken konnte, hob er vorsichtig den Deckel des Tierkörbchens an und schaute hinein. Tristan und Isolde lagen zusammengeringelt und aneinander geschmiegt da und atmeten ruhig. Er nahm die Frettchen auf und verstaute sie in seiner Felltasche. Dann ging er zum Bett zurück. Obwohl es dunkel war, konnte er Marsalis Umrisse erkennen. Sie sah so zierlich und zerbrechlich aus.

Einen Moment lang schwankte Patrick. Er konnte immer noch ohne sie verschwinden. Sie würde am Morgen aufwachen und sich fragen, was geschehen war, aber ihr wäre kein Leid geschehen.

Aber als er sich erneut über sie beugte, um ihr Gesicht zu liebkosen, kam ihm eine Frage in den Sinn: Was wäre, wenn ihr Vater sie morgen zu Sinclair und vor einen skrupellosen Priester bringen würde, der bereit war, die Ehe mit Edward zu schließen, auch ohne ihr Einverständnis? Bei dem Gedanken, dass Sinclair so etwas Zerbrechliches berühren würde, so etwas Kostbares, durchfuhren ihn Wutblitze.

Zum Teufel damit. Das war die einzige Möglichkeit, die es gab. Mit seinen Gewissensbissen konnte er sich ein anderes Mal befassen. Jetzt musste er sich in Bewegung setzen.

Schnell flocht er Marsalis Haar zu einem einzelnen lockeren Zopf und betrachtete ihr Nachtgewand. So leicht bekleidet durfte er sie nicht der kalten Nachtluft aussetzen. Er fand ein wollenes Oberkleid, das er ihr überzog.

Dabei streiften seine Hände ihre Brüste – hochstehend und fest und ausgesprochen reizend –, und er sehnte sich danach, sie zu liebkosen. Aber sein Verständnis von Ehre verbot es ihm, sich solche Freiheiten herauszunehmen.

Patrick ließ die geliebte Frau auf dem Bett liegen, huschte zur Tür und lauschte. Als er nichts hörte, eilte er zurück, hob Marsali hoch und legte ihren Körper vorsichtig über seine

Schulter. Nachdem er sich vergewissert hatte, dass der Schlüsselbund, den er gestohlen hatte, immer noch in seinem Gürtel steckte, ging er vorsichtig den Korridor entlang zur Treppe und stieg langsam hinunter. Als er das Stockwerk erreicht hatte, in dem sich die Küche befand, blieb er zögernd stehen. Er war in absoluter Finsternis angelangt und musste seinen Augen Zeit geben, sich daran anzupassen. Nicht eine Kerze brannte mehr in einem der eisernen Wandhalter. Durch kein Fenster fiel auch nur ein Schimmer des wolkenverhangenen Mondes.

Er war jetzt ganz auf seine Instinkte und seine Erinnerung angewiesen. In Gedanken ging er den geplanten Weg durch, den er nehmen wollte, ein Weg, der zur Rückseite des Schlossturms führte, dorthin, wo sich die Treppe zu den Kellern befand. Dort gelangte man durch einen Korridor zu einer anderen Treppe, die zu den Verliesen unter den Kellern führte. Durch einen zweiten Flur erreichte man den Weinkeller. Ein dritter Korridor verlief genau unter der Küche. Hier befand sich ein breites Abflussrohr, dessen Wasser in eine Zisterne unterhalb des Turmes floss, das jenseits der Burgmauer, oberhalb des Burggrabens, wieder an die Oberfläche trat. Diesen dritten Korridor musste er finden. Durch den Abfluss würde er aus Abernie herauskommen.

Langsam bahnte er sich seinen Weg durch die Dunkelheit, wobei er ständig daran dachte, welchen Schatz er in seinen Armen hielt; er musste vermeiden, der Mauer zu nahe zu kommen, denn sonst würde Marsalis Kopf dagegenstoßen. In der Küche stolperte er fast über einen losen Stein im Boden. Das überlaute Geräusch des Steines ließ ihn erstarren. Als es danach wieder still war, setzte er seinen Weg zu den Kellern noch vorsichtiger fort.

Unterhalb der Küche blieb er wieder stehen. Der Raum wurde von einer runden eingefassten Quelle beherrscht. Mittels eines ausgeklügelten Zugsystems konnte man von hier aus Eimer mit frischem Wasser zu den höher gelegenen Stockwerken des Keep hochziehen. Links davon befand sich das Abflussrohr, das in die Zisterne mündete, in die auch die Abwässer aus anderen Teilen des Hauses und des Schlosshofes flossen. Das Wasser in der Zisterne war nicht gerade sauber, denn das Regenwasser vermischte sich natürlich mit den Exkrementen der Tiere. Dennoch war dieser Fluchtweg in die Freiheit bei weitem denen vorzuziehen, die allgemein bekannt waren.

Während Patrick den Abfluss begutachtete, seufzte er. Vor ihm lag eine elend lange Kriecherei, zumal er dabei ja auch noch eine bewusstlose Frau auf seinem Rücken tragen musste – und zwei betäubte Frettchen in seinem Sporran, bei denen er darauf achten musste, sie nicht zu erdrücken.

Er setzte Marsali auf dem Boden ab, sprang auf das Gitter über dem Abfluss und versuchte, es zu lösen. Wahrscheinlich war der Rost nicht mehr geöffnet worden, seit er und Gavin vor zwölf oder dreizehn Jahren durch das Abflussrohr gekrochen waren. Gar nicht daran denken, ermahnte er sich – zu spät. Nie war ihm der Gedanke gekommen, dass so etwas Einfaches wie ein Gitter über einem Abflussrohr seine Pläne durchkreuzen könnte.

Patrick stemmte seine Füße gegen die Mauer und zog mit aller Kraft an den Eisenstäben. Nach einigen Versuchen merkte er, dass sich das Gitter zu lösen begann. Noch ein Ruck, und es fiel ihm entgegen. Erleichtert legte er das schwere Eisenteil zur Seite, kletterte durch den Einstieg und zog Marsali hinter sich her. Er legte sie sich wieder über die Schulter, stieg mit ihr eine Leiter hinunter, die etwa fünf Fuß maß, und musste sie dann in seine Arme nehmen, um in das eigentliche Rohr zu gelangen, das zur Zisterne führte.

Er hatte den Eindruck, dass er sich doppelt so tief bücken musste wie früher, um sich bewegen zu können. Als Junge war er hier ganz leicht durchgeschlüpft, aber jetzt kam er nur ein paar Schritte weit, bis ihm klar wurde, dass er es in dieser Haltung niemals schaffen würde. Er ließ sich auf die Knie nieder, schwang Marsalis regungslosen Körper auf seinen Rücken und kroch vorwärts.

Innerhalb von Sekunden war seine Kleidung durchnässt – und der Sporran mit den schlafenden Frettchen ebenfalls. Er versuchte zwar zu verhindern, dass Marsali auch nass wurde, aber das war unmöglich. Er verfluchte seine Größe und die Kälte und alles andere, woran er denken konnte, während er sich durch das zwei Fuß tiefe, stinkende Wasser und den Schlamm mühsam vorwärts arbeitete. Wie konnte er so etwas jemals als Abenteuer angesehen haben? Selbst als Junge?

Er versuchte das Quietschen der Ratten zu ignorieren, die er gelegentlich aufschreckte, während er sich an der gewölbten Wand entlangtastete. Endlich – nach einer Ewigkeit in der Dunkelheit – spürte er kühle frische Luft, und da wusste er, dass er sich in der Nähe eines der Zuflüsse befand, die es im Burghof über ihm gab. Er bewegte sich noch langsamer und vorsichtiger, um kein Geräusch zu machen, das im Burghof jemanden hätte aufschrecken können. Er passierte den nächsten Zufluss. Jetzt musste er schon nahe der Außenmauer sein. Wie spät es wohl sein mochte? Graute draußen schon der Morgen?

Schließlich sah er in der Düsternis einen schwachen Lichtstreif, der ihm bedeutete, dass er am Ende seines Weges angelangt war. Er balancierte Marsalis leblose Gestalt auf seinem Rücken und kletterte so schnell wie möglich zu der Ausstiegsluke, die außerhalb der Schlossmauer lag, wobei er betete, dass deren Gitter nicht so verrostet sein möge wie das beim Einstieg im Keller. Er blinzelte, um in der Dunkelheit etwas zu erkennen, und tastete mit der Hand so lange, bis er das Eisen berührte.

Vorsichtig rollte er Marsali von seinem Rücken und nahm sie in den Arm. Mit einer Hand presste er ihren schlanken Körper an sich, während er mit der anderen Hand nach dem Schlüsselbund griff. Er suchte das Schloss und fluchte. Es war einfach zu dunkel. Es blieb ihm nichts anderes übrig, als Marsali in dem stinkenden Wasser gegen die Mauer zu lehnen, während er weiter nach dem Schloss suchte. Es war eben schon zu lange her, seit Gavin und er hier Robert der Eroberer gespielt hatten, und er konnte sich absolut nicht erinnern, wo er nach dem Schloss suchen sollte.

Schließlich fand er es durch puren Zufall, denn es war mit Erde verkrustet und mit Moos überwachsen. Patrick säuberte den Mechanismus des Schlosses so gut wie möglich. Dann probierte er den ersten der großen Schlüssel. Er passte nicht einmal ins Schlüsselloch. Der zweite ließ sich knirschend hineinzwängen. Schwerfällig drehte er sich, und mit einem harten Klicken sprang das Schloss auf. Es war das schönste Geräusch, das Patrick seit langem gehört hatte, und er dankte Gott, während er an den Eisenstäben des großen Gitters rüttelte, aber als sich der Rost nicht bewegte, fragte er sich, ob sein Dankgebet nicht etwas verfrüht war.

Schwache Lichtstrahlen tanzten auf dem flachen Schlammwasser zu seinen Füßen, was ihm verriet, dass sich die Wolken verzogen hatten, zumindest für einen Moment. Er lauschte, ob Alarm geschlagen wurde, ob er laute Stimmen der Wachen hörte, aber er hörte nur die Geräusche, die er selbst machte: das Rattern des Gitters und sein schwerer, verzweifelter Atem.

Er sah sich nach Marsali um. Es schien so weit alles in Ordnung mit ihr zu sein, obwohl sie vollkommen durchnässt war und er die Gänsehaut auf ihren Armen fühlen konnte. Er selbst schwitzte vor Anstrengung, aber als er sich einen Moment ausruhte, merkte er, wie kalt es war. Er musste sie hier herausschaffen und sie wärmen. Wenn es ihm nicht gelang, das Gitter zu öffnen, würde er sie in ihre Kammer zurückbringen und Hilfe rufen. Er würde nicht zulassen, dass sie sterbenskrank wurde, weil er sie hatte retten wollen. Diese Ironie wäre zu schwer zu ertragen.

Patrick atmete tief durch, schloss seine Hände um die Gitterstäbe und stemmte sich mit aller Kraft dagegen, bis ihm unter dem Bart der Schweiß übers Gesicht lief und jeder Muskel seines Körpers zitterte. Dann, als er gerade aufgeben wollte, löste sich der Rost ohne Vorwarnung. Durch den Mangel an Widerstand verlor Patrick das Gleichgewicht und fiel fluchend hinterrücks in das schleimige Abwasser und das Gitter auf ihn drauf. Schnell schob er das verdammte Eisenteil zur Seite, richtete sich auf die Knie und rutschte zum Ausstieg. Er lauschte in die Dunkelheit und erwartete jeden Augenblick, die Rufe der Wächter auf den Zinnen zu hören.

Er hörte aber nur den Wind, für den er dankbar war, denn vermutlich hatte dieser Wind alle Geräusche, die er gemacht hatte, von den Ohren der Wachen weggetragen.

Er schob seinen Kopf aus der Öffnung und überblickte die Umgebung. Zwar hingen noch Wolken am Himmel, doch die bedeckten den Mond nur zum Teil. Die Luftfeuchtigkeit war hoch; mit etwas Glück würde es bei Morgengrauen neblig sein. Gerade als ihm einfiel, dass er darauf nicht warten konnte, schob sich eine dichte Wolkenbank vor den Mond, als ob jemand das so bestellt hätte. Er verlor keine Sekunde Zeit. Er hob Marsali auf und kletterte zu einem schmalen Grat, etwa vier Fuß über dem Burggraben.

Der Earl von Abernie hatte es zugelassen, dass dieser Burggraben im Verlauf der letzten zwanzig Jahre mehr und mehr verfallen war, weil er der Ansicht war, dass die dicken Mauern des Keep und seine Lage hoch oben auf dem Hügel genügend Schutz vor Angreifern bieten würde. Im tiefen Teil des Grabens stand das Wasser zwar immer noch hoch, aber hier, hinter dem Schloss, wo sie sich jetzt befanden, war es flach, denn das Wasser hatte die Seitenwände des Grabens ausgehöhlt und sich so selbst Rillen zum Abfluss geschaffen.

Patrick hielt Marsali eng an sich gepresst, setzte sich auf den Rand und ließ sich ins Wasser fallen. Das Platschen ließ sich nicht vermeiden. Sobald sie im Wasser waren, blieb Patrick eine ganze Minute still stehen, wobei er jede Sekunde erwartete, dass die Wachen Alarm schlugen.

Als er sicher war, dass seine Furcht unbegründet war, begann er, den Burggraben zu durchqueren. Das Wasser war nur kniehoch, und er bewegte sich sicher vorwärts. Obwohl es nur wenig Licht gab, schien es Patrick nach der Finsternis in der Zisterne geradezu hell zu sein. Er fand eine Rille, die das Wasser in die Seitenwand gegraben hatte, trat hinein, und seine Füße versanken mehrere Zentimeter tief im Schlamm. Ein leichter Nieselregen setzte ein – und mit ihm kam der ersehnte Nebel. Dadurch war es zwar schwieriger, den Weg zu finden, aber der Schutz, den er ihnen bot, konnte beiden das Leben retten.

Er kam gut voran und erreichte das Ende der Wasserrille, wo die Dammkrone auf gleicher Höhe lag wie eine saftige Wiese, deren Erde ganz weich war. Patrick legte Marsali wieder über seine Schulter, atmete ein paarmal tief durch und begann zu rennen.

Bis zum Wald war es eine Meile. Und Gott helfe ihm, aber er musste den Wald vor dem Morgengrauen erreichen.

☆ ☆ ☆

Gregor Sutherland, Marquis von Brinaire, Anführer des Clan Sutherland, starrte seinen jüngeren Sohn an. »Wo zum Teufel steckt dein Bruder?«

Er beobachtete, wie Alex zusammenzuckte, und versuchte gar nicht erst, seine Verachtung zu verbergen. Warum war er so geschlagen? Eine untreue Ehefrau. Und von seinen beiden Söhnen verweigerte der eine ihm den Gehorsam und der andere war ein Feigling. Und dann seine Tochter! Die schlich herum wie ein Gespenst, das den Weg ins Jenseits nicht mehr fand.

»Also, wo ist er?«, fragte er noch einmal scharf.

Alex trat von einem Bein aufs andere. »Er hat mir nicht gesagt, wo er hingegangen ist.«

Gregor erhob sich mühsam aus seinem Stuhl. Seine Gelenke waren geschwollen, und jede Bewegung bereitete ihm unsägliche Schmerzen. Bei jedem Wetterumschwung wurde es noch schlimmer. Mehrere Männer waren nötig, um ihm aufs Pferd zu helfen, was er so erniedrigend fand, dass er ganz darauf verzichtete.

Gregor wusste, dass er nie ein Mann von großer Selbstbeherrschung gewesen war, aber durch die Ereignisse der vergangenen zwei Jahre geriet er jetzt noch schneller in Wut. Er schämte sich für die Angst, die er im Gesicht seines Sohnes sah, aber sie brachte ihn gleichzeitig in Rage.

Er hatte es noch nie vermocht, jemandem die Hand zu reichen, wirklich nahe zu sein. Nicht bei seiner ersten Frau, obwohl er sie auf seine Art geliebt hatte. Nicht bei seiner zweiter Frau, die eine Xanthippe gewesen war. Nicht bei seiner dritten, Margaret, bei der er sich alle Mühe gegeben hatte, sie nicht zu lieben. Und auch nicht bei seinen Kindern, die er vielleicht geliebt hätte, wenn er gewusst hätte wie. Sein eigener Vater hatte Liebe als Schwäche betrachtet, Vergebung als Sünde. Hasse deine Feinde, misstraue deinen Freunden. Füge anderen Schaden zu, bevor sie dir Schaden zufügen können, war einer der Lieblingssprüche seines Vaters gewesen.

Zuerst hatte Gregor nicht auf diese Worte gehört. Er hatte Donald Gunn, den Earl von Abernie, als seinen Freund bezeichnet. Sie waren gemeinsam auf die Jagd gegangen und hatten Seite an Seite gekämpft. Gregor hatte die lockere Art kennen gelernt, mit der Donald seine Familie behandelte – und er hatte ihn darum beneidet. Deshalb war er auch sehr froh gewesen, seinen ältesten Sohn bei Donalds Familie in Pflege geben zu können.

Irgendwann hatte er es sich dann gestattet, sich von Margaret Gunn beeindrucken zu lassen. Nachdem er seine erste Frau im Kindbett verloren hatte, hatte er sich geschworen, nie wieder jemand zu sehr zu lieben. Es war einfach zu schmerzlich für ihn gewesen, sie zu verlieren. Liebe, hatte er entschieden, war schmerzhaft, dumm und sentimental. Pflichtgefühl und Loyalität gegenüber dem Clan: Das waren die beiden einzigen Dinge, die wirklich zählten.

Er hatte Margaret geheiratet, um eine wichtige Allianz zu bekräftigen – für seinen Clan. Aber sie hatte die harte Schale, die sein Herz umgab, zerbröckelt. Sie hatte ihn dazu gebracht, dass er sie liebte. Aber wie sehr er sie geliebt hatte, war ihm erst bewusst geworden, als sie ihn hintergangen hatte.

Und jetzt hintergingen ihn seine Kinder auch noch. Selbst Patrick, der seine kühnsten Erwartungen weit übertroffen hatte. Patricks Ruf als Krieger hatte ihn mit Stolz erfüllt. Aber er war einfach verschwunden, hatte sich nicht um die Gäste gekümmert, die ihm zu Ehren gekommen waren. Und dann hatte er zugegeben, dass er dieses Gunn-Frauenzimmer getroffen hatte. Und jetzt war er schon wieder weg. Das dritte Mal in diesem Monat. Kein Wort. Keine Erklärung. Und Gregor war sicher, dass Alex ihn deckte.

Doch der Marquis wusste, dass er keinen wirklichen Grund zur Klage hatte. Seit Patrick begonnen hatte, die Männer des Clans zu trainieren, war deren Kampffähigkeit erheblich gestiegen. Hinzu kam, dass Patrick inzwischen ihren Respekt gewonnen hatte. Er hatte die Ausstrahlung eines geborenen Anführers, wie Gregor insgeheim bewundernd zugeben musste. Tatsächlich hätte er ja nun über all das erfreut sein müssen, aber er war es nicht. Er sah nur, dass er die Kontrolle verlor, dass seine Autorität dahinschwand, wie alles andere dahingeschwunden war.

Diese verfluchten Gunns! Sein Vieh war gestohlen worden, aber überall wurden Lügen verbreitet. Die Gunns beschuldigten ihn des Tötens und Stehlens, obwohl doch sie sein bestes Vieh geraubt hatten! Und wo war sein Sohn? Spazierte irgendwo in der Landschaft herum.

Er warf einen Becher in den Kamin. »Ich will Patrick hier haben – und zwar sofort«, sagte er zu Alex. »Befehle David, ihn zu suchen. Mir ist es gleichgültig, wie viele Männer er dafür braucht. Ich will mein Vieh zurück.«

Alex wollte den Raum verlassen.

»Und du wirst wieder Waffenübungen machen«, befahl Gregor. »Du wirst an der Seite deines Bruders kämpfen.«

Ein Muskel zuckte in der Wange seines Sohnes. Was hatte er da nur für ein verzärteltes Bübchen großgezogen! Zu nichts gut, außer die Bücher zu führen. Damit konnte er auch jemand anderen beauftragen.

»Aye, Vater«, antwortete Alex und eilte zur Tür.

»Ich will sofort erfahren, wenn Patrick eintrifft!«, schrie Gregor hinter ihm her. »Ich will wenigstens einen brauchbaren Sohn in meiner Nähe haben.«

Er sah, wie Alex in sich zusammenfiel, als der Pfeil sein Ziel traf, und hätte seine Worte gerne zurückgenommen, aber das erlaubte ihm sein Stolz nicht. Schweigend beobachtete er, wie Alex den Raum verließ und leise die Tür hinter sich schloss.

Gregor starrte die geschlossene Tür an. Er machte einen Schritt darauf zu, stieß aber gegen den Tisch. Schwerfällig setzte er sich in einen Stuhl, griff nach einem großen Krug Wein und nahm daraus einen tiefen Schluck, ohne sich die Mühe zu machen, den Wein in ein Glas zu gießen. Durch den Alkohol würde seine Gicht immer schlimmer werden, aber das war ihm egal. Der Alkohol würde nämlich auch seine Sinne betäuben und ihm eine vorübergehende Atempause verschaffen von der Einsamkeit in seiner Seele.

☆ ☆ ☆

Die ersten Sonnenstrahlen hatten den dichten Nebel schon aufgelöst, als Patrick zu dem Ort kam, wo er Hiram treffen wollte.

Die Pferde waren abseits des Weges, tiefer im Wald, angebunden. Hiram war nicht zu sehen, aber Patrick wusste, wo er ihn finden würde. Obwohl Hiram so riesig war, war er wendig und konnte flink wie eine Katze auf einen Baum klettern. Einen Ast zu finden, der sein Gewicht trug, war allerdings eine andere Sache.

Tatsächlich waren sie einander auf diese Art zum ersten Mal begegnet. Hiram war auf Patrick gefallen, wobei sie sich beide das Genick hätten brechen können. Nachdem sie festgestellt hatten, dass keiner von ihnen lebensbedrohliche Verletzungen erlitten hatte, und Hiram erfahren hatte, dass Patrick sein neuer Anführer sein würde, hatte Hiram Entschuldigungen gestottert.

Patrick hatte nur gegrinst. »Wie bist du überhaupt da hinaufgekommen, so schwer wie du bist?«

»Och«, hatte Hiram erwidert, »nicht ganz so schnell, wie ich heruntergekommen bin.«

Von diesem Moment an hatte Hiram es als seine persönliche Aufgabe angesehen, Patrick immer den Rücken zu decken.

Patrick ließ seinen Blick kurz über die dicht belaubten Äste der Bäume schweifen, legte Marsali auf den Boden und kniete sich neben sie. Ihre Augen waren immer noch geschlossen, und ihr Atem ging normal. Aber sie fühlte sich eiskalt an. Selbst in ihrem bewusstlosen Zustand zitterte sie.

»Hiram!«, rief Patrick. Ein dumpfer Aufschlag, ein paar Meter entfernt, kündigte den Freund an.

»Hast du mich etwa gesehen?«

»Nay«, sagte Patrick. »Du kannst dich doch wie ein Vogel verstecken.«

Hiram lachte leise. »Jetzt schwindelst du aber.«

»Na ja, wie ein großer Vogel eben.«

»Wohl eher wie ein Bär«, erwiderte Hiram und ließ sich neben Patrick nieder, um Marsali anzuschauen. »Ist sie etwa bewusstlos?«

»Sie hat Angst, dass es nur noch mehr Probleme geben würde, wenn sie mit mir käme.«

»Sie wird wütend sein.«

»Zweifellos«, seufzte Patrick. »Aber zuerst müssen wir sie wärmen.«

Hiram gab ihm eine Decke, die sie vorsorglich mitgebracht hatten, und wandte sich zur Seite, als Patrick Marsali darin einwickelte und sie eng umschlungen festhielt, bis das Zittern etwas nachließ. Dann legte Patrick Marsali Hiram in die Arme, um sein Pferd zu besteigen. Er sah kurz nach den Frettchen in seinem Sporran und überzeugte sich davon, dass sie immer noch schliefen. Marsali würde es ihm nie verzeihen, wenn er ihren kleinen Lieblingen etwas angetan hätte – ebenso wenig, wie sie ihm verzeihen würde, wenn ihrer Familie durch seine Tat ein Leid geschehen würde.

Patrick, dem immer klarer wurde, dass er auf einem ganz schmalen Grat wandelte, gab Hiram ein Zeichen, ihm Marsali wieder zu geben. Er setzte sie vor sich in den Sattel, die Beine über dem Rücken des Pferdes gespreizt und gegen seine Brust gelehnt. Es fühlte sich so an, als ob sie genau dorthin gehörte. Alles, was er zu tun hatte, war es, Marsali davon zu überzeugen. Jedenfalls würde er ihrer beider Zukunft nicht in die Hände von zwei starrköpfigen alten Männern legen.

Während er wartete, dass Hiram aufsaß, beobachtete er mit Bedauern, wie sein Freund die Zügel des dritten Pferdes aufnahm, das für Marsali bestimmt gewesen war. Nun würde Hiram das Tier führen müssen.

Er trieb sein Pferd vorwärts, und Hiram folgte ihm. Der Tag war zwar schon angebrochen, aber die Nacht war noch nicht vorüber. Sie waren immer noch auf dem Land von Clan Gunn, und vor ihnen lag ein halber Tagesritt.

9

»Sie wird wie ein Ehrengast behandelt werden.« Patrick sprach mit zusammengepressten Zähnen.

»Noch bin ich der Hausherr hier«, erwiderte sein Vater. »Ich bestimme, wo sie untergebracht wird, und ich sage, dass ein Turmzimmer gut genug für sie ist. Sie ist nichts als eine Gefangene.«

»Sie ist eine Lady. Ich war mit ihr verlobt. Sie wird mit der Höflichkeit behandelt werden, die ihrer Stellung entspricht.«

»Wagst du es, mir Befehle zu erteilen?«

»Nein, ich sage nur, was ich tun werde.«

»Ich treffe die Entscheidungen. Der Clan wird mir folgen.«

Patrick sprach mit leiser Stimme. »Wird er das, Vater? Unsere Leute mögen diese Fehde mit den Gunns ebenso wenig wie ich. Willst du es wirklich auf eine Kraftprobe ankommen lassen?« Sein Gesicht war ausdruckslos, und sein Blick hielt dem wütenden Blick seines Vaters stand.

Der alte Mann, der in einem Lehnstuhl saß, der mit Kissen ausgestopft war, war ein Fremder für ihn. Natürlich, sein Vater war ihm immer fremd gewesen, aber inzwischen hatte sich sogar sein Aussehen radikal verändert. Der magere Körper, das graue Haar, die ständig gerunzelte Stirn und das Zittern der Hände waren Patrick ebenso wenig vertraut wie das schmerzverzerrte Gesicht und das fortwährende Trinken. Aber es war das Zögern seines Vaters, sein offenkundiger Rückzug von diesem Machtkampf, der Patrick verriet, dass die Veränderungen viel tiefer reichten.

»Vater?«

Der Marquis machte eine Geste, als ob ihn die ganze Sache nicht mehr interessierte – oder als ob ihm das Sprechen zu anstrengend sei. Patrick war nicht sicher, welches von beiden der Wahrheit entsprach. »Solange sie ausreichend bewacht wird«, sagte sein Vater schließlich.

Patrick konnte nur mit Mühe das Erstaunen verbergen, dass er diese Auseinandersetzung so leicht und schnell gewonnen hatte. »Sie wird die Mahlzeiten mit uns einnehmen«, fuhr er fort, »und sie wird zuvorkommend behandelt werden. Von uns allen.«

»Du gibst mir Anweisungen?« Sein Vater stemmte sich aus seinem Stuhl, das Gesicht vor Empörung purpurrot.

»Aye«, erwiderte Patrick ruhig. »Ich habe sie hergebracht, um diesen Wahnsinn zu beenden, nicht um ihn noch schlimmer zu machen. Du weißt, dass Donald Gunn beim König eine Petition einreichen wird, damit wir zu Gesetzlosen erklärt werden. Ich kann die Entführung jedoch rechtfertigen, indem ich sage, dass ich nur meine Verlobte zu mir geholt habe. Aber wir haben keine Rechtfertigung dafür, sie als Geisel zu behandeln. Diese Zeiten sind vorbei.«

Sein Vater ballte die Fäuste. »Sie haben unser Vieh gestohlen.«

»Sie glauben, dass wir ihr Vieh gestohlen haben – und Schlimmeres.«

»Du weißt, dass das eine Lüge ist. Sie haben diese Geschichte erfunden, um uns ins Unrecht zu setzen.«

»Nein, Vater.«

»Auf welcher Seite stehst du eigentlich?«

»Auf der Seite der Vernunft«, erwiderte Patrick. »Ich wette alles, was ich habe, dass jemand anders dahinter steckt. Die Gunns wurden überfallen. Ich habe ihre Verwundeten mit eigenen Augen gesehen.«

»Wie bist du überhaupt in Abernie hineingekommen, mein Junge?« Sein Vater legte den Kopf etwas schräg, wobei ein unheiliges Feuer in seinen Augen tanzte. »Kannst du andere Männer auch hineinbringen?«

Patricks Lippen wurden schmal. Wie gewöhnlich hörte sein Vater nur, was er hören wollte. »Ich bin sicher, dass Gavin das inzwischen herausgefunden hat«, antwortete er. »Er wird den Zugang längst gesichert haben.«

Der Marquis machte einen Moment ein enttäuschtes Gesicht. Aber dann ließ ein anderer Gedanke seine Augen wieder leuchten. »Och, ich würde doch zu gerne Gunns Gesicht sehen, wenn er erfährt, dass du innerhalb seines Keep warst.«

»Es hat mir keine Freude gemacht, ihn zu hintergehen«, erwiderte Patrick. »Er war immer sehr freundlich zu mir, als ich als Junge bei ihm war.«

»Er hat mir diese Hexe an den Hals gehängt«, donnerte sein Vater. »Und dann hat er meine Ehre in Frage gestellt – im Angesicht von ganz Schottland.«

Patrick ließ ein paar Sekunden schweigend verstreichen. Dann fragte er leise: »Was ist geschehen, Vater? Ich kann mir nicht vorstellen, dass Margaret dich betrogen hat.«

Sein Vater blickte zur Seite. »Es gab eindeutige Beweise.«

»Aber nicht eindeutig genug für das Parlament.«

»Die beiden Zeugen waren plötzlich verschwunden, aber ich habe selbst mit ihnen gesprochen. Margaret ist jeden Tag alleine ausgeritten. Zwei Männer haben beobachtet, wie sie sich mit einem Mann in einer verlassenen Kate in den nördlichen Wäldern getroffen hat.«

»Haben dir diese ›Zeugen‹ eine Beschreibung von dem Mann gegeben?«

»Nur eine, die auf Dutzende von Männern zutreffen würde.«

»Könnte es Edward Sinclair gewesen sein?«

Der Kopf seines Vaters fuhr zu ihm herum. »Nay, der war es nicht. Sinclair ist der Einzige in dieser Gegend, der hellblonde Haare hat. Die Männer sagten aber, dass der Mann dunkelhaarig war.«

»Wieso hast du den beiden Männern geglaubt? Hat Margaret denn zugegeben, sich mit jemandem getroffen zu haben?«

»Nay«, grummelte der Marquis. Dann fügte er triumphierend hinzu: »Aber sie hat es auch nicht abgestritten.«

Patrick spreizte die Hände. Diese Beweise waren noch dünner, als er vermutet hatte. »Und als sie verschwand, hat sie da eine Nachricht hinterlassen?«, fragte er.

Sein Vater schüttelte den Kopf.

»Findest du es nicht seltsam, dass Margaret nicht nach Abernie zurückgekehrt ist? Sie und ihr Bruder standen sich doch sehr nah.«

»Sie hat sich ertränkt«, sagte sein Vater. »So einfach ist das. Sie fühlte sich entehrt – trotz des Freispruchs von Schuld durch das Parlament. Die hätte doch kein anderer Mann mehr angesehen.«

Aber deshalb wäre sie noch lange nicht ins Wasser gegangen, dachte Patrick. Kein wahrer Katholik würde vor Gott eine Todsünde begehen, nur um der gesellschaftlichen Ächtung zu entgehen.

»Und diese beiden Männer, diese Zeugen«, fuhr er fort, »waren das Clansleute von uns?«

»Söldner«, antwortete sein Vater unbehaglich. »Sinclair hat Drohungen gemacht, und da habe ich sie angeheuert.«

»Sinclair hat sein Leben lang versucht, Zwietracht zwischen Clan Gunn und Clan Sutherland zu säen«, sagte Patrick. »Gibt es einen besseren Weg, unsere Clans gegeneinander aufzuhetzen, als dich glauben zu machen, dass Margaret – deine Ehefrau und Donald Gunns Schwester – dich betrogen hat?«

»Sie hat die Anschuldigung nicht abgestritten«, sagte sein Vater verbohrt.

Wahrscheinlicher war es allerdings, dass sein Vater ihr gar nicht die Gelegenheit dazu gegeben hatte.

Patrick seufzte. Er würde seinen Vater nicht überzeugen können, aber die Anschuldigungen von zwei Männern, die für Geld töteten, und die anschließend spurlos verschwanden, war Patrick nicht genug. Obwohl er selbst ja ein Söldner gewesen war – auf Wunsch seines Vaters, um Allianzen zu schmieden –, hatte er doch nur wenige andere Männer außer Rufus und Hiram getroffen, denen er Respekt gezollt hatte; die meisten anderen waren bereit gewesen, für einen Pence den anderen zu verraten und zu verkaufen.

Falls Margaret unschuldig war, gab es nur eine logische Erklärung für ihr Verschwinden: Mord. Ein kalter Schauer lief Patrick über den Rücken. Einen Mord aufzuklären, der vor zwei Jahren geplant und ausgeführt worden war, war eine übermächtige Aufgabe – und keine, für die ein Krieger geschaffen war. Aber wenn er das Rätsel nicht lösen würde, würde es niemand tun. Und dann wäre sein Traum von einem Leben mit Marsali dem Untergang geweiht.

Marsali. Er musste zu ihr zurückgehen. Sie hatte immer noch geschlafen, als er sie in die Gästekammer getragen und auf das Federbett gelegt hatte, aber sie würde wohl bald aufwachen, und dann wollte er bei ihr sein.

»Ich möchte dein Wort, Vater«, sagte er, womit er das angespannte Schweigen brach. »Dein Wort, dass du höflich zu Marsali bist. Andernfalls werde ich Brinaire verlassen und sie mit mir nehmen. Und daran wird mich niemand hier hindern.«

Er sah, wie die Augen seines Vaters verärgert aufblitzten, aber durch den Ärger schimmerte Durchtriebenheit durch. »Ich bin immer höflich zu den Gästen von Brinaire«, erwiderte sein Vater.

Patrick war sich darüber im Klaren, dass diese Antwort kein Kleinbeigeben war. Höchstens so eine Art zeitweiliger Waffenstillstand. Zweifellos verfolgte der alte Mann eine eigene Strategie. In Bezug auf die Führung des Clans würde er es wohl nicht auf eine Machtprobe ankommen lassen, da er eine

Niederlage fürchten musste – denn er war sich der Loyalität seiner Clansmänner nicht mehr sicher, und er wusste nicht, ob sie ihn immer noch als ihren Anführer akzeptierten.

Aber auch Patrick war sich nicht sicher, ob er sich auf ihre Treue zu ihm verlassen konnte – noch nicht. Noch versuchte er, ihr Vertrauen zu gewinnen.

Er nickte seinem Vater zu und verließ respektvoll den Raum.

Seine Schwester Elisabeth wartete vor der Tür, und Patrick fragte sich, ob sie wohl gelauscht hatte.

»Ist Vater einverstanden?«, fragte Elisabeth.

»Sie wird unser Gast sein«, antwortete Patrick. »Ich hoffe, du wirst ihr ein paar von deinen Kleidern leihen.«

»Aye«, erwiderte Elisabeth scheu. »Ich konnte Marsali schon immer gut leiden. Ich habe gehofft, sie würde meine Schwester werden.«

»Dann sieh zu, dass sie sich hier wohl fühlt, meine Kleine. Sie wird Freunde brauchen.«

»Willst du …?« Sie schaute ihn durch ihre dichten Wimpern hindurch an. »Willst du sie heiraten?«

Patrick betrachtete seine Schwester nachdenklich. Dann sagte er: »Ich werde sie heiraten.« Als Elisabeth überrascht den Blick hob, tippte er lächelnd mit dem Zeigefinger auf ihr Kinn. »Aber das bleibt vorläufig noch unter uns. Ich glaube nicht, dass Vater schon bereit ist, diese Tatsache zu akzeptieren.«

Ein leichtes Rosa überzog Elisabeths Wangen, und Patrick wusste, dass sie stolz darauf war, dass er ihr vertraute.

»Und Marsali?«, fragte sie.

Er seufzte. »Sie wird wohl nicht allzu glücklich sein, mich zu sehen, wenn sie aufwacht.«

Elisabeth sah ihren Bruder bewundernd an. »Dann ist sie dumm, und das werde ich ihr auch sagen.«

Er zog überrascht die Augenbrauen hoch, denn so eine direkte Stellungnahme war äußerst ungewöhnlich für Elisabeth. Vielleicht steckte doch mehr in ihr, als man auf den ersten Blick vermutete. »Dann teilst du also nicht die allgemeine Verteufelung der Gunns?«, fragte er

»Aber nein. Margaret war immer gut zu mir. Ich glaube kein Wort davon, was man über sie sagt«, erwiderte sie. Sie stellte sich auf die Fußspitzen, beugte sich zu ihm und flüsterte ihm ins Ohr: »Sie hat mir gesagt, dass sie Vater wirklich liebt und dass sie glaubt, er liebt sie auch, obwohl er das nicht aussprechen könne. Kannst du dir das vorstellen?«

Sie sprach diese Worte mit so viel Verwunderung aus, dass Patrick sich ganz elend fühlte. Hatte sich Elisabeth in den vergangenen Jahren so ungeliebt gefühlt, dass sie sich nicht einmal vorstellen konnte, dass ihr Vater zu Zuneigung fähig war?

Er lächelte seine Schwester an. Sie war nicht gerade eine Schönheit, aber sie hatte freundliche, goldgefleckte grüne Augen, die sie attraktiv erscheinen ließen, wenn sie lächelte – was sie allerdings nur selten tat. Normalerweise war ihr Gesichtsausdruck verkniffen, als ob sie sehr bemüht sei, es allen recht zu machen, aber gar nicht erwartete, damit Erfolg zu haben.

»Und was ist mit dir, meine Kleine?«, fragte er. »Hat schon jemand ein Auge auf dich geworfen?«

»Nay, ich bin doch viel zu hässlich«, antwortete sie und strich sich eine Strähne, die sich gelöst hatte, hinters Ohr.

Innerlich packte ihn die Wut, dass sie so leicht eine Unwahrheit wiederholte, die man ihr offensichtlich eingeredet hatte. »Hat Margaret dir das gesagt?«

»Aber nein«, erwiderte Elisabeth. »Sie hat immer gesagt, ich hätte ein hübsches Gesicht, so wie Männer es gewöhnlich lieben. Vater hat gesagt, dass ich hässlich bin.«

Patrick musste an sich halten, um sein Temperament zu zügeln. »Margaret hatte Recht«, meinte er liebevoll. »Du hast wunderschöne Augen und ein Lächeln, das Herzen brechen kann. Du bist überhaupt nicht hässlich.«

»Wirklich nicht?«, fragte sie hoffnungsvoll.

»Wirklich nicht«, erwiderte er bestimmt. »Aber jetzt muss ich nach oben gehen, um nach Marsali zu sehen. Hat sie etwas zu essen und frisches Wasser?«

»Aye. Das habe ich nach oben bringen lassen, zusammen mit einem von Margarets Nachthemden. Die sind hübscher als meine.«

»Du bist ein Schatz, Elisabeth«, sagte er.

Ihr zögerliches Lächeln wurde breiter. »Ich bin so froh, dass du wieder zu Hause bist. Und Alex auch.« Dann drehte sie sich um und lief schnell davon.

In diesem Moment wusste Patrick, dass er nicht einfach wieder gehen konnte. Elisabeth und Alex brauchten ihn, oder ihr Vater würde die beiden zugrunde richten. Er konnte nicht einfach mit Marsali nach Frankreich fliehen, wenn sich die Dinge hier nicht entwickeln würden, wie er es hoffte. Komme, was da wolle, hier würden sie sich stellen müssen. Und sie würden es gemeinsam tun müssen, wenn sie diesen Krieg gewinnen wollten.

Aber seinen engsten Verbündeten zu betäuben, war vielleicht doch nicht der beste Weg gewesen, die Schlacht zu beginnen.

Seufzend stieg Patrick die Treppen zu Marsalis Kammer hoch. Sie schlief immer noch, eingehüllt in das dicke Federbett. Als er leise näher trat, sah er, dass Marsalis Gesicht gewaschen war und sie ein sauberes Nachtgewand trug. Elisabeth war offensichtlich sehr effektiv gewesen.

Während er Marsali im Schlaf beobachtete, sah er, wie die Frettchen, die er neben sie ins Bett gesetzt hatte, sich zu regen begannen. Ihre Bewegungen waren so unsicher wie die eines Betrunkenen, der nach einer langen durchzechten Nacht aufwachte. Sie suchten langsam nach ihrer Mistress, stießen ihr Gesicht mit ihren Schnäuzchen an, um sie aufzuwecken. Als sie keine Antwort bekamen, gaben sie leise besorgte Quietscher von sich. Als eines der beiden Tiere

Patrick bemerkte, setzte es sofort zum Angriff an, fiel aber über seine wackeligen Füße. Er würde hart daran arbeiten müssen, um das Bild zu korrigieren, das die Tierchen mit den dunklen Knopfaugen und den kleinen beschützenden Herzen vom ihm hatten. Übel nehmen konnte er es ihnen nicht.

Patrick zog sich einen Stuhl heran, setzte sich in die Nähe des Bettes und wartete.

⋆ ⋆ ⋆

Als Marsali langsam versuchte, zu sich zu kommen, dröhnte ihr der Kopf, als wäre er mit schottischen Trommeln angefüllt. Patrick kniete bei der Hochzeitszeremonie neben ihr. Nein, er war beim Wasserfall bei ihr und küsste sie. Sein Gesicht war mit Narben bedeckt. Aber wie konnte sie das sehen, wenn er doch einen Bart trug? Nein, das stimmte nicht. Patrick hatte keinen Bart. Es musste ein anderer Mann sein, der sie küsste, ein Mann, dessen Bart schwarz und kratzend war und dessen Haar dick mit weißem Staub bedeckt war. Aber wieso würde sie sich von einem anderen Mann küssen lassen …?

Es war das feuchte Näschen, das gegen ihr Kinn stupste, das sie in die Realität zurückholte. Oder fast jedenfalls. Ihre Glieder und ihr Verstand fühlten sich so schwerfällig an. Ein pelziges Etwas lief ihr übers Gesicht. Sie hob die Hand, um danach zu greifen, aber sie verfehlte es. Isolde. Sie erkannte die Piepsstimme, die eine Spur höher als die von Tristan war.

Langsam öffnete Marsali ihre Augen, wobei sie mehrmals blinzeln musste, bevor sie etwas klar erkennen konnte. Tristan und Isolde saßen auf ihrer Brust und stießen aufgeregte Schreie aus. Sie streichelte die Tierchen mit schwacher Hand, während sie versuchte, ihre Umgebung wahrzunehmen.

Der Raum war ihr fremd, aber sie erkannte den Mann, der rechts von ihr auf einem Stuhl saß. Es war Patrick, und er hatte eine Art Bart, und sein Haar war weiß – oder zumindest grau. Er beobachtete sie genau. Schlagartig kam die Erinnerung zurück: Sie hatten beim Fenster in ihrer Kammer gestanden, und das Mondlicht hatte sie umhüllt, als sie sich geküsst und geredet und einen Becher Wein miteinander geteilt hatten.

Komm mit mir, hatte er zu ihr gesagt.

Ihre Augen weiteten sich vor Entsetzen, als ihr die Wahrheit bewusst wurde. Noch einmal blickte sie sich in dem unbekannten Raum um, der sehr viel einfacher eingerichtet war als ihre Kammer in Abernie.

»Patrick?« Aus ihrer Kehle kam zwar nur ein kaum verständliches Krächzen, aber sie wusste, dass er sie gehört hatte. Sein Zögern gab ihr die Antwort auf die Frage, die sie nicht ausgesprochen hatte.

»Ich konnte dich nicht auf Abernie lassen«, sagte er leise. »Deshalb habe ich dich nach Brinaire gebracht.«

Ein tiefer Schmerz durchzuckte sie. Er hatte ihr überhaupt nicht zugehört. Er hatte getan, was er für Recht hielt. Aber was noch schlimmer war, er hatte dabei weder an ihre Ehre gedacht noch an seine eigene. Er war nicht besser als ihr Vater oder ihr Bruder. Wie die beiden, so dachte auch er, dass man eine Frau verschachern könnte, sie wie man Vieh rauben und für sich beanspruchen konnte. Wieso hatte sie etwas anderes erwartet? Aber genau das hatte sie. Sie hatte ihm vertraut.

»Marsali?«

Ihre Antwort war bitter und kalt. »Jetzt bin ich also deine Gefangene.«

»Nay«, sagte er. »Niemals.«

»Was bin ich dann?«

»Ein Gast. Ein hoch geschätzter Gast.«

Sie stieß ein ungläubiges Lachen aus. Aber sie würde nicht weinen. »Dann kann ich also jederzeit gehen?«

Sie sah, wie er sich in seinem Stuhl drehte und wendete. Gut. Sollte er sich ruhig unbehaglich fühlen. Während sie immer noch mit den Tränen kämpfte, die in ihren Augen standen, wandte sie ihr Gesicht von ihm ab. Das war das Schlimmste, was sie ihm antun konnte.

»Es gab keinen anderen Weg«, sagte er mit düsterer Stimme.

Sie hörte nicht, wie er aufstand und an ihr Bett trat, aber sie spürte seine Nähe und – wie immer – war sie überwältigt. Sie wollte ihn nicht nah bei sich haben, weil sie befürchtete, dass sie dem ungewöhnlichen Zauber, den er auf sie ausübte, nicht würde widerstehen können.

»Ich konnte dich nicht dort lassen«, sagte er noch einmal. »Ich konnte es nicht riskieren, dass dein Vater dich zur Ehe mit Sinclair zwingen würde.«

»Ich habe dir doch gesagt, dass ich ihn nicht heiraten würde.« Der Kloß in ihrer Kehle war so dick, dass sie die Worte förmlich herauspressen musste. »Du traust mir nicht.«

»Dir schon. Aber nicht deinem Vater.«

»Traust du denn deinem Vater?«

»Nein, so wahr mir Gott helfe, das tue ich nicht«, erwiderte er.

»Warum hast du mich dann hierher gebracht? Er wurde schließlich des Mordes beschuldigt.«

»Du weißt so gut wie ich, dass er Margaret nicht umgebracht hat«, sagte Patrick. »Er hat sicher eine Menge Sünden begangen, aber seine Ehefrau hat er nicht ermordet. Auf Brinaire droht dir keine Gefahr.«

»Ich muss nach Hause zurück.«

»Würdest du mir bitte mal zuhören, Liebes?«, bat er.

Sie drehte sich zu ihm um. »Ich habe dir zugehört. Und ich hatte geglaubt, du würdest mir zuhören. Aber das hast du nicht. Ebenso wenig wie mein Vater und mein Bruder. Ich bedeute dir nichts. Ich bin nichts als eine Trophäe für die eine Seite oder die andere.«

Seine Augen verdunkelten sich, seine Lippen wurden schmal. Er sah aus wie ein Straßenräuber, ungekämmt, ungewaschen und vollkommen skrupellos.

Als er näher kam und sie sich versteifte, hörten die Frettchen auf, sie zu umschmusen. Sie waren plötzlich ganz wachsam, zum Angriff bereit.

Patrick blieb abrupt stehen und beäugte misstrauisch die Tierchen. Marsali hätte lachen können. Es war ihr eine Genugtuung, zu sehen, dass ein Mann, der die Frau, die er angeblich heiraten wollte, betäubt und entführt hatte, sich vor zwei winzigen Tieren fürchtete.

Erst jetzt wurde ihr bewusst, dass er sich die Mühe gemacht hatte, ihre kleinen Lieblinge ebenfalls zu »entführen« – und für diese Liebenswürdigkeit war sie ihm dankbar. Das war sicher nicht einfach gewesen. Tatsächlich konnte sie sich überhaupt nicht vorstellen, wie es ihm gelungen war, aus Abernie herauszukommen, ohne dass die Wachen Zeter und Mordio geschrien hatten. Wie auch immer, er hatte es geschafft, aber es sah aus, als wäre er dabei vollkommen durchnässt worden – und er stank, als wäre er in eine Kloake gefallen. Außerdem schien er – seinem Aussehen nach – seit Tagen nicht mehr geschlafen zu haben.

Aber sie war zu wütend, um sich darüber weitere Gedanken zu machen. Zu verletzt.

»Ich muss nach Hause«, sagte sie noch einmal. »Auf der Stelle. Das wird meinen Vater umbringen. Zuerst verschwindet Cecilia, und dann wacht er auf und stellt fest, dass auch ich weg bin. Wenn er glaubt, dass ich freiwillig . . .«

»Ich werde ihm eine Nachricht schicken«, unterbrach Patrick sie. »Ich werde ihm mitteilen lassen, dass ich dich entführt habe, dass dies mein Recht war, weil ich der Mann bin, mit dem du nach dem Gesetz verlobt bist.«

»Mein Vater wird eine Petition beim König einreichen.«

»Aye. Ich gehe davon aus, dass er das tun wird. Aber Karl wird sich nicht einmischen. Er hat genug mit seinen Lords zu tun, die ihm ständig in den Ohren liegen, und den Leuten, die unter Cromwells Regentschaft enteignet worden sind. Ich habe ja nur die Braut geraubt, die mir versprochen war.«

Sie hörte die Verbitterung in seiner Stimme, seine Entschlossenheit. Er hatte entschieden, und nichts würde seine Meinung ändern.

»Dann bin ich also deine Gefangene«, sagte sie, »egal, wie du es nennen magst.« Mühsam setzte sie sich auf und presste ihre Hand gegen die Stirn, um das schmerzhafte Pochen zu lindern. »Ich hatte mal einen Traum, einen wunderschönen Traum. Ich fühlte mich sicher, beschützt und geliebt.« Sie blickte ihn an. »Ich werde mich nie wieder sicher bei dir fühlen. Ich werde dir nie wieder vertrauen.«

Sie sah noch, wie ein Muskel in seiner Wange zuckte, bevor sie sich wieder von ihm abwandte. »Steht mir etwas Privatleben zu? Oder willst du mir auch das noch nehmen?«, fragte sie leise.

»Marsali …«

»Bitte geh jetzt«, sagte sie mit dem Rest Würde, der ihr noch geblieben war.

Sie starrte blind aus dem Fenster. Ihre Hoffnungen, ihre Träume waren in Scherben zerbrochen – und jede dieser Scherben schnitt ihr tief ins Herz. Sie betete, dass er endlich ging, denn sie wusste nicht, wie lange sie noch stark bleiben würde.

Nach einem langen Schweigen sprach er wieder. »Ich hoffe, du wirst das Abendessen mit uns einnehmen«, sagte er.

»Ist das ein Befehl, Mylord?«, fragte sie verbittert.

»Nay, aber ich würde mich darüber freuen«, antwortete er.

»Ich fühle mich nicht wohl. Jemand hat mir etwas Widerwärtiges verabreicht«, sagte sie. Wieder folgte ein langes Schweigen. Dann hörte sie seine Schritte, hörte, wie er den Raum durchquerte, hörte, wie er die Tür hinter sich schloss. Erst dann fiel die Spannung von ihr ab, und sie ließ ihren Tränen freien Lauf.

☆ ☆ ☆

Ich werde dir nie wieder vertrauen. Marsalis Worte hallten wie ein Echo in seinem Kopf, als er zur Treppe ging. Er hatte erwartet, dass sie verärgert sein würde. Aber er hatte nicht damit gerechnet, dass sein Handeln sie so tief verletzen würde.

Sie hatte Recht. Er hatte sie gebeten, ihm zu vertrauen, aber er hatte ihr nicht vertraut. Er war um ihre Sicherheit besorgt gewesen, aber er hätte um ihre Ehre besorgt sein müssen.

Er erinnerte sich daran, wie sie ihn letzte Nacht angesehen hatte, nachdem er sie geküsst hatte – ihr Gesicht hatte im Mondlicht gestrahlt, und ihre Augen hatten voller Leidenschaft und Bewunderung geleuchtet. Sie hatte ihm alles geschenkt: ihr Vertrauen, ihr Herz, ihr Leben. Der Gedanke, dass er dieses kostbare Geschenk für immer verloren haben könnte, erschütterte ihn bis ins Mark.

Er musste sie zurückgewinnen. Weder eine Entschuldigung noch irgendwelche Ausflüchte bezüglich ihres Wohlergehens würden dazu jedoch ausreichen. Aber was dann? In diesen Sachen hatte er keine Erfahrung.

Seit Jahren traf er einsame Entscheidungen. Er hatte Männer in die Schlacht geführt, wo die Fähigkeit, schnelle Entscheidungen fällen zu können, den Unterschied zwischen Leben und Tod ausmachte. Einen anderen Weg, um zu überleben, kannte er nicht.

Aber vielleicht würde er das lernen müssen. Und zwar schnell, wenn es noch eine Hoffnung geben sollte, dass er den Schaden, den er angerichtet hatte, wieder gutmachen konnte.

Entschlossener denn je stürmte er den letzten Treppenabsatz herunter. Zuerst musste er einen Weg finden, auf dem er und Marsali gemeinsam gehen konnten. Er musste den Krieg mit den Gunns beenden.

Am Treppenende blieb er abrupt stehen. Seine Augen weiteten sich, als er seinen Vater in Kampfbekleidung sah, ein

Schwert und eine Pistole umgegurtet. Auf beiden Seiten von ihm standen bewaffnete Krieger des Clans.

»Da du kein Interesse zu haben scheinst, zurückzuholen, was uns gehört«, sagte sein Vater zu ihm, »kümmere ich mich um unser Vieh.«

Nichts, woran Patrick denken konnte, würde die Sache noch mehr verschlimmern. Inzwischen würde der halbe Clan Gunn das Land nach Marsali absuchen. Diese Männer würden verdammt wütend sein. Jeder Zusammenstoß mit ihnen würde mit einem Blutbad enden – und das wäre dann auch das Ende für jede Hoffnung auf Frieden zwischen den beiden Stämmen.

»Ich werde gehen«, sagte Patrick. »Ich werde das verdammte Vieh zurückholen.« Der Glanz, der sich plötzlich in den Augen des alten Mannes zeigte, verriet ihm, dass sein Vater nur die Absicht gehabt hatte, ihn zu erpressen.

»Versprich mir, dass du Marsali wie ein Mitglied der Familie behandeln wirst«, fuhr Patrick fort. Aber als er daran dachte, wie der Marquis seine Familie behandelte, verbesserte er sich. »Wie einen Ehrengast.«

Sein Vater nickte zustimmend, wobei ein triumphierendes Lächeln seine Lippen umspielte.

Patrick ließ es ihm durchgehen. Er hatte eigene Pläne, von denen jeder einzelne ebenso verschlagen war wie ein Plan, den sein Vater hätte aushecken können.

10

Patrick ritt zur Abendzeit von Brinaire los. Er nahm zehn Männer mit: Hiram und neun sorgfältig ausgewählte Clansleute, die er persönlich ausgebildet hatte. Es waren die besten aus der Gruppe, die den Unterschied zwischen defensivem und offensivem Kämpfen begriffen hatten. Diejenigen, von denen er glaubte, dass sie gehorchen würden, ohne Fragen zu stellen.

Patrick und seine Männer ritten durch die Nacht, und da sie nur das Notwendigste mit sich führten, rechneten sie damit, Abernie lange vor Morgengrauen zu erreichen. Das Sutherland-Vieh stand auf einer Weide in der Nähe von den Toren des Keep, und Patrick war entschlossen, seinem Vater die Herde zurückzubringen, aber sein eigentliches Ziel war etwas ganz anderes.

Außer Hiram weihte er niemanden in seinen Plan ein, und Hiram bedachte ihn mit einem Blick, als ob Patrick den Verstand verloren hätte.

Patrick war froh für den Wind, der ihm beim Reiten ins Gesicht blies. Die kalte Luft, in Verbindung mit der Vorfreude auf die bevorstehende Herausforderung, schärfte seine Sinne, obwohl er kaum mehr als zwei Stunden Schlaf gefunden hatte.

Er versuchte, nicht an die Probleme zu denken, die er hinter sich zurückgelassen hatte, da ihn diese Gedanken nur ablenken würden. Wenn sein Vorhaben erfolgreich sein sollte, war es lebenswichtig, sich auf das zu konzentrieren, was vor ihm lag. Er würde mit Gavin reden. Sicher war doch noch etwas von ihrer Freundschaft übrig geblieben. Darauf musste er vertrauen.

Patrick und seine Begleiter ritten scharf, bis sie in die Nähe des Passes kamen, der die Ländereien der beiden Clans miteinander verband. Hier waren sie gezwungen, vorsichtiger vorzugehen. Der leichte Nebel, der die Berge verschleierte, machte den Pass gefährlich, trotz der beiden Fackeln, die die Männer trugen, die vorweg ritten. Das Klappern der Hufe auf dem steinigen Untergrund und die metallischen Geräusche der Schwerter, die gegen die Felsen stießen, klangen bedrohlich in der dunklen Nacht.

Sie überquerten den Pass ohne Zwischenfall, und Patrick verschärfte das Tempo erneut, nachdem er den Fackelträgern einen kurzen Befahl zugerufen hatte, die Flammen zu löschen. Noch zwei Stunden, und sie würden das Weideland um Burg Abernie erreicht haben. Abgesehen von Hiram waren alle anderen in diesem Bergland aufgewachsen, sie waren häufig von Brinaire nach Abernie geritten, für Hochzeiten, wegen einer Geburt oder bei Todesfällen. Die Männer kannten Abernieland so gut wie ihr eigenes.

Patrick spürte, wie die Anspannung seiner Clansleute stieg. Obwohl sie zunächst bei der Aussicht auf einen Überfall Feuer und Flamme gewesen waren, hatten der stundenlange Ritt und der feuchte Nebel ihre Begeisterung merklich gedämpft. Sie waren stolz auf ihre neu erworbenen Fähigkeiten, wollten sie ausprobieren, aber keiner von ihnen war kampferprobt. Und die meisten hatte Freunde in Abernie.

Sie waren überrascht gewesen, als Patrick ihnen erklärt hatte, dass er kein Blutbad wollte. Er hatte ihnen seinen Plan in allen Einzelheiten erläutert: den Überraschungsangriff, die Falle. Aber trotzdem konnte immer noch vieles schief gehen. Ein Hitzkopf. Ein Schwert, das mit zu viel Wucht geschlagen wurde. War er wirklich so verrückt, dass er glaubte, er würde mit seinem Plan Erfolg haben?, dachte Hiram.

Eine Stunde später verließen sie den ausgetretenen Weg, der zu einer Ansammlung von Hütten und Cottages führte, um durch den Wald zu reiten. Patrick hatte jetzt die Führung übernommen und ritt voraus, wobei er angestrengt darauf achtete, ob er irgendeinen Hinweis auf Wachen entdeckt.

Schließlich näherten sie sich der Weide, auf der er in der vergangenen Nacht die Sutherland-Herde gesehen hatte. Er hörte das leise Muhen der Rinder, bevor er sie sah, und er hielt seine Männer an. Mit einer Handbewegung ließ er sie absetzen, gab einem Mann wortlos den Befehl, auf die Pferde zu achten, und führte die anderen zu Fuß weiter. Jedem hatte er inzwischen genau erklärt, was er zu tun hatte. Einer nach dem anderen näherte sich lautlos den Tieren.

Patrick entdeckte einen Viehhüter, der, auf einen langen Stab gestützt, alleine am Rande der Herde stand, und schlich leise hinter ihn. Mit einer Hand hielt er dem Mann den Mund zu, während er ihm mit der anderen Hand einen Faustschlag auf den Hinterkopf versetzte. Der Mann sackte in seinen Armen bewusstlos zusammen. Nachdem er ihn hinter den Zaun gezogen hatte, damit er nicht von den scharfen Hufen der Rinder verletzt werden konnte, blickte Patrick zur Burg hoch. Umwabert von Nebelschwaden, wuchs sie wie ein riesiger Koloss in den Himmel. In der Ferne blitzten einige kaum sichtbare Lichter auf. Aber Patrick war sicher, dass niemand erkennen konnte, was auf der Weide vor den Toren vor sich ging.

Er setzte drei weitere Viehhüter außer Gefecht und schleppte sie zum Rand der Weide, wo Hiram sie fesselte und knebelte. Dann trieben die »Diebe« die Herde so leise wie möglich in Richtung Sutherland.

Patrick und Hiram gaben den Männern einen guten Vorsprung. Dann schüttelte Patrick einen der Gefangenen so lange, bis er aus seiner Ohnmacht erwachte.

Er hatte jemanden ausgewählt, an den er sich erinnerte: Johnny Gunn. Patrick erinnerte sich an sein rotes Haar und daran, dass Johnny den Spott der anderen immer gutmütig ertragen hatte. Johnny öffnete die Augen und versuchte, in der Dunkelheit den Angreifer zu erkennen.

Patrick nahm ihm den Knebel aus dem Mund und presste ihm die Hand über die Lippen. »Gib keinen Laut von dir, außer, um mir zu antworten«, sagte er. »Dein Leben und das deiner Freunde hängt davon ab.«

Er sah die Wut – und die Angst – in Johnnys Augen, und er sprach mit harter, bedrohlicher Stimme weiter.

»Ich habe zwei Nachrichten«, fuhr er fort. »Die erste ist für den Earl bestimmt. Richte ihm aus, dass die Sutherlands nichts mit dem Überfall zu schaffen hatten, bei dem eure Bauern verwundet und getötet wurden und man ihre Häuser niedergebrannt hat. Heute Nacht hole ich mir nur zurück, was uns gehört – und mir. Hast du das verstanden?«

Johnny starrte ihn einen Moment an und nickte dann kurz.

Patrick sprach weiter. »Die zweite Nachricht ist für Gavin bestimmt und nur für ihn. Wenn jemand anderes davon erfährt, werde ich es wissen. Gott helfe dir, wenn ich feststellen muss, dass du mich hintergangen hast. Hast du das begriffen?« Er nahm seine Hand gerade so weit von Johnnys Mund, dass er reden konnte.

»Aye«, sagte Johnny. »Du hast mein Wort.«

»Gut. Richte Gavin aus, er weiß, wo er mich finden kann.« Ohne weitere Diskussion schob Patrick dem Mann wieder den Knebel in den Mund und stand auf.

»Es wird Zeit für dich«, sagte er zu Hiram. »Ich folge dir später.«

Hiram zögerte, als wollte er protestieren. Aber Patricks harter Gesichtsausdruck war unmissverständlich. Hiram zuckte mit den Schultern und verschwand in der Dunkelheit. Ein paar Minuten später kam er mit zwei Pferden zurück, Patricks schwarzem Hengst und seinem eigenen. Nachdem er Patrick die Zügel des Rappen übergeben hatte, saß er auf, ritt in die Dunkelheit und ließ Patrick mit den gefangenen Gunns alleine zurück.

Patrick fand in der Nähe einen Platz, wo Stechginster

wuchs, hinter dem er sich verbarg. Er musste sichergehen, dass die Viehhüter sich nicht befreiten und Alarm schlugen, bevor seine Männer ihre Aufgabe erfüllt hatten. Das Vieh wurde in zwei kleineren Herden in verschiedene Richtungen getrieben. Hiram würde sich zwei Männer und mehrere Pferde nehmen und damit in eine dritte Richtung reiten, dann einen Bogen schlagen und wieder zu den beiden Herden stoßen. Das Ergebnis würde ein verwirrendes Kreuzen von Hufspuren sein, denen man nicht mehr folgen konnte, aber um diese Fährten zu legen, brauchten seine Leute zwei Stunden Zeit.

Patrick blickte zum Himmel. Er vermutete, dass die Viehhüter beim Morgengrauen abgelöst wurden. Die Sache würde ziemlich eng werden.

☆ ☆ ☆

Marsali machte sich fürs Abendessen zurecht, entschlossen, nicht dem Impuls nachzugeben, für einen zweiten Abend in ihrer Kammer zu bleiben. Sie begutachtete ihr Gesicht in dem kleinen Spiegel: Sie wollte nicht, dass irgendjemand sah, dass sie geweint hatte.

Elisabeth, die Marsali ein schlichtes Leinenkleid und einen Gürtel, der mit Juwelen besetzt war, gebracht hatte, stand in der Nähe und beobachtete Marsali. »Ich dachte, das blaue Kleid würde gut zu deinen Augen passen«, meinte das Mädchen scheu.

Marsali konnte gar nicht anders, sie musste ihr zulächeln. Elisabeth war so bemüht, ihr zu Diensten zu sein.

»Wird Patrick auch beim Essen anwesend sein?«, fragte sie.

Elisabeths Blick ging zum Fenster, und ihr sichtliches Unbehagen gab Marsali die Antwort.

»Wo ist er?«

Elisabeth errötete, und sie schaute zur Seite. Marsalis Haut begann vor Angst und Sorge zu prickeln. Wohin war Patrick gegangen? Marsali traute ihm inzwischen praktisch alles zu. Und die Möglichkeiten, die es in dieser Hinsicht gab, ließen das Schlimmste befürchten.

Mehr als zuvor hatte sie das Gespür, in Feindesland zu sein, und die Entschlossenheit, beim Abendessen zu erscheinen, geriet ins Schwanken. Aber es wäre ein Zeichen von Schwäche, sich in ihrer Kammer zu verkriechen, und diese Genugtuung wollte sie den Sutherlands nicht geben. Und natürlich würde sie ihren Ärger auch nicht an Elisabeth auslassen, die sich so viel Mühe gab, ihre Freundin zu werden.

Gott hilf mir, dachte Marsali, aber ich brauche eine Freundin.

Tristan, der sich zufrieden auf dem Bett zusammengerollt hatte, richtete sich plötzlich auf und näherte sich dem fremden Mädchen. Elisabeth lächelte entzückt, kniete sich auf den Boden und streckte die Hand aus.

»Vorsicht, er beißt«, warnte Marsali.

Aber Elisabeth hielt ihre Hand ganz ruhig, während Tristan daran schnupperte und mit dem Schnäuzchen dagegenstupste. Im nächsten Moment war auch Isolde da, die es ihm gleichtat, und die Tierchen stolperten übereinander, weil sie versessen darauf waren, gestreichelt zu werden. Elisabeth kam diesem Wunsch nur zu gerne nach.

»Isolde hat Patrick gebissen«, sagte Marsali.

»Das würde er nicht wagen«, erwiderte Elisabeth entsetzt.

»Sie«, verbesserte Marsali das Mädchen. »Und sie hat es getan. Tristan hätte ihn auch gebissen, wenn er die Gelegenheit dazu gehabt hätte.«

»Aber Tiere lieben Patrick«, widersprach Elisabeth.

Marsali wusste, dass das wahr war. Sie erinnerte sich nicht nur an den Tag, als er Antonius vor dem Falken gerettet hatte, sondern auch daran, wie er mit ihrem Kaninchen umgegangen war, das sie als Kind als Haustier hatte, und daran, wie ruhig und liebevoll er die Pferde auf Abernie behandelt hatte. Selbst der Stallmeister hatte Patrick bewundert. Sie verstand auch nicht, weshalb Tristan und Isolde ihn nicht mochten. Vielleicht spürten sie, was sie selbst nicht spürte, dass er nicht vertrauenswürdig war.

Während sie beobachtete, wie Elisabeth sich mit den Frettchen anfreundete, räumtc sic widerwillig murmelnd ein: »Wahrscheinlich sollte ich Patrick dankbar sein, dass er sie mitnahm, als er mich entführte.«

»Patrick würde doch alles für dich tun«, sagte Elisabeth.

Marsali warf dem Mädchen einen ungläubigen Blick zu.

»Er hat mit Vater gestritten. Niemand sonst wagt es, ihm zu widersprechen«, sagte Elisabeth ernst, als ob diese Tatsache Beweis genug sei. Dann, als Tristan sich auf den Rücken rollte und qietschend forderte, dass man seinen Bauch streichelte, vergaß Elisabeth jede Ernsthaftigkeit und lachte laut.

Marsali war überrascht, wie das Lachen Elisabeths Gesicht veränderte. Die schmalen Sorgenfalten um ihre Augen und ihren Mund waren schlagartig verschwunden, und ihre grünen Augen funkelten. Angerührt von dieser Verwandlung verspürte Marsali den Wunsch, das Kind unter ihre Fittiche zu nehmen, sein dunkelbraunes Haar zu bürsten, bis es glänzte, sie wollte dem Mädchen das Selbstvertrauen geben, das es brauchte, um die Schultern zu straffen, das Kinn zu heben und die Welt herauszufordern.

Nicht, dass Marsali im Moment selbst besonders gut darin gewesen wäre, die Welt herauszufordern.

Die Frettchen sprangen ins Bett und wieder heraus, über Tische und Stühle und foppten Elisabeth ein ums andere Mal, als sie versuchte, die Tierchen zu fangen. Sie rutschte über den Boden und dachte nicht an ihr Kleid, das allerdings kaum mehr als ein einfaches Leinengewand war, und ging vollkommen im Spiel mit den Tieren auf, wie diese umgekehrt auch.

Eine Zeit lang vergaß Marsali, wo sie war – und aus welchem Grund sie hier war. Sie vermisste ihre Schwester, und Elisabeth erinnerte sie an Cecilia – obwohl Cecilias ernster Blick ihrer Natur entsprach, wohingegen Marsali vermutete, dass Elisabeths ernster Gesichtsausdruck einen anderen Grund hatte: Angst. Aber wovor konnte das Mädchen so viel Angst haben, dass sie ihre natürliche, offene Art so sorgfältig verbarg? Plötzlich richtete Elisabeth sich auf, und ihr Lächeln verschwand.

»Wir werden zu spät kommen«, sagte sie. »Das wird Vater missfallen.«

Das war also die Antwort: ihr Vater. Marsali musste sich eingestehen, dass sie selbst auch Angst vor dem Mann hatte. Aber das würde sie ihn niemals wissen lassen. Sorgen machte sie sich nur, dass Elisabeth unter dem Zuspätkommen zu leiden haben könnte.

Sie entschied, dass sie bezüglich ihres Aussehens alles getan hatte, was sie hatte tun können, und streckte die Hand aus, um Elisabeth auf die Füße zu helfen. Die gegenwärtige Besorgnis hatte nicht vollständig die Freude aus Elisabeths Gesicht gewischt.

»Weißt du eigentlich, dass du wirklich hübsch bist?«, sagte Marsali zu ihr.

Elisabeth wurde wieder rot, und sie murmelte – wenn auch etwas ungläubig – eine höfliche Antwort. »Danke.« Dann begannen ihre Augen zu strahlen, und es brach aus ihr heraus: »Ach, Marsali, ich bin ja so froh, dass du hier bist.«

Marsali warf ihr ein Lächeln zu, das aus der Tiefe ihres Herzens kam.

Sie war bereit, zum Essen zu gehen. Sie war eine Gunn. Sie würde sich von den Männern des Sutherland-Clans nicht unterkriegen lassen.

Erneut lächelte sie Elisabeth an und sagte: »Ich bin fertig. Lass uns gemeinsam in die Höhle des Löwen gehen.«

☆ ☆ ☆

Gregor Sutherland konnte dieses Gunn-Frauenzimmer ehrlich nur bewundern. Sie verbarg ihr Unbehagen perfekt, als sie sich dem Stuhl näherte, in dem er in der Großhalle saß. Sie machte einen Hofknicks vor ihm, und ihre blauen Augen hielten seinem Blick stand. Tatsächlich war sie anmutig, charmant und gelassen. Sie hatte alles, was er sich von einer Schwiegertochter gewünscht hätte. Alles außer dem richtigen Namen.

Er wies ihr einen Platz am unteren Ende der Tafel zu, nicht nahe bei der Familie, wie es Brauch gewesen wäre. Sie nahm die Beleidigung widerspruchslos hin und zwängte sich zwischen zwei riesige Clansmänner, denen ihre Anwesenheit offensichtlich unbehaglich war, worüber sie jedoch ebenfalls gelassen hinwegging. Sie lächelte die beiden freundlich an und widmete sich dann dem Essen, das man ihr vorsetzte.

Gregor fühlte sich in die Verteidigung gedrängt. Deshalb beschloss er anzugreifen.

Er wandte sich an Alex und sagte mit dröhnender Stimme: »Dein Bruder müsste bald mit unserem Vieh zurück sein. Diese verdammten Gunn-Diebe.«

Er sah, wie Elisabeth das Blut in die Wangen schoss, und er hörte, wie Alex nach Luft schnappte. Das Gesicht dieser Gunn-Hexe wurde leichenblass, und er fühlte sich unglaublich beschämt, als sie ihren festen Blick auf ihn richtete.

Die Geräusche der Becher, die auf den hölzernen Tisch gesetzt wurden, und das freundschaftliche Geplauder erstarben. Alle schauten Lady Marsali an.

Langsam schob sie ihren Stuhl zurück und erhob sich. So jung wie sie war, dachte Gregor, konnte sie doch einen Raum mit ihrer ruhigen würdevollen Ausstrahlung dominieren. In dieser Hinsicht erinnerte Marsali ihn an Margaret – was ihn nur noch wütender machte.

»Man hat mir gesagt, dass ich hier ein Gast sei«, sagte sie, wobei ihre Stimme anfangs leicht zitterte, dann aber immer fester wurde. »Ehrengast war wohl das Wort, das Euer Sohn benutzt hat, als er mich eingeladen hat, die Abendmahlzeit mit Euch einzunehmen, Marquis. Nun, da ich die Umgangsformen des Anführers von Clan Sutherland kennen gelernt habe, ziehe ich es allerdings vor, alleine zu sein.«

Schweigen folgte dem leisen Klappern ihrer leichten Schuhe, als sie den Tisch verließ und durch die große Tür verschwand.

»Sie hat Nerven. Das muss man ihr lassen«, grummelte Gregor. »Zu schade, dass sie eine Gunn ist.«

Er beugte sich wieder über sein Essen. Er schuldete den Gunns nichts. Nicht einmal die geringste Höflichkeit. Das waren alles Verräter. Und die hier – die war wie ihre Tante, Hinterlist verborgen unter einem schönen Schein. Wenn Patrick das nicht sah, dann war es seine Aufgabe als Vater, das seinem Sohn klar zu machen. Er wollte nicht, dass sein Sohn die Qualen erleiden musste, die er selbst in jeder Minute seines Lebens erduldet hatte.

☆ ☆ ☆

Als sich der graue Nebel zu lichten begann und sich der neue Tag ankündigte, schwang Patrick sich auf seinen Hengst. Seine Gefangenen waren wach, und er wusste, dass sie versuchten, ihre Fesseln zu lösen, sobald er den Blick abwandte. Er hatte sich selbst nur wenig Zeit gegeben, um sich einen Vorsprung vor den Kriegern der Gunns zu verschaffen, die ihm zweifellos folgen würden, aber inzwischen war es seinen Männern wohl gelungen, die Herde in den Bergen zu verstecken.

Er gab seinem Pferd die Sporen und hörte hinter sich einen Schrei. Einem der Viehhüter musste es gelungen sein, sich von seinem Knebel zu befreien. Gavin, vermutete er, würde in weniger als einer Stunde hinter ihm her sein. Würde Johnny sich an sein Wort halten und Gavin die Botschaft überbringen? Patrick war ziemlich sicher, dass der Mann das tun würde, aber er war weniger sicher, ob Gavin seiner Aufforderung folgen würde.

So wie Marsali ein geheimes Versteck hatte, hatte auch Gavin eines. Zufall oder nicht, auch Gavins Zufluchtsort war ein Wasserfall. In früheren Zeiten hatte Patrick oft darüber sinniert, wie ähnlich Bruder und Schwester doch waren. Sie liebten beide kleine versteckte Plätze, in denen man sich wie in einer anderen Welt fühlte. Er, Patrick, zog dagegen eine weite offene Wiese oder eine Bergspitze vor.

Patrick erinnerte sich gut an das Becken unterhalb des Wasserfalls, in dem er und Gavin als Jungen gebadet hatten. Das Wasser war eiskalt gewesen, aber die Kälte war Teil des jungenhaften Wettstreits zwischen ihnen gewesen. Auf drei Seiten war der Pool von schroffen Felsen umgeben, sodass der Ort für Reiter nur von einer Seite zugänglich war. Und die Klippen boten Dutzende von Verstecken, von denen man unbemerkt alles überblicken konnte. Falls Gavin Krieger mit sich brachte, würde Patrick es wissen, bevor sie sicher sein konnten, dass er überhaupt dort war.

Gavin wusste das natürlich auch.

Patrick ritt eine Stunde lang in gestrecktem Galopp. Dann verlangsamte er das Tempo, um seinem Schwarzen eine Verschnaufpause zu gönnen. Der Nebel hatte sich vollständig gelichtet, und goldene Sonnenstrahlen schoben sich über die Berge. Wie er diesen Anblick vermisst hatte. Wie er diese Hügel vermisst hatte.

Und er hatte Gavin vermisst.

Patrick kam zu dem Pfad, der zu den Klippen hochführte. Er war einen halben Tagesritt von der Grenze zu seinem Land entfernt, zu Fuß einen Tagesmarsch. Sein Pferd konnte nicht klettern, aber er wollte es nicht an einen Baum binden, denn falls es zum Schlimmsten kommen sollte, wollte er nicht, dass das Tier vielleicht elend eingehen würde. Er saß ab und gab dem Hengst einen Klaps auf die Flanke.

»Lauf nach Hause«, sagte er. »Deine Aufgabe ist erledigt.«

Mehr brauchte das Pferd nicht zu hören. Es lief in Richtung Brinaire davon, wo es in seinem Trog frisches Futter finden würde.

Patrick kletterte die Felsen hinauf. Dann wartete er.

* * *

Gavin ritt langsam auf das Wasserbecken zu. Er hatte das Gefühl, sich unloyal zu verhalten, und diese Ehrvergessenheit hing ihm schwer wie ein Mühlstein am Hals. An diesem Ort war er seit zwei Jahren nicht mehr gewesen, seit die Probleme mit den Sutherlands begonnen hatten. Sein Versteck lag nahe an der Grenze, ein kleiner Unterschlupf in einem felsigen Gebiet, das die Ländereien der beiden Clans trennte. Aber es war nicht Angst gewesen, die ihn fern gehalten hatte, sondern die Erinnerungen.

Er hatte nie einen besseren Freund als Patrick gehabt. Er hatte Patrick wie einen Bruder geliebt und ihn in all den Jahren, in denen er in der Fremde gewesen war, schrecklich vermisst. Insgeheim hatte er ihn beneidet. Patrick war losgezogen, um Abenteuer zu erleben, während er, als einziger Erbe, gezwungen war, zu Hause zu bleiben. Er hatte Geschichten von Patricks Erfolgen gehört, von seiner Tapferkeit, und er hatte sich tausend Mal gewünscht, an seiner Seite zu sein. Nur mit Mühe hatte er die Gesänge der Troubadoure ertragen, die

Loblieder zu Ehren seines Freundes gesungen hatten, und er hatte sich danach gesehnt, selbst solche Heldentaten zu vollbringen.

Sechs Jahre waren vergangen, seit Gavin seinen Freund zuletzt gesehen hatte, zwölf Jahre, seit sie zusammen in Abernie aufgewachsen waren. Ihre Welt hatte sich in dieser Zeit verändert, und diese Veränderungen waren nicht unbedingt zum Guten, dachte Gavin.

Was konnte Patrick von ihm wollen? Warum hatte er darauf bestanden, ihn alleine zu treffen? War es eine Falle? Gavin hatte mit sich und seinen Zweifeln gekämpft, nachdem er die Nachricht des Viehhüters gehört hatte. Sollte er seinem Vater davon berichten? Sollte er mit Bewaffneten anrücken, um Patrick festzunehmen, um ihn dann gegen Marsali auszutauschen?

Gavin wusste, dass sein Vater, in seinem jetzigen Geisteszustand, in der Lage wäre, Patrick umzubringen, ohne ihn vorher anzuhören. In seinem ganzen Leben hatte er seinen Vater noch nie so aufgebracht gesehen, wie er es gewesen war, nachdem er entdeckt hatte, dass Marsali verschwunden war. Donald Gunn hielt Patricks Erklärung, dass er nur seine Verlobte zu sich geholt hatte, für einen Trick, um zu verhindern, dass die Sutherlands vor dem Parlament angeklagt wurden, eine Entführung begangen zu haben.

Gavin fragte sich, wie sehr Patrick sich wohl verändert hatte. Vor sechs Jahren war er ganz anders gewesen, als sechs Jahre zuvor, als er zum ersten Mal in den Krieg gezogen war. Ganz anders. Sein ganzer Körper war vernarbt, und seine Augen hatten nicht mehr spitzbübisch und fröhlich gefunkelt. Er war verhärtet gewesen, sein Lachen hatte gezwungen geklungen, sein Blick war voller Misstrauen gewesen. Gavin erinnerte sich daran, dass er Patrick geradezu bekniet hatte, ihm von den Schlachten zu erzählen, die er bestritten hatte, aber Patrick hatte es abgelehnt. Und er wollte auch nicht über die Männer reden, die er im Kampf getötet hatte.

Stattdessen hatte er ihn nur angesehen und gesagt: »Ich bete, dass du nie das Gefühl kennen lernen wirst, einen Menschen getötet zu haben, Gavin. Es frisst deine Seele auf. Es ist weder ehrenvoll noch rühmlich.«

Damals hatte Gavin gedacht, dass es ja auch kaum ruhmvoll sei, Rinder und Schafe zu züchten und seinem Vater zur Seite zu stehen, wenn es galt, kleine Streitereien innerhalb des Clans zu schlichten.

Nein, das war nicht der Rum, von dem Gavin träumte. Er berührte die Pistole, die in seinem Gürtel steckte, und dann den Knauf des Dolches, den er bei sich trug.

Als er den Pfad erreichte, der zu dem Pool führte, begann er, mit den Augen die Klippen abzusuchen. Er musste verrückt sein, alleine hierher zu kommen, einem Mann zu vertrauen, den er gar nicht mehr kannte, einem Mann, der seine Schwester aus deren Kammer entführt hatte. Es würde ihm Recht geschehen, wenn er von einem Dutzend Sutherlands überwältigt würde, die sich in den Höhlen der Felsen versteckt hielten – was nur allzu gut möglich war.

Aber er hörte kein anderes Geräusch als die Musik des Wasserfalls, sah nur einen Falken, der sich über den Klippen in die Lüfte schwang, und die Wellen in dem Pool unter sich.

Er brachte sein Pferd zum Stehen, saß ab und ging zum Rand des Wasserbeckens. Er wusste, dass er ein perfektes Ziel für einen Pfeil oder einen Pistolenschuss war. Seine Finger schlossen sich zu Fäusten, aber er würde keine Waffe in die Hand nehmen. Er würde keine Angst zeigen.

Gavin zwang sich, nach unten zu schauen, in sein Spiegelbild im Wasser. Mehrere Minuten vergingen, ohne dass er etwas hörte. Aber plötzlich wusste er, dass er nicht mehr alleine war. Ein verzerrtes Gesicht tauchte in der Wasseroberfläche neben seinem eigenen Spiegelbild auf, und er drehte sich um.

Patrick stand neben ihm, ohne Waffen in der Hand, das Gesicht ausdruckslos, der Blick wachsam.

»Danke, dass du gekommen bist«, sagte er.

»Ich bin nicht sicher, weshalb ich gekommen bin«, erwiderte Gavin, der spürte, wie die alte Freundschaft wieder erwachte. Aber er rief sich in Erinnerung, dass Patrick Sutherland ein Feind seiner Familie war, und schlimmer noch, dass er ein Mann war, der einem Wolf seine Beute abschwatzen konnte.

»Du bist gekommen«, sagte Patrick, »weil du diesem Wahnsinn ebenso ein Ende machen willst wie ich.«

»Willst du das wirklich?«, fragte Gavin. »Warum hast du dann Marsali entführt?«

»Ich hatte Angst, dass dein Vater sie zur Heirat mit Sinclair zwingen würde«, antwortete Patrick. »Ich habe erst gehandelt, nachdem ich sicher war, dass sie diese Ehe nicht will. Du weißt doch, Gavin, dass ich Marsali immer geliebt habe. Und ich bin immer noch entschlossen, sie zu meiner Frau zu machen. Ich schwöre dir, dass es ihr gut geht und sie in Sicherheit ist.«

Gavin studierte Patricks Gesicht, und er glaubte ihm, obwohl er die Erklärung nicht ausreichend fand, um die Entführung zu rechtfertigen. Plötzlich schoss ihm ein anderer Gedanke durch den Kopf. »Und was ist mit Cecilia? Hast du auch mit ihrem Verschwinden zu tun?«

»Aye«, erwiderte Patrick zu seiner Überraschung.

Es war einfach ein Schuss ins Dunkle gewesen. Er hatte Marsalis Behauptung geglaubt, dass sie die Sache alleine arrangiert hatte. Es hob nicht gerade seine Stimmung, als ihm klar wurde, dass Marsali die Familie angelogen hatte, dass sie und Patrick sich getroffen haben mussten, dass die beiden die Sache gemeinsam ausgeheckt hatten.

Gavins Hand fuhr zum Dolch, als er an die Tage und Nächte dachte, in denen er nach seiner jüngeren Schwester gesucht hatte. »Ist Cecilia in Brinaire?«

»Nein«, sagte Patrick. »Sie befindet sich bei einer Familie im Süden, wo sie wohl behütet ist.«

»Sie war bei ihrer eigenen Familie wohl behütet«, entgegnete Gavin scharf.

»Ach, war sie das?«, fragte Patrick. »Hättest du zugestimmt, dass sie Sinclair heiratet, weil Marsali sich geweigert hätte? Gott helfe uns, aber sie ist doch noch ein Kind.«

»Vater hatte nie die Absicht ...« Gavins Stimme erstarb. »Ich glaube nicht, dass Vater so weit gegangen wäre.«

»Aber Marsali hätte er geopfert?«

»Sinclair würde gut zu ihr passen«, protestierte Gavin schwach.

»Und ich dachte, du liebst deine Schwester«, sagte Patrick so verächtlich, dass es Gavin durch und durch ging.

»Dein Vater ist doch an dieser Entwicklung schuld«, schoss Gavin zurück. »Glaubst du denn, mein Vater hätte einer Ehe zwischen dir und Marsali den Segen gegeben, nachdem dein Vater Margaret entehrt und vielleicht sogar ermordet hat?«

Patrick antwortete eine Weile nichts. Dann sagte er: »Ich versichere dir, dass ich nichts mit dem Überfall auf euer Land zu tun habe. Und mein Vater auch nicht.«

Gavins Augen zogen sich zusammen. »Wer dann?«

»Ich glaube nicht, dass du weiter schauen musst, als bis zu deinem auserwählten Schwager«, erwiderte Patrick.

»Hast du dafür Beweise?«

»Nicht mehr als gesunden Menschenverstand.«

»Sie haben eure Plaids getragen.«

»Das habe ich gehört«, sagte Patrick. »Und mein Name wurde gerufen. Aber ich war nicht dabei. Und wenn jemand meinen Namen missbrauchen konnte, dann konnten sie sicherlich auch unsere Plaids missbrauchen.«

»Aber warum?«

»Edward Sinclair will unbedingt eine Allianz mit deinem Clan. Mit dieser Verbindung könnte er Sutherland auslöschen, was sein Leben lang Edwards tiefster Wunsch gewesen ist.«

Das konnte Gavin nicht abstreiten. »Sinclair hat aber nichts mit Margaret zu tun«, erwiderte er.

Patrick hob eine Augenbraue. »Wirklich nicht?«

Gavin starrte den Freund an. »Willst du behaupten, dass Margaret ...«

»Nay«, unterbrach Patrick ihn. »Ich konnte sie gut leiden, und sie war immer lieb zu meiner Schwester und meinem Bruder. Aber ich glaube einfach nicht, dass sie meinen Vater betrogen hat – und du glaubst das auch nicht.«

Die Antwort überraschte Gavin. So wie ihn die ganze Richtung überraschte, in die das Gespräch lief. Er hatte mit Abstreitungen gerechnet, mit Unschuldsbezeugungen. Er hatte erwartet, Anschuldigungen gegen Margaret zu hören und Rechtfertigungsversuche bezüglich des unentschuldbaren Verhaltens des Marquis.

Gavin entfernte sich vom Pool und lehnte sich gegen den Granitfelsen. »Was willst du eigentlich von mir, Patrick?«

»Zuerst einmal«, begann Patrick, »möchte ich, dass du mir vertraust.«

Gavin lachte harsch.

»Du hast mir immerhin so weit vertraut, dass du alleine hergekommen bist.«

»Aye«, sagte Gavin, »aber unterwegs habe ich mich einen Narr gescholten.«

»Aber du bist gekommen.«

Gavin zögerte. Schließlich antwortete er. »Aye, ich kam, weil ich dem Jungen vertraut habe, mit dem ich aufgewachsen bin und mit dem ich erzogen wurde. Und ich habe dem Mann vertraut, der als Vogelfreier zu uns gekommen ist, um seine Lieben zu sehen. Aber seither sind sechs Jahre vergangen. Und in sechs Jahren kann sich ein Mann gewaltig verändern. Ich bin nicht sicher, ob ich dir heute noch trauen kann, und alles, was du bisher getan hast, spricht eher dagegen.«

Er sah, wie sich Patricks Schultern hoben, als der seufzte. »Du hast wirklich allen Grund, skeptisch zu sein. Und du hast

Recht. In sechs Jahren kann sich ein Mann gewaltig verändern. Aber keine Zeit kann den Charakter eines Menschen ändern.« Er schwieg einen Moment und blickte seinen Freund ernst an. »Habe ich dich jemals belogen, Gavin? Hast du je gesehen, dass ich jemandem wehgetan habe, der schwächer als ich war? Habe ich jemals einem Menschen die Schuld dafür gegeben, wenn ich etwas falsch gemacht habe?«

Gavin starrte den Mann an, der ihm so vertraut und gleichzeitig so fremd war, suchte nach einem Anzeichen für Betrug und Hinterlist. Aber er wusste, er würde ewig suchen können und doch nichts finden. Patrick Sutherland war weder ein Lügner noch ein Schläger, und seine Ehre verbot es ihm einfach, jemandem die Schuld für etwas zu geben, was er zu verantworten hatte.

»Nay«, murmelte Gavin. »Aber dein Vater . . .«

»Mein Vater ist bestimmt kein Heiliger. Niemand weiß das besser als ich. Aber er hat Margaret nicht umgebracht.« Als Gavin ihn zu unterbrechen versuchte, brachte er ihn mit einer Handbewegung zum Schweigen. »Er fühlte sich wirklich von ihr betrogen, und er nahm an, dass es sein Recht sei, sie dafür zu töten. Aber wenn er das getan hätte, würde er die Tat nicht bestreiten.«

»Aber sie hat sich auch nicht selbst umgebracht«, sagte Gavin. »Sie war eine Katholikin mit Herz und Seele.«

»Dann ist sie freiwillig verschwunden«, bemerkte Patrick. »Oder jemand hat sie gefangen genommen.«

Gavin runzelte die Stirn. »Wenn du Recht hast, dann hält uns jemand zum Narren.«

»Und wer – außer einem – könnte das sein?«, fragte Patrick leise. »König Karl versucht, Ordnung in die schottischen Highlands zu bringen. Wenn wir gegeneinander kämpfen, könnten unsere beide Clans für gesetzlos erklärt werden. Und wer könnte dann straffrei unsere Ländereien und unser Vieh für sich beanspruchen?«

»Sinclair«, erwiderte Gavin, in dessen Kopf sich alles drehte, denn das, was Patrick andeutete, war einfach ungeheuerlich. Wenn er Recht hatte, war das allerdings ein teuflischer Plan. »Aber wenn Sinclair dahinter steckt, würde er doch für gesetzlos erklärt werden, wenn er sich mit meinem Vater verbündet.«

Patrick schüttelte den Kopf. »Nay, nicht wenn er schlau vorgeht. Und dass er das kann, beweist er ja seit Jahren. In der ganzen Zeit fand man keine Spur von Margaret. Und er hetzte unsere Väter gegeneinander auf, indem er jeden von der Schuld des anderen überzeugte.«

»Was schlägst du vor?«, fragte Gavin verunsichert.

»Kannst du mit deinem Vater reden?«

»Über deinen Vater?« Wieder lachte Gavin freudlos. »Er erlaubt nicht einmal, dass der Name Gregor Sutherland in seinem Beisein ausgesprochen wird.«

»Was ist mit deinen Clansleuten?«

Gavin schüttelte den Kopf. »Die würden sich nie gegen Vater stellen. Und ich auch nicht. Der Clan würde auseinander fallen, wenn ich versuchen würde, meinen Vater zu stürzen.«

Patrick seufzte grimmig. »Also müssen wir einen Weg finden, zwei alte Sturköpfe daran zu hindern, dass sie ihre Clans ihrem Stolz opfern. Aber bevor wir weitermachen, muss ich wissen, ob du mir immer noch vertraust. Mein Plan wird nicht aufgehen, wenn du mir nicht vertraust.«

Gavin reckte sich. Er blickte in Patricks klare grüne Augen und durchforschte dabei seine eigene Seele. Er hatte mitansehen müssen, wie seine Familie in den vergangenen beiden Jahren langsam zugrunde gegangen war. Sein Vater war kein glücklicher potenter Mann mehr. Margaret, die er über alles geliebt hatte, war verschwunden. Und seine beiden Schwestern ebenfalls. Seine Clansleute waren getötet worden, sie hatten ihre Häuser verloren und ihr Vieh, das sie brauchten, um den nächsten Winter zu überleben.

Aber trotz alledem vertraute er Patrick Sutherland. Gott helfe ihm, aber das tat er wirklich.

Gavin nickte. »Aye, Patrick, ich vertraue dir. Wenn ich es nicht täte, wäre ich heute nicht hierher gekommen.«

Der Lohn für seine Ehrlichkeit war das breite Lächeln, das sich jetzt in Patricks Gesicht zeigte.

»Ich habe einen Plan«, erklärte Patrick. »Aber zuerst muss ich dir eines sagen, Gavin: Bei Gott, es ist schön, dich wiederzusehen.«

Er streckte seine rechte Hand aus, Gavin trat einen Schritt vor, ergriff sie, und beide Männer legten ihre linken Hände auf die Unterarme des anderen, wobei sie sich fest in die Augen schauten. Dennoch, eine Spur von Unbehaglichkeit – oder vielleicht war es auch Vorsicht – hielt Gavin davon ab, vom Händeschütteln zu der herzlichen Umarmung überzugehen, die früher Teil ihrer Begrüßung gewesen war, eine Art Kraftprobe sowie Ausdruck ihrer Männerfreundschaft. Er wollte erst einmal abwarten.

»Erzähl mir von deinem Plan«, sagte er lächelnd, als er sah, wie Patrick zu strahlen begann und seine Gesichtszüge sich entspannten. Wie vertraut ihm das alles war! Da er selbst es sich angewöhnt hatte, seine Gefühle zu verbergen, hatte er befürchtet, dass sein Freund vielleicht verlernt hatte, sie zu zeigen.

»Hast du Leute, auf die du dich verlassen kannst?«, fragte Patrick. »Männer ohne Frauen und Kinder, aber mit familiären Beziehungen zu Sutherlands?«

Gavin nickte mit dem Kopf. »Aye.« Gott wusste, dass zwischen den beiden Clans früher ständig Ehen geschlossen worden waren. Wahrscheinlich würde es einfacher sein, Männer zu finden, die keine familiären Bindungen zu Patricks Clan hatten.

Die Narbe in Patricks Gesicht schien tiefer zu werden, wenn er – wie jetzt – lachte. Es war ein Lachen, das er nur allzu gut kannte und das sie beide oft genug in Schwierigkeiten gebracht hatte.

»Gut«, sagte Patrick, »dann hör jetzt gut zu, was ich dir vorzuschlagen habe.«

Nachdem Gavin Patricks Plan gehört hatte, entschied er, dass der Sutherland-Erbe in den letzten zwölf Jahren verrückt geworden sein musste – obwohl Patricks Augen ganz klar waren und er diesen Irrwitz ohne Zweifel in der Stimme ausgesprochen hatte. Sein Vorschlag war schwachsinnig. Absolut undurchführbar. Aber Gavin wünschte, er wäre selbst auf so eine geniale Idee gekommen.

»Wir könnten beide enterbt werden«, sagte er.

»Aye, das wäre möglich«, stimmte Patrick zu. »Falls wir erwischt werden.«

Gavin merkte, dass sich – trotz aller Zweifel – ein Lächeln auf seinem Gesicht breit machte. Patrick war so verwegen, wie er es immer gewesen war.

»Einverstanden«, sagte er. »Ich werde meinen Teil erfüllen. Darauf hast du mein Wort.« Während er sprach, fühlte er, wie ein Teil der Last, die auf seiner Seele gelegen hatte, von ihm abfiel.

»Du hast mir gefehlt, mein Freund«, sagte Patrick leise. »Du und Abernie.«

»Du wirst zurückkehren«, antwortete Gavin, der sich wunderte, einen feuchten Schimmer in Patricks Augen zu sehen.

Das muss an der Sonne liegen, sagte er zu sich selbst. Warum sonst würden seine eigenen Augen tränen?

11

Als Patrick nach Brinaire zurückkehrte, sah er Hiram und Rufus im Schlosshof, wo sie miteinander sprachen. Ersterer schien in einem Zustand höchster Erregung zu sein, während der Zweite einen ziemlich gelassenen Eindruck machte.

»Ich fürchtete schon, du wärest tot«, schimpfte Hiram, als Patrick absaß und die Zügel einem Stallknecht übergab.

Patrick begrüßte Rufus mit einem Kopfnicken und wandte sich dann an Hiram. »Ist das Vieh in Sicherheit?«

»Überall in den Bergen verteilt«, erwiderte Hiram.

»Hast du Wachen aufgestellt?«

»Die Männer, die du ausgewählt hattest. Weißt du denn nicht, dass ich immer alles so ausführe, wie du es anordnest, Patrick?«

Patrick lachte. Hiram tat selten, was er ihm befahl, sondern nur das, was ihm einleuchtete. Trotzdem wusste Patrick, dass seine Interessen bei Hiram letztlich in guten Händen lagen.

Er wandte sich Rufus zu. »Und was hast du zu sagen?«

Rufus verneigte sich geziert. »Du hast nach mir geschickt?«

»Aye, weil mir dein loses Mundwerk gefehlt hat.«

»Und zweifellos mein Charme.«

Patrick nickte und wartete auf eine Erklärung.

Rufus, der das Schweigen seines Freundes richtig interpretierte, antwortete in einem beiläufigen Ton – ein bisschen zu beiläufig, wie Patrick fand. »Ich wollte sichergehen, dass sich das Mädchen wohl fühlt.«

»Und, tut es das?«

Rufus' düsteres Gesicht wurde unergründlich. »Es scheint ihr gut zu gehen. Ich habe eine Nachricht von ihr für Lady Marsali mitgebracht, hatte aber noch keine Zeit, sie ihr zu übergeben.«

»Das werde ich erledigen«, sagte Patrick.

»Und was ist nun der wahre Grund dafür, weshalb ich sofort zurückkommen sollte?«

»Ich kenne einen neuen Arbeitgeber für deine einmaligen Talente.«

»Und wer sollte das sein?«

»Edward Sinclair.«

Rufus warf ihm ein unheiliges Lächeln zu. »Dann sprichst du also mehr meine teuflischen Talente an.«

»Hmmm. Ich habe gehört, dass Sinclair Söldner braucht.«

»Und ich, der beste von allen, habe die Pflicht, ihm auszuhelfen.«

»Deine Bescheidenheit wird mir bestimmt fehlen.«

»Nicht zu vergessen mein Schwertarm.«

Hiram hustete. Unüberhörbar.

»Wann soll ich mich auf den Weg machen?«

»Sofort«, antwortete Patrick. »Während du weg warst, wurde Clan Gunn überfallen.«

»Aye, das hat mir Hiram schon berichtet.«

»Ich möchte, dass du herausfindest – was ich vermute –, ob Sinclair dafür verantwortlich ist. Und hör dich auch nach einem Mann namens Quick Harry um. Er versuchte, den Angreifern zu folgen, und wurde seitdem nicht mehr gesehen.«

»Und was ist, wenn ich einem teuflischen Plan auf die Spur komme?«, fragte Rufus mit gespielter Unterwürfigkeit.

Patrick lächelte. »In der Nähe der Grenze von Sinclairs Land gibt es ein Wäldchen. Hiram wird dir den Weg dorthin zeigen. Macht einen Treffpunkt aus. Entweder Hiram oder ich werden jeden Montag und Donnerstag um die Mittagszeit dort sein. Wenn du irgendetwas herausfindest, versuch, einen von uns zu treffen, oder hinterlasse uns eine Nachricht.«

Rufus nickte und drehte sich um, um zu gehen.

»Rufus?«

Er blickte über die Schulter und hob eine dunkle Augenbraue.

»Bleib am Leben.«

Rufus nickte. »Aye, das werde ich. Jetzt habe ich nämlich einen Grund, mir ein langes, langes Leben zu wünschen.«

☆ ☆ ☆

Rufus' Worte hallten in Patricks Kopf wider, als er die Treppe zur Gästekammer hochstieg. Auch er hatte einen guten Grund, am Leben zu bleiben. Falls sie überhaupt noch mit ihm sprechen würde.

Als er sich Marsalis Zimmer näherte, bemerkte er, dass die Tür nur angelehnt war. Er hörte leise Stimmen und Gelächter. Er war zwar erschöpft, aber plötzlich begann sein Herz kräftiger zu schlagen. Offensichtlich musste er nicht mit dem Allerschlimmsten rechnen. Er klopfte an die halb geöffnete Tür und betrat den Raum, ohne eine Antwort abzuwarten.

Marsali und seine Schwester saßen mit geröteten Gesichtern auf dem Bett und spielten mit den Frettchen. Sein Blick flog über Marsali und suchte nach einem Anzeichen dafür, ob das Mittel, das er ihr mit dem Wein verabreicht hatte, ihr irgendwie geschadet hatte. Das war offensichtlich nicht der Fall. Sie sah gesund und – wie immer – hinreißend aus; sie trug ein dunkelblaues Kleid, das wunderbar zur Farbe ihrer Augen passte. Der Anblick seiner Schwester war allerdings eine Überraschung für ihn. Obwohl Elisabeth das Lachen förmlich im Hals stecken geblieben war, als sie ihn gesehen hatte, funkelten ihre grünen Augen, und ihre Wangen waren zartrosa.

In diesem Moment bemerkte eines der Frettchen seine Anwesenheit und fletschte die Zähne. Er war ein bisschen beleidigt, dass die Tierchen sich von seiner Schwester streicheln ließen, wohingegen sie ihm die Zähne zeigten. Er sah Marsali wieder an, deren Blick unverwandt auf ihm ruhte, er suchte ihre Augen, die groß und anklagend waren … und so wunderschön blau.

Es verstrichen einige Augenblicke gespannten Schweigens, bis seine Schwester schließlich murmelte: »Ich glaube, ich muss jetzt gehen.« Sie übergab Marsali das Frettchen, das sie gehalten hatte, sprang vom Bett und huschte schnell an Patrick vorbei.

Das Frettchen in Marsalis Hand schnatterte aufgeregt, bereit, sie mit seinem kleinen Körper zu verteidigen.

»Kannst du ihn – oder sie – davon überzeugen, dass ich dir nichts Böses antun will?«, fragte Patrick.

Marsali hob spöttisch eine Augenbraue. »Angst?«

»Aye.«

Ein Lächeln umspielte ihre Lippen, das jedoch sogleich wieder verschwand. »Dein Vater erwähnte, dass du in Abernie warst, um Vieh zu stehlen«, sagte sie.

»Es ist kein Diebstahl, wenn du zurückholst, was dir gehört«, verbesserte er sie.

»Wurde jemand …?«

»Nay«, erwiderte er sanft. »Niemand wurde verletzt.«

Sie entspannte sich sichtlich.

Er trat ein paar Schritte in die Kammer. »Und du, Marsali, wie ist es dir ergangen?«

Sie antwortete nicht, aber der Ausdruck ihrer Augen verriet ihm, dass nicht alles gut verlaufen war.

»Vater? Was hat er getan?«

»Nichts anderes, als ich von einem Sutherland erwartet habe«, erwiderte sie.

»So schlimm?«, fragte er scherzhaft und versuchte, sie zum Lachen zu bringen.

»Was kümmert dich das?«, fragte sie zurück. »Ich bin doch nur eine Gefangene für dich.«

»Marsali ...« Er näherte sich langsam dem Bett, aber als er sah, dass die Frettchen wieder die Zähne fletschten und wütend kreischten, blieb er leise fluchend stehen.

Marsali lachte kurz auf. »Sie klingen ganz wie dein Vater.«

»Dieser Vergleich würde ihm bestimmt nicht gefallen«, erwiderte Patrick, der froh war, dass sie ihren Humor nicht verloren hatte.

Marsali nahm die beiden schimpfenden Tierchen aus ihrem Schoß, flüsterte ihnen etwas Beruhigendes ins Ohr und setzte sie dann in einen Korb, den – wie Patrick zu Recht vermutete – Elisabeth besorgt hatte. Dann erhob Marsali sich und schaute ihn mit ihren blauen Augen an, die so viel Wärme ausstrahlen wie ein See, der mit einer Eisschicht überzogen war.

»Was willst du?«, fragte sie.

Er zog aus seinem Gürtel das Pergament, das Rufus ihm gegeben hatte. »Von deiner Schwester.«

Ohne ein Wort zu sagen, nahm sie den Brief und umklammerte ihn so fest, als erwartete sie, er würde ihn wieder abnehmen.

»Marsali?« Er sehnte sich so verzweifelt danach, sie berühren zu dürfen.

Sie trat einen Schritt zurück, und er blieb augenblicklich stehen.

»Ich habe meine Schwester nicht einmal fröhlich gesehen, seit ich nach Hause zurückgekommen bin«, sagte er traurig. »Ich danke dir, dass du Elisabeth zum Lachen gebracht hast.«

Erstaunt sah er, dass sich in ihrem Augenwinkel eine Träne bildete. Und im gleichen Moment schmolz auch das

Eis. Ihre Augen waren plötzlich voll Schmerz ... und Sehnsucht.

»Ach, Liebes ...« Mit zwei Schritten durchquerte er den Raum, der sie trennte, packte ihre Handgelenke und zog ihren steifen Körper in seine Arme, wobei er mit einer Hand zärtlich die Träne wegwischte, die ihr über die Wange lief. »Nicht weinen«, wisperte er. »Es wird alles gut werden.« Dafür würde er sorgen und wenn es seinen letzten Atemzug kosten sollte.

Sie öffnete den Mund, um etwas zu sagen, aber dann schloss sie die Lippen. Er sah, wie sich der Schleier wieder über ihre Augen senkte, wie sie sich in sich verschloss und ihn gleichzeitig ausschloss. Er konnte sie ja nicht noch einmal bitten, ihm zu vertrauen, obwohl er das – Gott im Himmel – zu gerne getan hätte. Er wollte, dass sie ihm glaubte, dass sie ihn liebte. Aber er verstand, dass sie dazu derzeit nicht in der Lage war.

Er ließ seine Hände sinken, und sie trat augenblicklich einen Schritt zurück.

»Ich sollte jetzt gehen, damit du alleine in Ruhe deinen Brief lesen kannst«, sagte er, aber ihre Stimme hielt ihn zurück.

»Du siehst müde aus«, meinte sie.

Also sorgte sie sich immer noch um ihn. Zumindest ein bisschen.

»Es war eine lange Nacht«, entgegnete er.

»Auch für Gavin?«

Erstaunt starrte Patrick sie an. Es war, als hätte sie seine Gedanken lesen und in sein Herz blicken können. Als er nicht sofort antwortete, fuhr sie fort.

»Du hast ihn gesehen, nicht wahr?«

»Aye«, antwortete er, da er sie nicht belügen wollte, zurückhaltend. Der Grat, auf dem er und Gavin wandelten, war schmal und voller Gefahren – und eine davon war, dass man sie entdeckte. Je weniger davon wussten, desto besser – das war sicherer für alle Beteiligten.

»Habt ihr euch gestritten?«, fragte sie.

Er sah, dass ihr forschender Blick schnell über ihn glitt, und ihm wurde bewusst, dass sie sich davon überzeugen wollte, dass er unverletzt war.

»Aye«, antwortete er.

»Aber ihr habt nicht miteinander gekämpft?«

»Nay.«

»War Gavin alleine?«

»Aye.«

»Dann hast du also mit ihm gesprochen?«

»Aye.«

»Kannst du eigentlich nur ›Aye‹ und ›Nay‹ sagen?«

»Nur dass du heute Morgen besonders hübsch aussiehst.«

Sie stampfte wütend mit dem Fuß auf den Boden, und die Frettchen, die in ihrem Korb eingesperrt waren, begannen erneut zu kreischen.

Sie schauten beide zum Korb und sahen sich dann wieder an. Für einen langen Moment hielten sie den Blick. Die Distanz zwischen ihnen, obwohl nur ein paar Fuß, schien breit wie ein Ozean zu sein. Er wollte sie in seinen Armen halten, und die Ernüchterung, die er in ihren Augen sah, wegstreicheln. Er wollte wieder ihr Held sein, ihr Sternenjäger. Gott helfe ihm, aber am meisten wollte er sie küssen und das wundersame Feuer neu entzünden, das zwischen ihnen schon gebrannt hatte – und das, wie er sicher wusste, einmal wieder aufflammen würde.

Aber dazu war die Zeit noch nicht reif. Mit jedem Schritt, den sie sich entfernte, gab sie ihm zu verstehen, dass sie noch nicht bereit für ihn war.

»Patrick«, wisperte sie gequält.

»Ich wollte dir nicht wehtun«, sagte er mit rauer Stimme. »Das schwöre ich dir, Marsali. Gott sei mein Zeuge, aber ich will diesem Wahnsinn nur ein Ende bereiten.«

Ihre Lippen bebten. »Ich möchte dir ja glauben. Aber ich

begreife nicht, wie sich die Umstände verbessern könnten, indem du mich aus meiner Schlafkammer entführst und Vieh vor den Toren von Abernie stiehlst. Mir scheint das, noch mehr Öl in ein Feuer zu gießen, das bereits außer Kontrolle geraten ist.«

Er seufzte tief. »Ich kann dir nur versichern, dass ich alles tue, um einen Krieg zu beenden, den niemand will.«

»Mit Worten warst du schon immer sehr gut«, sagte sie. »Du kannst geradezu damit zaubern. Du konntest Gavin oder mich – und sogar Vater glauben machen, was wir glauben sollten. Ich war so weit, dass ich glaubte, du könntest alles erreichen« – sie stieß ein bitteres Lachen aus – »sogar, dass du die Sterne vom Himmel holen könntest. Ich dachte, du wärest anders als andere Männer, dass du dich für mehr interessieren würdest als für Kampf und Rache.«

»Das tue ich auch, Liebes«, erwiderte er. »Andere Dinge sind mir weit wichtiger. Bitte …« Er schwieg und schloss einen Moment die Augen. »Bitte, hab Vertrauen. Nur noch eine kurze Weile länger.«

Als sich ihre Augen wieder trafen, war ihr Blick verletzt und anklagend. »Du verlangst von mir Vertrauen, aber du gibst mir keine Erklärung. Du erwartest, dass ich eine willenlose Figur in dem Spiel bin, dass du – und vermutlich Gavin auch – mit unseren Clans spielst.« Ihre Stirnfalten wurden noch eine Spur tiefer. »All die Jahre war ich so stolz auf dich, wenn ich wieder einmal von deiner Tapferkeit gehört hatte, von den Siegen, die du errungen hattest. Aber jetzt« – sie schüttelte den Kopf – »jetzt sehe ich, welchen Preis du und andere Männer dafür zu zahlen bereit seid. Ich habe begriffen, dass es nicht ehrenvoll ist, Witwen und Waisen zu schaffen und Unschuldige zu verletzen. Tod und Zerstörung sind wahrlich nicht ruhmvoll.« Sie schloss die Augen. »Ich will jedenfalls nicht Teil deines Spiels sein.«

Ich will nicht Teil von dir sein. Patrick hörte nur die Worte, die sie nicht aussprach. Aber sie hätten nicht deutlicher sein können, wenn sie sie laut gesagt hätte.

Er wandte sich von ihr ab und starrte aus dem Fenster. Sein Rücken war steif, weil er an sich halten musste, seine Verzweiflung nicht laut herauszuschreien. Keine Wunde, die man ihm auf dem Schlachtfeld zugefügt hatte, war so schmerzhaft gewesen wie ihre Worte. Lange Zeit starrte er auf die Hügel, die sich am Horizont erstreckten, ohne sie jedoch überhaupt wahrzunehmen. Als er das Gefühl hatte, wieder sprechen zu können, ohne dass seine Stimme brach, drehte er sich zu ihr um, blickte sie aber nicht direkt an.

»Ich bitte um Vergebung für die Unannehmlichkeiten, die ich dir zugemutet habe«, sagte er. »Ich werde dich so bald wie möglich nach Abernie zurückbringen. Ich weiß, dass du mir nicht glaubst – und natürlich gibt es dafür ja auch keinen Grund –, aber es gibt ein paar Dinge, die ich zuvor noch erledigen muss.« Er hörte die Kälte in seiner Stimme, aber das konnte er nicht ändern. »Wenn du irgendetwas brauchst, bitte Elisabeth darum. Sie wird sich darum kümmern.«

Bevor Marsali etwas erwidern konnte, durchquerte er den Raum und schloss leise hinter sich die Tür.

Verletzt, wütend und vollkommen durcheinander folgte Marsali ihm ein paar Schritte. Sie bedauerte nicht, was sie gesagt hatte, obwohl ihr die Worte schwer gefallen waren. Aber wenn es zwischen ihnen keine Wahrheit geben konnte, brauchten sie überhaupt nicht mehr zu reden. Sie konnten schließlich nicht ihr Leben auf reiner Leidenschaft aufbauen, auch nicht, wenn diese Leidenschaft so stark war, dass es wie bei einem Gewitter in der Luft knisterte, sobald sich ihre Blicke trafen.

Sie kannte diesen Mann nicht, der davon sprach, dass er den Konflikt zwischen ihren Familien zu Ende bringen wollte, während er sie gleichzeitig als Geisel gefangen hielt und das Vieh ihres Clans raubte. Sie verstand diesen Mann nicht, diesen rätselhaften Mann, der in einer Minute so zärtlich sein konnte und in der nächsten so rücksichtslos. Nein, sie kannte ihn nicht – und sie verstand ihn nicht.

Gott helfe ihr, wenn sie ihn nur nicht geliebt hätte.

12

Die Berge riefen ihn, die von Nebel umhüllten Hügel, die seiner Seele stets Frieden gegeben hatten. Er ritt auf sie zu, wobei Marsalis Blick ihn zu verfolgen schien, so weit er auch ritt. Immer und immer wieder sah er den Schmerz in ihren Augen, ihre Verwirrung. Ihr Entsetzen, als ihr zum ersten Mal bewusst wurde, was für ein Mensch er geworden war.

Hatte sie den Tod in seinem Gesicht gesehen? Wusste sie, dass jede Falte in seinem Gesicht ein Mahnmal für eine Seele war, die er zerstört hatte? Erahnte sie seine Angst, den Schrecken, den er in jeder Minute durchlebt hatte, die er auf dem Schlachtfeld zugebracht hatte? Aber was immer sie gesehen hatte, was auch immer sie begriffen hatte, es gefiel ihr nicht. Dessen war er sich sicher.

Patrick trieb sein Pferd zum Galopp an und überquerte eine Wiese zwischen zwei gezackten Felsen. Das Tier bewegte sich nur träge vorwärts, aber er zügelte sich, seinen Ärger an dem Pferd auszulassen. Er hätte lieber den Grauschimmel geritten, den er im Stall seines Vaters gesehen hatte, aber eine der ersten Lektionen, die er als Krieger gelernt hatte, war, niemals ein auffälliges Pferd zu nehmen, wenn er mit Feindberührung rechnen musste.

Die Hütte, die sein Ziel war, lag nicht mehr weit entfernt. Der Sage nach hatten die Sutherlands diese Hütte als Zufluchtsort benutzt, als sie von den Engländern – unter der Regentschaft von König Edward – verfolgt worden waren. Die Hütte war zwar alt, aber immer noch stabil, sie hatte steinerne Wände und lag tief im Wald verborgen. Abgesehen von einem gelegentlichen Jäger wurde das Gebäude kaum benutzt. Es befand sich einfach zu abseits von Brinaire, und das Land drumherum war zu felsig für Viehzucht oder Ackerbau.

Falls seine Stiefmutter wirklich einen geheimen Ort für eine Liebesbeziehung gesucht hätte, wäre diese Hütte der ideale Platz dafür gewesen.

Patricks Pferd kletterte langsam über den steinigen Weg, durch schmale Schneisen hindurch, an einem Wasserfall vorbei, der über gezackte graue Felsvorsprünge sprudelte. Er blickte in den Himmel, wo die Spitzen der Berge im Nebel verschwanden. Sein Gesicht war feucht von der Luft, dem feinen Nebel, der alles umhüllte, aber er fühlte sich wohl.

Sein Vater hatte ihn einmal hierher gebracht, bevor er ihn zur Erziehung zu den Gunns geschickt hatte.

Denk immer an die Sutherlands, die vor dir hierher gekommen sind, hatte sein Vater gesagt, als sie zusammen an der Nordgrenze ihres Territoriums gestanden hatten. Damals hatte sein Vater ihm die Geschichte der Hütte erzählt, wie ihre Vorfahren zuerst unter dem Freiheitsheld William Wallace gegen König Edward von England gekämpft hatten und später unter dem schottischen König Robert Bruce. Man hatte die Sutherlands gejagt und zu Vogelfreien erklärt, aber sie hatten überlebt, weil sie zusammengehalten hatten.

»Vergiss niemals deinen Clan, Junge«, hatte sein Vater damals zu ihm gesagt. »Er ist das Wichtigste in deinem Leben. Wichtiger als Gott oder deine Familie. Wichtiger als dein eigenes Leben.«

Patrick hatte den großen schlanken Mann, der ihm so fremd war, erstaunt angesehen, als dessen Gesicht von diesem ungewöhnlichen, leidenschaftlichen Ausbruch vollkommen verändert wurde.

»Versprich mir, Junge«, hatte sein Vater gesagt, »schwöre mir bei deiner Ehre, dass dein Clan immer zuerst kommen wird.«

Patrick hatte es versprochen. Im Alter von sechs Jahren

hatte er nicht genau gewusst, was ein Schwur bedeutet, aber er hätte damals alles getan, um das Wohlwollen seines Vaters zu erringen. Und als er das Versprechen abgelegt hatte, hatte er nicht gewusst, was er jetzt wusste. Immer wieder hatte der gleiche Mann, der ihm diesen Schwur abverlangt hatte, ihm eingehämmert, dass der Clan über allem stehe. Und der Schwur eines Kindes hatte schließlich dazu geführt, dass Patrick in den Kampf an Montroses Seite geschickt worden war, später in die Kämpfe mit anderen.

Da er wusste, wie hoch sein Vater die Loyalität seines Clans schätzte, war Patrick klar, dass der alte Mann fast gestorben sein musste, als er erfahren hatte, dass seine Frau ihn angeblich an diesem Ort betrogen haben sollte, dem Ort, der ein Erbe der Sutherland-Geschichte war. Als er nun hier stand, fragte er sich, wer sonst noch von diesem Platz wissen mochte, der dem Marquis von Brinaire so viel bedeutete. Donald Gunn vielleicht. Ja, es war sehr wahrscheinlich, dass sein Vater seinem langjährigen Freund bei einem ihrer Jagdstreifzüge davon erzählt hatte.

Einen Moment lang hegte Patrick den Wunsch, Marsali wäre hier bei ihm, er könnte ihr seine Gedanken mitteilen und ihren Gedanken zuhören. Vielleicht wäre es ihnen gemeinsam gelungen, herauszufinden, was ihrer Tante hier vor zwei Jahren widerfahren war.

Tatsache war jedoch, dass er viel zu lange nur mit sich selbst zu Rate gegangen war, dass er gar nicht anders konnte, als nur seine eigenen Schlussfolgerungen zu ziehen, so gerne er auch seine Gedanken mit der Frau, die er liebte, geteilt hätte. Selbst Hiram und Rufus wussten nur selten, was er plante, bis es absolut notwendig war, dass er sie von seinem Vorhaben in Kenntnis setzte. In dieser Hinsicht war er – das war ihm bewusst – absolut der Sohn seines Vaters.

Das Unterholz in der Nähe der Hütte war dicht und der Pfad fast völlig zugewachsen. Patrick fragte sich, ob in den vergangenen zwei Jahren überhaupt ein Mensch hier gewesen war. Natürlich, seine Vater hatte die Hütte und die Umgebung sorgfältig nach Beweisen abgesucht, und er hätte alles mitgenommen, was ihm irgendein Hinweis auf Margaret gegeben hätte, aber Patrick hatte das Gefühl, dass er sich selbst noch einmal gründlich umsehen musste.

Er brachte sein Pferd vor der Hütte zum Stehen, saß ab und band die Zügel an einen tief hängenden Ast. Als er sich dem alten Gebäude näherte, blieb er plötzlich stehen, weil er auf dem Boden vor sich einen dunklen Fleck sah. Ein paar Schritte weiter fand er noch einen, und noch einen in der Nähe der Tür. Patrick hatte solche dunklen Flecken oft genug gesehen, um zu wissen, woher sie stammten.

Er öffnete die Eingangstür der Hütte mit einer Hand, während er mit der anderen den Griff seines Dolches umfasste, der in seinem Gürtel steckte. Im Licht, das durch die offene Tür in den kleinen Raum schien, fiel sein Blick sofort auf eine reglose Gestalt, die in einer Ecke auf fauligem Stroh lag. Mit einem kurzen Blick überflog er den restlichen Raum, entdeckte nichts Besorgniserregendes, ging zu dem Mann, der mit dem Gesicht nach unten auf dem Bauch lag, und beugte sich über ihn.

Patrick erkannte ihn augenblicklich. Jeder, der auch nur eine Nacht in Abernie verbracht hatte, kannte Quick Harry. Er sah die rostroten Flecken auf Quick Harrys Plaid und legte seine Finger an den Hals des Verletzten. Er atmete erleichtert auf, als er den Puls fand, obwohl er schwach und unregelmäßig war. Quick Harrys Gesicht war heiß, sein Atem ging flach.

Patrick schlug das blutgetränkte Plaid zurück und sah, dass Harrys Brust von einem Schwertstreich getroffen worden war. Die Wunde sah zwar übel aus und hatte sich entzündet, aber sie war nicht sehr tief. Das Fieber und der Blutverlust hatten den Mann so geschwächt. Patrick war erstaunt, dass Harry es zur Hütte geschafft hatte, da der Überfall doch viele Meilen weiter nördlich stattgefunden hatte.

Hilflos starrte Patrick den Verwundeten an und verfluchte

sich, weil er nichts und niemanden mitgebracht hatte. Keinen Wein, kein Wasser, nichts zu essen – und niemanden, der ihm helfen konnte.

Aber Quick Harrys Zustand erlaubte es nicht, sich in Grübeleien zu ergehen. Zuerst brauchte der Mann dringend Wasser.

Patrick brauchte nicht lange, um festzustellen, dass das gesamte Geschirr zerschlagen worden war. Die Scherben lagen auf dem ganzen Boden verstreut. Auch das Mobiliar, Tische und Stühle, hatte man gewaltsam zerschlagen. Was übrig geblieben war, konnte man höchstens noch als Brennholz benutzen. Für einen kurzen Moment sah Patrick die Szene vor Augen, als sein Vater in blinder Wut systematisch alles zerstört hatte.

Er presste die Kiefer zusammen, durchsuchte den Scherbenhaufen und fand schließlich ein zerbrochenes Gefäß, das noch etwas Wasser fassen würde. Er rannte zu dem Bach in der Nähe, schöpfte so viel Wasser wie möglich und versuchte dann, Quick Harry zu Bewusstsein zu bringen.

Zuerst versuchte er es vorsichtig, aber als er damit keinen Erfolg hatte, begann er, den Mann fester zu schütteln. Patrick wollte nicht, dass Quick Harry einfach in eine andere Welt überging, und er musste sich eingestehen, dass seine Motive nicht ganz uneigennützig waren. Harry musste irgendetwas wissen, musste irgendwas gesehen haben. Aber davon abgesehen, wollte er sein Gewissen nicht mit einem weiteren Menschenleben belasten.

Ein leises gequältes Stöhnen verriet ihm, dass Harry den Kampf noch nicht ganz aufgegeben hatte.

»Harry«, sagte er, dann noch einmal lauter: »HARRY!«

Die Augen öffneten sich, schlossen sich und öffneten sich erneut. Sie waren milchig blau, sahen nichts. Aber ganz allmählich schien der Blick schärfer zu werden, erkannte das Muster des Plaids, das Patrick trug. Harry wollte ihn schwach zurückstoßen, aber Patrick hielt ihn fest.

»Nay«, sagte er leise. »Du bist in Sicherheit. Ich werde dir nicht wehtun.« Er sprach in dem Dialekt, den er als Kind gesprochen hatte, bevor er von einem Lehrer die Hochsprache gelernt hatte, ein Dialekt, von dem er wusste, dass Harry ihn leichter verstehen würde, und der beruhigend auf ihn wirken würde.

»Wasser.«

»Ich habe hier ein bisschen für dich«, sagte Patrick. Er legte seine Hand in den Rücken des Mannes und half ihm so weit hoch, dass er trinken konnte. Dann setzte er den zerbrochenen Krug an Harrys Lippen und beobachtete, wie er gierig trank.

Nachdem er auch den letzten Tropfen geschlürft hatte, sah Quick Harry Patrick an. »Du ... du bist Patrick Sutherland.«

Aye«, erwiderte Patrick und blickte Harry in die Augen. »Ich hatte nichts mit dem Überfall zu schaffen. Aber vermutlich weißt du das ja.«

»Ich bin ihnen gefolgt«, sagte der Verwundete. »Zu Fuß. Ich habe gehört, wie dein Name gerufen wurde, aber ich kannte dich als Junge, und ich wusste, dass du nicht bei ihnen warst.« Quick Harry versuchte, sich aufzurichten und stöhnte vor Anstrengung.

»In welcher Richtung sind sie geritten?«, fragte Patrick.

»Nach Süden. Zu ihrem Land.« Das Sprechen bereitete Harry große Mühe. Trotzdem fragte er: »Meine Frau? Mein Sohn?«

»Sie sind in Abernie in Sicherheit«, antwortete Patrick, der es nicht über sich brachte, dem Mann zu sagen, dass sein Sohn schwer verletzt war.

Quick Harry seufzte erleichtert. »Diese verdammten Schurken. Einer muss mich gesehen haben, als ich ihnen folgte. Er ist zurückgekommen. Er dachte wohl, dass er mich getötet hätte, aber ich hatte mich nur totgestellt.

»Und wieso bist du hierher gekommen?«

»Ich kam schon als Junge manchmal hierher«, erwiderte Harry.

»Hast du die Gesichter der Angreifer gesehen, Mann?«

»Nur das von dem einem. Die anderen hatten sich schwarz gefärbt. Ich habe den Mann vorher noch nie gesehen, aber ich werde ihn nie mehr vergessen. Er hat das hässlichste Gesicht, das ich je gesehen habe. Er hatte eine schauerliche Krächzstimme. Er lachte, als er mit dem Schwert nach mir schlug. So einen grässlichen Laut habe ich in meinem ganzen Leben noch nicht gehört.«

»Eine Krächzstimme?« Patricks Herz schlug plötzlich schneller. »Hat der Mann etwas gesagt?«

»Aye, er sagte ...« Quick Harry stöhnte erneut.

»Was hat er gesagt?«, drängte Patrick.

Harrys Augenlider begannen zu flattern. »Er sagte ... ›Jetzt bist du den ganzen Weg umsonst gerannt, du alter Narr‹.«

»Nein, nicht umsonst«, erwiderte Patrick leise. »Ich werde dir jetzt noch etwas mehr Wasser bringen und dann Hilfe holen.«

»Der ... Überfall ...?«

»Das waren nicht die Sutherlands«, antwortete Patrick. »Das schwöre ich dir. Ich würde dich ja nach Brinaire bringen, aber ich fürchte, diesen Ritt würdest du nicht überleben. Du hast schon zu viel Blut verloren, und ich kann das Risiko nicht eingehen, dass sich die Wunde wieder öffnet. Aber ich werde mit Hilfe zu dir zurückkehren. Mit Essen, Medizin, Verbandszeug.«

Quick Harry schaute ihn mit rot geränderten, wässrigen Augen an. »Ich habe nie geglaubt, dass du so etwas Schändliches tun könntest, Lord Patrick.«

Die schlichte Ehrlichkeit dieser Worte tat Patrick gut. Bevor die ganze Sache vorüber war, musste es ihm gelingen, das Vertrauen beider Clans zu gewinnen. Und wenn er um das Vertrauen jedes Mannes einzeln kämpfen musste, dann musste es eben so sein.

Er tat alles, was in seiner Macht stand, um es Harry möglichst bequem zu machen, und zündete zuletzt ein Feuer im Kamin an, wobei er die zerbrochenen Möbel hoch aufschichtete. Bevor er zurück sein würde, wäre es spät und kalt. Dann versicherte er Harry noch einmal, dass er schnellstens mit Hilfe wiederkommen würde und stieg auf sein Pferd.

Während Patrick nach Brinaire ritt, beschäftigte ihn ein einziger Gedanke. Eine Krächzstimme. Ein verunstaltetes Gesicht. Das traf auf viele Männer zu. Aber ein Mann verfolgte Patrick bis in seine Träume. Doch dieser Mann war tot. Er musste tot sein.

Aber er konnte die Sache nicht einfach abtun. Und das Grauen, das er empfand, ebenso wenig.

☆ ☆ ☆

Marsali stand mitten im Schlosshof von Brinaire und schlang die Arme um sich selbst, um sich gegen den kalten Wind zu schützen, der über die Hügel fegte. War es ein Fehler gewesen, ihre Gedanken so offen auszusprechen? Sie hatte Patrick ja nicht vertreiben wollen. Na ja, nicht ganz. Aber sicher würde er sie doch hier nicht alleine lassen, alleine unter Feinden?

Der Morgen verstrich, dann die Mittagszeit, doch sie sah ihn nicht. Elisabeth und Alex behaupteten, dass sie nicht wüssten, wo er sei. Als sie es schließlich nicht länger aushielt, in ihrer Kammer auf und ab zu laufen, probierte sie die Tür und stellte zu ihrer Verwunderung fest, dass sie nicht verschlossen war. Sie nahm ihren ganzen Mut zusammen und machte sich auf die Suche nach Hiram.

Niemand hielt sie auf, als sie das Schloss verließ. Während sie vorsichtig durch den Hof ging, folgten ihr ein paar neugierige Blicke, aber nur wenige davon waren feindlich. Sie hatte mit dem Gedanken gespielt, Brinaire einfach durch das Haupttor zu verlassen, aber dann hatte sie die beiden Männer bemerkt, die ihr folgten. Sie musste zugeben, dass sie sehr diskret waren, aber als sie jetzt so dastand und sich fragte, wohin sie gehen sollte, war ihr die Gegenwart der Männer doch aufgefallen.

Gerade, als sie sich entschloss, doch wieder ins Haus zurückzukehren, tauchte Hiram auf, der von den Ställen kam. Als er sie sah, eilte er auf sie zu.

»Lady Marsali«, fragte er besorgt, »gibt es etwas, was du brauchst?«

Er stand so dicht vor ihr –, praktisch schon über ihr – dass sie den Kopf ganz weit in den Nacken legen musste, um in sein Gesicht zu sehen. Gütiger Himmel, war der Mann riesig. »Ich habe Patrick gesucht«, sagte sie.

Hiram trat verlegen von einem Fuß auf den anderen. Er wirkte fast schüchtern, als er erwiderte: »Es tut mir Leid, aber ich weiß nicht, wo Patrick im Moment ist.«

Sie war nicht sicher, ob sie ihm glauben sollte, aber es war ohnehin schwer zu entscheiden, was sie überhaupt noch glauben sollte.

»Ist dann wenigstens Rufus hier?«, fragte sie. »Ich habe den Brief gelesen, den meine Schwester mir durch ihn geschickt hat, aber ich würde doch gerne von ihm persönlich hören, wie es ihr geht.« Tatsächlich war Cecilias Brief voller Anspielungen auf Rufus gewesen, dass sie sich entschlossen hatte, den Mann doch mal genauer anzusehen. »Kannst du mir sagen, wo ich ihn finden kann?«

Hiram wechselte wieder die Fußstellung. »Er ist weg, Mylady.«

»Schon wieder? Wohin?«

»Das kann ich nicht sagen.«

Ihre Lippen wurden schmal. »Kannst du es nicht oder willst du es nicht?«

Er wurde rot, und Marsali fühlte sich augenblicklich schuldig. Sie ließ ihren Ärger an einem Menschen aus, der für ihre Situation nicht verantwortlich war. Hiram führte nur Befehle aus – Befehle, die Patrick gegeben hatte.

Sie drehte sich um und ging in Richtung der Ställe. Vielleicht sollte sie sich mal die Pferde ansehen. Tief in ihrem Geist formte sich der Gedanke an Flucht.

Hinter ihr sagte Hiram mit leiser, tiefer Stimme etwas, das nur für ihre Ohren bestimmt war. »Er liebt dich, Mylady.«

Sie blieb mit dem Rücken zu Hiram gewandt stehen, und der Atem stockte ihr in der Kehle.

»Und du bist nicht so alleine, wie du vielleicht denkst«, fuhr er fort.

Sie drehte sich wieder zu ihm um und betrachtete sein Gesicht, dieses robuste schottische Gesicht eines Highlanders, das von roten Haaren eingerahmt war. Die Augen waren hellblau und die Nase etwas schief, als ob sie einmal gebrochen gewesen wäre. Es war ein sanftmütiges Gesicht, eines, das beruhigend wirkte. Ein Gesicht, dem sie früher intuitiv vertraut hätte. Aber sie befand sich in Feindesland, verschleppt von dem Mann, von dem sie auch angenommen hatte, dass sie ihm vertrauen könnte.

»Wie lange bist du schon bei Patrick?«, fragte sie und beobachtete, wie sich um Hirams Augen Fältchen bildeten, als er zu lächeln begann.

»Och, acht Jahre oder so«, antwortete er. »Ich würde ihm zur Hölle und zurück folgen.«

»Wieso?«

Er zuckte mit den Schultern. »Weshalb folgt ein Mann schon einem anderen? Vielleicht, weil er in ihm einen besseren Mann sieht, einen Mann, wie er selbst sein möchte?«

»Möchtest du wie Patrick sein?«

Hiram lachte leise. Es kam aus der Tiefe seiner breiten Brust. »Früher dachte ich das vielleicht mal. Er ist ein guter Anführer und ein tapferer Kämpfer. Aber mir fehlt seine

Gewissenhaftigkeit, Marsali. Und die möchte ich auch gar nicht haben. So ein Bewusstsein ist für einen Krieger auch eine große Verpflichtung.«

»Und weshalb bleibst du dann bei ihm?«

Weil ich ihn mehr bewundere als jeden anderen Mann, der mir je begegnet ist. Ich weiß, dass Patrick mich nie im Stich lassen würde, dass er mich nie verraten, mich nie betrügen würde. Es gibt nicht viele Männer, denen ich blindlings vertrauen würde.«

Sie schwieg einen Augenblick, und als sie wieder sprach, dann mehr zu sich selbst. »Ich wünschte, ich könnte so fest an ihn glauben wie du.«

Hiram seufzte tief. »Ich weiß, dass er manchmal ein schwieriger Mensch sein kann. Er behält seine Gedanken immer für sich. Aber das gleicht Rufus aus. Der redet, wie ihm der Schnabel gewachsen ist. Patrick dagegen ist ein Mann, der eine Sache erst von allen Gesichtspunkten durchdenkt, bevor er darüber spricht.« Er lächelte auf sie herunter. »Aber seine Augen beginnen jedes Mal zu leuchten, wenn er dich ansieht, Mylady. Manchmal ist er dann sogar ein bisschen verwirrt. Für mich ist das eine Freude, zu sehen, dass er wie jeder sterbliche Mann reagiert. Das kann ich wohl sagen.«

Marsali konnte es nicht verhindern, dass ein kleines Lächeln ihre Lippen umspielte, als sie daran dachte, dass Patrick ihretwegen »verwirrt« sein könnte. Sie hatte ihn zärtlich und leidenschaftlich erlebt, vergnügt und ernst, verletzt und verärgert. Aber noch nie hatte sie den geringsten Hinweis auf Verwirrung gesehen.

Tatsächlich hatte Marsali das Gefühl, dass sie trotz ihrer eigenen Konfusion täglich neue Seiten von Patrick entdeckte. Sie verstand jetzt – ganz anders als jemals zuvor –, was es für ihn bedeutet haben musste, als kleiner Junge auf Brinaire zu leben. Als sie selbst geboren wurde, lebte er bereits bei ihrer Familie auf Abernie, und sie war aufgewachsen neben einem

Jungen, der lachte und der jeden mit seinem Charme betören konnte. Aber inzwischen hatte sie Elisabeth und Alex kennen gelernt, hatte tagelang in einem Haus mit Gregor Sutherland verbracht, und sie fragte sich, ob Patrick als kleiner Junge wohl ebenso verschüchtert gewesen war wie sein Bruder und seine Schwester. Ob er auch so selten gelacht hatte, ob Glücklichsein für ihn die Ausnahme gewesen war. Wenn sie an all das dachte, war es nicht schwer, sich vorzustellen, wie verwirrt, wie verunsichert er sich gefühlt haben musste. Wie verloren.

Aber Patrick war kein kleiner Junge mehr. Er war ein erwachsener Mann, der im Krieg gekämpft hatte. Er strahlte Selbstsicherheit aus. Er machte nie den Eindruck, irritiert zu sein – gleichgültig, was Hiram sagte. Und ganz sicher wusste er genau, was er tat, auch wenn er keinen Wert darauf legte, dieses Wissen mit ihr zu teilen.

Sie erinnerte sich daran, dass er nach Hause gekommen war, um zu entdecken, dass sein Heim vernachlässigt und seine Familie keine Familie mehr war, dass man seine zwölf Jahre währende Verlobung aufgelöst hatte und dass sein Clan am Rande einer bitteren Blutfehde stand.

Wenn er doch nur zurückkommen würde ...

Um sich abzulenken, damit ihre Furcht sich nicht zur Panik auswuchs, blickte Marsali Hiram an. »Hast du Familie?«, fragte sie.

»Nay«, antwortete er kopfschüttelnd. »Die meisten wurden von den Engländern getötet. Der Rest wurde geächtet und ist in alle Winde zerstreut. Es waren sture Katholiken, denen ihre Unabhängigkeit über alles ging.« Er blickte zu den Bergen hoch und fuhr dann fort: »Als das passiert ist, lebte ich bei einer anderen Familie, die meine Erziehung übernommen hatte. Als ich wieder nach Hause kam, hatte ein Engländer unser Land übernommen. Ich habe den freudlosen Bastard nie ausstehen können und bin dann ...«

Er unterbrach sich mitten im Satz, und Marsali sah eine

Härte um seinen Mund und eine Kälte in den Augen, die ihr einen Schauer über den Rücken jagten. Das war nicht länger der gutmütige Mann, der so leicht errötete und so linkisch wirkte. Das war ein vollkommen anderer Mensch.

Genauso, wie Patrick manchmal so anders war. War das denn bei allen Männern so? Lebten immer zwei von ihnen in einem einzigen Körper?

Ein heftiger Windstoß fuhr durch den Schlosshof und presste den Stoff des Kleides eng an ihren Körper. Sie zitterte, aber das war nicht allein wegen der Kälte. Die Lektionen, die sie über Männer und deren Lebensart lernte, waren nicht gerade erfreulich.

Hiram schaute zu den Wolken am Himmel hoch. »Du gehst jetzt besser wieder ins Haus, Lady Marsali. Ich fürchte, dass es noch kälter wird.«

»Ich möchte einen Ausritt machen, Hiram. Kannst du das arrangieren?«

»Nay, Mylady, das kann ich nicht«, antwortete er. »Aber ich werde Patricks Schwester bitten, dir einen warmen Schal zu bringen.«

»Ich will keinen warmen Schal. Und ich habe auch keine Lust, hier herumzusitzen, weil das Patrick gerade so passt.« Plötzlich, und ohne Vorwarnung, bildete sich eine Träne im Augenwinkel, aber sie widerstand der Versuchung, sie wegzuwischen.

Hiram scharrte verlegen mit den Füßen. »Ich werde versuchen, ihn zu finden«, meinte er schließlich.

Sie starrte ihn an. »Und bei der Gelegenheit kannst du ihm ausrichten, dass ich eher verhungern werde, als noch einmal am Tisch seines Vaters zu essen.«

»Aye, Mylady«, erwiderte er unglücklich.

Sie wollte noch etwas sagen, aber sie wusste, dass es sinnlos sein würde. Hiram würde sich nicht über Patricks Befehle hinwegsetzen, auch wenn sie noch so sehr bettelte. Und sie würde sich selbst nicht auch noch weiter erniedrigen.

Sie drehte sich im kalten Wind um und ging in Richtung Schloss zurück.

☆ ☆ ☆

Patrick kämpfte mit der Erschöpfung, als er in das kleine Dorf, östlich von Brinaire, galoppierte. Er suchte das Cottage von Bridie Fitzpatrick. Ihr Vater war ein Sutherland, aber es wurde behauptet, dass ihre Mutter eine Zigeunerin gewesen sei. Also ging das Gerücht, Bridie hätte das Zweite Gesicht und beherrsche die Heilkunst. Als ihr Ehemann gestorben war, kehrte sie zurück, um bei ihrer Tante, einer Hebamme, zu leben. Beide Frauen hatten den Sutherlands oft bei medizinischen Notfällen geholfen. Nun war Bridies Tante ebenfalls tot, und Bridie lebte davon, Kräuter zu sammeln und daraus Zaubertränke zu machen. Tränke, die bei Liebesleiden helfen sollten, bei Verletzungen, und Tränke, die die bösen Geister fern hielten.

Patrick kannte Bridie nicht persönlich. Sie war erst wieder nach Sutherland zurückgekehrt, als er schon zur Erziehung auf Abernie lebte, aber er hatte viele Geschichten über sie gehört.

Er wusste nicht genau, was ihn erwartete, als er auf die Tür der Hütte zuging und die Hand hob, um zu klopfen. Aber bevor er klopfen konnte, wurde die Tür schon geöffnet.

Die Frau, die vor ihm stand, war hager, die Haare schwarz, die Augen ebenso dunkel. Er sah sofort, dass sie einmal eine sehr schöne Frau gewesen sein musste. Ihr Blick war durchdringend, wissend, ihr Gesicht faltenlos, obwohl er sie über sechzig schätzte.

»Mylord?«, fragte sie.

Ihre Stimme klang keineswegs überrascht, aber desto überraschter war Patrick. Er hob fragend eine Augenbraue. »Du hast mich erwartet?«

Sie schien belustigt zu sein. »Alle kommen zu mir.«

»Alle?«

»Aye. Früher oder später. Und was braucht Ihr? Vielleicht einen Liebestrank? Ich habe gehört, dass Eure Braut ziemlich verärgert ist.«

»Hörst du alles, was passiert?«, fragte er.

»Das ist nicht schwierig, wenn man seine Ohren offen hält«, erwiderte sie.

Er lächelte. »Ich glaube, ich würde mich einmal gerne länger mit dir unterhalten«, sagte er, »aber im Augenblick habe ich es eilig. Ich brauche Heilkräuter. Eine Breipackung für eine eiternde Wunde.«

Sie starrte ihn einen Moment abschätzend an. Patrick fühlte sich unbehaglich unter dem Blick ihrer dunklen Augen, aber dann nickte sie. »Ich denke, ich habe, was Ihr braucht. Kommt herein.«

Er trat ein paar Schritte in die Hütte. Im Kamin loderten die Flammen, und alle Arten von Kräutern hingen zum Trocknen an der Decke. Verschiedene fremde Düfte verbanden sich mit dem vertrauten Geruch nach Torf, süßlich und beruhigend. Patrick beobachtete, wie Bridie verschiedene Kräuter, die schon klein gehackt waren, aus unterschiedlichen Behältern nahm und daraus zwei Häufchen machte. Das eine schüttete sie in einen kleinen Lederbeutel, das andere in eine Flasche.

»Der Inhalt des Beutels ist für die Wunde«, erklärte sie, während sie arbeitete. »Es ist eine Mischung aus Mehl und Kräutern. Ihr müsst es mit Wasser vermischen und auf ein Tuch streichen, das Ihr über die Wunde legt. Die andere Mixtur ist zum Trinken. Dadurch sollte das Fieber zurückgehen.« Sie fügte saubere Tücher hinzu und machte daraus ein Bündel, das sie mit Hanf zusammenband.

Patrick zog ein paar Goldstücke aus der Tasche, die er ihr gab. »Meinen Dank.«

Ihre dunklen Augen bohrten sich in seine. »Kommt wieder, Mylord.«

Erneut hatte er das seltsame Gefühl, dass diese Frau etwas wusste, was ihn betraf. Er nickte. »Das werde ich.« Als er sich zum Gehen wandte, sprach sie noch einmal.

»Mylord«, sagte sie, »passt auf Euch auf. Da draußen lauert große Gefahr auf Euch.«

Er blieb in der Tür stehen, drehte sich zu ihr um und betrachtete nachdenklich ihr Gesicht. »Gibt es etwas, was ich wissen sollte?«

»Nay, Mylord. Das ist nur ein Gefühl. Ich spüre den Tod.«

»Den kenne ich nur zu gut, Mistress Fitzpatrick. Ich fürchte, er folgt mir auf Schritt und Tritt.«

»Nennt mich Bridie«, sagte sie. »Alle nennen mich so.«

»Also dann, Bridie«, erwiderte er und nickte ihr zum Abschied zu.

Jetzt brauchte er noch ein frisches Pferd, etwas zu essen, sowie warme Decken, überlegte er, als er aufsaß und sein Pferd auf der Straße nach Brinaire zum Galopp trieb. Wenn er sich beeilte, konnte er wieder bei der Hütte sein, bevor es in den frühen Morgenstunden richtig dunkel wurde. Er war dankbar dafür, dass sich zu dieser Jahreszeit die Dämmerung so weit bis in die Nacht erstreckte.

Er hoffte nur, dass ihn jemand bei diesem Ritt begleiten würde. Jemand, der es bereitwillig tun würde.

☆ ☆ ☆

Marsali aß in ihrer Kammer. Sie hatte sich die Sache sehr gut überlegt, denn einerseits gefiel es ihr nicht, dem Marquis den Triumph ihrer Abwesenheit zu gönnen, aber andererseits wollte sie ihm nicht noch einmal die Gelegenheit geben, sie öffentlich zu demütigen.

Sie stocherte in dem Fisch und dem Rebhuhn herum, das man ihr auf einem Tablett gebracht hatte. Beides war miserabel zubereitet. Aber alles auf Brinaire schien heruntergekommen zu sein. Sie hatte bisher nur wenige Dienstboten gesehen. Und tatsächlich war es immer Elisabeth gewesen, die ihr alles gebracht hatte. Die Großhalle bot ein Bild der Verwüstung und war ein Beweis dafür, dass Brinaire nicht länger das hochherrschaftliche Schloss war, das sie einmal gekannt hatte.

Sie probierte ein anderes Stück Fisch und versuchte, über ihre Flucht nachzudenken. Sie sah es einfach als ihre Pflicht an, es wenigstens zu versuchen. Aber es war schwer, sich auf so ein Unterfangen zu konzentrieren, wenn man von dem Geruch unter Nase abgelenkt wurde. Gott im Himmel, aber das Zeug war wirklich nicht essbar.

Aber sie hatte Hunger. Die Kleider, die Elisabeth ihr gebracht hatte, hingen formlos an ihrem Körper, der nicht mehr schlank, sondern einfach zu mager war. Sie holte tief Luft und zwang sich, noch einen Bissen von dem Rebhuhn zu essen.

Sie wünschte, Elisabeth wäre bei ihr, aber das Mädchen war zum Essen in der Großhalle befohlen worden. Es war klar gewesen, dass sie Marsali gerne Gesellschaft geleistet hätte, aber Elisabeth würde sich nie einem Befehl ihres Vaters widersetzen.

Marsali gab den Frettchen ein Stück Fisch, aber sie war bestürzt, als sogar der gierige Tristan nur verächtlich daran schnupperte. Isolde sprang davon, als wäre sie beleidigt, dass man ihr so etwas überhaupt anbot. Es war schon traurig, dass eines der ältesten und nobelsten Häuser der Highlands seinen Gästen ein Essen vorsetzte, das sogar zwei hungrige Frettchen verweigerten.

Schließlich stand Marsali auf, sperrte die Frettchen in ihren Korb und ging zur Zimmertür. Sie würde in die Küche gehen. Einmal, weil ihr Magen etwas Essbares brauchte, und zum anderen, weil sie herausfinden wollte, wie frei sie sich bewegen konnte. Sie öffnete die Tür und erwartete, ihren großen Wärter zu sehen. Aber Patrick stand vor ihr.

Vollkommen überrascht starrte sie ihn an. Er hatte den Bart abrasiert, der seine Narbe verdeckt hatte, aber inzwischen war ihm schon wieder ein Tagesbart gewachsen.

Sie wollte wütend auf ihn sein. Aber alle verärgerten Worte, die ihr auf der Zunge gelegen hatten, erstarben, als sie in seine Augen schaute. Sie waren so unglaublich grün – und so schrecklich müde. Und in seinem Gesicht standen Besorgnis und Schmerz.

»Marsali«, sagte er. »Ich brauche Hilfe.«

Mit diesen einfachen Worten war es um sie geschehen.

13

Marsali genoss es, den kalten Wind im Gesicht zu spüren und die weiche Gangart des Pferdes unter sich. Beides bedeutete Freiheit. Nach mehr als einem Monat Gefangenschaft sprudelte ihre Laune über, und sie kostete alle Gefühle voll aus.

Patrick ritt zu ihrer rechten Seite, Hiram zu ihrer linken. Aber sie waren nicht ihre Gefangenenwärter. Sie waren Weggefährten – Mitverschwörer bei einem geheimnisvollen Abenteuer. Nachdem Patrick sie um Hilfe gebeten hatte, waren sie leise die steinerne Treppe hinuntergestiegen und hatten das Haus durch das Hauptportal verlassen. Hier wartete Hiram schon auf sie, der auf einem riesigen Pferd saß und die Zügel von drei anderen in der Hand hielt.

Patrick hatte ihr in den Damensattel eines kleinen rotbraunen Wallachs geholfen und sich dann selbst in den Sattel eines schwarzglänzenden Hengstes geschwungen. Das vierte Pferd war mit verschiedenen Säcken beladen, aber Marsali wusste nicht, was diese Säcke enthielten.

Die drei waren aus Brinaire galoppiert, vorbei an den Torwachen, die dem kleinen Trupp nur verblüfft hinterherschauen konnten.

Sie hatte keine Ahnung, was Patrick vorhatte. Keine Ahnung, wohin sie ritten. Aber das kümmerte sie nicht. Sie waren gemeinsam unterwegs zu einem Abenteuer, und er brauchte ihre Hilfe. Sie hätte die stumme Bitte in seinen Augen nicht ablehnen können, nicht einmal, wenn ihr Leben davon abgehangen hätte. Und ihr machte es Spaß, sich so verwegen und unbekümmert zu verhalten.

Die Hufe der Pferde donnerten über den steinigen Boden,

während sie in Richtung Norden ritten. Eine wilde, pulsierende Freude durchfuhr sie, als der Wind ihre Haare zerzauste, ihren Körper durchrüttelte und die Luft sich mit dem Duft von Heidekraut füllte. Die Nacht selbst schien magisch zu sein, noch immer war es die Zeit der Dämmerung – die Zeit dieser langen Stunden des Zwielichts, in denen der Himmel über den rauen Bergen der Highlands mit goldenen Streifen durchzogen war.

Sie ritten tiefer hinein nach Sutherland, in die Wildnis, wo es nur wenig Leben gab, nur robuste, winterharte Pflanzen, knorrige Bäume und wilde Tiere. Keine Felder. Keine Schafe oder Rinder. Dieses Gelände war Marsali unbekannt, aber sie nahm es in sich auf, während sie einen steilen, gewundenen Pfad entlangritten, der schließlich im Zugang zu einem Tal endete. Der felsige Untergrund zwang sie, langsamer zu reiten, und die Tiere suchten vorsichtig ihren Weg durch das Tal, das zu einem Wald führte, wo bald danach eine Hütte in Sicht kam, die von Bäumen gut geschützt war.

Patrick sprang aus dem Sattel und half Marsali abzusitzen. Er hielt mit seinen Händen ihre Taille umfasst, und sie blickte ihm in die Augen.

»Da ist jemand drin, der dringend deine Heilkunst benötigt«, sagte er.

Sie sog scharf die Luft ein. »Wer ist es?«

Es war zum Verrücktwerden, aber er gab ihr keine Antwort, sondern eilte zu seinem Pferd zurück, band die Satteltaschen los und warf sie sich über die Schulter. Dann ging er, gefolgt von Hiram, zur Tür und öffnete sie weit, um etwas Licht in die Hütte zu lassen.

Der Mann konnte einen wirklich in Wut bringen, dachte sie, weil er nie ein Wort sprach, das nicht unbedingt gesagt werden musste. Sie stieß einen frustrierten Seufzer aus und folgte den beiden Männern in die Hütte.

Drinnen war es kalt, denn die einzige Wärmequelle waren ein paar verglühte Holzscheite im Kamin. Ihr Blick fiel auf die reglose Gestalt, die in der Ecke auf einer Strohmatte lag. Im nächsten Augenblick kniete sie an seiner Seite.

»Quick Harry«, sagte sie leise und legte dabei ihre Hand auf sein Gesicht. Der Verwundete regte sich nicht, als sie ihn berührte, aber sie wusste, dass er noch lebte, denn er war glühend heiß vor Fieber. Als sie den Kopf hob, sah sie, dass Patrick sie über die Schulter anschaute, während er Holz im Kamin aufschichtete.

»Ich habe ihn hier gefunden«, erklärte er. »Früher am Tag.«

Sie würde Antworten auf ihre tausend Fragen später verlangen. Jetzt hatte sie zu arbeiten.

»Harry«, sagte sie erneut und versuchte, ihn aufzuwecken. Sie nahm seine Hand und drückte sie fest.

Seine Augen öffneten sich, er blinzelte und lächelte schwach. »Lady Marsali«, wisperte er. »Wie . . .«

»Patrick Sutherland hat mich hergebracht«, erwiderte sie.

»Er hatte versprochen, Hilfe zu holen. Meine Frau . . . mein Sohn? Hast du sie gesehen?«

»Beide in Abernie«, sagte sie.

Der Mann atmete erleichtert auf. »Das hat der Sutherland auch behauptet, aber . . .«

Marsali warf Patrick einen Blick zu. Falls er den Zweifel in Quick Harrys Stimme gehört hatte, ließ er sich nicht anmerken, ob er davon beleidigt war oder nicht.

»Hier. Das tut dir vielleicht gut.« Hiram ging neben Marsali in die Hocke und bot Quick Harry einen Schluck Wein aus einem Deckelkrug an.

Marsali sah, dass der riesige Schotte einen der Säcke geleert hatte und den Inhalt auf ein Tuch in einer anderen Ecke der Hütte gelegt hatte: mehrere Brotlaibe, Kartoffeln, ein Brathuhn. Als sie die Menge Lebensmittel sah, fragte sie sich, wie lange Patrick Quick Harry hier behalten wollte. Nach der Anzahl der Säcke zu schließen, würde das Essen für mehrere Wochen ausreichen.

»Und wer bist du?«, fragte Quick Harry Hiram mit schwacher Stimme, die jedoch vorsichtig klang.

»Ein Mann, der Geschenke bringt«, antwortete Hiram, »ein Freund von Patrick Sutherland und, wie ich hoffe, auch von der jungen Lady.«

Quick Harry sah Marsali mit einem Blick an, mit dem er sie aufforderte, die Worte des Mannes zu bestätigen.

Sie wünschte, sie könnte sicher sein, ihm diesen Wunsch zu erfüllen. Doch sie überwand ihre Zweifel und nickte, worauf Quick Harry die Flasche mit zittrigen Händen nahm und einen großen Schluck Wein trank. Dann lächelte er schwach und ließ die Flasche los, aber Hiram packte sie, bevor sie zu Boden fiel.

Quick Harry war schwach, viel zu schwach. Er brauchte mehr als Wein, und seine Wunde musste genäht werden. Marsali wünschte, dass Patrick ihr den Zweck ihrer Mission erklärt hätte, bevor sie Brinaire verlassen hatte. Dann hätte sie mitbringen können, was sie benötigte.

Sie hatte diesen Gedanken kaum zu Ende gebracht, als Patrick sich neben sie kniete und ein anderes Tuch auf den Boden legte. Darauf breitete er den Inhalt seiner Satteltasche aus. Sie beobachtete, was er alles zu Tage förderte. Eine Nadel. Eine Rolle mit grobem Zwirn. Sauberes Verbandszeug. Zerstampfte Kräuter.

Er bemerkte ihren erstaunten Gesichtsausdruck und lächelte sie kurz an. »Eine Heilerin hat mir Kräuter für einen Breiumschlag gegeben und andere Dinge, die du vielleicht benötigen wirst.«

Patrick Sutherland, begriff sie, war kein Mann, der etwas dem Zufall überließ.

Als sie Quick Harrys Verletzung untersuchte, bemerkte sie, dass jemand – zweifellos Patrick – bereits die Kleidung von den Wundrändern geschnitten und die Wunde so gut wie möglich gesäubert hatte. Die Haut beidseits des üblen Schnittes war gerötet, und aus der Wunde trat eine gelblich rote

Flüssigkeit. Es war schon zu viel Zeit vergangen. Vier lange Tage.

»Gib ihm mehr Wein«, befahl sie Hiram. »Ich muss die Wunde vernähen, und das wird sehr schmerzhaft sein.«

Hiram half Quick Harry den Kopf zu heben und setzte den Krug wieder an seine Lippen. Marsali beobachtete den Mann, während er langsam trank, und sie sah, dass seine Augenlider immer wieder zufielen, obwohl er sich alle Mühe gab, bei Bewusstsein zu bleiben.

Marsali roch den Duft der Kräuter, die Patrick auf dem Tuch ausgebreitet hatte. Sie kannte sie alle, und das waren genau die Kräuter, die sie selbst gewählt hätte. Sie nahm einen Behälter, der eine Mischung enthielt, die zum größten Teil aus geriebenem Johanniskraut bestand, streute das Pulver in die Wunde und bereitete dann Nadel und Faden vor. »Könntest du Wasser heiß machen?«

»Aye.« Patrick stand auf, um die Aufgabe zu erledigen.

Marsali verstand immer noch nicht, weshalb Patrick das Leben eines Mannes vom Clan Gunn retten wollte, aber sie war ihm dankbar dafür. Sie war auch dankbar, dass er ihren Fähigkeiten als Heilerin vertraute.

Marsali versuchte, so vorsichtig wie möglich zu sein, als sie das verfaulte Fleisch wegschnitt und die Wunde säuberte, so gut das unter diesen Umständen möglich war, bevor sie begann, eine Reihe von Stichen in das Fleisch zu setzen, um die Wunde zusammenzuziehen und die Blutung zu stoppen. Zwar verzog Quick Harry das Gesicht vor Schmerzen, aber aus seinem Mund kam kein Laut.

Sie kam nur langsam vorwärts. Während sie arbeitete, fragte sie sich, weshalb Patrick Quick Harry nicht einfach nach Brinaire gebracht hatte – oder warum er ihn nicht mit Hiram nach Abernie geschickt hatte. Und sie fragte sich auch, was Harry so tief in Sutherland machte, so weit von zu Hause entfernt.

Sie betrachtete Quick Harrys Kleidung, die mit Blut durchtränkt war, dachte an seinen verwundeten Sohn und diese schreckliche Nacht, in der der Überfall stattgefunden hatte. Hatten all diese Menschen Verletzungen erlitten, weil sie sich geweigert hatte, Edward Sinclair zu heiraten? Oder war es geschehen, weil Patrick zurückgekehrt war, der ihr einen Grund und die Veranlassung gegeben hatte, sich zu widersetzen? War Patricks Heimkehr der Auslöser für die Gewalt gewesen, die im Untergrund geschlummert hatte?

Nachdem sie die Wunde vernäht hatte, setzte sie sich auf die Fersen zurück und atmete tief durch. Sie konnte nur hoffen, dass die Wunde sich nicht neu infizieren würde. »Das war es, Quick Harry«, sagte. »Das Schlimmste hast du überstanden. Du kannst dich jetzt entspannen.«

Quick Harry warf ihr ein schwaches Lächeln zu, bevor er wieder die Augen schloss.

Marsali erhob sich und ging zum Kamin. Wortlos nahm Patrick eine Schüssel mit Wasser aus den Flammen und stellte sie neben die Kräuter. Sie schüttete die Kräuter, die sie brauchte, hinein und fügte Mehl hinzu, um alles miteinander zu vermischen. Die entstandene Paste strich sie auf ein sauberes Tuch, das sie auf Quick Harrys Brust legte, wobei sie sah, wie sich sein Mund schmerzhaft verzog, als der heiße Brei mit dem rohen Fleisch der frisch vernähten Wunde in Berührung kam.

»Das wird das Gift aus deinem Körper ziehen«, erklärte sie. »Aber du musst auch essen und trinken, um wieder zu Kräften zu kommen. Ich werde dir eine Hühnerbrühe kochen. Trink davon so viel wie möglich.«

Er nickte, und sie überließ es Hiram, der neben Quick Harry kniete, diesem ständig Wasser und Wein einzuflößen.

Patrick deckte den Verletzten mit mehreren Decken zu, erhob sich, und lehnte sich gegen die Wand neben dem Feuerplatz. Seine Haltung schien lässig zu sein, fast ein bisschen gelangweilt, aber Marsali wusste, dass dieser Eindruck täuschte. Sie spürte die Anspannung in seinem harten schlanken Körper, und sie war sich bewusst, dass er jede ihrer Bewegungen beobachtete, als sie das Huhn zerteilte, die Teile in einen Topf legte, Wasser hinzufügte und den Topf aufs Feuer setzte. Wenn die Brühe fertig war, würde sie noch einige der Kräuter dazugeben.

Während Marsali kochte, erhob Hiram sich von Quick Harrys Seite und murmelte, dass er sich um die Pferde kümmern müsse. Als Marsali sich aufrichtete, traf ihr Blick Patricks Blick, und sie fragte sich, ob er die Fragen lesen konnte, die in ihren Augen geschrieben standen.

Er machte eine Kopfbewegung in Harrys Richtung. »Wird er überleben?«

»Mit Gottes Hilfe«, erwiderte sie. »Danke, dass du mich zu ihm gebracht hast. Er war mir immer ein guter Freund.«

»Ich wollte nicht noch mehr Tote auf dem Gewissen haben«, sagte Patrick emotionslos.

»Sind es denn so viele?«

»Genug.«

Sein Ton war nicht gerade auffordernd, weitere Fragen zu stellen. Deshalb verzichtete Marsali für den Moment darauf.

Obwohl sie sich beinahe vor der Antwort fürchtete, fragte sie stattdessen: »Was hast du mit Quick Harry vor?«

Patrick seufzte. »Zusehen, dass er hoffentlich erst mal wieder gesund wird.«

Marsali kaute einen Moment lang auf ihrer Unterlippe. »Damit du ihn dann auch als Geisel benutzen kannst?«

Als er nicht sofort antwortete, dachte sie, dass sie damit wohl ins Schwarze getroffen hatte. Patricks Beweggründe waren noch nie selbstlos gewesen.

»Quick Harry hat das Gesicht eines der Männer gesehen, die den Überfall verübt haben.«

Patricks ruhige Stimme ließ ihr den Atem in der Kehle stocken. Sie blickte ihn groß an. »Ein ... Sutherland?«, brachte sie schließlich heraus.

Patrick schüttelte den Kopf. »Quick Harry kannte den Mann nicht, aber er hat ihn mir beschrieben. Ich denke, dass ich weiß, wer es ist. Aber er ist ganz bestimmt kein Mitglied meines Clans.«

»Aber wer dann?«

»Ein Mann, den ich einmal gekannt habe«, erwiderte Patrick. Dann stieß er sich zögernd von der Wand ab und ging zur gegenüberliegenden Seite des kleinen Cottage. Er drehte sich zu ihr um und sagte: »Marsali, niemand darf erfahren, dass Quick Harry am Leben ist oder dass er den Mann erkennen könnte.«

»In Abernie wäre er in Sicherheit«, sagte sie und machte einen Schritt auf Patrick zu.

»Davon bin ich nicht überzeugt.«

»Aber seine Frau!«, rief Marsali. »Du kannst sie doch nicht in dem Glauben lassen, dass Quick Harry tot ist.«

»Ich denke, dass es so besser ist«, entgegnete er unnachgiebig.

»Du denkst«, spottete sie, verärgert über seine Unterstellung, dass es auf Abernie einen Verräter geben könnte.

»Ich weiß es«, antwortete er gelassen. »Ich habe zu viel erlebt, Marsali, und ich habe gelernt, nur wenigen Männern zu vertrauen. Und ich habe die bittere Erfahrung gemacht, dass Verrat vielen Schotten sehr leicht fällt. Ich habe ja selbst erlebt, wie Montrose von seinen eigenen Männern verkauft wurde.« Er schüttelte den Kopf. »Ich vertraue niemandem außer Hiram und Rufus.«

Marsali verstand zumindest bis zu einem gewissen Grad, wie er sich fühlte. Sie selbst hatte ja auch den Glauben an die Menschen verloren, denen sie einmal vertraut hatte. Trotzdem hatte ihr Herz beschlossen, auch weiterhin das Beste von den Menschen anzunehmen. Wie konnte man durchs Leben gehen, indem man nur noch zwei Menschen vertraute? Das konnte sie sich gar nicht vorstellen.

»Und was ist mit Gavin?«, fragte sie.

Patrick schloss die Augen, und ein Muskel zuckte in seinem vernarbten Gesicht.

Marsali seufzte. Sie hatte genug von Männerstolz, von der Sturheit und dem eitlen Ehrverständnis, das andere Männer – und Frauen – in den Tod schickte. Sie wollte zwar nicht glauben, dass Patrick so stolz und unvernünftig wie all die anderen war, aber im Augenblick war sie sich dessen nicht so sicher.

Sie blickte ihn mit schmalen Augen abschätzend an. »Dann willst du Quick Harry also als deinen Gefangenen behalten?«

»Ich will ihn in Sicherheit behalten«, antwortete Patrick.

»Weil du ihn brauchst.«

»Weil er verletzt ist und einmal mein Freund war. Weil ich das für jeden Mann tun würde.« Er lächelte schwach. »Na ja, für fast jeden Mann«, verbesserte er sich.

»Dann gibt es also auch welche, denen du nicht helfen würdest?«, fragte sie.

»Einige wenige. Oder zumindest würde es mir sehr schwer fallen.« Als sie ihn nur anstarrte, zuckte er die Schultern. »Ein Krieger macht sich Feinde, Liebes. Bündnisse wechseln.« Er stieß ein freudloses Lachen aus. »Unsere Familien sind doch der beste Beweis dafür. Ich hätte nie gedacht, dass sich die Gunns einmal mit den Sinclairs einlassen würden.«

Sie sträubte sich zwar innerlich, konnte ihm aber nicht widersprechen. Keiner von ihnen hatte sich wohl einen Waffenstillstand zwischen den beiden Clans vorstellen können, die traditionell Feinde waren, oder dass es zum Krieg mit dem Clan kommen würde, mit dem man traditionell befreundet war.

Sie warf Quick Harry einen kurzen Blick zu und fragte: »Wie lange denkst du, ihn hier zu behalten?«

»Nur ein paar Tage«, erwiderte er. »Ich hatte gehofft, du würdest bei ihm bleiben?«

»Alleine?«, rief sie erschrocken.

»Nay, entweder Hiram oder ich werden bei dir sein.«

»Dann bin ich also immer noch deine Gefangene?«

»Nay, ein hoch geschätzter Gast«, antwortete er. »Einen, den ich beschützen möchte.«

Was so viel wie bewachen bedeutete.

»Was ist mit meinen Frettchen?«, wollte sie wissen.

»Meine Schwester wird sich um die Tiere kümmern, oder ich kann sie herbringen«, meinte Patrick.

»Sie können dich aber nicht ausstehen.«

Einen Augenblick sah er ehrlich verwirrt aus, ein Ausdruck, der ihr gefiel.

Schließlich sagte er steif: »Ich schätze, wir werden uns arrangieren müssen.«

Sie unterdrückte das Verlangen zu kichern, als sie daran dachte, wie sich ihre Frettchen mit seinem Kommandoton »arrangieren« würden. Höchstwahrscheinlich würden sie es als Aufforderung verstehen, große Stücke aus ihm zu beißen.

Seine Augen verengten sich misstrauisch, als ob er glaubte, sie könnte die Tierchen über all die Meilen hinweg mit ihrer Willenskraft zum Ungehorsam zwingen. Nun fiel es ihr noch schwerer, ihr Lachen zu unterdrücken. Aber schließlich konnte sie ihre Belustigung nicht länger zügeln, und sie erlaubte sich ein Lächeln.

Er blickte sie einen Moment länger mit finsterer Miene an, aber dann glättete sich sein Gesicht, und auch er begann zu lächeln.

Und plötzlich, von einem Augenblick zum nächsten, schien zwischen ihnen wieder alles in Ordnung zu sein. Eine lange Weile standen sie da, sagten nichts, blickten sich in die Augen. Als die Sekunden vergingen, spürte Marsali, wie die Kälte verschwand und an ihre Stelle eine brennende, süße Wärme trat.

Und sie waren alleine. Jedenfalls beinahe. Quick Harrys Augen waren geschlossen, und Hiram war nicht zurückgekehrt. Sie sah in Patricks Augen, dass er das Gleiche dachte. Sein Blick, der mit ihrem fest verbunden war, sprühte grünes

Feuer, ein Feuer, das auf sie übersprang und sie zu verzehren schien. Ihr Herz schlug schneller, als sie sah, wie er langsam auf sie zukam. Sie hielt den Atem an, als er die Hand hob und zärtlich ihre Wange streichelte.

Die Luft zwischen ihnen schien zu knistern. Als er seinen Kopf zu ihr beugte, wusste sie, dass sie ausweichen sollte. Aber sie konnte ihren Körper nicht dazu bringen, ihrem Verstand zu gehorchen. Im Gegenteil, sie bewegte sich näher zu ihm, richtete sich auf die Zehenspitzen, legte den Kopf in den Nacken und öffnete leicht die Lippen, was einer Aufforderung zum Küssen gleichkam.

»Marsali«, stöhnte er, als sein Mund endlich ihren Mund bedeckte.

Ein Schauer durchfuhr sie bei dieser Berührung, ein wunderbarer Schauer aus Verlangen und Vorfreude. Sie hatte plötzlich ein Gefühl, als wäre ihr Innerstes angefüllt mit Sternen, als explodierten tausend kleine Sternschnuppen in ihrem Körper, von denen ihr jede mehr Lust und Vergnügen bereitete. Er küsste sie zärtlich, aber so besitzergreifend, dass sie ganz aufgeregt wurde. Sie roch ihn, schmeckte ihn, spürte ihn, sie war vollkommen erfüllt von dieser warmen, wunderbaren Intimität, die ihr das Gefühl gab, zugleich sicher und gefährdet zu sein. Diese Widersprüchlichkeit war einfach berauschend.

Er war gefährlich. Besonders gefährlich waren die Gefühle, die er in ihr auslöste. Sie war verzaubert davon – ihr Körper bebte, jubilierte.

Du kannst ihm nicht vertrauen. Ihr Verstand sagte diese Worte wieder und wieder, aber ihr Herz und ihr Körper weigerten sich, sie zu hören – nicht, wenn seine Finger ihren Nacken streichelten, nicht, wenn seine Lippen ihre Lippen liebkosten, nicht, wenn sein Atem so unstetig wurde wie ihr eigener.

Sie spürte, dass er sich zurückhielt, dass er sich zu Geduld zwang. Aber sie wollte weder Geduld noch Zärtlichkeit. Sie wollte die raue Wildheit, sie wollte ihre Ängste und ihr Misstrauen vergessen. Sie wollte eingehüllt sein in diesen wunderbaren Zauber, der sie zu den beiden einzigen Menschen auf dieser Welt machte …

Patrick spürte, dass Marsalis Atem schneller ging, spürte, wie sie in seinen Armen zitterte, spürte, wie ihr Körper auf das Verlangen seines Körpers antwortete. Glück erfüllte ihn, als ihre Lippen hungrig auf die Bewegungen seiner Lippen reagierten. Gütiger Gott, er hatte befürchtet, dass er sie für immer verloren haben könnte, aber sie verhielt sich, als ob es die letzten paar Tage – voller Misstrauen und Ärger – nie gegeben hätte.

Ihr Körper schmiegte sich an ihn, er erbebte und stöhnte, als sie mit ihren Fingern über die Haare in seinem Nacken strich. Er schwelgte in dem süßen Erwachen ihrer Leidenschaft, er genoss die unschuldige Art und Weise, wie ihr Körper sich an seinen Körper presste, er ergötzte sich an diesem Suchen nach etwas, was sie noch nicht wirklich verstand. Gütiger Gott im Himmel, er wollte sie haben, er musste sie haben, denn das pulsierende Verlangen in seinem Körper wurde stärker, je länger sie mit ihrer Hand sein Gesicht, seinen Nacken, sein Haar berührte.

Sein Körper glühte, sein Geist war benebelt von der Sehnsucht nach ihr, sein Atem wurde immer heftiger. Das Verlangen quälte ihn, das Verlangen nach der Frau, von der er so lange geträumt hatte. Es war das Verlangen nach ihrem Körper, den er fühlen wollte – nackt auf seinem Körper.

Dann – wie von einem Blitz aus heiterem Himmel getroffen – kam er wieder zu Vernunft. Das war Wahnsinn. Wenn er weitermachte, würde er sie schließlich doch noch verlieren. Er hatte sie einmal mit Wein betäubt. Wenn er sie jetzt mit seiner Leidenschaft betäubte, wenn er sie zu Dingen verführte, die sie später bereuen würde, dann würde er sie niemals ganz haben. Und überhaupt, was dachte er sich eigentlich dabei, sie so zu küssen, wo doch Hiram jeden Moment zurückkommen konnte und Quick Harry nur ein paar Schritte entfernt von ihnen lag?

Stöhnend löste Patrick seinen Mund von Marsalis Lippen und zwang sich, sie ein Stück von sich weg zu halten. Sie öffnete ihre Augen, die sehnsuchtsvoll glänzten, und schaute ihn verwirrt an. Gütiger Gott, sie war so liebreizend mit ihrem Haar, das vom Wind und seinen Fingern zerzaust war, mit ihren Lippen, die vom Küssen rosig schimmerten. In seinem ganzen Leben hatte er noch nie so für eine Frau empfunden, noch nie hatte er sich so nach einer Frau gesehnt.

Aber sie verdiente mehr als seine Begierde. Sie verdiente es, geehrt zu werden. Geehrt und geachtet.

Da er wusste, dass er nicht von ihr loskommen würde, wenn er sie weiter so anschaute, zwang Patrick sich dazu, sich abzuwenden. Er musste gehen. Er konnte nicht länger hier bleiben, sonst würde er Schande über sie beide bringen.

Abgesehen davon, rief er sich in Erinnerung, musste er sich um andere Dinge kümmern. Er musste für Rufus erreichbar sein, und er musste in Brinaire anwesend sein, um die Wut seines Vaters zu dämpfen, wenn der erfuhr, dass sein Vieh erneut gestohlen worden war. Er kam sich vor wie ein Gaukler, der mit Bällen jonglierte. Wenn einer fiel, würden alle fallen.

»Patrick?«

Auf Marsalis leise Frage hin atmete er tief durch, prüfte sich vorsichtig, ob er in der Lage wäre, ihr zu widerstehen, und drehte sich dann wieder zu ihr um.

»Ich muss gehen«, sagte er und versuchte, ihren flehenden Augenausdruck zu übersehen. »Du wirst hier mit Hiram in Sicherheit sein. Er wird sich um das Feuer kümmern, und er ist ein guter Jäger.«

»Aber wohin . . .?« Sie unterbrach sich zögernd.

»Ich möchte, dass du mir versprichst, nicht zu versuchen, wegzulaufen«, sagte er und blickte ihr dabei fest in die Augen.

»Würdest du denn meinem Versprechen Glauben schenken?«

»Aye. Wenn ich es nicht täte, wäre das alles umsonst.«

Eine kleine Falte bildete sich zwischen ihren Brauen. »Was alles?«

Er zögerte einen Moment. »Ich habe einen Plan entwickelt, Liebes. Wenn alles gut geht, können wir vielleicht das Geheimnis des Verschwindens deiner Tante lösen und in Erfahrung bringen, wer für den Überfall auf euer Land verantwortlich ist.«

»Erzähl mir von deinem Plan«, bat sie.

Er wollte es ja. Er wusste genau, dass sie Beschwichtigung brauchte. Vor allem wusste er, dass sie die Zusicherung brauchte, dass ihr Vertrauen zu ihm richtig gewesen war. Aber all die Jahre, in denen er niemandem vertraut hatte, hatten ihn übervorsichtig gemacht – er war geradezu besessen davon.

»Je weniger meinen Plan kennen, desto besser«, sagte er liebevoll, wobei er ihr eine Haarsträhne hinters Ohr strich.

Er sah die Enttäuschung in ihrem Gesicht aufblitzen.

»Spielt Quick Harry in deinem Plan auch eine Rolle?«

Er runzelte die Stirn. »Darüber bin ich mir noch nicht im Klaren. Aber vielleicht.«

»Bitte, Patrick«, flehte sie. »Seine Frau und seine Kinder sind fast verrückt vor Sorge um ihn. Bitte, lass sie doch nicht länger leiden.«

Er schaute sie an. Wenn man sie vermisste, gar für tot halten würde, würde er wahnsinnig werden – das war ihm klar. Gegen seinen Instinkt lenkte er ein. »Ich werde versuchen, seiner Frau eine Botschaft zukommen zu lassen, dass er am Leben ist.«

Sie schloss kurz die Augen und murmelte: »Danke.« Aber sie schwieg nur einen Moment. »Bitte erzähl mir von deinem Plan«, sagte sie. »Ist Gavin darin verwickelt? Hast du irgendetwas über Margaret herausgefunden? Bitte, Patrick, ich habe ein Recht, es zu erfahren.«

Dieses Recht stand ihr zweifellos zu, dachte er. Aber er konnte sich nicht dazu bringen, seine Gewohnheiten aufzugeben, diese zwölf Jahre Misstrauen, in denen er ums nackte Überleben gekämpft hatte.

»Ich hatte dich zu Anfang gebeten, mir zu vertrauen«, sagte er schließlich. »Ich weiß, dass du glaubst, ich hätte deine Erwartungen getäuscht. Vielleicht habe ich das, gleichgültig, wie gut gemeint meine Handlungen waren, gleichgültig, dass ich immer noch glaube, das einzig Richtige getan zu haben, um dich zu beschützen. Aber ich habe dich nie belogen, Liebes. Nicht ein einziges Mal. Und obwohl ich weiß, dass du keine Veranlassung hast, mir wieder zu vertrauen, bitte ich dich, es noch einmal zu versuchen.«

Er hielt den Atem an, beobachtete ihr Gesicht.

Schließlich sagte sie: »Ich weiß es nicht.«

Das war eine ehrliche Antwort. Zumindest hatte sie seine Bitte nicht rundweg abgelehnt.

»Wirst du hier bleiben und nicht versuchen, zu fliehen?«, fragte er.

Sie wandte den Blick ab und zögerte eine lange Weile, bevor sie antwortete. »Ich werde zumindest so lange bleiben, bis es Quick Harry wieder besser geht.«

Das war nicht genug. Er konnte es nicht riskieren, dass sie nach Abernie zurückkehrte. Nicht jetzt. Wenn sie erst sicher zu Hause war, könnte ihr Vater zum Sturm auf Sutherland blasen. Und Sinclair überreden, an seiner Seite zu reiten.

»Das Risiko kann ich nicht eingehen«, sagte er zu ihr. »Zu viele Leben stehen auf dem Spiel. Deins, Gavins, das unserer Väter und unserer Clansleute. Unser aller Leben steht auf dem Spiel, Marsali. Ich muss dein Ehrenwort haben, dass du bleibst, bis ich zurück bin.« Er schwieg einen Moment. »Wenn du mir dein Wort nicht gibst, muss ich Hiram sagen, dass du die Hütte nicht verlassen darfst.«

Sie straffte ihre Schultern und schob das Kinn ein Stück vor, sichtbar verärgert. »Ich vergaß, dass ich ja deine Gefangene bin«, sagte sie verbittert. »Aber ich schwöre dir, diesen Fehler werde ich nicht noch einmal begehen.«

Ihre Worten taten weh, aber er zuckte nicht mit den Wimpern. »Versprich es mir, Marsali«, bat er sie erneut. »Zwing mich nicht dazu, etwas zu tun, was schmerzlich für uns beide ist.«

Er sah die Zweifel in ihren Augen. Verstand sie ihn denn nicht? Glaubte sie wirklich, er wollte sie als seine Gefangene halten?

Sie schaute lange Zeit Quick Harry auf seinem Strohlager an, dessen Gesicht im Schein des Feuers ganz blass war. Schließlich seufzte sie und blickte Patrick noch einmal an. »Du hast mein Ehrenwort«, sagte sie mit ausdrucksloser Stimme, bedrückt und niedergeschlagen.

Der Ausdruck ihrer Augen war nicht länger warm, und nicht der Anflug eines Lächelns umspielte ihre Lippen. Als Patrick sie so sah, fürchtete er zutiefst, dass er zwar eine Schlacht gewonnen hatte, aber er dennoch den Krieg verlieren könnte. Den einzigen Krieg, den er jemals wirklich gewinnen wollte.

14

Gavin blickte über die zotteligen Leiber der Highland-Rinder. Das Vieh befand sich genau an der Stelle, die Patrick ihm bezeichnet hatte. Aber die Sache schien zu einfach zu sein.

Was es eine Falle? Er hatte sich diese Frage so oft gestellt, das sie schon zu einer Litanei geworden war. Die Folgen wären schwerwiegend – tatsächlich wäre es eine Katastrophe – wenn Patrick ihn betrogen hätte. Aber in seinem Herzen glaubte Gavin nicht, dass Patrick Sutherland jemals einen Menschen betrügen würde, den er seinen Freund nannte.

Gavin blickte zu den drei Männern in seiner Begleitung. Es waren Jugendfreunde, was bedeutete, dass sie auch Patricks Freunde gewesen waren. Er hatte die Männer sorgfältig ausgewählt; sie hatten alle drei keine Frauen und Kinder, aber Bindungen zu Sutherland, entweder durch Freundschaft oder Familie.

Ian Gunn, ein Cousin von Patrick, bewegte sein Pferd neben Gavins Pferd.

Ian grinste, und seine Zähne glänzten in der Dunkelheit. »Es ist schon eine Weile her, seit ich zuletzt Vieh gestohlen habe«, sagte er. »Bist du sicher, dass keine Sutherlands in der Nähe sind?«

»Aye«, erwiderte Gavin. »Sie glauben offensichtlich, dass die Herde hier gut versteckt ist. Ich habe sie früher am Tag zufällig entdeckt, als ich auf der Suche nach Quick Harry war.« Gott, wie er es hasste, zu lügen. Verdammt, Patrick, dachte er, hoffentlich geht dein verrückter Plan auf.

»Dein Vater wird hocherfreut sein.«

»Aye«, sagte Gavin und fühlte sich noch elender, weil er

auch noch seinen Vater betrog. Aber in diesem Fall heiligte der Zweck die Mittel. Wenn es dadurch zum Ende der Fehde zwischen Clan Gunn und Clan Sutherland kommen würde, würde das einen kleinen Betrug wohl rechtfertigen.

Gavin blickte zum Himmel und sah ein Stück des Mondes, der eben aufging. In wenigen Stunden würde Nebel aufsteigen und das schwache Mondlicht vollkommen verdunkeln. Sein Blick glitt über die Hügel, über die Bäume im Osten, er hielt Ausschau nach Bewegung. Aber er konnte nichts entdecken. Die Nacht war absolut ruhig. Es war an der Zeit.

Mit einem Nicken gab er den Befehl, die Rinder nach Abernie zu treiben. Die armen Viecher. Wenn sie gewusst hätten, welche Rolle sie in Patricks Plan zu spielen hatten, hätte ihnen das bestimmt nicht gefallen. Und wenn die Fehde noch lange andauerte, würden die Tiere mächtig abmagern.

☆ ☆ ☆

Edward Sinclair starrte den Boten an. »Der Bastard hat Marsali?«, fragte er.

»Aye. Er hat sie in Brinaire. Er hat sogar ihrem Vater eine Nachricht geschickt, in der er das bestätigt. Er hat ferner behauptet, dass es sein gutes Recht sei, sie zu entführen, weil seine Verlobung mit ihr rechtskräftig ist.«

Edward fluchte. Er merkte gar nicht, dass er anfing, hin und her zu laufen, aber Gordie wich ihm schnell aus. »Und der Earl?«, fragte Sinclair. »Was unternimmt er in der Sache?«

»Nichts«, sagte der Bote.

»Nichts? Akzeptiert er ganz einfach, dass seine Tochter als Geisel gefangen gehalten wird?«

Der Mann zuckte mit den Schultern. »Es gibt nur wenig, was er tun kann. Abernie tobt natürlich vor Wut. Er wollte Lady Marsali sofort folgen, aber sein Sohn hat ihm das ausgeredet.«

»Warum?«

Er meinte, dass der neue König den Sutherlands günstig gesinnt ist. Und er sagte, dass Karl keine Hochzeit verhindern würde, die der Fehde zwischen Clan Gunn und Clan Sutherland ein Ende bereiten könnte. Der König will Frieden, das ist nur allzu wahr.«

»Und Abernie hat auf die Argumente seines Sohnes gehört?«, tobte Edward.

»Aye, allerdings dauerte es eine ganze Weile, bis er den Earl überzeugt hatte. Abernie ist nicht stark genug, Brinaire alleine anzugreifen. Deshalb hat der Earl eine Eingabe beim Parlament und beim König gemacht. Das war die Idee des jungen Lord.«

Edward konnte sich kaum noch beherrschen. Er war bereits zum Gespött geworden, weil seine Braut ihn vor dem Altar hatte sitzen lassen. Dass diese Erniedrigung jetzt auch noch vor dem gesamten Parlament ausgebreitet wurde ... Bei Gott, das war einfach unfassbar!

»Karl wird sich auf Sutherlands Seite stellen.«

Edwards Blick fuhr zu dem Mann, der im hinteren Teil des Raumes im Schatten stand. Foster. Ein Söldner, halb Schotte, halb Engländer, der vor zwei Jahren an seine Tür gekommen war. Ein hässlicher Mann mit einer heiseren Kratzstimme und mit hellen, fanatischen, seltsam kalten Bernsteinaugen. Aber von ihm ging eine Anziehungskraft aus, die merkwürdigerweise besonders auf Frauen zu wirken schien.

Foster hasste Patrick Sutherland, und Edward wusste weder weshalb, noch interessierte es ihn. Er wusste nur, dass der Hass des Mannes zu seinem eigenen Hass passte. Gemeinsam hatten sie einen Plan entwickelt, um die Clans der Gunn und der Sutherland gegeneinander aufzuhetzen, und zwei Jahre lang hatte der Plan bestens funktioniert. Dann war Patrick vom Festland aus dem Krieg nach Hause zurückgekehrt, und seitdem lief nichts mehr geplant.

Foster schlenderte langsam in den vorderen Teil des Raumes, wobei er Gordie ignorierte, als er an ihm vorbeiging. »Gavin Gunn hat Recht. Der König wird Sutherland favorisieren. Die Sutherlands haben an der Seite von Karls Vater gekämpft, und so etwas vergisst Karl nicht. Du wirst die Sache selbst in die Hand nehmen müssen.«

»Aber wie?«, fragte Sinclair aufbrausend. Es gefiel ihm nicht, seine eigene Hilflosigkeit zugeben zu müssen, denn Foster gehörte zu der Sorte Mann, die jede Schwäche gegen ihn ausnutzen würden.

»Noch ein nächtlicher Überfall oder zwei«, sagte Foster, »und Abernie wird gezwungen sein, etwas zu unternehmen, oder er wird die Achtung seines Clans verlieren. Und wir müssen herausfinden, was mit der jüngeren Schwester ist. Nach dem, was du erzählt hast, wird Marsali doch alles tun, um sie zu beschützen.«

Edward wirbelte herum und starrte den Boten an. »Du musst doch irgendetwas gehört haben«, sagte er. »Hat man Cecilia inzwischen gefunden?«

Der Mann schüttelte den Kopf. »Nay, keine Spur von ihr. Ihr Bruder hat persönlich nach ihr gesucht, aber nichts gefunden.«

Edward fluchte. Wenn Marsali auf Brinaire festgehalten wurde, hatte er keine Chance, sie von dort zu rauben. Die Burg war gut befestigt, uneinnehmbar ohne schweres Geschütz.

»Gavin«, meinte Foster nachdenklich, »war doch einmal Patricks bester Freund. Könnte es nicht sein, dass er seinen Vater jetzt zurückhält, weil er immer noch ein Freund des Sutherland ist?«

Edward blieb abrupt stehen.

»Und könnte es nicht sein«, fuhr Foster fort, »dass er seine kleine Schwester nicht findet, weil er sie gar nicht finden will?«

Edwards Gedanken wirbelten durcheinander. Soweit er Gavin Gunn kennen gelernt hatte, schien es lachhaft zu sein, zu glauben, dass der junge Mann seinen Vater hintergehen könnte. Aber …

»Es wäre in der Tat für Sutherland viel einfacher gewesen, nach Abernie hereinzukommen und Marsali zu entführen«, sagte er, »wenn er im Schloss einen willigen Helfer gehabt hätte.«

»Genau«, krächzte Foster.

Edward drehte sich wieder zu dem Boten um. »Kehre nach Abernie zurück«, befahl er, »und halte Gavin Gunn im Auge. Sobald er die Burg verlässt, hast du ihm zu folgen.«

»Aye«, erwiderte der Mann.

»Du kannst jetzt gehen.«

Der Mann verneigte sich ehrerbietig und verließ den Raum.

Sinclair wandte sich Gordie zu. »Was ist mit diesem neuen Mann, den du in Dienst genommen hast? Weißt du etwas über ihn?«

»Nur, dass er gut mit dem Schwert umgehen kann. Er sagte, dass er gegen Montrose gekämpft hat, und ich habe ihn darüber befragt. Er kennt die Namen der Anführer und die verschiedenen Einheiten. Ich glaube ihm, und außerdem kenne ich diese Sorte. Dem geht es nur ums Geld.«

»Dann kann er in keiner Verbindung mit den Sutherlands stehen?«

»Nay. Das bezweifle ich«, erwiderte Gordie. »Ich habe alle unsere Männer befragt. Niemand kennt ihn. Einer meinte, dass er ihn in Abernie gesehen hat, aber Rufus hatte mir schon erzählt, dass er dort gewesen ist, weil er Arbeit und Brot suchte. Man hat ihm dort aber gesagt, dass Abernie keine Söldner in Dienst nimmt.«

»Dann können wir ihm also vertrauen?«

Gordie zuckte mit den Schultern. »Solange wir ihm genug bezahlen.«

Edward grinste ihn verächtlich an. »Das trifft ja auf euch alle zu.«

»Außer auf Foster«, entgegnete Gordie, »der ist hier, weil er sich rächen will.« Er sah den anderen Mann argwöhnisch an.

Edwards Blick wanderte von Gordie zu Foster und wieder zurück. Die beiden konnten einander nicht ausstehen; das war nicht zu übersehen. Foster betrachtete Gordie mit Verachtung, Gordie Foster mit Misstrauen.

»Wir werden den Gunns einen kleinen Besuch abstatten«, sagte Edward schließlich. »Nimm den neuen Mann mit. Ich will sehen, wie er kämpft. Vielleicht brauchen wir ihn noch öfter.«

Nachdem Gordie und Foster gegangen waren, sank Edward in einen Sessel und leerte mit einem Zug ein Glas Wein. All seine sorgfältig entworfenen Pläne durften einfach nicht fehlschlagen. Sein Clan hatte die Sutherlands seit hundert Jahren bekriegt. Es war eine ewige Feindschaft. Aber sein Hass auf Patrick Sutherland ging tiefer als jede Fehde zwischen zwei Clans.

Denn Patrick Sutherland hatte gesehen, wie er, Edward Sinclair, vom Schlachtfeld geflohen war, und Edward sah immer noch die Verachtung im Blick des anderen Mannes. Selbst jetzt, Jahre später, verfolgte ihn dieser alles wissende Blick aus grünen Augen. Solange diese Augen nicht für immer geschlossen waren, würde er keinen Frieden finden. Er wollte Sutherlands Tod so sehr, wie er Marsali in seinem Bett haben wollte. Und er würde beides bekommen.

☆ ☆ ☆

Marsali murmelte leise vor sich hin, während sie Quick Harrys Verband wechselte. Sie vermisste ihre Schwester. Ihr fehlte Jeanie. Sie vermisste ihren Vater und ihren Bruder. Auch die Frettchen fehlten ihr. Am meisten aber – Himmel hilf – fehlte ihr Patrick.

Er hatte doch versprochen, dass er zurückkommen würde. Oder nicht? Er hatte gesagt, dass er ihr Tristan und Isolde bringen würde. Oder wollte er die Tierchen in Elisabeths Obhut geben? Sie erinnerte sich nicht mehr genau. Auf jeden Fall – und da war sie sich ganz sicher – hatte er gesagt, dass er zurückkommen würde. Aber inzwischen waren drei Tage vergangen.

Quick Harry atmete heftig, und ihr wurde bewusst, dass sie an dem Verband gezerrt hatte. Augenblicklich wurden ihre Hände wieder sanft.

»Entschuldige, Quick Harry. Ich war mit meinen Gedanken woanders.«

»Aye, Kind. Das habe ich gemerkt.«

Sie spürte, dass sie errötete. Sie konnte Quick Harrys fragendem Blick nicht ausweichen, nicht seinen Lippen, die er besorgt verzogen hatte. Der Breiverband zeigte Wirkung; die Schmerzen des Mannes hatten nachgelassen, und das Fieber war gesunken. Vor einer Weile hatte er sogar versucht aufzustehen. Obwohl er schnell wieder zu Boden gesunken war, hatte er immerhin kurz auf seinen eigenen Füßen gestanden. Sie wusste, dass er ebenso besorgt war wie sie selbst, weil er nicht wusste, was Patrick mit ihm vorhatte.

Sie wünschte, sie könnte ihn beruhigen, aber sie konnte ja nicht einmal sich selbst beruhigen. Innerlich haderte sie mit dem Schicksal, weil sie dieses Versprechen gegeben hatte, nicht zu fliehen. Es verbitterte sie, wenn sie daran dachte, dass Patrick sie zur Komplizin ihrer eigenen Gefangenschaft gemacht hatte.

Hiram tat wenig, um die Situation zu verbessern. Er schlief außerhalb wie ein übergroßer Wachhund, und er betrat die Hütte nur, um Feuerholz zu bringen, Wasser oder ein Tier, das er erlegt hatte. Sie war nicht sicher, ob sie ihn als eine Art Schutzengel ansehen sollte oder als ihren Gefängniswärter.

Wohl eher das Letztere, dachte sie mit wachsendem Unmut. Sie war es leid, dass Patrick ständig Vertrauen von ihr verlangte, er selbst ihr aber überhaupt nicht vertraute. Und sie hatte es satt, nicht zu wissen, was sie eigentlich von ihm wollte. In einem Moment würde sie nichts glücklicher machen, als in seine Arme zu sinken und ihn zu lieben. Aber im nächsten Moment hatte sie nur noch den Wunsch, gegen ihn zu kämpfen, ihn zu zwingen, sie wie ein menschliches Wesen zu behandeln.

Marsali brauchte frische Luft und frisches Wasser. Schnell versorgte sie Quick Harry, nahm den leeren Wassereimer und verließ die Hütte. Trotz ihres Versprechens hatte Hiram die Pferde tief im Wald versteckt; sie war sicher, dass Patrick ihm aufgetragen hatte, kein Risiko einzugehen. Vermutlich hätte sie auch noch dankbar dafür sein sollen, dass es ihr erlaubt war, überhaupt die Lichtung zu betreten.

Sie ging zu dem Bach, der sich etwa einhundert Fuß hinter der Hütte durch den Wald schlängelte. Auf halbem Weg traf sie Hiram, der von der Jagd zurückkam.

Sie beäugte die Kaninchen und den Jäger unheilvoll. »Wann kommt Patrick zurück?«

Während er neben ihr in Schritt fiel, warf Hiram einen Blick zum Himmel, was, wie sie vermutete, ein stummes Gebet war, dass sie ihn nicht ständig mit der gleichen Frage quälen sollte.

»Nichts für Ungut«, seufzte sie. »Ich kenne deine Antwort.« Ein paar Schritte weiter fragte sie: »Könnten wir einen Ausritt machen?«

Er warf ihr einen zögernden Seitenblick zu.

»Bitte«, flehte sie. Ich habe Patrick doch geschworen, dass ich nicht versuchen werde zu fliehen.«

Hiram runzelte die Stirn. »Was ist mit Quick Harry?«

»Dem geht es gut«, versicherte sie Hiram. »Ich habe seinen Verband gewechselt und ihm etwas zu essen gegeben. Er wird mich in den nächsten Stunden nicht brauchen.«

Hiram betrachtete Marsali einen Moment und lächelte. »Aye, wenn du möchtest.«

»Alleine?«, fragte sie hoffnungsvoll.

»Nay, Mylady«, erwiderte er sofort. »Nicht, dass ich dir nicht vertraue, aber Patrick würde mich bei lebendigem Leib rösten, wenn dir etwas passieren würde. Wir sind hier in einem rauen Gelände.«

Sie wollte sagen, dass sie eine exzellente Reiterin war, aber sein Gesichtsausdruck verriet ihr, dass er nicht nachgeben würde.

»Dann sei es, wie es sei«, meinte sie seufzend. »Ich möchte schließlich nicht, dass Patrick dich röstet.«

Er strahlte sie an, wobei sich – was für eine Überraschung – auf seiner Backe ein Grübchen zeigte. Bei Hiram? Ein Grübchen? Das passte so gar nicht zu dem breiten, rauen Gesicht mit der schiefen Nase, die aussah, als sei sie schon mehrmals gebrochen worden. Sie musste ein Kichern unterdrücken.

»Das erleichtert mich, Kindchen«, sagte er, wobei er in die Ausdrucksweise verfiel, die für Highlander so natürlich war. »Aber warum hast du mich so wütend angestarrt?«

»Eigentlich habe ich Patrick wütend angestarrt«, erwiderte sie entschuldigend. »Leider ist er nicht hier, sondern nur du.«

»Dann werde ich mich lieber aus dem Staub machen, wenn er wieder auftaucht«, meinte Hiram grinsend.

»Klug von dir«, sagte sie.

»Aye«, nickte er. »Aber Patrick hat immer gute Gründe für das, was er tut.«

Sie war es leid, das zu hören. Verdammt leid. »Er denkt einfach nicht daran, einem Menschen auch mal etwas zu erklären.«

Hirams Lächeln verwandelte sich wieder in ein Stirnrunzeln. »Das ist eben Patricks Art.«

»Seine Art interessiert mich nicht.«

Hiram seufzte. »Er ist ein schwieriger Mensch, aber er ist treu. Und Treue findet man selten. So selten wie Mitleid und Erbarmen, obwohl es manchmal nicht klug ist, Barmherzigkeit zu üben.«

Sie hatten den Bach erreicht, und Marsali tauchte den Eimer ins Wasser. Als er voll war, nahm Hiram ihn ihr aus der Hand, obwohl sie ihn selbst hätte tragen können.

Auf dem Rückweg zur Hütte fragte sie: »Was meinst du damit, dass es manchmal nicht klug ist, barmherzig zu sein?«

Hiram schaute sie zögernd an. Schließlich antwortete er. »Patrick hat nie erlaubt, dass Dörfer geplündert oder Frauen vergewaltigt wurden.«

In Marsalis Ohren klang das nicht sonderlich erwähnenswert. Sie dachte, dass wohl jeder Ehrenmann so handeln würde. Aber das sprach sie nicht aus, weil sie Hirams ungewöhnlichen Redefluss nicht unterbrechen wollte.

»Der Krieg verändert Menschen«, sagte Hiram, »aber Patrick hat sich nicht geändert.«

»Nay?«, fragte sie. »War er also immer schon so stur? So überheblich? Komisch, dass ich mich daran nicht erinnere. Und ich erinnere mich auch nicht daran, dass er Frauen als Geiseln genommen und sie gegen ihren Willen festgehalten hat.«

Hiram wirkte betroffen. Er starrte auf seine Füße und weigerte sich zu antworten. Sie dagegen fühlte sich kurzfristig zufrieden.

»Er ist es eben nicht gewohnt, sein Handeln zu erklären«, murmelte Hiram.

»Offensichtlich«, erwiderte sie verbittert.

»Aber er meint es doch nur gut.«

Hirams Antworten waren so aufschlussreich wie die von Patrick, dachte sie, besonders, wenn sie den Mann angriff, der Hirams Meinung nach anscheinend direkt nach Gott kam. Das nächste Mal würde sie sich honigsüß verhalten; vielleicht würde sie dann mehr aus ihm herauslocken.

Sie brachten den Wassereimer und die Kaninchen in die Hütte, und dann führte Hiram Marsali durch den Wald zu einer kleinen, trockenen Höhle. Darin standen die Pferde in einem behelfsmäßigen Stall. Sie war überrascht, dass er die Tiere hierher gebracht hatte.

Hiram zwinkerte ihr zu. »Ich habe sie nicht vor dir versteckt, Kindchen«, meinte er. »Patrick hat mir ja gesagt, dass du ihm dein Wort gegeben hast.«

»Weshalb hast du dann die Pferde überhaupt versteckt?«, fragte sie.

Er hob eine Augenbraue. »Quick Harry kannte die Hütte. Vielleicht wissen andere auch von ihr. Ich wollte jedenfalls nicht, dass jemand unsere Pferde findet. Und deshalb wollte ich auch nicht, dass tagsüber ein Feuer brennt.«

Marsali merkte, wie sich ihre Laune besserte. Patrick hatte ihr also geglaubt. Er vertraute ihr. Ein wenig zumindest. Aber warum hatte Hiram ihr das nicht eher gesagt? Wahrscheinlich, weil er – wie sein Herr – der Meinung war, dass es besser war, je weniger man redete.

Sie sah zu, wie Hiram die Pferde sattelte, bevor er ihr beim Aufsitzen half. Dann schwang er sich auf sein eigenes Pferd und folgte ihr aus der Höhle. Als sie merkte, dass er absichtlich hinter ihr zurückblieb, genoss sie dieses kleine Stück Freiheit. Oder hielt er sich zurück, um ihr keine weiteren Fragen mehr beantworten zu müssen?

Marsali zügelte ihr Pferd und wartete, bis Hiram an ihrer Seite war. »Patrick hat mir erzählt, dass du ihm ein paarmal das Leben gerettet hast«, sagte sie.

»Och, er hat mir das Leben öfter gerettet«, antwortete Hiram verlegen.

»Wo habt ihr zusammen gekämpft?«

»In Schottland, Irland, Frankreich und Preußen.«

»Woher stammt Patricks Narbe in seinem Gesicht?«

»Ein englischer Hurensohn hat sie ihm verpasst. Aber Patrick hat kräftig zurückgeschlagen«, sagte Hiram zufrieden und murmelte etwas, das wie »aber er hätte den Bastard umbringen sollen« klang.

»Was hast du zuletzt gesagt?«, fragte sie.

»Nichts«, erwiderte er. »Was würdet Ihr von einem kleinen Wettrennen halten, Mylady?« So förmlich redete er sie nur selten an, und da wusste sie, dass er das Gespräch beenden wollte.

Sie warf ihm ein Lächeln zu. »Und ob ich das will.«

Marsali trieb ihr Pferd mit den Fersen an, und das Tier reagierte sofort. Marsali fühlte, wie das Pferd schneller wurde, wie sich seine Muskeln kraftvoll bewegten, und sie hörte ihr jauchzendes Lachen, als der Hengst zwischen den Bäumen hindurchgaloppierte. Hiram ritt an ihrer linken Seite, hielt sich aber offensichtlich etwas zurück, damit sie nicht zu übermütig wurde.

Aber sie war übermütig. Sie fühlte sich herrlich, weil sie jetzt wusste, dass Patrick ihrem Wort geglaubt hatte, weil alles, was Hiram ihr erzählt hatte, sie glauben ließ, dass Patrick ein Mann von Ehre war – auch wenn er nicht gerade redselig war und er sein Vertrauen nicht offen zeigte. Aber das würde sich vielleicht ändern, wenn er erkannt hatte, dass er ihr vollkommen vertrauen konnte, wenn auf seinen Schultern nicht mehr die Last der Verantwortung für das Leben so vieler Menschen lag.

Wieder schlug sie ihre Ferse in die Flanke des Hengstes, der geradezu explodierte und unter den Bäumen heraus in ein breites Tal sprengte, das zu den Bergen führte. Sie hörte, wie Hiram hinter ihr etwas rief, blickte über die Schulter zurück und sah, wie er mit der Hand auf etwas deutete. Sie folgte mit dem Blick seiner Handbewegung, und sie sah zwei Reiter, die den gewundenen Bergpfad herunterkamen.

In diesem Moment wurde ihr Pferd von etwas irritiert. Der Hengst scheute und stieg hoch. Da ihre Aufmerksamkeit auf die Reiter gerichtet war, verlor Marsali die Balance und rutschte aus dem Sattel.

Sie merkte, wie sie fiel, versuchte das Gleichgewicht zu halten, aber es war zu spät. Sie krachte auf den Boden, und im nächsten Augenblick wurde alles schwarz um sie herum.

15

Marsali kam langsam zu sich, als sie eine heftige Streiterei hörte. Zuerst glaubte sie, sie würde träumen. Die Stimmen der schreienden Männer waren ihr vertraut, und sie schienen ihren Streit direkt über ihrem Kopf auszutragen. Sie wünschte, die Männer würden endlich schweigen. Ihr Kopf brannte wie ein Höllenfeuer, und sie fühlte sich miserabel; sie war seit Jahren nicht mehr vom Pferd gefallen.

»Du sagtest, sie wäre sicher!«

»Vor zwei Monaten hast du dir über ihre Sicherheit keine Gedanken gemacht!«

»Ich habe sie aber nicht auf einem ungezähmten Pferd reiten lassen!«

»Du hättest sie aber einem Verräter und Feigling zur Frau gegeben!«

»Der hätte sie aber kaum durch einen stinkenden Abwasserkanal geschleift!«

»Och, sie wacht auf«, mischte sich eine dritte Stimme ein, »und euer Streit tut ihr bestimmt nicht gut.«

»Das arme Kindchen«, meinte eine vierte Stimme.

Marsali hörte einen leisen Fluch, und dann war es plötzlich ganz still. Ihr war klar, dass die Männer sie anstarrten. Sie entschloss sich, das Unvermeidliche hinter sich zu bringen, und bewegte sich leicht, um zu prüfen, ob ihre Knochen noch alle heil waren. Ein höllischer Schmerz durchfuhr ihren Kopf, als sie die Augen halb aufschlug.

Vier besorgte Augenpaare starrten sie an. Sie befand sich im Inneren der Hütte und lag in der Nähe der Feuerstelle auf einer Decke auf der Erde. Und sie hatte nicht geträumt, und ihre Ohren hatten sie nicht getäuscht; es war wirklich wahr: Patrick und Gavin waren da und knieten neben ihr.

War Gavin auch ein Gefangener? Er benahm sich zumindest nicht wie einer.

»Gavin?«

»Aye. Dieser Lump hat behauptet, du wärst bei ihm in Sicherheit, aber davon wollte ich mich doch lieber selbst überzeugen. Sicher? Hmmmpf!«

Er schimpfte zwar noch, aber Marsali sah, dass sein Ärger sich legte, seit sie wieder bei Besinnung war.

Aber davon wollte ich mich doch lieber selbst überzeugen. Er war also kein Gefangener, sondern er war aus freien Stücken hier. Plötzlich dämmerte es ihr. »Dann seid ihr Verbündete?«

Gavin lachte leise. »Deine Fähigkeit, logisch zu denken, hat jedenfalls bei dem Sturz nicht gelitten«, scherzte er. »Offensichtlich machen wir gemeinsame Sache.«

»Aber wie ... und wann ...?«

»Du hast schon immer tausend Fragen gestellt«, erwiderte Gavin liebevoll. »Immer wolltest du alles wissen. Warum der Mond bei Nacht scheint und die Sonne am Tag.«

»Hol dich doch der Teufel«, erwiderte Marsali irritiert. Der Kopf tat ihr weh, und sie hatte keine Lust auf Rätsel. Sie blickte Patrick an. »Patrick?«

»Aye, meine Liebe«, antwortete Patrick hilflos. Aber seine Worte waren Balsam für ihre Schmerzen, sie genoss den Klang, den sie tief in ihrem Herzen bewahrte.

Hiram reichte ihr einen Becher, und sie trank einen Schluck Wein, wobei sie vorsichtig einige Körperteile bewegte – Arme, Beine, Finger. Alles schien bestens zu funktionieren. Alles, bis auf ihr Gehirn. Sie versuchte immer noch, sich vorzustellen, was Patrick und Gavin zusammengeführt hatte.

Sie drehte wieder den Kopf, zuckte zusammen und spürte zwei feuchte Schnäuzchen, die sie liebkosten. In ihrer Armbeuge kuschelten sich ihre beiden Frettchen.

»Wie fühlst du dich?«, fragte Patrick, die Stirn sorgenvoll gerunzelt.

»Wie soll sie sich schon fühlen?«, meinte ihr Bruder hitzig, offensichtlich bereit, den Streit über ihre Sicherheit erneut zu entfachen.

»Du musst Patrick nicht die Schuld geben«, sagte sie. »Daran zumindest nicht«, fügte sie hinzu.

»Nay, das war mein Fehler«, meldete Hiram sich zu Wort. »Ich hätte ihr nicht zurufen sollen, und noch weniger hätte ich sie reiten lassen dürfen, aber ...« Er ließ den Kopf hängen.

»Es ist auch nicht deine Schuld, Hiram«, sagte Marsali zu ihm. »Ich habe mich ablenken lassen.«

Sie versuchte, sich aufzurichten, aber ihr Kopf drohte zu explodieren. Sie ließ sich auf die Decke zurücksinken, stöhnte und schaute abwechselnd Patrick und Gavin an.

»Was machst du hier?«, fragte sie Gavin, wobei sie versuchte, das Hämmern in ihrem Kopf zu ignorieren. »Du bist ja wohl keine Geisel?«

Es war Patrick, der antwortete. »Ich habe ihn hergebracht, damit er Quick Harry sieht«, erklärte er. »Und dich natürlich auch. Ich wollte die Besorgnis mildern, die ich in euren Gesichtern gesehen habe.«

»Aber ...« Wieder versuchte sie, sich aufzusetzen, aber eine neue Schmerzwelle durchzuckte sie, und sie musste die Augen schließen.

Patrick beugte sich zu ihr, aber im gleichen Augenblick verließen die Frettchen ihr »Nest« in Marsalis Armbeuge. Isolde hüpfte auf Marsalis Brust und begann laut schnatternd zu schimpfen.

Gavin lachte, nahm das Tierchen auf, das sich blitzschnell in seiner Hand drehte – und ihn biss! Fassungslos ließ Gavin das Frettchen fallen. »Das hat Isolde doch noch nie gemacht«, knurrte er verstimmt.

»Ich glaube«, sagte Marsali, »dass die beiden Tiere momentan ziemlich irritiert sind, was Männer betrifft. Und das kann ich ihnen wirklich nicht verdenken.«

Die vier Männer in der Hütte starrten Marsali unterschiedlich gekränkt und empört an.

»Ihr und eure Geheimnisse«, fuhr Marsali fort, wobei ihre Stimme kräftiger wurde, je mehr sie sich erregte. »Ihr und eure Kriege und Kämpfe. Ihr bildet euch ein, dass wir Frauen keinen Verstand im Kopf haben, dass wir eure Denkweise ja doch nicht verstehen. Aber wir verstehen sehr wohl, was passiert, denn wir sind es doch, die die Verwundeten pflegen, die darunter zu leiden haben, wenn ihr vermisst – oder getötet werdet. Es ist viel schwieriger, unwissend zu Hause zu sitzen, als in die Schlacht zu ziehen. Aye, und es erfordert auch viel mehr Mut.«

Wieder versuchte sie vorsichtig, sich aufzusetzen, und Patrick streckte sofort seine Hand aus, um ihr zu helfen.

Wütend stieß sie Hand weg. Dann biss sie die Zähne zusammen, richtete sich auf und lehnte sich mit dem Rücken gegen die Wand. Die beiden Frettchen bleckten die Zähne.

»Gütiger Gott, ich wusste ja gar nicht, dass du so ein Temperament hast, Marsali«, meinte Gavin verwundert.

»Weil du dich nie wirklich für mich interessiert hast«, sagte sie vorwurfsvoll. »Dich hat doch nur interessiert, dass der Haushalt auf Abernie reibungslos funktioniert. Dafür habe ich gesorgt, und ich habe dich geliebt, und alles, was ich wollte …« Ihre Stimme versagte.

»Und alles, was du wolltest …?«, fragte Gavin leise.

»Ich … ich wollte wie ein Mensch behandelt werden. Ich wollte geliebt sein.«

»Aber ich liebe dich doch«, antwortete Gavin leise.

»Und warum hast du dann versucht, mich an Edward Sinclair zu verschachern?«

Er wandte den Blick ab. »Vater dachte, es wäre eine gute Verbindung für dich.«

»Er dachte nicht, dass es eine gute Verbindung für mich

wäre, sondern für ihn. Seine Motive kann ich notfalls noch nachvollziehen, weil er aus Schmerz und Wut verblendet ist. Aber dich verstehe ich nicht. Du bist doch mein Bruder. Du hast nie mit Vater übereingestimmt, was diese Heirat mit Edward betraf, aber du hast kein Wort dagegen gesagt. Oder?«

»Nay«, seufzte er verlegen. »Ich weiß, ich hätte für dich eintreten müssen, aber ich wusste, dass Vater einer Ehe zwischen dir und Patrick nie zugestimmt hätte, und ich dachte, wenn du Edward heiratest, würdest du wenigstens in der Nähe sein.«

Gavin sah so niedergeschlagen aus, dass sie es nicht fertig brachte, ihn länger wütend anzustarren. Abgesehen davon verstärkte das Stirnrunzeln nur ihre Kopfschmerzen. Aber sie war noch lange nicht fertig.

»Und was dich betrifft«, sagte sie und schaute Patrick böse an. »Du hast mich hier drei volle Tage sitzen lassen, wobei ich vor Angst fast vergangen bin, weil ich nicht wusste, ob du und Gavin euch inzwischen die Köpfe eingeschlagen habt.«

»Marsali«, versuchte Patrick einzulenken. »Gavin und ich haben uns erst einen Tag zuvor getroffen, bevor ich dich hierher gebracht habe. Ich habe dir gesagt …«

»Du hast mir nicht gesagt, ob ihr immer noch Freunde seid. Du hast mir auch nichts darüber erzählt, wie euer Gespräch verlaufen ist. Gar nichts hast du mir gesagt. Wenn ich die Einstellung deines Vaters bedenke, wusste ich nur, dass du dich entschlossen haben könntest, diese einmalige Chance zu nutzen, um deinen Todfeind beim nächsten Zusammentreffen zu töten.«

Sie beobachtete, wie Patricks Blick Gavins Blick suchte, der hilflos mit den Schultern zuckte. Hiram hatte sich etwas zurückgezogen und tat so, als interessiere ihn die ganze Auseinandersetzung nicht. Quick Harry dagegen verbarg seine Neugier nicht; er hörte aufmerksam zu.

Patrick versuchte, sein Verhalten eisern zu verteidigen. »Es war das Beste, wenn niemand wusste, was Gavin und ich abgesprochen hatten«, sagte er.

»Aber Hiram wusste es. Oder nicht?«, meinte sie. »Und Rufus doch sicher auch.« Patricks schuldbewusster Blick verriet Marsali, dass sie Recht hatte.

»Weiß sonst noch jemand davon?«, fragte sie.

»Niemand«, antwortete Patrick. »Das schwöre ich. Ich musste Gavin herbringen, um mit Quick Harry zu reden. Ich glaubte, dass Harry sonst nicht bleiben würde, und ich wollte ihn nicht gewaltsam hier behalten.«

»Aber du denkst dir nichts dabei, mich gewaltsam festzuhalten«, fauchte sie wütend, wobei mit steigender Verärgerung auch ihre Kopfschmerzen wieder stärker wurden.

»Doch, Liebes, das tue ich«, erwiderte Patrick mit zärtlicher Stimme. »Ich mache mir darüber viele Gedanken. Und das war der zweite Grund, weshalb ich Gavin hergebracht habe. Ich wollte dich überzeugen, dass wir beide uns verbündet haben, um die Fehde zwischen unseren Clans zu beenden.« Sie sah, wie verunsichert Patrick war, als er weitersprach. »Nach allem, was geschehen ist, war ich nicht sicher, ob du mir noch glauben würdest, wenn dein Bruder meine Worte nicht bestätigt.«

Sie wollte etwas sagen, aber er legte einen Finger auf ihre Lippen. »Lass mich bitte zuerst ausreden, Liebes. Ich bin es nicht gewohnt, meine Gedanken offen auszusprechen. Ich pflege meine Entscheidungen alleine zu treffen, aber ich habe erkannt, dass ich von dir etwas verlangt habe, was ich dir nicht zu geben bereit war. Ich wollte dein Vertrauen, wusste aber nicht, wie ich dir mein Vertrauen beweisen sollte.«

Er bat um ihr Verständnis. Er erklärte ihr, dass er sein Verhalten bedauerte. Mehr noch, er gab zu, dass er im Unrecht gewesen war.

Ihre Blicke waren fest miteinander verbunden, und sein Finger, der immer noch auf ihrem Mund lag, begann die Linien ihrer Lippen nachzuziehen. Diese zärtliche Liebkosung ging ihr durch und durch, und bei dieser ehrlichen Entschuldigung verflog ihr Ärger.

Gavin hüstelte.

Plötzlich wurde sich Marsali wieder der Anwesenheit der anderen bewusst. Für einen kurzen Augenblick hatte sie sich mit Patrick alleine gewähnt.

Quick Harry hatte sich auf sein Lager in der anderen Ecke des kleinen Raumes zurückgezogen, und Hiram lungerte in der Nähe der Tür herum. Gavin dagegen hockte immer noch an ihrer Seite. Tristan und Isolde saßen aufmerksam da, bereit, Patrick bei der kleinsten Bewegung anzugreifen, die ihnen missfiel.

Irgendwie war das alles zu viel für sie. Ihre Kopfschmerzen machten ihr zu schaffen, und sie verzog das Gesicht.

»Hiram«, rief Patrick. »Bring ihr einen kühlen, feuchten Lappen für die Stirn. »Und jetzt lass mich dir helfen, Liebes. Du musst dich wieder hinlegen.«

Sie schloss die Augen, legte sich wieder auf die Decke, und spürte Patricks Finger, der zärtlich über die Stelle an ihrer rechten Schläfe strich, wo sie mit dem Kopf aufgeschlagen war. Sie zuckte zusammen und hob die Hand, um selbst nachzufühlen. Sie hatte zwar eine dicke Beule am Kopf, aber offensichtlich keine offene Wunde.

»Ach, Liebes«, sagte Patrick, »ich hatte solche Angst, als ich dich fallen sah.«

»Ich falle nie vom Pferd.«

»Nay, fast nie.«

»Ich war abgelenkt.«

»Aye, das hast du gesagt.«

»Du und Gavin seid plötzlich aus dem Nichts aufgetaucht.« Sie fühlte sich allmählich etwas besser, aber wenn sie sich zu schnell bewegte, hätte sie schwören können, dass ein Schmied ihren Kopf als Amboss benutzte.

»Aye, das ist der Vorteil dieses Ortes«, erklärte Patrick. »Nur wenige kennen ihn, und der einzige Weg von Süden her ist nicht ungefährlich. Dennoch, wenn Quick Harry einverstanden ist, werden wir ihn zu der Höhle bringen, wo wir die Pferde untergebracht hatten. Er wäre dort noch sicherer.«

In diesem Moment trat Hiram mit dem feuchten Lappen neben sie, den Patrick ihr auf die Stirn legte. Dann setzte er sich auf die Hacken, schaute zu Quick Harry und fragte: »Glaubst du, dass du es bis zur Höhle schaffst?«

»Aye, mit ein bisschen Hilfe schon«, antwortete Quick Harry.

Hiram ging zu dem Verletzten, um ihm zu helfen. Er gab ihm die Hand und zog ihn hoch. Dann legte er seinen Arm um die Hüfte des Mannes und führte ihn aus der Hütte. Gavin folgte den beiden. Patrick wartete, bis die drei die Hütte verlassen hatten, bevor er sich zu Marsali wandte.

Sie blickte ihn misstrauisch an. »Warten sie draußen auf dich, damit du deinen Plan mit ihnen diskutieren kannst?«

»Nay«, erwiderte er. »Keine Geheimnisse mehr, Liebes. Hiram wird sich um die Pferde kümmern, während Gavin alleine mit Quick Harry spricht. Und außerdem möchte ich mit dir alleine sein.« Sein Blick glitt über ihr Gesicht, und immer wieder schaute er auf ihre Verletzung. »Ich wünschte, ich könnte dir die Schmerzen nehmen.«

»Nicht so schlimm.« Und ihre Kopfschmerzen waren tatsächlich nichts im Vergleich zu dem warmen Gefühl, geliebt zu werden, das sie bei seinen Worten überkam.

»Es ist alles meine Schuld. Ich weiß doch genau, dass alles, was du in den vergangenen Wochen durchgemacht hast, meine Schuld ist. Eingesperrt in deiner Kammer, betäubt und aus deinem Heim verschleppt, beleidigt von meinem Vater, hierher gebracht ...«

»Ssscht.« Diesmal legte sie ihm den Finger auf den Mund, um seinen Redeschwall zu unterbrechen.

Er ergriff ihre Hand und führte sie an seine Lippen. »Mein Herzschlag hat einen Moment lang ausgesetzt, als ich dich fallen sah«, sagte er leise.

»Ich falle nie vom Pferd«, widersprach sie erneut.

»Das weiß ich doch«, sagte er. »Anderenfalls hätte ich Hiram niemals erlaubt, dich ausreiten zu lassen.«

Erlaubt. Das Wort machte ihr zu schaffen. Patrick weckte so viele widersprüchliche Gefühle in ihr. Er nannte sie zwar Liebes, aber sie wollte als gleichberechtigte Partnerin geliebt werden, nicht als ein untergeordnetes Wesen. Er legte seine Finger an ihre Schläfe, massierte sie sanft, und ein Teil ihrer Verwirrung verschwand zusammen mit einem Teil ihrer Schmerzen. Seine Hände waren so wunderbar zärtlich.

»Elisabeth vermisst dich«, sagte er. »Und ich dich auch.«

Seine Worte berührten ihr Innerstes. Aber es gab noch so viele Fragen, die sie quälten. »Was planst du mit Gavin?«

Patrick seufzte und wechselte die Stellung, um sich bequemer neben sie zu setzen. Dabei stützte er sich mit der Hand auf dem Boden ab, eine Gelegenheit zum Angriff, den sich Isolde nicht entgehen ließ. Sie sprang vor und schlug ihre kleinen scharfen Zähnchen in sein Handgelenk, huschte dann zu dem Männchen zurück, zufrieden, dass sie nun ihrem Herzen Luft gemacht hatte.

»Isolde!«, schimpfte Marsali, aber das Tierchen hob nur leicht den Kopf und grinste Marsali frettchenhaft an, bevor es sich in Tristans pelzigem Rücken vergrub, wo es sich wohl für unsichtbar hielt.

Mit einem gequälten Stöhnen betrachtete Marsali das Blut, das von Patricks Hand tropfte. Sie richtete sich wieder zu einer halb sitzenden Position auf und riss ein Stück von ihrem Unterrock ab, das sie ihm um die Bisswunde band.

Während er stillhielt, damit sie ihn versorgen konnte, warf er ihr einen schrägen Blick zu. »Ich bin ja nur froh, dass du keine Berglöwen als Haustiere hast.«

Sie erwiderte sein Lächeln etwas peinlich berührt. Als sie mit dem Verband fertig war, wollte sie sich wieder zurücklegen, aber er zog sie an sich und legte seinen Arm um ihre Schulter. Überglücklich lehnte sie sich an ihn.

»Wie hast du Tristan und Isolde überhaupt hergebracht?«

»Sie scheinen einem kleinen Schluck Wein nicht abgeneigt zu sein«, erwiderte er, wobei sein Lächeln breiter wurde. »Ich habe festgestellt, dass beschwipste Frettchen sehr viel liebenswürdiger sind. Allerdings scheinen sie jetzt die Nachwirkungen des Alkohols zu spüren, und dafür machen sie mich verantwortlich.«

Marsali kicherte.

Seine Stimme wurde wieder ernst. »Ich habe sie hergebracht, weil ich nicht wusste, wie es Quick Harry geht, und ob du noch länger würdest hier bleiben müssen. Aber er macht einen guten Eindruck, und ich möchte, dass du mit mir zurückkommst.«

»Nach Brinaire?«

»Aye.«

Marsalis Gesicht versteinerte. Sie mochte Elisabeth, aber sie hatte sich in diesem Schloss wie eine Gefangene gefühlt. Hier hatte sie zumindest etwas Freiheit, und sie hatte den Eindruck, etwas Nützliches zu leisten. »Ich würde es vorziehen, hier zu bleiben.«

Er schwieg einen Moment. »Ich weiß nicht, ob du hier wirklich sicher bist«, meinte er schließlich.

»Aber du sagtest doch, dass niemand diesen Ort kennt.«

»Irgendjemand tut es.« Er hob eine Augenbraue. »Der Mensch, der meinen Vater informiert hat, dass Margaret sich hier mit ihrem Liebhaber getroffen haben soll.«

Marsali sog scharf die Luft ein und blickte sich in der winzigen alten Hütte um. »Hier?«

»Aye.«

»Aber du willst, dass Quick Harry hier bleibt?«

»Aye«, erwiderte er. »Aber in der Höhle, in der Hiram die Pferde versteckt hat. Vermutlich wäre Harry hier in der Hütte sicher genug, aber ich möchte kein Risiko eingehen – weder was ihn noch was dich betrifft.«

»Ich könnte doch auch in die Höhle übersiedeln«, meinte sie.

Als er nicht sofort antwortete, schaute sie auf und sah den unglücklichen Blick in seinen Augen. »Ist es denn auf Brinaire so schlimm?«

»Dein Vater will mich dort nicht haben. Ich spüre seinen Hass – und du bist dauernd unterwegs«, erwiderte sie aufrichtig.

Patrick seufzte. »Aber du kannst nicht mit Quick Harry alleine in der Höhle sein, und ich brauche Hiram.«

Er hatte Recht, natürlich. Wenn ein Fremder diesen Ort kannte, konnte sie nicht sich und einen Schwerverletzten verteidigen. »Was habt ihr vor?«, fragte sie noch einmal.

Er schaute sie einen Moment hart an und nickte dann kurz. »Vermutlich solltest du es wissen.«

Mit wachsender Verwunderung hörte sie zu, während er seinen Plan erklärte – brillanter als alles, was sie je zuvor gehört hatte. Als er zum Ende kam, grinste sie übermütig, und ihre Kopfschmerzen waren fast verflogen.

»Und Gavin hat dem zugestimmt?«, fragte sie.

»Aye. Einiges davon hat er selbst beigetragen.«

»Wer weiß sonst noch davon?«

»Rufus, den ich zu Sinclair geschickt habe, damit er dort für uns spioniert. Und Hiram natürlich.« Patrick verzog ein bisschen das Gesicht. »Vermutlich ist es unvermeidlich, dass auch noch ein paar andere Männer im Laufe der Zeit dahinter kommen werden. Aber wir haben die Männer sorgfältig ausgesucht, Männer, die Bindungen zu beiden Clans haben und die Gavin und mich aus diesem Grund unterstützen werden.« Seine Stimme klang eindringlich, als er fortfuhr. »Was wir brauchen, ist Zeit. Ich fürchte nämlich, dass Sinclair ungeduldig wird und etwas unternehmen wird, um die Krise zu beschleunigen.«

»Was zum Beispiel?«, fragte sie ruhig.

Patricks Stimme wurde sehr ernst. »Noch einen Überfall.

Inzwischen muss er erkannt haben, dass sein Plan nicht aufgeht. Lange wird er nicht mehr warten.«

Als ihre Blicke sich trafen, legte sie ihre Hand auf seine verletzte Hand. »Erzähl' mir, was du über Tante Margaret herausgefunden hast«, bat sie. »Wenn wir dieses Rätsel lösen können …«

»Aye«, erwiderte er. »Margaret ist der Schlüssel zu dem Ganzen. Deshalb brauche ich Zeit. Ich habe Leute ausgeschickt, um die beiden Männer zu suchen, die meinem Vater berichtet haben, dass sie ihn betrogen hat. Die beiden Männer, die seltsamerweise anschließend spurlos verschwunden sind.«

»Dann glaubst du also nicht daran, dass Margaret Ehebruch begangen hat?«

»Nay. Elisabeth hat mir erzählt, dass Margaret meinen Vater wirklich geliebt hat, dass sie sogar geglaubt hat, er liebe sie auch. Jemand muss sich verdammt viel Mühe gegeben haben, meinen Vater ins Zweifeln zu bringen. Ich denke, es war Sinclair.«

Das klang einleuchtend. Nachdenklich fragte sie: »Glaubst du, dass sie noch lebt?«

»Das bezweifle ich, Liebes. Aber ich schwöre dir, dass ich das herausfinden werde.«

Ihre Finger umschlossen seine Finger fester. »Was ist mit meinem Verschwinden von Brinaire? Wie hast du das erklärt?«

»Wahrheitsgemäß«, antwortete er. »Jedenfalls habe ich fast die Wahrheit gesagt. Es ist ja bekannt, dass du eine Heilerin bist, und deshalb habe ich meinem Vater erzählt, dass du einen Mann und seine Ehefrau versorgst, die beide krank sind, und dass Hiram dich bewacht.«

»Und das hat dein Vater dir geglaubt?«

Patrick stieß ein kurzes Lachen aus. »Was blieb ihm anderes übrig, wenn er seinen Sohn und Erben nicht als Lügner bezeichnen wollte? Aber er braucht mich zu sehr, um irgendein Risiko einzugehen. Der Clan schwört seinem Anführer Ergebenheit, nicht dem Titel des Marquis, und wenn der Clan es will, kann er sich einen neuen Anführer wählen. Mein Vater kann es sich nicht leisten, dass Clan Sutherland sich spaltet. Und das Risiko einer Spaltung kann auch Gavin im Falle von eurem Clan nicht eingehen, denn das würde eine Schwächung bedeuten – und damit eine leichte Beute für Sinclair.«

Das Pochen in Marsalis Kopf wurde wieder stärker, als ihr bewusst wurde, wie tief das Problem reichte. Die älteren Mitglieder der beiden Clans würden wohl weiter zu ihren jeweiligen Anführern stehen – zu Donald Gunn und zu Gregor Sutherland –, an deren Seiten sie lange Jahre gefochten hatten und von denen sie im Alter vom Schutz abhängig waren. Die jüngeren Clanmitglieder mochten sich dagegen eher für Gavin und Patrick aussprechen, eine Entscheidung, durch die die Clans auseinander gerissen würden, durch die sich Familienangehörige plötzlich gegenüberstehen würden.

»Gavin würde nichts tun, was unseren Clan spalten könnte«, murmelte Marsali. »Ich wundere mich ohnehin, wie du ihn dazu überreden konntest, bei deiner Scharade mitzumachen, denn wenn mein Vater dahinter kommt, wird er meinen Bruder enterben.«

»Aye«, meinte Patrick zustimmend. »Wir werden beide enterbt, wenn unsere Väter uns auf die Schliche kommen. Aber Gavin und ich stimmen darin überein, dass es das Wichtigste ist, die Fehde zu Ende zu bringen. Und dafür werden wir beide bis zum Äußersten gehen.«

Der Gedanke, dass Patrick und Gavin auf einer Seite standen, wärmte Marsalis Herz. Gemeinsam konnten sie alles erreichen. Das war schon immer so gewesen.

Sie hob seine Hand, führte sie an ihre Wange, liebkoste sie. Sie lächelte, als sie das leise Brummen hörte, das sie damit in seiner Brust auslöste. Sie liebte dieses Brummen. Genau wie sie seinen festen, gleichmäßigen Herzschlag liebte.

Vorsichtig nahm sie die beiden Frettchen, die inzwischen fest eingeschlafen waren, aus ihrem Schoß, setzte die Tierchen zur Seite und drehte sich zu Patrick um, sodass ihr Gesicht nur noch ein paar Zentimeter von seinem entfernt war. Als ihr Blick das smaragdgrüne Feuer seiner Augen traf, lief ihr ein Schauer über den Rücken.

Sie waren alleine. Für ein paar kostbare Augenblicke waren sie alleine.

Patrick beugte den Kopf, und seine Lippen strichen zärtlich über ihre Wange, bevor er an ihrem Ohrläppchen knabberte und weiter zu ihrem Hals wanderte. Er küsste aufreizend langsam ihre empfindliche Halsbeuge, was in ihr ein Feuer entfachte, dessen Flammen ihren ganzen Körper erfasste.

»Marsali«, murmelte er, wobei er den Kopf hob, um sie anzusehen, während er ein paar widerspenstige Haare aus ihrem Gesicht strich. Dann küsste er sie. Es war ein süßer, sehnsuchtsvoller Kuss, der zärtlich war, aber gleichzeitig unfassbar besitzergreifend. Sie spürte das Verlangen seiner Lippen, die Leidenschaft, die so tief reichte wie ihre eigene.

Ihre Hand bewegte sich in seiner, und sie wunderte sich, dass seine schwielige Hand so zärtlich sein konnte. Aber auch sein Gesichtsausdruck täuschte ja: es zeigte eine Härte, die seine Gedanken verbarg – und seine Emotionen.

Aber sie konnte sie plötzlich spüren. Sie fühlte sein Herz, dass die Zuneigung von Männern wie Hiram gewonnen hatte, das den Mut hatte, sich gegen seinen Vater zu stellen, um andere Menschen vor Unheil zu bewahren. Er war ein Mann, der immer nach den Sternen greifen würde, wo andere sich mit dem Mittelmaß begnügen würden.

Sie berührte sein Gesicht, die Narbe, und ihre Fingerspitzen versuchten, ihn den Schmerz vergessen zu lassen, der dort tief eingegraben war. Sie spürte das Zucken seiner Muskeln, die auf jede Liebkosung von ihr reagierten.

Er schlang seine Arme um sie, ganz vorsichtig zuerst, als ob er Angst hätte, ihr wehzutun.

Sie beantwortete seine Aufforderung, indem sie ihre Arme um seinen Nacken schlang. Er küsste sie, und sie spürte eine Woge von Emotionen, die zwischen ihnen hin- und herschwappte. Alles in ihr schmolz unter diesem Kuss hinweg. Wohlige Schauer durchzuckten ihren Körper, und sie genoss die wachsende Spannung in seinem Körper, als er sich dichter an sie presste.

Sie konnte sich selbst nicht erklären, wie sie in diese halb liegende Position geraten waren, umschlungen in so einer intimen Umarmung. Aber sie wollte ihm noch näher sein. So nah, wie ein Mann und eine Frau miteinander nur sein konnten. Noch nie hatte sie ein Verlangen wie dieses gekannt, ein Verlangen, das so heftig war, dass sie zu zerspringen glaubte.

Und tatsächlich schien etwas in ihr aufzubrechen, als seine Hand über ihre Taille fuhr und er ihre Brust umfasste. Sie spürte, wie unter dem Stoff ihres Kleides die Brüste anschwollen und die Knospen hart wurden. Sie keuchte, stöhnte leise, geschockt von dem unbekannten Lustgefühl. Sein Mund strich über ihren Hals, liebkosten ihn verlangend, während er gleichzeitig begann, die Bänder ihres Kleides zu lösen. Als nur noch das dünne Unterhemdchen ihre Brust bedeckte, fühlte sie, wie er sich vorbeugte und eine der harten Brustspitzen mit seinen Lippen umfing.

»Oh!« Sie sog scharf die Luft ein, als eine Hitzewelle sie durchflutete.

Mit einem leise gemurmelten Fluch und einem Stöhnen zog er sich von ihr zurück. »Heiliger im Himmel, was denke ich mir eigentlich dabei?« Er strich sich mit einer zitternden Hand durchs Haar, wobei sein Atem ungleichmäßig jagte. »Das ist doch Wahnsinn. Jeden Moment können die anderen zurückkommen.«

Sie bebte, ihr Atem war ebenso unstet wie der seine, aber

sie musste ihm – wenn auch unwillig – Recht geben. Bei allem, was ihr heilig war, ihr Körper schmerzte von oben bis unten. Aber ganz sicher nicht von dem Sturz. Er schmerzte vor Lust und Verlangen, einer Leidenschaft, die sie bisher nicht einmal hatte erahnen können. Sie wollte ihn haben. Sie wollte ein Teil von ihm sein. Sie wollte erfahren, wohin diese neuen, unbekannten Gefühle führen würden.

»Heute Nacht?«, wisperte sie und errötete, so verwegen zu sein, diesen Vorschlag zu machen.

Seine dunklen Augen zogen sich zusammen. »In Brinaire?«

»Aye«, sagte sie zustimmend, während ihr Körper immer noch zitterte.

Sein Lächeln war wärmer als jedes andere Lächeln, das er ihr geschenkt hatte. Er wirkte um Jahre jünger, und sie bekam einen Eindruck von dem Mann, den sie so gerne vollkommen kennen lernen wollte. Mit den Fingerspitzen fuhr sie über seine sinnlichen Lippen.

Er steckte ihre Finger in seinen Mund und saugte daran so verführerisch, dass es fast schon schmerzhaft war, wobei er ihr tief in die Augen schaute. Sie konnte kaum atmen, während sie auf seine Antwort wartete.

Als er ihre Finger losließ, wurde sein Blick so ernst, dass sie glaubte, er würde das Angebot ablehnen.

»Aber zuerst sollten wir heiraten«, sagte er.

Sie starrte ihn fassungslos an.

Er lachte leise. »Schau mich nicht so entsetzt an, Liebes. Glaub mir, ich will nicht eine Sekunde länger warten als du.« Er verzog die Augenbrauen. »Wir könnten – wie es in Schottland üblich ist – eine ›Handheirat‹ schließen, mit Gavin, Hiram und Quick Harry als Zeugen. Unser Händedruck vor Zeugen würde unsere Ehe rechtsgültig machen.«

Marsalis Augen weiteten sich. »Und dein Vater?«

Patrick schüttelte den Kopf. »Es ist besser, ihn eine Weile darüber in Unwissenheit zu lassen. Aber eine Handheirat würde dich zumindest schützen, falls da etwas Kleines kommen sollte.«

Sie war so in ihrer Lust und ihrem Verlangen gefangen gewesen, dass ihr dieser Gedanke überhaupt nicht gekommen war. Aber als sie jetzt darüber nachdachte, spürte sie, wie ihre Wangen rot wurden – obwohl es ein wunderbarer Gedanke war. Ein Kind mit Patricks grünen Augen.

Marsali nickte, während ein glückseliges Lächeln ihre Lippen umspielte. »Aye, ich bin damit einverstanden. Aber glaubst du, dass Gavin unser Zeuge sein wird?«

»Da bin ich nicht sicher«, erwiderte Patrick. »Aber ihm muss ja klar sein, dass eine Handheirat dich vor Sinclair schützen würde. Und nach so einem Eheschluss wäre deine Ehre unberührt, falls mir etwas zustoßen sollte.«

»Dir wird nicht passieren«, sagte sie scharf.

Er berührte ihr Kinn mit dem Finger. »Nay, Liebes. Das würdest du doch niemals zulassen.«

Sie merkte, dass er plötzlich erstarrte, während sein Blick zur Tür flog. Sekunden später hörte auch sie die Stimmen der Männer, die zur Hütte zurückkamen. Patricks Ohren waren weit schärfer als ihre eigenen, dachte sie, als sie ihm half, die Bänder ihres Kleides zu Schleifen zu binden. Sie waren gerade damit fertig, als sich auch schon die Tür öffnete.

Gavins große Gestalt tauchte im Türrahmen auf, und sie sah, wie sich seine Augen verengten, als er erkannte, in welcher Stellung sie und Patrick sich befanden. Sie lagen zwar nicht mehr übereinander gebeugt da, aber Patrick hatte immer noch den Arm um sie geschlungen, und ihr Kopf ruhte an seiner Brust.

Gavin runzelte die Stirn. »Ich denke, es ist an der Zeit, dass wir aufbrechen«, sagte er.

Patrick entließ Marsali aus seinem Arm und stand auf, als Quick Harry in die Hütte trat, von Hiram gestützt.

Patrick wandte sich an Gavin. »Ich muss mit dir reden. Draußen. Alleine.«

Marsali sah, wie Gavins Blick zwischen ihr und Patrick wanderte, aber sein Gesichtsausdruck verriet ihr nichts. Dann nickte Gavin und trat ins Freie. Patrick warf Marsali einen aufmunternden Blick zu, bevor er ihrem Bruder folgte.

Marsali versuchte, ihre Befürchtungen zu verdrängen.

Eine Handhochzeit. Das war nicht gerade die Hochzeit, von der sie geträumt hatte. Aber für den Augenblick würde es ausreichen. Paare, die ihre »Ehe« vor Zeugen per Handschlag verkündeten, konnten ein Jahr und einen Tag miteinander leben, bevor sie sich entscheiden mussten, ob sie sich trennen oder ihre »Ehe« offiziell machen wollten. Im Falle der Trennung würden der Ruf und die Ehre beider Beteiligter unbeschadet sein.

Aber sie brauchten Gavins Zustimmung. Sein Zeugnis – als Mitglied ihrer Familie – wäre im Zweifelsfalls entscheidend, falls irgendjemand die Anerkennung dieser Handheirat einmal in Frage stellen würde. Sie kaute auf der Unterlippe. Ihr Bruder war alles andere als erfreut gewesen, sie in Patricks Armen zu finden. Was, wenn die beiden Männer schließlich doch noch gegeneinander kämpften? Ihretwegen! Ein eisiger Schauer lief ihr bei diesem Gedanken über den Rücken.

Sie wartete – wobei jede Sekunde eine Ewigkeit zu dauern schien –, während die beiden Männer, die sie am liebsten auf der Welt hatte, über ihre Zukunft entschieden.

16

Patrick fragte sich, ob er noch normal war.

Er forderte das Schicksal geradezu heraus, aber …

Aber er wusste, dass er sich nicht länger in Marsalis Nähe beherrschen konnte. Nachdem er einen kleinen Vorgeschmack davon bekommen hatte, was ihn erwartete, wusste er, dass es nur eine Frage der Zeit war. Schließlich hatte er sie schon zwei Mal nahezu entehrt, und der Gedanke, dass Marsali einen Bastard gebären könnte, war für ihn unerträglich. Er musste sie ganz einfach beschützen.

Aber eine Handhochzeit? Patrick war nervös, da er nicht wusste, wie Gavin darauf reagieren würde. Zwar war dieser Brauch bei der Unterschicht gang und gäbe, aber bei den schottischen Adeligen eher ungewöhnlich. Würde seinem Freund eine Handheirat gut genug für seine Schwester sein?

Gavin schwieg, während sie gemeinsam zum Fluss gingen, aber Patrick spürte die Anspannung, unter der sein Freund stand. Zweifellos glaubte Gavin, dass Patrick seine Schwester verführt hatte. Und bei Gott, sie beide mussten verdammt schuldbewusst ausgesehen haben, als Gavin die Hütte betreten hatte.

Als sie das Flussufer erreicht hatten, drehte Patrick sich zu Gavin um. »Marsali und ich wollen eine Handhochzeit.«

Gavin zuckte zurück, seine Augen verengten sich.

»Dafür bitte ich um deine Zustimmung«, fügte Patrick hinzu.

Gavin betrachtete ihn einen Moment und starrte dann auf das Wasser, das durch das schmale Flussbett gurgelte.

Eine ganze Weile verharrte sein Blick auf den rauschenden Schwappwellen. Ein Muskel zuckte in Gavins Gesicht.

Patrick wartete. Er wusste, dass er das von seinem Freund eigentlich nicht verlangen durfte. Gavin hatte bereits genug Dinge getan, die ihm sein Vater vielleicht nie verzeihen würde. Aber Marsali zuliebe würde Patrick ohne Gavins Einverständnis nicht den Handschlag mit ihr wechseln, der ihre Ehe für ein Jahr und einen Tag besiegeln würde. Denn wenn er das täte, stünde sic alleine in der Welt – ohne jede Beziehung zu einer Familie –, falls ihm etwas zustoßen sollte.

Schließlich seufzte Gavin tief. »Sie hat dich schon immer geliebt«, sagte er leise. »Das wollte ich nicht wahrhaben, aber ich habe es begriffen, als ich vorhin ihr Gesicht gesehen habe.«

Patrick schwieg, denn er wollte Gavins Entscheidung nicht beeinflussen.

»Eine Handheirat würde sie vor Sinclair schützen.« Gavin schüttelte nachdenklich den Kopf und murmelte: »Es ist wahr, ich hätte niemals einer Ehe zwischen Marsali und Sinclair zustimmen dürfen, denn ich wusste ja, dass es schlecht für sie wäre.« Er warf Patrick einen kurzen Seitenblick zu. »Sie könnte natürlich immer noch mit mir nach Hause zurückkehren.«

Patrick zwang sich dazu, ganz ruhig zu antworten. »Bist du sicher, dass dein Vater nicht wieder versuchen wird, Marsali mit Sinclair zu verheiraten?«

Gavin dachte einen Moment lang nach. »Nay, das bin ich nicht«, erwiderte er. Nach einer weiteren längeren Pause fuhr er fort: »Ich möchte, dass Marsali glücklich ist, aber wie kann sie an einem Ort glücklich sein, wo sie gehasst wird?«

»Elisabeth vergöttert sie«, sagte Patrick. »Und Alex auch. Es wird nicht lange dauern, bis sie auch die Herzen der anderen für sich gewonnen hat.«

»Zum Teufel«, murmelte Gavin, »wie sind wir nur in diesen Schlamassel geraten?«

»Durch zwei sturköpfige, überstolze alte Männer«, erwiderte Patrick. »Vernunftgründen sind sie gar nicht mehr zugänglich. Sie zerstören ihr eigenes Leben. Aber ich bin nicht bereit, zuzulassen, dass sie auch noch die Leben anderer ruinieren.«

Wieder entstand ein langes Schweigen, bevor Gavin sprach.

»Wird der König einer Verbindung zwischen dir und Marsali zustimmen?«

»Aye«, sagte Patrick. »Ich habe in Frankreich unter seiner Fahne gekämpft. Er wusste von der Verlobung, und er hat sie befürwortet. Er würde allem zustimmen, was den Frieden in den Highlands stärkt.«

»Ich wünschte, ich könnte glauben, dass eine Heirat dazu beitragen kann«, meinte Gavin. »Aber ich frage mich, ob das nicht noch mehr Blutvergießen zur Folge haben wird. Gütiger Gott, wenn Vater erfährt, dass du und Marsali eine Handheirat geschlossen habt ... Ich kann mir vorstellen, wie er toben und rasen wird. Er darf es nicht erfahren. Jedenfalls nicht jetzt.«

»Aye«, sagte Patrick zustimmend und spürte, dass er gewonnen hatte. »Ich gehe jede Wette ein, dass Sinclair schon seit Jahren darauf aus war, einen Streit zwischen unseren Clans zu entfachen. Schließlich hat er einen Weg gefunden, uns zu entzweien. Zuerst hat er sich Margarets bedient und jetzt Marsalis. Aber wir beide werden ihn aufhalten.«

Gavin ballte die Fäuste. »Bei Gott, wenn es Beweise gegen ihn gibt, werde ich ihn persönlich umbringen.«

»Ich habe einen meiner Männer bei Sinclair eingeschleust«, erklärte Patrick, der Gavin das Vertrauen zurückzahlen wollte, das sein Freund ihm entgegengebracht hatte. »Falls Sinclair einen neuen Überfall plant, werden wir es erfahren.«

Gavin nickte. »Danke, dass du dich um Quick Harry gekümmert hast.«

»Sag seiner Frau, dass er lebt«, erwiderte Patrick, »aber sag ihr auch, dass niemand sonst davon etwas erfahren darf. Sein Leben könnte davon abhängen. Sinclair wird nicht zulassen, dass es Zeugen für seine Niedertracht gibt, denn das könnte ihn den Kopf kosten.«

»Aye«, meinte Gavin zustimmend. »Harrys Frau wird tun, was du verlangst, und sie wird es gerne tun.«

»Du musst sehr vorsichtig sein, Gavin. Es würde mich nicht überraschen, wenn Sinclair über Spione in unser beider Clans verfügt.«

Gavin drehte sich zu Patrick um und blickte ihm lange fest in die Augen. Die Frage, mit der dieses Gespräch begonnen hatte, war immer noch unbeantwortet.

Patrick hielt dem bohrenden Blick seinen Freundes stand. »Ich werde ihr ein guter Ehemann sein, Gavin«, sagte er. »Das schwöre ich dir.«

Gavin schaute ihn einen Moment länger an und nickte. »Aye, Patrick, das weiß ich. Heirate Marsali also per Handschlag. Ich werde euer Trauzeuge sein.«

Patrick streckte seine Hand aus, und Gavin schlug ein. »Ich werde dir ein wahrer Bruder sein.«

»Aye«, sagte Gavin. »Möge Gott uns allen beistehen.«

☆ ☆ ☆

Bei einer Handhochzeit gab es keine großen Formalitäten. Das heiratswillige Paar musste nur aussprechen, dass beide Partner zur Ehe bereit waren.

Marsali stand neben Patrick, ihre Hand in seiner Hand. Er drehte sich zu ihr um und blickte sie an. Seine dunkelgrünen Augen strahlten und glitzerten wie nie zuvor. »Ich werde dich immer beschützen und ehren«, sagte er nur.

Marsali hätte sich mehr gewünscht. Sie wartete auf eine Liebeserklärung, aber da Gavin, Quick Harry und Hiram neben ihr standen, konnte sie das nicht von Patrick verlangen. Eines Tages würde er die magischen Worte aussprechen.

»Auch ich werde dich immer ehren«, sagte sie. Sie wollte noch mehr sagen, wollte sagen, dass sie ihn liebte. Aber da er das nicht ausgesprochen hatte, konnte sie es auch nicht. Im Augenblick war es genug, zu wissen, dass er sie zur Frau haben wollte.

»Ist es euer Wunsch, eine Handheirat zu schließen?«, fragte Gavin.

»Aye«, antwortete Patrick, ohne zu zögern.

»Aye«, sagte Marsali.

»Dann ist die Eheschließung hiermit vollzogen.« Gavin schien es nicht weiter zu stören, dass Worte wie »Liebe« oder »Treue« nicht ausgesprochen worden waren. Er küsste Marsali nur kurz auf die Wange und wünschte ihr alles Gute.

Sie lächelte und wisperte: »Danke, Bruder.«

»Komm zu mir, wann immer du Hilfe brauchst«, sagte Gavin.

»Das werde ich«, versprach sie.

Er lächelte sie an. »Unsere kleine Schwester wird wütend sein, wenn sie erfährt, dass du ihr nicht zuerst von deiner Heirat erzählt hast.«

Marsali wusste natürlich, dass Gavin scherzte, aber sie hörte den leicht besorgten Unterton in seiner Stimme, und deshalb antwortete sie ernst. »Cecilia ist wirklich in Sicherheit, Gavin. Frag Patrick. Ich bin sicher, dass er dir sagen wird, wo Cecilia sich aufhält.«

Gavin schüttelte den Kopf. »Ich vertraue euch beiden. Und ich bin sicher, dass Cecilia in guten Händen ist.« Dann fügte er etwas traurig hinzu: »Es ist sicher besser, dass sie zur Zeit nicht bei uns ist.«

Er hat sich verändert, dachte Marsali. Obwohl die Situation ihrer Familie kaum schlimmer sein konnte, schien Gavin mehr Selbstvertrauen zu haben – so, als ob er in den paar

Tagen, seit sie Abernie verlassen hatte, zu sich selbst gefunden hätte.

Das war Patricks Verdienst, dachte sie. Er hatte einfach die Fähigkeit, das Beste aus den Menschen herauszuholen. Sie beobachtete ihn, wie er mit Hiram scherzte, sah den Stolz in den Augen des schwergewichtigen Mannes, dem Patricks Wohl über alles ging. Selbst Quick Harry, der anfangs misstrauisch gewesen war, grinste jetzt den Mann an, der ihm das Leben gerettet hatte.

Während sie redeten und Pläne machten, stand sie zwischen ihrem Bruder und Patrick. Sie hörte aufmerksam zu, wobei sie Hiram beobachtete, der die Pferde sattelte. Sie, Patrick und Hiram würden losreiten, während Gavin zurückbleiben würde, um alle Spuren in der Hütte zu beseitigen. Dann würde ihr Bruder Quick Harry helfen, in die Höhle überzusiedeln, bevor Gavin nach Abernie zurückkehrte.

Als Patrick ihr in den Sattel half, umfasste er ihre Hand. »Heute Nacht?«, wisperte er.

»Heute Nacht.«

Sie war erfüllt von Vorfreude. Sie blickte zu Patrick herunter, dessen Augen so warm strahlten, dass er mit diesem Blick bestimmt das ganze Schloss Brinaire hätte aufheizen können. Seine Lippen verzogen sich zu einem scheuen Lächeln, als er ihr den Korb mit den Frettchen anreichte.

»Ich hätte sie wahrscheinlich gar nicht hergebracht, wenn ich gewusst hätte, dass wir so bald wieder zurückkehren würden«, meinte er. »Ich habe allerdings nicht geahnt, dass du so eine gute Heilerin bist und dass Harry so schnell genesen würde. Aber Elisabeth sagte, dass die Tierchen Herzeleid hätten und nicht mehr fressen wollten.«

Er hat zwar nicht mit Worten ausgedrückt, dass er sie liebte, dachte sie, aber sein Verhalten verriet ihr, was er nicht gesagt hatte. Ihr Herz klopfte, als sie Patrick anschaute.

Ihr Ehemann.

Sie beobachtete ihn, als er sich von ihr entfernte, um sein

eigenes Pferd zu besteigen. Sie beobachtete jede seiner Bewegungen.

Heute Nacht.

Er schwang sich in den Sattel, schaute sie an und lächelte. Es war ein wunderbares Lächeln. Warm ... und intim. Verheißungsvoll.

Heute Nacht. Diese Worte hallten während des ganzen Weges nach Brinaire wie ein Echo in ihrem Kopf.

☆ ☆ ☆

Patrick hörte sich geduldig die Litanei der Vorwürfe seines Vaters an.

In der Großhalle hatte er zusammen mit seinen Clansmännern das Abendessen eingenommen. Sein Vater hatte gefordert, dass er anwesend war. Marsali hatte es vorgezogen, in ihrem Zimmer zu essen, wobei Elisabeth ihr Gesellschaft leistete.

Patricks Vater hatte sich nicht nach Marsali erkundigt, aber er war offensichtlich zufrieden, nachdem er erfahren hatte, dass sie sich wieder als Geisel innerhalb der Mauern von Brinaire befand. Viel mehr interessierte ihn die Tatsache, dass Sutherland erneut eine Rinderherde verloren hatte.

»Diese räudigen Gunns«, knurrte er.

»Ich hole die Herde zurück«, versicherte Patrick ihm.

»Ich möchte, dass du Alex mitnimmst. Es wird Zeit, dass er lernt, ein Mann zu sein.« Gregor richtete seinen Blick auf seinen jüngeren Sohn, der einige Sitze entfernt von ihm saß.

Alex errötete.

»Du wirst noch heute Nacht losreiten«, sagte der Alte zu Patrick, wobei er Alex' Unbehagen ignorierte.

»Nay«, antwortete Patrick. »Ich war den ganzen Tag im Sattel und bin müde. Wir reiten morgen Nacht.«

»Dann wird Alex die Männer heute Nacht anführen.«

Plötzlich erstarb das Geklapper der Messer und Teller. Die Männer von Clan Sutherland, die an dem langen Tisch saßen, starrten auf ihr Essen und gaben vor, nichts von der unerwarteten Kraftprobe zu bemerken. Einer warf einen Knochen einer Meute von vier Hunden zu, die sofort darum zu kämpfen begannen. Mehrere andere Knochen flogen über den Tisch.

»Nein«, sagte Patrick scharf. »Ich werde das morgen selbst erledigen. Entweder mache ich es auf meine Art oder ich verlasse Brinaire für immer.«

Die plötzliche Stille in der Großhalle tat in den Ohren weh. Das Gesicht von Patricks Vater wurde erst knallrot, dann kreidebleich. Aber Patrick wusste, dass er nicht nachgeben durfte, wenn er jemals das Vertrauen seiner Clansleute gewinnen wollte. Er wartete darauf, dass sein Vater explodierte. Als es geschah, war es jedoch ganz anders, als er erwartet hatte.

Abrupt setzte sich Gregor in seinem Lehnstuhl zurück und brach in schallendes Gelächter aus. »Du bist wahrhaft mein Sohn«, rief er. »Du lässt dir wirklich von niemandem etwas befehlen. Also dann, morgen Nacht. Bring mir meine Rinder zurück und die Köpfe dieser diebischen Gunns.«

Patrick hob die Augenbrauen bei diesem blutrünstigen Verlangen. Die Forderungen seines Vaters wurden immer extremer.

Er beendete sein Mahl schnell und ohne weitere Worte. Marsali wartete auf ihn. Bei dem Gedanken an sie wurde ihm heiß, und er fragte sich, ob irgendjemand bemerkt hatte, wie oft er zur Treppe gestarrt hatte.

Nur noch wenige Stunden.

☆ ☆ ☆

Rot-goldene Streifen zogen am Himmel entlang, berührten die Spitzen der grau-grünen Hügel, die hinter Schloss Brinaire lagen.

Marsali stand am Fenster ihrer Schlafkammer, ihr Gesicht gebadet in dem leuchtenden Schein. Gewöhnlich liebte sie diese Zeit des Tages, diese langen Stunden der Dämmerung, in denen der Tag zur Nacht wurde. Aber heute wünschte sie, dass diese Stunden endlich vorübergingen. Sie sehnte die dunkle Nacht herbei.

Sie sehnte sich nach Patrick. Ihrem Ehemann.

Marsali hoffte, dass Elisabeth sie nicht für unhöflich hielt. Sie wusste, dass das Mädchen nach dem gemeinsamen Abendessen noch gerne bei ihr geblieben wäre, um zu plaudern oder um mit den Frettchen zu spielen. Aber Marsali hatte Erschöpfung vorgetäuscht und das Bedürfnis nach einem Bad als Entschuldigung vorgegeben, um den Besuch zu beenden, der sich – wie sie fürchtete – endlos in die Länge hätte ziehen können. Elisabeth schien keineswegs verärgert gewesen zu sein. Im Gegenteil, sie war sofort losgeeilt, um heißes Wasser und frische Trockentücher zu besorgen. In ihrer typischen scheuen Art hatte Elisabeth dann gefragt, ob Marsali ihre Hilfe beim Baden wünsche, aber Marsali hatte sich bedankt und erklärt, dass sie ganz gut alleine zurechtkäme.

Unter anderen Umständen wäre es wahrscheinlich gar nicht so einfach gewesen, den Schmutz und Dreck abzuwaschen, nachdem sie drei Tage in der Waldhütte verbracht hatte. Aber während sie badete, dachte Marsali an die bevorstehende Nacht, dachte an Patrick, der sie berühren würde, dachte daran, wie sich nackte Haut an nackte Haut schmiegen würde, und dann ...

Sie hatte sich eben abgetrocknet, als sie das leise Klopfen an der Tür hörte. Leichtfüßig huschte sie durch den Raum, um die Tür zu öffnen.

Vor ihr stand Patrick. Er hatte sich rasiert und trug ein frisches Leinenhemd und das schottische Plaid. Er sah so gut aus, was von seinem ernsten Ausdruck und dem Feuer in seinen wachsamen grünen Augen nur noch unterstrichen wurde.

Er trat ins Zimmer, schloss die Tür hinter sich und ließ seinen Blick über Marsali gleiten. Sie hatte sich nach dem Bad nicht angezogen, sondern trug nur ein Hemdchen. Der Stoff war dünn, und sie errötete unter seinem Blick. Als er einladend die Arme öffnete, zögerte sie jedoch nicht, sondern flog geradezu auf ihn zu.

Er legte seine Arme um sie, und einen Moment lang bewegten sie sich nicht. Sie ließen nur die Wärme zwischen sich fließen. Sie lehnte ihren Kopf an seine Brust, lauschte seinem gleichmäßigen Herzschlag, registrierte seinen rauen Atem. Sie seufzte, zufrieden, dass sie hier alleine mit ihm war.

Aber bald schon war es nicht mehr genug, einander in den Armen zu halten. Marsali spürte, wie das Verlangen erwachte, spürte, wie das Feuer zu lodern begann.

»Marsali«, flüsterte er, während er mit der Hand über ihre Haare strich, die bis zur Taille reichten.

Sie hob den Kopf, und ihr lächelnder Blick traf seinen Blick.

»Du bist so wunderschön«, wisperte er, während er ihre Wange streichelte.

Als er sich über sie beugte und sie küsste, lief ihr ein wohliger Schauer über den Rücken, und sie spürte, wie der Druck innerlich stärker wurde. Er bedeckte sie mit federleichten Küssen, fand ihre Lippen, küsste ihren Mund. Das Feuer wurde zum Inferno, als sie ihre Lippen öffnete.

Er küsste sie voll Zärtlichkeit ... und voller Verlangen. Mit der Hand streichelte er ihren Rücken, ihre Taille, ihre Hüften. Sie merkte, wie er erschauderte, sie hörte das tiefe, dunkle Stöhnen, und sie war glücklich, dass sein Körper mit ihrem Körper harmonierte.

Ihre Knie wurden weich, als er sie fester umarmte, sie enger an sich zog.

Dann hob er sie hoch, trug sie zum Bett und legte sie auf die breite Federmatratze. Er stand über ihr, ließ seinen Blick langsam über ihren Körper gleiten. Über ihre Brüste, ihren Bauch, ihre Hüften, ihre Beine und wieder zurück. Als ihre Blicke sich wieder trafen, hatte sie das Gefühl, als ob er tatsächlich jeden Millimeter ihres Körpers berührt hätte. Aber dann setzte er sich neben sie, umfasste mit seinen Händen ihre Brüste, und sie merkte, dass es völlig anders war, wirklich berührt zu werden. Ganz anders.

Er beugte sich über sie, um ihren Hals zu küssen. Gleichzeitig streichelte er sie. Marsali spürte, wie ihre Knospen hart wurden. Sie schlang ihre Arme um seinen Nacken und zog ihn enger an sich.

Mit einem leisen Stöhnen richtete er sich auf, um ihr das Hemdchen über den Kopf zu streifen. Einen Moment lang fühlte sie sich entblößt, nackt ... und verwundbar. Aber dann sah sie die Zärtlichkeit in Patricks Blick, und das unangenehme Gefühl verschwand.

Patrick zwang sich, geduldig zu sein, liebevoll, obwohl sein Verlangen wie Höllenfeuer brannte. Marsali sah so unschuldig aus, so verwirrt von den Gefühlen, die, wie er wusste, neu für sie waren. Aber – auch wenn in ihren Augen kurzfristig Unsicherheit aufflackerte – strahlte sie doch tiefe Leidenschaft aus.

Er blickte sie an, sah ihren schlanken Körper, ihre festen Brüste, ihre rundlichen Hüften, ihr liebliches Gesicht mit den kobaltblauen Augen, den zarten Wangen – und dem Kinn, das sie so stur vorwärts streckte. Jesus, er wollte sie haben. Und endlich war es so weit. Trotz der Kriege, in denen er hätte getötet werden können, trotz des Vaters, der Marsali einem anderen Mann zur Frau hatte geben wollen, trotz allem, was geschehen war, um sie auseinander zu bringen. Sie gehörte zu ihm. Jetzt und für alle Zeit.

Er streichelte sie, besitzergreifend, ihre Schultern, ihren Rücken, schließlich ihre Brüste. Marsalis Blick wurde verlangender, leidenschaftlicher. Gleichzeitig drückte ihr Blick aber auch Überraschung aus, eine gewisse ehrfürchtige Scheu sogar, denn die Gefühle, die sie jetzt durchlebte, waren ihr neu; sie spiegelten sich in ihren Augen wider, und es war dieser Unschuldsblick, der ihn verzauberte, der ihn wahnsinnig erregte.

»Meine geliebte Marsali«, flüsterte er mit rauer Stimme.

Ihre Antwort – kaum mehr als ein leises Stöhnen – schürte das Feuer der Leidenschaft in ihm an. Er beugte sich vor, küsste erst eine ihrer Brustwarzen, dann die andere, er spürte ihre Finger auf seiner Wange, spürte, wie sie ihm damit durch die Haare fuhr, die sie in seinem Nacken spielerisch verdrehte. Ihre Berührung war so feinfühlig, so warm. Niemand hatte ihn jemals so zärtlich gestreichelt. Mit so viel Liebe. Aber er wusste, dass er darauf sein Leben lang gewartet hatte.

Er griff an seine Schulter und öffnete die Spange, die sein Plaid hielt. Das Tuch fiel herunter, und er stand auf, um den Gürtel zu lösen, der das Kleidungsstück in der Taille hielt. Das Plaid fiel zu Boden, und Sekunden später folgte das Leinenhemd. Er fing kurz ihren Blick auf, als sie seinen nackten Körper betrachtete, während er sich neben sie aufs Bett legte. Vorsichtig berührte ihre Hand seine Schulter, und da spürte er wieder ihre Unsicherheit. Er biss die Zähne zusammen, zwang sich, geduldig zu bleiben, und wollte von ihr wegrutschen.

»Nein! Nicht!«, wisperte sie. Sie hielt ihn an den Schultern fest und zog ihn zu sich zurück.

Er atmete heftig aus, als er sie an sich presste und zum ersten Mal das wunderbare Gefühl erlebte, als ihre nackten heißen Körper einander berührten. Er versuchte, ihr mit jeder Bewegung mehr Selbstsicherheit zu geben. Ihre Augen funkelten vor Verlangen, aber ihm war klar, dass sie nicht genau wusste, was sie tun sollte.

Mit seinen Lippen umfasste er eine ihrer Brüste, umspielte mit der Zunge die Knospe. Seine Hand glitt langsam an ihrem Körper abwärts zu dem goldenen Vlies zwischen ihren Schenkeln. Sie zuckte zusammen und begann zu zittern, als sein Finger ihre Scham suchte und vorsichtig in sie eindrang. Er hörte, wie sie seinen Namen flüsterte, und dann spürte er, dass sie feucht war.

Sie bewegte ihren Unterleib, und da wusste er, dass sie bereit für ihn war – und er wusste auch, dass er nicht länger warten konnte. Er richtete sich auf und legte sich über sie. Er hielt sich jedoch zurück, während er sie mit seiner Männlichkeit liebkoste, bis sie sich ihm entgegenwölbte und nach mehr verlangte. Wieder hörte er, wie sie seinen Namen schrie, und dann drang er langsam und ganz vorsichtig in sie ein …

Marsali hatte das Gefühl, dass sie den süßen Schmerz nicht länger ertragen könnte. Patrick war in ihr, und sie glaubte, dass ihr Körper explodieren würde. Sie merkte, wie er tiefer in sie drang. Dann verspürte sie einen kurzen heftigen Schmerz und konnte einen Schrei nicht unterdrücken.

Augenblicklich hörte er auf, sich zu bewegen und bedeckte ihren Mund mit seinen Lippen. Liebevoll wisperte er: »Der Schmerz lässt gleich nach, Liebes. Ich hätte dich darauf vorbereiten sollen.« Dann begann er, sich aus ihr zurückzuziehen.

Marsali schüttelte den Kopf, denn tatsächlich ließ der Schmerz bereits nach. »Nein«, flüsterte sie. »Bleib bei mir.«

Er wartete noch einen Moment, bevor er sich wieder in ihr bewegte. Statt des Schmerzes spürte sie jetzt Lust, als er tiefer und immer tiefer in sie kam, als er eins mit ihr wurde. Er bewegte sich langsam, damit sie vertraut mit ihm wurde.

Ungeahnte Gefühlswellen schwappten über sie hinweg. Sie schlang ihre Arme fester um ihn. Sie wusste – tief in ihrem Inneren – dass es, so schön es auch war, noch mehr geben musste.

Und das gab es auch.

Seine Stöße wurden rhythmischer, von Mal zu Mal erregender. Ihr Körper reagierte auf jede Bewegung. Sie klammerte sich an ihn. Sie wartete auf etwas, das sie nicht kannte –

das sie nicht einmal erahnte. Aber dann kam es zu einer inneren Explosion – und nun wusste sie, wonach sie sich gesehnt hatte.

Sie begann zu zittern, als sie zur lustvollen Erleichterung kam, die ihren Körper wellenartig erfasste. Gleichzeitig hörte sie, wie Patrick stöhnte, sie spürte, wie sich die Muskeln seines Körpers anspannten, bevor er noch ein letztes Mal tief in sie stieß. In diesem Moment hatte sie das Gefühl, eine andere Welt zu betreten, einen Ort der reinen Lust, einen Ort des Lichts und der Freude, einen Ort, an dem sie wahrhaft eins waren: in Herz, Geist und Seele.

17

Die Rinder wurden immer dünner.

Patrick saß auf seinem Pferd und betrachtete die Tiere. Die armen Viecher waren so oft zwischen Abernie und Brinaire hin- und hergetrieben worden, dass es geradezu ein Wunder war, dass sie überhaupt noch Fleisch auf den Knochen hatten.

»Sie sehen ein bisschen verstimmt aus«, meinte Hiram philosophisch.

Patrick selbst war auch verstimmt. Er hätte es wahrlich vorgezogen, bei Marsali im Bett zu sein. Aber sein Vater hatte darauf bestanden, diese verdammte Rinderherde mit eigenen Augen zu sehen. Deshalb hatte er die Tiere vom Abernie-Land vor die Tore von Keep Brinaire treiben müssen, damit sein Vater die Tiere begutachten konnte. Morgen würde Patrick die Herde wieder zur Weide bringen, wo Gavin sie finden würde, um die Rinder wieder nach Abernie zu treiben. Die ganze Sache war völlig verkorkst, und Patrick fragte sich, wie er das jemals für eine gute Idee hatte halten können – zumal doch jetzt Marsali in Brinaire auf ihn wartete. Im Bett. Alleine.

Mit sorgenvollem Gesichtsausdruck zügelte Alex sein Pferd neben Patrick. »Ich sehe nirgendwo Aufpasser.«

Natürlich nicht. Darum hatte Gavin sich schon gekümmert. Ein paar Flaschen Wein waren genug, um in einer kalten, regnerischen Nacht die Viehhüter betrunken zu machen. Gavin würde die Burschen am Morgen wecken, ihnen schwere Vorwürfe machen, weil sie so pflichtvergessen gewesen waren, und ihnen dann vorschlagen, niemandem etwas von dem Vorfall zu erzählen – schon gar nicht dem Earl. Er würde sagen, dass er die Herde zurückholen würde. Die Viehhüter würden dankbar für seine Güte sein und den Mund halten.

Patrick selbst hatte eine andere Methode entwickelt, wenn die Herde unbewacht war und wieder in seinen Besitz kam. Er schickte seine Viehhüter einfach weg und sagte, dass sie von anderen Männern abgelöst würden. Die Leute waren froh, wieder zum Feuer in der Großhalle zu kommen, wo es reichlich zu essen gab, sie stellten deshalb keine Fragen, und es war ihnen egal, wer ihren Platz einnahm. Sie machten sich lieber unsichtbar, um nicht wieder in die Nacht hinausgeschickt zu werden.

Der Earl von Abernie dachte natürlich, dass seine Rinderherde immer größer wurde, weil er durch die Tatkraft seines Sohnes die Tiere des Marquis von Brinaire hinzugewann. Der Marquis dagegen glaubte, dass er an Reichtum gewann, weil sein Clan das Vieh des Feindes stahl. Zwar hätte er gerne Blut gesehen, aber Patrick glaubte, dass sein Vater alles in allem damit zufrieden war, was er, sein Sohn, erreichte.

Nur die Rinder waren unzufrieden.

Alex wunderte sich immer noch über die Abwesenheit von Viehhütern. »Vielleicht ist das eine Falle«, meinte er.

Patrick warf Hiram einen Blick zu. Sie hatten schon darüber gesprochen, Alex in den Komplott einzuweihen, aber Hiram hatte Bedenken geäußert. Patrick dagegen hatte das Gefühl, dass er Alex trauen konnte. Er hatte ja bereits den Fehler begangen, Marsali nicht zu vertrauen, was ihn beinahe die Liebe seines Lebens gekostet hätte. Vielleicht war er jetzt an dem Punkt, an dem er mehr Menschen vertrauen sollte. Davon abgesehen gab es noch einen Grund, Alex einzuweihen: Alex könnte nämlich seinem Vater erzählen, dass die Gunn-Herde unbewacht gewesen war.

»Nay, Junge«, sagte Patrick. »Es gibt einen guten Grund dafür, dass du hier keine Viehhüter siehst.«

Nun sah Alex ausgesprochen verblüfft aus. Sie hatten bis zum Einbruch der Dunkelheit gewartet, bis die Nacht nur noch vom fahlen Mondlicht erhellt war. Aber Patricks Augen waren an dieses Dämmerlicht gewöhnt, sodass er den verdutzten Gesichtsausdruck seines Bruders sehr wohl erkennen konnte. Er sah auch die Angst in Alex' Blick. Alex würde nie die Erregung verspüren, die bei Gefahr aufkam, er würde nie verstehen, was es bedeutete, in eine Schlacht zu ziehen, so wie Patrick es als junger Mann getan hatte. Aber gleichzeitig betete er darum, dass seinem Bruder, diese schreckliche Erfahrung – die so rühmlich erschien – erspart bleiben möge.

Mit einem Nicken befahl Patrick seinem Bruder, ihm zu folgen. Er lenkte sein Pferd etwas abseits der fünf Männer von Clan Sutherland, die in ihrer Begleitung waren. Sobald Patrick außer Hörweite war, zügelte er seinen Hengst und wartete, bis Alex zu ihm aufgeschlossen hatte.

»Es gibt hier keine Viehhüter«, erklärte Patrick, »weil Gavin und ich verabredet haben, dass es keine gibt.«

Alex begriff augenblicklich. Patrick sah, wie sein Bruder verstand, wie seine Augen sich weiteten und wie sein Mund sich zu einem Grinsen verzog. Der Junge hatte Köpfchen.

»Du und Gavin habt diese Sache angezettelt?«

»Aye.«

»Und als du letzte Woche die Herde …? War das auch abgesprochen?«

»Aye.«

»Und ihr beide treibt die Herde hin und her, weil ihr …«

»Weil wir wissen, dass wir sie ja bald wieder zurückhaben werden.«

Alex betrachtete die Herde kurz. »Du meinst, wir stehlen die gleiche Herde ein ums andere Mal?«

»Richtig, Bruderherz«, meinte Patrick lächelnd. »Eine Tradition, die in den Highlands üblich ist. Es ist die gleiche Herde.«

Alex lachte leise. »Und Vater glaubt, dass wir den Gunns alle Rinder gestohlen haben.«

»Ich bin sicher, dass Abernie umgekehrt das Gleiche glaubt.« Patrick grinste.

»Die armen Tiere.« Alex' Gesichtsausdruck veränderte sich, und er runzelte die Stirn. »Aber weshalb machst du das?«

Patrick seufzte. »Ich brauche Zeit. Ich bin sicher, dass Sinclair hinter dem Anschlag auf Gunn steckt, aber dafür gibt es keine Beweise. Aber ich glaube, dass er noch einmal einen Überfall machen wird, wenn er die Geduld verliert. Dann können wir Sinclair hoffentlich im Plaid von Sutherland auf frischer Tat erwischen.«

»Und damit der Fehde zwischen Abernie und unserem Vater ein Ende bereiten«, fügte Alex hinzu. »Aber da gibt es doch immer noch Lady Margaret.«

»Aye«, stimmte Patrick zu. »Aber ich bin sicher, dass Sinclair damit auch zu schaffen hat. Wenn es uns gelingt, ihn in der einen Sache zu überführen, dann schaffen wir es in der anderen vielleicht auch.«

Nach einer Weile sagte Alex: »Und die Männer unseres Clans wissen nichts von der Herde?«

»Nay. Und ich hoffe, dass sie sich glücklich schätzen, weil sie nicht den Dienst der anderen Viehhüter übernehmen müssen – und dass sie nicht gezwungen sind, gegen ihre Nachbarn zu kämpfen.«

Patrick beobachtete, wie sich der Rücken seines Bruders straffte, er sah, wie der Junge sein Kinn vorstreckte, entdeckte in den Augen seines Bruders weder Angst noch Sorge. Im Gegenteil, da war plötzlich Selbstvertrauen zu erkennen.

»Die Einzigen, die davon wissen, Alex, sind Hiram, Rufus, Marsali, zwei von Gavins Männern – und jetzt du. Mir ist klar, dass früher oder später auch andere Leute wissen werden, was hier gespielt wird, und deshalb müssen wir besonders vorsichtig sein.«

Alex' Rücken wurde noch gerader, und Patrick wusste, dass er gut daran getan hatte, seinem Bruder die Sache zu erklären, auch wenn Hiram Zweifel daran geäußert hatte. Patrick hatte ja gesehen, wie sein Vater Alex erniedrigt hatte, wie er ihm das Selbstvertrauen genommen hatte. Alex passte nicht in das Bild, das Gregor Sutherland von einem Sohn hatte. Es war an der Zeit, dem Jungen zurückzugeben, was sein Vater ihm gestohlen hatte.

»Danke für dein Vertrauen«, sagte Alex. »Ich werde alles tun, um dir zu helfen.«

»Darauf zähle ich auch«, antwortete Patrick leise. »Ich werde deine Hilfe brauchen. Und Marsali auch.«

»Du brauchst mich nicht darum zu bitten«, erwiderte Alex. »Ich würde alles tun, um der Lady zu helfen.«

Es war keine Überraschung, dass Marsali Alex' Herz gewonnen hatte. Seine Ehefrau war schließlich eine außergewöhnliche Frau, und er war sich bewusst, dass er damit leben musste, dass Marsali die Herzen anderer Männer im Sturm eroberte.

Patrick streckte die Hand aus, und Alex ergriff sie.

»Ich bin froh, dass du wieder hier bist, Bruder«, sagte Alex. »Ohne dich war Brinaire ein trauriger Ort.«

»Wir werden versuchen, das zu ändern.« Patrick lächelte. »Du und ich gemeinsam. Aber jetzt lass uns das Vieh nach Brinaire bringen, bevor hier doch noch Gunns vorbeikommen.«

Alex grinste. »Und wann wandert die Herde zurück?«

»In zwei Nächten, würde ich sagen«, antwortete Patrick. »Bis dahin hoffe ich auch, Neuigkeiten von Sinclair zu haben. Diese Ungewissheit zerrt schon an den Nerven eines Mannes.«

»Besonders, wenn dieser Mann es vorziehen würde, mit einer bestimmten Frau zusammen zu sein.«

Patrick hob die Augenbrauen. »Warte ab, bis die Liebe dich küsst, Brüderlein.«

Alex schnaubte. »Ich bezweifele, dass mich eine Frau mag. Ich bin doch weder tapfer noch liebenswert, und ich sehe auch nicht besonders gut aus.« Er verzog das Gesicht und murmelte: »Vater sagt, dass ich ein Schwächling und ein Feigling bin.«

»Vater irrt sich«, erwiderte Patrick scharf. »Mut hat nichts damit zu tun, wie ein Mann mit Waffen umgeht. Ganz im Gegenteil. Nur ein Narr ist nicht um sein Leben besorgt, Alex. Wirklicher Mut betrifft nur dich selbst, betrifft das, was du für richtig hältst – richtig für dich, nicht für einen anderen Menschen, der im Glorienschein eines anderen lebt, der getötet hat.«

»Aber du . . .«

»Aye. Ich war im Krieg«, sagte Patrick, und er hörte die Verbitterung in seiner Stimme. »Zuerst war ich ganz wild darauf. Ich habe Menschen getötet, weil man es mir befohlen hat. Aber schnell wurde ich müde, andere Krieger umzubringen. Doch man ließ mir keine Wahl. Ich musste weiter töten.« Leise fügte er hinzu: »Viele Gesichter der Toten verfolgen mich noch heute. Vielleicht werden sie mich mein Leben lang verfolgen. Ich hoffe, dass du niemals in die Lage kommst, einen Menschen töten zu müssen, Alex.«

Ohne eine Antwort abzuwarten, trieb Patrick sein Pferd vorwärts und gab seinen Männern ein Zeichen, um die Herde nach Brinaire zu bringen.

Während des Abtriebs hielt Patrick Alex im Auge. Er war überrascht, wie gut sein Bruder mit den Tieren umgehen konnte. Er war ein verdammt guter Reiter.

Als Hiram zu Patrick aufschloss, meinte er: »Es scheint, dass Alex auch noch andere Dinge beherrscht, außer denen, die er aus seinen Büchern hat.«

»Aye«, meinte Hiram zustimmend. »Er reitet wirklich gut. Er ist überhaupt ein prächtiger Junge. Aber ich frage mich trotzdem, ob es klug war, ihn in deinen Plan einzuweihen.«

»Wenn ich Alex nicht vertrauen kann, könnte ich genauso

gut Marsali mitnehmen und nie mehr nach Brinaire zurückkommen.«

»Schon, aber er ist doch noch ein Junge.«

»Er ist siebzehn«, erwiderte Patrick scharf. »Ich bin mit sechzehn in den Krieg gezogen. Falls mir etwas passiert, ist er der Erbe von Brinaire. Er muss Verantwortung lernen.«

Hiram nickte. »Auf jeden Fall ist er heute Nacht ein oder zwei Zentimeter gewachsen.«

»Das hast du also auch bemerkt?«

»Aye. Er wird niemals ein Krieger wie du sein, aber er hat einen scharfen Verstand – dem zu vertrauen er jedoch erst noch lernen muss.«

Patrick grinste seinen Freund an. »Vielleicht kannst du ihm das ja beibringen. Ich erinnere mich an die Zeit, in der du mich gelehrt hast, dass man seinen Kopf, und nicht nur seine Fäuste, als Waffe benutzen kann.«

»Hmpf«, grunzte Hiram. »Ich denke, ich werde mich mal um das Bürschlein kümmern, damit du zu deinem Liebchen gehen kannst.«

»Schau, schau, jetzt benutzt du ja tatsächlich deinen Kopf«, spöttelte Patrick und gab seinem Pferd die Sporen.

☆ ☆ ☆

Marsali betrat zusammen mit Elisabeth die Küche. Allerdings hätte sie es vorgezogen, in ihrer Kammer von Patrick und ihrer Liebe zu träumen.

Ihr Körper fühlte sich anders an, seit sie die Freuden der Liebe erfahren hatte: reifer, wärmer und viel lebendiger, so als ob ihre Sinne, wie die Saiten einer Harfe, in einer neuen, höheren Tonlage gestimmt worden wären. Wenn sie an die Nacht dachte, die sie miteinander verbracht hatten – eigentlich war das das Einzige, woran sie überhaupt denken konnte – schien ihr Innerstes dahinzuschmelzen, und sie begann zu zittern. Sie war zutiefst enttäuscht gewesen, als er ihr erklärt hatte, dass er in der Nacht nicht zu ihr kommen würde, weil er wieder einmal die Rinderherde zurückstehlen musste. Zumindest konnte sie sicher sein, dass Gavin Patrick den Weg ebnen würde, sodass sie sich um das Leben ihres Ehemannes keine ernsthaften Sorgen zu machen brauchte. Das hatte sie sich wieder und wieder gesagt, während sie wach in ihrem Bett gelegen und sich nach ihm gesehnt hatte.

Am Morgen war sie dann mit dem Entschluss aufgestanden, nicht eine Stunde mehr sinn- und nutzlos verstreichen zu lassen. Das Erste, was sie tun musste, fand Marsali, war es, sich selbst eine Stellung in Patricks Familie zu schaffen.

Das Essen am Abend zuvor hatte sie an Elisabeths Seite in der Großhalle zusammen mit dem Clan eingenommen. Während die Clansmänner sie höflich behandelt hatten, hatte der Marquis sie schlicht ignoriert; allerdings schien er in einer ausgelassenen Stimmung gewesen zu sein, was Marsali darauf zurückgeführt hatte, dass er glaubte, Patrick würde in dieser Nacht noch mehr Rinder von Clan Gunn nach Brinaire bringen. Wenn Gregor gut gelaunt war, bedeutete das nämlich gewöhnlich, dass jemand anderes zu leiden hatte.

Sie ihrerseits hatte den Marquis ebenfalls einfach ignoriert, aber während der Mahlzeit war sie zu dem Schluss gekommen, dass sie bezüglich des Essens etwas unternehmen musste. Wenn es ihr gelang, das Angebot der Schlossküche zu verbessern, würde ihr das vielleicht die Zuneigung des Clans bringen, die unterschwellig vorhanden war.

Zuerst einmal hatte sie sich Elisabeths Hilfe versichert. Da Marsali das Schloss nicht verlassen durfte, hatte sie dem Mädchen eine Liste mit Kräutern und Gewürzen gegeben, die sie benötigte. Ganz oben auf der Liste stand Salz.

Elisabeth, im Alter von fünfzehn, war begierig zu lernen. Sie war dreizehn Jahre alt gewesen, als Margaret verschwunden war, also in dem Alter, in dem Mädchen lernen, einen Haushalt zu führen. Aber die Hausgehilfen waren alle entlassen worden, weil Gregor ihnen vorgeworfen hatte, Margaret bei ihrem Ehebruch unterstützt zu haben.

Die neuen Hausdiener und Hausmädchen wurden kaum beaufsichtigt, denn Elisabeth, die von ihrem Vater ständig kritisiert wurde, wagte es nicht, die Führung des Haushaltes zu übernehmen. Abgesehen davon, dass ihr niemand beigebracht hatte, was dafür zu tun war.

Nachdem Elisabeth mit den Kräutern und Gewürzen zurück war, überredete Marsali das Mädchen, zusammen mit ihr die Küche zu übernehmen. Elisabeth hatte zwar eingewilligt, aber sich so scheu in der Küche umgesehen, als ob sie nicht die Schlossherrin gewesen wäre, sondern sich auf der Flucht befand.

Marsali holte tief Luft und blickte das Küchenpersonal an. Sie hatte sich ihre Worte schon zurechtgelegt, denn sie wusste aus Erfahrung, dass sie zuerst einmal die Köchin für sich gewinnen musste. So, wie die Frau die Stirn runzelte, würde das allerdings nicht ganz einfach sein.

»Ich möchte euch allen für das wunderbare Essen danken«, sagte sie, wobei sie sich direkt an die Frau wandte, die offensichtlich das Sagen hatte. Sie hoffte, dass Gott ihr diese Lüge verzeihen möge.

Die Frau, die dürr wie ein Schilfrohr war – wahrscheinlich die Folgen ihrer eigenen Kochkünste –, betrachtete Marsali misstrauisch. Wahrscheinlich hatte sich noch nie jemand fürs Essen bei ihr bedankt.

»Ich dachte«, fuhr Marsali strahlend fort, »dass wir vielleicht ein paar unserer Kochgeheimnisse austauschen könnten. Eines Tages kann ich dann eure Rezepte in Abernie ausprobieren und ihr meine in Brinaire.«

Ein Teil des Misstrauens verschwand aus dem Gesicht der Köchin. Sie blickte sich um, reckte das Kinn vor, als wollte sie sicherstellen, dass auch alle Küchenhelfer mitbekommen hatten, dass ihre Rezepte in Abernie nachgekocht würden!

»Vielleicht, Mylady«, antwortete sie vorsichtig, als fürchtete sie, dass es sich um einen Trick handelte, »aber der Marquis hat sich noch nie über das Essen beklagt, das ich ihm vorgesetzt habe.«

»Natürlich nicht«, meinte Marsali freundlich. »Aber es kann doch nicht schaden, noch ein paar kleine Tricks in der Hinterhand zu haben. Und ich bin sicher, dass du eine Menge Tricks kennst, die mir noch unbekannt sind.«

Der Gedanke, einer Lady etwas beizubringen, gefiel der Köchin offensichtlich. Ihre trüben Augen begannen zu leuchten, und ihr Gesichtsausdruck wirkte freundlicher. Marsali hoffte, dass sich die Frau entspannen würde, nachdem sie ihr quasi versichert hatte, dass sie nicht ihre Stellung verlieren würde.

»Ich heiße Colly MacAlister«, sagte die Köchin, bevor sie die anderen Küchenmägde namentlich vorstellte, die Marsali einzeln anlächelte, während sie höflich nickten. »Und dieses Bürschlein heißt Angus Sutherland«, sagte Colly zum Schluss, wobei sie mit einer abfälligen Kopfbewegung auf einen Jungen deutete, der sich in der Ecke verkrochen hatte. »Der nutzloseste Küchenjunge, den ich je hatte.«

Der Knabe wurde feuerrot, als er seine Kappe zog.

Sein Gesicht starrte vor Dreck, sein zitternder Körper war viel zu dünn, und seine Kleidung war zerlumpt. Marsali hatte den spontanen Wunsch, den Jungen in eine Wanne mit heißem Wasser zu stecken, um ihn anschließend mit Süßigkeiten zu füttern. Aber sie musste langsam vorgehen. Sie musste vermeiden, dass Colly sich bei dem Marquis beschwerte, dass sie sich in die Haushaltsführung von Schloss Brinaire einmischte.

Marsali gab Elisabeth, die hinter ihr stand, einen leichten Stoß. »Nun, Colly, auch Lady Elisabeth würde gerne von dir lernen«, sagte sie. Colly MacAlister plusterte sich vor den anderen auf. »Aber gerne, Lady Elisabeth«, sagte sie, obwohl sie genau wusste, dass Elisabeth sich bei ihrem Vater darüber beklagt hatte, dass ihre Versuche, sich in der Küche nützlich zu machen, eher feindselig aufgenommen worden waren.

Marsali sah den verschwörerischen Blick in Elisabeths Augenwinkeln, und sie versetzte ihr einen leichten Rippenstoß, um sie zur Vorsicht zu mahnen.

»Wie lange brätst du eigentlich den Fasan?«, fragte sie die Köchin. »Er hatte so einen ungewöhnlichen Geschmack.«

☆ ☆ ☆

In dieser Nacht lag Marsali im Bett und machte sich Sorgen um Patrick. Den ganzen Tag war er weg gewesen, und er war auch nicht zum Abendessen erschienen. Ebenso wenig wie Alex, der mit ihm unterwegs war. Aber wo waren die Brüder? Inzwischen müsste Patrick die Herde doch längst in Besitz haben. Er müsste längst zu Hause sein.

Nach dem Abendessen hatte sie sich sofort in ihre Kammer zurückgezogen, und sie war erleichtert gewesen, als Elisabeth erklärt hatte, dass sie andere Sachen zu erledigen habe und deshalb nicht mitkommen könne, um noch mit den Frettchen zu spielen. Nachdem Marsali sich ausgezogen hatte, bürstete sie ihr Haar und starrte lange aus dem Fenster über die Hügel. Es war eine schwarze, kalte Nacht. Es regnete, und immer wieder zuckten Blitze aus den aufgetürmten Wolken, die am dunkelblauen Himmel entlangzogen.

Schließlich gab Marsali ihre Wache auf, löschte die Kerze und ging zu Bett. Schlaflos hatte sie stundenlang dagelegen, als ein leichtes Klopfen an der Tür sie hochfahren ließ.

Sie sprang aus dem Bett, als Patrick, mit einer Kerze in der Hand, ins Zimmer trat.

»Ich hatte gedacht, du würdest schon schlafen«, sagte er leise, als er sie mit einem Arm umarmte.

»Schlafen?«, rief sie, während sie ihm einen Kuss auf die Wange gab. »Wie sollte ich schlafen, wenn mein Ehemann bei strömendem Regen auf Viehdiebstahl ist?«

Sein tiefes Lachen erstarb, als ihre Lippen sich trafen, um

einander kurz, aber herzlich zu begrüßen. Seine Augen sahen müde aus, aber sie bemerkte, dass Patrick sich die Zeit genommen hatte, sich zu waschen, denn er duftete nach Seife. Außerdem hatte er Wein mitgebracht. Während er beiden einen Becher einschenkte, erzählte er ihr von dem Viehdiebstahl und davon, dass er froh war, wie Alex die Sache aufgenommen hatte. Mit gekreuzten Beinen saß sie auf dem Federbett und hörte aufmerksam zu.

Als er sich neben sie aufs Bett setzte, um ihr den Weinbecher zu reichen, wachten die Frettchen wild schnatternd auf. Patrick warf den beiden Tierchen, die sich in ihrem provisorischen Nest in der Mitte des Bettes aufgerichtet hatten, einen misstrauischen Blick zu. Immerhin griffen sie ihn nicht an. Das ist doch schon ein Fortschritt, dachte er. Die Tiere beobachteten ihn aufmerksam, als er ihnen ein Stück Kuchen anbot, das er für sie mitgebracht hatte. Sie schnupperten verächtlich daran und weigerten sich, die Süßigkeit zu fressen.

»Sie lassen sich nun mal nicht bestechen«, sagte Marsali, während sie die Frettchen aufnahm und in den Korb neben dem Bett setzte.

»Nay, offenbar nicht«, erwiderte er, wobei er beobachtete, wie sie den Deckel des Korbs sorgfältig verschloss. Als sie zum Bett zurückkam, gab er ihr den Weinbecher und hob seinen eigenen, um ihr zuzuprosten. »Wenigstens haben sie nicht wieder ein Stück aus mir herausgebissen.«

»Vielleicht, weil sie dachten, du würdest noch scheußlicher schmecken als der Kuchen.«

Er versuchte einen entrüsteten Gesichtsausdruck, aber seine Augen glitzerten dabei spitzbübisch. Er hob die Brauen und meinte: »Colly sagte mir, dass sie dir das Kochen beibringen wird.«

»Aye«, erwiderte Marsali, wobei sie den Kopf senkte, was jedoch nur eine spöttische Geste war. »Ich dachte, dass mein Ehemann sich eine Frau wünscht, die seinen Magen befriedigen kann . . . und nicht nur seinen Magen.«

Sein Lachen war warm und herzlich. »Aye, der Magen spielt eine große Rolle bei einem Mann.«

»Aye, Mylord.«

»Dafür muss schon ordentlich gesorgt werden.«

»Aye, das weiß ich, Mylord.«

Er betrachtete den Kuchen in seiner Hand. »Aber davon ist hier nichts zu erkennen. Der Kuchen ist hart und völlig trocken.«

»Es liegt an den Eiern, Mylord. Die machen den Unterschied.«

Er starrte Marsali verblüfft an, und sie begann, ihm die Sache zu erklären. »Ich habe gelernt, dass Teig durch Eier geschmeidiger wird«, sagte sie. »Wo ich das gelernt habe, weiß ich nicht mehr. Jedenfalls habe ich das Colly gesagt, und als ich sie fragte, ob sie das wisse, antwortete sie empört, natürlich wisse sie das. Schließlich weiß das jede Köchin. Ich half ihr, den Teig anzurühren, doch offensichtlich hatte sie nicht vor, schon diesmal Eier hinzuzufügen. Und als ich es vorschlug ...«, Marsali zuckte hilflos mit den Schultern, »war es zu spät. Der Schaden war schon angerichtet.«

Patrick warf den Kopf in den Nacken und lachte lauthals. Marsali dachte, dass sie nie ein schöneres Lachen gehört hatte.

Immer noch lachend, meinte er: »Ich frage mich, ob meine Ehefrau nicht ebenso so verschlagen ist wie ...«

»Wie du, Mylord?«, schlug sie vor.

Wieder lachte er, zog sie an sich und umarmte sie fest. Sie setzte sich auf seinen Schoß und stimmte in sein Lachen ein. Als ihr Lachen erstarb, nahm sie seine Hand und begann mit seinen Fingern zu spielen. Sie liebte seine Schwielen und die kleinen Narben. Als ihr bewusst wurde, dass sie seine linke Hand hielt, betrachtete sie die Linien auf seiner Handfläche genauer. Besonders die »Lebenslinie«, wie ihr eine Zigeunerin erzählt hatte, die alljährlich nach Abernie gekommen war. Marsali hatte diese Zigeunerin nach der Bedeutung der

Handlinien befragt, und die Frau hatte Marsali erklärt, wie sie daraus die Zukunft lesen konnte. Patricks Lebenslinie schien sehr lang zu sein.

Marsali seufzte erleichtert auf.

»Und was hatte das jetzt zu bedeuten?«, fragte er.

»Das ist deine Lebenslinie«, erklärte sie. »Du wirst steinalt werden.«

»Gut zu wissen«, erwiderte er ernst.

»Aber es ist wahr«, protestierte sie.

»Vielleicht.«

»Du wirst schon sehen.« Ihre Hand glitt aufwärts zur Öffnung seines Leinenhemdes, und während sie sprach, zog sie die Lasche zurück, um den Ausschnitt weiter aufzumachen. »Du wirst lange leben und viele Kinder und Enkel haben.«

»Wenn du meinst«, murmelte er. Sein Körper verspannte sich, als sie begann, mit dem Finger kleine Muster in das schwarze seidige Haar auf seiner Brust zu malen. Sie lehnte sich etwas zurück, betrachtete sein Gesicht, während sie ihn berührte, sah, wie seine Erschöpfung langsam wich und er von neuer Kraft beseelt wurde.

»Du musst müde sein«, sagte sie, während sich ihre Finger ein größeres Stück Haut eroberten.

»Das war ich«, murmelte er. »Aber jetzt ...« Er legte seine Arme fester um sie und zog Marsali an sich.

Sein Kuss war glühend und verlangend.

Zärtlich umfasste er ihre Brust, und sie seufzte, weil sie wusste, dass sich nun das süße Verlangen einstellen würde, das seine Liebkosung begleitete. Die kleine, aber exquisite Veränderung, die in ihrem Körper stattfand, wenn Patrick Liebe mit ihr machte, war zwar keine neue Empfindung mehr, aber deshalb war sie nicht weniger aufregend.

Ihr Körper schmiegte sich instinktiv an seinen Körper, und sie spürte, dass seine Männlichkeit anschwoll und sich an sie presste. Grenzte es nicht an ein Wunder, dass ihre Körper so miteinander harmonierten?

Seine Lippen lösten sich von ihrem Mund, glitten über ihren Hals, saugten daran, leckten daran, bis Marsali sich ihm wild entgegenwölbte.

»Du hast mir gefehlt«, murmelte er.

Wunderbare Worte, liebliche Worte.

Er drückte sie sanft aufs Bett und legte seine Hand auf ihren Bauch. Die Berührung schien durch das dünne Leinenhemd zu brennen, das ihr als Nachtgewand diente. Tief in ihrem Inneren löste sich ein Ton, ein sehnsuchtsvoller Ton, der ihn mehr zu erregen schien, als Worte es vermocht hätten. Mit gierigen Verlangen presste er seinen Mund auf ihren, was ihre eigenes Verlangen entfachte.

Seine Hand glitt mit durchdringender Langsamkeit über ihren Körper, als ob Patrick sich an jede Rundung erinnern wollte. Sie zitterte vor Vorfreude, und ihr Verlangen wurde immer stärker, je länger diese liebevolle Erkundung dauerte. Gerade, als sie glaubte, sie würde dahinschmelzen wie Schnee in der Sonne, schob Patrick ihr Hemdchen hoch und zeichnete mit seinen Lippen feuchte Muster auf ihren Bauch, wobei sein Mund tiefer und immer tiefer glitt.

Ihre Finger gruben sich in sein Haar, ihr Atem wurde heftiger, als er eine Art Feuerwerk in ihr entzündete, das ihren Körper wie Blitze durchfuhr. Als sein Mund das Zentrum ihrer Weiblichkeit berührte, keuchte sie. Es war ein herrliches Gefühl, voller Magie, und sicher war es auch ein bisschen verrucht, was er tat, aber sie konnte ihren Körper ebenso wenig daran hindern, auf diese Berührung zu reagieren, wie sie die Sonne am Aufgehen hätte hindern können. Mit jedem Stöhnen und jeder Bewegung ermutigte sie Patrick, noch ein Stück weiter zu gehen.

Als sie schon das Gefühl hatte, in Flammen aufzugehen, wenn er noch weitermachte, zog er sich zurück und flüsterte rau ihren Namen. Im nächsten Augenblick war er über ihr, sein Plaid war gewölbt, und dann küsste er sie auf den Mund, dass sie glaubte, im Himmel zu sein. Er drang tief in sie ein, tiefer und immer tiefer, als ob er versuchte, ihre Seele zu berühren. Diesmal empfand sie keinen Schmerz. Ihr Körper empfing ihn mit Lust und Freude, und ihre beiden Körper bewegten sich im Einklang, in einem stürmischen Tanz von ungezügelter Leidenschaft.

Plötzlich schien mitten in der Nacht die Sonne durchzubrechen, schienen die Sterne zu explodieren. Ihr Körper zuckte, bewegte sich bei jedem Stoß heftiger, bis sie – gemeinsam – den Höhepunkt ihrer Lust erreichten.

Er sank auf sie, weil seine Armmuskeln ihn nicht länger stützten. Während sie tiefer in die Matratze sank, genoss sie das Gewicht seines Körpers auf ihrem Körper. Sie hörte seinen rauen Atem in ihrem Ohr, und sie glaubte, das Klopfen seines Herzens zu hören – oder war es das Klopfen ihres eigenen Herzens?

Ihre Lippen liebkosten seine schwarzen Brusthaare, und ihre Finger streichelten seinen Nacken, während ihre Körper noch von den Nachwehen der Lust bebten. Sie hatte das Gefühl, wahrhaft zu glühen, so als ob tausend Kerzen in ihr brennen würden.

Er hob den Kopf, lächelte sie langsam an, und Marsali dachte, dass in diesem Augenblick niemand auf der Welt glücklicher als sie sein konnte. Vielleicht hatten sie heute Nacht ein Kind gezeugt. Einen Jungen mit Patricks grünen Augen, mit seinem Selbstbewusstsein, mit seiner Herzlichkeit.

»Ich muss doch schwer wie ein Pferd sein«, sagte er leise, als er sich von ihr herunterrollte, wobei er sie mit sich zog, sodass sie auf ihm zu liegen kam.

Es war ein unbekanntes Gefühl – aber wunderschön –, auf ihn herunterzuschauen und zu sehen, wie sich seine Lippen zu einem Lächeln verzogen. Sie beugte sich vor, und als sie seinen Hals küsste, spürte sie an ihren Lippen das Pulsen seiner Ader. Sie wünschte, dass sie ewig so nah beieinander sein könnten. Halten und gehalten werden. Als seine Hand sanft über ihren Rücken glitt, dachte sie an Patricks Lebenslinie und lächelte.

Ein Donnerschlag vor dem Fenster erschreckte Marsali, und sie richtete sich kerzengerade auf.

»Nur ein Gewitter«, meinte Patrick beruhigend.

»Aye«, antwortete sie. Aber sie spürte, dass sie plötzlich Schüttelfrost hatte. Sie zitterte und wunderte sich, dass es so kalt im Raum war.

Draußen zuckte ein Blitz, dem Sekunden später ein mächtiger Donner folgte.

»Dir ist ja kalt«, sagte Patrick und legte die dicke Federdecke über sie beide. Dann schlang er fest seine Arme um sie.

Aber ihr war weiter kalt. Beim nächsten Donnerschlag zitterte sie erneut, obwohl sie nicht verstand weshalb. Sie hatte sich noch nie vor einem Gewitter gefürchtet, im Gegenteil, sie hatte diese Naturgewalten immer gemocht, und oft war sie in Abernie zur Brustwehr hochgestiegen, um das Schauspiel zu beobachten. Und jetzt lag sie doch in Patricks Armen. Sicher. Geliebt. Beschützt. Es gab doch wirklich keinen Grund, Angst zu haben.

Aber sie hatte Angst.

Marsali glaubte an Vorsehung. Sie glaubte daran, dass manche Menschen die Zukunft erahnen konnten. Aber es war ihr nie in den Sinn gekommen, dass sie solche Fähigkeiten haben könnte.

Unsinn, sagte sie sich. Sie hatte sich das selbst zuzuschreiben, weil sie über Zigeunerinnen und Lebenslinien geredet hatte. Sie war doch so glücklich wie noch nie in ihrem Leben. Tatsächlich war sie ja so glücklich, dass sie fürchtete, dieses Glück könnte nicht immer währen. Sie sollte also aufhören, sich Sorgen zu machen.

Sie genoss den Kuss, den Patrick ihr gab, und schmiegte sich fester in seine Arme. Er würde sie schon warm halten.

Aber ihr war weiter kalt. Sie fror die ganze Nacht lang, während sie Patrick im Schlaf beobachtete. Und ihr war immer noch kalt, als der Morgen über den nebligen Hügeln der schottischen Highlands anbrach.

18

Kurz vor Morgengrauen stand Patrick auf, um Marsalis Zimmer zu verlassen. Er hatte bemerkt, dass irgendetwas sie während der Nacht irritiert hatte, und er wollte nicht, dass sie alleine aufwachte. Er stand neben dem Bett, beugte sich zu ihr und berührte ihre Lippen.

Obwohl es nur ein ganz leichter Kuss war, öffnete sie sofort die Augen. Sie fokussierte ihren Blick und hob ihre Hand, um seine Hand anzufassen. Als er sie anschaute, spürte er ein Ziehen in den Leisten. Sie war nackt und noch warm vom Schlaf.

»Ich muss gehen«, sagte er, obwohl er das Gegenteil wünschte. Aber das war nicht der Moment, um seinen Vater an seiner Loyalität zweifeln zu lassen, wenn der ihn im Bett der Tochter seines Todfeindes finden würde.

Als er sich von Marsali abwandte, um nach seinem Plaid zu greifen, das zwischen den anderen Kleidungsstücken auf dem Boden lag, hielt sie ihn an der Hand fest. »Kannst du mir sagen, wohin du gehst?«, fragte sie, immer noch ein bisschen verschlafen.

»Zuerst mal werde ich nach Quick Harry sehen«, erwiderte er.

»Und danach?«

»Anschließend werde ich versuchen, Rufus zu treffen.«

»Wo ist er?«

Patrick zögerte einen Moment – aber nur kurz. Marsali war jetzt seine Ehefrau, und sie hatte ein Recht, die Wahrheit zu erfahren.

»Mein kluger Freund hat sich mit Sinclair verbündet«, sagte er.

Geschockt riss sie die Augen weit auf. »Du wirst doch nicht gemeinsame Sache mit Sinclair machen?«

»Nay«, erwiderte er. »Natürlich nicht. Aber ich muss versuchen, Rufus zu treffen.«

»Kann ich mitkommen?«

Er schüttelte den Kopf. »Der Treffpunkt liegt nahe an der Grenze zu Sinclair-Land. Ich will dich nicht in Gefahr bringen.«

»Aber du selbst bringst dich in Gefahr?«

Er lächelte. »Ich habe zwölf Jahre Krieg überlebt, Liebes. Vor den Sinclairs habe ich keine Angst.«

Sie zog die Brauen zusammen. »Aber mir machen sie Angst.«

Wieder lachte er leise. »Ich glaube nicht, dass dir irgendwas Angst macht.«

Marsali teilte seine Fröhlichkeit keineswegs. »Du wirst doch nicht alleine reiten?«

Mit den Fingerspitzen fuhr er sanft über ihre Wange. »Mach dir keine Sorgen, Mylady.«

»Ich mache mir aber Sorgen«, antwortete sie, und so klang ihre Stimme auch.

Wieder beugte er sich zu ihr und küsste sie. »Ich werde dich beim Abendessen sehen.« Er versuchte erneut, seine Hand zu lösen, aber sie hielt ihn fest, unwillig, ihn gehen zu lassen.

»Bitte, Patrick«, flehte sie. »Nimm jemanden mit.«

»Ich werde es versuchen, Marsali«, sagte er.

Er zog sein Plaid an, befestigte es hastig mit der Nadel und warf ihr von der Tür einen Handkuss zu, bevor er das Zimmer verließ. Ein düsterer Blick voller Angst folgte ihm.

☆ ☆ ☆

Gavin betrat die Schlafkammer seines Vaters, warf einen Blick auf sein herrisches Gesicht und wusste, dass ihm Ärger bevorstand.

Sein Vater war früher am Tag von einem weiteren fruchtlosen Versuch zurückgekehrt, andere Clans um Unterstützung in seiner Fehde gegen die Sutherlands zu bitten. Keiner der anderen Clans hegte eine Feindschaft gegen die Sutherlands, und alle waren es leid, Kriege zu führen. Davon abgesehen, fürchteten alle Clans, König Karl zu verärgern, den neuen König, von dem man sagte, dass er hohe Stücke auf Patrick Sutherland hielt.

Gavin wusste, dass sein Vater sich von seinen Freunden und ehemaligen Verbündeten betrogen fühlte. Als er vor seinen Vater trat, machte er sich auf das Schlimmste gefasst: Der Blutdurst in Donalds Augen war unübersehbar.

»Duncan hat mir gesagt, dass dein Viehdiebstahl erfolgreich war.«

»Aye«, antwortete Gavin. »Wir haben unsere Herde vermehrt.«

»Und die Sutherlands? Was unternehmen sie dagegen?«

»Sie versuchten ein paar Rinder zurückzuholen, aber wir waren in der Lage, den Großteil der Herde zu halten.«

»Was ist mit deiner Schwester?«

»Sie ist immer noch in Brinaire. Aber meine Spione berichten mir, dass es ihr gut geht. Sie führt den Haushalt und wird gut behandelt.«

»Hmpf.« Der Earl grummelte und runzelte die Stirn. »Und was ist mit Cecilia?«

Gavin schüttelte den Kopf. »Wir haben keine Spur von ihr gefunden.« Wirklich nicht. Aber er suchte ja auch nicht mehr besonders intensiv nach ihr.

»Ich will Elisabeth haben«, sagte sein Vater unvermittelt. »Sie haben mir meine Tochter genommen. Also will ich Brinaires Tochter. Dann können wir verhandeln.«

Gavin fluchte still vor sich hin. Das hätte er vorhersehen müssen. Er konnte Patricks Verhalten ja noch entschuldigen, er hatte Verständnis, dass er Marsali entführt hatte, weil sein Freund seine Schwester wirklich liebte. Aber er selbst wollte nicht Teil haben an Elisabeth Sutherlands Entführung.

»Der König...«, begann er zu protestieren.

»Der König kann mich mal...«, knurrte seine Vater. »Brinaire hat mir meine Schwester genommen und jetzt auch noch meine Tochter. Das lasse ich nicht zu. Lass sie von deinen Spionen – oder wen du sonst dort hast – herausholen. Und zwar schnell.«

Gavin dachte, dass Patrick über seine Braut, die jetzt ja seine Ehefrau war, kaum verhandeln würde, wenn es dazu kommen würde. Aber er wusste, dass Marsali niemals einverstanden wäre, dass Elisabeth als Geisel in Abernie gehalten wurde. Mit dem gleichen weiblichen Instinkt, mit dem Marsali Cecilia beschützt hatte, würde sie sich um Elisabeth sorgen. Es waren mehr als zwei Jahren vergangen, seit er das Mädchen zuletzt gesehen hatte, aber er wusste, dass Elisabeth in Cecilias Alter war. Marsali würde also eher einwilligen, nach Hause zurückzukehren, als dass sie bereit wäre, Elisabeth leiden zu lassen.

»Ich glaube nicht, dass mein Mann in Brinaire Elisabeth Sutherland entführen könnte«, sagte er seinem Vater. »Er arbeitet in den Ställen. Er hat zwar scharfe Ohren, aber es fehlt ihm an Klugheit.«

Gavins Vater runzelte verärgert die Stirn. »Ein bisschen mehr Gold mag seine Fähigkeiten verbessern.«

»Ich werde mit meinen Mann reden.«

»Und du wirst es verlangen?«

Aye«, erwiderte Gavin.

»Beim nächsten Überfall werde ich mitreiten. Und dann wird Sutherlandblut fließen.«

Gavins Herz begann zu pochen. Es kostete ihn Mühe, seine Stimme ruhig zu halten. »Viel Sutherlandblut ist mit Gunnblut vermischt«, meinte er.

»Dann sollten sie zu uns zurückkommen«, erwiderte der

Earl. »Denn jeder, der in Sutherland bleibt, hat keine Gnade von mir zu erwarten.«

Gavin dachte an Marsali, die sich durch die Handhochzeit mit Patrick verbunden hatte. Wenn ihr Vater davon erfuhr, würde er sie als eine Verräterin ansehen und sie enterben.

Die Zeit verrann. Es war unumgänglich, dass Patrick – oder jemand anderes – einen Beweis brachte, dass Sinclair in die Fehde verstrickt war. Quick Harry hatte ihm ja den Mann beschrieben, den er gesehen hatte. Vielleicht war es an der Zeit, dass er selbst zu Sinclair ritt.

Beruhige ihn. Gavin sagte seinem Vater das, was dieser hören wollte. »Ich werde meinen Spion in Brinaire informieren«, sagte er. »Und ich denke, dass ich zu Sinclair reiten werde«, fuhr er fort. »Ich werde versuchen, ihn zu überreden, sich mit uns zu verbünden, obwohl Marsali sich so schändlich verhalten hat.« Nach dieser Lüge wollte Gavin das Zimmer schnellstmöglich verlassen.

»Gavin, mein Junge«, hielt sein Vater ihn zurück. »Ich möchte, dass du weißt, dass ich stolz auf dich bin. Duncan hat mir von all den Rindern erzählt, die du gestohlen hast. Du hast den jungen Sutherland wahrlich übertroffen. Aber ich wusste ja immer schon, dass du der bessere Mann bist.«

Gavin nickte gezwungen. Er war doch klar und deutlich ein Betrüger. Die ganze Sache war schließlich Patricks' Idee gewesen. Aber vielleicht sollte er endlich die Dinge in die eigenen Hände nehmen.

☆ ☆ ☆

Marsali zog sich hastig an. Sie hatte versucht, ruhig zu sein, nachdem Patrick sie verlassen hatte, aber das war ihr nicht gelungen. Er sollte nicht alleine losreiten, um Rufus zu treffen, aber sie fürchtete, dass er genau das tun würde.

Sie hoffte, Patrick noch zu erreichen, als sie zur Tür lief. Als sie die Tür aufstieß, stand Elisabeth vor ihr, die ihre Hand zum Klopfen erhoben hatte.

»Oh«, sagte Elisabeth lächelnd. »Ich wollte fragen, ob du mit mir frühstücken oder mich in die Küche begleiten willst, um neue Instruktionen zu bekommen?« Ihre Augen glitzerten voll spöttischer Ironie, und ihre Wangen waren gerötet.

»Tut mir Leid, Elisabeth«, sagte Marsali, während sie aus dem Zimmer stürzte. Sie sprach über ihre Schulter weiter, während Elisabeth ihr folgte. »Ich muss Patrick finden.«

»Aber der ist doch schon seit fast einer Stunde weg.«

Marsali wirbelte zu Elisabeth herum. Sie würde ihn nicht mehr einholen. Aber vielleicht konnte sie ja Hiram oder Quick Harry erreichen.

»Ist er alleine losgeritten?«, fragte sie.

»Aye«, erwiderte Elisabeth verwundert.

»Kannst du reiten?«, fragte Marsali.

Das Mädchen nickte. »Ein bisschen. Margaret hat es mir beigebracht, aber seit sie nicht mehr hier ist und niemand mich begleiten kann, erlaubt Vater nicht, dass ich reite.«

»Was ist mit Alex?«

»Ach, der steckt doch immer hinter seinen Büchern.«

»Um so wichtiger, dass er endlich mal etwas frische Luft bekommt. Ich schätze, ein kleiner Ausritt würde ihm auch Freude machen.«

Elisabeth betrachtete Marsali mit skeptischem Blick. »Glaubst du wirklich?«

»Natürlich«, antwortete Marsali. »Vielleicht könnten wir drei heute gemeinsam ausreiten. Heute Morgen noch. Am besten jetzt gleich.«

Elisabeth starrte sie fassungslos an. »Aber ...«

»... natürlich bin ich eine Geisel«, beendete Marsali den angefangenen Satz. Doch ich habe mein Wort gegeben, nicht zu fliehen. Und in Begleitung von dir und Alex ...«

Elisabeth begann zu strahlen. »Ich werde sofort mit Alex reden.«

Marsali wartete in ihrer Kammer auf Elisabeths Rückkehr, wobei sie ungeduldig hin und her lief. Unabhängig davon, wie Alex reagieren würde, war sie entschlossen, einen Weg zu finden, um aus den Mauern von Brinaire herauszugelangen. Sie musste Patrick irgendwie erreichen, um ihn davor zu warnen, dem Sinclair-Land zu nahe zu kommen.

Aber welchen Grund sollte sie ihm dafür nennen? Vielleicht war ihre Reaktion ja völlig überzogen, weil sie eine junge Ehefrau war, die sich unbegründete Sorgen machte.

Aber das konnte und wollte sie nicht glauben. Sie zitterte in ihrem Innersten vor Angst um ihn; es war etwas, das sie so noch nie empfunden hatte, und sie würde dieses Gefühl nicht einfach ignorieren. Schon gar nicht, da sie ja inzwischen wusste, welche Gefahren auf Patrick lauerten. Nein, egal, was er vielleicht von ihr denken mochte, selbst wenn er sie auslachen würde, weil sie sich grundlos Sorgen um ihn gemacht hatte – sie musste ihn warnen.

Ihr Vorhaben war nicht ohne Risiko. Überall in den Bergen gab es Männer von Clan Gunn und von Clan Sutherland, denen sie ja nun beiden angehörte, die versuchten Vieh zu stehlen oder alles, was nicht zu schwer war, um es davonzutragen. Und wenn Sinclair wirklich die Saat des Krieges auslegte, würden auch seine Krieger dort draußen sein.

Beim Laufen kaute sie an den Fingernägeln. Patrick würde ihr nie verzeihen, wenn sie seine Schwester und seinen Bruder unnötig in Gefahr brachte. Die beiden durften die Grenzen von Sutherland keinesfalls überschreiten, was in diesem Fall bedeutete, dass sie nicht weiter als zur Hütte mitkommen durften. Marsali konnte nur hoffen, dass Patrick noch in der Höhle bei Quick Harry war.

Da sie die Untätigkeit nicht länger ertrug, flocht sie ihr Haar zu einem einzelnen breiten Zopf, was beim Reiten angenehmer sein würde. Ein Blick aus dem Fenster sagte ihr, dass unten im Schlosshof nichts Außergewöhnliches vorging.

Als sie draußen auf dem Flur Stimmen hörte, rannte sie zur

Tür, um sie zu öffnen. Vor ihr standen Alex und Elisabeth, und der Junge lächelte sie mit einem schiefen Grinsen an. »Elisabeth sagte mir, dass du heute Morgen gerne ausreiten würdest. Ich fühle mich geehrt, dich dabei begleiten zu dürfen.«

»Was ist mit eurem Vater?«, fragte Marsali atemlos.

»Seine Gicht hat sich wieder verschlimmert«, sagte Alex. »Er hat heute Morgen sein Zimmer noch nicht verlassen und wird es vielleicht den ganzen Tag nicht tun.«

»Ich möchte nicht, dass ihr Ärger bekommt«, sagte Marsali.

Alex wischte Marsalis Bedenken mit einer Handbewegung zur Seite. »Patrick hat mir aufgetragen, auf dich aufzupassen«, meinte er. »Und du versprichst mir doch, dass du nicht zu fliehen versuchst!«

»Ich werde nicht nach Abernie zurückkehren.« Sie wollte die beiden ja auch wirklich nur für eine Stunde oder so loswerden.

Alex nickte. »Ich habe Donnie schon beauftragt, die Pferde zu satteln.«

Marsali betrachtete Alex eine Spur genauer. Sie hatte ihn nur unregelmäßig gesehen und bei den Mahlzeiten nur ein paar Worte mit ihm gewechselt. Er schien es – ebenso wie Elisabeth – vorzuziehen, möglichst unsichtbar zu sein. Dabei war er doch ein hübscher Junge, groß und schlank, und er hatte einen sensiblen Gesichtsausdruck. Er ähnelte Patrick, als der siebzehn gewesen war, allerdings waren seine Augen ein wenig heller. Und als er jetzt so vor ihr stand, offensichtlich stolz darauf, eine eigene Entscheidung getroffen zu haben, stolz, ihr einen Gefallen zu tun, da wusste Marsali plötzlich, dass sie weder Alex noch Elisabeth anlügen konnte.

Sie würde nicht versuchen, den beiden für eine Stunde zu entfliehen. Aber was würde sie dann tun?

Sie wusste es nicht. Aber ihr blieben ja mehrere Stunden, um darüber nachzudenken. So lange würde es dauern, bis sie den Pass erreichten, der zu der Hütte führte.

»Ich bin bereit«, sagte Marsali.

Alex ritt zuerst durch das Schlosstor. Sein Selbstvertrauen schien stärker als je zuvor zu sein. Im Stall hatte man sie mit misstrauischen Augen beobachtet, aber Alex hatte die Blicke der Stallburschen ignoriert, hatte zuerst Marsali und danach seiner Schwester in den Sattel geholfen. Dann war er selbst aufgesessen, und die drei waren durch das offene Tor davongeritten.

Es dauerte nicht lange, bis Marsali bewusst wurde, dass sie Alex auf dem Rücken eines Pferdes nie hätte loswerden können. Er ritt, als ob er mit dem Pferd verwachsen wäre, weit besser als die meisten Männer, die Marsali kannte. Und Elisabeth ritt ebenfalls vorzüglich, auch wenn sie nicht ganz so locker war.

Die Sonne brach durch die dichten Wolken, verwandelte die Regentropfen, die noch an den Blüten des gelben Besenginsters und des violetten Erikakrauts hingen, in glitzernde Juwelen. Das war einer dieser Highland-Tage, für den das schottische Hochland so berühmt war, aber Marsalis unterschwellige Angst erlaubte ihr nicht, die Natur zu genießen.

Sie schlug die Hacken in die Flanken ihrer Stute und ließ die beiden hinter sich, um den Hügel hinaufzugaloppieren, wo die Hütte verborgen war. Alex folgte ihr nicht, entweder, um seine Schwester nicht zurückzulassen, oder um seine eigene Freiheit auszukosten, obwohl er Marsali mit Leichtigkeit hätte folgen können.

Als sie den Pass erreichte, wartete Marsali auf die Geschwister, und als sie ein paar Minuten später zu ihr aufschlossen, schaute Alex sie fragend an.

Sie kaute einen Moment lang auf ihrer Unterlippe und traf dann ihre Entscheidung. »Vertraut ihr mir und lasst mich allein weiterreiten? Ich schwöre, dass ich in spätestens drei Stunden zurück sein werde.«

Alex sah Marsali scharf an. »Warum?«

»Ich weiß nicht, wie ich es dir sagen soll, Alex. Ich fürchte, dein Bruder ist in Gefahr, und ich muss ihn warnen.«

Besorgnis blitzte in den Augen des jungen Sutherland auf. »Wenn Patrick in Gefahr ist ... warum hast du uns das nicht früher erzählt? Wir hätten Krieger mitbringen können, um ihm zu helfen.«

Marsali schüttelte den Kopf. »Nein. Ich weiß nicht, welche Gefahr ihm droht. Ich habe einfach nur ...« – sie hob hilflos die Hände – »ich habe einfach nur so ein seltsames Gefühl, ein starkes Gefühl allerdings, dass etwas nicht in Ordnung ist, dass etwas, oder irgendjemand, ihn verletzen könnte. Und deshalb muss ich ihn warnen.«

Sie war erleichtert, als Alex nicht ihren Geisteszustand in Frage stellte. Tatsächlich schien er ihre vage Erklärung ohne zu zögern zu akzeptieren. Allerdings hatte er doch eine Frage.

»Weshalb können wir nicht gemeinsam weiterreiten?«, fragte er.

Marsali fühlte sich frustriert. Das war ja nun wirklich eine vernünftige Frage. Aber sie konnte weder Alex noch Elisabeth etwas von Quick Harry erzählen. Patrick dachte doch, dass Harrys Leben von absoluter Verschwiegenheit abhing.

Jetzt wusste sie genau, wie Patrick sich gefühlt haben musste, als sie ihm Fragen gestellt hatte, die er ihr nicht hatte beantworten können. Es war eine scheußliche Erfahrung.

Schließlich atmete sie verzweifelt laut aus. »Ich kann es nicht erklären«, seufzte sie. »Es ist zu eurem Besten. Aber es hängt alles mit Patricks Plan zusammen, die Fehde zwischen unseren Clans zu beenden.«

Elisabeths Augen funkelten neugierig, während Alex' sich nachdenklich zusammenzogen.

»Patricks Plan?«, fragte er. »Spielst du damit auf den Viehdiebstahl an, der zwischen Gunn und Sutherland stattfindet?«

Marsali starrte den Jungen an. Was wusste er von diesen

vorgetäuschten Diebstählen? Seine Stimme ließ keinen Zweifel daran, dass er davon wusste, und Marsali vermutete, dass Patrick seinen Bruder eingeweiht hatte, als er Alex beim letzten Mal mitgenommen hatte. Aber sie glaubte nicht, dass Alex etwas von Quick Harry wusste.

»Ich hatte keine Ahnung, dass du etwas von den Diebstählen wusstest«, meinte sie. »Aber die sind nur ein Teil des ganzen Plans. Ich weiß ja nicht einmal genau, ob ich selbst alles weiß.«

Alex war nicht gerade erfreut. »Patrick vertraut uns also nicht?«

»Darum geht es nicht«, erwiderte Marsali, die nicht länger die Ungeduld aus ihrer Stimme zurückhalten konnte. »Aber er will weder dich noch deine Schwester in die Verlegenheit bringen, euren Vater zu belügen. Und wenn du jetzt weiter in mich dringst, werdet ihr beide vielleicht gezwungen sein, mehr Lügen zu erzählen, als nur die von ein paar Viehdiebstählen.«

Alex runzelte die Stirn, und es war offensichtlich, dass er die Möglichkeiten abwog, die er hatte. Als Marsali Elisabeth anschaute, war sie nicht überrascht, dass das Mädchen atemlos zugehört hatte.

»Willst du zu Vaters Jagdhütte?«, fragte Elisabeth.

Natürlich kannten Alex und Elisabeth ihr eigenes Land. Und wohin sollte Marsali schon an diesem abgelegenen Ende ihres Landes reiten, wenn nicht zu der Hütte?

»Aye«, sagte sie. Dann blickte sie Alex erneut an und fügte hinzu: »Bitte. Vertraut mir.«

Er hielt eine ganze Weile Marsalis Blick. Dann nickte er kurz. »Wir werden hier warten. Aber wenn du nicht zurück bist, wenn die Sonne im Zenit steht, werden wir folgen.«

Marsali war froh, dass sie Alex so viel gesagt hatte, wie sie gerade noch verantworten konnte, um sein Vertrauen zu gewinnen. »Ich werde zurück sein.«

Sie ritt den Pfad entlang, der zum Pass führte, wobei sie

sich einmal umdrehte, um Bruder und Schwester zuzuwinken, die von den Pferden absaßen. Sie führte die Stute vorsichtig über das steinige Gelände des Passes zwischen den Felsen. Sobald sie auf der anderen Seite die grasige Lichtung erreicht hatte, trieb sie das Tier in den Galopp.

Sie fand die Hütte leer. Und es gab keinen Hinweis darauf, dass hier in letzter Zeit ein Mensch gewesen wäre. Vorsichtig führte sie die Stute durch den Wald zur Höhle, wobei sie versuchte, jedes Geräusch zu vermeiden.

Aber offensichtlich war sie doch nicht leise genug gewesen, denn als sie zum Eingang der Höhle kam, trat plötzlich eine große Gestalt hinter sie, die eine Pistole in der Hand hielt.

»Hiram!«, schrie sie.

Mit gerunzelten Brauen ließ er die Waffe langsam sinken. »Marsali! Was machst du denn hier?«

»Ich suche Patrick. Ist er hier?«

»Nein, er ist vor einiger Zeit weitergeritten«, antwortete Hiram.

»Ich hatte gehofft, er würde dich mitnehmen«, sagte sie besorgt.

»Gestern hat jemand um die Hütte geschnüffelt«, antwortete Hiram. »Natürlich haben er oder sie nichts entdeckt, aber Patrick wollte nicht, dass Quick Harry alleine bleibt.«

»Woher hätte irgendjemand wissen sollen, dass Harry in der Hütte ist?«, fragte sie.

Hiram zuckte mit den Schultern. »Niemand hat seine Leiche gefunden. Vielleicht fürchtet jemand, dass er immer noch lebt. Es war ja nicht allzu weit von hier, wo er die Männer sah, die den Überfall ausgeführt hatten.«

»Aber dann müssten diese Leute doch von der Hütte wissen.«

»Aye«, meinte Hiram lakonisch.

»Hast du die Männer gesehen?«

Wieder zuckte er mit den Schultern. »Ich habe Hasen gejagt und dabei zwei Reiter entdeckt. Die Gesichter habe ich nicht erkannt, aber sie trugen keine schottischen Plaids, sondern Jacken und Hosen.« Irritiert fügte er hinzu: »Aber wieso bist du hergekommen, Marsali? Du solltest nicht alleine ausreiten. Dafür wird Patrick dir den Kopf zurechtrücken.«

Sie ignorierte seine Vorwürfe und packte ihn am Arm. »Du musst ihm folgen, Hiram. Er darf nicht alleine sein.«

Hiram runzelte die Stirn. »Ich weiß nicht recht.«

»Aber etwas stimmt nicht. Das weiß ich genau.«

»Und woher weißt du das?«

»Ich weiß es eben. Das ist ein Gefühl, das ich nicht erklären kann. Ich weiß nur, dass Patrick in Gefahr ist. Bitte, Hiram«, sie drückte seinen Arm, »bitte reite hinter ihm her.«

»Dafür wird Patrick mir den Kopf abreißen«, murmelte er, aber sie spürte seine Besorgnis, und sie wusste, dass er sie ernst nahm.

»Ich kann für einige Stunden bei Quick Harry bleiben«, sagte sie. »Weißt du, wohin Patrick unterwegs ist?«

»Etwa eine Stunde von hier entfernt«, antwortete Hiram.

»Glaubst du, dass du ihn einholen kannst?«

»Wahrscheinlich. Mein Pferd ist ausgeruht.«

»Dann beeil dich bitte.

Hiram zögerte nicht länger. Er verschwand in der Höhle, kam mit seinem Pferd heraus und schwang sich in den Sattel.

»Ich werde hier auf dich warten«, sagte sie.

Er wollte eigentlich widersprechen, aber als er ihren sturen Gesichtsausdruck sah, schwieg er lieber und trieb sein Pferd zum Galopp, sodass es förmlich über die Lichtung flog.

Marsali wandte sich dem Eingang der Höhle zu und hoffte, dass sie den Krieger – entgegen ihren Befürchtungen – nur zu einer Schattenjagd getrieben hatte.

☆ ☆ ☆

Patrick ritt in gestrecktem Galopp zu dem Ort, an dem er Rufus treffen sollte, während er gleichzeitig wünschte, in die andere Richtung reiten zu können: nach Brinaire, zu Marsali. Zum ersten Mal in seinem Leben war er für eine Frau verantwortlich. Für seine Ehefrau. Er hatte Marsali gesagt, er würde jemanden mitnehmen, aber es hatte sich herausgestellt, dass niemand zur Verfügung gestanden hatte, der klug genug gewesen wäre – oder Patricks Ansprüchen genügt hätte. Er hatte zwar, wie er glaubte, die richtige Entscheidung getroffen, indem er Brinaire alleine verlassen hatte, aber er fühlte sich schuldbewusst. Das machte wohl den Unterschied aus, jetzt ein verheirateter Mann zu sein.

Er versuchte, sein Schuldgefühl dadurch wettzumachen, dass er sich besonders vorsichtig verhielt. Denn falls ihm etwas zustoßen sollte – was der Himmel verhüten mochte –, würde Marsali ihm nie verzeihen, dass er ihre Bedenken ignoriert hatte.

Als er sich der Grenze von Sinclair-Land näherte, trieb er sein Pferd noch weiter an. Die Sonne stand schon hoch am Himmel, es musste nahe Mittag sein, der Zeit, zu der er Rufus treffen sollte. Sorgfältig hielt er den Weg im Augen, und plötzlich bemerkte er geknickte Äste, umgestülpte Steine und andere Zeichen, die jemand – nicht lange zuvor – absichtlich hinterlassen haben musste. Er zügelte sein Pferd, führte das Tier abseits des Weges in das dichte Unterholz, wo er anhielt, um auf die Geräusche um sich herum zu lauschen.

Er hörte nichts. Langsam ritt er zu dem Treffpunkt weiter, einer schmalen Schneise, die von einem Felsen – in der Form eines Turmes – gekennzeichnet war. Die Sonne stand direkt über ihm. Mittag. Patrick saß ab, band sein Pferd an einem niedrigen Ast fest und überprüfte Pistole und Dolch in seinem Gürtel.

Auf der Lichtung vor ihm lag ein großer, hohler Baumstamm, der mit Moos und Reben umwachsen war. Der Stamm war schon Jahre zuvor in der Mitte gebrochen und war nun ein Zufluchtsort für Mäuse und andere Kleintiere. Aber der Hohlstamm war auch das ideale Versteck, um eine Nachricht zu hinterlassen. Patrick griff hinein, fand aber nichts.

Während Patrick noch dastand und über die Möglichkeiten nachdachte – wobei er sich größte Sorgen um Rufus machte –, hörte er den schrillen Ruf eines Waldhörnchens. Hier, hier, hier. Erleichtert pfiff Patrick zurück. Und dann stand Rufus plötzlich grinsend vor ihm.

»Nun, Herr und Meister«, meinte er freundlich spöttelnd. »Eigentlich hatte ich Hiram hier erwartet.«

»Hiram musste sich um andere Dinge kümmern«, erwiderte Patrick, »und außerdem wollte ich mich persönlich davon überzeugen, dass du noch an einem Stück bist.«

»Das bin ich«, erwiderte Rufus lächelnd, »aber ich freue mich, dass du dir um meinetwegen Sorgen machst. Oder sorgst du dich mehr wegen des Auftrags, den ich zu erfüllen habe?«

»Von beidem etwas – falls du es schon so genau wissen willst. Gibt es etwas, was du mir zu sagen hast?«

»Du scheinst es eilig zu haben«, spöttelte Rufus weiter. »Schon wieder zu der hübschen Marsali?«

»Schluss mit diesem Unsinn«, sagte er mit strenger Stimme, musste aber trotzdem grinsen.

»Tatsächlich habe ich Neuigkeiten für dich«, sagte Rufus. »Ein Mann namens Foster, ein Engländer vermutlich, hat sich mit Sinclair verbündet.«

Patrick spürte, wie sein Herzschlag einen Moment aussetzte. »Dann ist es also wahr. Er lebt wirklich noch«, murmelte er.

»Aye, er lebt.« Rufus nickte. »Allerdings kann er kaum sprechen. Es sieht so aus, als hätte ihm jemand das Schwert durch die Kehle gezogen.«

Patrick hielt dem Blick des anderen Mannes stand. Sie wussten schließlich beide, wer Fosters Kehle aufgeschlitzt hatte.

Verglichen mit Foster war Edward Sinclair nichts als ein verzogenes feiges Kind. Sicher, Sinclair verursachte Trauer und Schmerz, und deshalb musste seinem Handeln ein Ende gemacht werden. Aber Foster war ein ganz anderes Kaliber. Patrick war weder zuvor noch danach so einem niederträchtigen Mann begegnet, und Foster hatte geschworen – kurz bevor er von Patricks Hand beinahe getötet worden wäre –, Patrick umzubringen. Er war listenreich, gefährlich … und ein überragender Schwertkämpfer. Bei ihrer letzten Begegnung war Patrick gerade noch mit dem Leben davongekommen. Aber jetzt war der Mann wie ein verwundeter Wolf, er wollte nur Rache, wollte zurückschlagen, ungeachtet der Gefahr für ihn selbst.

»Er hat dich doch hoffentlich nicht erkannt?«, fragte Patrick besorgt.

»Nay. An dem Tag, an dem du gegen ihn gekämpft hast, trug ich Helm und Rüstung, und ich war über und über mit Blut verschmiert.«

»Was führt er zusammen mit Sinclair im Schilde?«, murmelte Patrick.

»Nichts Gutes«, erwiderte Rufus. »Foster und Sinclair planen einen weiteren Überfall auf Abernie. Sie sind ein bisschen ungeduldig mit dem Earl, und sie spekulieren darauf, dass der junge Lord, dein Freund aus Kindertagen, sich heimlich mit dir verbündet haben könnte. Sie glauben, dass es deshalb nötig ist, dem alten Earl etwas nachzuhelfen.«

Patrick starrte seinen Freund an. »Und das hast du alles herausgefunden?«

Rufus machte ein beleidigtes Gesicht. »Natürlich, Mylord. Wie du weißt, habe ich gute Ohren. Ich könnte wetten, die schärfsten in ganz Schottland.«

»Und sie vertrauen dir?«

»So weit wie jedem anderen Söldner auch. Meine Geldgier ist glaubhaft und steht der der anderen nicht nach. Ich habe ein kleines Vermögen gefordert, das man mir bewilligt hat. Nicht so wie ein gewisser schottischer Geizkragen, dessen Namen ich dir nennen könnte.«

Patrick hob eine Augenbraue. »Denkst du daran, die Seiten zu wechseln?«

»Also ehrlich, Patrick, jetzt beleidigst du mich. Deine Freundschaft ist mehr als genug Ausgleich für den Mangel an Geld.«

»Das freut mich zu hören«, erwiderte Patrick trocken. »Wann ist der Überfall geplant? Und wo?«

»Vermutlich schon in den nächsten Tagen«, sagte Rufus. »Sinclair ist vor Wut beinahe geplatzt, als er erfahren hat, dass du Lady Marsali entführt hast, und seine Ungeduld steht seiner Wut nicht nach. Seine Sprache wird von Tag zu Tag abenteuerlicher. Er hat sogar schon davon gesprochen, Brinaire zu stürmen, um sich die Lady zu holen. Seine Ehre ist besudelt worden.«

»Ehre?« Patrick verschluckte sich fast an dem Wort. »Die hat er schon vor Jahren abgegeben, und dafür war er ganz alleine verantwortlich.

Rufus zuckte mit den Schultern. »Ich kann nicht behaupten, dass ich den Mann mag. Aber er ist gerissen und sehr vorsichtig. Er hat auf Abernie jemand, der für ihn spioniert, und ich fürchte, dieser Mann könnte dem jungen Lord folgen.«

Patrick nickte. Er war sicher, dass Gavin vorsichtig war, aber er würde ihm eine Warnung zukommen lassen, besondere Vorsichtsmaßnahmen zu ergreifen. »Was ist mit Brinaire? Hast du gehört, ob es dort auch Spione gibt?«

Rufus schüttelte den Kopf. »Nay. Aber das heißt noch lange nicht, dass es dort keine gibt.«

»Ich werde Gavin bitten, die Siedlungen der Bauern im Norden zu bewachen«, sagte Patrick. »Hast du etwas über Lady Margaret in Erfahrung bringen können?«

»Nay. Obwohl ich ganz direkt danach gefragt und dabei Interesse vorgetäuscht habe, weil sie deinem Vater Hörner aufgesetzt hat. Aber ich habe erfahren, dass Sinclair eine kleine Insel mit einer Burg besitzt. Gordie erzählte mir, dass dies der ideale Zufluchtsort sei, um sich oder jemanden zu verstecken.«

»Ist die Insel gut bewacht?«, fragte Patrick.

»Nur von Wasser und Geheimhaltung. Sinclair hat alle seine Krieger hier zusammengezogen.«

Patrick dachte einen Moment nach. Eine kleine Insel. Sie konnte in einem der schottischen Lochs liegen oder im Meer. Er würde sich gründlich mit Sinclairs Besitz befassen müssen. »Weißt du, wo die Insel liegt?«

Rufus schüttelte den Kopf. »Nay, aber das kann ich sicher herausfinden. Gordie ist ein Spieler und ein Aufschneider. Ein paar Becher Wein, ein paar Spielchen, die ich ihn gewinnen lasse, und seine Zunge löst sich.«

»Mach das«, sagte Patrick. »Aber geh vorsichtig vor.«

»Och, du machst dir ja wirklich Sorgen um mich.«

»Aye, weil es so viel Mühe machen würde, einen anderen Spion zu finden.«

»Jetzt beleidigst du mich ja schon wieder, Patrick.

»Ich beleidige dich nicht, Rufus, aber mir fehlt deine kaltschnäuzige Unverfrorenheit.«

»Patrick.«

»Aye?«

»Sei du auch vorsichtig. Foster hat sich nicht zufällig mit Sinclair verbündet. Er ist ein Besessener, und er will seine Rache an dir nehmen. Er wird nicht ruhen, bevor er dieses Ziel erreicht hat.«

Patrick nickte kurz. »Ich weiß, was Foster will. Und ich werde vorsichtig sein.«

Rufus betrachtete seinen Freund einen Moment, und dann, nachdem er offensichtlich zufrieden war, dass seine Warnung nicht auf taube Ohren gefallen war, begann er zu grinsen. »Und wie geht es der schönen Marsali?«, fragte er mit einem Zwinkern in den Augen.

Patricks Mund verzog sich ebenfalls zu einem Grinsen. »Ihr geht es sogar prächtig«, erwiderte er. »Wir haben nämlich eine Handhochzeit vollzogen.«

Rufus fiel die Kinnlade herunter, und Patrick erlebte einen

kurzen Moment tiefster Befriedigung, denn er hätte nicht gedacht, dass es irgendetwas geben könnte, was Rufus die Sprache verschlagen würde.

»War das wirklich klug?«, fragte er nach einer Weile.

»Nay«, erwiderte Patrick aufrichtig. »Aber unvermeidlich, damit Marsali weiterhin auf Brinaire bleiben konnte.«

»Wissen eure Väter Bescheid?«

»Bis jetzt noch nicht.«

Rufus murmelte etwas Unverständliches, was ganz nach »Dummheit« klang. »Und dein Freund, der junge Gunn?«

»Aye«, erwiderte Patrick. Gavin war unser Zeuge, zusammen mit Hiram und Quick Harry.«

»Quick Harry?«

»Ein Clansmann der Gunn, der bei dem Überfall verwundet wurde. Er schaffte es, sich in der Hütte zu verstecken, die etwa einen Stundenritt von hier entfernt liegt.«

»Er lebt?«, fragte Rufus ungläubig. »Sinclairs Männer haben die ganze Gegend nach seiner Leiche abgekämmt. Sie glauben zwar, dass er tot ist, aber sie wollten sicher gehen.«

Patrick schüttelte den Kopf. »Als ich ihn fand, war er fast schon tot, aber inzwischen befindet er sich auf dem Weg der Besserung.«

Rufus pfiff leise durch die Zähne.

Patrick fügte noch hinzu: »Er hat Fosters Gesicht gesehen. Er hat mir den Mann beschrieben, aber bis du es mir bestätigt hast, konnte ich nicht ganz sicher sein. In all den Jahren hatte ich geglaubt, dass Foster in der Hölle schmoren würde. Quick Harry wird zur rechten Zeit auftauchen, und einen wunderbaren Geist abgeben. Aber ich will noch mehr. Ich will Sinclair auf frischer Tat ertappen, und dazu haben jetzt vielleicht ...«

Patrick unterbrach sich, als er aus den Augenwinkeln heraus im Gebüsch hinter Rufus eine Bewegung bemerkte.

Er senkte seine Stimme und sagte: »Hinter dir. Wir haben Gesellschaft bekommen. Könnte dir jemand gefolgt sein?«

»Das kann ich mir nicht vorstellen«, erwiderte Rufus.

»Steig auf dein Pferd und reite davon, als ob alles in Ordnung wäre. Ich werde mich um die ungebetenen Besucher kümmern. Warte auf mich auf der anderen Seite des Waldes. Ich kann es nicht riskieren, dich zu Sinclair zurückzuschicken, bevor ich sicher weiß, dass dir keine Gefahr droht.«

Rufus machte keine Andeutung, dass er Patrick verstanden hatte, aber das brauchte er auch nicht, denn sie ritten schon so lange Seite an Seite, dass sie sich blind verstanden. Rufus tat so, als ob ihr Treffen eben zu einem Ende gekommen wäre, nickte Patrick zu, ging seelenruhig zu seinem Pferd und saß auf. Patrick folgte ihm. Dann hoben beide ihre rechte Hand zum Abschiedsgruß und ritten in verschiedenen Richtungen davon.

Patrick ritt ein paar Minuten, wobei er das Pferd in einem gemäßigten Tempo gehen ließ, das den Bodengegebenheiten im Wald angemessen war. Als er außer Sichtweite der Lichtung war, ließ er sich aus dem Sattel gleiten und band sein Pferd an einem Ast fest. Dann zog er sein Schwert aus der Scheide und lief leichtfüßig, beinahe lautlos zu der Lichtung zurück. Er wusste, dass Rufus inzwischen von der anderen Seite genauso vorgehen würde, wobei sie beide hofften, dass es ihnen gelingen würde, einen Blick auf den oder die Fremden zu erhaschen.

Plötzlich hörte Patrick das Knacken eines Ästchens. Dann rechts von sich das leichte Rascheln von Blättern. Das waren die einzigen Warnzeichen, die er hörte. Im nächsten Moment war er umzingelt.

Von acht Männern. Alle bewaffnet. Und alle trugen Plaids in den Farben von Clan Gunn.

19

Zum Teufel. Wie hatte er nur so dumm sein können!

Patricks erstem Gedanken folgte sofort ein zweiter: Marsali hatte Recht. Beim nächsten Mal würde er auf ihre Warnung hören.

Falls es noch ein nächstes Mal geben würde.

Als er sah, dass Gavin nicht unter den Männern war, die ihn umzingelt hatten, blieb er absolut still stehen. Die Bande umkreiste ihn mit gezückten Schwertern, und auf ihren Gesichtern wurde der Hass erkennbar. Sie trugen keine Pistolen bei sich, aber jeder hatte ein Schwert und einen Dolch.

»Das ist dieser Sutherland-Bastard«, rief einer der Männer.

»Er wird eine erstklassige Geisel abgeben, die wir gegen Lady Marsali austauschen werden«, sagte ein anderer.

»Obwohl unser Lord, der Earl von Abernie, wahrscheinlich lieber seine Leiche sehen würde, nach allem, was er Quick Harry und den anderen angetan hat«, brummte ein dritter, wobei er näher kam.

Patrick hob sein eigenes Schwert in Verteidigungsstellung. Er hatte schon vielen Feinden gegenübergestanden, und er konnte gar nicht zählen, wie oft sein Leben auf dem Spiel gestanden hatte. Aber er wusste genau, dass noch nie so viel auf dem Spiel gestanden hatte. Zu keinem anderen Zeitpunkt war es so wichtig gewesen, dass er überlebte. Wenn er getötet wurde, würde mit ihm jede Hoffnung auf ein Ende der Fehde zwischen den Clans von Gunn und Sutherland sterben. Sein Vater würde Clan Gunn den Krieg erklären – ungeachtet der Konsequenzen. Sie würden einander bis zum bitteren Ende bekämpfen.

Und Marsali …?

Ganz einfach, es blieb ihm gar nichts übrig, als zu überleben.

Acht gegen einen. Er war nicht gerade im Vorteil. Wo zum Teufel blieb Rufus nur?

Die fremden Clansmänner umkreisten Patrick vorsichtig. Mehrere von ihnen kannte er sogar. Einer, Black Fergus, ein Maulheld, schien der Anführer der Gruppe zu sein. Unsicher war sein Blick auf Patricks Schwert gerichtet, und zum ersten Mal war Patrick dankbar für all die maßlos übertriebenen Geschichten, die man sich von ihm erzählte, und für die Lügen, die über seine Fähigkeiten auf dem Schlachtfeld im Umlauf waren und über seine Kunstfertigkeit im Umgang mit Waffen.

»Fessele ihn«, befahl Black Fergus einem der anderen.

Der Mann, den er angesprochen hatte, trat hastig einen Schritt zurück. »Er hat doch ein Schwert.«

»Jack?«, fragte Black Fergus.

»Ich nicht«, wehrte ein anderer Mann ab.

Patrick musste das plötzliche Verlangen, laut zu lachen, unterdrücken. Sicher, die Lage, in der er sich befand, war alles andere als lustig; denn wenn sie ihn gleichzeitig angriffen, wäre er ein toter Mann. Aber niemand schien Lust zu haben, Patrick als Erster gegenüberzustehen.

Patrick nahm seine arroganteste Kampfstellung ein – es konnte ja nicht schaden, wenn er sie mit seiner Reputation weiter einschüchterte – und blickte dann Black Fergus verschlagen lächelnd an. »Was ist mit dir, Black Fergus. Willst du mich nicht fesseln?«

Bevor der Anführer der Gruppe antworten konnte, wurde die Stille des Waldes durch den schrillen Schrei einer Meise durchbrochen. Der Vogelruf kam aus dem Norden, und Patrick atmete etwas ruhiger. Rufus war also immer noch in der Nähe. Doch dann hörte Patrick in seinem Rücken, also im Süden, einen Vogelschrei, der dem ersten zum Verwechseln ähnlich war.

Hiram? Patrick war in der Lage, die Vogelstimmen seiner beiden Freunde zu unterscheiden, aber er zweifelte daran, dass das irgendjemand anderem gelingen würde. Aber was machte Hiram hier? Während er sich diese Frage stellte, lenkte ein dritter Vogelruf – wieder Rufus – die Aufmerksamkeit der Bande in den Nordosten.

Die Clansmänner der Gunn, die jetzt eindeutig beunruhigt waren, begannen sich umzuschauen. Der nächste Vogelruf kam aus dem Westen. Und Sekunden später folgte einer aus Südosten. Die Krieger waren nun davon überzeugt, ihrerseits von einer Übermacht umzingelt zu sein, und zogen sich langsam zurück.

Patrick hätte die Männer gerne einfach laufen lassen, aber er wusste, dass er das nicht tun konnte. Sie hatten ihn mit Rufus zusammen gesehen.

»Legt eure Waffen nieder«, befahl er. »Meine Männer haben euch umzingelt.«

Die Gunns schauten ihren Anführer an. Es war augenblicklich erkennbar, dass sie keine Lust auf einen Kampf hatten. Black Fergus' Blick sprang von einer Seite zur anderen, während er versuchte, den Vogelrufen zu folgen, die aus den verschiedensten Richtungen kamen. Sein Gesicht lief rot an, als ihm bewusst wurde, dass sein Mut und seine Fähigkeit als Anführer infrage gestellt werden könnten.

Trotzdem schien er bereit zu sein, seine Waffen niederzulegen, und Patrick wollte schon erleichtert aufatmen – als Black Fergus plötzlich mit ausgestrecktem Schwert einen Ausfall machte.

»Du Hurensohn«, fluchte der Krieger, als die Spitze seines Schwertes in Patricks Schulter fuhr.

Die Bewegung kam so unerwartet, dass Patrick den Schlag nicht mehr abblocken konnte. Er konnte sich nur noch zur Seite werfen, damit seine linke Schulter und nicht seine rechte getroffen wurde.

Ein heftiger Schmerz durchfuhr Patricks Körper, als Black

Fergus das Schwert aus seinem Köper zog, um erneut anzugreifen, wobei ihm die Zornesröte ins Gesicht stieg. Patrick hob sein eigenes Schwert, um den Schlag zu parieren. Black Fergus' Bewegungen waren unbeholfen, seine Attacken wurden von seiner Wut diktiert, nicht von seinen Fähigkeiten, und Patrick wusste, dass er den Mann ohne großen Aufwand würde töten können. Aber gerade das wollte er ja vermeiden. Noch mehr Blutvergießen würde die Chance auf Frieden zunichte machen.

Sein Breitschwert war schwer, und gewöhnlich wurde es beidhändig geführt, aber sein linker Arm baumelte nutzlos an seiner Seite. Trotz äußerster Kraftanstrengung war er kaum in der Lage, die Schläge zu parieren und selbst zuzuschlagen, während er auf die Gelegenheit wartete, den Gegner kampfunfähig zu machen, ohne zu töten. Die Clansmänner der Gunn hatten sich weiter zurückgezogen, und Patrick sah aus dem Augenwinkel Hiram, der rechts neben ihm stand, die Pistole in der einen Hand, das Schwert in der anderen.

Patrick spürte, wie Blut über seinen Arm und seine Brust lief und wie sein Hemd und sein Plaid feucht wurden. Er wusste, dass er an Kraft verlor. Er musste den Kampf zu Ende bringen. Er drehte sich zur Seite, als Black Fergus erneut zuschlug, und ließ ihn ins Leere laufen. Patrick wirbelte herum, hob sein eigenes Schwert, traf damit die Unterseite des gegnerischen Schwertes und schlug es dem Mann aus der Hand. Im nächsten Augenblick hatte er die Spitze der Klinge an die Kehle des anderen gedrückt.

»Ergib dich«, sagte er, »oder ich schlitze deine Kehle durch.«

Für eine ganze Weile kämpften Angst und Mut in den Augen seines Gegners. Schließlich gewann die Angst.

»Ich gebe auf«, sagte Black Fergus, dessen Stimme leise und unwillig klang.

Patrick schaute die anderen Männer einzeln an, die nacheinander nickten.

Er senkte sein Schwert und wandte sich an Hiram. »Fessele sie.«

Hiram hob eine Braue und deutete auf den Wald, der sie umgab. »Und deine Männer?«

»Lass sie hier«, antwortete er, während er ein Stück seines Hemdes abriss, das er fest um seine blutende Schulter band. »Falls es noch andere Eindringlinge gibt.«

Er sah zu Black Fergus hinüber, der es zuließ, dass Hiram ihm mit einem Stück seines eigenen Plaids die Hände auf dem Rücken band. »Was habt ihr hier auf unserem Land gemacht?«

»Wir haben den Leichnam von Quick Harry gesucht«, sagte Black Fergus missgelaunt. »Er war mit meiner Schwester verheiratet.«

Patrick fragte sich, ob die Männer, die die Hütte durchsucht hatten, vielleicht gar nicht Sinclairs Leute gewesen waren. Aber die beiden Eindringlinge, die man gesehen hatte, waren Reiter gewesen.

»Habt ihr Pferde bei euch?«, fragte er.

Black Fergus blickte ihn anmaßend an.

»Willst du mein Schwert noch einmal zu spüren bekommen?«

Der Mann antwortete immer noch nicht, und Patricks Achtung für ihn stieg. Black Fergus mochte als Kind ein Maulheld gewesen sein, aber jetzt war er ein tapferer Krieger.

»Falls ihr die Tiere im Wald angebunden habt, wollt ihr doch sicher nicht, dass sie elend verhungern und verdursten«, sagte Patrick.

Einer der Clansmänner trat vor, um an das Schicksal in den rauen Bergen zu erinnern, und das löste eine zögerliche Zunge. »Wir haben ein Pferd, einen alten Klepper, den ich mir geliehen habe. Für Quick Harrys Leiche. Das Tier grast auf der anderen Seite des Flusses.«

»Wart ihr auf meinem Land in einer Hütte?«

Mehrere der Männer schauten einander an. Black Fergus sah erstaunt aus. »Eine Hütte?«

Dann waren es also doch nicht Männer von Clan Gunn, sondern Sinclairs Leute. Und das bedeutete auch, dass Rufus' Ohren nicht die schärfsten von ganz Schottland waren, denn sonst hätte er wohl etwas von dem Zwischenfall erfahren. Oder man vertraute ihm bei den Sinclairs doch nicht so sehr, wie Rufus annahm.

Black Fergus drehte sich um. Patrick sah den kurzen Blick auf die Wunde, die er ihm zugefügt hatte. »Was hast du jetzt mit uns vor?«, fragte er.

»Ihr werdet für ein paar Tage unsere Gastfreundschaft genießen«, erwiderte Patrick.

Er stieß einen Pfiff aus, auf den ihm sofort mit einem Pfiff geantwortet wurde. Sekunden später ertönte ein weiterer Pfiff aus einer ganz anderen Richtung. Die Gunns blickten sich um, wobei sie zu fürchten schienen, dass ein ganzes Heer aus den Bäumen auf sie einstürmen könnte.

Hiram bewegte sich schnell, bevor jemand die Zeit hatte, sich zu fragen, wieso ihm niemand zu Hilfe kam. Als er den letzten Mann gefesselt hatte, drehte er sich zu Patrick um und runzelte besorgt die Stirn, als er die Menge an Blut sah, die sein Freund verloren hatte.

Patrick schüttelte den Kopf, um Hirams Sorgen zu zerstreuen; für so etwas hatte er jetzt keine Zeit.

»Ich hole die Pferde«, sagte Hiram, während er Patrick seine Pistole gab, die er leichter handhaben konnte als das schwere Schwert.

Sein Vater würde natürlich hoch zufrieden sein, dachte Patrick. Er selbst war es allerdings nicht. Wenn die Gunns ein paar Tage in den Verliesen der Sutherlands verbringen mussten, würde das wohl kaum helfen, die Verbindung zwischen den Clans zu verbessern. Aber ihm blieb keine andere Wahl. Wenn sein Treffen mit Rufus bekannt würde, wären die Konsequenzen für alle betroffenen Parteien einfach zu schwer.

Gütiger Himmel, sein Arm tat ihm weh. Er hatte schon Schlimmeres überlebt, und der Gedanke an Marsalis heilsame Berührung verschaffte ihm etwas Erleichterung. Aber bevor er sich der Pflege seine Ehefrau überlassen durfte, musste er noch gemeinsam mit Hiram die Gefangenen nach Brinaire bringen. Der Weg über die Pässe würde den Männern zu Fuß alles abverlangen. Er fluchte stumm und fragte sich, ob Gott überhaupt an einem Frieden zwischen den Clans interessiert war oder ob ER ihn nur auf die Probe stellen wollte.

Hiram kam mit ihren Pferden zurück und einem dritten Tier im Schlepp, das kaum den Namen Pferd verdient hatte.

»Bring die Gefangenen schon mal in Richtung Brinaire«, sagte Patrick so leise, dass nur sein Freund ihn hören konnte.

»Du brauchst jemand, der nach deiner Wunde sieht«, sagte Hiram ernst, und fügte mit einem Zwinkern hinzu: »Ich kenne jemanden, der sich nur zu gerne um dich kümmern wird. Marsali ist nämlich in der Höhle.«

Patrick riss die Augen auf. »Was zum Teufel sagst du da?«

»Der Teufel hat damit nichts zu tun.« Hiram grinste. »Mylady hatte ein ... Gefühl, dass du in Gefahr wärest. Sie hat darauf bestanden, dass ich dir folge.«

Ein Schauer lief Patrick über den Rücken, und er legte schweigend den Schwur ab, nie wieder – niemals – Marsalis Intuitionen zu missachten. Er wäre jetzt wahrscheinlich schon tot, und Rufus auch, wenn Hiram nicht aufgetaucht wäre. Alleine wäre es Rufus niemals gelungen, die Gunns glauben zu machen, von einer Überzahl an Feinden umringt zu sein.

Er nickte Hiram zu, bevor er fragte: »Kommst du eine Weile alleine mit den Gefangenen zurecht? Ich muss noch mal mit Rufus reden. Dann werde ich ihn zu dir schicken, damit er dir hilft, während ich zur Höhle reite. Nachdem ich Marsali gesehen habe, werde ich dir und Rufus folgen, und Rufus kann zu Sinclair zurückkehren.«

»Mit denen würde ich sogar alleine fertig werden, wenn sie nicht gefesselt wären«, sagte Hiram verächtlich, während sein Blick über die Gefangenen glitt. »Dank der langen Dämmerung sollten wir bei Einbruch der Dunkelheit Brinaire erreichen.«

Patrick gefiel der Gedanke nicht, dass Hiram alleine auf acht Männer aufpassen sollte. Aber er wollte auch Marsali nicht alleine mit Quick Harry zurücklassen, und nach Brinaire konnte er sie wegen ihrer Clansleute auch nicht mitnehmen; die Gunns würden sich sonst fragen, wieso sie den Sutherlands half. Und Rufus musste zu Sinclair zurück, bevor man ihn vermissen würde.

Patrick stieg auf sein Pferd und ritt zu den Gunns hinüber. »Ich will euer Ehrenwort, dass keiner zu fliehen versucht«, sagte er. »Wenn mir jeder Einzelne das schwört, werde ich euch losbinden. Wenn nicht, werdet ihr aneinander gefesselt, und ihr werdet in einer Reihe nach Brinaire marschieren.«

Die Männer wechselten Blicke. Jeder von ihnen kannte die Gefährlichkeit des Berglandes. Ein Fehltritt konnte leicht den Tod bedeuten.

Black Fergus nickte.

»Schwöre es bei deiner Ehre«, verlangte Patrick, der wartete, bis jeder einzelne Mann die Worte ausgesprochen hatte.

Patrick nickte zufrieden. Kein Highlander würde jemals so einen Schwur brechen. Damit würde er Schimpf und Schande über seinen ganzen Clan bringen.

»Binde sie los«, sagte er zu Hiram.

Hiram zuckte zwar leicht zurück, aber er zog sein Messer und ritt im Schritt an der Reihe der Männer entlang, wobei er die Fesseln jedes einzelnen durchschnitt. »Und jetzt bewegt euch«, sagte er harsch zu den Gunns.

Sie marschierten in Richtung Süden, aus dem Wald heraus, wo sie auf den steilen Pfad nach Brinaire stoßen würden. Hiram folgte dem Trupp auf dem Rücken seines Pferdes, und den Klepper schleppte er hinter sich her.

Patricks Arm pulste, und er spürte, wie das Blut weiter über den Arm und die Brust lief. Er wartete, bis Hiram und die Gefangenen außer Sichtweite waren, dann ritt er in der Richtung, aus der der letzte durchdringende Triller der Meise gekommen war.

Die Meise, in Gestalt von Rufus, bewegte sich auf dem Pferd aus dem Schutz der Bäume heraus. »Wie ich sehe, haben wir sie hereingelegt.«

»Selbst ich hätte fast geglaubt, wir seien von einer Armee eingeschlossen«, lachte Patrick, wobei er zusammenzuckte. »Du und Hiram bewegt euch wirklich schnell.«

Rufus zog die Augen zusammen, und sein Blick fiel auf den blutigen Beweis der nachmittäglichen Begegnung mit dem verfeindeten Clan. »Jemand müsste sich mal um deine Wunde kümmern«, sagte er und betrachtete die Verletzung genauer.

»Der Knochen ist nicht getroffen worden«, erklärte Patrick.

»Aye«, meinte Rufus zustimmend. »Trotzdem muss die Wunde behandelt werden.«

»Marsali wartet in einer Höhle nahe der Hütte auf mich – dem Ort, von dem ich dir erzählt habe, wo ich Quick Harry gefunden habe«, sagte Patrick. »Von hier aus ist es nur ein Ritt von einer Stunde. Ich werde dort kurz vorbeischauen. Aber du musst Hiram mit den Gefangenen helfen, bis ich wieder aufschließen kann.«

»Aye«, stimmte Rufus zu. »Und danach werde ich mit deinem blutdurchtränkten Plaid zu Sinclair zurückkehren und sagen, dass ich wieder einen Sutherland getötet habe. Das sollte ihnen als Grund genügen, dass ich so lange weg war.«

Patrick nickte. Er zog seinen Dolch aus dem Gürtel und schnitt damit den oberen Teil seines Plaids ab. Der Stoff des Hemdes, das er darunter trug, hatte sich quer über der Brust bis zur Taille scharlachrot verfärbt, es klebte an seiner Haut und tropfte.

»Ich werde euch in zwei Stunden eingeholt haben«, sagte Patrick.

Seufzend willigte Rufus ein. »Hiram und ich kümmern uns schon um die Bande.« Er benutzte Patricks blutdurchtränktes Plaid, um sich Blut ins Gesicht zu schmieren, und zog sein Bonnet tiefer über die Augen. So getarnt, wirkte er mehr wie ein Dämon als wie ein Mensch, und Patrick dachte, dass die Gunns schon beim bloßen Anblick dieses Kriegers loyal zu ihrem Wort stehen würden.

Rufus warf ihm ein offenes Lächeln zu, sodass Patrick gar nicht anders konnte, als es zu erwidern. »Jetzt mach, dass du loskommst.«

»Aye«, erwiderte Rufus. »Ich sehe dich dann bald.« Er brachte sein Pferd in Trab und ritt in Richtung des Pfades, den Hiram eingeschlagen hatte.

Patrick wartete, bis sein Freund verschwunden war, dann lenkte er sein eigenes Pferd zu dem Weg, der ihn direkt zur Höhle führen würde. Und zu Marsali.

☆ ☆ ☆

Elisabeth kaute auf ihrer Unterlippe, während sie den jüngeren ihrer Brüder beobachtete. Alex hatte Wort gehalten. Sie hatten gewartet, bis die Sonne im Zenit stand. Aber von Marsali war immer noch keine Spur zu sehen, und Elisabeth wusste, dass Alex darauf brannte, etwas zu unternehmen.

»Ich denke, wir sollten sie besser suchen«, sagte er.

Elisabeth erbleichte. Sie wollte Patricks Zorn ebenso wenig auf sich ziehen wie den ihres Vaters, und Marsali hatte ausdrücklich gesagt, dass Patrick nicht wollte, dass irgendjemand wusste, wer sich in der Jagdhütte befand. Aber als sie jetzt Alex' entschlossenen Blick sah, wusste sie, dass sie ihn kaum würde aufhalten können. Er hatte sich verändert.

Sie selbst fühlte sich ebenfalls abenteuerlustiger, eine Tatsache, die sie Marsalis Anwesenheit zuschrieb. Sie hatte fasziniert beobachtet, wie Marsali mit der Köchin und mit der Haushälterin umgegangen war, wie sie honigsüße Vorschläge gemacht und die beiden mit Komplimenten überhäuft hatte. Das Ergebnis grenzte, nach Elisabeths Ansicht, fast an ein Wunder. Die verdreckten Binsen auf dem Boden der Großhalle waren durch frische Binsen ersetzt worden, die Wandbehänge gesäubert und gelüftet, und das Essen schmeckte merklich besser. Marsali hatte Licht in die düstere Burg gebracht.

Elisabeth wollte nicht, dass Marsali etwas zustieß.

So gab sie Alex mit einem Nicken zu verstehen, dass sie einverstanden war, ein Zeichen, auf das er gewartet hatte.

Als Alex sein Pferd antrieb, folgte Elisabeth ihm, obwohl sie schreckliche Angst hatte. Der eigentliche Pass war kein Pfad mehr, sondern nur noch ein schmales Felsband, das zu beiden Seiten tief und steil abfiel. Ihre Hände hielten die Zügel fest, wobei sie gleichzeitig mit den Fingerspitzen den Sattelknopf ihres Seitensattels umklammerte. Sie war sicher, dass sie mitsamt dem Pferd in den Abgrund stürzen würde, wenn sie sich auch nur einen winzigen Millimeter zu der einen oder anderen Seite beugen würde.

Sie sprach ein stummes Gebet – und dann noch eins. Nachdem scheinbar Stunden vergangen waren, wurde das Felsenband breiter und ging in eine offene Wiese über. Sie entspannte sich mit einem zitternden Seufzen.

Alex zügelte sein Pferd, bis sie neben ihm war. »Ist alles in Ordnung mit dir?«, fragte er.

Sie nickte.

»Das hast du gut gemacht. Das ist kein einfacher Ritt.«

Wenn Elisabeth je eine Untertreibung gehört hatte, dann war es diese Bemerkung.

Sie trieben die Pferde an, und Elisabeth folgte Alex, bis der sein Pferd zum Stehen brachte und ihr ein Zeichen gab, ebenfalls stehen zu bleiben.

Sie hörten Stimmen, verließen schnell den Pfad, und suchten Schutz im Dickicht der Bäume. Wenig später tauchten acht Männer zu Fuß auf, denen zwei Reiter folgten. Elisabeth erkannte Hiram; der zweite Mann zu Pferd – dessen Gesicht blutverschmiert war – kam ihr zwar irgendwie bekannt vor, aber sie konnte ihn nicht einordnen.

Sie blieb abwartend in ihrem Versteck, während Alex vorsichtig zum Pfad zurückritt.

»Das ist ja Alex Sutherland!«, rief Rufus erstaunt. »Hiram, lass die Männer halten.«

Hiram warf einen Blick über die Schulter und gab dann der Truppe den Befehl stehen zu bleiben.

»Junge«, sagte Rufus. »Dich hätte ich hier nicht erwartet.«

»Ich dich auch nicht«, erwiderte Alex, als Hiram zu ihnen kam. »In deiner schauerlichen Maskerade erkennt man dich kaum. Was geht hier vor?«

»Gefangene Clansmänner der Gunns«, erklärte Hiram. »Sie haben Patrick überfallen. Einer hat ihn verwundet.«

Elisabeth stockte der Atem. Sie trieb ihr Pferd aus dem Versteck und rief: »Ist er schwer verwundet? Wo ist er jetzt?«

»Nay«, antwortete Hiram, wobei die tiefen Stirnfalten sein breites, schönes Kriegergesicht verunstalteten. »Er hat nur einen kleinen Kratzer in der Schulter. Das ist alles. Aber, Lady Elisabeth, was machst du hier?«

Alex antwortete an ihrer Stelle. »Ich hatte Lady Marsali versprochen, dass wir auf der anderen Seite des Passes auf sie warten würden. Als sie zum verabredeten Zeitpunkt nicht zurück war, wollten wir sie suchen. Vielleicht hat sie sich ja verirrt. Und ich konnte Elisabeth nicht alleine warten lassen.«

Elisabeth lächelte, als sie den Tonfall ihres Bruders hörte, der wie ein wahrer junger Lord sprach. Und es gefiel ihr, zu sehen, dass er so viel Selbstvertrauen hatte.

Hiram betrachtete Alex nachdenklich und sagte: »Wir

könnten deine Hilfe gut gebrauchen, dieses Gesindel nach Brinaire zu bringen.«

»Ich werde weiter nach Marsali suchen«, erwiderte Alex. »Ich trage für sie die Verantwortung.«

»Sie hat sich nicht verirrt«, erwiderte Hiram, die Stimme zu einem Flüstern gesenkt. Er warf den Gefangenen einen kurzen Blick zu, und fuhr dann fort: »Sie ist nicht weit von hier, und sie ist in Sicherheit.« Als Alex ihn misstrauisch anschaute, seufzte Hiram. »Sie ist mit Patrick zusammen. Das schwöre ich. Und du würdest deinem Bruder einen größeren Gefallen erweisen, wenn du mit mir kommen würdest.«

Alex' Gesicht entspannte sich, und Elisabeth konnte die Last der Verantwortung geradezu spüren, die von seinen Schultern gehoben wurde.

»Und was ist mit Elisabeth?«, fragte Alex.

Hiram und Rufus wechselten einen Blick.

»Sie wird mit uns kommen.«

Noch einmal dieser schreckliche Pass! Elisabeth kämpfte gegen das Verlangen, die Männer anzuflehen, einen anderen Weg nach Hause zu nehmen. Sie hatte insgeheim gehofft, dass es eine andere Möglichkeit geben könnte, selbst wenn das einen ganzen Tagesritt erfordern würde. Aber sie konnte ihre Angst jetzt nicht zum Ausdruck bringen, nicht in Gegenwart von Patricks Freunden, nicht vor den Clansmännern der Gunn. Und sie würde sie auch nicht mit den tausend Fragen belästigen, die ihr durch den Kopf gingen. Sie verstand überhaupt nicht, was hier vorging, sie hatte nur den vagen Verdacht, dass alles mit der Fehde zwischen Gunns und Sutherlands im Zusammenhang stand. In der romantischen Denkweise einer Vierzehnjährigen gefiel ihr allerdings der Gedanke besser, dass alles mit Patrick und Marsali zu tun hatte – und ihrer Liebe zueinander.

Aber es gab da eine Frage, die sie einfach stellen musste. »Geht es Patrick wirklich gut? Er wird nicht ... sterben, oder?«

Hiram lächelte sie freundlich an. »Nay, Lady Elisabeth, er wird nicht sterben. Ein Hieb mit dem Schwert hat ihn nur an der Schulter verletzt. Marsali ist eine Heilerin, und sie wird dafür sorgen, dass er bald wieder ganz der Alte ist.« Sein Blick glitt wieder über die Gefangenen, die, wie Elisabeth bemerkte, ihre Bewacher neugierig beobachteten.

»Wir können nicht länger hier bleiben«, sagte Hiram, und leise flüsternd setzte er hinzu: »Und wenn Patrick erfährt, dass du dich ohne Schutz außerhalb der Schlossmauern herumgetrieben hast, möchte ich nicht in der Nähe sein.«

Elisabeth warf Alex einen Blick zu, und sie sah, wie sein Gesicht rot anlief. »Ich habe schließlich Alex«, sagte sie.

Hiram schien peinlich berührt zu sein. »Aye, du hast Alex. Aber selbst Patrick braucht mehr als einen Mann zu seinem Schutz, und heute hat er erfahren, wie wahr das ist.«

Elisabeth war froh zu sehen, wie Alex sich im Sattel entspannte, weil sein Stolz doch nicht verletzt war.

»Nun, Junge?«, drängte Hiram, wobei er auf die Gefangenen deutete.

Alex nickte. »Wir werden mit dir kommen.«

Auch Hiram nickte, bevor er sich an Rufus wandte. »Du kannst zurückkehren. Der junge Sutherland und ich werden alleine mit diesen Burschen fertig.«

Alex strahlte.

Rufus nickte zustimmend und drehte sich zu Elisabeth um. »Du bist ein hübsches und mutiges Mädchen«, sagte er mit einem kurzen Lächeln, das ihr Herz höher schlagen ließ. Kaum ein Mann hatte ihr bisher gesagt, dass sie hübsch sei.

Bevor sie etwas erwidern konnte, hatte Rufus schon sein Pferd gewendet und trottete in der Richtung davon, aus der er gekommen war.

»Wohin reitet er?«, fragte sie Hiram, da sie ihre Neugier nicht länger unterdrücken konnte.

Hiram zuckte mit den Schultern. »Wer weiß das schon bei dem«, erwiderte er. »Aber wir müssen jetzt weiterziehen. Ich möchte dieses Lumpenpack vor Einbruch der Dunkelheit in Brinaire haben.«

Elisabeth biss sich auf die Unterlippe, aber Hiram lächelte ihr aufmunternd zu. »Du bist ein hübsches und mutiges Mädchen«, sagte er.

»Nay, das bin ich nicht«, widersprach sie. »Ich habe mich zu Tode gefürchtet, als wir diesen schrecklichen Pass überquert haben.«

»Das ist ja genau das, was ich meine, Lady Elisabeth«, sagte er. »Wenn man etwas tut, vor dem man keine Angst hat, hat das nichts mit Mut zu tun. Aber mutig bist du, wenn du Angst hast und trotzdem tust, was getan werden muss, obwohl du dich fürchtest.«

Elisabeth setzte sich in ihrem Sattel höher auf. Der Pass schien ihr plötzlich gar nicht mehr so Furcht erregend zu sein.

Sie warf Alex einen Blick zu, der darauf mit einem warmen, verständnisvollen Lächeln antwortete. Dann trieben sie beide ihre Pferde an, um Hiram zu folgen, der den Gefangenen befahl, sich wieder in Bewegung zu setzen.

⋆ ⋆ ⋆

Patrick blieb vor dem Eingang der Höhle stehen und versuchte, in dem dunklen Inneren etwas zu erkennen. »Marsali? Quick Harry?«, rief er.

»Mylord? Bist du das?«, antwortete Quick Harry, gleichzeitig hörte er Marsalis unterdrückten Aufschrei. Im nächsten Moment tauchte sie aus dem Hintergrund der Höhle auf und rannte mit einem strahlenden Lachen im Gesicht auf Patrick zu, um ihn zu begrüßen.

Aber sie blieb wie angewurzelt stehen, als sie seine blutige Kleidung sah. Quick Harry folgte ihr, mit einer Pistole in der Hand, auf dem Fuß. Patrick bat den Mann, sie ein paar Minuten alleine zu lassen. Der Läufer gehorchte sofort und zog sich wieder in die Höhle zurück. Patrick fasste Marsali an der Hand und führte sie ein kurzes Stück vom Höhleneingang weg.

»Gütiger Gott, Patrick«, wisperte Marsali schockiert, während ihr Blick von seinem Gesicht zur Schulter wanderte und wieder zurück.

»Das ist überhaupt nichts«, sagte er.

Aber sie riss bereits sein Hemd auseinander, um zu sehen, wie schwer die Verletzung war. Als sie fest an dem durchtränkten Leinen zog, tropfte Blut über ihre Hände und Handgelenke, und als sie das Stück Stoff löste, mit dem Patrick die Wunde notdürftig verbunden hatte, begann das Blut zu fließen.

Marsali sog scharf die Luft ein und legte schnell den Notverband wieder an.

»Ich habe Schlimmeres überstanden«, meinte er, wobei er einen leichten Ton anschlug. Schließlich hatte sie die Narbe gesehen, die seinen Bauch in zwei Hälften teilte.

»Wer hat dir das angetan?« Ihr Blick suchte seine Augen.

»Black Fergus«, erwiderte er. »Er und sieben andere Männer deines Clans haben mich überfallen. Wenn Hiram nicht zur Hilfe gekommen wäre, wären Rufus und ich jetzt wahrscheinlich tot.« Er schwieg einen Moment. »Hiram hat mir erzählt, dass du ihn geschickt hast?«

»Aye«, sagte sie. »Ich hätte dich heute Morgen gar nicht gehen lassen dürfen, Patrick. Ich ... ich hatte so ein merkwürdiges Gefühl. So etwas hatte ich noch nie, und deshalb wusste ich nicht, wie ich es dir erklären sollte. Aber ich hätte dich einfach nicht gehen lassen dürfen.«

»Ach, Liebes«, sagte er, und die Finger seiner gesunden Hand strichen über ihre Wange. »Mach dir keine Vorwürfe. Du hast ja versucht, es mir zu sagen. Aber ich habe nicht zugehört. Doch ich schwöre dir, das nächste Mal, wenn du wieder so ein ›Gefühl‹ hast, werde ich darauf achten.« Er versuchte zu scherzen. »Ich wusste gar nicht, dass ich eine Frau mit dem Zweiten Gesicht bekommen habe.«

Sie wirkte leicht gekränkt. »Das wusste ich auch nicht. Aber ich bin dankbar dafür, was immer mich dazu gedrängt hat, Hiram zu dir zu schicken. Aber jetzt muss ich deine Wunde versorgen, bevor Hirams Bemühungen umsonst waren.«

Sie gingen zur Höhle zurück.

»Was ist mit den Männern, die dich angegriffen haben?« Ihre Stimme klang voller Angst. »Sind sie ...?«

»Sie leben«, antwortete er. »Keiner hat auch nur einen Kratzer abbekommen. Hiram bringt sie als Gefangene nach Brinaire. Ich fürchte, sie haben zu viel gesehen.«

Er sah die Überraschung in ihrem Blick. »Du hast sie leben lassen, nachdem sie dich überfallen hatten?«, fragte sie.

»Ja, wieso denn nicht?«, fragte er sanft zurück. »Hältst du mich für so ein Monster, dass ich deine Clansleute, ohne zu zögern, umbringen würde?«

»Unter diesen Umständen hätten die meisten Männer das getan«, murmelte sie.

»Ich bin aber nicht die meisten Männer.«

»Nay«. Sie lächelte scheu. »Ich beginne zu begreifen, dass du das nicht bist.«

»Gut. Und ich würde gerne länger hier bleiben, um lang und breit über meine anderen Qualitäten mit dir zu reden, aber das kann ich nicht.« Er lächelte sie bedauernd an. »Ich muss dich bitten, dich mit dem Versorgen der Wunde zu beeilen, damit ich Hiram und Rufus schnellstens folgen kann.«

Vor dem Eingang zur Höhle blieb sie stehen. »Aber Patrick, du solltest mit so einer Wunde nicht noch weiter reiten. Du musst dich ausruhen.«

Er schüttelte den Kopf. »Mir gefällt der Gedanke nicht, dass ein Mann acht Gefangene nach Brinaire bringt, und ich muss dort sein, wenn mein Vater sie sieht.« Tatsächlich wusste er allerdings nicht, ob und wie er den langen Ritt schaffen sollte. In seinem Kopf begann sich alles zu drehen, und ihm war kalt bis auf die Knochen. Er kannte diese Symptome, wusste, dass der Grund dafür der hohe Blutverlust war.

Bei der Erwähnung seines Vaters verdüsterten sich Marsalis blaue Augen besorgt. »Er wird meinen Clansleuten doch nichts antun, oder?«

»Zumindest nichts, was sie umbringen wird«, beruhigte er sie. »Sie haben mir geschworen, nicht zu fliehen, und deshalb werde ich sie so komfortabel wie möglich unterbringen.«

»Das haben sie dir geschworen?«, fragte sie ungläubig. »Obwohl ihnen nur drei Männer gegenüberstanden?«

»Nun«, meinte er gedehnt, »sie dachten, es wären sehr viel mehr. Fast eine ganze Armee.« Er musste ganz einfach grinsen. »Ich fürchte, sie werden nicht erfreut sein, wenn sie erfahren, dass wir weit in der Unterzahl waren.«

Einen Moment lang schien sie verärgert zu sein, weil ihre Clansleute sich so leicht hatten übertölpeln lassen, aber dann huschte ein Lächeln über ihr Gesicht. Als ihr Blick wieder auf seine Wunde fiel, erstarb das Lächeln allerdings und machte einem besorgten Stirnrunzeln Platz.

Patrick wollte Marsali nicht beunruhigen, aber er war sich nicht sicher, wie lange er sich auf den Beinen halten konnte. Offensichtlich war sein Versuch, vorzugeben, dass alles in bester Ordnung sei, vergebens, denn plötzlich übernahm Marsali das Kommando.

»Komm jetzt in die Höhle.«

»Ich kann nicht bleiben«, sagte er noch einmal. Die Augen fielen ihm kurz zu, und als er sie wieder öffnete, drehte sich die Welt um ihn herum.

»Das wirst du aber müssen«, sagte sie. »Wenn der Blutverlust nicht gestoppt wird, wirst du nämlich bald für immer irgendwo bleiben.«

»Gut, aber nur ganz kurz«, gab er nach. »Nur kurz, dann müssen wir los.« Er machte einen Schritt vorwärts, strauchelte und musste sich an der Felsenwand festhalten, gerade mal zwei Schritte in der Höhle. Gütiger Gott, wie müde er plötzlich war.

»Patrick!«, hörte er sie rufen. »Quick Harry! Hilfe!«

Patrick merkte, wie seine Beine unter ihm nachgaben, er fühlte, wie er langsam an der Wand herunterrutschte. Marsalis Arme umfassten seine Taille, aber sie konnte sein Gewicht nicht halten. Er spürte, wie ein anderes Armpaar seine Brust umschlang. Zusammen zogen Marsali und Quick Harry ihn tiefer in die Höhle, um eine Biegung im Felsen herum, zu dem Lager, das Quick Harry sich bereitet hatte. Dort, neben einer kleinen Feuerstelle, legten sie den Verwundeten vorsichtig auf den Boden. Er dankte den beiden stumm dafür, dass sie dabei so vorsichtig vorgingen.

Die plötzliche Autorität, die Marsalis Stimme ausstrahlte, als sie Quick Harry Anweisungen zurief, erweckte Patricks Aufmerksamkeit. Er öffnete die Augen, blinzelte ein paarmal und fokussierte dann seinen Blick auf ihr Gesicht, das besorgt über ihn gebeugt war. Er ließ sich in die liebliche, beruhigende Tiefe ihrer Augen versinken, als sie mit ihren zarten Fingern vorsichtig den Wundverband abnahm und danach das Hemd unter seinem Gürtel hervorzog. Er tat sein Bestes, um dabei zu kooperieren, als sie ihm, mit Quick Harrys Hilfe, das Hemd auszog. Aber als sie seinen linken Arm anhoben, stöhnte Patrick auf, weil der Schmerz schier unerträglich war.

»Ich werde die Wunde ausbrennen müssen, um sie zu schließen«, hörte er Marsali sagen. »Sie blutet immer noch.«

»Ich werde ein Feuer anmachen«, sagte Quick Harry. »Und ich werde mein Messer in der Glut erhitzen, damit es heiß ist, wenn du es brauchst.«

»Patrick sagte, dass er sich wieder auf den Weg machen muss«, erklärte sie, wobei sie sich besorgt auf die Lippe biss.

»Hm. Weit wird er nicht kommen«, meinte der Läufer.

Marsalis Finger untersuchten seinen Schulterknochen. Als

sie merkte, dass er sie beobachtete, warf sie ihm einen Blick zu, und er lächelte sie an.

»Schau nicht besorgt, Liebes«, sagte er und fragte sich, ob seine Worte in ihren Ohren auch so undeutlich klangen wie für ihn. »Ich bin nicht tot, und ich habe auch nicht vor zu sterben. Und nichts anderes zählt.«

Sie schürzte die Lippen. »Männer«, murmelte sie.

Er seufzte, und die Augen fielen ihm zu. Er hatte keine Vorstellung, wie viel Zeit vergangen war, bevor er Marsalis Stimme wieder hörte, die ihn ansprach.

»Patrick?«

Seine Augen öffneten sich, fielen wieder zu. Er versuchte es noch einmal, und diesmal gelang es ihm, sie anzusehen.

»Ich muss die Wunde ausbrennen, um die Blutung zum Stillstand zu bringen«, sagte sie.

»Tu es«, brummelte er. »Aber dann muss ich … muss ich gehen.«

Sie wisperte ihm etwas ins Ohr. »Ich liebe dich, Patrick, aber du bist ein Narr. Wenn es sein muss, werde ich dir einen Schlag auf den Schädel versetzen, aber du wirst diese Höhle erst verlassen, wenn ich sage, dass du dazu wieder in der Lage bist.«

»Du würdest mich … schlagen, Liebes?«, fragte er, wobei sich seine Lippen schwach, aber doch belustigt verzogen. »Nicht angemessen für eine … Lady, ihren Lord … zu schlagen.«

»Nay, ich bin sicher, dass es das nicht ist. Aber ich werde es trotzdem tun, wenn ich es muss.«

Quick Harrys Stimme kam aus der Richtung des Feuers. »Das Messer ist jetzt bereit, Mylady.«

Sie stand auf, und Patrick zwang sich mit schierer Willenskraft dazu, sie weiter im Blick zu behalten, er beobachtete, wie sie aus dem kleinen Stapel Holz, das Quick Harry zum Feuermachen benutzte, einen kurzen, kräftigen Ast auswählte. Er sah, wie Quick Harry das Messer aus der Glut zog und den Griff schnell mit einem Stück Stoff umwickelte. Er gab das Messer Marsali. Sie kniete sich an seiner Seite auf den Boden, das Messer in der einen Hand, das Holzstück in der anderen, das für ihn bestimmt war, um darauf zu beißen, denn der Schmerz würde nahezu unerträglich sein.

Ihr Blick traf seinen Blick, und obwohl sein Verstand nicht so funktionierte, wie er sollte, sah er doch die Seelenqualen in ihren Augen. Er kannte den Grund für ihr Zögern; es war nicht einfach, jemandem, den man liebte, wehzutun.

»Bring es hinter dich, Liebes«, sagte er ruhig.

Sie schaute ihn einen Moment länger an, dann gab sie ihm das Holz. Er nahm es in den Mund und biss ganz fest darauf. Die Messerklinge in Marsalis Hand glühte weiß-rot und heiß. Er sah sie an, nickte ihr zu und schloss die Augen.

Im nächsten Augenblick verspürte er einen betäubenden Schmerz, der ihn wie ein Bolzen durchfuhr. Er wurde ohnmächtig.

20

Donald Gunn, Anführer von Clan Gunn und Earl of Abernie, bestand darauf, persönlich die gestohlenen Rinder zu inspizieren.

Er beobachtete eine der Herden auf der östlichen Weide vom Rücken seines Hengstes aus. »Mageres Vieh«, bemerkte er kritisch. »Kaum wert, es zu stehlen. Die Sutherlands versorgen ihre Tiere miserabel.«

Gavin, der neben seinem Vater auf seinem Braunen saß, seufzte. Vor einem Monat waren die Rinder kräftig gewesen. Aber es hatte natürlich seinen Tribut gefordert, dass die Tiere zwei Mal in der Woche von der Weide der Gunns zu der der Sutherlands und umgekehrt getrieben worden waren. Er war nur froh, dass sich das Vieh zu diesem Zeitpunkt auf Gunn-Land befand, denn inzwischen fühlte er sich ein bisschen wie die Tiere aussahen: ausgezehrt.

Wie lange konnte er dieses Täuschungsmanöver noch fortsetzen? Wie oft konnte er seine Männer noch auf die Suche nach Quick Harry aussenden – und sie dabei immer in die falsche Richtung schicken? An wie vielen Orten konnte er noch nach Cecilia suchen, ohne eine Spur von ihr zu entdecken? Wie viel länger konnten er und Patrick diese Scharade noch weiterführen, bevor sie in sich zusammenfiel und ein Sturm über ihnen losbrechen würde?

Nicht mehr lange, dachte Gavin. Er hatte inzwischen mehrere Männer einweihen müssen, die cleveren, denen es schnell aufgefallen war, dass es viel zu einfach war, das Vieh der Sutherlands zu stehlen. Er war sicher, dass Patrick gezwungen gewesen war, das Gleiche zu tun. Gavin schauderte bei dem Gedanken daran, wie ein bestimmter Mann reagieren würde, wenn er erfahren würde, was sein Sohn getan hatte. Und Gavin zweifelte nicht daran, dass sein Vater die Wahrheit herausfinden würde. Das war nur eine Frage der Zeit.

Der Earl of Abernie betrachtete seine neu erworbene Herde mit Besitzerstolz. »Wir werden sie dick und fett machen«, sagte er.

Höchst unwahrscheinlich, dachte Gavin, aber er nickte zustimmend.

»Ich werde Duncan nach Edinburgh schicken«, fuhr sein Vater fort, »mit dem Ersuchen an den König, dass Marsali zu mir zurückgeschickt wird und dass die Sutherlands zu Outlaws erklärt werden, weil sie den Frieden gebrochen haben.«

Erneut nickte Gavin. Tatsächlich war er hocherfreut zu hören, dass Duncan ihm demnächst aus dem Weg sein würde. Sein Cousin hatte sich viel zu intensiv nach den Diebstählen erkundigt, hatte gefragt, wieso es dabei keine Toten und Verwundeten gegeben hatte, warum keine Gefangenen gemacht worden waren.

»Ich denke daran, Jeanie nach Brinaire zu schicken«, sagte er.

Sein Vater fuhr zu ihm herum. »Damit noch eine Gunn gefangen gehalten wird? Bist du übergeschnappt?«

»Nay. Sie würde ja als Marsalis Bedienstete gehen«, erklärte Gavin. Tatsächlich ging es ihm mehr darum, dass seine Schwester eine Freundin in Brinaire hatte, als eine Dienerin. »Jeanie könnte uns über die Verteidigungsanlagen des Schlosses berichten«, fügte er hinzu, um seinem Vater die Idee schmackhafter zu machen.

Bei dem Gedanken leuchteten die Augen des Earls auf. »Glaubst du denn, die Sutherlands würden sie zurückkehren lassen?«

»Sie ist doch nur ein gewöhnliches Hausmädchen«, erwiderte Gavin ausweichend. »Man würde sie sicher nicht scharf bewachen.«

»Ich werde nicht rasten und ruhen, bevor ich meine Tochter zurückhabe«, sagte sein Vater. »Das arme Kind.«

Gavins Lippen wurden schmal. Das Mitgefühl seines Vaters für Marsali kam ein bisschen spät.

»Wird sie gehen?«, fragte der Earl.

»Jeanie? Aye, sie würde für Marsali ihr Leben geben.«

Gott, wic cr diesen ganzen Lug und Trug verabscheute. Er hasste die Unehre, die er jedes Mal empfand, wenn er seinen Vater anlog. Aber er wusste nicht mehr genau, wo seine Ehre lag: in seiner Pflicht dem Clan gegenüber oder in der Loyalität seinem Vater gegenüber. Er wünschte, er hätte Patricks Sicherheit. Oder verspürte etwa auch Patrick Zweifel?

Viele Jahre lang hatte Gavin sich danach gesehnt, so wie Patrick zu sein, ein Krieger, dessen List und Kühnheit in Liedern besungen wurde. Aber inzwischen hatte er in Patricks Gesicht die Spuren gesehen, die der Krieg hinterlassen hatte, die der Preis für seine mutigen Taten waren. Krieg bedeutete wohl nicht immer Heldentum. War es möglich, dass Ehre und Unehre Hand in Hand daherkamen?

»Gavin?«

Sein Vater starrte ihn an.

»Aye, Vater?«

Der Earl überbrückte mit ausgestrecktem Arm die kurze Distanz zwischen den beiden Pferden und legte seine Hand auf Gavins Knie. »Ich bin stolz auf dich, mein Junge«, sagte er.

Da hätte Gavin es ihm beinahe gebeichtet. In diesem Moment, überflutet von Schuldgefühlen, verspürte er ein überwältigendes Verlangen, seinem Vater alles zu erzählen. Von den Viehdiebstählen und der Handhochzeit. Von Quick Harry und der ziemlichen Gewissheit, dass es die Sinclairs und nicht die Sutherlands gewesen waren, die die Dörfler der

Gunns getötet und ihre Hütten in Brand gesetzt hatten. Er hätte ihm fast von Patricks Verdacht erzählt, dass Sinclair auch für Margarets Schande und für ihr plötzliches Verschwinden verantwortlich war.

Ironischerweise waren es die eigenen Worte seines Vaters, die seine Entschlusskraft neu belebten.

»Sinclair hat wieder nach Cecilia gefragt.«

»Ehrlich, Vater, du würdest ihm doch nicht Cecilia zur Frau geben, oder?«, fragte Gavin, dem plötzlich kalt war.

Der Earl schaute ihn erstaunt an. »Ich werde mein Wort halten, das ich Edward gegeben habe. Du warst doch auch der Ansicht, dass eine Verbindung mit Sinclair vorteilhaft für uns sei.«

»Du warst dieser Ansicht«, korrigierte Gavin ihn. »Ich habe das nie gesagt. Und es tut mir Leid, dass ich so lange gewartet habe. Ich hätte viel eher mit dir reden müssen. Ich hätte deiner Absicht widersprechen müssen, denn ich wusste, dass Marsali Edward nicht heiraten wollte. Und ich habe nicht geglaubt, dass er der richtige Mann für sie ist.«

»Und wieso nicht?«, fragte sein Vater, dessen Augen sich verengten.

Gavin nahm seinen ganzen Mut zusammen. »Ich habe Edward Sinclair schon immer misstraut«, antwortete er. »Aber die Trauer um Margaret hatte mich diesem Gefühl gegenüber blind gemacht. Jedenfalls möchte ich nicht, dass eine meiner beiden Schwestern diesen Mann heiratet.«

Gavin hielt dem heißen Blick seines Vaters stand.

»Es ist ein bisschen spät für solche Überlegungen«, sagte der Earl.

»Aye, aber nicht zu spät«, erwiderte Gavin, der jeden zuckenden Muskel im Gesicht seines Vaters registrierte.

»Du würdest wohl diesen Teufelsbastard von einem Sutherland als Schwager vorziehen«, sagte der Earl mit vorgeschobenem Kinn.

Ich würde jeden anderen Mann einem Mann vorziehen,

der den Befehl gibt, Unschuldige abzuschlachten. Gavin schwieg. Er hatte schon zu viel gesagt. Aber, bei Gott, es hatte ihm gut getan, die Dinge zu benennen, die ihm durch den Kopf gingen, Dinge, die er schon vor Monaten hätte aussprechen sollen. Aye, dachte er, es ist höchste Zeit, dass er aufhörte, im Schatten seines Vaters zu leben. Der Earl of Abernie war ein guter Mann, ein guter Anführer seines Clans, und er war immer ein guter Vater gewesen. Aber nicht unfehlbar. Besonders dann nicht, wenn er wütend war.

Und es gab niemand außer ihm selbst, der ihm widersprechen konnte, der eine andere Sichtweise aufzeigen konnte. Selbst wenn er viel zu lange geschwiegen hatte.

»Ich habe zu der Sache alles gesagt, was ich zu sagen habe«, meinte Gavin, der seinem Vater fest in die Augen sah. »Ich werde eine Ehe mit Edward Sinclair nicht gutheißen – weder für Marsali noch für Cecilia. Ich mag diesen Mann nicht, und ich traue ihm nicht.« Mit diesem Worten presste Gavin seine Schenkel in die Flanken seines Braunen und sprengte in Richtung Abernie davon.

Die Stimme seines Vaters folgte ihm. »Ich will, dass mehr Männer die Herde bewachen!«

Ohne langsamer zu werden, hob Gavin den Arm, zum Zeichen, dass er verstanden hatte. Aye, er würde sich darum kümmern, dass die Rinder gut bewacht wurden. So gut bewacht, wie es von Clansmännern der Gunns möglich war, die taub, blind oder verblödet waren. Er fragte sich, wie viele er davon wohl finden würde.

☆ ☆ ☆

Patrick erwachte von dem Höllenfeuer, das in seiner Schulter brannte. Aber sein Kopf lag auf etwas Warmem, Weichem und grenzenlos Trostspendendem. Eine Hand liebkoste seine Wange, und süße geflüsterte Worte drangen in sein Ohr.

Seine Augenlider flatterten, öffneten sich, und er erkannte Marsali, die zu ihm herunterlächelte. Seufzend schloss er die Augen wieder. Sie steckte die Decke fester um seine gesunde Schulter.

Er musste schlucken, weil seine Kehle so ausgedörrt war, und als er sprach, klang seine Stimme wie ein leises Schnarren. »Wie lange ... war ich ...?«

»Nur eine Nacht«, antwortete sie. »Rufus kam kurz vorbei. Dein Bruder hat Hiram geholfen, Black Fergus und die anderen nach Brinaire zu bringen.«

Patrick runzelte die Stirn. »Alex?«

»Aye«, erwiderte sie. »Er und Elisabeth sind gestern mit mir von Brinaire losgeritten. Ich habe die beiden auf der anderen Seite des Passes zurückgelassen, aber als ich zum verabredeten Zeitpunkt nicht aufgetaucht bin, kamen sie, um mich zu suchen.«

Es dauerte einen Moment, bis er die volle Bedeutung ihrer Worte begriff. Dann öffneten sich seine Augen schlagartig. »Elisabeth? Sie hat den Pass überquert?«

Mit einer Hand drückte Marsali ihn auf sein Lager zurück, als er sich aufzurichten versuchte. Dass sie mit so wenig Aufwand erfolgreich war, schockierte ihn.

»Elisabeth geht es prächtig«, versicherte Marsali ihm. »Rufus erzählte mir, dass sie sehr stolz auf sich war. Und das ist Alex vermutlich auch.«

Patrick entspannte sich, und er genoss den Luxus, von seiner Frau gepflegt und umsorgt zu werden. Das war eine völlig neue Erfahrung, aber eine wunderschöne. Schnell begann sich sein Verstand zu klären, und eine Myriade von Gedanken stürmte auf ihn ein, beunruhigte ihn.

Wieder öffnete er die Augen. »Quick Harry?«, fragte er. »Ist er noch hier? Wie geht es ihm?«

»Es geht ihm ausgezeichnet«, erwiderte Marsali. »Er sammelt gerade Holz.« Dann, als ob sie seine Gedanken lesen könnte, fügte sie hinzu: »Ich glaube nicht, dass noch einmal jemand hierher kommen wird. Wer immer die Männer waren, die zuvor hier waren, sie fanden die Hütte leer vor und werden kaum glauben, dass es einen Grund gibt, noch einmal zurückzukommen.«

Marsali hatte natürlich Recht. Trotzdem gefiel es Patrick nicht, dass sie hier war, nur mit zwei verwundeten Männern zu ihrem Schutz. Sie sollte nach Brinaire zurück, wo er für ihre Sicherheit sorgen konnte. Und wegen der Gefangenen – er musste sicherstellen, dass sein Vater sie nicht misshandelte.

Er musste nach Hause.

Aber zuerst musste er auf seinen eigenen Füßen stehen.

Patrick stemmte die rechte Hand auf den Boden und versuchte, sich in eine Sitzposition aufzurichten. Als Marsali ihn daran hindern wollte, sagte er: »Nay. Ich muss.« Sein Ton ließ keine weitere Diskussion zu, und sie gab nach.

Strahlenförmige Schmerzwellen, die von seiner Schulter ausgingen, brachen bei jeder Bewegung über ihn herein, aber er biss die Zähne zusammen, und er versuchte es weiter, bis er aufrecht saß. Im war ein bisschen schwindelig im Kopf, und seine Schulter schmerzte höllisch, aber davon abgesehen, schien alles in Ordnung mit ihm zu sein.

Er schaute Marsali an und bat sie: »Hilf mir auf, Liebes.«

Sie zögerte einen Moment, dann stand sie auf und streckte ihm ihre Hand entgegen. Er streifte selbst die Decke von sich ab und merkte, dass er nackt war. Er kam auf die Knie, wobei er Marsalis schlanke Gestalt als Stütze benutzte, um das Gleichgewicht zu halten, und dann auf die Füße. Er lehnte sich einen Moment lang gegen die Felsenwand der Höhle, bevor er einen Schritt vorwärts machte. Und dann den nächsten. Wegen des Schmerzes fiel ihm das Atmen schwer. Er blickte auf seine Schulter. Sie war mit einem Verband umwickelt, der feucht war, durchtränkt von gelbbraunem Blut. Der Verband selbst war aus feinstem Leinen. Ihm wurde bewusst, dass Marsali dafür ihr Unterkleid benutzt hatte.

Er blickte auf und sah, dass sie ihn anschaute. Ohne ein Wort zu sagen, holte sie sein Plaid – oder das, was davon noch übrig geblieben und aus dem das Blut ausgewaschen war – und brachte es ihm. Er brauchte nicht nach seinem Hemd zu fragen; selbst wenn es ihr gelungen wäre, das Blut auszuwaschen, wäre er niemals in der Lage gewesen, seinen Arm durch den Ärmel zu stecken. Sie half ihm, das Plaid umzulegen und zog den Gürtel fest. Während des ganzen Vorgangs lehnte er sich an sie.

Immer noch sagte sie kein Wort. Weder protestierte sie noch versuchte sie, ihn aufzuhalten, obwohl sie doch wissen musste, dass er die Absicht hatte, die Höhle zu verlassen.

»Du bist eine ganz besondere Frau, Liebes«, sagte er und versuchte trotz der Schmerzen zu lächeln. »Du bist mutiger als jeder Mann, den ich kenne.«

»Nay«, wisperte sie. »Allein am vergangenen Tag bin ich vor Angst tausend Tode gestorben.«

»Das tut mir Leid, Liebes.«

»Das sollte es auch«, schalt sie ihn, aber er sah, dass in ihren Augen Tränen schimmerten.

Er beugte sich vor, um die Tränen wegzuküssen, die in ihren dichten Wimpern hingen. Er spürte ihre Kraft, ihre Entschlossenheit, und dennoch zitterte sie. Er wusste, dass sie Angst um ihn hatte, aber als er sie anschaute, lächelte sie.

Liebe durchflutete ihn wie eine warme Brise an einem sonnigen Highland-Tag, Liebe, die den Schmerz in einer sanften Woge überkam. Er umschlang sie mit seinem gesunden Arm, hielt sie fest an sich gepresst, zum Teil, weil er Unterstützung brauchte, vor allem aber, weil er sie brauchte. Das hatte nichts mit Lust oder Verlangen zu tun, aber alles mit dem Gefühl der Zusammengehörigkeit, mit Zärtlichkeit und einer innigen Schönheit.

»Dann lebst du also noch?«

Der Klang von Quick Harrys Stimme holte Patrick in die Wirklichkeit zurück.

Marsali löste sich etwas, und er drehte sich zu Quick Harry um. Der Läufer beobachtete die beiden mit lächelndem Gesicht. Patricks Kronzeuge sah gesund aus; er hatte etwas zugenommen und auch wieder Farbe im Gesicht. Aber Patrick konnte sich nicht daran erinnern, dass Quick Harrys roter Bart mit so vielen grauen Strähnen durchzogen war.

»Aye, Quick Harry, ich lebe noch«, sagte er. »Dank meiner Lady.«

»Sie ist eine wunderbare Heilerin.« Der Läufer zögerte. »Weißt du schon, wann ich endlich nach Hause zurückkann? Ich sehne mich danach, meine Frau und meinen Sohn zu sehen.«

Patrick musste lächeln. Er verstand genau, was Harry meinte – obwohl er ihn vielleicht vor einem Monat noch nicht verstanden hätte.

»Meine Männer haben mir berichtet, dass Sinclair wohl schon bald einen weiteren Überfall ausführen wird«, sagte Patrick. »Hab noch etwas Geduld, Quick Harry. Ich denke, es wird nicht mehr lange dauern, bis wir die Verbrecher gefasst haben, die eure Häuser verbrannt haben. Und dann wirst du, der ›tote Mann‹, auftauchen, der es bezeugen kann.«

Quick Harry nickte zögernd. »Ich habe gehört, es war Black Fergus, der dich verwundet hat.«

»Aye«, sagte Patrick. »Zusammen mit den anderen Männern wurde er nach Brinaire gebracht, aber ich schwöre dir, dass er gut behandelt wird.«

Harry verzog das Gesicht. »Ich selbst stehe ihm ziemlich gleichgültig gegenüber, aber meine Frau mag ihn sehr, weil er ja ihr Bruder ist.«

»Er ist ein tapferer Mann«, sagte Patrick.

Quick Harry nickte. »Ich schätze, du willst los. Oder?«

»Aye, ich muss nach Brinaire zurück.«

Wieder nickte der Läufer. »Ich werde eure Pferde satteln.«

»Fühlst du dich alleine hier sicher?«

»Aye. Hiram hat mir so viel Verpflegung gebracht, dass ich für Wochen zu essen habe. Du hast mein Wort, dass ich die Höhle nicht verlassen werde, bevor du es mir sagst. Dir verdanke ich schließlich mein Leben.«

»Marsali hat dich gerettet, nicht ich«, erwiderte Patrick rau.

»Ich stehe in deiner Schuld«, sagte Harry noch einmal, dann drehte er sich um, um die Pferde zu holen.

Als er zurückkam, erlaubte Patrick Quick Harry, Marsali aufs Pferd zu helfen, aber für sich selbst lehnte er jede Hilfe ab. Er schwang sich in den Sattel, allerdings unter großen Schmerzen. Das würde ein höllischer Ritt werden.

Er nickte Quick Harry zu. »Ich werde Hiram so schnell wie möglich zu dir schicken, um zu sehen, wie es dir geht«, sagte er.

»Mit mir wird alles in Ordnung, Mylord«, erwiderte Harry. »Aber kümmere dich darum, dass diese blutige Fehde bald beendet wird, damit wir alle wieder unser normales Leben führen können.«

Quick Harrys Worte hallten in Patricks Herz und Verstand wie ein Echo wider, als er und Marsali nach Brinaire ritten. Aye, es war höchste Zeit, dass sie wieder ein normales Leben führten.

☆ ☆ ☆

Wie konnten ein Vater und sein Sohn so verschieden sein?

Vor dem Eingang von Brinaire stand Marsali an Patricks Seite vor Gregor Sutherland. Während Patrick den Menschen, die er traf, gewöhnlich warm und liebenswürdig begegnete, war sein Vater eiskalt. Das war ihr ein Rätsel, das sie wahrscheinlich nie entschlüsseln würde.

Man hatte sie vor der Stimmung des Marquis gewarnt. Hiram hatte sie, in Begleitung von zehn Clansmännern der Sutherlands, ein paar Meilen südlich des Passes getroffen.

Nachdem Patricks Vater gehört hatte, dass sein Sohn verwundet worden war, war er vor Wut explodiert. Als er dann auch noch erfahren hatte, dass Alex und Elisabeth mit Lady Marsali Brinaire verlassen hatten, war er noch aufgebrachter gewesen. Sogar die Engel im Himmel, hatte Hiram gesagt, mussten sein Gebrüll gehört haben. Er hatte Hiram befohlen, seinen Sohn und seine Gunn-Geisel zu suchen – und zu finden. Elisabeth und Alex hatte er in ihre Zimmer verbannt. Und die Gefangenen hatte er in das Burgverlies werfen lassen.

Marsali hatte Patricks Verbitterung gesehen, als er diese Nachrichten erfuhr. Er hatte den Gefangenen versprochen, dass man sie gut behandeln würde. Und sein Bruder und seine Schwester wurden bestraft, weil sie versucht hatten, ihm zu helfen. Jetzt konnte Patrick nichts anderes tun, als das Tempo zu verschärfen, obwohl die Wunde, wie Marsali wusste, ihm unerträgliche Schmerzen bereiten musste.

Der Marquis stand auf der Schlosstreppe, wo er auf ihre Ankunft wartete, die ihm beizeiten von seinen Kundschaftern gemeldet worden war. Er blickte Patrick ein paar Minuten schweigend an, und Marsali glaubte, sie hätte ein kurzes Aufblitzen von Besorgnis in seinen Augen gesehen. Dann drehte er sich um und starrte sie böse an.

»Das ist vermutlich deine Schuld«, sagte er und deutete mit seiner verknöcherten Hand auf Patricks Schulter, du …«

»Nay«, unterbrach Patrick seinen Vater. »Sie hat mir das Leben gerettet.«

»Ach, und wodurch?«

Patrick zögerte. Er konnte schlecht sagen, dass sie eine Vorahnung gehabt hatte.

»Sie ist eine Heilerin«, sagte er schließlich.

Sein Vater schnaubte verächtlich. »Geh in deine Kammer, Weib. Ich habe mit meinem Sohn zu reden.«

Patrick wollte Einwände machen, aber sie schüttelte den Kopf. Ihre Anwesenheit würde seinen Vater nur noch stärker reizen.

Patrick hielt einen Moment lang ihren Blick, dann nickte er. »Danke, Marsali.«

Langsam stieg sie die Treppen zu ihrer Schlafkammer hoch. Würde sie jemals ein Teil von Patricks Famlie sein? Sie fürchtete, dass, solange sein Vater lebte, keiner von ihnen Frieden haben würde.

In ihrem Zimmer ging sie sofort zu dem Korb ihrer Frettchen. Als sie den Deckel öffnete, schauten Tristan und Isolde sie nur empört an, aber keines der Tierchen sprang heraus, um sie freudig zu begrüßen.

»Ihr seid wohl ein bisschen ungehalten, weil ich euch vernachlässigt habe«, meinte sie.

Sie nahm die Frettchen aus dem Korb, trug sie zum Bett, auf dem sie es sich mit untergeschlagenen Beinen bequem machte, und setzte die Tierchen in ihren Schoß. Aber noch warfen die beiden Fellbündel ihr anklagende Blicke zu, nicht bereit, ihr zu verzeihen.

Schließlich rollte sich Isolde doch zusammen, und Tristan schmiegte sich an das Weibchen. Aber sie gaben nicht die fröhlichen Quietschlaute von sich, mit denen sie gewöhnlich ihre Freude ausdrückten. Marsali streichelte sie und murmelte dabei entschuldigende Worte.

Ihre Finger fuhren fort, den weichen dicken Pelz zu streicheln, während sie auf Patrick wartete – und sich dabei Sorgen um ihn machte.

Nur ein paar Minuten waren vergangen, als leise an ihre Tür geklopft wurde. Sie warf die Frettchen aufs Bett, beeilte sich, die Tür zu öffnen, und musste dann ihre Überraschung verbergen, als vor ihr Colly, die Köchin, stand, in der Hand ein Tablett voller Speisen.

»Dieser Hiram meinte, dass Ihr vielleicht eine Kleinigkeit zu essen braucht«, sagte Colly unbeholfen.

Marsali warf einen Blick auf das Tablett. Was sie sah, war weit mehr als eine »Kleinigkeit«. Es war beladen mit Kuchen, Fleischpastete und irgendeinem Fisch.

»Für den Kuchen habe ich Eier benutzt«, sagte Colly fast ein bisschen entschuldigend. »Und dieses Salz, das Lady Elisabeth mir gebracht hat.«

»Das sieht alles sehr appetitlich aus, Colly«, erwiderte Marsali. »Vielen Dank.«

»Hiram sagte, dass Ihr Lord Patrick gerettet habt.«

Marsali schüttelte den Kopf, und sie fragte sich, welche Geschichten Hiram wohl zum Besten gegeben hatte. In diesem Moment sprang eines der Frettchen vom Bett und schnappte nach Collys Fuß. Die Köchin schrie auf, das Tablett flog erst hoch in die Luft – und dann zu Boden, wo die zinnernen Teller und Schüsseln mit einem ohrenbetäubenden Krach landeten. Die Speisen waren über den ganzen Fußboden verteilt. Erschrocken rannten die Frettchen unters Bett, streckten neugierig ihre Näschen hervor. Als sie das Essen rochen, kamen sie, mit zuckenden Schnäuzchen, vorsichtig wieder hervor. Isolde steckte ihre kleine Schnauze in die Fleischpastete, zog sich, die Nase mit Pastete verschmiert, wieder ein Stück zurück und leckte sich zufrieden das Gesicht.

Colly starrte die Tiere entgeistert an, während sie sich rückwärts zur Tür bewegte. »Was machen die hier?«

Marsali musste sich auf die Lippe beißen, um nicht loszulachen. Sie bückte sich und hob Tristan und Isolde hoch, wobei sie mit den beiden schimpfte. »Das sind Frettchen, Colly, kleine Iltisse. Gewöhnlich haben sie bessere Manieren als heute. Ich habe gesehen, dass Lady Elisabeth sie mit Wasser und Futter versorgt hat, aber die Tiere sind es gewöhnt, dass ich sie umhege. Sie werden gereizt und verärgert, wenn ich sie alleine lasse, und ich denke, das, was eben passiert ist, war ihre Form von Rache.

Isolde begann zu fiepen und versuchte sich loszumachen, um wieder an die Fleischpastete zu kommen. Tristan leckte das Gesicht seines Weibchens. Colly, die offensichtlich beruhigt war, dass es keine wilden Biester waren, beobachtete die Tiere fasziniert. Ein Lächeln huschte über ihr Gesicht.

»Ich dachte, es seien Riesenratten.«

»Nay, gewöhnlich sind es liebenswerte kleine Kreaturen«, erklärte Marsali ein bisschen verdrießlich. »Nur Patrick können sie nicht ausstehen.«

Der Blick der Köchin wurde scharf, und jetzt schalt Marsali mit sich selbst. Sie hätte seinen Namen nicht auf so eine zärtlich, intime Art aussprechen dürfen. Sie war eine Gefangene. Für sie hatte er Lord Patrick zu sein.

»Es tut mir Leid wegen des schönen Essens«, fuhr Marsali hastig fort. »Es war so freundlich, das du es mir gebracht hast.«

Colly starrte Marsali immer noch nachdenklich an, und sie fürchtete, dass sie bald im Mittelpunkt des Küchenklatsches stehen würde.

»Ich werde den Boden sauber machen«, bot sie an.

»Nay«, sagte die Köchin. »Ich schicke den Küchenjungen. Der kann das machen, und er kann Euch dann auch neue Speisen bringen.« Wieder schaute sie die Frettchen an. »Kann ich sie mal anfassen?«, fragte sie.

Marsali gab ihr Tristan, und Colly nahm das Tier vorsichtig in ihre großen, abgearbeiteten Hände. Dann bückte sie sich, nahm ein Stück Fisch vom Boden und bot es Tristan an, wobei sie ihn aus der Hand fressen ließ. Isolde quietschte vor Eifersucht, und Marsali gab ihr auch ein Stückchen Fisch.

»Ich habe einen kleinen Sohn«, sagte Colly nervös. »Er lebt bei meiner Schwester. Er liebt Tiere über alles. Darf ich den Jungen mal mitbringen, um sich die beiden anzusehen?«

Marsali nickte. »Isolde wird bald Junge werfen. Vielleicht möchte dein Sohn ja eines der Babyfrettchen haben.«

Colly strahlte. Und dann, als spürte sie, dass sie ihre Grenze überschritten hatte, gab sie Tristan seiner Herrin zurück und verließ die Kammer. »Ich werde den Küchenjungen hochschicken«, versprach sie. Dann blieb sie kurz stehen. »Wir alle lieben Lord Patrick. Und Ihr, Mylady, Ihr bringt den Sonnenschein zurück in diese düsteren alten Gemäuer.« Und mit diesen Worten verschwand sie.

Verblüfft starrte Marsali auf die geschlossene Tür. Mit einem nachdenklichen Stirnrunzeln setzte sie die Frettchen auf den Boden und beobachtete die Tierchen, wie sie zuerst am Fisch und dann an der Fleischpastete nagten.

Wir alle lieben Lord Patrick. Diese Worte gingen ihr ebenso wenig aus dem Kopf wie die Worte, die Patrick zu seinem Vater gesagt hatte. Sie hat mir das Leben gerettet.

Sie saß neben Tristan und Isolde, die inzwischen satt und zufrieden waren, streichelte ihr Fell und sagte: »Meine Freunde, ich glaube, ich liebe einen Mann, der weit vom Durchschnitt abweicht.«

Aber sie machte sich auch Sorgen darum, was geschehen würde, wenn all die Lügen ans Tageslicht kommen würden. Und sie fragte sich auch, ob sie und Patrick nicht ein gemeinsames Leben auf einer Grundlage aufzubauen versuchten, die eines Tages einfach zusammenbrechen musste.

Sie sehnte sich nach einem Heim voller Kinder. Und sie wollte, dass ihre Kinder frei von Hass aufwachsen würden. Und frei von Falschheit. Aber konnten sie ein Zuhause aufbauen und ihre Kinder in diesem Sinne erziehen, wenn Patrick – genau in diesem Moment – seinem eigenen Vater mehr Lügen als Wahrheiten erzählte?

Konnte sie erwarten, Kinder großzuziehen, die ehrlich und aufrichtig sein würden, während sie bequem auf dem Bett saß, in dem sie sich mit ihrem Ehemann geliebt hatte, während ihr eigener Vater glaubte, dass sie gegen ihren Willen gefangen gehalten wurde?

Marsali konnte nur hoffen, dass der Preis, den sie dafür bezahlen mussten, miteinander zu leben und eine Familie zu gründen, nicht zu hoch sein würde.

21

Patrick stählte sich selbst, und er machte sich auf das Schlimmste gefasst. Das Wichtigste war, nicht das kleinste Anzeichen von Schwäche zu zeigen.

Das Einzige, was sein Vater verstand, war Stärke.

Er hatte nicht erwartet, nach Hause zu kommen, und einen Machtkampf führen zu müssen. Den wollte er ganz sicher nicht. Er sehnte sich nach Frieden und Zufriedenheit. Er wollte eine Frau und Kinder haben. Aber irgendwie hatte er fast vergessen, wie gleichgültig sein Vater seinen Gefühlen gegenüberstand. Wie rücksichtslos er war. Patrick hatte in Frankreich nur selten an sein Zuhause gedacht, an die Berge, den blauen Himmel und die schäumende See. Er hatte an Marsali gedacht.

Als er jetzt in das erschöpfte, verbitterte Gesicht seines Vaters blickte, empfand er plötzlich Mitleid für ihn. Der Mann hatte drei Ehefrauen verloren, er hatte das Verhältnis zu seinen Kindern zerstört, und er stand am Rande eines Krieges gegen den einzigen Mann, den er jemals als seinen Freund bezeichnet hatte. Was hatte er im Leben noch vorzuweisen?

Nichts als seine Ehre. Eine Ehre, die sein Sohn für ihn aufrechterhalten musste, denn er selbst war zu alt, er litt unter schweren Gichtanfällen, und er war zu mutlos, seine Ehre selbst zu verteidigen. Für einen stolzen Mann musste das die schlimmste Form der Folter sein.

Aye, Patrick hatte Mitleid mit seinem Vater, obwohl er glaubte, dass der Mann die meisten seiner Probleme selbst verschuldet hatte. Aber er konnte nicht zulassen, dass durch den verletzten Stolz seines Vaters das Leben der Menschen um ihn herum zerstört wurde. Der alte Mann selbst hatte ihn ja gelehrt, dass seine Pflicht dem Clan gegenüber wichtiger als alles andere war.

»Ich will, dass die Gunns aus den Verliesen geholt werden«, sagte Patrick. »Ich habe diesen Männern mein Wort gegeben, dass sie auf Brinaire ehrenvoll behandelt werden, nachdem sie mir ihr Ehrenwort gegeben haben, nicht zu fliehen.«

»Ich habe so ein Versprechen nicht gemacht, und du hattest kein Recht dazu«, gab sein Vater zurück. »Brinaire gehört immer noch mir. Noch bin ich nicht tot.«

Patrick hörte die Verdrossenheit in der Stimme seines Vaters.

»Einige dieser Männer haben an deiner Seite gekämpft«, redete Patrick seinem Vater gut zu. »Sie waren deine Verbündeten. Du kannst sie nicht wie Dreck behandeln. Diese unterirdischen Verliese sind seit Jahren nicht mehr benutzt worden. Sie sind von Ratten verseucht und so feucht, dass der gesündeste Mann dort nicht lange überleben würde.«

»Diese Bastards haben dich beinahe umgebracht!«, schrie sein Vater. »Meinst du, das würde ich einfach so hinnehmen?«

In Gregors Stimme schwang ein seltsamer Unterton mit, und einen Moment lang klang es so, als ob der alte Mann sich tatsächlich Sorgen gemacht hätte. Aber dann wandte er den Blick ab, und Patrick dachte, dass er sich wohl getäuscht hatte.

»Sie haben nach dem Leichnam eines der ihren gesucht, einem Mann, von dem sie dachten, dass ich ihn getötet hätte«, erklärte Patrick. »Das kann ich ihnen nicht übel nehmen.«

»Dann bist du ein Schwächling«, erwiderte der Marquis und starrte seinen Sohn an. Aber in seiner Stimme war kein

Feuer; es war, als ob die Worte abgenutzt wären, weil er sie zu oft gesprochen hatte.

Patrick starrte zurück, und er wartete, bis sein Vater den Blick senkte. Dann sagte er leise: »Ich will, dass sie aus den Verliesen entlassen werden. Und ich will nicht, dass Elisabeth und Alex bestraft werden, weil sie getan haben, was ich ihnen befohlen habe.«

Der Blick seines Vaters fuhr hoch. »Du hast ihnen befohlen, diese Gunn-Dirne außerhalb unserer Mauern zu bringen?«

»Sie hat mir, wie die anderen Gunns, ihr Ehrenwort gegeben, nicht zu fliehen. Sie hat das Recht auf ein gewisses Maß an Freiheit, und deshalb habe ich Alex und Elisabeth gesagt, dass Marsali zusammen mit ihnen ausreiten kann, wenn sie Lust dazu hat.«

»Lust?« Sein Vater explodierte förmlich. »Wenn sie Lust hat?«

»Aye«, erwiderte Patrick. »Ich kam nach Hause in einen Schweinestall. In der kurzen Zeit, seit Marsali hier ist, hat sie dafür gesorgt, dass das Schloss sauber ist und das Essen genießbar. Sie bringt Elisabeth bei, wie man einen Haushalt führt – eine Erziehung, die schon vor Jahren hätte begonnen werden müssen. Ob du es nun zugibst oder nicht, Marsali hat aus diesem verrotteten Ort wieder ein Heim gemacht, und ich habe die Absicht, alles zu tun, um sie bei diesem Vorhaben zu ermutigen und zu unterstützen.«

Sein Vater ballte die geschwollenen Hände zu Fäusten, und sein Gesicht wurde rot, aber er sagte nichts.

Patrick blieb hart. »Die Gunns?«

Gregor starrte seinen Sohn schweigend an. Dann, mit einem unmissverständlichen Tonfall der Niederlage, sagte er mit bitterer Stimme: »Mach, was du willst. Aber wenn noch mehr Sutherland-Blut vergossen wird, wirst du es zu verantworten haben.«

»Patricks Augenbrauen zogen sich zusammen.

Und Alex und Elisabeth?«, fragte er.

Ein Muskel zuckte in dem harten Gesicht. »Was hast du nur mit ihnen gemacht? Vor deiner Rückkehr waren sie immer ganz gehorsam.«

»Ich habe nichts getan, außer, dass ich sie mit Respekt behandelt habe ... und mit Liebe. Etwas, was sie von dir hätten bekommen sollen«, erwiderte er. »Sie haben eine Heidenangst vor dir.«

»Das soll auch so sein.«

»Nein«, sagte Patrick leise. »Das soll nicht so sein. Ein Kind braucht Liebe. Ich habe verdammt wenig davon von dir bekommen, aber bei den beiden ist es noch nicht zu spät. Bei Gott, zumindest hoffe ich das.«

Er musste gehen, bevor er mehr sagte, als klug war.

Und bevor er zusammenbrach.

Patrick stieg die erste Treppe zur schweren Eingangstür von Brinaire hoch, und er dachte dabei, dass es seine Position kaum stärken würde, wenn er vor den Augen seines Vaters zusammenbrechen würde – egal, wie viel Macht er heute gewonnen hatte. Wenn nur sein Bett nicht so weit weg wäre ...

Bewusst setzte er einen Fuß vor den anderen, stieg eine Stufe höher, dann noch eine, entschlossen, nicht zu taumeln. Eine Nacht schlafen. Eine anständige Mahlzeit. Dann wäre er wieder in der Lage, mit einem unvernünftigen alten Mann zu streiten. Aber jetzt fühlte er sich benommen und krank.

Er seufzte schwer, als er die oberste Stufe erreicht hatte. An den Türpfosten gelehnt, wartete Hiram auf ihn, dessen Blick fest auf seinen Freund gerichtet war. Patrick machte einen Schritt auf ihn zu, entschlossen, aus eigener Kraft ins Haus zu gelangen. Aber mit einem gemurmelten Fluch und einem grimmigen Blick trat Hiram schnell an seine Seite und legte stützend seine Hand unter Patricks rechten Ellbogen.

Das war genug. Mit Hirams Hilfe schaffte Patrick es ins Innere, quer durch die Halle und die Treppen hoch. Er wollte zu Marsali, aber die nächsten Treppen würde er nicht mehr bewältigen. Hiram half Patrick ins Bett und zog ihm die Stiefel aus.

»Hol die Gunns aus dem Verlies«, sagte Patrick.

»Dein Vater?«

»Er ist einverstanden, aber er weigert sich, den Befehl zu geben«, sagte Patrick und schloss die Augen. »Sie können, wie unsere Männer, in der Großhalle schlafen.«

Patrick spürte eine große, schwielige Hand auf seiner Stirn.

»Aber zuerst werde ich deine Lady rufen«, sagte Hiram. »Du bist viel zu heiß.«

»Das kommt nur von der Auseinandersetzung mit meinem Vater«, erwiderte Patrick schläfrig. Er war unendlich froh zu liegen. »Du kannst die Gunns freilassen, wenn sie schwören, weiter zu ihrem Wort zu stehen.«

»Zum Teufel mit denen«, knurrte Hiram. »Ich hole jetzt Marsali.«

»Mit mir ist alles in Ordnung, Hiram«, sagte Patrick, wobei er sich auf die rechte Seite drehte, in gesegneter Vorfreude auf den Schlaf. »Ich muss mich nur ausruhen. Aber ich will, dass du die Gunns rausholst, bevor mein Vater seine Meinung vielleicht wieder ändert. Und dann musst du zur Lichtung reiten und auf Rufus warten. Ich muss wissen, für wann Sinclair den nächsten Überfall geplant hat. Wir können es uns nicht leisten, noch einmal fälschlich beschuldigt zu werden.«

Hiram zögerte.

»Geh jetzt, Hiram«, befahl Patrick, aber der Kraftaufwand des Sprechens endete mit einem Stöhnen.

»Aye, Lord Patrick«, erwiderte Hiram.

Mit geschlossenen Augen lächelte Patrick. Hiram sprach ihn nie mit seinem Titel an – außer, wenn er wirklich verärgert war.

»Ich wünschte, ich hätte ein Dutzend Männer wie dich«, seufzte Patrick. »Aber ich habe nur dich. Und Rufus.«

»Du hast auch noch deinen Bruder«, widersprach Hiram.

Überrascht öffnete Patrick wieder die Augen.

»Er ist so weit, Patrick. Du hättest ihn auf dem Treck mit den Gefangenen sehen sollen. Er war stolz, dir zu dienen, und er hat wirklich gute Arbeit geleistet.«

Patrick dachte darüber nach. Alex schien noch so jung zu sein. Er könnte es nicht ertragen, wenn ihm etwas zustoßen würde.

»Wir müssen anfangen, jemandem zu vertrauen.«

»Das tue ich doch«, protestierte Patrick.

»Rufus, mir ... und wem noch? Deiner Lady und ihrem Bruder vielleicht.« Hiram zog eine Augenbraue hoch und blickte auf seinen Freund herunter. »Alex ist dein Bruder, und er ist bereit.«

»Er ist zu jung.«

»Er ist älter, als du warst, als du in den Krieg gezogen bist, Patrick. Und es ist nicht nötig, dass er hier wartet, bereit zu kämpfen, bis man ihn zum Krieg ruft. Schick ihn los, um Rufus zu treffen. Alex hat Mut, und du musst ihm eine Chance geben.«

Patrick starrte Hiram an. Er hatte Recht – was Alex und ihn selbst betraf. Irgendwann im Laufe der letzten zwölf Jahre hatte er die Fähigkeit verloren, jemandem zu vertrauen. Dieser Mangel hätte fast dazu geführt, dass er Marsali verloren hätte. Aus schierer Verzweiflung, sie zu halten, war er gezwungen gewesen, Vertrauen zu lernen – nämlich zu Marsali. Und tatsächlich war er für sein Bemühen unerwartet reich belohnt worden. Vielleicht war es an der Zeit, zu lernen, auch anderen zu vertrauen. Und wer wäre dafür geeigneter als sein eigener Bruder?

»Na schön.« Patrick zuckte zusammen, als er sich aufsetzte und sich mit dem rechten Ellbogen abstützte. »Schick ihn zu mir.«

»Aye«, erwiderte Hiram freudig. »Und ich werde deine Lady schicken, damit sie die Wunde versorgt.«

Patrick beobachtete ihn, wie er zur Tür ging. »Hiram!«

Er drehte sich um, die Hand auf dem Türgriff. »Aye?«

»Ich danke dem Tag, an dem du aus dem Baum auf mich gefallen bist.«

Hiram grinste. »Für mich war das auch kein schlechter Tag«, sagte er, bevor er die Tür hinter sich schloss.

Patrick richtete die Kopfkissen und zog sich in eine halb sitzende, halb liegende Position hoch. Der Schlaf würde warten müssen.

Tatsächlich war er jedoch eingenickt, als er ein leichtes Klopfen an der Tür hörte. Als er die Augen aufschlug, sah er Alex eintreten, dessen Gesichtsausdruck zaghaft, ja sogar etwas argwöhnisch war.

Patrick schüttelte den Schlaf ab und die Benommenheit in seinem Kopf. Er lächelte Alex an und winkte ihn zu sich. Sein Bruder trat näher, blieb aber ein Stück vom Bett entfernt stehen. Patricks Blick traf den seines Bruders.

»Ich glaube, dass du mir das Leben gerettet hast«, sagte er. »Wenn Marsali gestern Hiram nicht erreicht hätte, wärst du heute der Erbe von Brinaire.«

Patrick beobachtete, wie sich Alex' Gesichtsausdruck veränderte, er sah, wie Stolz langsam die Unsicherheit verdrängte. Ein Lächeln zuckte in den Mundwinkeln seines Bruders, und allmählich wurde daraus ein breites Grinsen.

»Wenn Vater mich seinen Erben nennen müsste, würde er einen Herzanfall bekommen«, sagte Alex. »Und ich habe auch gar kein Verlangen, der Erbe zu sein. Wenn es darum geht, Vaters Wut auszuhalten, dann doch besser du als ich, Bruder. Ich habe nämlich nicht deinen Mut.«

Nein, aber du hast deine eigene Art von Mut, dachte Patrick, und dein Mut ist nicht weniger wert. Er wusste allerdings, dass Alex ihm das nicht glauben würde. Noch nicht.

»Ich möchte dich bitten, etwas für mich zu tun«, sagte er.

»Alles«, erwiderte Alex, wobei seine Augen leuchteten.

»Hiram hält viel von Dir. Er glaubt, dass du uns helfen kannst.«

Der Junge runzelte die Stirn.

»Er glaubt auch, dass man dir vertrauen kann und dass du schweigen kannst. Und das glaube ich auch.«

Alex' Stirnrunzeln wurden tiefer, aber er nickte.

»Setz dich«, befahl Patrick und deutete mit der gesunden Hand auf einen Stuhl, der beim Fenster stand.

Alex holte den Stuhl, und Patrick nutzte den Moment, um seine verbliebenen Kräfte zu sammeln. Er fühlte sich ausgelaugt, er konnte sich weder gegen die Schmerzen noch gegen die Erschöpfung wehren, und er wusste, dass man das – bei jedem Atemzug, den er machte – seinem Gesicht ansehen musste. Alex bestätigte seine Gedanken, als er mit dem Stuhl zum Bett zurückkam.

»Ich sollte jetzt besser gehen, Patrick. Du brauchst Ruhe. Wir können doch später miteinander reden. Oder?«

Patrick rollte verneinend den Kopf auf dem Kissen von einer Seite zur anderen. »Nay, die Zeit ist ausschlaggebend. Wir müssen jetzt reden.«

Alex warf ihm einen skeptischen Blick zu, sagte aber nichts. Er setzte sich auf die Stuhlkante und sagte: »Also, ich höre.«

Gütiger Gott, was war es eine Freude, zu entdecken, dass er seinen Bruder wirklich von Herzen liebte, der ja praktisch noch ein Baby gewesen war, als er selbst in den Krieg gezogen war. Patrick empfand ein tiefes Gefühl der Dankbarkeit. »Der Angriff auf die Dörfler der Gunns«, begann er, »wurde von Edward Sinclairs Männern ausgeführt. Und sie planen in naher Zukunft einen weiteren Überfall.«

Alex beugte sich vor.

»Rufus ›arbeitet‹ für Sinclair«, fuhr Patrick fort. »Er ist unser Spion. Er ... wird uns wissen lassen ... wann der Überfall geplant ist. Ich muss das sofort ... wissen ...« Eine neue Welle der Benommenheit erfasste ihn, die ihn zum Schweigen zwang.

»Bitte, Patrick, lass mich jemanden holen, der …«

»Nay. Ich bin nur ein bisschen benommen, weil ich viel Blut verloren habe. Das geht gleich vorüber.« Er atmete langsam tief durch und fuhr dann fort: »Ich brauche einen Vertrauten, der sich mit Rufus trifft, und ich frage dich, ob du das tun würdest.«

Alex nickte schnell. Zu schnell.

»Es könnte sehr gefährlich werden«, sagte Patrick warnend. »Ich möchte nicht, dass du irgendein Risiko eingehst.«

»Ich werde so vorsichtig sein, wie du es wärst«, antwortete Alex.

Patrick lachte schwach. »Schau dir doch mal meinen Körper genau an, Bruder, dann siehst du, wie weit weg ich von Vorsicht gewesen bin.«

Alex' Blick glitt von der Narbe auf der Wange seines Bruders zu der bandagierten Schulter. »Dann hätte ich sagen sollen: ›Ich werde so vorsichtig wie immer sein‹. Denn während du deinen Körper den Schwertern deiner Feinde ausgesetzt hast« – er hob eine Augenbraue – »habe ich die Kunst perfektioniert, den Wutanfällen unseres Vaters auszuweichen. Und ich halte es daher für möglich, dass ich vorsichtiger bin, als du es je sein würdest.«

Patrick war überrascht, erstaunt über Alex' Wahrnehmung. Für einen Moment tauchte in seiner Erinnerung ein lebendiges Bild auf: sein Bruder als kleiner Junge. Ein ernstes schmales Gesicht, ein nachdenkliches Stirnrunzeln, eine wachsame Art, die ihn an Aktivitäten hinderte, in die sich ein sorgloseres, unbekümmerteres Kind mit einem glücklichen, unschuldigen Grinsen gestürzt hätte. Wie seltsam, dachte Patrick, diesem Jungen, der inzwischen erwachsen war, wieder zu begegnen und zu sehen, dass er die gleichen Eigenschaften nun zu seinem Vorteil nutzte.

Patrick fiel es immer noch schwer, sich an die Tatsache zu gewöhnen, dass sein kleiner Bruder erwachsen war.

»Ich werde also Rufus treffen, um Sinclairs Pläne zu erfahren«, sagte Alex, dessen Augen klar und hell waren.

Ohne länger zu zögern, antworte Patrick: »Aye. Hiram wird dir den Ort des Treffpunkts beschreiben. Er liegt in der Nähe der Nordgrenze, etwa einen Stundenritt vom Pass entfernt.«

Alex nickte.

»Es ist möglich, dass du ein paar Tage auf Rufus warten musst«, sagte Patrick warnend.

Alex' Stimme klang belegt, als er erwiderte: »Hier wird mich niemand vermissen.«

»Ich ganz bestimmt«, sagte Patrick.

Alex starrte ihn kurz an und senkte dann den Blick.

Patrick wünschte, er könnte Alex – und Elisabeth – für die Jahre der Kälte und Einsamkeit entschädigen, die sie hatten ertragen müssen, aber das konnte er natürlich nicht.

Als Alex schließlich wieder aufblickte und ihn anschaute, konnte er nur sagen: »Pass auf dich auf.«

»Aye«, antwortete sein Bruder. »Das werde ich. Und darauf gebe ich dir mein Wort.«

Patrick sah Alex die Entschlossenheit an, als er aufstand, um zu gehen, das Kinn vorgeschoben und den Rücken gestrafft. Aye, Alex mochte erst siebzehn sein, aber er war ein Mann.

Nachdem sein Bruder den Raum verlassen hatte, hing Patrick diesem Gedanken noch eine Weile nach, bevor er schließlich in Schlaf fiel.

⋆ ⋆ ⋆

Rufus stand an die Wand gelehnt da, während er Sinclair, Gordie und diesem Engländer Foster zuhörte.

»Dieses Mal will ich noch mehr Männer«, erklärte Edward. »Ich will einen Überfall, den Gunn nicht mehr ignorieren kann.«

»Wir haben aber nicht genügend Sutherland-Plaids«, gab Gordie zu bedenken.

»Innerhalb von drei Tagen wirst du sie haben. Die Frauen arbeiten daran.«

Gordie machte ein finsteres Gesicht, und Rufus konnte sehen, dass dem Mann eine Frage auf der Zunge lag. Er versuchte, Gordie seinen Willen aufzuzwingen, die Frage zu stellen, denn er selbst konnte es nicht. Er war ein Neuling, ein Söldner, der kein anderes Interesse zu haben hatte, außer zu töten.

»Ich habe aber keine Frauen gesehen, die Stoffe gewebt oder gefärbt hätten«, sagte Gordie schließlich.

Foster und Sinclair wechselten einen Blick. Die tiefen Runzeln auf Fosters Stirn zeigten, dass er eindeutig dagegen war, Gordie eine offene Antwort zu geben. Nachdem Sinclair einen Moment lang nachgedacht hatte, zuckte er jedoch mit den Schultern.

»Die Frauen arbeiten in Creighton«, sagte er.

»Creighton?«, fragte Rufus und trat langsam in den Kreis der anderen. »Nie davon gehört. Ist es weit weg?«

Sinclair runzelte die Stirn. »Das hat dich nicht zu interessieren.«

Rufus zuckte mit den Schultern. »Aber es hat mich ja wohl zu interessieren, ob ich beim Überfall dabei sein soll.«

»Hast du andere Pläne?«, fragte Sinclair mit zusammengepressten Lippen. »Ich bezahle dich dafür, dass du mir jederzeit zur Verfügung stehst.«

»Aye, aber ich liebe es, mich auf der Jagd aufs Schießen einzustimmen«, erwiderte Rufus. »Deine Küche profitiert schließlich auch davon.« Er wusste, dass Sinclair dem nichts entgegenzusetzen hatte. Letzte Woche hatte er zwei Hirsche angebracht, beide mit jeweils nur einem Pfeil erlegt.

»Sei in drei Tagen vor Morgengrauen wieder hier«, sagte Sinclair.

»Aye«, erwiderte Rufus, der verstimmt war, dass er nicht mehr Informationen aus dem Mann herausholen konnte. »Und wie sieht es mit der Beute von dem Überfall aus?«

»Du kannst behalten, was du tragen kannst.«

»Und die Weiber?«

Sinclair zuckte mit den Achseln und gab damit sein Einverständnis zu Vergewaltigung und Plünderei.

Rufus bewegte sich leicht, hielt seine Wut jedoch in Zaum. Gott war sein Zeuge, er hatte genug Brutalität im Leben gesehen. Er hatte sogar selbst daran teilgehabt, bevor er zu Patrick gestoßen war, der jeden Mann – auch wenn es einer seiner eigenen gewesen wäre – aufgespießt hätte, wenn er gesehen hätte, das er eine Frau attackierte. Und im Laufe der Jahre hatte Rufus sich dann Patricks Ethik zu Eigen gemacht.

»Wem können wir vertrauen?«, fragte Sinclair Gordie.

Gordie zuckte mit den Schultern. »Ich habe zehn Männer. Dann vielleicht zwanzig Leute von dir. Und Foster natürlich.«

Rufus nahm zur Kenntnis, dass er in Gordies Planung nicht einbezogen war, aber er wusste ja, dass Gordie, der so etwas wie Sinclairs Stellvertreter war, eifersüchtig auf ihn war, seit er sich bei Sinclair verdingt hatte. Dass er heute an diesem Treffen teilnahm, hatte Gordie überhaupt nicht gepasst. Rufus dagegen gefiel es gar nicht, dass Sinclair ihn offensichtlich besonders schätzte; bei dem Gedanken kam ihm die Galle hoch. Aber es musste sein, es war notwendig.

Sinclair nickte. »Ihr werdet im Morgengrauen des dritten Tages von heute an angreifen. Es gibt eine Siedlung der Gunns, etwa fünfzehn Meilen nordöstlich von Kilcraig. Macht sie dem Erdboden gleich. Aber lasst ein oder zwei Zeugen am Leben.«

Rufus nickte, ebenso wie die beiden anderen, und wollte sich mit ihnen entfernen.

Aber Sinclair gab ihm ein Zeichen, noch zu bleiben. Gordie

runzelte die Stirn. Fosters Gesicht blieb ausdruckslos. Beide verließen den Raum, ohne ein weiteres Wort zu sagen. Sinclair war bekannt für sein aufbrausendes Temperament.

Sinclair goss zwei Becher Wein ein, bot Rufus einen an und räkelte sich auf seinem Stuhl, wobei er Rufus interessiert betrachtete. »Gordie kann dich nicht ausstehen.«

»Das habe ich auch bemerkt«, erwiderte Rufus mit einem Schulterzucken.

»Er fragt sich, wieso du so oft abwesend bist.«

»Fragst du dich das auch?«

Sinclair machte ein besorgtes Gesicht. »Ein Söldner sollte gehorsam sein.«

»Dann musst du dir einen anderen suchen«, erwiderte Rufus. »Ich bin ein rastloser Mann. Ich kann nichts Gutes in Trägheit sehen und darin, einen dicken Bauch noch voller zu stopfen.« Dieser Schuss war gegen Gordie gerichtet, der zwar eine kräftige Statur hatte, aber auch einen vorgewölbten Dickbauch.

Rufus leerte seinen Becher und ging wieder in Richtung Tür.

Sinclair stand auf, wobei er Rufus abwägend ansah. »Nay. Geh noch nicht. Die anderen Männer mögen dich. Und Gordie wahrscheinlich auch. Aber du hast etwas, was er nicht hat.« Seine Augen verengten sich. »Überlegst du dir, ob du in meinen Diensten bleiben willst?«

»Wie ich gesagt habe, ich bin ein rastloser Mann. Ich werde eine Arbeit für dich erledigen, und die werde ich für gute Bezahlung gut machen, aber danach werde ich weiterziehen.« Rufus wusste, dass er auf einem gefährlichen Grad wandelte. Sinclair hatte Zweifel, was seine Loyalität betraf, Zweifel, die seinem Gehirn zusetzten. Das konnte Rufus an den Augen des Mannes erkennen.

»Ich werde mit dir auf die Jagd gehen«, sagte Sinclair.

»Ich ziehe es vor, alleine zu jagen«, erwiderte Rufus mit einer Spur von Überheblichkeit. Er sah, wie Sinclairs Gesicht rot anlief, und er fragte sich, wie weit er noch gehen konnte. Der Mann war schließlich bekannt für sein explosives Temperament.

»Ich nicht«, sagte Sinclair mit zusammengebissenen Zähnen.

Rufus war klar, dass er keine Wahl hatte. Er würde Sinclair heute mit auf die Jagd nehmen; vielleicht wäre der Mann damit zufrieden und würde ihn alleine lassen, sodass er morgen Hiram treffen könnte.

Rufus zuckte mit den Schultern. »Wenn du willst.«

»Ich will«, erklärte Sinclair. »Ich lasse die Pferde satteln.«

Vielleicht war Sinclairs Forderung ja letztlich doch nicht so negativ zu sehen. Vielleicht konnte er mehr über Creighton in Erfahrung bringen. Was immer – und wo immer – es war, es schien ein guter Ort zu sein, um Frauen Plaids fälschen zu lassen. Vielleicht war es auch ein guter Ort, um andere Menschen dort zu verstecken, ob sie es wollten – oder nicht.

☆ ☆ ☆

Marsali wusch den Schweiß und den Schmutz von Patricks Gesicht. Dass er dabei nicht aufwachte, sich nicht einmal rührte, zeigte ihr, wie erschöpft er war. Die angespannten Muskeln in seinem Gesicht waren ein Beweis für die Schmerzen, die er selbst im Schlaf spürte.

Als sie den Schulterverband abgenommen hatte, sah sie mit Besorgnis, dass die Wundränder stark gerötet waren. Augenblicklich schickte sie Hiram zu der Frau, bei der Patrick die Heilkräuter für Quick Harry besorgt hatte. Sie hoffte nur, dass Hiram sich beeilte.

Als sie Patricks verbranntes Fleisch ansah, zog sich ihr Magen zusammen. Nichts in ihrem Leben war ihr so schwer gefallen, wie das glühende Messer in seine Wunde zu halten. Sie hatte die Wunden von anderen Männern genäht, sie hatte

Knochen gerichtet – und sie hatte Mitgefühl für den Schmerz dieser Menschen gehabt. Aber das war nichts im Vergleich zu den Höllenqualen, die sie gestern durchgestanden hatte. Nur das Bewusstsein, dass er verbluten würde, wenn sie es nicht tun würde, hatte ihr die Kraft dazu gegeben.

Während sie vorsichtig die Wundränder auswusch, glitt Marsalis Blick über den Körper ihres Mannes. Er war übersät mit Narben. Zeichen für die Schmerzen, die er schon hatte ertragen müssen. Es war der Körper eines Kriegers, mit dem Herzen eines Friedenssuchers.

Als jemand leise an die Tür klopfte, sprang sie auf, um zu öffnen, und sie musste nach Luft schnappen, als sie Jeanie neben Hiram stehen sah. Hiram grinste schüchtern und hielt ihr einen Beutel entgegen.

»Ich habe die Lady getroffen, als sie durchs Tor kam«, sagte er.

Mit tränenfeuchten Augen nahm Marsali die Kräuter und warf sich dann in Jeanies wartende Arme. Eine Zeit lang war sie nicht fähig zu sprechen, sie genoss nur das wohlige Gefühl der Wärme der lang vermissten Umarmung.

»Ist ja gut, Liebes«, meinte Jeanie beruhigend. »Ich freue mich ja auch, dich zu sehen.«

»Aber … wieso bist du hier?« Marsali trat einen Schritt zurück, um Jeanie anzuschauen. »Ich meine … warum …?«

»Gavin dachte, du würdest mich brauchen«, erwiderte Jeanie.

Guter, lieber Gavin. Marsali schloss die Tür von Patricks Kammer hinter sich. »Und Vater? Weiß er, dass du hier bist?«

Jeanie nickte. »Er stimmte zu, obwohl ihm der Gedanke zuerst nicht gefiel.« Sie warf einen vorsichtigen Blick auf Hirams breites Gesicht und senkte ihre Stimme zu einem Flüstern. »Gavin hat deinem Vater eingeredet, dass ich als Spionin benutzt werden könnte.«

Marsali machte große Augen. Gavin wurde allmählich ebenso verschlagen wie Patrick.

Als Marsali Hirams verliebtes Grinsen auffiel, wurde ihr bewusst, dass der Mann ebenfalls hocherfreut war, ihre Dienerin zu sehen. Aber sie machte sich Sorgen darüber, dass es auf Brinaire andere geben könnte, die nicht so erfreut waren.

»Was sagt der Marquis dazu, dass du hier bist?«, fragte sie.

»Ich glaube nicht, dass er das überhaupt weiß«, erwiderte Jeanie mit einem Lächeln. »Offensichtlich liegt er im Bett und hat angeordnet, nicht gestört zu werden.«

Marsali biss sich auf die Lippen. »Jeanie, Patrick ist verwundet. Ich muss zurück zu ihm, aber ich würde mich sehr freuen, wenn du mir helfen würdest.«

Jeanie warf Hiram einen vorwurfsvollen Blick zu. »Das hast du mir gar nicht gesagt.«

»Dazu hatte ich keine Zeit, Frau«, verteidigte er sich. »Aber ihr solltet euch beide nicht aufregen. Patrick war schon viel schwerer verwundet, und er hat es überlebt. Er hat, wie eine Katze, neun Leben.«

Marsali wollte mit dem Fuß aufstampfen, sie wollte schreien oder sonst etwas tun, um ihrem Ärger Luft zu machen, ihrer Wut auf Männer, die so beiläufig mit Verwundungen umgingen, mit Krieg und Gewalt.

Sie wusste, dass Jeanie sie verstanden hätte, und deshalb sagte sie nur: »Ich fürchte, dass seine Wunde eitern könnte.«

»Dann machen wir uns am besten gleich an die Arbeit«, sagte Jeanie und schob Marsali in Patricks Zimmer. Hiram wollte den Frauen folgen, aber Jeanie schloss ihm resolut die Tür vor der Nase.

Als Marsali sie mit hochgezogenen Brauen ansah, zuckte Jeanie nur leicht mit den Schultern. Dann legte die ältere Frau ihre Hand auf Marsalis Arm und sagte: »Seit deinem Verschwinden war ich krank vor Sorge um dich. Geht es dir gut, Liebes? Wirklich?«

»Aye, wirklich, mir geht es gut«, erwiderte Marsali. Und

nach kurzem Zögern fügte sie hinzu: »Jeanie, wir ... Patrick und ich ... wir haben eine Handhochzeit gemacht. Gavin war unser Trauzeuge.«

Jeanie starrte sie mit großen Augen an. Langsam stieß sie Luft aus. »Och!«

»Wirklich«, sagte Marsali lächelnd.

»Und Gavin ...?«

»Aye.« Sie nickte. »Er und Patrick arbeiten Hand in Hand, um die Fehde zu beenden.«

Jeanie machte nicht nur große Augen, sondern nun öffnete sie auch den Mund sperrangelweit. Sie schien echt schockiert zu sein. »Aber wie ...? Gavin ...? Dann ... dann hatte er vielleicht wirklich die Absicht, mich als Spionin zu benutzen. Oder zumindest als Botschafterin.« Sie griff in ihre Tasche und zog ein gefaltetes Pergament heraus, das sie Marsali gab. »Das schickt er dir. Ich hätte es fast vergessen.«

Marsali brach das Siegel. Augenblicklich erkannte sie, dass das Schreiben eigentlich für Patrick bestimmt war und dass es keine guten Neuigkeiten enthielt. Zumindest ihrer Ansicht nach. Marsali stopfte die Nachricht in eine Tasche ihres Kleides. Das musste warten, bis Patrick wieder bei vollem Bewusstsein war.

»Komm«, sagte sie zu Jeanie. »Hilf mir mit den Kräutern.« Marsali legte den Handrücken auf Patricks Stirn. »Er ist viel zu heiß.«

»Wer hat die Wunde eingebrannt?«, fragte Jeanie, die die Stirn in Falten legte, während sie die Wunde des schlafenden Mannes begutachtete.

»Ich«, erwiderte Marsali.

»Und vermutlich bist du dabei ein bisschen gestorben.«

»Aye.«

Jeanie hielt Marsalis Blick für einen Moment, nickte dann zustimmend. Dann nahm sie den Beutel, den Hiram mitgebracht hatte, und schüttete die Kräuter auf den Tisch.

Marsali besah sich die Sachen, und wieder war sie erfreut, zu sehen, dass die Heilerin ihr genau die Kräuter geschickt hatte, die sie selbst auch gewählt hätte, zuzüglich ein paar, an die sie selbst nicht gedacht hätte. Vielleicht konnte sie diese Frau eines Tages kennen lernen, um von ihr zu lernen.

Seufzend begann Marsali, die Kräuter zu mischen. »Ich kann es kaum glauben, dass du wirklich hier bist. Das alles kommt mir schon so lange vor, obwohl es doch erst ein paar Wochen her ist, seit ich Abernie verlassen habe.«

Jeanie faltete den leeren Beutel zusammen. »In Abernie ging es zuletzt sehr ruhig zu. Ich gebe zu, dass ich eine Weile darüber nachdenken musste, ob ich nach Brinaire gehen sollte, aber natürlich konnte ich nicht nein sagen. Ich habe dich zu sehr vermisst.« Und mit einem Lächeln fügte sie hinzu: »Und deine schrecklichen kleinen Biester auch.«

»Sie werden sich freuen, dich zu sehen«, meinte Marsali, während sie die letzte Zutat beimischte. »Allerdings können sie Patrick nicht ausstehen. Ich weiß nicht, warum.«

»Weil sie eifersüchtig sind, Liebchen«, erwiderte Jeanie. »Sie spüren, dass er dir mehr bedeutet als alles andere.«

Marsali runzelte die Stirn. »Aber ich liebe dich, und dich mögen sie.«

»Aber ich war zuerst bei dir. Mich mussten sie einfach in Kauf nehmen.«

Marsali tauchte ein Tuch in die Wasserschale, drückte es aus, und bestreute es mit der Kräutermischung, die sie zusammengerührt hatte. Sie setzte sich auf die Bettkante und legte das Tuch auf Patricks Wunde. Sein Körper zuckte zwar leicht, aber Patrick wachte nicht auf.

»Er hat so viele Narben«, meinte sie.

»Er ist eben ein Krieger.«

»Aber einer mit einem weichen Herz.« Marsali fühlte, wie sich ihr eigenes Herz zusammenzog, während sie Patrick beobachtete.

»Du liebst ihn.«

Jeanies leise Worte waren zwar keine Frage, aber Marsali nickte bejahend.

»Und liebt er dich auch?«

Marsali zögerte. Er hatte diese Worte nie ausgesprochen, wenngleich er sie »Liebes« nannte, aber tief in ihrem Herzen glaubte sie, dass es so war.

»Ich denke schon«, wisperte sie. »Aber ich bin mir nicht sicher, ob er es weiß.«

Jeanie schnaubte leise. »Männer! Die sind doch immer die Letzten, die wissen, was sie fühlen. Wenn du darauf wartest, dass sie es dir sagen, wirst du sterben, bevor du ein Wort zu hören bekommst. Nur an der Art ihres Verhaltens kannst du ihr Herz erkennen.«

Marsali lächelte und betrachtete das schöne, vernarbte Gesicht ihres Ehemannes. »Aye, dann liebt er mich zweifellos«, sagte sie.

Nachdem sie für Patrick alles getan hatten, führte Marsali Jeanie in ihre eigene Kammer. Sie wäre zwar lieber bei Patrick geblieben, aber sie fürchtete, dass ihre Stimmen ihn stören könnten.

Im gleichen Moment, als sie die Tür öffnete, begannen die Frettchen in ihrem Korb zu fiepen. Marsali ging zu ihnen, holte sie heraus und streichelte sie. Das ließen die Tierchen einen Moment zu, aber dann sprangen sie aus ihrer Hand und rannten zu Jeanie, wobei sie vor Aufregung übereinander fielen.

»Verräter«, murmelte Marsali. Sie beobachtete die Tiere eine Weile liebevoll. Dann fragte sie: »Wie geht es Vater?«

»Er macht sich Sorgen um dich und um deine Schwester«, antwortete Jeanie. »Aber er ist sehr stolz auf Gavin.«

Marsali fragte sich, ob dieser Stolz noch anhalten würde, wenn er erst herausfand, dass sein Sohn ihn hintergangen hatte.

»Verhandelt er noch mit Sinclair?«, fragte sie.

»Sinclair hat einen Emissär geschickt, um sich nach dir und

Cecilia zu erkundigen und der verlangt hat, dass dein Vater den Kontrakt erfüllt.«

»Dann ist Cecilia also wirklich in Sicherheit«, wisperte Marsali. Sie hatte ja doch befürchtet, dass irgendjemand ihre Schwester finden könnte, obwohl Patrick ihr immer wieder versichert hatte, dass das Mädchen sicher untergebracht sei.

»Ich fürchte, dass Sinclair Druck auf deinen Vater ausübt, dessen Geduld dadurch überfordert wird«, fuhr Jeanie fort. »Er redet jetzt nicht mehr von einer Heirat, aber er hat Duncan nach Edinburgh geschickt, um vom Parlament und dem König zu verlangen, dass du zu ihm zurückgeschickt wirst und die Sutherlands zu Outlaws erklärt werden.«

Marsali nahm eines der Frettchen und streichelte den Pelz.

»Er fühlt sich schrecklich einsam«, sagte Jeanie.

Marsali seufzte. »Ich vermisse Abernie. Alles von euch.« Dann verzog sie das Gesicht. »Die Diener hier und die Köchin haben von nichts eine Ahnung. Alles muss man ihnen sagen. Und Elisabeth ...«

»Die Tochter des Marquis?«

»Aye. Ich muss mich gleich um sie kümmern. Ich fürchte, ihr Vater war sehr verärgert über sie. Danach werden wir eine Brühe für Patrick kochen, die er trinken muss, wenn er wieder aufwacht.«

Jeanie schaute sie liebevoll an. »Aber du würdest doch lieber zu deinem Patrick zurückgehen, als bei einer alten Frau bleiben.«

»Du bist nicht alt«, protestierte Marsali. Dann fügte sie lächelnd hinzu: »Und das glaubt Hiram ganz bestimmt auch nicht.«

Jeanie sah sie einen Moment lang freudig an. »Er ist ein tapferer Mann.«

»Aye, das ist er«, meinte Marsali. »Loyal, süß und ...«

»Süß?«

»Gut aussehend«, fuhr Marsali ungerührt fort.

»Du spinnst ja. Was hat der junge Sutherland bloß mit dir gemacht?«

Marsali lächelte. »Glücklich hat er mich gemacht. Glücklicher, als ich es je für möglich gehalten hätte. Ich möchte, dass die ganze Welt so glücklich ist, wie ich es bin. Vor allem die Menschen, die ich liebe, wie zum Beispiel dich.«

Jeanie verdrehte die Augen, aber Marsali konnte erkennen, dass sie sich freute.

»Ich sollte zu Patrick zurückgehen, um bei ihm Wache zu halten«, meinte Marsali.

Jeanie blickte sie liebevoll an. »Mach das.«

»Du kannst heute Nacht in meinem Zimmer schlafen. Morgen werde ich eine Kammer für dich finden.«

Jeanie machte ein unglückliches Gesicht, und Marsali sah sie mit gehobenen Brauen fragend an.

»Hiram hat mit einer Frau namens Colly gesprochen und darüber, wo man mich unterbringen kann«, meinte Jeanie. »Es sieht aus, als hätte diese Frau ein Auge auf Hiram geworfen.«

Marsali kräuselte die Nase. »Colly?«

»Aye«, erwiderte Jeanie mit einem Anflug von Eifersucht.

Hiram? Ein Herzensbrecher? Dieser Gedanke brachte Marsali fast zum Lachen.

»Colly hat Lady Elisabeth gefragt«, fuhr Jeanie fort, »und die hat gesagt, dass ich die Kammer neben deinem Raum haben soll, damit ich mich um dich kümmern kann. Um mich brauchst du dir also keine Sorgen zu machen. Ich werde hier ein bisschen aufräumen, dann werde ich die Küche suchen und mich um die Brühe für Patrick kümmern. Geh zu deinem Mann, zu dem du gehörst.«

Marsali zögerte nicht länger. Sie sprang vom Bett, umarmte Jeanie kurz und lief zur Treppe. Sie wollte bei Patrick sein, wenn er aufwachte, auch wenn sie sich sagte, dass er nicht in

Lebensgefahr war. Er würde wieder genesen. Wie Hiram gesagt hatte, Patrick hatte die neun Leben einer Katze. Aber sie wollte sichergehen, dass er nicht am Ende des letzten dieser Leben angelangt war.

22

Marsali beobachtete ihn, als er schließlich aufwachte. Sie betrachtete seine Bartstoppeln, und sie sah seine geröteten Augenränder, als die Lider zu flattern begannen. Er bewegte sich ein bisschen, und dann seufzte er leise.

Die Sonne schien durchs Fenster, und er blinzelte ein- oder zweimal wegen der Helligkeit, bevor sein Blick sie fand, und er ihr, wie sie gehofft hatte, sein bezauberndes Lächeln schenkte.

Er wollte sich aufsetzen, aber ihre Hand zwang ihn, zu bleiben, wo er war.

»Bleib schön liegen«, befahl sie.

»Ach, das ist doch nur ein Kratzer, Liebes«, protestierte er, aber dass er ihr gehorchte, gab ihr doch zu denken. Mit seinen verwuschelten Haaren und seinem verschlafenen Gesichtsausdruck sah er allerdings besonders attraktiv aus.

»Du bist eine bemerkenswerte Frau, Liebes«, sagte er und lächelte sie dabei so zärtlich an, dass ihr Herz einen Sprung machte.

»Eine besorgte Frau«, erwiderte sie, »egal, was du sagst.« Ihr Stimme klang streng, weil er selbst sich so wenig Sorgen um sich zu machen schien. »Letzte Nacht hattest du Fieber.«

»Ich war nur müde«, sagte er. »Ich brauchte einfach etwas Schlaf. Und die Berührung deiner Hand.«

»Ich werde dir etwas zu essen holen«, meinte sie. »Und das lässt Gavin dir überbringen.« Sie gab ihm den Brief.

»Gavin?«

»Er hat Jeanie zu mir geschickt«, erklärte sie. »Aber vielleicht war das ja nur eine Ausrede.«

Jetzt setzte Patrick sich doch auf. Langsam zuerst, dann entschlossener. Die Decke fiel zur Seite, aber das schien ihn nicht zu stören. Seine Nacktheit erweckte jedoch augenblicklich Gefühle in Marsali, die ihr inzwischen nur allzu vertraut waren: dieses schmerzhaft-süße Ziehen in ihrem Sonnengeflecht, das wilde Pochen ihres Herzens, das ihr Blut schneller durch die Adern pulsen ließ.

Er überflog das Schreiben, dachte einen Moment lang nach und versuchte dann aufzustehen, wobei er vor Schmerzen zusammenzuckte.

»Es ist zu früh. Du kannst nicht schon wieder reiten«, sagte sie, da sie ja den Inhalt des Briefes kannte. Gavin wollte sich mit Patrick treffen. Und zwar heute.

»Ich muss«, erwiderte er. »Gavin kennt Hiram nicht.«

»Ich könnte ihn treffen«, schlug sie vor.

»Und wie willst du Brinaire verlassen? Mein Vater hat angeordnet, dass du innerhalb der Schlossmauern bleiben musst.«

»Alex?«

»Der ist bereits in einer anderen Mission unterwegs«, sagte Patrick, während er vorsichtig einige Schritte machte.

»Du solltest das wirklich nicht tun.«

»Ich habe lange genug im Bett gelegen«, erwiderte er. »Es gibt zu viel zu tun.«

»Du hast keineswegs lange genug im Bett gelegen«, schimpfte sie. »Hiram meinte zwar, dass du neun Leben wie eine Katze hättest, aber wenn ich mir deinen Körper ansehe, glaube ich, dass du davon schon acht verbraucht hast.«

»Stört dich das?«, fragte er, wobei sich seine Augen verdunkelten, und sie wunderte sich, wie er nach allem, was in den letzten Tagen passiert war, so eine Frage stellen konnte.

»Nay«, erwiderte sie. »Aber ich weiß, welche Schmerzen du ertragen hast. Das stört mich.« Sie biss sich auf die Lippen. »Und ich weiß, dass … das Ausbrennen der Wunde …«

»Du hast getan, was getan werden musste«, meinte er zärtlich, »und ich bin dir dankbar dafür. Ich wollte nie eine Frau haben, die beim Anblick von Blut in Ohnmacht fällt.« Er nahm ihre Hand. »Ich hatte nie erwartet, dass ich einmal … mit einer Frau gesegnet sein würde, die so viel Mut hat wie du, so ein Können und so ein großes Herz.«

Das war die schönste kleine Rede, die er je gehalten hatte, es war das Schönste, was man ihr überhaupt jemals gesagt hatte. In ihrer Gesellschaft hatten Frauen ja keinen Wert. Sie waren gerade mal gut genug, um zu heiraten und Kinder zu gebären. Das hatte ihr Vater sie gelehrt, und Gavin war der gleichen Meinung.

Und nun wollte Patrick gehen, als männlicher Beschützer, ungeachtet der Folgen für ihn selbst. Er tat es zum Teil für sie – und zum anderen Teil für ihrer beiden Clans.

Würde sie jemals in der Lage sein, einen Mann wie Patrick in Sicherheit zu sehen? Oder würde er immer für eine gerechte Sache eintreten – und kämpfen? Sie selbst fühlte sich gar nicht mutig … sondern eher ängstlich. Sie hatte schreckliche Angst um ihn. Sie wollte mit ihm davonlaufen, weg von dieser Blutfehde, weg von dem Hass, weg von den Schwertkämpfen. Aber sie wusste, dass er nicht gehen würde, nicht bevor er zu Ende gebracht hatte, was er begonnen hatte.

Er zog sie an sich, als fühlte er genau, was sie dachte. »Ich werde Hiram mitnehmen«, versprach er. »Aber ich muss gehen. Gavin erwartet mich.«

»Ich wünschte, ich hätte dir seine Nachricht nicht gegeben«, seufzte sie.

»Nay, Liebes. Du wusstest, dass es wichtig ist und dass ich gehen muss.« Er zog sie noch enger an sich, drückte ihr einen Kuss auf die Stirn und trat dann einen Schritt zurück. »Hilf mir bitte beim Anziehen.«

Marsali holte tief Luft.

»Liebes?«

Schließlich ging sie zu dem großen Kleiderschrank und nahm ein frisches Hemd und ein neues Plaid heraus. Sie wusste ja, wie schwierig es war, ein Plaid mit zwei gesunden Armen anzulegen. Mit einem Arm war das nahezu unmöglich. Sie fragte sich, was er getan hätte, wenn sie ihre Hilfe verweigert hätte. Aber wahrscheinlich hätte Patrick dann jemand anderes gefunden, der ihm geholfen hätte.

Sie half ihm, das Hemd über den Kopf zu streifen, zog ihm das Plaid über und befestigte es in der Taille mit einem schweren Gürtel. Erstaunlicherweise schien er mit jeder Bewegung an Stärke zu gewinnen, anstatt Kraft zu verlieren.

»Wie geht es den Drachen?«, fragte er. Wollte er sie damit etwa von ihrer Angst ablenken, die sicherlich in ihrem Gesicht zu erkennen war?

»Die Drachen?«

»Tristan und Isolde«, erklärte er, wobei er einen Mundwinkel in die Höhe zog. »Ein ekelhaftes Pärchen.«

»Sie haben sich sehr gefreut, Jeanie zu sehen«, meinte Marsali spöttisch.

»Gibt es eigentlich – außer mir – noch jemanden, den sie ständig beißen?«

»Nay«, sagte sie, während sie das Wappen seines Clans an sein Plaid heftete. Sie trat einen Schritt zurück, um ihn zu betrachten. Sein dunkles Haar war ungekämmt, und seine Bartstoppeln ließen sein Gesicht fast schwarz aussehen, aber sie dachte, dass sie nie einen Mann gesehen hatte, der besser ausgesehen hatte. Seine grünen Augen schillerten lebendig – vielleicht, weil sie immer noch fiebrig waren, vielleicht aber auch, weil er sie so warmherzig anschaute.

Und sie fühlte sich innerlich ganz warm. In seiner Gegenwart schien sie immer dahinzuschmelzen, ihre Knie wurden weich, ihr Herz schlug schneller, und aus ihrem Mund kamen nur alberne Worte.

Seine Umarmung erhitzte sie noch mehr, erfüllte ihren ganzen Körper, erregte das Zentrum ihrer Weiblichkeit.

»Schau mich nicht so an, Liebes«, seufzte er, »sonst werde ich nie gehen.«

Sie versuchte, ihn noch etwas verführerischer anzuschauen, aber sie hatte auf diesem Gebiet nur wenig Erfahrung. Sie hatte ja außer ihm nie einen anderen Mann haben wollen – und er war schon vor so vielen Jahren weggegangen. Selbst jetzt, nachdem sie die Handehe geschlossen hatten, waren sie ja erst kurze Zeit zusammen.

»Mach nicht so ein trauriges Gesicht«, sagte Patrick.

»Ich mache kein trauriges Gesicht«, antwortete sie entrüstet, »sondern ein verführerisches.«

Patrick lachte leise in sich hinein. »Ich werde versuchen, mich an den Unterschied zu erinnern«, scherzte er, während sein Finger über ihre Lippen strich. »Für mich siehst du immer verführerisch aus, Liebes.«

»Wirst du wenigstens etwas Brühe trinken und Brot essen, bevor du losreitest?«

»Aye«, erwiderte er. »Die Nachricht von Gavin sagt, dass er mich zur Mittagszeit am Wasserfall erwartet.« Er sah aus dem Fenster, um den Sonnenstand zu prüfen. »Mir bleibt noch eine Stunde, bevor ich losreiten muss.«

»Dann hole ich jetzt das Essen und sage Hiram Bescheid, dass er dich beschützen soll.« Sie hörte ihre eigene Entschlossenheit in der Stimme, während sie gleichzeitig Patricks belustigtes Lächeln in seinen Augen sah.

»Du wirst ihn erschrecken, Liebes.« Patrick saß auf dem Fenstersitz, hatte die Füße ausgestreckt und wirkte ausgesprochen entspannt. Seine nackten Beine, die unter dem Plaid hervorschauten, waren ungeheuer attraktiv. Marsali hatte zuvor noch nie auf die Beine eines Mannes geachtet. Aber bei Patrick Sutherland war das anders: Bei ihm achtete sie auf alles. Und alles an ihm war perfekt.

Ihr Blick wanderte zu seinen Augen, und sie errötete leicht, als sie bemerkte, dass er sie ansah. Sie spürte die Hitze in ihren Wangen, und sie lief aus dem Zimmer des Mannes, in dessen Gegenwart sie so kindisch reagierte.

☆ ☆ ☆

Marsali hatte Recht gehabt. Er hatte die heiße Brühe und das Brot gebraucht und den Käse, den sie ihm gebracht hatte. Sein Arm tat ihm zwar weh, aber er hätte auch geschmerzt, wenn er im Bett geblieben wäre.

Hiram ritt schweigend an Patricks Seite. Auch er hatte sich gegen dieses Treffen ausgesprochen. Sein Gesicht war ungewöhnlich grimmig, und er murmelte unverständliche Sätze in sich hinein. Patrick glaubte nicht, dass es freundschaftliche Worte waren.

»Nun red schon«, befahl er nach fast einer Stunde.

»Du solltest dich ausruhen.«

»Ich habe dich reiten sehen, als du schwerer verletzt warst.«

Hiram murmelte wieder etwas Unverständliches.

Patrick lächelte, trotz der Schmerzen in seiner Schulter. Zur Hölle, aber das Reiten war schlimmer, als er erwartet hatte. Die Schmerzen waren unerträglich, und er war der Ohnmacht nahe.

Er suchte eine Möglichkeit, um sich abzulenken.

»Es ist gar nicht meine Verletzung, die dich beunruhigt«, sagte er anklagend zu Hiram.

»Du willst auf niemanden hören«, gab Hiram zurück.

»Wie kannst du mir so einen Vorwurf machen, Hiram? Ich habe immer auf deinen Rat und den von Rufus gehört.«

Hiram hob eine buschige Augenbraue, womit er Patricks Worte deutlich in Frage stellte. »Dann reite zurück und lass mich den Mann alleine treffen.«

»Du bist ein Fremder für ihn«, antwortete Patrick. »Und ich schätze, dass ich meine ganze Überredungskunst aufwenden muss, um Gavin bei der Stange zu halten.«

»Du riskierst zu viel«, sagte Hiram.

»Es geht um unsere Zukunft, Hiram«, sagte Patrick leise.

»Du solltest deine Lady nehmen und von hier verschwinden. Niemand außer dir will Frieden.«

»Da irrst du dich. Quick Harry. Gavin. Meine Clansmänner. Ihre. Die wollen alle keinen Krieg. Sinclair hat die ganze Sache angezettelt, und bei Gott, ich werde sie beenden.«

Die Falten auf Hirams Stirn vertieften sich. »Du kannst die Welt nicht retten, auch wenn du dir noch so viel Mühe gibst.«

»Meine Ziele sind weit tiefer gesteckt, Hiram.« Da sie stets das Privatleben des anderen respektiert hatten, fügte er so unschuldig wie möglich hinzu: Marsali sagte mir, dass Jeanie hier ist.«

»Aye.«

»Du hast sie früher schon mal erwähnt«, drängte Patrick.

»Möglich.«

»Sieht sie immer noch so gut aus, wie ich sie in Erinnerung habe?«

»Aye.«

Patrick lächelte still vor sich hin. Ihm gefiel der Gedanke, dass Hiram verliebt war. Hiram war ihm auf manche Art im Laufe der Jahre so vertraut geworden wie ein Bruder. Er war ein Bär von einem Mann, aber Frauen gegenüber immer sehr schüchtern. Und jetzt, da Patrick selbst das Wunder erlebt hatte, Liebe mit einer Frau zu machen, der sein Herz gehörte, wünschte er für seinen Freund die gleiche Freude.

Sie schwiegen während des restlichen Weges. Patrick führte Hiram zum Wasserfall, als ob er nie an diesem besonderen Ort gewesen wäre. Patrick ritt vorweg, da er fürchtete, Gavin zu verjagen, der ja nur ihn alleine erwartete. Zuerst hatte er sogar daran gedacht, Hiram ein Stück weiter entfernt warten zu lassen, aber es schien höchste Zeit zu sein, zum Treffpunkt zu kommen.

Patrick und Hiram stiegen von ihren Pferden, und Patrick setzte sich auf einen flachen Stein. Er fühlte sich wieder krank und benommen. Die Welt um ihn herum verschwamm. Dann hörte er den Ruf eines Vogels. Es war der gleiche Schrei, den er und Gavin als Kinder benutzt hatten, der Schrei, den er Rufus und Hiram beigebracht hatte.

Hiram blickte Patrick erstaunt an, der nur mit den Schultern zuckte, bevor er den Ruf erwiderte. Minuten später stand Gavin vor ihnen, der Hiram misstrauisch anstarrte.

»Deine Schwester hätte mich ohne ihn nicht zu diesem Treffen kommen lassen«, erklärte Patrick.

Hiram mischte sich ein, obwohl das unhöflich war. »Einer deiner Clansmänner hat Patrick die Schulter aufgeschlitzt. Die Wunde blutet immer noch.«

Gavins Blick ging sofort zu der Verdickung unter Patricks Plaid, und jetzt sah er auch, dass Patrick seinen linken Arm steif hielt.

»Wer?«

»Black Fergus.«

Gavin stöhnte. »Und wo ist er jetzt?«

»Essend und trinkend in unserer Großhalle. Er und sieben andere von euch sind Gefangene, die ihre Parole gegeben haben. Ein Weg, uns zu besiegen, Gavin, besteht sicher darin, uns noch mehr Gefangene zu schicken. Sie werden unsere Vorräte aufessen, sodass wir uns ergeben müssen.«

Natürlich war das ein Scherz, aber niemand lachte.

»Ist jemand verletzt?«

»Nay«, erwiderte Patrick.

Gavin schaute Patrick genauer an. »Wie schwer bist du verwundet?«

Patrick wischte die Frage mit einem Schulterzucken beiseite. Er war es leid, dass alle um die kleine Wunde so ein Aufheben machten. »Du wolltest mich treffen?«

»Aye«, erwiderte Gavin. »Vater schickt einen Emissär zum Parlament, mit der Forderung, euren Clan zu Outlaws zu erklären. Ich schlage vor, dass du auch jemanden nach Edinburgh schickst, um eure Sache zu vertreten.

Patrick nickte.

»Und dann will ich wissen, was vorgeht«, fuhr Gavin fort. »Es gefällt mir nicht, meinen Vater permanent anzulügen.«

»Mir auch nicht«, antwortete Patrick kurz, dessen Schulter wieder stärker zu schmerzen begann. »Aber ich denke, wir müssen nicht viel länger warten. Mein Mann bei Sinclair hat mir berichtet, dass Sinclair ungeduldig wird. Es wird bald einen neuen Überfall geben.« Patrick zögerte. »Wie viele Männer kannst du aufbringen, um die äußeren Dörfer zu beschützen?«

»Einhundert«, erwiderte Gavin. »Vielleicht ein Dutzend mehr.«

»Bring die Frauen und Kinder in die Mauern von Abernie«, sagte Patrick. »Konzentriere jeweils zehn Männer in einer Siedlung, aber sorge dafür, dass sie außer Sicht bleiben. Die anderen orderst du auf Pferde und verteilst sie quer durch den Wald, sodass sie Botschaften hin- und herbringen und gegebenenfalls deine Männer zusammenrufen können, wenn feststeht, wo der Überfall stattfinden wird. Falls ich kann, werde ich dir eine Warnung zukommen lassen, wo der Angriff geplant ist. Dann werde ich dir auch Männer zur Verstärkung schicken. Sie werden schwarze Armbinden tragen und keine Sutherland-Plaids. Ich kann es mir nicht leisten, dass meine Leute von Gunns verletzt oder gar getötet werden.«

Gavins Sorgenfalten wurden immer tiefer, während er den schnellen Befehlen seines Freundes zuhörte.

»Das würde bedeuten, dass Abernie und unsere Viehherden quasi unbewacht sind«, sagte Gavin schließlich.

»Aye«, stimmte Patrick zu.

Nun würde sich herausstellen, wie weit Gavin ihm wirklich vertraute. Er verlangte ja von seinem Freund nicht weniger, als sein Keep zu verlassen – und seine Clansleute dort unbewacht zurückzulassen. Wenn er, Patrick, Gavin jetzt belog, würden die Sutherlands – ohne Widerstand – in Abernie einmarschieren.

»Vater würde niemals einwilligen.«

»Doch! Wenn er davon überzeugt wäre, dass wir Sutherlands seine Dörfler überfallen würden«, gab Patrick zurück.

Gavin seufzte und drehte sich um. Patrick fragte sich, was sein Freund wohl dachte, aber er konnte nicht weiter in ihn dringen.

Patrick lehnte sich zur Seite, um den Druck von dieser verdammten Schulter zu nehmen. Hiram machte sofort einen Schritt auf ihn zu, aber Patrick schüttelte den Kopf. Hiram blieb stehen, blickte von Patrick zu Gavin und wieder zurück. Er konnte nicht helfen. Das musste Patrick alleine durchstehen.

Eine Minute verging, dann noch eine.

Schließlich wandte Gavin sich wieder zu Patrick, wobei sein Blick die Augen seines Freundes suchte. Er nickte.

»Ich werde versuchen, zu tun, was du vorgeschlagen hast«, sagte er. »Ich werde behaupten, dass die Warnung von Marsali über Jeanie kam. Das ist das Einzige, was mein Vater glauben wird.«

Die Sache gefiel Patrick zwar nicht, aber ihm blieb keine andere Wahl. Sollte irgendetwas schief gehen, würde er alles tun, damit die Schuld nicht auf Jeanie oder Marsali fallen würde.

Er streckte seine Hand aus, und Gavin ergriff sie freundschaftlich. Patrick sah, dass Gavins Blick wieder zu seiner Schulter glitt.

»Pass gut auf dich auf«, sagte Gavin. »Und beste Grüße an meine Schwester.«

»Aye«, erwiderte Patrick.

Gavin warf Hiram einen Blick zu, aber der schwere Mann starrte ihn nur wütend an. Offensichtlich machte er alle Gunns für Patricks Verletzung verantwortlich. »Pass gut auf ihn auf«, meinte Gavin freundlich, woraufhin Hirams Stirnrunzeln fast völlig verschwand.

»Ich hole die Pferde«, sagte Hiram und ließ Gavin und Patrick einen Moment alleine.

Patrick lächelte. »Was macht das Vieh?«

»Abgemagert«, antwortete Gavin. »Mein Vater denkt, dass ihr Sutherlands euch nicht genügend um eure Rinder kümmert.«

»Die armen Tiere werden ebenso froh sein wie wir, wenn diese Fehde endlich vorüber ist«, sagte Patrick.

»Aber wer wird die Herde schließlich bekommen?«, fragte Gavin, in dessen Augen ein kämpferisches Glitzern aufblitzte. »Einer von uns muss die Tiere doch behalten ...«

Patrick wollte lachen, aber seine Schulter schmerzte zu sehr.

»Mein Mann bei Sinclair hat mir von einem geheimen Platz berichtet ... vielleicht einer Insel. Weißt du etwas davon?«

Gavin zog die Brauen zusammen. »Da gibt es Creighton, aber diese Insel wurde schon vor Jahren verlassen, als ein Sturm über sie hinwegfegte.«

»Aye«, meinte Patrick. »Aber ich dachte, Creighton wäre untergegangen.«

Gavin starrte ihn an. »Was denkst du?«

Patrick löste sich von dem Felsen, an den er sich gestützt hatte, als er sah, dass Hiram mit den Pferden kam. »Vielleicht gar nichts«, meinte er, wobei er seine rechte Hand benutzte, um aufzusitzen. Als er im Sattel saß, schaute er auf Gavin herunter. »Hiram wird dir meine Nachrichten übermitteln. Er war schon zuvor in Abernie, und niemand wird ihn verdächtigen.«

Gavin nickte.

»Ich habe meine Männer morgen Nacht an unseren Grenzen«, sagte Patrick. »Aber es müssen auch Gunns dort sein, wenn wir Sinclair fassen wollen. Dein Vater wird dem Wort von Sutherlands nicht glauben.«

»Meine Leute werden dort sein«, sagte Gavin.

Patrick sah seinen Jugendfreund an, erinnerte sich an die schönen Tage, die sie miteinander verbracht hatten, die

Spiele, die Abenteuer, die Geheimnisse, die sie geteilt hatten.

Jetzt teilten sie mehr miteinander: die Zukunft ihrer Clans.

»Gott sei mit dir, Gavin«, sagte Patrick.

Gavin grinste. »Vielleicht besser der Teufel.«

☆ ☆ ☆

Alex thronte auf einem Ast eines dicht belaubten Baumes und komponierte im Kopf ein Lied. Die Inspiration dazu gab ihm Marsali. Er vergötterte sie, und er war eifersüchtig auf Patrick, weil er so liebevolle Blicke von ihr erhielt.

Gelegentlich blickte er auf, spähte in den Wald, um zu sehen, ob sich etwas bewegte. Aber er war jetzt schon einen Tag und einen halben hier, aber nichts hatte er gesehen außer ein paar Eichhörnchen und Hasen. Während der Nacht hatte er gefroren, aber er hatte es nicht gewagt, ein Feuer anzumachen, das ihn hätte verraten können. Beim Morgengrauen war er wieder auf den Baum gestiegen, um seinem Bruder, den er geradezu vergötterte, zu helfen.

Aber jetzt begann er zu fürchten, dass niemand zu diesem Treffen kommen würde. Seine Aufmerksamkeit ließ nach, und er beschäftigte sich mehr mit dem Lied, das er auf seiner Harfe spielen wollte.

Aber dann hörte er plötzlich einen Vogelschrei, obwohl er hier im Wald noch keinen Vogel gehört hatte, während er wartete. Er bekam eine Gänsehaut. Sein Herz schlug schneller, als er das sanfte Schnauben eines Pferdes hörte. Er blickte angestrengt durch die Zweige und sah einen einsamen Reiter. Das Gedicht flog aus seinem Kopf, während er den Mann auf dem Pferd beobachtete.

Als der Reiter näher kam, erkannte Alex die hoch aufgeschossene Gestalt von Rufus, und er ließ sich aus dem Baum fallen.

Rufus zog augenblicklich seine Pistole, und Alex hatte einen Moment Todesangst, bevor Rufus die Waffe senkte. »Gütiger Gott, Junge! Hat dir niemand beigebracht, dich nie so einem Mann zu nähern?« Mit gerunzelter Stirn blickte er Alex streng an.

Alex war einen Moment sprachlos, seine Knie zitterten, und er war peinlich berührt, als er auch noch zu stottern begann. »Pa ... Pa ... Patrick ha ... hat mich ge ... schickt.«

Rufus grinste plötzlich und saß ab. »Ich dachte, du wärest Hiram. Seine Art ist es nämlich, aus den Bäumen zu fallen.«

»Hiram?«, fragte Alex erstaunt. »Ist der nicht viel zu dick?«

»Du würdest dich wundern, Junge. Er kann auf Bäume steigen, auf die ich nie raufkäme.«

Alex erwiderte das Grinsen des Mannes und fühlte sich plötzlich im Einklang mit diesem Krieger. Er war schließlich ein Freund von Patrick. Nach allem, was Alex gesehen hatte, war Rufus der Schnellste mit dem Schwert. Beim Training der Sutherlands hatte er fünf Männer gleichzeitig abgefertigt und dann sein Schwert weggeworfen, wobei er gesagt hatte, dass das keine Gegner für ihn seien.

Rufus legte seinen Arm um Alex' Schulter und führte ihn zu dem hohlen Baumstamm. »Patrick muss großes Vertrauen in dich haben, wenn er dich schickt. Niemand außer Hiram und deinem Bruder weiß, dass ich bei Sinclair bin.«

Alex versuchte, sein Grinsen einzustellen. Er wollte so ein versteinertes Gesicht wie Patrick machen. »Ich hatte Angst, du würdest nicht kommen.«

»Ich wurde aufgehalten, weil Sinclair plötzlich den Wunsch hatte, mit mir auf die Jagd zu gehen. Gott sei Dank, dass du gewartet hast.« Rufus grinste erneut und trat mit dem Fuß gegen den hohlen Stamm. »Ich habe Sinclair so müde gemacht, dass er mich kaum wieder begleiten wird. Trotzdem kann ich nicht lange bleiben, denn ich habe Sinclair ein Wildschwein versprochen oder wenigstens einen Hirsch. Ein

Kaninchen würde es wohl auch tun. Sag deinem Bruder, dass Sinclair plant, morgen früh anzugreifen. Und zwar die Gunn-Siedlung, die etwa fünfzehn Meilen nordöstlich von Kilcraig liegt. Das ist nahe der Nordgrenze von Gunn- und Sutherland.«

Alex versuchte, die Informationen zu verarbeiten, obwohl er die tiefere Bedeutung nicht verstand. »Ich kenne die Nordgrenze«, meinte er.

»Gut, Junge«, sagte Rufus. »Im Morgengrauen. Sag Patrick auch, dass Sinclair Frauen in einem Keep namens Creighton hat. Dort nähen sie Sutherland-Plaids. Und ich wäre nicht überrascht, wenn er dort jemanden versteckt hält.«

»Wen?«, fragte Alex erstaunt.

»Das Schloss ist angeblich verlassen«, sagte Rufus. »Aber es gibt Frauen dort, die bewacht werden. Was schließt du daraus?«

»Ich ... ich weiß nicht.«

»Eine Gefangene vielleicht?«

Alex wusste, dass er eigentlich verstehen müsste. Rufus schaute ihn so erwartungsvoll an, als ob er kein Wort mehr sagen müsste.

»Deine Stiefmutter«, sagte Rufus schließlich. »Patrick meint, dass dein Vater sie nicht umgebracht hat, obwohl ich mich frage, wieso er da so sicher ist. Für mich scheint der Marquis zu allem fähig zu sein. Und Lady Marsali will auch nicht glauben, dass ihre Tante sich das Leben genommen hat.«

Tausend Gedanken schossen durch Alex' Kopf. Auch er bezweifelte, dass sein Vater eine wehrlose Frau getötet hatte. Nicht einmal in Wut. Seine Ehre bedeutete ihm zu viel. Alex hatte oft den Eindruck, dass seine Ehre die einzige Sache war, die ihm überhaupt etwas bedeutete.

Und wenn Margaret tatsächlich noch lebte, wenn sie gefangen gehalten wurde, dann ...

»Aber warum sollte Sinclair sie am Leben halten?«, fragte Alex.

Rufus zuckte die Schultern. »Das weiß ich nicht. Es ist ja nur eine Möglichkeit. Eine ganz geringe Möglichkeit. Aber ich dachte, es ist etwas, das Patrick wissen sollte. Und jetzt kehrst du besser zurück und richtest ihm aus, was ich dir gesagt habe.«

Alex nickte. »Ich habe mein Pferd tiefer im Wald versteckt.«

Rufus nickte zustimmend. »Klug, Junge.«

Bei dem Wort »Junge« zuckte Alex zusammen. Er fühlte sich inzwischen ganz als Mann. Patrick war schließlich schon im Alter von sechzehn in den Krieg gezogen. Aber er war doch stolz, dass dieser Freund von Patrick ihn für fähig hielt, so eine Mission auszuführen. Deshalb beschloss er, schnell zu seinem Pferd zu gehen, bevor er noch eine Dummheit sagte – oder machte.

Alex sah, dass Rufus nur einmal kurz über den Rücken blickte, als er aufs Pferd stieg, und beschleunigte seine Schritte. Patrick würde schon auf ihn warten.

Patrick würde zufrieden mit ihm sein.

23

Marsali hatte schon vor langer Zeit gelernt, dass es viele Nachteile hatte, eine Frau zu sein. Frauen hielt man nicht für klug genug, um Schreiben oder Lesen zu lernen – und schon gar nicht, um eine eigene Meinung zu haben. Frauen konnten nur wenige eigene Entscheidungen treffen, und sie konnten nicht einmal ihren eigenen Ehemann auswählen. Aber die Erfahrungen der letzten Wochen hatten Marsali doch fast überzeugt, dass es nicht nur nachteilig war, eine Frau zu sein.

Zum einen, wenn sie bei Patrick im Bett lag, hatte sie das Gefühl, als wäre sie ein Schatz, der ihm mehr bedeutete als sein eigenes Leben; er gab ihr das Gefühl, dafür dankbar sein zu müssen, dass sie eine Frau war – und nichts hätte sie mehr davon überzeugen können.

Aber wie konnte eine Frau durchs Leben gehen, wartend, dass ihr geliebter Mann gesund nach Hause kommen würde – falls er überhaupt zurückkehren würde? Wie sollte sie – ladylike – auf ihn warten, wenn ihr Impuls ihr doch sagte, sich auf das nächstbeste Pferd zu schwingen, um an seiner Seite zu reiten? Wie sollte sie Stunden damit verbringen, Mahlzeiten vorzubereiten oder Decken zu häkeln, während sie doch wusste, dass ihm jeden Augenblick etwas passieren konnte, das ihr Leben für immer verändern würde?

Marsali glaubte nicht, dass sie jemals eine Antwort auf diese Fragen finden würde. Sie dachte vielmehr, dass sie sich immer so wie am heutigen Tag fühlen würde: ängstlich, unruhig, die Kehle von Tränen zugeschnürt. Es war einfach schrecklich, und in ihrer Verwirrung gab sie Patrick die

Schuld dafür. In einer Minute hätte sie ihn am liebsten erwürgt – und in der nächsten hätte sie sich ihm gerne in die Arme geworfen und ihn geküsst.

Um sich abzulenken, umgab Marsali sich mit Elisabeth und Jeanie. Und sie beschäftigte sich in der Küche, wo Jeanie mit Colly redete, als ob sie die besten Freundinnen wären.

Schnell verschwanden Collys Stirnrunzeln, und sie plauderte freudig über ihren Sohn. Während Marsali zuhörte, fragte sie sich, ob die mürrische Art, die die Frau zuvor an den Tag gelegt hatte, nur die Folge von Unsicherheit gewesen war. Sie war nicht wenig erstaunt, als Colly freimütig zugab, dass sie gelogen hatte, was ihre Erfahrung als Köchin betraf. Schon als junge Frau war sie Witwe geworden – und sie war einfach verzweifelt.

Marsali ließ Jeanie bei Colly in der Küche zurück und ging mit Elisabeth in ihr Zimmer. Sie war entschlossen, Patrick zu fragen, ob es in dem riesigen Keep nicht ein Zimmer für Collys Sohn gab. Wenn die arme Frau sich weniger Sorgen machte, würde das vielleicht ihre Kochkunst verbessern.

Die Frettchen quietschten in ihrem Korb, und Elisabeth rannte an Marsali vorbei, um die Tierchen freizulassen. Sie setzte Tristan und Isolde aufs Bett, um mit ihnen zu spielen. Aber sie verlor sofort das Interesse an den Frettchen, als sie ein Buch sah, das aufgeschlagen auf dem Bett lag.

Elisabeth schaute Marsali verwundert an. »Kannst du lesen?«

»Aye«, antwortete sie, während sie Isolde aufnahm und sich neben Elisabeth aufs Bett setzte. Sie streichelte das Tier, während sie zu erzählen begann. »Ich habe versucht, von Gavin zu lernen, nachdem Patrick in den Krieg gezogen war. Aber ich habe mich schrecklich blamiert, und dann hat Gavin den Lehrer gebeten, mich auch zu unterrichten, weil er wohl keine Lust hatte, der einzige Schüler des Lehrers zu sein, nachdem Patrick weg war.«

Marsali beobachtete Elisabeth, deren Blick auf das Buch

fixiert war. Elisabeth blickte hoch, und sie schaute Marsali mit ihren grünen Augen an. Bewundernd und voller Verlangen. »Würdest du mich Lesen lehren? Der Pfarrer brachte es Alex bei, aber er weigerte sich, ein Mädchen zu unterrichten.«

Marsali lächelte. »Aye. Ich habe meine Schwester Lesen gelehrt, und ich wäre froh, es auch dir beizubringen.« Das wäre doch wenigstens eine vernünftige Beschäftigung, um die Zeit zu verbringen.

Ohne sie anzusehen, sagte Elisabeth scheu: »Ich bin so froh, dass du hier bist.«

»Das bin ich auch«, meinte Marsali, streckte die Hand aus und ergriff die Hand des Mädchens. »Aber du darfst niemandem etwas davon sagen. Ich bin schließlich nur eine Gefangene.«

Elisabeth verdrehte die Augen. Dann sprach sie ungewöhnlich offen. »Ich hoffe nur, dass Patrick dich heiratet.«

Marsali biss sich auf die Zunge. Sie log ja nicht direkt, indem sie nicht antwortete. Sie hatten ja auch nur eine Handhochzeit geschlossen. Wenn sie die nicht nach einem Jahr und einem Tag widerrufen würden, wäre ihre Ehe offiziell.

»Wann glaubst du, wird er zurückkommen?«

Bei Elisabeths Frage zog Marsali die Stirn in Falten. »Wenn es dunkel wird«, erwiderte sie. Falls er überhaupt zurückkommt, dachte sie.

»Es tut mir Leid«, sagte Elisabeth leise. »Ich wollte dich nicht noch mehr beunruhigen, als du sicher schon bist.«

Marsali war ein bisschen überrascht, dass das Mädchen so einfühlsam war, und sie warf ihr ein trauriges Lächeln zu. »Du erinnerst mich sehr an meine Schwester Cecilia«, meinte sie. »Sie weiß immer genau, was ich gerade denke.« Und mit einem Seufzen fügte sie hinzu: »Cecilia fehlt mir sehr.«

»Ich kann Cecilia auch gut leiden«, sagte Elisabeth. »Und ich vermisse sie auch ... seit unsere Familien keinen Kontakt mehr miteinander haben.«

Marsalis Lippen wurden schmal, als sie daran dachte, wie

oft die Gunns und die Sutherlands sich gegenseitig besucht hatten. Sie hatten ihre Tante besucht und waren zur Wintersonnenwende gekommen. Da Marsali verlobt gewesen war, war sie bei den Frauen geblieben, aber sie wusste, dass Cecilia sich bei diesen freudigen Ereignissen mit Elisabeth angefreundet hatte. Aber diese Zeiten waren vorüber, und als Marsali jetzt das scheue Mädchen ansah, das neben ihr saß, wurde ihr so richtig bewusst, was diese sinnlose Fehde angerichtet hatte.

»Cecilia mag dich auch«, sagte sie ernst zu Elisabeth. »Ich weiß, dass sie sich darauf gefreut hat, dich als neue Schwester zu haben, wenn Patrick und ich erst einmal verheiratet wären.«

»Wirklich?«

»Wirklich.« Marsali musste lächeln, als sie daran dachte, wie sie ihre kleine Schwester zuletzt gesehen hatte – in Jungenkleidung, auf dem Pferd hinter Rufus sitzend, das Gesicht vor Aufregung gerötet. »Und jetzt ist sie unterwegs zu einem eigenen Abenteuer«, murmelte sie, ohne nachzudenken.

»Erzähl mir davon.«

Marsalis Blick flog zu Elisabeth, und ihr wurde bewusst, dass sie niemals etwas hätte sagen dürfen, das die Neugier des Mädchens erwecken konnte. Aber Marsali hatte nur kurz Bedenken. Sie wusste ja, dass Elisabeth vertrauenswürdig war. Und deshalb erzählte sie ihr die ganze Geschichte von der Entführung – von ihr und Cecilia – durch Rufus und Hiram an ihrem vorgesehenen Hochzeitstag, und dass Cecilia anschließend mit Rufus zu dessen Familie in die Lowlands geritten war.

Je länger die Geschichte dauerte, desto größer und größer wurden Elisabeths Augen. Und als Marsali mit einem Seufzer endete, stand Elisabeths Mund weit offen. »Ich wäre nie so mutig gewesen«, meinte sie.

Marsali versuchte nicht, Elisabeth vom Gegenteil zu überzeugen, obwohl sie anderer Meinung war. Elisabeth musste ihren Wert selbst herausfinden. Niemand anderes konnte ihr das beibringen.

Marsali nahm das Buch auf und fragte: »Willst du deine erste Lehrstunde gleich haben?«

Elisabeths Augen blitzten auf, und Marsali dachte wieder, wie hübsch das Mädchen doch war, wenn sie lächelte. Sie würde dafür sorgen, dass Patrick den richtigen Ehemann für seine Schwester fand. Und vielleicht brauchte er ja nicht weiter zu gucken ... als zu Gavin. Ihr Bruder brauchte eine Frau – und obwohl er keine Eile zu haben schien, eine zu finden, konnte Marsali an keine süßere als Elisabeth denken.

Sie fing Elisabeths neugierigen Blick auf, unterdrückte ein Lächeln, schürzte ihre Lippen, hob Isolde aus ihrem Schoß und stand auf, um Papier und Federkiel zu suchen.

☆ ☆ ☆

Als Patrick die Mauern von Brinaire sah, schlug sein Herz höher. Er liebte die Berge und die sanften Hügel, die das Schloss umgaben, aber nie hatte er Brinaire wirklich als sein Zuhause angesehen – bis jetzt. In diesem Augenblick, als er die majestätischen Türme sah, die vor dem Hintergrund der spitzen Berge in die Luft ragten, als er wusste, dass Marsali dort auf ihn warten würde, da wurde es sein Zuhause. Allein ihr Name, zart wie ein Windhauch in seinem Kopf, erregte die Spannung unter der Gürtellinie.

Es dunkelte bereits, und ein durchscheinender Mond war schon aufgegangen, bevor die letzten Strahlen der Sonne hinter dem Horizont verglühten. Das Tor von Brinaire stand noch offen, und Patrick ritt mit Hiram an seiner Seite in den Hof. Er war voller Ungeduld, sprang vom Pferd, warf einem Stallburschen die Zügel zu und überquerte mit ausholenden Schritten den Schlosshof, um die Großhalle zu betreten, wo er sich nach seiner blauäugigen Schönen umsah. Als er sie nicht entdeckte, hielt er sich gar nicht erst damit auf, einen seiner anwesenden Clansmänner nach ihr zu fragen, sondern er stieg direkt die Treppe hoch, die zu ihrem Zimmer führte. Er klopfte einmal an die Tür und öffnete sie, ohne auf eine Aufforderung zum Eintreten zu warten.

Als er Marsali und seine Schwester sah, die über ein Buch gebeugt auf dem Bett saßen – jede ein Frettchen im Schoß – blieb er abrupt stehen. Der Anblick erwärmte sein Herz, erfüllte ihn mit einer Liebe, die so stark war, dass er sie mit Worten gar nicht hätte ausdrücken können.

Marsali und Elisabeth hoben die Köpfe und erblickten ihn zur gleichen Zeit, wobei ihre Gesichter zu leuchten begannen. Mit einem leisen Aufschrei sprang Marsali vom Bett und rannte zu ihm. Er umfasste sie mit seinem gesunden Arm, und er spürte, wie sie ihre Arme um seine Taille schlang. Er presste sein Gesicht in ihre Haare, drückte sie an sich, und eine ganze Weile sprach keiner von beiden.

Als er schließlich den Kopf hob, um sie anzuschauen, sah er in ihren Augen so viel Erleichterung und Liebe, dass sein Herz zu flattern begann. Er konnte sich dem Reiz ihrer leicht geöffneten Lippen so wenig entziehen, wie er hätte aufhören können zu atmen. Ohne daran zu denken, wie sehr er sie verehrte, legte er seine Lippen auf ihren Mund und küsste sie. Er spürte, wie sie zu beben begann, fühlte, wie sie sich enger an ihn presste, wie ihre Körper miteinander verschmolzen, als der Kuss leidenschaftlicher und verlangender wurde.

Erst als er eine Bewegung im Raum bemerkte, dachte er wieder daran, dass er ja nicht alleine mit Marsali war. Patrick öffnete ein Auge, und er sah, wie Elisabeth die Frettchen in ihren Korb steckte, den Deckel schloss und auf Zehenspitzen zur Tür ging, um leise den Raum zu verlassen.

Zögernd hob Patrick den Kopf. »Warte, Elisabeth.« Seine Stimme klang rau, während er versuchte, seinen Atem zu kontrollieren und die Erregung seines Körpers, der eigentlich zu schwach sein sollte, um so überraschend heftig zu reagieren.

»Ich … ich wollte gerade … gehen«, stotterte seine Schwester.

Während er Marsali an seine Seite drückte, drehte er sich halb um und sah, dass Elisabeth den Versuch machte, sie nicht anzustarren – was ihr jedoch misslang.

Patrick schaute Marsali gerade lange genug an, um zu sehen, dass ihr die Sache offensichtlich peinlich war.

Das musste ein Ende haben. Und zwar sofort. Er wollte nicht, dass Elisabeth ihren Bruder für einen Lumpen hielt, der die Wehrlosigkeit einer Geisel ausnützte, um sie zu verführen. Und er wollte nicht, dass Marsali sich schuldig fühlte, weil sie ihre Liebe ausdrückte. Zum Teufel, dieses Haus hatte wenig genug Liebe gesehen, und er war entschlossen, dafür zu sorgen, dass sich das ändern würde – und dazu gehörte auch, dass er seine Frau küssen würde, wann immer er den Wunsch danach hatte.

Er lächelte Marsali kurz aufmunternd an und wandte sich dann an seine Schwester. »Marsali und ich haben vor einer Woche die Handhochzeit geschlossen.«

Er hörte, wie Marsali leise nach Luft schnappte, merkte, wie sich ihr Körper in seinem Arm versteifte.

Seine Schwester machte große runde Augen. »Wirklich?«, fragte sie.

»Aye«, erwiderte er.

Ein Lächeln huschte über ihr Gesicht, während sie abwechselnd ihn und Marsali anschaute. »Dann ist Marsali jetzt also wirklich meine Schwester. Aber, Patrick …« Das Lächeln verschwand abrupt, und sie wagte nur noch zu flüstern. »Weiß Vater das?«

Er schüttelte den Kopf. »Nay, natürlich nicht – andernfalls hättest du sein Gebrüll von hier bis zum Meer gehört.«

»Und Alex?«

»Auch noch nicht.« Er zögerte nur kurz, bevor er fortfuhr. »Wir hatten drei Zeugen. Gavin, Hiram und einen Mann, den du nicht kennst.«

Elisabeth seufzte leise und schlug die Hände vor ihrer Brust zusammen. »Ach, ich bin ja so froh.« Dann fügte sie schnell hinzu – wobei ihr eine leichte Röte in die Wangen stieg: »Aber jetzt muss ich gehen. Danke, dass du es mir gesagt hast. Ich verspreche, niemandem davon etwas zu erzählen.« Bevor er sie aufhalten konnte, stürzte sie aus dem Zimmer, wobei sie die Tür hinter sich offen ließ.

»Endlich alleine«, murmelte Patrick, ging durch den Raum zur Tür und schloss sie mit einem Fußtritt. Als er sich umdrehte, sah er, dass Marsali fast ebenso erstaunt war wie Elisabeth. Er lächelte sie an und ging langsam auf sie zu.

»Ich hatte nicht erwartet, dass du es ihr erzählen würdest«, sagte sie, während er auf sie zukam. »Aber ich bin froh, dass du es getan hast. Ich weiß, dass wir ihr vertrauen können.«

Er blieb vor ihr stehen und umarmte sie mit beiden Armen, wobei er den Schmerz in seiner linken Schulter ignorierte. »Ich möchte es am liebsten allen sagen«, murmelte er, wobei er mit den Lippen über ihre Haare fuhr. »Ich möchte es der ganzen Welt mitteilen, dass du mir gehörst.«

Er legte seine Lippen auf ihren Mund, und plötzlich gab es kein Bedürfnis mehr, etwas zu sagen. Sie suchten einander stürmisch – Mund auf Mund, Körper an Körper – und versuchten dabei, einander noch näher zu kommen. Er ermahnte sich selbst, vorsichtig zu sein, aber diese Warnung verhallte ungehört. Und bald schon war er verloren. Ganz und gar verloren.

☆ ☆ ☆

Marsali schmiegte sich in Patricks rechte Armbeuge und genoss das Gefühl, seine nackte Haut auf ihrer Haut zu spüren. Mit der flachen Hand fuhr sie über seine Brust und seinen straffen Bauch.

»Ich sollte dich ruhen lassen«, flüsterte sie.

»Das tue ich doch«, murmelte er.

Sie seufzte leise. Jetzt ruhte er vielleicht – nach einer höchst anstrengenden Betätigung. Sie hatte versucht, es ihm so einfach wie möglich zu machen, indem sie es zugelassen hatte, dass er sie auf sich gesetzt hatte. Zuerst war sie etwas scheu gewesen, und sie hatte nicht recht gewusst, was sie tun sollte. Aber als Patrick angefangen hatte, sich zu bewegen, hatte ihr Körper ganz spontan reagiert. Bei der Erinnerung daran, was für ein herrliches Gefühl es gewesen war, sich auf ihm zu bewegen, jagten ihr erneut kleine wohlige Schauer über den Rücken.

Anschließend hatte er eine Weile geschlafen, und sie hatte ihn beobachtet, zufrieden, ihn an seiner Seite zu haben. Sie hätte ihn gerne die ganze Nacht schlafen lassen, aber ein schepperndes Geräusch vom Hof, das durchs Fenster gedrungen war, hatte ihn aufgeweckt. Marsali fragte sich gerade, ob sie ihn dazu überreden konnte, noch ein bisschen zu schlafen, als leise an ihre Tür geklopft und ihr die Entscheidung abgenommen wurde.

»Oh!« Sie saß aufrecht im Bett, und ihr wurde klar, dass es überhaupt nicht gut wäre, wenn irgendjemand Patrick nackt in ihrem Bett finden würde. »Schnell!«, wisperte sie, sprang aus dem Bett und suchte verzweifelt etwas zum Anziehen.

Am Fußende des Bettes fand sie ihr Nachtgewand, in das sie hastig schlüpfte. Ein Blick auf Patrick verstärkte ihre Panik noch, denn er schien völlig unbesorgt zu sein, während er eher beiläufig aus dem Bett stieg und sich nach seiner Kleidung umschaute.

Wieder wurde geklopft – nachdrücklicher diesmal –, und Marsali rannte zur Tür, da sie befürchtete, dass, wer immer es sein mochte, einfach ins Zimmer kommen könnte, da die Tür keinen Riegel hatte. Sie hatte die Hand schon auf der Klinke, warf einen Blick über die Schulter zu Patrick und stöhnte. Er hatte sein Hemd über den Kopf gestreift, es aber nur geschafft, in den rechten Ärmel zu schlüpfen; da hätte er gleich nackt bleiben können.

Marsali hoffte, dass er sich außerhalb des Blickwinkels halten würde, während sie die Tür einen Spalt öffnete und hinausschaute. Sie war erleichtert, als sie auf dem Korridor Jeanie stehen sah, und Hiram, der ihr über die Schulter blickte.

»Der Marquis möchte seinen Sohn sprechen«, sagte Jeanie ruhig.

Marsali spürte Patricks Nähe. Als sie sich umschaute, sah sie, dass er direkt hinter ihr stand. Da er barfuß war, hatte sie seine Schritte gar nicht gehört.

Er umfasste die Tür mit der Hand und öffnete sie weiter. Sie beobachtete Jeanies Gesicht, die ihrerseits Patricks zerzaustes Haar betrachtete und sein Plaid, das er achtlos über die Schulter gestreift hatte. Es hing ihm irgendwie bis zu den Knien und bedeckte das Wichtigste notdürftig, aber seine ganze Aufmachung ließ keinen Zweifel daran, was sie gerade gemacht hatten.

Jeanie schien die Situation jedoch überhaupt nicht peinlich zu sein. »Dein Vater erwartet dich zum Abendessen in der Großhalle«, sagte sie zu Patrick, wobei ihre Augen funkelten.

»Du kannst dem Marquis ausrichten, dass es dem Earl und seiner Gattin eine Freude sein wird, ihm beim Essen Gesellschaft zu leisten. Nein, warte. Das werde ich ihm selbst sagen.«

Marsali sah, wie Hiram die Augenbrauen hob, und sie hörte, wie Jeanie scharf die Luft einsog.

Das Herz schlug ihr im Hals, als sie Patrick anschaute. »Bist du sicher?«, fragte sie.

»Aye«, erwiderte er. »Das halbe Schloss muss inzwischen doch schon wissen, wo ich bin. Es wird höchste Zeit, dass mein Vater und die anderen erfahren, wo ich stehe. Heimlichtuerei und Herumschleicherei liegen mir nicht.« Er schaute Marsali eindringlich an. »Bist du für die Wahrheit bereit?«

Das war sie eigentlich nicht. Sie hatte Angst vor dem Marquis. Weniger Angst davor, was er ihr vielleicht antun würde, aber mehr Angst davor, was er mit Patrick machen würde. Sie wollte nicht der Grund dafür sein, dass Patrick enterbt wurde.

»Bist du ganz sicher, dass du diesen Schritt tun willst?«, wisperte sie.

»Aye.« Er lächelte sie an. »Ganz sicher.«

»Aber …«

Er brachte sie mit einem leichten Kuss auf den Mund zum Schweigen. »Ich möchte, dass du beschützt wirst, falls mir etwas zustoßen sollte. Ich denke, dass mein Vater meine Ehefrau beschützen wird, auch wenn sie eine Gunn ist. Aber das würde er nicht für meine Mätresse tun, ganz egal, aus welchem Clan sie stammt.«

Er klang so zuversichtlich, dass sie sich fragte, ob er etwas wusste, was sie nicht wusste.

Er gab ihr nicht lange Zeit zum Überlegen. »Ich werde dich in einer Stunde abholen«, fuhr er fort. »Jeanie kann dir beim Ankleiden helfen.« Er beugte sich zu ihr, gab ihr einen Kuss auf die Nasenspitze, was kitzelte und ihr ein Lächeln entlockte.

»Willst du so etwa zu deiner Kammer gehen?«, fragte sie, und ihr Lächeln wurde breiter, während sie ihn anschaute.

»Nay«, grummelte er. »Hilf mir bitte mit dem Hemd und binde mit das blöde Plaid richtig um.«

Sie machte, worum er sie gebeten hatte, während Jeanie ins Zimmer huschte und aufzuräumen begann. Hiram stand weiter in der Tür, und er machte ein finsteres Gesicht, während er zusah, wie sie seinem Freund beim Ankleiden half. Zweifellos dachte er, dass er Patrick helfen sollte, aber da war Marsali anderer Meinung. Es war das Recht und das Privileg einer Ehefrau, ihrem Ehemann zu helfen. Und sie fühlte sich wie eine Ehefrau. Sie war es schließlich auch. Und bald würden es alle wissen.

Einschließlich ihres Vaters. Wenn die Nachricht von ihrer Handhochzeit auf Brinaire bekannt gemacht wurde, würde es nicht lange dauern, bis man davon auch in Abernie erfuhr. Bei dem Gedanken lief ihr ein Schauer über den Rücken.

Sie versuchte, ihre Besorgnis zu verbergen, band den breiten Gürtel um Patricks Taille fest und lächelte ihn mit bebenden Lippen an.

»Es wird alles gut werden, Liebes«, sagte er.

Sie hätte ja wissen müssen, dass sie ihre Gefühle vor ihm nicht verbergen konnte.

»Ich liebe dich«, wisperte sie.

»Aye, das weiß ich, und darauf vertraue ich auch.«

Und damit war er gegangen.

☆ ☆ ☆

Patrick ging den Flur entlang zur Treppe. Hiram folgte ihm und sprach leise grummelnd mit sich selbst.

»Worüber beschwerst du dich?« Patrick warf ihm die Frage über die Schulter gewandt zu.

»Frauen«, schimpfte Hiram. »Am besten man hält sich von ihnen fern. Ich hätte dir auch das Plaid angezogen.«

Patrick lachte leise in sich hinein. »Ich bitte vielmals um Vergebung, dass ich eine zärtlichere Hand vorziehe.«

Wieder murmelte Hiram etwas, aber Patrick verstand genug, um das Wesentliche zu verstehen.

Am Treppenabsatz blieb er stehen und wartete auf Hiram. »Jeanie?«, fragte er.

»Eine sture Frau«, knurrte er, und dann stampfte er mit so viel Wucht die Treppe herunter, dass Patrick froh war, dass die Stufen aus Stein waren.

»Wieso ist sie stur?«, fragte er.

»Sagt mir einfach, dass sie kein Interesse an einem Ehemann hat.« Hiram schaute seinen Freund vorwurfsvoll an.

»Welche Frau ist schon nicht an einem Ehemann interessiert?«

»Hast du da jemand Bestimmtes im Auge?«

Wieder grummelte Hiram etwas Unverständliches.

»Ich habe dich nicht verstanden«, meinte Patrick.

»Nay«, brummte Hiram schließlich. Als er die unterste Treppenstufe erreicht hatte, ging er den Korridor herunter und fuchtelte dabei mit den Armen. »Ich denke einfach, dass eine schöne Frau wie sie … na ja, sie sollte einfach nicht alleine sein.«

Patrick schloss zu ihm auf und ging neben Hiram her. »Hast du ihr irgendwelche Komplimente gemacht?«, fragte er.

Hiram richtete sich zu seiner vollen Größe auf und schaute Patrick fassungslos an. »Nay. Natürlich nicht.«

»Entschuldige, dass ich frage, aber wie ist dann die Sprache auf Heirat und Ehe überhaupt aufgekommen?«

»Ich habe ihr nur gesagt, dass sie einen Mann braucht. Einen anständigen tapferen Mann wie mich.« Er breitete die Arme weit aus und ließ sie wieder fallen. »Das war doch nur eine ganz normale Feststellung.«

Patrick stöhnte. »Und was hat sie darauf geantwortet?«

»Sie hat mich mit einem Besen aus der Küche gescheucht«, erwiderte er verzweifelt.

Vor der Tür zum Raum seines Vaters blieb er stehen. »Wie kam es dann, dass ihr zusammen zu Marsalis Kammer gekommen seid?«

»Ich konnte dich nirgendwo finden, und ich wollte nicht alleine zum Zimmer der Lady gehen.«

»Und da hast du Jeanie um Hilfe gebeten?«

»Aye«, erwiderte Hiram, wobei ein Lächeln über sein wettergegerbtes Gesicht huschte.

Patrick verzog leicht die Mundwinkel. Vielleicht sollte er seinen großen, bärenhaften Freund, der offensichtlich etwas ungeschickt war, einen Rat geben.

»An deiner Stelle würde ich es mal mit Blumen versuchen«, schlug er vor.

»Blumen?« Hirams Stimme klang entsetzt.

»Blumen.«

Patricks gute Laune verschwand, als er sich der Tür seines Vaters zuwandte.

»Möchtest du, dass ich hier auf dich warte?«, fragte Hiram.

»Nay.« Patrick schnaubte leise. »Ich glaube nicht, dass er mich erschießen wird. Jedenfalls nicht auf der Stelle.«

Hiram machte ein zweifelndes Gesicht, aber dann drehte er sich um und ging. Vielleicht, um irgendwo Blumen aufzutreiben. Bei diesem Gedanken musste Patrick erneut lächeln. Dann hob er die Hand und klopfte.

»Wer zum Teufel du auch immer sein magst, verschwinde«, brüllte sein Vater.

Patrick ignorierte diese Anordnung, straffte die Schultern, öffnete die Tür und betrat das Zimmer. Sein Vater saß in einem Sessel neben dem Kamin, in dem jedoch kein Feuer brannte, einen Becher in der Hand. Auf dem Tisch neben ihm stand ein Krug. Wein. Der Beweis dafür zeigte sich an den rot geränderten Augen seines Vaters.

»Hiram sagte mir, dass du mich sehen wolltest.«

»Beim Abendessen, Junge. Beim Essen. Es wird Zeit, dass du mal wieder neben mir am Ehrentisch sitzt. Dauernd bist du weg«, sagte er vorwurfsvoll.

Patrick nickte. »Morgen früh muss ich wieder los. Zu einem Überfall.«

»Auf die Gunns«, sagte sein Vater mit trunkener Stimme zufrieden.

»In der Nähe der Grenze«, log Patrick. Sollte sein Vater doch glauben, was er wollte – zumindest für jetzt.

»Ich wünschte, ich könnte mit dir reiten«, meinte Gregor.

Plötzlich versuchte der Marquis aufzustehen, wobei er

Patrick mit einer Handbewegung wegschickte. Aber er konnte nicht stehen. Mit einem gequälten Aufschrei knickte er zusammen, und Patrick sprang vor, um ihn mit seinem gesunden Arm abzustützen und ihm in den Sessel zu helfen. Mit seiner von Gicht geschwollenen Hand schlug sein Vater nach ihm, um ihn zu verjagen. Schlagartig wurde Patrick bewusst, wie peinlich seinem Vater sein Gesundheitszustand war. In seinen Augen standen Tränen, und er wollte nicht, dass irgendjemand – nicht einmal sein eigener Sohn – das wusste.

Verwundert starrte Patrick seinen Vater an, wobei er sich an den stolzen starken Mann erinnerte, den er in seiner Jugend so sehr bewundert hatte. Zum Teufel, er hatte seinen Vater geliebt, auch wenn der ihm seine Liebe nur selten gezeigt hatte. Ironischerweise wurde ihm jetzt – als er den Schatten von einem Mann anschaute, der sich durch seinen übergroßen Stolz selbst zerstört hatte – bewusst, dass er seinen Vater nie intensiver geliebt hatte als in diesem Moment.

Er musste sich selbst stählen, die Worte zu sagen, die seinen Vater noch mehr verletzen würden. Aber er musste es tun, damit Marsali geschützt wäre – und das Baby, falls sie ein Kind empfangen hatte.

Sein Vater starrte ihn scharf an. Abwartend.

Patrick atmete tief durch, bevor er sprach. »Ich möchte dir mitteilen, dass Marsali mit mir zum Essen kommen wird.«

Der Marquis zuckte mit den Schultern. »Mir ist es egal, was dieses Weibstück macht.«

»Gut, dann wirst du ja auch nichts dagegen haben, wenn sie neben mir sitzen wird.«

Sein Vater warf sich im Sessel zurück, und seine grünen Augen funkelten. »Eine Gunn? Eine Geisel? Sie wird ganz unten am Ende des Tisches sitzen.«

»Nay, Vater«, sagte er und zwang sich, seiner Stimme einen ruhigen Ton zu geben. »Sie wird den Platz neben mir einnehmen, der ihr als meine Ehefrau zusteht.«

Mit unerwarteter Energie, die wohl von seiner Wut geschürt wurde, stand sein Vater aus dem Sessel auf, wobei seine rechter Fuß sich in der Decke verhedderte. »Niemals!«

Patrick zählte bis drei und sagte dann: »Es ist schon geschehen. Wir haben vor einer Woche eine Handheirat gemacht.«

Seinem Vater fiel die Kinnlade herunter.

Bevor er etwas erwidern konnte, fuhr Patrick sein stärkstes Geschütz auf. »Mit etwas Glück ist auch schon ein Erbe unterwegs«, meinte er.

Der Trick funktionierte. Zumindest beinahe. Sein Vater schloss den Mund und starrte ihn an, von seinem Kopf mit den grauen Haaren bis zu seinen gichtigen Füßen zitternd. Eine ganze Minute starrte er seinen Sohn einfach nur an. Doch dann sagte er mit einem verschlagenen Grinsen: »Eine Handheirat muss vor Zeugen geschlossen werden.«

Patrick nickte. »Es gab Zeugen.«

»Wer? Dieser dicke Bursche, der mit dir reitet? Das werde ich nicht akzeptieren.«

»Du wirst es akzeptieren, oder du wirst mich nie wieder sehen.«

Sein Vater fiel in seinen Sessel zurück und machte ein ungläubiges Gesicht. »Du bist mein Sohn, und du wirst tun, was ich dir befehle.«

Patrick antwortete ganz ruhig. »Vor zwölf Jahren hast du meine Heirat arrangiert. Ich habe eingewilligt, weil es dein Wunsch gewesen ist. Ich habe mich zwölf Jahre an diesen Kontrakt gehalten, und damit habe ich dir meine Ehrerbietung erwiesen. Ich möchte keine Schande über dich bringen, indem ich dieses Heiratsversprechen ganz einfach breche.«

»Eine schöne Rede«, höhnte Gregor Sutherland. »Offenbar hast du nicht nur die Kriegskunst erlernt, sondern auch die Fähigkeit, andere mit Worten zu betören. Aber du weißt, was ich für die Gunns empfinde. Ich will keine Frau von ihnen in meiner Familie haben.«

»Dann werden meine Ehefrau und ich bis zum Ende der Woche Brinaire verlassen, und du wirst deinen Erben niemals wiedersehen.«

»Ich werde Alex zu meinem Erben einsetzen.«

»Ganz wie du möchtest.« Patrick nickte kurz und ging in Richtung Tür.

»Warte.«

Patrick drehte sich um und schaute seinen Vater an.

Der alte Mann ließ sich lange Zeit, bevor er schließlich sagte: »Du weißt genau, dass wir nicht ohne dich gegen die Gunns und Sinclairs kämpfen können.«

Patrick antwortete nichts.

Sein Vater hob mit einer hilflosen Geste eine Hand. »Alex würde doch sterben, wenn er versuchen würde zu kämpfen.«

»Das ist dir also immerhin bewusst?«

Sein Vater machte ein finsteres Gesicht. »Ich habe immer versucht, einen richtigen Mann aus ihm zu machen.«

Patrick schüttelte den Kopf. »Du hast eine Menge Fehler gemacht, Vater. Viel zu viele.« Er ging weiter zur Tür.

»Patrick.«

Er drehte sich nicht um.

»Bitte, Patrick ... verlass mich nicht.«

Einen Meter vor der Tür blieb er stehen. Sein Vater war wieder aufgestanden, und Patrick beobachtete, die der alte Mann einen Schritt auf ihn zu machen wollte. Aber sein Körper schwankte, seine Hand suchte einen Halt, und im nächsten Moment fiel er wieder in seinen Sessel zurück.

»Diese verdammte Gicht«, murmelte der Marquis.

Patrick war klar, dass sein Vater sich für seine Krankheit schämte, die er als Schwachheit ansah. Er hoffte nur, dass er selbst im Alter nicht so verbohrt sein würde. Er trat neben den Sessel und wartete auf die nächste Hasstirade. Aber sie blieb aus. Lange Zeit starrte sein Vater nur in den kalten Kamin, während er mit seinen Händen die Sessellehnen umklammerte.

Schließlich begann er: »Sie erinnert mich an …« Seine Stimme brach ab.

»Margaret?«, fragte Patrick.

»Aye. Sei vorsichtig, Junge. Frauen können so betrügerisch sein.« Seine Stimme klang jetzt nicht mehr wütend, sondern hohl. Einsam.

Patrick hatte seinen Vater niemals so verletzlich gesehen, und er fragte sich, ob er ihn jemals wieder so sehen würde. Er wählte seine Worte sorgfältig und sprach ganz formell: »Sir, ich glaube nicht, dass Lady Margaret Euch betrogen hat. Ich denke, jemand wollte, dass Ihr glaubt, sie hätte es getan.«

Müde Augen blickten Patrick an. »Seit zwei Jahren ist sie nun verschwunden. Wo ist sie, wenn sie mich nicht betrogen hat? Ich habe sie jedenfalls nicht ermordet.«

»Aye, das weiß ich«, erwiderte Patrick.

»Und sie hat sich auch nicht selbst umgebracht. Ja, ja, ich weiß …« Er winkte mit der Hand ab, als er Patricks erstaunten Blick bemerkte. »Ich habe immer behauptet, dass sie ins Wasser gegangen ist und sich im Meer ertränkt hat. Aber das ist nicht wahr. Du bist mein Sohn, und dir kann ich sagen, dass Margaret, tief in ihrem Herzen, ihrem katholischen Glauben nie abgeschworen hat. Sie hätte niemals Selbstmord begangen.« Wieder schwieg er und starrte in den Kamin. »Sie war meine Frau, und ich hätte ihre Untreue nicht offenbart. Das hätte ich nie getan. Ich dachte immer …«

»Was dachtest du?«, hakte Patrick nach.

Aber sein Vater schüttelte nur den Kopf. »Es spielt keine Rolle mehr.«

»Vielleicht aber doch«, widersprach Patrick. »Wenn ich nämlich beweisen kann, dass Margaret dich nicht betrogen hat.«

Sein Vater riss den Kopf hoch. »Hast du etwas erfahren, Junge? Und setz dich doch endlich. Mein Nacken wird ja ganz steif, wenn ich dauernd zu dir hochsehen muss.«

Patrick setzte sich auf die Kante eines Stuhls, der dem Sessel seines Vaters gegenüber stand. Dann beugte er sich vor und sagte: »Ich fürchte, dass Edward Sinclair einen Plan ausgeheckt hat, um Clan Sutherland zu vernichten, und der erste Schritt dazu war, dich glauben zu machen, dass Margaret dir untreu gewesen ist.«

Sein Vater schaute ihn an, als ob Patrick den Verstand verloren hätte, aber er unterbrach ihn nicht. »Sinclair wusste, dass Margaret das perfekte Ziel war, um einen Bruch zwischen dir und Donald Gunn herbeizuführen. Ich glaube, er hat gehofft, dass du den Gunns den Krieg erklären würdest und der Earl ihn dann um Unterstützung gebeten hätte – was ja auch geschehen ist. Ich bin sicher, dass Sinclair das Angebot, eine der Töchter von Donald zu heiraten, nur allzu gerne angenommen hätte, um ihm im Gegenzug Hilfe im Kampf gegen unseren Clan zu gewähren. Diese Allianz hätte es Edward ermöglicht, seinen lang gehegten Wunsch zu erfüllen, unseren Clan zu vernichten und sich unser Land anzueignen.« Er hob eine Augenbraue und fügte hinzu: »Du und ich wissen doch genau, dass wir einen Krieg gegen die vereinigten Clans der Gunns und der Sinclairs nicht gewinnen können.«

Gregor nickte, schwieg aber weiter.

»Dazu kommt noch«, fuhr Patrick fort, »dass Sinclair mich treffen wollte, indem er Marsali zur Frau genommen hätte. Er wusste, wie sehr mich das verletzen würde, und ich denke, das war ihm genau so wichtig wie das Ziel, unseren Clan zu vernichten.«

Gregar zog seine Augen zusammen. »Warum?«

»Der Mann hasst mich«, erklärte Patrick. »Ich habe gesehen, wie er feige vom Schlachtfeld geflohen ist, wobei er andere Männer im Stich gelassen hat, die dann von den Feinden getötet wurden. Er hat wohl gehofft, dass ich einer davon gewesen wäre. Er brüstet sich mit seiner Tapferkeit, und ich bin einer der wenigen lebenden Menschen, die das Gegenteil bezeugen könnten.«

Patricks Vater runzelte die Stirn. »Und warum hast du es nicht getan?«

»Ich bin verantwortlich für mich selbst, für meine Taten und für meine Ehre. Aber nicht für andere. Ich hätte auch nie darüber gesprochen, wenn Sinclair nicht meine Familie und meinen Clan attackiert hätte.«

Sein Vater betrachtete ihn, und Patrick hatte das Gefühl, dass sein Blick wieder so intensiv wie früher war.

»Dann hast du also Sinclairs Pläne durchkreuzt«, meinte der Marquis, »weil du zu früh nach Hause gekommen bist.«

Der Körper mochte schwach sein, dachte Patrick, aber der Verstand war immer noch messerscharf. »Aye«, antwortete er. »Um es genau zu sagen, ich kam einen Tag zu früh nach Hause. Einen Tag später wäre Marsali Sinclairs Ehefrau gewesen.«

Sein Vater machte ein erstauntes Gesicht. »Dann stimmt es also, dass du etwas damit zu tun hattest, dass die Hochzeit abgesagt wurde?«

»Aye«, sagte Patrick, ohne zu zögern. »Sie war nur bereit, Sinclair zu heiraten, um zu verhindern, dass ihr Vater ihm anderenfalls Cecilia zur Frau gegeben hätte, um die Allianz zu besiegeln. Das hätte Marsali niemals zugelassen. Deshalb habe ich Cecilia an einen versteckten Ort bringen lassen, wo der Earl sie nicht finden wird. Marsali war einen Monat lang in ihrer Kammer bei Wasser und Brot eingesperrt, weil sie sich beharrlich weigerte, Sinclair zu heiraten. Sie hat so viel Mut und Ehre, Vater, wie der beste Mann.«

Sein Vater sagte immer noch nichts, und Patrick begann zu hoffen, dass das Leuchten in den trüben grünen Augen ein Zeichen der Bewunderung für Marsali war. Aye, der Marquis von Brinaire würde sicherlich jemanden bewundern, gleich ob Mann oder Frau, der wirklich Ehre hatte.

Schließlich sprach sein Vater mit einer so gequälten Stimme, dass sich Patricks Herz zusammenzog. Er machte den vergeblichen Versuch, seine Schmerzen zu verbergen. »Wie sicher bist du, was Margaret betrifft?«, fragte er.

»Ich bin sicher, dass Sinclairs Männer – bekleidet mit Sutherland-Plaids – die Gunns überfallen haben. Dafür habe ich Beweise. Und ich bin sicher, dass Sinclair sie erneut überfallen wird. Und ich glaube auch, dass Edward den Earl of Abernie überredet hat, eine Petition beim Parlament einzureichen, mit dem Ziel, unseren Clan zu Outlaws erklären zu lassen.«

Bei der Erwähnung von Donald Gunn verdüsterte sich Gregors Gesicht, und Patrick fürchtete schon, er würde die Unterredung abbrechen. »Donald Gunn ist ebenso ein Opfer wie wir«, sagte er. »Er ist davon überzeugt, dass du seine Dörfler überfallen hast, um dich zu rächen.«

Sein Vater lehnte sich im Sessel zurück und machte ein sorgenvolles Gesicht. Patrick sah einen Schimmer des Mannes, der sein Vater einmal gewesen war. Ein hoch geachteter Mann, der harte Entscheidungen zu treffen wusste, geschätzt wegen seiner Tapferkeit und seiner Klugheit – und auch wegen seiner umgänglichen Art.

»Du hast schon Pläne«, sagte Gregor schließlich.

Es war eine Feststellung, keine Frage, und Patrick wusste, dass er jetzt vorsichtig sein musste. Das war nicht der Moment, um seinem Vater von dem bedauernswerten Vieh zu erzählen, oder davon, dass er seine Freundschaft mit Gavin erneuert hatte, und schon gar nicht, dass er plante, Männer von Clan Sutherland zur Nordgrenze zu schicken, damit sie Seite an Seite mit den Gunns gegen die Sinclairs kämpften.

»Aye«, sagte Patrick. »Ich habe Pläne. Und sie beinhalten auch, dass ich herausfinden werde, was mit Margaret geschehen ist.«

»Erzähl mir davon«, befahl sein Vater, aber nicht in dem autoritären Ton, den er früher vielleicht angeschlagen hätte.

»Ich hoffe, dass es mir gelingt, dass der Earl of Abernie Sinclair auf frischer Tat ertappt«, sagte Patrick und hoffte, dass er nicht nach Einzelheiten gefragt wurde. Nachdem er sich ehrlich mit seinem Vater unterhalten hatte, wollte er jetzt nicht mehr gezwungen sein, lügen zu müssen.

Patrick ließ langsam die Luft aus den Lungen entweichen, während sein Vater das Gesicht grimmig verzog. »Sieh zu, dass Donald Gunn persönlich zugegen ist. Danach kann er auf den Knien zu mir rutschen, um mich um Vergebung zu bitten.«

Patrick seufzte. »Er glaubt nun mal, dass du seine Schwester misshandelt hast.«

»Sie ...« Gregor Sutherland unterbrach sich und wandte den Kopf ab, aber Patrick sah, wie sich die Kehle seines Vaters bewegte, weil er heftig schlucken musste.

Schließlich sprach sein Vater so leise, wie Patrick ihn noch nie hatte sprechen hören.

»Bring die Gunn mit zum Essen.«

»Wirst du sie ehrenvoll behandeln?«

»Jetzt verlangst du zu viel.«

»Sie wird die Mutter meiner Kinder sein.«

»Dann möge Gott dir beistehen.« Da schwang wieder der alte Kampfgeist mit – wenn auch weniger stark, als Patrick sich erinnerte.

»Du wirst Marsali höflich behandeln, Vater. Und du wirst dich auch um sie kümmern, falls mir irgendetwas zustoßen sollte.«

Der Blick seines Vaters traf seinen Blick, und Patrick war überrascht, dass er in den grünen Augen einen Schatten sah, den er bei jedem anderen Menschen als Sorge – oder sogar Angst – gedeutet hätte. Aber das konnte er einfach nicht glauben. Das hätte zu vielen Jahren widersprochen, in denen er Fürsorge erwartet, aber nicht empfangen hatte; er konnte nicht glauben, dass sein Vater sich aufgrund eines einzigen Gesprächs plötzlich Sorgen um ihn machte.

Aber als sein Vater ihm antwortete, klang seine Stimme weniger harsch, und sie war frei von Groll.

»Ich werde mich um sie kümmern«, sagte der Marquis.

Patrick verließ das Zimmer seines Vaters mit einem Gefühl, als ob er eine Schlacht gewonnen hätte.

24

Der Marquis hielt sein Versprechen. Zumindest einigermaßen. Patrick hatte ja gewusst, dass er keine Herzlichkeit erwarten konnte. Ein zivilisierter Umgang wäre ausreichend. Aber sein Vater saß während der ganzen Mahlzeit mit mürrischem Gesicht da, nachdem er Marsalis Anwesenheit mit einem einzigen kurzen Nicken zur Kenntnis genommen hatte. Die strahlenden Gesichter seiner Clansmänner, als sie von der Handhochzeit hörten, war mehr als Ausgleich genug für das Verhalten seines Vaters.

Es war offenkundig, dass seine Clansleute Marsali mochten. Patrick wusste inzwischen, dass die Sutherlands die Verbesserung des Essens mit Marsalis Auftauchen in Brinaire in Verbindung brachten. Natürlich wussten sie nicht, wie Marsali das erreicht hatte. Sie wussten nur, dass Brinaire innerhalb weniger Wochen ein hellerer, freundlicherer Ort geworden war. Der Fußboden war mit frischen Binsen bestreut, das Geschirr war sauber, und die junge Lady Elisabeth hatte neuerdings ein Lächeln auf den Lippen.

Patrick nahm die ehrlich gemeinten Glückwünsche seiner Clansleute entgegen, die, wie er bemerkte, den versteinerten Gesichtsausdruck seines Vaters einfach ignorierten. Gemeinsam tranken sie auf eine glückliche Zukunft von Patrick und Marsali. Dann wurde noch mehr getrunken, bis die Großhalle von deftigen Späßen und prächtiger Laune erfüllt war.

Patrick sah zufrieden, dass Marsalis Gesicht glühte, weil sie sich über den wohlwollenden Empfang der Menschen in Sutherland freute. Aber ihm entging auch nicht, dass ihre Augen immer wieder von einem Schleier überzogen waren und sie die Stirn sorgenvoll in Falten gelegt hatte. Sie wusste ja, dass er nach dem Essen wieder aufbrechen würde.

Er wünschte, er könnte auf Alex' Rückkehr warten, aber das war unmöglich, da er Gavin versprochen hatte, seine Männer in die Berge zu führen, um die Krieger der Gunns zu unterstützen. Patrick hatte zwanzig Männer ausgewählt, die, denen er am meisten vertraute. Jedem Mann war aufgetragen worden, kein Sutherland-Plaid zu tragen, und sie würden – wenn sie erst außer Sichtweite von Brinaire wären – schwarze Armbinden anlegen. Aus Vorsicht, dass es doch einen Spion in Brinaire geben könnte, von dessen Existenz Patrick nichts wusste, hatte er angeordnet, dass die Männer zu zweit oder zu dritt nach dem Essen verschwinden sollten.

Er selbst würde etwas später folgen, nachdem er sich von Marsali – und zwar alleine – verabschiedet hatte.

Patrick warf seinem Vater einen Blick zu, der nur in seinen Becher starrte. Er trank weniger als sonst, und sein Blick schien wachsamer zu sein, als er erst seine Tochter Elisabeth, dann Patrick und schließlich Marsali anschaute.

Eine plötzliche Bewegung am unteren Ende der Tafel erweckte Patricks Aufmerksamkeit, und er sah, dass Hiram seinen Stuhl zurückstieß und sich erhob. Als der rothaarige Hüne sich räusperte, und es klar war, dass er etwas sagen wollte, war Patrick erstaunt. Er hatte noch nie erlebt, dass Hiram in den Mittelpunkt trat.

Hirams Gesicht war denn auch gerötet, weil er so etwas gewöhnlich nicht machte. Er blickte den Marquis an und hob seinen Becher. »Auf die schönste Frau Schottlands und den tapfersten Mann«, rief er. »Auf zwei mutige Herzen.«

Becher wurden gehoben, und Fäuste donnerten auf den Tisch. »Auf zwei mutige Herzen«, riefen die dreißig Männer und die fünf Frauen, die am Tisch saßen, sowie die Dienstboten, die an der Wand standen.

Patricks Blick war auf seinen Vater gerichtet, der reglos wie ein Stein dasaß. Dann blickte sich Gregor Sutherland in der Großhalle um, und zuletzt sah er seinen ältesten Sohn an. Seinen Erben. Die Blicke der beiden trafen sich, und in der Halle wurde es ganz still. Der Marquis von Brinaire hob langsam seinen Becher, ohne Patricks Blick loszulassen.

»Auf zwei mutige Herzen«, sagte er. Er nippte an seinem Becher, schob langsam seinen Stuhl zurück, stand auf und hinkte aus der Großhalle, die in absolutes Schweigen versunken war.

Patrick schaute Hiram an und hob eine Augenbraue.

Hiram ließ sich krachend auf seinen Stuhl zurückfallen, und die anderen Leute brachen in lautes Lachen aus. Zuerst ein bisschen nervös, aber dann herzhafter, und danach wurde in der Großhalle kräftig gefeiert.

☆ ☆ ☆

Marsali versuchte zu lächeln, als sie Patrick Lebewohl sagte, aber es gelang ihr nicht; sie hatte schreckliche Angst um ihn, und das wusste er sicher auch.

Bekleidet war er mit einem dunkelbraunen Wams, worüber er einen ledernen Koller trug. Dazu dunkle Hosen, die eng an seinen Beinen anlagen. Er wirkte stolz, gefährlich – und er sah unwiderstehlich aus.

Sie blickte in das Gesicht, das ihr inzwischen so vertraut war, und sie konnte sich nicht vorstellen, weiterleben zu können, wenn sie es nicht mehr sehen würde.

Sie schmiegte sich in seine Umarmung und schlang die Arme um seinen Nacken.

»Ich werde nicht lange weg sein, Liebes«, versprach er. »Einen Tag oder zwei. Aber bestimmt nicht länger als drei.«

Seine Stimme klang ruhig, und sie war vernunftbetont, aber gerade sein scheinbarer Mangel an Furcht jagte ihr seltsamerweise noch stärkere Angstschauer über den Rücken.

Ein Tag oder drei Tage: Genauso gut hätte er ein »Leben lang« sagen können.

Er strich ihr mit der Hand übers Haar, dann berührten seine Lippen ihren Mund – besitzergreifend. Marsali klammerte sich an ihn, sie fühlte sich, als würde sie ertrinken: in Liebe … und in Angst. Sie wollte ja tapfer sein, aber die Ausbuchtung unter der Kleidung seines linken Armes war doch ein sichtbarer Beweis dafür, dass er nicht unverwundbar war.

Ein verzweifelter Aufschrei entrang sich ihrer Kehle, als er seine Lippen von ihren löste. »Bitte, Patrick, geh nicht«, flehte sie. »Du bist noch nicht gesund genug.«

»Ich muss gehen«, sagte er leise. »Ich habe diese Sache begonnen, und ich muss da sein, um sie zu Ende zu bringen.« Er lächelte schief an. »Hiram wird aufpassen, dass mir nichts passiert. Das kann er sich gar nicht leisten, weil er ja weiß, dass er anschließend deine Fragen zu beantworten hätte.«

Sie fand diese Bemerkung weder lustig noch beruhigend: Hiram war schließlich in seiner Nähe gewesen, als er zuletzt verwundet worden war.

»Vater wird sich um dich kümmern«, fügte Patrick hinzu.

Sie schaute ihn mit großen Augen erstaunt an. »Hat er das gesagt?«

»Er will schließlich seinen Enkel sehen«, meinte Patrick lächelnd.

Ihre Wangen erröteten. »Selbst wenn das Kind zur Hälfte Gunn-Blut hat?«

»Aye«, antwortete er. »Selbst dann.«

Sie seufzte. »Ich wünschte, du müsstest nicht gehen. Ich verstehe nicht, weshalb du nicht Hiram schicken kannst, um Gavin zu treffen.«

Sein Blick war milde tadelnd. »Ich habe Gavin schließlich mein Wort gegeben, Liebes. Ich kann ihn in diesem Kampf nicht alleine lassen. Die Clansmänner der Gunns haben weder die Waffen noch die Erfahrung.« Sein Blick verdüsterte sich. »Ich hatte ja gehofft, dass Alex inzwischen zurück sein würde, aber vielleicht hatte Rufus Probleme, sich mit ihm zu treffen. Jedenfalls kann ich nicht länger warten.« Er umfasste ihr Kinn mit der Hand und hob ihr Gesicht. »Wenn Alex zurückkommt, schick ihn zur Hütte. Ich werde einen Mann dort postieren, der weiß, wo ich zu finden bin – und damit Quick Harry weiß, dass Alex kommen wird, bevor er ihn, einen Fremden, erschießt und erst hinterher Fragen stellt.«

Marsali nickte, aber im Innersten war sie heftig bewegt. Er würde gehen. Und nichts, was sie sagte oder tat, würde ihn aufhalten.

Aber er bewegte sich nicht. Sie sah das Glänzen in seinen Augen, die Vorfreude auf den Kampf, und sie spürte die Ungeduld, die Anspannung in seinem Körper. Aber er stand trotzdem bei ihr, strich ihr mit dem Handrücken über die Wange, während sein Blick ihr Gesicht liebkoste.

Dann umarmte er sie plötzlich und zog sie ganz eng an sich, küsste sie leidenschaftlich. Als er sich von ihr löste, hielt er ihr Gesicht mit beiden Händen fest und schaute ihr tief in die Augen.

»Ich liebe dich, Marsali«, sagte er. »Vergiss das nie.«

Dann verließ er die Kammer, ohne sich noch einmal umzusehen.

Einen Moment lang starrte Marsali die geschlossene Tür an, wobei ihr der Atem fast im Hals stecken blieb. Dann brach sie in Tränen aus, erfüllt mit Stolz auf ihren Mann – und voller Angst um ihn.

☆ ☆ ☆

Patrick ritt mit grimmiger Entschlossenheit durch Berge der Highlands, die von einem vollem Mond beschienen wurden. Der Gedanke an Marsalis Gesicht, in deren Augen Tränen geglitzert, und deren Lippen gebebt hatten, lag wie ein schweres Gewicht auf seinem Herz. Wie gerne wäre er bei ihr geblieben. Aber ihretwegen hatte er sie verlassen müssen. Um ihrer beider willen.

Und er war an der Grenze dazu, seinen Schwur zu brechen, den Eid, dass er nie wieder gegen einen anderen Schotten kämpfen würde. Gott möge ihm beistehen, er konnte nur hoffen, dass dies das Ende der Gewalt sein würde.

Und das Ende von Foster. Der Mann war ein Teufel in Menschengestalt, er war wahnsinnig, und er hatte geschworen, Patrick umzubringen, während Patricks Schwert seine Stimmlage wohl für immer verändert hatte. Dieser Mann würde keine Ruhe geben. Solange Foster lebte, würden – wie Patrick bewusst war – er selbst und alle, die er liebte, in Gefahr sein.

»Mylord?«

Patrick warf Hiram, der neben ihm ritt, einen Blick zu. »Willst du mir bitte verraten, was dieser ›Mylord-Unsinn‹ schon wieder soll?«

»Du hast so einen grimmigen ›Mylord-Gesichtsausdruck‹.«

»Du machst auch nicht gerade ein strahlendes Gesicht.«

Hiram seufzte. »Aye. Wahrscheinlich werde ich alt. Ich denke immer öfter darüber nach, ob ich mir nicht ein kleines Stück Land kaufen soll. Aber der Gedanke macht mir Höllenangst.«

»Ich denke, dass du dir vorstellst, dass zu dem Land noch jemand dazukommen sollte.«

Hiram strahlte übers ganze Gesicht. »Sie hat mir gesagt, dass ich mich um meine eigenen Angelegenheiten kümmern soll – nachdem sie mir angedroht hat, mich mit einem Besenstiel zu verprügeln, wenn ich es zuließe, dass du auch nur einen Kratzer mehr abbekommst, Mylord. Und du möchtest doch wohl nicht an meinem verfrühten Tod Schuld sein?«

»Ich werde mein Bestes tun, um deine kostbare Haut zu schonen.« Patrick lachte.

»Wenn wir schon über so was reden, wie geht es eigentlich deiner Schulter?«

»Na ja, ich werde wohl ein Schwert halten können.« Und das, wusste Patrick, war eigentlich alles, was Hiram wissen wollte. Schmerzen – und die hatte er wahrlich immer noch – zählten nicht. Nur die Fähigkeit zu kämpfen.

In diesem Moment tauchten mehrere dunkel gekleidete Clansmänner von Sutherland auf, die Brinaire schon früher verlassen hatten. Sie schlossen zu Patrick und Hiram auf. Gemeinsam ritten sie schweigend eine Stunde weiter, bis eine weitere Gruppe von zehn Männern zu ihnen stieß. Zusammen folgten sie dem Pfad, der über die Berge führte, zur Grenze des Landes von Clan Gunn.

25

Patrick beobachtete, wie sich die ersten silbrigen Strahlen eines kühlen Morgens über den Bergen zeigte. Er zitterte, aber weniger wegen der Kälte als wegen seiner wachsenden Unruhe.

Er wartete mit Hiram und fünfzehn anderen Männern auf die Information, wo Sinclair den Überfall geplant hatte. Weitere Männer waren in der ganzen Gegend postiert, um die Wege zu den Siedlungen der Gunns zu überwachen; sie hatten den Befehl, auf Bäumen zu wachen – etwas, was sie während ihrer Kampfausbildung von Hiram gelernt hatten. Patrick gefiel es nicht, dass seine kleine Streitmacht getrennt war, aber solange er Sinclairs Pläne nicht kannte, musste er für jede Wahrscheinlichkeit gerüstet sein.

Wo blieb sein Botschafter? Hatte Alex es geschafft, nach Brinaire zurückzukehren? War es Rufus überhaupt gelungen, sich mit Alex zu treffen? Patrick lief ungeduldig auf der Lichtung auf und ab.

Er spürte Hirams Blick auf sich, und er wusste, dass sein Freund sich Sorgen machte. Tatsächlich verhielt er – Patrick – sich unnormal. Gewöhnlich war er vor einer Schlacht die Ruhe selbst; er hatte gelernt, seine Energie innerlich zu speichern, sie zu bündeln, denn er hielt es für eine Verschwendung – eine, die tödlich enden konnte –, sie verpuffen zu lassen, bevor sie tatsächlich gebraucht wurde. Aber die heutige Nacht … die heutige Nacht war anders. Es war ihm nicht möglich, Ruhe zu bewahren – und Gleichgültigkeit vorzutäuschen wäre ihm schwergefallen.

Bei allen Heiligen, aber sein Leben und das aller Menschen,

die er liebte stand auf dem Spiel. Und er konnte nichts tun, außer hilflos abzuwarten, wohin er gehen musste. Er hasste es, wenn er so wenig Kontrolle über das Geschehen hatte.

Ein leiser Pfeifton, der von einer belaubten Hütte am südlichen Rand der Lichtung kam, holte Patrick augenblicklich in die Gegenwart zurück. Er wirbelte herum, um in die Richtung zu sehen, aus der das Signal gekommen war, er spähte durch das Halbdunkel und versuchte, zwischen den Bäumen etwas zu erkennen.

Pferde brachen durch das Unterholz. Dann tauchte plötzlich ein Mann auf, der einen mächtigen Hengst ritt und der eine Lederweste über einem Wams trug und karierte Hosen. Der Fremde galoppierte auf die Lichtung. Der Reiter war von schmaler Gestalt. Er brachte das Pferd zum Stehen und sprang aus dem Sattel, bevor die Vorderhufe des Hengstes noch den Boden berührten. In dem Dämmerlicht erkannte Patrick weder das Pferd noch den Reiter, und er wollte Hiram schon ein Zeichen geben, wachsam zu sein, als der Reiter den Helm abnahm.

Lange, dunkle Haare umrahmten ein Gesicht, das Patrick überall erkannt hätte.

»Marsali!«

Sie warf sich in seine Arme, und im gleichen Moment brach ein weiteres Pferd aus dem Unterholz. Quick Harry hing unbeholfen im Sattel.

Patricks Hände berührten Metall, wo er gewohnt war, zarte Haut zu berühren, und er starrte seine Frau mit gerunzelter Stirn an. »Was zum Teufel machst du …?«

»Rufus hat Alex getroffen«, unterbrach sie ihn, wobei sie stoßweise um Luft rang. »Der Angriff wird im Morgengrauen stattfinden. Nordöstlich von Kilcraig. Die Siedlungen in der Nähe der Grenze.«

»Die kleinen Bauernhöfe bei Sandy Gunns«, erinnerte er sich, während sein Blick über den Himmel glitt, an dem sich die erste Morgenröte über den Bergen zeigte.

»Aye«, sagte sie, während ihre Brust sich so heftig hob und senkte, als wäre sie gelaufen und nicht das Pferd.

»Aber wieso bist du gekommen? Ist Alex etwas zugestoßen?«

Sie schüttelte den Kopf. »Er ist nach Creighton geritten. Rufus vermutet, dass Sinclair ... dort Margaret gefangen halten könnte. Wir haben befürchtet, dass Sinclair – falls sie wirklich noch lebt ... sie töten lässt, wenn er merkt, dass seine Männer bei dem Überfall erkannt wurden.«

»Und Alex ist nach Creighton geritten, um Sinclair daran zu hindern? Alleine?«

»Nay, er hat zwei Männer mitgenommen. Ich habe ihm gesagt, dass er nur beobachten soll und dass er auf dich warten soll ... oder auf jemanden, den du schickst.«

»Dieser junge verrückte Narr«, murmelte Patrick. »Aber das erklärt immer noch nicht, wieso du hier bist. Wo ist Fergus – der Mann, den ich zur Hütte geschickt habe?«

Sie machte eine ungeduldige Handbewegung. »Sein Pferd ist auf dem Pass gestrauchelt. Ich habe Fergus auf dem Weg zur Hütte gefunden. Sein Bein ist gebrochen ... und sein Pferd ist davongerannt.«

»Gütiger Gott.«

»Fergus konnte unmöglich reiten. Und ich wagte es nicht, Quick Harry alleine zu schicken. Er ist ein miserabler Reiter. Aber er wollte mich auch nicht alleine reiten lassen ...«

»Und so seid ihr gemeinsam gekommen.«

Vollkommen erschöpft, nickte sie.

Patrick sah, dass Hiram und die anderen Männer bemerkt hatten, dass der Aufbruch bevorstand, denn sie waren bereits aufgesessen. »Der Morgen graut schon«, sagte Patrick, »und wir müssen scharf reiten.« Er rannte über die Lichtung, um sein Pferd zu holen, und dabei gab er lautstark Befehle. »John, ruf unsere Leute zusammen. Sag ihnen, dass sie zu den Siedlungen von Sandy Gunns reiten sollen. Die liegen dicht hinter unserer Grenze.«

»Aye, Patrick.«
»Tommy?«
»Aye?«
»Nimm Hektor und reite nach Creighton. Reitet so schnell ihr könnt. Sucht Alex und bleibt bei ihm. Wenn ich kann, werde ich nachkommen.«
»Aye, Patrick.«
Die beiden Männer wendeten ihre Pferde und sprengten in Richtung Küste davon.
Patrick packte Marsalis Schenkel, um ihr in den Sattel zu helfen. »Ich würde dich und Quick Harry lieber nach Brinaire zurückschicken, aber in diesen Wäldern wimmelt es von bewaffneten feindlichen Kriegern. Bei uns seid ihr sicherer. Aber ihr werdet beide zurückbleiben. Weit zurück.« Er schwang sich auf den Rücken seines eigenen Pferdes und warf Hiram einen kurzen Blick zu. »Pass auf sie auf.«
»Aye«, erwiderte Hiram, ohne nachzufragen.
Patrick hätte es vorgezogen, Hiram an seiner Seite zu haben, aber Marsalis Wohlergehen ging vor seinem eigenen. Mit einem schnellen Blick über seine Clansmänner wählte er einen weiteren Mann aus, dessen Fähigkeiten er vertraute.
»Cadman«, rief er und schaute den Mann eindringlich an. »Du wirst meine Lady ebenfalls beschützen.«
»Aye, Mylord.«
»Notfalls mit deinem Leben?«
»Mit meinem Leben.«
Patrick trieb seinen Hengst ostwärts, und seine Männer folgten. Sie waren etwa fünf Meilen von dem Ort entfernt, an dem die Sinclairs den Überfall geplant hatten; es war nicht mehr lange bis zum Morgengrauen.
Während des Rittes stießen andere Männer zu ihnen. Einige trugen farblose Plaids mit schwarzen Armbinden, andere trugen die Plaids der Gunns. Gavin hatte also seinen Teil der Abmachung eingehalten.
Als sie die Siedlung erreichten, war die Streitmacht auf

dreißig Männer angewachsen. Niemand war dort. Keine Frauen. Keine Männer. Das einzige Lebenszeichen kam von einem Schwein, das in seinem Verschlag hinter einem Zaum grunzte. Es gab nur einen Grund dafür, dass die Siedlung verlassen war: Der Überfall hatte bereits begonnen, und die Sinclairs hatten schon die Nachbarn attackiert. Patrick trieb sein Pferd an, und er gab seinen Männern ein Handzeichen, ihm zu folgen.

Das erste Zeichen eines Kampfes deutete sich an, als Patrick Waffenklirren hörte und die Schreie der Krieger, die im frühen Morgen widerhallten. Als er mit seinen Männern näher kam, sah er, dass das Gefecht schon in vollem Gang war. Als er und seine Leute sich in den Kampf einmischten, flohen einige Leute der Gegenseite, die Sutherland-Plaids trugen.

Patrick erkannte Gavin, der in einem Schwertkampf mit einem Mann verwickelt war, der einen schwarzen Helm trug. Patrick brüllte zwei seiner Männer Befehle zu. »Schnappt euch ihre Pferde! Ich will nicht, dass auch nur ein Einziger entkommt. Ich will die ganze Bande als Geschenk nach Abernie bringen!« Während die beiden losgaloppierten, um Patricks Befehl auszuführen, wandte sich der Warlord an die anderen. »Ihr greift alle Leute an, die eure Plaids tragen!«

Als er seinen Hengst auf der Hinterhand wendete, entdeckte er Rufus, der mit dem Schwert gegen einen Mann kämpfte, der ein Sutherland-Plaid trug. Als Patrick vom Pferd sprang, sah er, wie Rufus seinen Gegner mit dem Schwert durchbohrte. Rufus hob den Arm, um seinen Freund zu grüßen, bevor er sich dem nächsten Gegner zuwandte.

Patrick zog sein Schwert und lief zu Gavin. Sein Freund war ganz auf das Gefecht mit dem Mann mit dem schwarzen Helm konzentriert, sodass er nicht den feindlichen Krieger in seinem Rücken bemerkte. Patrick stellte den zweiten Angreifer, der sein Schwert gehoben hatte, um es Gavin in den Rücken zu stoßen.

Der Mann drehte sich überrascht mit hoch erhobenem

Schwert zu Patrick um. Aber er zögerte einen Moment, weil er den neuen Gegner zu spät gesehen hatte, und diese Sekunde genügte Patrick, um dem Mann das Schwert aus der Hand zu schlagen. Im nächsten Moment hatte er die Spitze seines eigenen Schwertes auf das Herz des Gegners gerichtet.

Zwei seiner Leute rannten herbei, um den Mann gefangen zu nehmen, während Patrick Gavins Rücken deckte. Gavins Gegner war ein guter Kämpfer. Er war sogar verflucht gut. Aber das war Gavin auch. Patrick wusste, dass es nicht korrekt gewesen wäre, sich in den Kampf einzumischen. Deshalb beschränkte er sich darauf, aufzupassen, während die beiden Männer auf Leben und Tod kämpften.

Überall in der Siedlung ergaben sich mehr Feinde, nachdem ihnen bewusst wurde, dass sie in der Falle saßen, umzingelt von einer Überzahl. Einer nach dem anderen wurde gefangen genommen und an Armen und Beinen gefesselt.

Aber den Mann, der gegen Gavin kämpfte, schien es nicht weiter zu stören, dass er alleine einer Übermacht gegenüber stand. Im Gegenteil. Seine Attacken wurden immer heftiger. Gavin war wirklich kein schlechter Schwertkämpfer, und er parierte jeden Schlag. Aber sein Gegner war einfach besser. Gavin taumelte einen Schritt zurück – dann einen weiteren. In diesem Moment erkannte Patrick das Gesicht des Feindes, er sah die Augen ... und sein Herz setzte einen Schlag aus.

Foster!

Es kostete Patricks ganze Disziplin, Gavin nicht zu Hilfe zu eilen. Nur das Bewusstsein, dass Gavin für immer erniedrigt wäre und er seinen Clansmännern nicht mehr in die Augen schauen könnte, hielt ihn zurück. Aber es wurde immer deutlicher, dass Gavin diesen Kampf nicht gewinnen konnte. Patrick machte sich bereit dafür, den Kampf für ihn zu beenden.

Gavin taumelte erneut, stolperte rückwärts über einen Felsen, fiel auf ein Knie. Patrick stürzte mit erhobenem Schwert vor. Aber es war zu spät. Foster hatte bereits die Klinge seines Schwertes an Gavins Hals gesetzt.

»Wenn du auch nur eine Bewegung machst«, krächzte Foster, »wird dein Freund sterben.«

Einige Blutstropfen liefen über Gavins Nacken. Patrick stand regungslos da, das Schwert an seiner Seite. Eine Bewegung von Fosters Hand – und Gavin wäre tot.

»Mach voran«, rief Gavin. »Bring den Hundesohn um.«

Das Schwert presste sich tiefer in Gavins Hals, und das Blut begann zu strömen.

»Was willst du, Foster?« Patrick konnte seine Wut kaum bezähmen.

»Dich«, krächzte Foster. »Aber im Augenblick will ich nur ein Pferd. Ein gutes.« Er schaute sich um. »Das schwarze dort.«

Patrick erwiderte Fosters Blick. Hasserfüllt. Zum Teufel, er wollte nicht, dass ihm dieser Mann entkam. Er wollte Frieden schaffen, er wollte ein Ende mit dem Töten machen, aber in diesem Augenblick konnte er seine Wut kaum noch bezähmen. Dieser eine Mann war für so viele Schmerzen verantwortlich, er hatte so viel Leid über unzählige Familien gebracht.

Aber er würde Gavin nicht für sein Racheempfinden opfern. Patrick nickte einem seiner Männer zu. »Bring ihm dem Schwarzen«. Dann sah er Foster wieder an. »Du zögerst die Sache nur heraus. Ich werde dich finden. Das ist nur eine Frage der Zeit.«

Foster zuckte mit den Schultern. »Vielleicht ist das genau, was ich im Sinn habe. Aber dann nicht gegen so eine Überzahl.«

»Lass Gavin los und kämpfe gegen mich. Ich gebe dir mein Wort, dass dich meine Männer ziehen lassen, falls du gewinnst.«

»Aber ich vertraue dir nicht, Mylord.«

»Feigling!«

»Unsere Zeit wird kommen. Aber ich habe noch eine andere Frage. Hast du diese Krieger hierher gebracht?«

»Aye«, antwortete Patrick. »Ich habe sie hergebracht, um euer Spiel zu beenden – deines und Sinclairs.«

Foster grunzte. »Du spielst also immer noch den Helden, Sutherland? Nun gut, ich verspreche dir, dass ich dich eines Tages töten werde. Aber nun muss ich los, um einen Freund zu treffen.«

Das Pferd wurde bis auf ein paar Schritte zu Foster gebracht. »Das ist nahe genug«, krächzte er. »Und jetzt zieht euch alle zurück. Und du ...«, er deutete auf den Mann, der die Pferde hielt, »lässt die Pferde los. Vertreib sie in alle Richtungen.«

Die Gunns und die Sutherlands schauten von Gavin zu Patrick, ihren Warlords. Gavin stieß ein ›Nay‹ aus.

Aber Patrick nickte, ohne Gavin aus den Augen zu lassen.

»Und jetzt lasst die Gefangen frei«, befahl Foster mit seiner Reibeisenstimme. Er drehte sich zu Patrick um. »Deine Pferde einzufangen, dürfte dich eine Weile beschäftigen.«

Patrick schüttelte den Kopf. »Die Gefangenen bleiben, wo sie sind.« Er wusste, dass er damit ein Risiko einging, aber er schätzte, dass es Foster nur darum ging, seine eigene Haut zu retten, und dass ihm die anderen Krieger der Sinclairs gleichgültig waren. Er musste schließlich wissen, dass er, wenn er Gavin umbrachte, selbst ein toter Mann war.

Patrick brauchte diese Gefangenen. Er brauchte sie, um den Earl of Abernie von Sinclairs Verrat zu überzeugen. Ohne diese Gefangenen wäre alles umsonst gewesen.

Foster zögerte einen Moment, dann nickte er. »Vertreibt die Pferde in alle Richtungen. Die Gefangenen gehören euch.«

Seine Söldner begannen lautstark zu protestieren, als ihnen bewusst wurde, dass ihr Anführer sie verriet, um sich selbst zu retten. Aber Foster warf diesen Männern nicht einmal einen Blick zu. Er schaute nur Patrick an.

»Zieh dich weiter zurück«, befahl er krächzend.

Patrick machte einige Rückwärtsschritte. Foster stieß Gavin zu Boden, schwang sich in den Sattel des Schwarzen, trieb dem Tier seine Fersen in die Flanken und galoppierte auf den Wald zu, wo er verschwand.

Patrick rannte zu Gavin, während einige der anderen Männer damit begannen, die nervösen Pferde wieder einzufangen. Blut tropfte aus Gavins Halswunde, aber es war keine tödliche Wunde. Patrick riss ein Stück von Gavin Hemd ab und verband die Wunde notdürftig.

»Du bleibst hier, und ich verfolge den Bastard.«

»Ich werde dich begleiten«, widersprach Gavin, während er auf seine Füße kam.

»Den Teufel wirst du tun.«

»Wir haben keine Zeit zum Streiten.«

Das hatten sie nicht, und Patrick wusste es. Er war sich ziemlich sicher, wohin Foster reiten würde, und sie hatten keine Zeit zu verlieren. Foster würde die losen Enden kappen, die Spuren verwischen. Und das betraf vor allem Margaret – falls sie noch lebte. Und Alex war unterwegs, um sie zu beschützen.

Aber zuerst musste er noch sicherstellen, dass der Earl of Abernie die Wahrheit erfuhr.

Sein Blick glitt über die Männer in den Sutherland-Plaids. Die, die nicht tot auf der Erde lagen, waren gefesselt und saßen eng beieinander, während sie ihr Schicksal erwarteten. Einige von Patricks Clansmännern standen Wache.

Einer der Gefangenen beschuldigte bereits lauthals Edward Sinclair, und er lamentierte, dass ihr Clanführer sie gezwungen hatte, die Sutherland-Plaids zu tragen und die benachbarten Gunns zu überfallen.

Patrick ging zu dem Mann. »Wo steckt Edward Sinclair?«

Der Gefangene zuckte nur mit den Schultern.

Mit kalkulierter Langsamkeit ging Patrick zu der Stelle, an der er sein Schwert hatte fallen lassen, hob es auf und ging zu dem Mann zurück. Mit der Schwertspitze durchtrennte er das Plaid, das der Mann trug, an der Schulter, wobei er gleichzeitig die Haut so elegant ritzte, dass ein dünner Blutstreifen sichtbar wurde.

»Dass du mein Plaid, die Farben meines Clans, trägst, beleidigt mich«, sagte Patrick kalt. »Dass du meinen Namen entehrt hast, beleidigt mich noch mehr. Ich bin nicht bekannt dafür, Geduld zu haben. Also, wo ist Sinclair?«

Im nächsten Moment berührte Patricks Schwertspitze die Kehle des Mannes, und als der heftig schluckte, genügte diese Bewegung, dass sich die Spitze in den Hals bohrte. Als das Blut zu fließen begann, weiteten sich die Augen entsetzt.

»Im Wald«, keuchte er. »Wo er auf die Erfolgsmeldung wartet.«

»Zu feige, um selbst den Überfall zu befehligen«, bemerkte Patrick verächtlich. »Und was weißt du von Creighton?«

Der Mann zwinkerte ein paar Mal und schluckte wieder. »Er wird mich umbringen.«

»Kaum, wenn du bereits tot bist.«

Der Gefangene begann zu zittern, aber Patrick verspürte kein Mitgefühl. Dieser Bursche und seine Mitgefangenen hatten friedliche Siedler überfallen, mit der Absicht, die Bauern zu töten und deren Frauen zu vergewaltigen – und dabei hatten sie Sutherland-Plaids getragen, damit sein Clan fälschlich dafür beschuldigt würde. In diesem Augenblick dachte Patrick, dass er seinen Vater besser als je zuvor verstand: Die Pflicht, seinen Clan zu beschützen, die Ehre des Namens seiner Familie zu wahren, war alles, was zählte.

Da er plötzlich Angst hatte, die Beherrschung zu verlieren, trat er einen Schritt zurück, hielt aber sein Schwert weiter bereit.

»Ich will alles über Creighton erfahren«, wiederholte er drohend.

»Ich weiß doch nichts«, sagte der Mann verzweifelt. »Ich

weiß nur, dass Edward gelegentlich Männer dorthin geschickt hat.«

»Weshalb?«

»Es wird gesagt, dass er dort eine Frau versteckt hält«, meinte ein anderer Gefangener. »Aber keiner der Männer, die Edward nach Creighton geschickt hat, soll sie je zu Gesicht bekommen haben. Jedenfalls haben die Wachleute das behauptet.«

Patrick blickte den redseligen Gefangenen scharf an. »Bist du einer von Clan Sinclair?«

»Nay«, antwortete der Mann. »Ich bin ein Macnab.«

»Ein Söldner also?«

»Aye«, erwiderte der Kerl hoffnungsvoll. »Wenn du einen brauchst ... ich stehe immer zur Verfügung.«

»Ich brauche keine Söldner, die bereit sind, Frauen und Kinder umzubringen«, schrie Patrick. »Aber ich werde dich am Leben lassen – falls deine Information richtig ist und du bereit bist, sie vor dem Parlament zu beschwören.«

Der Mann nickte. Und dann noch ein anderer.

In diesem Moment fiel einer der Gunns, der dem Geständnis zugehört hatte, auf die Knie und begann, ein Gebet zu stammeln. Patrick schaute sich um, um den Grund für das seltsame Verhalten des Mannes herauszufinden. Als Patrick einen schmalen Mann sah, der sich vom Rücken eines Pferdes rutschen ließ, kannte er die Antwort. Aber während sich seine Mundwinkel zu einem Lächeln verzogen, hielten die Clansmänner der Gunns um ihn herum den Atem an.

»Ein Geist«, murmelte einer ehrfürchtig.

»Quick Harry«, staunte ein anderer.

»Aber der ist tot«, meinte ein dritter.

Patrick sah, dass Quick Harry es genoss, so im Mittelpunkt der Aufmerksamkeit zu stehen.

»Bist du es wirklich oder nicht?«, fragte einer der Gunns verwundert.

Quick Harry lachte leise vor sich hin. »Ich bin es«, sagte er.

»Aber ... aber ...«, stotterte ein anderer Gunn.

Quick Harry sprang kurz auf und ab und lachte dabei aus voller Kehle. Patrick konnte sich vorstellen, wie sehr der Läufer sich freute, endlich wieder nach Hause gehen zu können. Aber Quick Harrys Lachen erstarb, als sein Blick auf Patrick und Gavin fiel. Marsali, die mit Quick Harry gekommen war, war sofort zu Gavin gerannt, als sie den blutdurchtränkten Verband um dessen Hals gesehen hatte. Patrick wagte es kaum, sie anzuschauen, weil er ja wusste, dass er sie sofort wieder verlassen musste.

Er gab Rufus und Hiram den Befehl, die Gefangenen nach Abernie zu bringen. Er machte es kurz und ließ keine Widerrede zu. Nur seinen beiden Freunden vertraute er, denn der Earl of Abernie musste endlich die Wahrheit erfahren.

Nachdem er diesen Punkt geklärt hatte, nahm er die Zügel eines der wieder eingefangenen Pferde auf, das den Eindruck machte, das schnellste zu sein. Gavin riss sich von Marsali los und griff nach den Zügeln eines anderen Pferdes.

Patrick wandte sich zu ihm um. »Bleib hier.«

»Das ist doch nur ein Kratzer«, erwiderte Gavin. »Und außerdem habe ich noch etwas zu erledigen.«

Patrick fluchte, während er seinen Hengst mit den Schenkeln antrieb und in die Richtung galoppierte, in der Foster davongeritten war – nach Creighton. Er hatte keine Zeit mehr für weitere Diskussionen. Er hatte bereits kostbare Minuten verloren.

Foster und Sinclair konnten kaum ahnen, dass er etwas von dem Versteck wusste. Und immerhin war Alex dort. Patrick ritt schneller – kaum bewusst, dass Gavin neben ihm ritt.

Das Geräusch der Hufe des Pferdes hinter ihm hörte er ohnehin nicht.

26

Alex erreichte mit seinen beiden Freunde die Küste bei Morgengrauen. Er hatte Jock und Rory aus den Betten geholt und den beiden Familien gesagt, dass der Anführer des Clans ihre Hilfe brauchte. Er hatte weder Widerspruch von den Familien erfahren, die stolz darauf waren, dass ihr Söhne gebraucht wurden, noch von seinen Freunden, die sich nach Abenteuern sehnten. Bevor die jungen Männer in Sichtweite des verlassenen Schlosses kamen, saßen sie ab und banden ihre Pferde an den herunterhängenden Ast einer alten Eiche. Sie hielten die Köpfe gesenkt, während sie sich durch hohes Seegras vorwärts bewegten.

Das Keep ragte vor ihnen auf, dunkel und bedrohlich; die unterspülten Mauern stemmten sich standhaft gegen die tosenden Wellen der See.

Alex gab Jock und Rory ein Zeichen, sich niederzulegen, und die beiden Männer warfen sich auf den Bauch, bevor sie zum Ende der Graslandschaft kamen, dort, wo der Strand anfing. Die drei spähten durch das Gebüsch. Alex hatte Creighton zuvor noch nie gesehen. Er hatte nur davon gehört, und unter anderen Umständen hätte es ihm sicher gefallen. Immerhin war es eines der ältesten Schlösser in den Highlands von Schottland.

Mit einem Blick, der weniger geschichtsbewusst war, betrachtete Alex die Festung, die nur durch einen schmalen Streifen Meer vom Strand des Festlands entfernt war. Aber das Wasser toste und gurgelte, und es schien eine starke Strömung zu herrschen. Um hinüber zu kommen, würden sie ein Boot brauchen.

Aber am Strand lag keines.

»Sie müssen doch ein Boot haben«, murmelte Alex.

»Vielleicht liegt es drüben im Keep«, mutmaßte Jock.

»Aber wie sollten die Wachen dann wissen, wann ihre Ablösung kommt?«, fragte Rory.

»Vielleicht haben sie ein Zeichen vereinbart, ein Signal«, meinte Alex.

Jock machte ein betroffenes Gesicht. »Und was machen wir jetzt?«

Alex wusste es auch nicht, und einen Moment lang wünschte er, dass Patrick hier wäre. Aber Patrick war nicht da, und Alex musste aufhören zu wünschen und stattdessen anfangen zu denken, um Jocks Frage zu beantworten. »Wir halten uns weiter versteckt, bis jemand kommt. Dann werden wir vielleicht das Signal erfahren.«

»Und wo sollen wir uns verstecken?«, fragte Jock zweifelnd.

Alle drei blickten sich um. Das Gras bot nicht genug Deckung, und am Strand gab es keine Bäume, in deren Ästen man sich hätte verbergen können, und keine Felsen, die groß genug waren, weil man wahrscheinlich diese Steine alle gebraucht hatte, um Creighton zu bauen.

»Wir werden Löcher graben«, erklärte Alex.

Die beiden anderen schauten ihn verwundert an.

»Flache Mulden«, antwortete Alex, »und wir werden uns mit Gras bedecken.«

Jock und Rory dachten einen Augenblick nach, bevor sie nickten.

Während sie, weiter auf dem Bauch liegend, vorwärts krochen, fanden sie eine Stelle, an der Pferdehufe das Gras daneben niedergetrampelt hatten. Sie benutzen ihre Dolche, um drei flache Mulden auszuheben. Jock und Rory verbargen sich darin, während Alex zum Pferdepfad zurückkroch, um in beiden Richtungen nach ankommenden Reitern Ausschau zu halten. Er sah jedoch nur das hohe Gras, das sich im Wind bewegte. Er kehrte zu den anderen zurück, verbarg sich in der dritten Mulde, und er fragte sich was inzwischen in Gunn-Land passiert sein mochte. Er machte sich Gedanken darüber, ob Marsali Patrick problemlos erreicht hatte, und er überlegte, wie lange er und seine Freunde hier würden warten müssen.

Und was zum Teufel sollte er tun, wenn plötzlich ein ganzer Trupp feindlicher Reiter auftauchen würde?

Er hatte aus der Waffenkammer zwei Pistolen mitgenommen, und seine beiden Freunde trugen jeweils einen Dolch. Jock und Rory hatten zwar schon mit dem Kampftraining begonnen, sie wussten auch beide mit einer Pistole und einem Dolch umzugehen, aber nicht mit anderen Waffen. Mehr als je zuvor wurde Alex bewusst, dass ihr Überleben von ihrer inneren Kraft und von ihrer Klugheit abhängig war.

Sein Blick war weiter auf den Pfad gerichtet. Er wollte nicht an Margaret denken, die vielleicht im Verlies gefangen gehalten wurde. Aber vielleicht war sie ja gar nicht dort. Vielleicht brachte er sich und seine Freunde unnötig in Gefahr. Aber dann fragte er sich zum hundersten Mal seit seinem Treffen mit Rufus: Warum würde Sinclair eine Ruine bewachen lassen?

Aye, natürlich hatte Sinclair etwas zu verbergen. Und wenn es nicht Margaret war, dann etwas anderes von hohem Wert.

Alex fühlte, dass ihm ein kalter Schauer über den Rücken lief, und er wusste, dass der Grund dafür nicht die kalte Erde unter ihm war. Die Kälte kam aus dem Inneren, von der Angst, die an seinem Rückgrad entlangkroch. Die Erregung, die er empfunden hatte, als Patrick ihn um Hilfe gebeten hatte, war längst verflogen. Er hatte jetzt mehr Angst als je zuvor in seinem Leben.

Aber nun war er verpflichtet, die Sache durchzustehen. Es gab kein Zurück. Und jetzt verstand er auch, was Patrick mit den Worten gemeint hatte: Tapferkeit hat nichts mit dem Gebrauch von Waffen zu tun. Wahre Tapferkeit kommt aus einem Mann selbst – und dann muss er tun, was er für richtig hält.

Aber bedeutet wahre Tapferkeit auch, dass du dein Leben aufs Spiel setzt, obwohl du vor Angst schlotterst?

Alex wusste die Antwort nicht. Er hatte einfach nur Angst.

☆ ☆ ☆

Edward Sinclairs Pferd tänzelte nervös, und der Mann zischte leise, um das Tier zu beruhigen. Er saß nun schon den ganzen verdammten Morgen auf dem Pferd, in der Nähe der Grenze zu dem verdammten Gunn-Land, um auf Nachricht von diesem verdammten Foster zu warten.

Als Mitte des Morgens Foster immer noch nicht an dem vereinbarten Treffpunkt eingetroffen war, hatte er einen der beiden Männer, die ihn begleitet hatten, nach Sandy Gunn losgeschickt, wo der Angriff hatte stattfinden sollen. Jetzt war es bereits nach Mittag, aber keiner von beiden hatte sich sehen lassen.

Etwas musste schief gegangen sein. Da war sich Edward sicher. Aber wie konnte das geschehen sein, wo doch alles bis ins Kleinste geplant gewesen war? Er hatte seine besten Männer geschickt – unter Führung von Foster. Männer ohne Gewissen, denen er blind vertrauen konnte. Solche Männer waren gar nicht einfach zu finden gewesen. Als er vor vierzehn Jahren Schloss und Titel von seinem Cousin geerbt hatte, hatte er feststellen müssen, dass die bewaffneten Männer seines Clans zwar loyal dem Namen Sinclair gegenüber waren, aber nicht ihm gegenüber. Mit seinem Geld hatte er Söldner kaufen können, aber nicht seine Clansmänner. Und es waren diese gutbezahlten Söldner gewesen, die Foster zu dem Überfall geführt hatte.

Was, zum Teufel, war passiert?

Foster machte nie einen Fehler. Auch wenn er den Mann persönlich nicht ausstehen konnte, so bewunderte Edward ihn doch wegen seiner Fähigkeiten. Für ihn war dieser Verrückte ein Gottesgeschenk – und er war wahrlich verrückt. Aber auch brillant. Während Edward selbst jahrelang erfolglos versucht hatte, die Sutherlands und die Gunns von ihren fruchtbaren Ländereien zu vertreiben, war Foster gekommen und hatte dieses ›Problem‹ in kürzester Zeit fast erledigt. Er hatte sogar eine Möglichkeit gefunden, wie Edward seinem Sieg doch noch die Krone aufsetzen könnte, indem er Marsali zur Frau bekam, obwohl Edward selbst diese Hoffnung längst aufgegeben hatte. Schließlich war sie seit Jahren mit Patrick Sutherland verlobt.

Die ganze Sache schien eigentlich ganz einfach zu sein: Man musste die Clans nur auseinander bringen und danach die Früchte ernten. Man musste dafür sorgen, dass sie einander zu hassen begannen, dann zusehen, wie sie sich gegenseitig umbrachten, und anschließend ihre verlassenen Ländereien besetzen. Indem Sinclair den Gunns ›Hilfe‹ anbot, konnte er zusätzlich Marsali für sich beanspruchen, die zu diesem Zeitpunkt sicher nicht mehr mit einem Sutherland verlobt sein würde. Zuletzt würde er – Edward Sinclair – das Land und die Frau besitzen. Foster würde im Gegenzug seine Rache haben – indem es ihm überlassen war, Patrick Sutherland zu töten.

Edward gestand sich selbst ein, dass er – als Foster vorgeschlagen hatte, Zwietracht zwischen dem Earl und dem Marquis zu sähen – blass geworden war. Es hätte ihm zwar nichts ausgemacht, den Marquis glauben zu lassen, dass seine Ehefrau ihn zum Hahnrei gemacht hatte, aber sie zu entführen, schien ihm doch ziemlich verwegen. Er hatte von Anfang an befürchtet, dass man ihm auf die Schliche kommen könnte. Dann würde man ihn verurteilen – und hängen.

Aber Foster hatte ihm versichert, dass der Plan aufgehen würde. Und das war er auch. Genau, wie Foster es vorausgesagt hatte. Hass – geschürt von Wut und Schmerz – war zwischen den beiden alten Männern aufgelodert wie ein Feuer in einem trockenen Wald. Marsalis Verlobung mit Patrick Sutherland war widerrufen worden. Dann war Edward Sinclair aufgetreten. Mit Geschenken – und dem Angebot, die Gunns bei der Fehde gegen die Sutherlands zu unterstützen, wenn er im Gegenzug dafür Marsali als Ehefrau bekommen würde.

Der Earl of Abernie war einverstanden gewesen. Alles war perfekt gewesen. Aber dann war Patrick Sutherland nach Hause zurückgekehrt und hatte alles zunichte gemacht.

Er war der Grund, dass Marsali ihn vor dem Altar hatte stehen lassen. Er war der Grund, dass Cecilia verschwunden war. Und sicher war er dafür verantwortlich, dass Marsali in Brinaire als Geisel festgehalten wurde. Und irgendwie hatte es dieser verfluchte Patrick Sutherland geschafft, die Fehde, die er und Foster so fein eingefädelt hatten, zu beenden. Zwar wurde Vieh gestohlen, aber wo blieb das Blut?

Aber vielleicht war ja noch nicht alles verloren. Die Clans befanden sich immer noch im Kriegszustand. Immerhin hatten ›seine‹ Sutherlands ja heute wieder eine Siedlung der Gunns niedergebrannt. Vielleicht würde er ja Marsali nicht zur Frau bekommen, aber er hatte ja immer noch eine andere Gunn, die er heiraten konnte.

Er hatte ja immer noch Margaret. Die arme Margaret, die glaubte, dass ihr Ehemann sie als Gefangene hielt.

Foster hatte sie ja sofort töten wollen. Natürlich war es gefährlich gewesen, sie am Leben zu lassen, aber dieses Risiko war Edward eingegangen. Marsali hätte schließlich im Verlauf der Fehde getötet werden können. Oder was wäre gewesen, wenn er den Earl of Abernie nicht hätte überreden können, ihm eine seiner beiden Töchter zur Frau zu geben.

Dann hätte er einfach abgewartet, bis der Earl of Abernie und der Marquis von Brinaire sich gegenseitig umgebracht hätten, hätte anschließend Margaret ›gerettet‹ und sie geheiratet. So eine Verbindung hätte seinen Position gegenüber dem König gestärkt, um sich die Ländereien der Gunns und der Sutherlands anzueignen.

Edward fand es nicht besonders erregend, Margaret Gunn-Sutherland zu heiraten. Als er sie entführt hatte, war sie weder jung noch besonders hübsch gewesen, und er stellte sich vor, dass zwei Jahre Gefangenschaft seinen Tribut gefordert hatten. Aber es war immer noch eine Möglichkeit. Wenn es denn notwendig wäre.

Zwei Jahre lang hatte er sich Foster widersetzt und Margaret leben lassen. Aber als Edward jetzt auf seinem Pferd saß und er in die Sonne am westlichen Horizont schaute, dachte er, dass es an der Zeit war, Foster seiner Wege ziehen zu lassen.

Drei Stunden nach der Mittagszeit, hörte Edward endlich, wie sich ein Reiter näherte. Er reckte sich, um durch die dichtbelaubten Äste des Waldes etwas zu erkennen, aber er war keineswegs erleichtert, als er Foster erkannte. Schon gar nicht, als der Söldner absaß und Sinclair sein verdrossenes, wütendes Gesicht sah.

»Eine Falle«, schnarrte Foster. »Der junge Gunn ... und der junge Sutherland hatten uns schon erwartet. Sie haben unsere Männer gefangen genommen. Ich selbst konnte nur mit knapper Not entkommen.«

Edward merkte, wie ihm das Blut aus dem Gesicht wich. »Sie ... wissen es? Sie wissen, dass meine Männer ...?«

»Aye. Und jetzt haben sie auch den Beweis dafür.«

»Creighton?« Edward konnte das Wort kaum aussprechen.

»Ich weiß nicht, ob sie das auch schon wissen oder nicht, aber ich fürchte ... ein loses Wort von einem der Gefangenen ...«

»Margaret«, keuchte Edward. »Wenn sie in einem meiner Schlösser gefunden wird ...«

Der Gedanke entsetzte ihn. Vielleicht würde es ihm ja gelingen, ein ›Ich-bin-unschuldig‹ zu schreien, was die Überfälle auf Gunn-Land betraf, indem er behauptete, Foster habe sie ohne sein Wissen durchgeführt. Aber eine adelige Lady zu entführen und zwei Jahre gefangen zu halten? Dafür würde man ihm zweifellos den Henkerstrick um den Hals legen.

Foster nickte. »Wir müssen sie loswerden. Das habe ich dir ja schon immer gesagt, aber du ... du warst einfach zu feige. Jetzt könnten wir beide dran sein. Aber noch haben wir Zeit, die Sache in Ordnung zu bringen. Ich vermute, Sutherland glaubt, dass ich auf dem Weg zu deinem Keep bin. Er will dich genauso haben wie mich.« Den letzten Satz sagte er mit offenkundiger Befriedigung.

Ein Schauer lief Edward über den Rücken, und im Stillen verfluchte er diesen Mann. Aber er brauchte ihn noch, Foster musste Margaret töten, denn er selbst würde das nicht fertig bringen.

Wenigstens wussten nur ein paar Männer, die in Creighton Wache gehalten hatten, etwas von der Gunn-Lady. Und diese Männer würden ihr Geheimnis nicht so einfach preisgeben, denn damit würden sie ja ihre Mitschuld bestätigen.

Margaret musste sterben. Sofort. Ihr Leichnam musste in die See geworfen oder an einem Platz vergraben werden, wo man ihn nie finden würde.

Edward sah vor seinem inneren Augen noch einmal seinen schönen ›Plan‹. All die Intrigen, die so sorgsam eingefädelt worden waren. Alles umsonst. Und Schuld daran war nur dieser Patrick Sutherland.

Er blickte Foster an, der seinen Helm abgenommen hatte. Sein Gesicht war ausdruckslos, aber Edward spürte die stille Wut des Mannes. Edward nickte ihm zu, schlug seinem Pferd die Hacken in die Flanken, und sie machten sich auf den Weg nach Creighton.

Um zu töten.

☆ ☆ ☆

Rory stieß Alex mit dem Fuß an und deutete nach Osten. Zwei Männer ritten schnell am Strand entlang.

Sie kamen aus dem Süden – von Sutherland-Land. Alex blickte zur Sonne am Himmel. Er und seine Freunde hatten inzwischen drei oder vier Stunden gewartet.

Alex' Blick richtete sich wieder auf die Reiter, die schnell näher kamen. Er erkannte, dass es Sutherland-Clansmänner waren, obwohl sie nicht die Plaids in den Farben des Clans trugen. Das waren Patricks Männer, zwei, die wochenlang an der Kampfausbildung im Burghof teilgenommen hatten.

Alex sprang auf und rannte in geduckter Haltung den Reitern entgegen. Als die eine Bewegung im Binsengras bemerkten, zogen sie die Schwerter.

»Ein Sutherland«, rief Alex leise.

Er atmete erleichtert aus, als die Männer ihn erkannten und die Waffen senkten. Sie brachten ihre Pferde zum Halten und warteten auf ihn, bis er zu ihnen kam.

»Patrick hat uns geschickt«, sagte Tommy Sutherland zu Alex. Hektor, der zweite Mann, nickte bestätigend.

»Benehmt euch ganz normal und reitet weiter an der Küste entlang«, befahl Alex, »dann schlagt einen Kreis, versteckt die Pferde und kommt zu Fuß zurück. Aber haltet euch tief im Gras.« Alex war selbst erstaunt, wie zuversichtlich und bestimmt dieser Befehl aus seinem Mund kam.

Eine Stunde später robbten Tommy und Hektor durchs Gras und schoben sich neben Alex und dessen Freunde.

Hektor sprach mit einem rauen Flüstern. »Was zum Teufel geht hier vor?«

Alex versuchte seine ganze Autorität in die Antwort zu legen. »Es ist möglich, dass Lady Margaret dort im Schloss gefangen gehalten wird. Wir befürchten, dass Edward Sinclair versuchen wird, sie zu töten.«

»Lady Margaret?«, fragte Tommy Sutherland überrascht.

»Aye«, erwiderte Alex. »Erzählt mir von den Überfall. Wie ist die Sache ausgegangen?«

Hektor schüttelte hilflos den Kopf. »Patrick hat uns losgeschickt, bevor der Kampf zu Ende war. Wir wissen nichts.«

Angst nagte an Alex. Er musste also das weitere Vorgehen selbst entscheiden. »Meine Freunde und ich haben darüber nachgedacht, wie wir nach Creighton kommen könnten. Aber es scheint keine Möglichkeit zu geben.«

»Patrick wollte, dass du auf ihn wartest«, meinte Tommy.

»Aye, das werde ich auch – falls nicht vorher etwas Ungewöhnliches passiert«, erwiderte Alex, wobei er abwechselnd Tommy und Hektor anschaute. Er merkte, dass sie sich erhoben hatten und oberhalb des Grases sichtbar waren. »Duckt euch und hebt zwei Mulden aus«, befahl er.

»Ein Sutherland versteckt sich nicht«, sagte Hektor empört.

»Das machte er, wenn er nicht für den Tod von Lady Margaret verantwortlich gemacht werden will«, antwortete Alex kalt.

Die zwei Krieger schauten ihn einen Moment lang erstaunt an; dann nickten sie einverständlich, nachdem sie einen kurzen Blick gewechselt hatten.

Nach einer weiteren Stunde wurden alle unruhig, und Alex begann zu fürchten, dass seine Autorität – schwach wie sie war – nicht mehr lange vorhalten würde. Während er noch darüber nachdachte, wie er die beiden erwachsenen Krieger seines Clans weiter ruhig halten konnte, hörte er Stimmen. Er hob seine Hand, um das Gemurmel seiner Landsleute zu beenden.

Er sah, wie sich drei Pferde näherten. Die drei Reiter trugen Sutherland-Plaids, aber ein innerer Instinkt warnte Alex und riet ihm, sich still zu verhalten. Als die Männer näher kamen, besah Alex sich die Gesichter genau. Keines davon erkannte er. Aber dann bemerkte er einen Blitz zwischen dem Keep auf der Insel und den Neuankömmlingen. Ein Spiegel? Ein Stück glänzendes Metall?

Ein paar Sekunden später sah Alex eine Art Blitz von der Insel aufleuchten, und die drei Männer saßen von ihren Pferden ab.

Das musste die Wachablösung sein. Aber sie trugen Sutherland-Plaids. Was würde Patrick an seiner Stelle tun? Beruhige deinen Ärger und benutze deinen Kopf, sagte Alex sich selbst.

Tommy war auf dem Sprung, um sich auf einen der Männer zu stürzen, aber Alex packte ihn im Rücken und hielt ihn zurück. »Wir müssen sie geräuschlos schnappen«, wisperte er. »Niemand im Keep darf es bemerken.« Und dann fügte er noch hinzu: »Patrick wird sie lebend wollen.«

Tommy nickte, und er und Hektor robbten geräuschlos durch das Seegras. Alex, Rory und Jock folgten.

Die Fremdem banden Ihre Pferde an einen Busch und gingen durch das niedrige Gras zum Strand. Als Alex merkte, dass seine kleine Gruppe nahe genug war, warf er einen Stein. Die drei fremden Männer drehten sich um.

Augenblicklich packte Tommy einen, hielt ihm den Dolch an die Kehle und warf ihn zu Boden. Hektor benutzte den Griff seiner Pistole, um ihn dem Mann an die Schläfe zu schlagen, und Alex und seine beiden Freunde überwältigten den dritten. Sie mussten zwar heftig kämpfen, aber es gelang den Jungs, dem Mann ein Stück seines eigenen Hemdes in den Mund zu stopfen, bevor er schreien konnte. Die drei Männer lagen blitzschnell am Boden und waren innerhalb von Sekunden außer Sichtweite.

Hektor brauchte nicht lange, um die beiden anderen zu knebeln. Der eine wehrte sich noch kurz, aber Tommy drückte ihm den Dolch an die Kehle und versprach ihm einen langsamen Tod. Der Mann schwieg sofort, und er zog auch – wie der andere – sein Plaid aus, als man ihm das befahl. Rory riss dem dritten Mann, der immer noch besinnungslos war, das Plaid vom Leib.

Als die drei nackt waren, zitterten die beiden, die noch bei Bewusstsein waren, vor Angst und wegen der Kälte, und Hektor, Jock und Tommy fesselten die Gegner mit ihren eigenen Hemden, die sie zuvor in Streifen gerissen hatten.

Alex befahl den beiden älteren Männern, die Plaids der beiden kräftigeren Männer anzuziehen, während er selbst das Plaid des dritten Mannes überstreifte. Sie beeilten sich, denn sie wussten, dass sich das Boot von der Insel nicht nähern würde, wenn die Ruderer die erwarteten Plaids nicht sehen würden.

Als Alex den Gürtel festzog, war das Ruderboot von Creighton schon auf halbem Weg zum Strand.

Alex blickte in Rorys und Jocks erwartungsvolle Gesichter und nickte. Fünf waren besser als drei.

»Wir werden alle zusammen gehen«, sagte er zu Tommy, wobei er gar nicht erst auf mögliche Einwände wegen ihrer Jugend wartete. Alex konnte es selbst kaum glauben, dass die Krieger seiner Anordnung folgten. Er hoffte nur, dass sie später nicht erzählen würden, dass er nahe daran gewesen war, sich vor Angst in die Hosen zu machen.

Die fünf liefen zum Strand, Tommy, Hektor und Alex in den Sutherland-Plaids der überwältigten Gegner vorweg. Das Ruderboot kam gerade an Land, und einer der beiden Ruderer sprang über Bord, um das Boot auf das steinige Ufer zu ziehen. Die Männer hatten offensichtlich genug mit der starken Strömung zu tun, sodass sie nicht besonders darauf achteten, wer sich dem Boot näherte. Ihnen genügte es wohl, dass sie vom Land das vereinbarte Zeichen erhalten hatten.

Tommy sprang in das Boot und verpasste dem einem Mann einen Kinnhaken, der ihn außer Gefecht setzte. Im gleichen

Moment schlug Jock dem zweiten Mann mit dem Knauf der Pistole an die Schläfe.

Während sie die beiden Ruderer ins tiefe Gras zogen, betete Alex zu allen Göttern, dass niemand sie aus einem Fenster des verrotteten Schlosses beobachten möge. Dann zogen Rory und Jock die Plaids der beiden Ruderer über ihre Kleidung und entledigten sich ihrer Hosen.

Hektor und Jock ruderten. Auf halbem Weg murmelte Tommy: »Wir hätten doch auf Patrick warten sollen.«

Die Worte waren ein Echo zu Alex' Gedanken. Aber tatsächlich wusste er, dass sie nicht hätten warten dürfen. Vielleicht hatte man den Männern bereits befohlen. Margaret zu töten ...

Als sie sich der Rückseite des Schlosses näherten, sah Alex einen schmalen Landungssteg, auf dem ein Mann stand, der sie schon erwartete – oder vielmehr die Männer, deren Plaids sie gestohlen hatten. Alex schickte ein stummes Stoßgebet zum Himmel, dass der Mann wirklich alleine war. Immerhin schien keine Armee nötig zu sein, um das Keep zu bewachen. Und es schien tatsächlich verlassen zu sein.

Tommy wandte sein Gesicht ab, als das Boot sich zum Anlegen drehte, und Jock warf dem wartenden Mann das Tau zu, das er auffing und kräftig daran zog. Im gleichen Moment sprang Alex auf den Steg, rammte dem Mann seine Pistole in den Bauch und befahl: »Mach das Boot fest.«

Der Mann starrte zwei Sekunden die Pistole an, bevor er hastig das Tau um den Poller schlang, während die restlichen vier Männer aus dem Boot stiegen.

»Wie viele Wachleute befinden sich hier?«, fragte Tommy.

Der Mann schwieg, bis Alex ihm die Pistole fester in den Magen stieß. Als er den kalten Stahl an seinen Rippen spürte, schluckte er ein paar Mal, bevor er »acht« murmelte.

»Einschließlich der zwei in dem Boot?«, fragte Alex.

Ein weiterer Stoß mit der Pistole erbrachte ein zögerliches Nicken.

»Wie viele andere Menschen – außer den Wachleuten – befinden sich hier?«

Der Mann zögerte erneut. Alex beugte sich zu Tommy und sprach mit leiser Stimme, die – wie er hoffte – gefährlich klang. »Erkennst du diesen Mann als einen von uns?«

Der Gefangene versteinerte, aber jetzt war ihm zumindest bewusst, wer ihn gefangen genommen hatte.

»Ich kenne ihn nicht«, meinte Tommy gleichmütig.

»Ich auch nicht«, sagte Jock.

»Man sollte es kaum glauben, dass so ein Lumpenhund vorgibt, ein ehrlicher Sutherland zu sein«, seufzte Hektor gespielt. »Na ja, so einem bricht Patrick Sutherland alle Knochen im Leib, bevor er ihn aufhängt. Patrick sagt man ja nach, dass er hundert Leute ohne Gnade umgebracht hat.«

»So ist es«, meinte Alex. »Das hat mir mein Bruder selbst erzählt.«

Die Augen des Gefangenen wurden groß und immer größer, während er von einem zum anderen blickte.

»Aye«, nickte Tommy. »Vor dir steht Patricks Bruder Alex. Er ist ganz nach seinem Bruder geschlagen. Er sieht zwar jung aus, aber er hat gerade einen von diesen Wachen umgebracht, die ans Land gekommen sind. Einfach so. Messer in den Bauch – und fertig.«

»Ich befolge doch nur Befehle«, kreischte der Mann. »Man hätte mich umgebracht, wenn ich es nicht getan hätte.«

»Sinclair ist tot«, sagte Alex, der sich Tommys rüden Ton zum Vorbild genommen hatte. »Also, wer befindet sich sonst noch im Keep?«

Der Mann, der nun überzeugt war, dass er sich in den Händen von rücksichtslosen Kriegern befand, wurde nun gesprächig. »Eine Lady. Drei Frauen, die hier Dienst tun. Fünf andere Wärter.«

»Wo sind diese Wachleute?«

»Drei schlafen«, antwortete der Mann, »und die beiden anderen sind in der Wachstube.«

»Wer hat das Signal gesehen?«

»Ich. Einer von uns wacht ständig am Turmfenster.«

»Ist jetzt ein anderer dort?«

»Nay. Ich wäre zurückgegangen, sobald die Ablösung eingetroffen wäre.«

»Die wird aber nicht kommen«, meinte Tommy.

»Sind die Männer . . . sind sie wirklich tot . . .?«

»Siehst du hier etwa einen von ihnen?«, fragte Hektor scharf. »Aber jetzt leg das Plaid ab, das du entehrt hast.«

Der Mann beeilte sich, dem Befehl nachzukommen, und zerrte an seinem Gürtel, um ihn zu öffnen. Mit Tommys nicht gerade freundschaftlicher Hilfe stand der Wachmann gleich darauf in einem dünnen verdreckten Hemd da.

Jock riss ein Stück dieses Hemdes ab, band damit die Hände des Mannes hinter dessen Rücken und befahl ihm dann, ihnen die Wachstube zu zeigen.

In weniger als einer Stunde waren auch die restlichen Wachleute gefesselt und in eine feuchte Zelle im Untergeschoss des verrotteten Schlosses gebracht worden.

Die ›Lady‹ – hatte man ihnen gesagt – befand sich in einer Kammer im Turm, vier Treppenabsätze höher. Eine der Frauen war ständig bei ihr. Die beiden anderen wechselten sich bei der Bewachung ab.

Alex nahm zwei Stufen auf einmal, als er nach oben stürmte. Als er den letzten Treppenabsatz erreicht hatte, starrte er die Frau an, die ihm entgegen trat. An einem Lederband hing ihr ein Schlüssel um den Hals.

»Du brauchst mich gar nicht so anzuschauen«, sagte er und stieß die Frau zur Seite. Sie versuchte, ihn aufzuhalten, aber Hektor, der direkt hinter Alex war, hielt sie fest.

Alex betrat mit pochendem Herzen die Kammer. Der Raum war fensterlos. Nur eine einzelne Kerze spendete etwas Licht. Er sah eine Frau, die auf einem schmalen Bett lag, und mit wenigen Schritten war er bei ihr, kniete neben ihr und ergriff ihre dünne, abgemagerte Hand.

Das Gesicht kam ihm bekannt vor, aber es war eingefallen und schrecklich blass. Getrübte blaue Augen starrten ihn an, ohne ihn zu erkennen.

»Margaret?«, fragte er leise.

Sie zuckte mit den Wimpern, dann fokussierte sie den Blick und erkannte ihn. »Alex?«, seufzte sie. »Gütige Mutter des Himmels! Bist du es wirklich, Alex?« Sie versuchte, sich aufzusetzen, und er stand auf, um ihr zu helfen.

Sie war schrecklich schwach, und ihr Blick verschwamm immer wieder. »Ich habe ... diesen ... Wein getrunken ... und jetzt kann ich ... nicht mehr stehen.«

»Sie haben dich also betäubt?«, fragte Alex.

»Jeden Tag ein bisschen. Und nachts natürlich auch.« Sie schaute ihn an. »Was ist mit deinem Vater? Ist er ...?«

»Er ist in Brinaire«, erwiderte Alex. »Weißt du eigentlich, wo du bist?«

Sie schüttelte den Kopf. »Am Meer. Irgendwo an der See.«

»Du bist in Creighton. Edward Sinclair hat dich hier hergebracht.«

»Sinclair?« Wieder schüttelte sie den Kopf. »Aye, ich erinnere mich an Edward Sinclair, aber es war doch Gregor Sutherland, der mich hierher gebracht hat.« Ihr Blick wurde hilfesuchend. »Bitte bring mich nach Hause.«

»Nay, es war nicht Vater«, sagte Alex sanft. »Vater hat dich nicht hierher gebracht. Er denkt, dass du tot bist ... dass du dich selbst umgebracht haben könntest. Dein Bruder hat allerdings geglaubt, dass mein Vater dich getötet hat ... und deshalb ist es zum Krieg zwischen unseren Clans gekommen.«

Sie starrte Alex fassungslos an. »Es war nicht Gregor?«

»Nay«, sagte er leise. »Es war nicht Gregor. Das schwöre ich dir.«

»Wie lange ... war ich ... ?«

»Zwei Jahre.«

»Ich kann mich an nichts erinnern ... Ich fühle mich so

schwach ... Dieser Wein ... Und ich habe immer mehr davon getrunken ...« Sie atmete schwer. »Trag mich.«

Alex hatte das Gefühl, sein Herz würde brechen. Margarets Kleid hing um sie herum, als ob es die doppelte Größe von ihr hätte. Er wollte Sinclair auf der Stelle töten.

Er stand auf und nahm ihre Hand. »Komm, Margaret. Ich bringe dich nach Hause.« Er hob sie in seine Arme. Sie war so schmal und abgemagert, dass es ihm Angst machte.

Als Alex zur Tür kam, streckte Hektor schon die Arme aus, um die Lady zu übernehmen. Alex wollte protestieren, sah dann aber ein, dass Hektor kräftiger als er selbst war. Alex überreichte Hektor Margaret vorsichtig. »Pass gut auf sie auf.«

»Aye«, antwortete Hektor. »Das werde ich. Mit meinem Leben.«

Sie eilten die Treppen des Keeps hinunter zu dem kleinen Boot, das sie wieder ans Festland bringen würde.

»Was machen wir mit den Wächtern?«, fragte Jock.

»Wir werden sie in den Turm sperren«, erwiderte Tommy.

»Es wird nicht lange dauern, bis wir die anderen schicken«, meinte Alex. »Ich vermute, dass mein Bruder es vorzieht, sich selbst um die Lumpen zu kümmern.«

Tommy grinste Alex an, und der grinste zurück. Er kam sich zehn Jahre älter vor. Und mächtig viel klüger.

27

Der Earl, der auf der Treppe von Abernie stand, beobachtete, wie seine Clansmänner durch das Tor seines Schlosses ritten. Sie saßen auf Pferden, die er zuvor nie gesehen hatte, und sie führten etwa zwanzig gebundene Männer mit sich, die zu Fuß waren.

Er hielt nach seinem Sohn Ausschau, und es wurde ihm ganz übel, als er ihn nicht entdeckte. Er sah, dass drei Pferde leblose Körper trugen. Bitte, Gott. Nicht Gavin. Dann ritt der letzte Mann unsicher durch das Tor – ein kleiner älterer Mann, der mehr ans Laufen gewohnt war. Der Anblick raubte ihm den Atem.

Quick Harry? Sah er einen Geist? Der Earl mochte seinen Augen nicht trauen. Was zum Teufel ging hier vor? Gavin hatte ihm doch gesagt, dass er und seine Männer einen weiteren Viehdiebstahl durchführen würden. Aber wo war er? Gütiger Gott im Himmel, hatte ihn seine Rachsucht etwa seinen einzigen Sohn gekostet?

Der Earl stand wie paralysiert da, während Quick Harry näher ritt und fast vom Pferd gefallen wäre, als er versuchte abzusteigen. Zwei große Männer, die der Earl nicht kannte, standen neben Quick Harry.

»Ich weiß nicht, wie es sein kann, dass du am Leben bist«, meinte der Earl, »aber diese Erklärung kann warten. Sag mir zuerst, wo mein Sohn ist.«

Quick Harry zögerte einen Moment und meinte dann: »Unterwegs, um den Dreckskerl zu erledigen, der uns das Leben zur Hölle gemacht hat.«

»Der junge Sutherland«, knurrte der Earl of Abernie. »Das habe ich doch geahnt.«

»Nay«, sagte Quick Harry und stieg die Stufen zu seinem Clansführer hoch. »Nicht der Sutherland. Edward Sinclair.« Er spuckte auf den Boden. »Wenn Patrick Sutherland nicht gewesen wäre, wäre Euer Sohn jetzt tot.«

»Wo ist er?«, schrie der Earl. »Wo ist mein Sohn?«

»Er ist mit Patrick Sutherland hinter Sinclair her. Die beiden glauben, dass er auch mit dem Verschwinden Eurer Schwester zu tun hat.«

»Du bist ja blöde, Mann. Es war der alte Sutherland, der ...«

»Wenn Ihr zuhören wollt, Mylord, werde ich es Euch erklären«, unterbrach Quick Harry den Earl.

Donald Gunns Blick glitt über die Gefangenen, die sich in der Mitte des Schlosshofes in einer schiefen Reihe aufgestellt hatten. Die Männer waren praktisch nackt, denn sie trugen nur schmutzige, verschwitzte Hemden.

Mit gerunzelter Stirn schaute der Earl Quick Harry wieder an.

Der Läufer des Clans deutete mit der Hand auf die Gefangenen. »Diese elenden Feiglinge haben versucht, unsere Siedlungen im Nordosten zu überfallen, was sie zuvor bei meiner Siedlung getan haben. Sie trugen Sutherland-Plaids, aber in Wahrheit sind sie Söldner, die von Edward Sinclair bezahlt werden.«

»Sinclair?«

»Aye. Er hat unser Land überfallen und dafür gesorgt, dass Ihr glaubtet, es seien die Sutherlands gewesen. Aber Patrick ist ihm auf die Schliche gekommen, und er hat einen Plan entwickelt, um ihm das schmutzige Handwerk zu legen.«

Für den Earl ergab das keinen Sinn. »Und Gavin?«

»Aye, der junge Sutherland und Lord Gavin haben sich verbündet, um Sinclair gemeinsam zu stellen.«

Donald Gunn runzelte die Stirn. »Nay, Gavin hat doch das Vieh der Sutherlands gestohlen, und er hat mir kein Wort davon erzählt, dass er mit diesem Pferdefuß der Hölle gemeinsame Sache macht.«

Der Blick, den Quick Harry ihm zuwarf, war so anklagend, wie ein einfacher Dörfler seinen Clanführer eben noch anschauen durfte, ohne dafür bestraft zu werden. »Lord Gavin konnte Euch nichts von seinem Verdacht erzählen. Ihr hättet ihm ja doch nicht zugehört.«

Das – musste sich selbst der Earl eingestehen – war sicher wahr. »Und als Gavin mir letzte Nacht erzählt hat, dass er seine Clansmänner zu einem neuen Viehdiebstahl in Sutherland führt – dann war das auch nicht wahr?«

»Nay, Mylord«, bestätigte Quick Harry. »Er und seine Männer haben sich mit Patrick Sutherlands Gruppe verbündet, um Sinclairs Angriff auf die Siedlung nördlich von Kilcraig abzuschlagen. Sie hatten gehofft, Sinclair auf frischer Tat zu ertappen – und das ist ihnen auch gelungen. Ich sage Euch, Herr, das war schon ein Anblick.« Er seufzte, runzelte die Stirn und fügte dann hinzu: »Ein Mann namens Foster – das ist Sinclairs Anführer – hätte Lord Gavin beinahe getötet, aber Patrick Sutherland ist dazwischengegangen und hat sein Leben gerettet, so wie er mir das Leben gerettet hat.«

Der Earl hatte Schwierigkeiten, Harry zu verstehen, der so schnell redete, wie er lief. »Dein Leben?«

»Aye, Sir. Foster, dieser Teufel, hatte mich in der Nacht des Überfalls schwer verletzt. Er ließ mich liegen, weil er glaubte, dass ich tot sei. Mir ist es dann gelungen, mich zu einer Hütte in Sutherland zu schleppen. Dort fand Lord Patrick mich und brachte Lady Marsali zu mir, damit sie sich um meine Wunden kümmert. Der junge Sutherland ist ein guter Mann, Mylord. Das sage ich frei heraus.«

Als Quick Harry geendet hatte, stand der Earl fassungslos da. Ein Sutherland sollte seinem Sohn das Leben gerettet haben? Er sollte einem seiner Dörfler geholfen haben?

Der Earl war unfähig zu akzeptieren, dass das, was er zwei Jahre lang geglaubt hatte, eine Lüge gewesen war. »Bist du ganz sicher, dass Sinclair die Überfälle angeordnet hat?«

»Aye.« Quick Harry nickte. »Und er ließ seine Söldner die

Plaids der Sutherlands tragen. Das ist auch der Grund, weshalb die Männer halb nackt sind. Die Sutherlands wollten nicht, dass jemand sieht, wie ihre Plaids so missbraucht werden.«

»Und das geben diese Männer zu?«

»Aye.« Quick Harry gab einem der Gunns, der die Gefangenen bewachte, ein Handzeichen. »Bring mir den Widerlichen her.«

»Die sind doch alle widerlich, Harry.«

»Den, der mit Lord Patrick geredet hat.«

Einer der Gefangenen wurde aus der Reihe gestoßen, und er stolperte zur Treppe, auf der der Earl stand.

»Sag es dem Earl«, befahl Harry.

»Es ist wahr, Mylord«, räumte der Mann ein. »Edward Sinclair hat mich und die anderen Männer hier dafür bezahlt, Eure Siedlungen zu überfallen, die Häuser anzuzünden, die Männer und Kinder zu töten und auch die Frauen, nachdem wir sie vergewaltigt haben. Patrick Sutherland hat versprochen, mir das Leben zu schenken, wenn ich die Wahrheit sage – und das habe ich getan.«

Donald Gunn musste sich abwenden. Er strich sich mit den Händen übers Gesicht und starrte dann über die Mauern seines Keeps zu den Bergen. Er konnte kaum atmen, und er konnte nur daran denken, dass er seine Tochter beinahe einem Mörder zur Frau gegeben hätte.

Während er sich um Kontrolle bemühte, knirschte er mit den Zähnen. Schließlich fragte er: »Und was ist mit meinen Töchtern?«

»Ich weiß nur von der einen«, antwortete Quick Harry. »Und ich glaube, dass sie bereitwillig in Brinaire ist.«

Der Earl hatte plötzlich das Gefühl, schrecklich alt zu sein. Sein eigener Sohn hatte ihn belogen, und der Sohn des Mannes, den er als seinen schlimmsten Feind angesehen hatte, hatte seinem Sohn das Leben gerettet. Seine Tochter zog es vor, im Schloss eben dieses Mannes zu leben, und er hatte einen Schwiegersohn ausgewählt, der angeordnet hatte, die Leute umzubringen, die er – der Earl – doch geschworen hatte zu beschützen.

»Schafft die Gefangenen in die unterirdischen Zellen«, befahl er müde. »Wir werden sie der Gerechtigkeit des Königs übergeben.« Zögernd blickte er Quick Harry an. »Bist du sicher, dass mein Sohn lebt?«

»Beschwören kann ich das leider nicht, Mylord«, antwortete Quick Harry. »Aber er war nur leicht verletzt, als er mit Patrick losritt, um Sinclair zu stellen und den Mann namens Foster.«

Donald Gunn nahm schließlich Notiz von den beiden Männern, die rechts und links von dem Läufer standen. »Und wer sind diese beiden?«

»Freunde der Sutherlands, denen Lord Patrick befohlen hat, uns zu begleiten, damit wir sicher in Abernie ankommen«, sagte Quick Harry. »Einer der beiden war auf Lord Patricks Befehl in Sinclairs Schloss, und er wird Euch mehr sagen können.«

Aber Donald wollte gar nicht mehr hören. Der Beweis vor seinen Augen war deutlich genug.

»Ich werde Gavin folgen«, sagte der Earl. »Ich will nicht noch einmal das Risiko eingehen, dass er getötet wird. Besorgt frische Pferde. Wir werden aufbrechen, sobald ich mit Duncan geredet habe.«

Damit drehte der Earl of Abernie sich abrupt um und ging ins Schloss. Er sandte einen Boten zu Duncan, ging dann in seine Arbeitskammer, wo er sich in den Sessel hinter dem Arbeitstisch fallen ließ und das Gesicht in den Händen vergrub. Sein Kopf war erfüllt mit schrecklichen Gedanken, er war voller Gewissensbisse und Angst. Angst um das Leben seines einzigen Sohnes.

Gavin. Seine Freude. Sein Augapfel. Der Sohn, der seinen Vater belogen hatte, der sich mit Patrick Sutherland verschworen hatte, um gegen einen gemeinsamen Feind zu kämpfen. Der Earl wollte wütend sein, aber das gelang ihm nicht. Er war zu stolz auf seinen Sohn.

Wenn Gavin jetzt starb, weil er den Beweis liefern wollte, dass er – der Earl – sich geirrt hatte, dann hoffte er, dass Gott ihn auch zu sich rufen würde, denn dann wollte er nicht mehr leben.

Er hatte die drei Menschen, die er am meisten auf der Welt geliebt hatte, vertrieben. Sie waren davongelaufen. Sie hatten sich gezwungen gesehen, ihn anzulügen. Einc cinzclnc Träne tropfte aus seinem Augenwinkel und lief langsam über seine Wange. Eine Träne für seinen Sohn, für seine Töchter, für ihn selbst.

⭑ ⭑ ⭑

Mit Foster an seiner Seite näherte sich Sinclair der Küste. Er zügelte sein Pferd, zog ein glänzendes Stück Metall aus seinem Sporran und hielt es in die Sonne, um damit ein Zeichen zu geben, das man in einem Turmfenster des Keeps empfangen würde.

Er erhielt jedoch keine Antwort. Wieder blitzte er. Er hatte keine Zeit für solche Spielchen, und er verfluchte die Laschheit der Wachen.

Er warf Foster einen Blick zu. Der Mann saß mit steifem Rücken auf seinem Pferd, während sein Blick langsam über das Seegras und die Dünen glitt. Als er sein Pferd vorwärts trieb, folgte Edward ihm.

Ein Stück weiter sprang Foster ab, während er zugleich seinen Dolch aus der Scheide zog. Sinclair folgte – und starrte ungläubig auf drei fast nackte Männer, die geknebelt und gefesselt im Sand lagen.

Er murmelte einen Fluch, sprang vom Pferd und trat neben Foster, der die Fesseln der Männer durchschnitt. Einer war bei Bewusstsein, während sich die beiden anderen nicht bewegten.

»Was zum Teufel hat das zu bedeuten?«, murmelte Edward.

»Ich schätze, dass jemand dein Geheimnis herausgefunden hat«, fauchte Foster. Er starrte den Mann an, der bei Bewusstsein war und der aufzustehen versuchte, wobei er es jedoch vermied, seinen Clanführer anzuschauen.

»Coinneach, was ist passiert?«, fragte Edward scharf.

»Ich kann es nicht sagen, Mylord«, erwiderte der Mann, dessen Augen angsterfüllt waren. Er kannte nur zu gut den Preis, den er für einen Fehler würde zahlen müssen. »Wir kamen zur Wachablösung, gaben wie immer das Signal, das auch vom Keep beantwortet wurde, und dann fiel eine Horde Männer über uns her.«

»Eine Horde?«

»Aye«, erwiderte der Mann. »Zehn oder vielleicht sogar fünfzehn.«

»Jetzt übertreib mal nicht«, mischte Foster sich ein. »Waren es wirklich zehn oder gar fünfzehn?«

Coinneach senkte den Blick. »Sie kamen von hinten.«

»Woher kannst du dann wissen, wie viele es waren?«

»Jedenfalls waren es viele.«

Sinclair blickte über das Wasser, und plötzlich sah er das Ruderboot, das um die Biegung des Schlosses kam.

Fosters Blick war Sinclairs Blick gefolgt. »Es scheint, dass da jemand kommt, und es scheint mir auch an der Zeit zu sein, Schottland zu verlassen.«

Angst erfüllte Sinclair. Foster war ein Söldner, der sich überall verdingen konnte. Aber Sinclair besaß nur sein Land – das er aus seinen Händen gleiten sah.

»Wir wissen nicht, wer da kommt«, keuchte er. »Aber wir sind drei ... vielleicht sogar vier«, fügte er hinzu, als sein Blick auf den zweiten Wachmann fiel, der soeben wieder zu Bewusstsein kam. »Wir könnten sie überraschen.«

»Zehn oder sogar fünfzehn?«, fragte Foster, wobei er eine Braue hob.

»Ich sehe im Boot nur drei. Wir haben Pistolen. Und sie haben ja keinen Verdacht.«

Foster wägte die Chancen ab, schaute Coinneach an, der weiter behauptete, dass es viele Angreifer gegeben hatte. Dann schaute er sich die Fußspuren, die zum Strand führten, genauer an. Fünf, vielleicht sechs verschiedene.

»Juwelen«, sagte Edward verzweifelt. »Ich werde dir den Rest von Margarets Juwelen geben.«

Sie hatten einmal darum gekämpft. Foster hatte den ganzen Schmuck für sich beansprucht, aber unglücklicherweise hatte Sinclair in diesem Moment mehr Männer gehabt. Da hatten sie den Schmuck untereinander aufgeteilt.

Foster nickte einmal. Er gab Coinneach seinen Dolch, behielt aber sein Schwert und seine Pistole. Sinclair gab dem anderen Mann, der gerade zu Bewusstsein kam, einen Tritt in die Rippen und drückte ihm seinen Dolch in die Hand. »Du hast die Gelegenheit, dir deine Kleidung zurückzuholen«, meinte er. »Anderenfalls kannst du nackt nach Hause laufen.«

Das Boot näherte sich dem Strand. Sinclair hoffte nur, dass man die Pferde nicht sehen würde. Schnell gab er einem seiner befreiten Clansmännern ein Zeichen, die Tiere weiter ins Landesinnere und außer Sichtweite zu führen. Dann warf er sich – wie die anderen – zu Boden und kroch von dem bewusstlosen Mann weg.

Sinclair fürchtete, dass sein Herzschlag so laut war, dass er ihn verraten würde. Aber er hatte ja einen Vorteil. Die Gegner hatten seine Männer immerhin nicht getötet. Foster würde nicht solche Hemmungen haben.

Als er durch das dichte Seegras spähte, sah er, dass einer der Männer eine Frau in den Armen hielt. Margaret! Man hatte sie also gefunden. Zwei schlanke junge Burschen folgten. Jungen? Konnten die seine Krieger überwältigt haben?

Als die drei mit der Frau näher kamen, stand Foster auf, und Sinclair richtete seine Pistole auf die Jungen. »Das ist nahe genug«, schnarrte Foster.

Die drei blieben sofort stehen.

Sinclair holte tief Luft und stand ebenfalls auf. Coinneach folgte.

Foster ging langsam auf die Jungen zu. »Ach«, meinte er, während er die dunklen Haare des einen betrachtete, der einen Schritt vor den anderen ging. »Sollte das etwa der Bruder des Sutherland sein?« Er wartete nicht auf eine Antwort. »Und Lady Margaret? Wie unhöflich, sie unserer Gastfreundschaft zu entführen.«

Keiner der Jungs erwiderte etwas, aber im Gesicht des dunkelhaarigen Burschen zeigte sich Verzweiflung. Der andere drückte Margaret eng an sich. Sinclair empfand plötzlich sogar Mitleid mit ihr.

»Wer ist noch bei euch?«, fragte Foster drohend.

Keiner antwortete.

Foster nickte Coinneach zu. »Vielleicht kannst du sie ja zum Reden bringen. Versuch es zuerst mal mit der Frau.«

Coinneach rührte sich nicht. Foster schaute den Mann ungeduldig an und warf ihm dann seine Pistole zu. »Schießen wirst du ja wohl noch können?«

Coinneach schaute sein Clanführer an, dann die Waffe und schüttelte den Kopf.

Foster grunzte verärgert und warf dem Mann einen bösen Blick zu. Dann trat er einen Schritt vor. Das tat Alex auch, wobei er sich schützend vor Magarets Körper stellte.

»Du wirst sie nicht berühren, solange ich lebe.«

Sinclairs Finger krümmte sich um den Abzug. Ein Schuss. Nur ein Schuss, bevor er würde nachladen müssen. Ein Sutherland. Nicht gerade den, den er haben wollte, aber immerhin ein Sutherland. Er zögerte einen Moment, bevor er den Abzug durchzog und der Knall durch den ruhigen Nachmittag hallte. Aber seine zitternde Hand hatte die Kugel in den Himmel gejagt.

»Du verdammter Narr«, schnarrte Foster. Dann hob er sein Schwert und wandte sich Alex zu. »Ich habe keine Zeit mehr zu verlieren. Einer von euch wird mir jetzt alles sagen, oder ihr seid tot.«

☆ ☆ ☆

Patrick und Gavin näherten sich Creighton, als sie den Schuss hörten.

Patricks Herz setzte einen Moment aus, bevor er seinem Hengst die Fersen in die Flanken schlug, um das Pferd zum Keep zu jagen ... von wo der Schuss gekommen war.

Gavin, dessen Atem jagte, war an Patricks Seite, als der sich plötzlich eines anderen Reiters hinter sich bewusst wurde. Patrick schaute über die Schulter, und ihm stockte der Atem, als er Marsali erkannte, die dichtauf folgte.

Patrick fluchte, und er zügelte sein Pferd, während sie sich alle dem Strand näherten. Warum in Teufels Namen hatte sie nicht zurückbleiben können?

Er versuchte gleichmäßiger zu atmen, während er auf Gavin und Marsali wartete. Er hätte sie erwürgen mögen. Aber als sie ihr Pferd neben seinem Hengst zum Stehen brachte ... sah er die Angst in ihren Augen. Nicht um sich selbst, sondern um ihren Bruder ... und um ihn.

»Ich konnte einfach nicht zu Hause warten«, wisperte sie. »Ich habe schon zu oft alleine gewartet.«

Er konnte jetzt nichts tun, außer sie zu beruhigen, und er nahm ihr das Versprechen ab, dass sie sich außer Sichtweite halten würde. »Wenn du uns helfen willst, dann bleibst du jetzt hier und hältst die Pferde«, sagte er.

Sie wollte protestieren, aber Gavin hob eine Hand. »Wenn du Margaret helfen willst, dann machst du, was Patrick gesagt hat.«

Marsali schaute die beiden Männer zögernd an. Dann nickte sie.

Patrick nickte Gavin zu. Dann saßen sie beide ab und verschwanden in verschiedenen Richtungen – einer nach Osten, einer nach Westen. Es war so, als ob sie immer noch Jungs wären. Sie wussten instinktiv, was sie zu tun hatten.

Patrick robbte in die Richtung, aus der der Schuss gekommen war, und er verharrte, als er Stimmen hörte. Er wusste, dass Gavin aus der entgegengesetzten Seite kommen würde.

Es war nur ein Schuss gewesen. Er versuchte, sich zu erinnern, ob Sinclair und Foster eine Pistole gehabt hatten. Inzwischen konnten sie ja auch schon Verstärkung bekommen haben. Und wo war Alex?

Er schlich sich näher.

»Wer sonst kann noch von Creighton gewusst haben?«, hörte Patrick Fosters Grunzstimme. Danach hörte Patrick ein Stöhnen.

Er kroch einen Meter vor. Und dann noch einen. Dann sah er sie. Foster hielt ein Schwert dicht über Alex' Gesicht. Das Blut lief bereits an seinem Hals entlang. Hektor hielt Margaret in den Armen, die zwar geschwächt aussah, aber zweifellos lebte. Sinclair stand daneben, die Pistole in der Hand, die jedoch auf den Boden gerichtet war. Allerdings stand da noch ein anderer Mann, der nur mit einem schmutzigen Hemd bekleidet war, der aber eine Pistole in der Hand hielt.

Patrick zog sein Schwert und trat leise aus dem tiefen Gras. Gavin tauchte auf der anderen Seite auf, wobei er einen Schrei ausstieß, womit er die ganze Aufmerksamkeit auf sich lenkte, sodass Patrick unbemerkt blieb. Foster und der Mann mit der Pistole wandten sich Gavin zu, während Patricks Schwert den Pistolenarm von Coinneach traf, bevor er jedoch den Schuss verhindern konnte.

Patrick machte einen Schritt vor, und er sah, dass Gavin, der ihm von der anderen Seite entgegenkam, aus dem Arm blutete. Dennoch attackierte sein Freund Sinclair, während Patrick zur gleichen Zeit mit erhobenem Schwert auf Foster zuging. Aus dem Augenwinkel sah er, dass Hektor, der Margaret in seinen Armen hielt, sie ablegte, um den Mann anzugreifen, der versuchte, die Pistole nachzuladen.

Patrick wirbelte die Pistole mit seinem Schwert weg und trat Foster entgegen, der ihm mit teuflischen Augen anschaute.

»Ich habe dich schon erwartet, Sutherland.« Sein Schwert zischte durch die Luft und schlug mit Patricks Schwert zusammen.

Patrick parierte den Schlag, aber er war sich bewusst, dass er im Nachteil war. Seine linke Schulter war immer noch schwach, er hatte Schmerzen, und die Wunde würde seine Kampffähigkeit beeinträchtigen. Er warf Gavin ein Blick zu, der Foster beobachtete – einen Mann, der zweifellos ein hervorragender Schwertkämpfer war. Das hatte sich nicht geändert – und auch nicht seine kalten, dunklen Augen.

Diese Augen, bemerkte Patrick, als sie einander umkreisten, ruhten auf seiner Narbe auf seiner Wange. Foster hatte sie ihm vor zehn Jahren geschlagen – wenn auch nicht auf dem Kampffeld. Patrick und Rufus hatten Foster erwischt, als er und zwei andere Männer Mädchen vergewaltigt hatten, die keinen Tag älter als dreizehn gewesen waren. Wutschnaubend hatte Patrick den einen Mann getötet, während Rufus sich um den zweiten gekümmert hatte. Dann war es zum Kampf mit Foster gekommen, der eine Weile hin und her wogte. Rufus hatte den Mädchen geholfen, zu entfliehen. Fosters Schwert hatte Patricks Wange getroffen, und dann hatte er selbst Fosters Kehle durchtrennt. Er hatte gedacht, dass der Mann tot war.

Er hatte Foster als Toten liegen gelassen, bevor er Jahre später erfahren hatte, dass der Mann einen Eid geschworen hatte, ihn zu töten. Es war ein Fehler gewesen, Foster nicht zu töten. Ein Fehler, den er jetzt würde ausgleichen müssen.

Patrick atmete tief durch und versuchte eine Riposte. Der Engländer reagierte schnell, trat zurück, wich Patricks Stoß mit einer Seitenbewegung aus, und Fosters Schwert kam schneller nieder, als Patrick sich wehren konnte.

Es gelang ihm zwar, sein Schwert hochzureißen, um den Schlag abzuwehren, aber der Schmerz, der ihn durchfuhr, war nahezu unerträglich.

Wieder und wieder krachten die Schwerter zusammen, Minuten vergingen, schreckliche Minuten, bevor das Krachen von beiden Seiten versiegte.

Vage war sich Patrick bewusst, dass ihm der Schweiß übers Gesicht lief und ihm das Blut über den Arm tropfte. Ihm wurde klar, dass er erneut getroffen worden war, aber er fühlte nichts als Taubheit in seiner Schulter. Doch das war ihm gleichgültig. Er dachte nur daran, Foster zu töten.

Es fiel ihm schwerer zu atmen. Und es war schwerer und schwerer, einen Fuß vor den anderen zu setzen, um den heftigen Schlägen auszuweichen. Die Zeit lief ihm davon. Er brauchte einen Durchbruch. Er brauchte ihn schnell. Aber Foster gestattete ihm keinen Durchbruch. Er war stark, aber Foster war stärker, und sein Verlangen, Rache zu nehmen, war noch stärker ... Und sein Blutdurst.

Wenn Patrick Foster nicht töten würde, dann würde er ihn töten. Aber er hatte keine Lust zu sterben. Für ihn hielt das Leben noch zu viel bereit.

In diesem Augenblick sah er sie. Marsali. Ihr Gesicht war leichenblass, aber er versuchte nicht daran zu denken, sondern er versuchte, seine Kraft zu bewahren. Er strauchelte im Sand. Foster sah schon den Sieg, hob sein Schwert, und holte zum tödlichen Schlag aus. Patrick hielt jedoch dagegen und stieß von unten zu – direkt ins Herz.

Er kam wieder auf die Beine und Foster direkt gegenüber – Gesicht an Gesicht. Beide hielten die Schwertarme hocherhoben – bereit, zuzuschlagen –, und da sah Patrick, dass Foster die Augen verdrehte, zusammenbrach und zu Boden fiel.

Patrick selbst schwankte auch mächtig, aber es gelang ihm, sich auf den Beinen zu halten. Er konnte kaum noch etwas sehen, wobei er nicht wusste, ob das vom Schweiß oder vom Blut kam.

Er blickte Foster an, der zu seinen Füßen lag. Vielleicht hätte er jetzt Befriedigung verspüren sollen. Aber als er in die offenen Augen schaute und den verwunderten Ausdruck sah, der im Moment des Todes festgehalten worden war, empfand er keine Befriedigung. Er fühlte sich nur elend.

Doch einen Augenblick später, als Marsali sich ihm in die Arme warf, vergaß er jeden Gedanken an Foster.

Sie schlang ihre Arme um seinen Nacken und schluchzte an seiner Brust. »Ach, Patrick! Lieber Gott, ich dachte er würde dich umbringen!«

Aus seinem Inneren kam ein leises Lachen. »So wenig Vertrauen hast du zu mir?«, murmelte er, während er sein Gesicht in ihrem Haar barg. Er ließ sein Schwert fallen, umfing sie mit beiden Armen und zog sie eng an sich. Am liebsten hätte er sich auf den Boden geworfen, hätte seinen Kopf in ihren Schoß gelegt und eine Woche lang geschlafen.

Aber dann dachte er an all die anderen. Er hob den Kopf und sah das blutverschmierte Gesicht von Alex, der einen Dolch in der Hand hielt, den er Sinclair, der auf der Erde kniete, an die Kehle drückte. Hektor hatte die Spitze seines Schwertes auf das Herz des Mannes gerichtet, der Gavin angeschossen hatte. Gavin, der lebte, saß auf dem Boden und hielt mit der Hand seinen Arm.

Patrick schaute Marsali an. »Ich dachte, ich hätte dich gebeten zu warten.«

»Aye«, gab sie unumwunden zu und hob dabei ihre Hand, um sein Gesicht zu streicheln, als ob sie sich davon überzeugen wollte, dass er tatsächlich noch lebte. »Aber ich könnte nicht ohne dich sein – und ich konnte nicht einfach im Hintergrund warten, ohne zu wissen, was dir passiert.«

»Wirst du mir eigentlich nie gehorchen?«, fragte er liebevoll. Froh, dass sie es nicht getan hatte. Froh, dass er sie in seinen Armen hielt.

»In allen Dingen, Mylord«, erwiderte sie mit einem scherzhaften Ton, »außer wenn du so nachlässig mit deinem Leben umgehst.« Ihr leichtes Lächeln verschwand jedoch sofort, als ihr Blick auf ihren Bruder fiel.

»Gavin . . .?«

Gemeinsam gingen sie zu ihm, und Marsali kniete sich neben ihn.

»Das hat ja ganz schön lange gedauert, bis du diesen Höllenhund erledigt hast«, grummelte er, aber Patrick war erleichtert zu sehen, dass das Gesicht seines Freundes zwar blass war, aber seine Stimme so kräftig wie immer.

Einen Moment lang konnte Patrick nicht antworten, da er einen Kloß im Hals hatte. Gavin hatte sein eigenes Leben riskiert, indem er die Aufmerksamkeit der Feinde auf sich gelenkt hatte, um Patrick die Zehntelsekunde zu verschaffen, die er gebraucht hatte. Und das hatte er, ohne zu zögern, getan.

Er hielt Gavin seine rechte Hand entgegen, und der schlug ein, und beide wussten, dass diese Geste ihre Freundschaft für immer besiegeln würde. Patrick erlaubte sich einen kleinen Scherz über Gavins Verletzung zu machen, aber sie wussten beide, dass der Kampf auch anders hätte enden können, wenn er länger angedauert hätte.

Patrick beobachtete, wie Marsali ein Stück Stoff von ihrem Rock abriss, das sie um Gavins Arm band. Natürlich würde man die Kugel herausschneiden müssen, aber die Verletzung sah nicht gefährlich aus.

Patrick wandte sich zu Alex um, der immer noch Sinclair in Schach hielt. Die blutende Wunde im Gesicht des jungen Mannes war zwar sicher schmerzhaft, aber bei guter Fürsorge würde sie schnell verheilen.

Und Margaret – die liebe Margaret – lag auf dem Boden, mit geschlossenen Augen und nahezu bewusstlos.

»Sie haben ihr irgendwelche Drogen eingeflößt«, sagte Alex. »Ich bin nicht sicher, ob sie überhaupt weiß, wo sie sich befindet.«

Patrick trat neben die Frau. »Margaret«, sagte er liebevoll, wobei er seine Wut in Anbetracht ihres Zustandes unterdrückte. »Du bist jetzt in Sicherheit, und ich werde dich nach Brinaire zurückbringen. Oder würdest du lieber nach Abernie heimkehren?«

Margaret antwortete nicht, aber sie bewegte sich leicht, als Patrick sie aufhob. Er konnte sie problemlos mit seinem gesunden Arm halten. Sie trug nur ein Hemd, aber man hatte ihr ein Sutherland-Plaid übergelegt. Darunter war sie nur noch Haut und Knochen.

»Margaret?« Ihre Augenlider flatterten, und Patrick war noch mehr besorgt, als er den glanzlosen, verschwommenen Blick ihrer Augen sah. Gift, dachte er. Nicht genug, um sie umzubringen, aber genug, um ihr Schwierigkeiten zu bereiten, ihre Bewegungen und ihre Gedanken zu kontrollieren.

»Margaret«, sagte er erneut, um eine Antwort zu hören ... irgendeine.

»Patrick?« Sie drehte den Kopf und versuchte, sein Gesicht zu erkennen. »Aber sie haben mir doch gesagt ... Sie sagten, dass Patrick tot ist. Sie sagten ...« Sie schüttelte den Kopf und murmelte etwas von Wein und davon, dass sie ihn nicht hatte trinken wollen. Mit einem ungeduldigen Seufzer holte sie tief Luft, und als sie die Augen wieder aufschlug, schien ihr Blick klarer zu werden, und sie schien ihn zu erkennen.

»Patrick! Dank dem Himmel! Bist du es wirklich? Du bist nicht tot, wie dieser elender Foster mir gesagt hat?«

»Nay, ich bin nicht tot«, erwiderte Patrick. »Aber viele andere hatten nicht das gleiche Glück.«

Ihr Blick wanderte zu dem Mann, der auf der Erde lag. »Foster?«

»Aye«, sagte Patrick hart. »Er wird dir nie wieder wehtun.«

Sie wandte die Augen ab. »Er hat mir nie körperlich wehgetan. Aber die Dinge, die er gesagt hat ...« Sie schauderte. »Schreckliche Dinge.« Sie schaute Patrick erneut an. »Alex hat behauptet, dass Gregor mich gar nicht hierher gebracht hat. Dass Gregor glaubt, ich hätte mich ... Gütiger Gott ... umgebracht ...« Sie brach in Tränen aus.

Patrick zögerte einen Moment. Er blickte an sich herunter und sah das Blut auf seiner Kleidung. Aber dann fluchte er nur stumm und zog sie enger an sich. Sie brauchte doch jetzt einen Halt. »Ach, Margaret«, murmelte er. »Vater weiß genau, dass du dich nie umbringen würdest. Das hat er mir selbst gesagt. Ihm hat man erklärt, du hättest ihn wegen eines Liebhabers verlassen, aber ich bin sicher, dass er das auch nie geglaubt hat. Vielleicht weiß er ja nicht, was er glauben soll. Aber jedermann ist klar, dass er dich schrecklich vermisst.«

»Und ich habe geglaubt, er hätte mich hier eingesperrt«, schluchzte sie. »Ich habe gedacht, dass er meinen Anblick nicht mehr ertragen konnte und mich los sein wollte. Das war jedenfalls das, was Foster mir immer wieder gesagt hat. Ach, Patrick, ich möchte nach Hause. Bitte, bitte bring mich nach Hause.«

»Ja, du kommst nach Hause.« Er klopfte vorsichtig mit der Hand auf ihren Rücken. »Alex und ich werden dich nach Brinaire ...«

»Nay!« Sie presste ihre Hand ablehnend gegen seine Brust. »Nicht nach Brinaire. Ich kann Gregor nicht sehen. Nicht in meinem Zustand. Bitte, ich möchte nach Hause. Nach Abernie, wo ich mich ... immer noch geborgen fühle.«

Patrick schloss die Augen, und er hatte den Eindruck, dass ihm beinahe das Herz brach. »Niemand wird dir jemals wieder etwas zuleide tun«, sagte er. »Das schwöre ich dir.« Er hielt sie ein Stück von sich weg, beugte sich vor und küsste sie auf beide Wangen. »Hektor wird dich nach Abernie bringen.« Und dann fügte er flüsternd hinzu: »Zur Hölle mit den Konsequenzen.«

»Pass mir gut auf Mylady auf«, sagte er zu Hektor, als er sie ihm vorsichtig übergab. Dann wandte er sich an Sinclair, der immer noch mit Alex' Dolch an der Kehle auf dem Boden kniete.

Patrick legte seinen Arm um Alex' Schulter. »Gut gemacht, Bruder. Marsali wird sich um deine Wunde kümmern, sobald sie Gavin versorgt hat.«

»Ach, das ist doch nur ein Kratzer«, meinte Alex abwehrend, was Patricks Gesicht noch mehr zum Strahlen brachte. Er wünschte, ihr Vater wäre jetzt hier. Er wäre sicher stolz auf seinen Jüngsten gewesen.

Aber Patricks Lächeln verschwand ganz schnell, als er sah, dass Edward sich aus der knienden Position erhoben hatte, sobald Alex den Dolch von seiner Kehle genommen hatte.

»Willst du einen Kampf?«, fragte Patrick, hob Fosters Schwert auf und hielt es Sinclair auffordernd entgegen. »Den kannst du haben.«

Er hörte Marsali aufschreien, und er hörte, dass Gavin protestierte. Es war richtig, dass er müde war. Aber er wusste irgendwie, dass das jetzt keine Rolle spielen würde.

Patrick bemerkte, dass Sinclair – anstatt das Schwert zu nehmen – einen Schritt zurücktrat. Fosters Schwert in der einen Hand und sein eigenes in der anderen, machte Patrick einen Schritt vorwärts. Er war entschlossen zu töten.

»Nimm das Schwert«, befahl er Sinclair, der über eine Baumwurzel stolperte und mit aufgerissenen Augen auf den Rücken fiel.

Ich werde nie wieder einen anderen Schotten töten. Aber trotzdem zuckte seine Hand. Ja, er wollte ihm das Schwert in die Brust stoßen.

»Bitte, Patrick«, sagte Marsali mit leiser, aber fester Stimme.

Sinclair hielt einen Arm vors Gesicht, als ob er damit einen Schwertschlag abwehren könnte. Dann senkte Patrick seinen Waffenarm langsam, ganz langsam, ließ das Schwert fallen und schloss die Augen. Der Hass war plötzlich verflogen. Ihre Stimme hatte ihn von ihm weggenommen.

Er spürte Marsali an seiner Seite, und er fühlte ihren Arm um sich. Als Patrick seine Augen wieder öffnete, sah er, dass Alex Sinclair bereits fesselte.

Sinclair würde bezahlen. Aber das Urteil sollte die Justiz Seiner Majestät des Königs aussprechen. Doch Patrick würde dafür sorgen, dass Sinclair seine gerechte Strafe erhalten würde.

Marsali ergriff Patricks Hand. »Lass uns nach Hause gehen«, sagte sie leise. Nach Hause. Was für ein schönes Wort!

Er nickte, beugte sich zu ihr und berührte ihren Mund zart mit seinen Lippen. Und zum ersten Mal in seinem Leben fühlte er sich ganz glücklich und zufrieden.

28

Patrick entschloss sich, Tommy und Hektor von Creighton abzuziehen und die verbleibenden Gefangenen der Sinclairs in dem Raum einzusperren, in dem Margaret gefangen gehalten worden war, bis er andere Krieger schicken konnte, um sie abzuholen.

Patrick selbst würde Margaret zusammen mit Hektor nach Abernie bringen. Er konnte es nicht riskieren, den Mann alleine mit ihr zu schicken oder sie in die Hände von Alex' jungen Freunden zu übergeben, so mutig sie auch gewesen waren.

Alle anderen würde er nach Brinaire schicken. Gavins Wunde musste behandelt werden, und Brinaire lag wesentlich näher als Abernie. Marsali wollte ohnehin bei ihrem Bruder bleiben, bis der ganz außer Gefahr war, und das kam Patrick gerade recht, weil er es nicht riskieren wollte, sie wieder zu verlieren.

Er nahm Alex zur Seite. »Erzähl mir alles, was passiert ist.«

Alex zuckte die Schultern, aber seine Augen glänzten voller Stolz. »Jeder von uns hat seinen Teil erledigt. Aber die Wachen der Sinclairs, Patrick, trugen Sutherland-Plaids. Margaret glaubte wirklich, dass unser Vater sie hier festhielt.«

Patrick konnte sich keine Strafe ausdenken, die für Sinclair ausreichend gewesen wäre, für all den Schmerz, den er verursacht hatte. Aber er war jetzt doch froh, dass er ihn nicht umgebracht hatte, denn der Tod wäre eine zu milde Strafe für ihn gewesen.

»Diese beiden Freunde von dir ...«

»Rory und Jock«, sagte Alex sofort.

Patrick nickte. »Ihr drei habt heute dem Clan Gunn und dem Clan Sutherland einen großen Dienst erwiesen«, sagte er. »Ich bin sehr stolz auf dich. Und unsere Familien stehen in der Schuld von Jock und Rory. Sag ihnen das. Sie haben nur um eine Gefälligkeit zu bitten – und sie wird ihnen gewährt.« Sein Blick traf Alex' Blick. »Da du Margaret gefunden hast, schlage ich vor, dass du zuerst nach Brinaire reitest, um Vater zu benachrichtigen. Und dass Gavin Gunn dir folgen wird – als unser Ehrengast.«

Alex' Lächeln wurde breiter. »Aye«, meinte er, während er sich auf sein Pferd schwang und in Richtung Brinaire ritt, wobei er sich einmal kurz umdrehte und über die Schulter winkte.

Patrick wandte sich zu Gavin um. Sein Freund sah blass aus, aber sein Rücken war aufrecht und er versuchte zu lächeln. »Glaubst du, dass dein Vater mich ins Verlies werfen wird?«

»Ich bin nicht sicher, ob mein Vater das nicht auch mit mir machen würde«, erwiderte Patrick, während er schelmisch zu lachen versuchte. »Aber wenn wir so vorgehen, haben unsere Väter uns zumindest gegeneinander ausgetauscht.« Vorsichtig, um seinem Freund nicht wehzutun, umarmte er Gavin und murmelte: »Pass gut auf meine Frau auf.«

»Aye«, sagte Gavin. »Die Gunns verdanken euch eine Menge.«

»Nay, mein Vater mit seinem verfluchten Stolz war an allem schuld.«

Er schaute Marsali an, Marsali, die er liebte. »Pass gut auf ihn auf.«

»Das werde ich«, erwiderte sie mit besorgten Augen. »Ich werde auf dich warten.«

Er beugte sich vor und küsste sie. Der Kuss dauerte länger, als er beabsichtigt hatte. Es kümmerte ihn auch nicht, dass die anderen zuschauten, er genoss nur die Süße und Zartheit ihres Mundes. Er wollte sie nicht gehen lassen, nicht einmal für die nächsten paar Stunden.

»Sei vorsichtig«, wisperte sie.

»Aye, und ich werde mich beeilen«, erwiderte er.

Dann half er ihr in den Sattel und sah zu, wie sie, an der Seite der Männer, nach Brinaire aufbrach. Er blickte ihr hinterher, bis sie außer Sichtweite war, bevor er sich zu Sinclair wandte.

»Mach es ihm ›bequem‹«, befahl er Hektor.

»Aye«, meinte Hektor, warf Sinclair über den Sattel und band dessen Hände unter dem Bauch des Pferdes zusammen. »Jetzt hat er es ganz bequem, Mylord.«

☆ ☆ ☆

Am folgenden Tag ritt Patrick an der Seite des Earl of Abernie zum Tor von Brinaire. Er hatte Abernie und seine Männer am Abend zuvor auf halben Weg getroffen. Trotz der Bedenken des Earls, was seinen Sohn betraf, war er zu seinem eigenen Schloss zurückgekehrt, wobei er Patricks Wort geglaubt hatte, dass es seinem eigenen Sohn gut ging – und dass Marsali sich im Augenblick dringend um ihren Bruder kümmern musste.

Patrick war über Nacht in Abernie geblieben, nachdem er sicher gestellt hatte, dass man sich bestens um Margaret kümmern würde. Und er hatte gut geschlafen – obwohl er sich danach gesehnt hatte, Marsali zu sehen. Aber er war einfach müde gewesen ...

Hinter ihm und dem Earl of Abernie ritten Hiram und Rufus, die Edward Sinclair in ihre Mitte genommen hatten, einen Mann, der gebrochen aussah. Margaret war in Abernie geblieben, in der Obhut von mehreren Frauen, die immer wieder in Tränen ausbrachen, weil sie Margarets wundersame Rückkehr gar nicht fassen konnten.

Der Earl räusperte sich, und Patrick schaute ihn an.

»Ich weiß nicht recht, wie ich mich ausdrücken soll«, begann der Earl. »Ich habe wenig Erfahrung mit solchen Situationen. Aber gesagt werden muss es.« Er setzte sich im Sattel auf, bis sein Rücken gerade wie ein Stock war. »Ich habe dir Unrecht getan, Patrick, und dafür möchte ich mich entschuldigen. Ich erinnere mich noch genau an den Tag, an dem du Abernie verlassen hast, und ich weiß noch genau, wie du ausgesehen hast: jung und stolz, für deinen Clan kämpfen zu dürfen. Und ich war an diesem Tag auch stolz gewesen, Junge. Stolz darauf, dass ich es hatte sein dürfen, dich darauf vorzubereiten, ein Mann zu werden. Und wenn ich dich jetzt anschaue, wenn ich bedenke, was du in den letzten Wochen getan hast, um unseren beiden Clans zu helfen, bin ich wieder stolz auf dich. Ich denke, dass ich in den beiden letzten Jahren einfach nicht mehr klar denken konnte. Ich weiß nicht, wie ich jemals denken konnte, dass du etwas Schändliches oder Unehrenhaftes tun würdest. Das tut mir Leid, Patrick, und ich kann nur hoffen, dass du einen Platz in deinem Herzen hast, um mir zu verzeihen.«

Für den ersten Versuch des Earls, sich einmal bei einem Menschen zu entschuldigen, dachte Patrick, war das gar nicht so übel gewesen. »Vergessen«, sagte er einfach, beugte sich über den Sattel und streckte die Hand aus.

Der Earl schaute ihn an, traf seinen Blick, lehnte sich ebenfalls vor und umfasste Patricks Arm freundschaftlich.

Der Earl straffte wieder die Schultern und seufzte. »Ich frage mich, ob meine Töchter mir auch so leicht verzeihen werden.«

Patrick lächelte. »Ich denke, darüber brauchst du dir keine Sorgen zu machen. Sie lieben dich beide sehr. Und ich glaube, dass Marsali sich eher fragt, ob du ihr vergibst.«

Abernie machte eine wegwerfende Handbewegung. »In dieser schrecklichen Sache habe ich weder ihr noch Gavin etwas zu vergeben. Und Cecilia natürlich auch nicht.

Das arme Kind. Weißt du genau, dass sie in Sicherheit ist?«

»Aye«, erwiderte Patrick. »Rufus und Hiram werden noch vor dem Ende der Woche ins untere Land reiten, um sie zurückzuholen.«

»Gut. Vielleicht sollte Jeanie als Anstandsfrau für Cecilia mitreiten.«

Patrick unterdrückte ein Grinsen, während er daran dachte, dass Jeanie vielleicht selbst eine Anstandsdame brauchen würde, wenn Hiram mit ihr unterwegs wäre.

Ein paar Minuten später ritten sie durch das mächtige Tor von Brinaire.

Während sie sich der Treppe des Schlosses näherten, meinte der Earl: »Glaubst du, dass dein Vater weiß, dass wir kommen?«

»Ich selbst habe heute Morgen einen Boten geschickt«, antwortete Patrick.

Der Earl seufzte tief. »Ach, Patrick, es gefällt mir gar nicht, deinem Vater in die Augen zu sehen. Aber es muss ja wohl sein.«

Das waren genau Patricks eigene Gedanken. Er wusste nicht, was ihn erwarten würde: Würde sein Vater ihm vergeben, dass er ihn hintergangen hatte, oder würde er ihn deshalb entehren und enterben. Dankbarkeit konnte er jedenfalls kaum erwarten oder erhoffen.

Patrick saß ab, übergab die Zügel einem Stallburschen, der ihnen entgegenlief, und wandte sich dann Sinclair zu, um ihn vom Pferd zu ziehen. Er hielt ihn mit einer Hand am Arm fest und der Earl ihn am anderen, und gemeinsam schleiften sie Sinclair, der zwar geschlagen war, aber keine Reue zeigte, die Treppen des Keeps hoch und brachten den Anführer von Clan Sinclair in die Großhalle.

Patricks Vater erwartete sie bereits in der Mitte des riesigen Raumes, gestützt auf einen Gehstock. Alex stand neben ihm. Aber Patricks Blick glitt über beide hinweg zur untersten

Treppenstufe, wo er Marsali entdeckte, die atemberaubend ausschaute, obwohl eine gewisse Anspannung in ihrem Körper unverkennbar war. Er wusste, dass sie sich sehr zurückhielt, eine respektvolle Distanz wahrte, weil das weder der Ort noch die Zeit für eine persönliche Begrüßung waren. Aber sie wollte zumindest in seiner Nähe sein.

Sie warfen Sinclair auf die Knie, und während Donald Gunn auf Patricks Vater zuging, trat er zu Marsali, nahm ihre Hand und führte sie neben Alex.

»Ich liebe dich«, wisperte sie.

»Ich liebe dich auch«, flüsterte Patrick zurück, wobei er seine Finger mit den ihren verflocht. »Gavin?«

»Wird bald wieder bei bester Gesundheit sein.«

Patrick nickte zufrieden, und sie drehten sich beide um, um die Szene zu beobachten, die sich vor ihren Augen abspielte.

Die beiden Patriarchen beäugten sich wachsam.

»Gregor«, sagte der Earl schließlich förmlich.

»Donald«, grummelte der Marquis.

Der Earl trat von einem Fuß auf den anderen, warf seiner Tochter einige verstohlenen Blicke zu und schaute dann wieder den Mann an, der vor ihm stand. »Du hast das von Margaret gehört?«

»Aye«, sagte der Marquis, »mein Junge, Alex, hat es mir berichtet.«

Patrick lächelte, als er die Wärme in der Stimme seines Vaters hörte und den Stolz, und er drückte Marsalis Hand fester. Alex und sein Vater – so schien es – hatten Frieden miteinander geschlossen.

Der Earl wandte seinen Blick Alex zu. »Meinen Dank, Junge«, sagte er.

Alex nickte. »Das war mir eine Ehre, Sir. Aber es gab andere, die mir geholfen haben.«

»Aye«, nickte der Earl zustimmend, »aber wenn du nicht so beherzt reagiert hättest, hätte Sinclair Margaret getötet. Ich stehe tief in deiner Schuld – und in der deines Bruders.« Er wandte seinen Blick wieder dem Marquis zu. »Ich habe dich fälschlich beschuldigt«, fuhr er mit einer Spur Trotz fort. »Aber ich hatte geglaubt, im Recht zu sein.«

Patrick schaute seinem Vater ins Gesicht. Der alte Mann bewegte sich nicht und er antwortete nicht. Lange Zeit stand er versteinert da, nur seine Wangen mahlten und sein Kehlkopf bewegte sich auf und ab, als er mehrmals heftig schluckte. Patrick war sich bewusst, dass alle in der Großhalle – mit Ausnahme von Sinclair vielleicht – den Atem anhielten. Während die Sekunden verstrichen, begann Patrick den Ausgang dieses Treffens zu fürchten. Sollte wirklich alles vergebens gewesen sein?

Als die Spannung in der Großhalle auf ein unerträgliches Maß angestiegen war und Marsali seine Hand so fest umklammerte, dass es tatsächlich schon wehtat, räusperte sein Vater sich.

»Wie geht es ... Margaret?«, fragte er.

Im ganzen Raum war ein erleichtertes Aufatmen zu vernehmen, auch Patrick fühlte sich erleichtert – und zu einem kleinen Teil, weil Marsali ihren festen Griff etwas lockerte.

»Sie ist geschwächt«, erklärte Donald, »und sehr abgemagert. Man hat ihr ständig Beruhigungsmittel gegeben. Nicht viele, meint sie, eben genug. um sie ruhig zu stellen. Vermutlich Baldrian und Hopfen. Körperlich wird sie sich bald wieder erholen, aber ich weiß nicht, wie es mit ihren Gefühlen aussieht. Sie hat zwei Jahre in einer Zelle verbracht und geglaubt, du hieltest sie gefangen. Das jedenfalls hat man ihr eingeredet.«

Patricks Vater richtete sich erschüttert zu seiner ganzen Größe auf. »Das würde sie mir zutrauen?«

»Du hast ihr Schlimmeres zugetraut«, erwiderte Donald verärgert. »Und sie ist unschuldig. Hier, ich habe dir diesen Lumpen gebracht, damit er dir erzählt, was er getan hat.«

Hiram und Rufus zerrten Sinclair vor, bis er vor dem Marquis auf den Knien lag.

»Gesteh es ihm«, befahl der Earl of Abernie. »Berichte dem Marquis von Brinaire alles, was du mir erzählt hast. Bei Gott, ich werde zusehen, dass du gerädert und gevierteilt wirst.«

Sinclair warf dem Earl einen hasserfüllten Blick zu, und Patrick spürte, wie ihm die Galle hochkam, als er auch noch den feigen Gesichtsausdruck in den Augen des Verräters sah. Er war eine Schande für seinen Clan, für die Highlands, für ganz Schottland.

»Ihr habt mir geschworen ...«, begann Sinclair.

»Auf der Grundlage, dass du mir die Wahrheit sagst«, unterbrach der Earl of Abernie ihn.

Sinclair blickte an die Wand gegenüber. Sein Ton war gleichmütig. »Diese Lady Margaret lernte bei einem Ausritt einen Mann namens Foster kennen. Er lockte sie zu der Hütte, indem er ihr erzählte, dass er Neuigkeiten über Lord Patrick habe, aber dass er nicht mit ihr reden würde, wo man sie beobachten könnte.Er behauptete, dass dein Sohn gefangen genommen worden war und dass sie ihm helfen könnte.«

»Weiter«, befahl der Earl.

Sinclair starrte ihn kurz an, fuhr dann aber fort – wenn auch widerwillig. »Euer Sohn hatte Foster bei einem Zweikampf die Kehle durchtrennt und ihn danach liegen lassen, weil er ihn für tot hielt. Foster schwor danach einen Eid, sich an Patrick zu rächen. Da er ihn in Frankreich nicht finden konnte, kam er nach Schottland, um Rache an seiner Familie zu nehmen. Er trat als Söldner in meine Dienste und entwickelte einen Plan ... und ich willigte ein. Foster würde seine Rache bekommen und ich Euer Land, nachdem Ihr und die Gunns euch gegenseitig umgebracht hättet. Lady Margaret war der Schlüssel dazu, die Fehde zwischen euren Clans in Gang zu bringen.« Er atmete keuchend durch und fuhr dann fort. »Sie wusste nicht, dass ich auch mit der Sache zu tun hatte. Foster hat sich um sie gekümmert. Er erzählte ihr, dass Euer Sohn entführt wurde, und dass der Marquis eher angreifen würde, als das geforderte Lösegeld zu bezahlen, und dass in diesem Fall Euer Sohn sterben würde. Daraufhin brachte sie ihre Juwelen zur Jagdhütte, um das Lösegeld zu zahlen. Das war das Treffen in der Hütte, von dem man Euch berichtete.«

Der alte Sutherland hatte beim Zuhören zu zittern begonnen und zwar nicht auf Grund der Schwäche seines Alters.

Der Earl of Abernie mischte sich ein. »Verstehst du jetzt, Gregor? Sie glaubte diese infame Lüge. Sie fürchtete um Patricks Leben, wenn sie gesprochen hätte. Selbst wenn sie es getan hätte, um sich gegen den Vorwurf des Ehebruchs zu verteidigen. Erinnere dich, Gregor, dass wir in dieser Zeit alle schon lange nichts mehr von Patrick gehört hatten – und wir befürchten mussten, dass er tot war. Als dieser Bastard Foster zu Lady Margaret kam und behauptete, Patrick in seiner Gewalt zu haben, wusste sie, dass du ihn mit Waffengewalt stellen würdest. Sie fürchtete um das Leben deines Sohnes – und um dein Leben. Sie versuchte, das Leben von euch beiden zu retten, indem sie mit ihren Juwelen bezahlte. Das war vielleicht nicht klug von ihr ... aber du, Gregor, bist nicht gerade dafür bekannt, ein geduldiger Mann zu sein.«

»Du vielleicht?«, rief der Marquis, dessen Augen blitzten.

Patrick wusste jedoch, dass diese scheinbar wütende Antwort eher einer Gewohnheit entsprach, die der Marquis sich im Laufe der Jahre seinem Gegner gegenüber angewöhnt hatte – oder seinem Freund.

»Aye«, erwiderte Donald selbstgerecht. »Jedenfalls habe ich mehr Geduld als Männer, deren Namen ich dir sagen könnte.«

Patricks Vater schaute wieder Sinclair an. »Wer waren die sogenannten Zeugen? Die, die zu mir kamen und mir berichteten, dass Margaret sich in der Hütte mit einem Mann getroffen hatte?«

»Gut bezahlte Bekannte von Foster«, erklärte der Gefangene.

»Am Morgen, als sie verschwand, wollte sie sich mit Foster treffen, um ihm die Juwelen zu überbringen. Aber sie wurde von maskierten Männern überfallen. Sie erfuhr nie, dass man sie nach Creighton gebracht hatte. Man ließ sie nur in dem Glauben, dass ihre Bewacher von ihrem eigenen Ehemann bezahlt würden.«

Der Marquis schaute von Donald Gunn zu Sinclair, bevor sein Blick zu Boden fiel. Seine Worten waren nur ein gebrochenes Wispern. »Als ich ihren Schmuck nicht fand«, sagte er, »dachte ich, sie wäre ...« Er hob die Hände und bedeckte sein Gesicht.

Patrick hörte die Wut und Verzweifelung in der Stimme seines Vaters, und da wusste er, dass er Margaret geliebt hatte – aber nicht genug, um ihr zu vertrauen. Er schaute Marsali an, sah die Tränen in ihren Augenwinkeln, und er schwor sich, nie den gleichen Fehler zu begehen.

Der Marquis hob den Kopf und starrte Sinclair an. Dann sah Patrick, dass sein Vater den Dolch zog und auf den Gefangenen zuhinkte. Schnell trat Patrick zwischen die beiden.

»Er ist es nicht wert, dass du ihn tötest«, sagte er.

Vater und Sohn blickten einander in die Augen, das Gesicht des älteren von Wut verzerrt.

»Tu es nicht, Vater«, sagte Patrick leise. »Der Earl of Abernie hat Sinclair sein Wort gegeben, dass er nicht getötet würde, wenn er die ganze Wahrheit sagt.«

»Och, überlassen wir ihn doch der Justiz des König«, meinte Donald listig. »Ich habe schließlich nicht versprochen, nichts von den Überfällen auf mein Land zu sagen, bei dem drei meiner Clansmänner getötet wurden.«

Sinclair heulte auf, und Patrick gab Hiram und Rufus ein Zeichen. »Werft ihn in das unterste Verlies, bis wir ihn nach London bringen.«

Alle in der Großhalle sahen zu, wie Hiram und Rufus Sinclair packten, der sich mit Händen und Füßen wehrte, und ihn wegschafften.

Nachdem sie den Raum verlassen hatten, blickte Patricks Vater den Earl an. »Was haben wir nur getan, Donald?«

»Uns wie zwei alte Narren benommen«, seufzte der Earl. »Ich weiß gar nicht, wie wir so alt werden konnten, wo wir doch so blind und dumm waren. So einem Lumpen zu erlauben, uns wie Figuren auf dem Schachbrett zu verschieben. Ein Wunder, dass unsere Clans uns noch nicht entehrt haben.«

»Margaret«, stammelte der Marquis. »Kann ich ... sie sehen?«

»Aye«, erwiderte der Earl. »Ich denke, sie wird sich darüber freuen. Es brach ihr fast das Herz, zu glauben, dass du sie eingesperrt hattest.«

»Ich habe ihr Unrecht getan.«

»Wir haben einander alle Unrecht getan – alle außer unsere Söhne und Töchter.« Zum ersten Mal wandte der Earl sich ganz Marsali zu, und seine nächsten Worte klangen schuldbewusst. »Ich war nahe daran, dich diesem Dreckskerl zur Frau zu geben, Liebes. Ich selbst werde mir das nie verzeihen. Aber ...« Seine Stimme begann zu beben. »... ich hoffe, dein Herz kann mir vergeben.«

»Ach, Vater ...« Sie lief auf ihn zu und ergriff seine Hände. »Ich würde dir doch alles verzeihen – genau wie Gavin und Cecilia. Es ist nur ... wir haben dich in den vergangenen zwei Jahren schon sehr vermisst.«

»Aye, Liebes«, sagte der Earl. »Es ist wohl wahr, dass ihr im Haus eines Mannes gelebt habt, der nur noch Rachegedanken hatte.«

Der Marquis schlug einen nachdenklichen Ton an, während er seinen alten Freund anschaute. »Man hat mir berichtet, dass deine Tochter und mein Sohn sich nicht länger ... äh ... fremd sind. Sie haben eine Handheirat gemacht. Und bevor du jetzt in die Luft gehst, solltest du bedenken, wer einer der Trauzeugen war.«

Patrick hörte, wie Marsali scharf die Luft einsog. Sie wechselten einen Blick und warteten beide auf einen Donnerschlag.

Der kam aber nie. Der Earl und der Marquis standen sich mit gerunzelten Brauen gegenüber. Und dann – ganz langsam – glitt ein Lächeln über das Gesicht des Earls, das in ein leise glucksendes Lachen überging.

»Gregor, unsere Kinder sind vielleicht klüger als wir.«

»Aye, Donald. Das vermute ich auch.«

»Aber ich fürchte, du kennst noch nicht die ganze Geschichte«, fuhr der Earl fort. Er warf Patrick einen leicht spöttischen, wissenden Blick zu, den Patrick mit einem mulmigen Gefühl aufnahm. An den Marquis gewandt, fuhr Abernie fort: »Mir sind da ein paar mächtig abgemagerte Rinder aufgefallen, als wir über deine nördlichen Weiden geritten sind, Gregor. Das Vieh kam mir ziemlich bekannt vor – wenn auch noch etwas dürrer, als ich es das letzte Mal gesehen hatte. Nämlich eine Woche zuvor auf meiner südlichen Weide.«

Patrick hielt den Atem an und befürchtete das Schlimmste, als er sah, wie sich das Stirnrunzeln seines Vaters vertiefte.

»Ich verstehe nicht, was du damit andeuten willst«, sagte der Marquis.

Dem Earls schien die Geschichte Spaß zu machen. »Ich wollte dir damit nur sagen, dass unsere beiden Söhne die armen Viecher von deiner Weide zu meiner Weide und wieder zu deiner zurück getrieben haben, und zwar wochenlang, und uns Alten dann jeweils von ihrem erfolgreichen Viehdiebstahl berichtet haben. Ich habe mich dann allerdings gefragt, wieso es nie Verwundete gegeben hat.«

Der Mund von Patricks Vater klappte auf, und der Marquis warf seinem Sohn einen vorwurfsvollen Blick zu, dem Patrick jedoch Stand hielt.

»Das hast du getan?«, fragte sein Vater ungläubig.

»Aye.«

»Du hast meine Befehle missachtet?«

»Du hast mir befohlen, dir Vieh zu stehlen«, sagte er. »Und das habe ich getan. Allerdings habe ich es so eingerichtet, dass Gavin es zurückstehlen konnte. Das war einfach notwendig, um Sinclair zu entlarven und Margaret zu finden.«

Als er den Namen seiner Stiefmutter erwähnte, wurden die Falten im Gesicht seines Vaters weicher. Langsam klärte sich der Gesichtsausdruck des alten Mannes, bis er – zu Patricks Verwunderung – richtig zufrieden aussah. Und als sein Vater zu sprechen begann, war er überrascht.

»Ich bin stolz auf dich, Patrick«, sagte der Marquis leise lachend. »Und daran solltest du mich von Zeit zu Zeit erinnern, wenn du das Gefühl hast, dass ich es vergessen hätte.«

Patrick musste plötzlich schlucken, weil er einen Kloß in der Kehle hatte. Dann nickte er. »Aye, Sir, das werde ich.«

Sein Vater gab ihm ein Nicken zur Antwort und schaute den Earl seufzend an.

»Was würdest du davon halten, Donald, wenn wir in mein Zimmer gehen, um alleine ein Glas miteinander zu trinken? Ich kann nicht länger hier herumstehen, weil dieser blöde Fuß es nicht mehr mitmacht.«

»Aye«, sagte der Earl zustimmend und trat an die Seite seines alten Freundes, um ihn zu stützen. »Und wenn es dir recht ist, würde ich gerne meinen Sohn sehen.«

»Aber natürlich. Man hat mir gesagt, dass er gut geschlafen hat. Ich glaube, Elisabeth war die ganze Zeit bei ihm.«

»Ein hübsches Mädel. Wie alt ist sie jetzt? Vierzehn?«

»Fünfzehn.«

Als die beiden alten Männer langsam zur Treppe gingen, die nach oben führte, hörte Patrick seinen Vater sagen: »Dir ist schon klar, dass wir jetzt ein Rebellenpaar haben?«

»Aye«, erwiderte der Earl sofort – wobei seine Stimme etwas traurig klang. »Ich weiß nicht, wie es passiert ist. Aber ich sage dir rundheraus, dass mir es nicht reicht, dass meine Tochter nur eine Handheirat geschlossen hat. Wir müssen eine richtige Hochzeit abhalten – und je eher, desto besser.«

»Ich bin absolut einverstanden mit dir. Donald, du kannst dir ja gar nicht vorstellen, wie mies das Essen in meinem Haus war, bevor Marsali kam. Ich kann dir nur sagen, dass es Abende gab, an denen ich dachte, ich würde es nicht mehr überleben ...«

Die Stimmen der beiden Alten verklangen, als sie die Treppen hochstiegen. Patrick folgte ihnen mit den Augen, bevor sie nach dem zweiten Treppenabsatz seinen Blicken entschwanden.

Patrick nahm Marsalis Hand und führte seine Frau zur Fensterbrüstung, die ähnlich der von Abernie war. Es war mittlerweile Zwielicht, und die ersten Sterne zeigten sich am Himmel. Sie schaute ihn an, und ihre Augen funkelten wie die Sterne über ihr. Sie blickten einander für eine Sekunde oder zwei an, und dann begannen sie zu lachen. Mit einem freudigen lauten Aufschrei fielen sie sich in die Arme, und er wirbelte sie durch die Luft. Sie hatte seinen Hals umklammert, und ihre Haare flogen um sie herum. Bevor es ihm schwindlig wurde, setzte er sie wieder ab und küsste sie glücklich.

Dann meinte er: »Sie planen eine richtige Hochzeit.«

»Es ist eine Art Wunder«, meinte sie atemlos. »Aber von meinem Himmelsstürmer habe ich eigentlich nichts anderes erwartet.«

Er schenkte ihr ein Lächeln, dass seine ganze Liebe und Zärtlichkeit ausdrückte, die er für sie empfand, wobei er an das kleine Mädchen dachte, das er traurig und verloren auf den Zinnen von Abernie gesehen hatte – vor so langer Zeit. »Wenn ich dein Sternenjäger bin, dann bist du mein Augenstern. In dieser Nacht, als ich den Arm zum Himmel gestreckt habe, um dir einen Stern zu holen, habe ich etwas Wunderbares gefunden. Ich habe dich gefunden, Marsali, und ich kann mir die Welt ohne deinen Glanz nicht mehr vorstellen. Du bist mein Herz und meine Seele, und ich werde dich bis zum Ende meiner Tage lieben.«

»Ach, Patrick«, seufzte sie leise.

Und als er mit seinen Lippen wieder ihren Mund berührte, schienen die Sterne am Himmel noch heller zu strahlen, und sie schienen ihnen ein immerwährendes Glück zu versprechen.

Epilog

Es war ein herrlicher Tag für eine Hochzeit. Das sagten alle.

Die Sonne schien hell, die Strahlen durchdrangen den leichten Nebel, der über dem Land lag, und verwandelte die Landschaft, grün und lieblich, in Smaragde.

Marsali stand bebend da, als Elisabeth und Tante Margaret ihr in das weiße Kleid halfen. Jeanie kämmte Marsalis schwarzes Haar und flocht danach Blumen ein. Marsali hätte sich auch Cecilia an ihre Seite gewünscht, aber eine Frau musste ja in der Großhalle sein, um die Gäste zu begrüßen. Vom Schlosshof drangen fröhliche Lacher hoch, vermischt mit Singen und Dudelsackpfeifen.

Marsali verspürte ein Unwohlsein, legte eine Hand auf ihren Magen und holte tief Luft. Der Moment verging und das Unbehagen verging. Das waren nur ihre Nerven gewesen, nicht das Baby in ihr. Diese Neuigkeit war ihr Hochzeitsgeschenk für Patrick.

Margaret und Jeanie hatten allerdings schon vermutet, dass Marsali schwanger war, denn sie war neuerdings morgens immer zu einem Topf gerannt.

Tante Margaret würde morgen mit ihr nach Hause – nach Brinaire – reisen. Patricks Vater hatte seiner Frau in den letzten Monaten ständig den Hof gemacht, wobei er auf seine raue Art Margaret immer wieder zu sagen versucht hatte – wie Marsali vermutete –, dass es ihm Leid tat, was er getan hatte, und dass er zwar wollte, dass Margaret zu ihm zurückkehrt, er ihr aber alle Zeit geben wollte, die sie dazu brauchte, zu einer Entscheidung zu kommen. Marsali hatte sich schon gefragt, ob das »liebenswerte« Verhalten des Marquis auch auf den Einfluss von Patrick zurückzuführen war.

Jedenfalls war ihr klar, dass Tante Margaret Gregor Sutherland liebte, auch wenn der von Gicht verkrüppelt und so bösartig war. Marsali verstand die Einstellung ihrer Tante nicht so recht, obwohl sie zugeben musste, dass sie – wenn sie gelegentlich Gregor anschaute – ein gewisses Charisma erkannte, dass ihm sicher das Vertrauen seines Clans eingebracht hatte. Er litt zwar unter der Last, gelernt zu haben, dass Liebe Schwäche war und Leidenschaft ein Fehler, aber er schien langsam zu begreifen, dass das Leben anders war. Wegen Margaret. Und wegen seines Sohnes.

Ja, sie hatte das Gefühl, dass sich Liebe überall in den Highlands wieder ausbreitete. Erst letzte Nacht hatte Jeanie ihr verraten, dass sie das nächste Mal, wenn Hiram sie fragen würde, ob sie ihn heiraten wollte – was er wohl in letzter Zeit ständig getan hatte –, JA antworten würde. Sie hatte dabei sogar ein bisschen gekichert, hatte um Jahre jünger ausgesehen, wobei ihre blauen Augen geleuchtet hatten wie ein See im strahlenden Sonnenschein.

Und da war ja auch noch Cecilia, deren Augen Rufus folgten, wo immer er hinging. Patrick hatte ihr versichert, dass sein Freund bis über beide Ohren in ihre Schwester verliebt war – zu seiner eigenen Belustigung und zu der von Hiram. Cecilia beschäftigte sich nicht länger mit Büchern, sondern gab sich Mühe, die Haushaltssachen einer Frau zu erlernen. Rufus hatte zwar keinen Adelstitel, aber er war der älteste Sohn einer renommierten Familie aus dem unteren Land. Marsalis Vater war der Meinung, dass er ein prächtiger Mann sei, und dass er würde seinem jüngsten Kind gestatten, jeden Mann zu heiraten, den sie haben wollte – sobald sie sechzehn war.

Und dann war da ja auch noch Gavin. Er machte Elisabeth den Hof, die mehr Zeit damit verbracht hatte, als wirklich nötig gewesen wäre, um ihn zu pflegen. Vielleicht würde ja eines Tages …

Sogar die Frettchen waren mild geworden und akzeptierten inzwischen, dass Patrick sie streichelte.

»Du siehst wunderschön aus, Liebes«, meinte Jeanie und klatschte in die Hände.

»Aye«, meinte Margaret zustimmend.

»Seht nur, wie ihr Gesicht leuchtet«, hauchte Elisabeth.

»Ich fühle mich auch wunderschön«, sagte Marsali. Auf diesen Tag hatte sie so viele Jahre gewartet. Es war schöner, als sie es sich je vorgestellt hatte.

Ein Klopfen an der Tür sagte ihr, dass es an der Zeit war.

Mit Margaret an ihrer Seite, Elisabeth hinter sich, die ihre Schleppe trug, stieg Marsali die Treppen zur Großhalle herunter, wo ihr Vater sie erwartete. In seinem Augenwinkel schien eine Träne zu glitzern, als er Marsalis Arm nahm, um sie zu der Kapelle zu führen.

Von der offenen Tür zur Kapelle sah sie Patrick auf der Altarstufe stehen, aufrecht, stark und selbstsicher. Neben ihm stand sein Vater, dessen grimmiger Blick etwas weicher zu werden schien, als sie ihm in die Augen schaute. Die Kapelle war voll mit Plaids – von Sutherlands, von Gunns und von allen anderen schottischen Clans. Aber als Marsali an den Bankreihen entlang nach vorne ging, erkannte sie die Gesichter der Menschen kaum. Sie sah nur Patrick.

Als sie ihn erreichte, ergriff er ihre Hand, und die Wärme seine Berührung durchfuhr ihren ganzen Körper. Als sich in diesem Moment ihre Blicke trafen, schien die Welt kleiner zu werden, bis nur noch Platz für sie beide war. Sie hörte kaum ihre eigene Stimme auf die Fragen des Vikars. Aber Patricks Stimme war kräftig, klar und sicher.

Dann war die Zeremonie vorbei. Patrick beugte seinen Kopf zu ihr, und seine Lippen umschlossen ihren Mund – nicht lange genug für sie, aber gerade so lange, wie es in der Öffentlichkeit noch genehm war. Als dann die Gäste in der Kapelle in Lachen und Jubelrufe ausbrachen, hob er den Blick und suchte erneut ihre Augen. Sie lächelte ihn an, und sie dachte daran, mit welcher Neuigkeit sie ihn in dieser Nacht überraschen würde, und sie stellte sich vor, wie er diese Nachricht aufnehmen würde. Doch dann schaute sie in seine Augen und erkannte sie an seinem Blick, dass er ihr Geheimnis erraten hatte. Jedenfalls lag in seinem Blick eine Mischung aus Überraschung – und Hoffnung.

Er hob eine Augenbraue, um sich zu versichern – und sie nickte zustimmend. Seine Augen begannen zu strahlen, heller, als sie es je gesehen hatte.

In der Tat, es war ein herrlicher Tag für eine Hochzeit und die Nacht.

Nun gut, die Hochzeitsnacht musste noch etwas warten.